GOLDMANN

Buch

Der Große Zeno geht um. Und auf seiner Spur bleiben nur Leichen zurück, die offenbar allesamt den abgefeimt-teuflischen Tötungsmethoden des unheimlichen Zauberers zum Opfer fielen. Das Werk eines Verrückten? Erst als es dem Rechtsanwalt Sam Pascoe in letzter Sekunde gelingt, dem tödlichen Zauber zu entgehen, kommt Licht in die dunklen Machenschaften des Großen Zeno: Pascoes Nachforschungen führen zurück in die Vergangenheit; er weiß plötzlich, daß er dem Magier in anderer Gestalt, unter anderem Namen schon einmal begegnet ist – und wenn der Plan aufgeht, wird er nicht das letzte Opfer sein. Ein Wettlauf auf Leben und Tod beginnt, und nur zu bald wird klar, daß Pascoe es mit einem Psychopathen zu tun hat, dessen bestialische Phantasie offenbar immer mehr außer Kontrolle gerät.

Autor

Jack Curtis ist das Pseudonym eines bekannten englischen Dichters, der in Devonshire, England, geboren wurde und heute teils in London, teils in einem abgelegenen Tal der britischen Insel lebt. Mit seinem ersten Roman *Die Spur der Krähe* machte er auf Anhieb international Furore.

Bereits im Goldmann Verlag erschienen:

Der Schrei der Schwalbe. Roman (41421)
Die Spur der Krähe. Roman (9618)

JACK CURTIS

DER BLICK DES MAGIERS

ROMAN

Aus dem Englischen
von Kristian Lutze

GOLDMANN VERLAG

Die Originalausgabe erschien unter dem
Titel »Conjure Me« bei
Bantam Press/Transworld Publishers Ltd., London

Deutsche Erstveröffentlichung

Umwelthinweis:
Alle bedruckten Materialien dieses Taschenbuches
sind chlorfrei und umweltschonend.
Das Papier enthält Recycling-Anteile.

Der Goldmann Verlag
ist ein Unternehmen der Verlagsgruppe Bertelsmann

Umschlaggestaltung: Design Team München
Umschlagmotiv: Bantam Press/Illustration by Trevor Webb
Satz: IBV Satz- und Datentechnik GmbH, Berlin
Druck: Elsnerdruck, Berlin
Verlagsnummer: 42327
Redaktion: Kattrin Stier
Lektorat: Anke Knefel
Herstellung: Peter Papenbrok
Made in Germany
ISBN 3-442-42327-9

3 5 7 9 10 8 6 4 2

Für Ysanne,
ob sie es will oder nicht

1

Abra-

Zeno preßte seine Hände gegeneinander, Handfläche gegen Handfläche, Finger auf Finger, die Daumen verschränkt wie ein Betender, und führte sie dicht vor Mariannes Gesicht, bis sie zu schielen begann.

Langsam und ohne ihre Aufmerksamkeit zu verlieren, löste er seine Hände voneinander, als wolle er die Länge eines Objektes beschreiben. Weil sie nicht wußte, welcher Hand sie folgen sollte, blickte sie weiter geradeaus.

Und dann – wie durch ihre Willenskraft zum Leben erweckt – blitzte auf einmal etwas zwischen seinen Handflächen auf. Als würde er einen Draht entrollen. Wie ein Strahl silbernen Lichts oder reiner Energie, der sich zwischen den Endpunkten seiner Fingerspitzen wölbte und glitzerte.

Marianne lächelte. Sie genoß den Augenblick. Alles war leicht verschwommen, und das gefiel ihr. Auf dem Tisch gleich links neben ihr stand ein kleiner Leuchter mit fünf Kerzen. Die Flammen flackerten sanft in einem Windhauch und warfen einen Kranz weichen Lichts, der am Rand ihres Blickfelds tanzte. Sie wußte, daß sie im Kerzenlicht besonders hübsch aussah. Jenseits des düsteren Glanzes lag tiefblaue Dunkelheit. Sie konnte sich vorstellen, daß der Raum verschwunden war und die kleine Szene vor dem Hintergrund der Unendlichkeit gespielt wurde – ein Tisch, die Reste eines Essens, zwei Cognacschwenker, zwei kerzenbeschienene Gesichter, ein Moment aus dem Unterhaltungsprogramm nach dem Dinner.

Auch Zeno lächelte. Seine Hände bewegten sich weiter

auseinander. Er hielt sie noch immer auf einer Linie links und rechts neben ihrem Kopf, jedoch außerhalb ihres Blickfelds. Er sah aus wie ein Evangelist, der die Sünder zur Umkehr aufrief.

Dann klatschte er in die Hände.

Sie starrte ihn mit aufgerissenen Augen an. Seine Handflächen lagen auf ihren Wangen. Die Muskeln und Sehnen seiner Arme spannten sich unter seinen Hemdsärmeln, seine Handballen stützten ihren Kiefer. Plötzlich hob er sie hoch.

Blut quoll aus ihrem Ohr. Es sickerte zwischen Mittel- und Zeigefinger seiner rechten Hand hindurch über das Handgelenk, in einem feinen Rinnsal weiter den Unterarm hinab bis zur Spitze seines Ellenbogens und von dort zu Boden, so stetig, daß es aussah wie feste Materie. Ein nadeldünner Stalaktit, der stockend schmale Tropfen freisetzte.

– kadabra.

2

Das Meer wogte. Gegenströmungen trieben Wellenkamm nach Wellenkamm über die Bucht, in rascher Folge brausten sie gegen den Deich, wo sie riesige weiße Gischtfächer aufwarfen, die sich zischend über dem Wasser entfalteten. Weiter draußen erstreckten sich schiefergraue Wassermassen unter einem schiefergrauen Himmel. Am Horizont verschwamm alles zu einem unheimlichen Nichts, Himmel wie Meer schienen ausradiert.

Nick Howard spürte das Meer, bevor er es sah. Sein Wagen erreichte die Landspitze, und vor ihm lag diese Leere: keine Wolke, kein Horizont und so ohne jeden Orientierungspunkt auch kein Gefühl für Entfernung – die Welt war wie ausgewischt. Als er die Kuppe des Hügels erreicht hatte, sah er die Stadt in der Bucht liegen, die von weitem wie verlassen wirkte. Zuerst erblickte er das Meer und den Deich, die im Gischtnebel verschwommenen Ladenfassaden, die Reihe der Hotels, billigen Restaurants, Spielhöllen, Schiffsausrüster...

Er war gekommen, einen Geist auszutreiben.

Er nahm ein Zimmer in einem Hotel am Strand – das Palings – wie man es ihm aufgetragen hatte. Sein Gepäck bestand nur aus einer kleinen Lederreisetasche. Saubere Hemden, saubere Unterwäsche, Rasierzeug. Er hatte nicht vor, lange zu bleiben. Auf seinem Zimmer öffnete er die Reisetasche und begann, die Hemden in die Schublade seines Schrankes zu legen, ließ es dann jedoch wieder sein, als hätte er plötzlich die Lust verloren. Er trat ans Fenster und stützte sich auf die Fensterbank. Vom Wind herübergetragene Gischtfäden lagen wie ein feines Gitterwerk auf dem Glas.

Einen Geist auszutreiben...

Nick glaubte nicht an ein Leben nach dem Tod. Er wußte, daß Spuk weniger mit den Toten als mit den Lebenden zu tun hatte. Wir tragen unsere Vergangenheit mit uns herum; wir beschwören unsere eigenen Gespenster herauf.

Eine Welle der Angst erfaßte ihn, obwohl er sie nicht mit etwas Bestimmtem in Verbindung bringen konnte, ein ähnlich irritierendes Gefühl wie jene Augenblicke der Traurigkeit, die einen manchmal beim Aufwachen überfallen – vage, bohrende Depressionen, unerklärlich, bis die Erinnerung das Gefühl einholt und man wieder weiß, warum man sich schlecht fühlt. Nick erinnerte sich, was ihm Angst machte. Er dachte an Louise, wie sie vor der Tür ihres gemeinsamen Hauses gestanden und Michael dazu gebracht hatte, sich zu verabschieden. Der Junge hatte die Hand gehoben und fröhlich gewinkt. Die Geschäftsreisen seines Vaters waren nichts Neues für ihn.

Louise hatte ihn geküßt und gefragt: »Wann? Freitag?«

»Spätestens Samstagmorgen.« Er hatte sich gar keine große Lügengeschichte ausdenken müssen. Auch Louise war an seine Reisen gewöhnt.

Nick schauderte, als hätte jemand mit einem Haar an seiner Wirbelsäule entlang gestrichen. Es gab keinen Grund, ängstlich zu sein... außer, daß er gelogen hatte. Das forderte das Unglück heraus.

Er erinnerte sich an ein Spiel, das er vor langer Zeit mit Freunden gespielt hatte. Das Spiel der schlimmsten Ängste. Einer nach dem anderen hatten sie sich ihre schrecklichsten Phantasien gestanden. Einer von ihnen hatte gesagt: »Ein Mensch, den ich liebe, könnte genau in diesem Augenblick sterben.«

Der Gedanke war ihm nie zuvor gekommen, aber er hatte ihn seither häufig gedacht. Auch jetzt ging er ihm durch den Sinn, während er am Fenster seines Hotels stand und die Gischttrossen beobachtete, die über die Kaimauer klatschten.

Weiter draußen stampfte ein kleines, blaues Boot durch die Schaumkronen. Das Steuerhaus war eine primitive Konstruktion aus Planken und Planen wie ein Wachhäuschen. Nick fragte sich, wie diese Nußschale überhaupt vorankommen konnte. Irritiert von der Schwerfälligkeit des Schiffes, verspürte er eine kleine Energieanwandlung; genug, um seine übrige Kleidung in Schubladen und Schränken zu verstauen und sein Rasierzeug um das Waschbecken zu arrangieren.

Als er wieder ans Fenster trat, war das Boot beinahe außer Sichtweite, eben im Begriff, die Spitze des nördlichen Ausläufers der Bucht zu umschiffen. Der kleine blaue Punkt des Bugs tauchte wiederholt in die Wogen; das Schiff fuhr, schien jedoch nicht von der Stelle zu kommen, bis es auf einmal verschwunden war.

Nick legte sich aufs Bett. Er fühlte sich gleichzeitig träge und nervös: Er fühlte sich wie ein Mensch, der nichts anderes zu tun hatte, als zu warten. Er wollte einen Spaziergang machen. Er wollte woanders sein – in einer anderen Stadt zu einer anderen Zeit. Er wollte nach Hause. Doch er konnte nur warten.

Zwei Stunden lag er so auf dem Bett, während das Zimmer um ihn herum dunkler wurde. Er lauschte, wie der Wind sich am Gemäuer rieb, schrill und durchdringend wie Sturmböen, die auf hoher See an der Takelage zerrten; dann schlief er ein.

In seinem Traum saßen sie zu siebt im Kreis. Er erinnerte sich an den Ort – ein großer loftartiger Raum, jede Menge große Kissen, ein niedriges Bett, hinter einer Trennwand die Küche; er konnte sich nicht mehr daran erinnern, wer dort lebte. Sie rauchten, ein Joint machte die Runde, nur daß er sich im Traum in ein kleines, mehrfach eingewickeltes Päckchen verwandelte. Jeder von ihnen löste eine Schicht und las die darauf geschriebene Botschaft – eine Glücksrolle.

Eine Stimme sagte: »Ein Mensch, den ich liebe, könnte genau in diesem Augenblick sterben.« So lautete die Botschaft. Im Traum wußte er, wer gesprochen hatte. Als das Klingeln des Telefons ihn weckte, hatte er es schon wieder vergessen.

Zeno sagte: »Nick? Nickolas?«

Der Wind seufzte. Die tiefe Dämmerung täuschte das Auge. Gegenstände schienen sich verstohlen zu bewegen und immer dann zu verharren, wenn man sie ansah.

»Nick?«

Die Glühbirne der Nachttischlampe war, wenn es überhaupt eine gab, durchgebrannt. Nick preßte den Hörer an sein Ohr, unfähig, etwas zu sagen, wie ein Schauspieler, der bei seinem Stichwort zu Stein erstarrt.

»Nick...«

Sie saßen zu siebt im Kreis. Ein sonnendurchfluteter

Raum; das Spiel der ›schlimmsten Ängste‹. Drei Frauen, vier Männer.

»Wer ist da?« fragte Nick.

»Nick.« Die Stimme hauchte seinen Namen aus. »Ich wußte, du würdest mich finden. Ich wußte, daß du kommst.«

»Sam?« Nicks Stimme klang schrill, als wolle er eine Warnung aussprechen. »Sam? Bist du das?«

Die Stimme nannte eine Adresse, Anweisungen, wie man dorthin gelangte und eine eigene Warnung. »Sag keinem, daß du hierher kommst. Du darfst es niemandem erzählen.«

»Nein.«

»Du hast doch keinem den Namen des Dorfes genannt? Oder irgend jemandem erzählt, daß du in diese Gegend kommst...?«

»Nein.«

»Es ist unser Geheimnis?«

»Ja.«

»Unser Geheimnis«, wiederholte die Stimme. »Das ist es immer gewesen. Und ist es noch...«

Nick lauschte dem Freizeichen, ohne es zu hören. Nach einer Weile legte er den Hörer auf die Gabel. Die Dämmerung wurde dichter und spielte dem Auge Streiche.

Eine Vase glitt über die Oberfläche der Kommode, schwankte und bewegte sich zum Ausgangspunkt zurück. Geister lauerten auf dem leeren Fernsehschirm und verschwanden wieder.

Die Welt war auf einmal zu nah, zu gefährlich. Geister und Geheimnisse. Lügen und Unglück.

Als er ins Freie trat, schlug ihm ein warmer, böiger Wind ins Gesicht und überzog es mit einem feinen Gischtnebel. Er ging etwa hundert Meter parallel zum Deich und begann dann, den Weg hinaufzusteigen, der zurück in die Stadt führte. Wenn man die Uferpromenade erst einmal hinter sich gelassen hatte, war es ein gesichtloser Ort. Enge Straßen, kleine Läden, Häuser, die alle aus den fünfziger und sechziger Jahren zu stammen schienen mit Ausnahme zweier flacher Neubauprojekte – graue, fleckige Fassaden, schwach beleuchtete Treppenhäuser – die nebeneinander standen wie zwei mißlungene Ideen, die man aufgegeben hatte.

Wenige Meter vor der Kuppe des Hügels machte die Straße eine Biegung nach rechts; ein paar einzeln stehende Häuser waren direkt unterhalb des Gipfels an den Hang gebaut. Nick setzte seinen Weg fort, fand einen schmalen Pfad und den Zaun, der sich zu beiden Seiten erstreckte, genau wie man es ihm erklärt hatte. Es war an sich kein steiler Aufstieg, aber Nicks Atem ging schwer. Er war gut einen Monat jenseits der Vierzig, trug knapp zwanzig Pfund Übergewicht mit sich herum und trieb keinerlei Sport, der über den Weg von und zu seinem Auto hinausging.

Seine Wimpern waren von Feuchtigkeit verklebt; als er den Grat des Hügels erreichte, und sich umsah, waren die Lichter der Stadt zu einzelnen Punkten kristallisiert, die lange Strahlen aussandten und wie das Nordlicht pulsierten. Er wischte sich mit dem Ärmel übers Gesicht, kletterte über einen zweiten Zaun und überquerte die Kuppe des Hügels.

Er stapfte jetzt quer über ein Feld, und der Boden kostete Kraft, jeder Schritt eine kleine Schlammsuhle. Er war sich sicher, der Wegbeschreibung, die er erhalten hatte, korrekt gefolgt zu sein, doch hier oben gab es weder Häuser noch Straßen. Er stieß auf einen Stacheldrahtzaun und blieb unschlüssig stehen, auf dem Hügel selbst jedoch herrschte absolute Finsternis.

»Dewer Street«, hatte die Stimme gesagt. »Nummer neunundvierzig.« Nick versuchte sich an die Liste der Anweisungen zu erinnern. Er wußte, daß er nicht falsch gegangen war, trotzdem wiederholte er die Instruktionen noch einmal still für sich: *Ein Zaun, ein Weg, noch ein Zaun...*

Er bog den oberen und mittleren Stacheldraht auseinander und schlüpfte hindurch, wobei sich sein Mantel im Zaun verfing. Er wand sich, um sich zu befreien, doch der Boden, auf den er getreten war, fiel steil ab. Als sein Fuß den Halt verlor, hörte er, wie der Mantel riß. Er landete schwerfällig auf dem Hintern, streckte die Hände aus, um sich abzustützen, und spürte den Schlamm, wo Kühe die Wiese aufgewühlt hatten. Als er Halt suchend rückwärts taumelte, stolperte er über seine eigenen Füße und fiel erneut. Eine dicke, suppige Feuchtigkeit sickerte bis zu seinen Oberschenkeln durch.

Es blieb ihm nichts anderes übrig, als noch einmal von vorn anzufangen. Er tastete sich vorwärts, den Hügel hinab und suchte auf dem feuchten Boden das Gleichgewicht zu halten. Die Lichter am Ufer waren noch immer zu sehen, aber wenn er sich abwandte, ließ ihr Glanz den Hügel noch düsterer erscheinen.

Er ging durch ein Waldstück; schwarz und vom Wind aufgewühlt ragten die Bäume im steilen Winkel vom abschüssigen Boden auf. Wieder stürzte er und rutschte ein paar Meter auf dem Hosenboden, bevor seine ausgestreckten Füße Halt in einem Nest aus Baumwurzeln fanden.

»Dewer Street, Dewer Street, *welche* scheiß Dewer Street denn? Erst bin ich quer über Weiden und Äcker gelatscht, und jetzt hab ich mich wie ein Kind aus dem Märchen im Wald verirrt.« Er sprach die Worte laut, um einen munteren Ton bemüht, aber der Klang seiner eigenen Stimme ließ ihn erschauern.

Was mache ich hier? dachte er. Wie in Gottes Namen bin ich hierher geraten? Er hatte erwartet, daß die Anweisungen, die man ihm gegeben hatte, ihn direkt zu einem Haus führen würden. Jetzt kam es ihm vor, als habe der Aufstieg vom Meer nie stattgefunden; als sei er in seinem Hotelzimmer eingeschlafen und direkt zwischen den Stämmen im Dunkel umherrutschend wieder aufgewacht.

Er stand auf und setzte seinen Weg den Hügel hinab fort.

Er schlitterte ein paar Meter, stieß gegen einen Baum, hielt inne und stieß sich erneut ab. Der Wind heulte und seufzte im Blätterdach. Er kam zu einem kleinen Bestand von Silberbirken und blieb, eine Hand gegen einen blassen Baumstamm gestützt, stehen, um Luft zu holen. Der Baum erzitterte, als eine kräftige Böe seine Äste packte, und er zog seine Hand zurück, als habe seine Berührung einen toten Gegenstand zum Leben erweckt.

Auf dem Weg bis zur Straße runter mußte er noch mindestens zehnmal gestürzt sein. Von der Hüfte abwärts war seine Kleidung völlig durchgeweicht und schlammverschmiert. Er blieb stehen und keuchte, als wäre er verfolgt worden. Zahllose Kratzer, die er durch den Wald stolpernd gar nicht bemerkt hatte, begannen jetzt in seinem Gesicht und auf den Händen zu schmerzen, feine Blutstropfen perlten wie Tränen über seine Haut.

Die Straße beschrieb offenbar einen großen Bogen, stieg auf der Seite, die er erklommen hatte, vom Deich aus an und fiel zur anderen Seite des Hafens, wo er jetzt stand, wieder ab. Sein Weg über die Felder und durch den Wald hatte ihn nur ans andere Ende der Straße geführt.

Er ging über die Uferpromenade zurück zu seinem Hotel. Noch bevor er sich die Schuhe ausziehen konnte, klingelte das Telefon auf seinem Zimmer.

»Nick? Hast du's nicht gefunden?«

»Wo zum Teufel steckst du?«

»Dewer Street. Nummer neunundvierzig.«

»Was für ein Spiel ist das? Warum hast du...?«

»Wo bist du gewesen, Nick?«

»Ich habe mich an deine Anweisungen gehalten und bin mitten in einem Wald gelandet.«

»Einem Wald?«

»Oberhalb der Stadt liegt ein –«

»Ja. Mein Gott, was hast du denn da gesucht?«

»Du hast mir doch gesagt –«

»Dewer Street.«

»Du bist schon da, Nick, du bist schon da. Dein Hotel liegt an der Dewer Street. Nummer elf. Ich bin in neunundvierzig. Du mußt nur den Hausnummern folgen. Es ist nicht weit, überhaupt nicht weit.«

Nick öffnete den Mund und schloß ihn wieder. Nach einer Weile sagte er: »Wozu dieses Katz-und-Maus-Spiel?«

»Katz-und-Maus-Spiel? Nein, es ist ganz leicht. Du bist in elf, ich in neunundvierzig. Einfach die Hafenpromenade entlang – in Richtung der Landspitze. Du mußt nur den Hausnummern folgen.«

»Ich will mich bloß rasch umziehen.«

»Dafür ist keine Zeit.«

»Ich bin im Wald gestürzt. Ich –«

»Dafür ist keine Zeit.« Die Stimme klang unnachgiebig. »Du hast schon genug Zeit vergeudet.«

»Welchen Unterschied macht das schon?« fragte Nick. »Ich will bloß –« Er hörte ein Doppelklicken und dann das Freizeichen.

Nick trat ins Freie und machte sich auf den Weg zum verabredeten Treffpunkt. Es ist seltsam, dachte er, daß mir die Stimme so gar nichts sagt. Menschen verändern sich; ihr Aussehen verändert sich, ihr Haar wird grau, ihr Kinn schwabbelig, ihre Gesichtszüge werden von Falten verwischt oder gehen in die Breite. Aber Stimmen bleiben dieselben, oder nicht?

Ihm wurde bewußt, daß er sich auch irren konnte. Vielleicht gehörte die Stimme jemandem, den er nie zuvor getroffen hatte, was die ganze Sache noch rätselhafter und beängstigender machen würde, als er gedacht hatte.

Er drehte sein Gesicht aus dem Wind und den heranwehenden Gischtfetzen, während er im Gehen die Hausnummern überprüfte.

Sein Hotel: elf. Siebzehn, eine Eisenwarenhandlung. Fünfundzwanzig, ein Waschsalon. Es gab eine Kneipe, die keine Hausnummer hatte, aber wenn man mitgezählt hatte, mußte es dreiunddreißig sein. Erneut führte ihn sein Weg aus der Stadt heraus. Er kreuzte die Straße, die einen Bogen hinauf zu dem kleinen Wald machte. Ein Stück weiter standen die letzten Häuser. Auf der zum Wasser liegenden Seite ragte am Ende der Kaimauer ein steiles Kliff auf, das den Blick aufs Meer völlig verdeckte. Wo die Laternen der Dewer Street aufhörten und die Uferlichter im Schatten des Kliffs lagen, führte die Straße weiter in die Dunkelheit.

Du Mistkerl. Was für ein Spiel ist das?

Nick verlangsamte seine Schritte und dachte daran umzukehren. Dann entdeckte er die plumpen weißen Ziffern auf dem Doppeltor einer kleinen Werft, zwei Bögen, zwei Striche, die jemand mit einem zu dicken Pinsel auf das Tor gemalt hatte. Das drittletzte Grundstück an der Dewer Street.

Er ging in der Erwartung hinein, hinter dem Hof auf ein Haus zu stoßen. Es gab keines: nur etwa ein Dutzend Boote und eine Reihe von Lagerschuppen. Von der Straße fiel schwaches Licht auf die Szenerie. Nick bahnte sich einen Weg zwischen den aufgebockten Schiffsrümpfen und weiter auf das Gelände.

Er sagte: »Hallo...?«

Ein Sausen und Zischen. Im dunkelsten, am weitesten von der Straße abgelegenen Winkel des Hofes leuchtete ein Lichtball auf wie Elmsfeuer. Er bewegte sich hin und her. Ein kleines Leuchtfeuer, eine Laterne, die ihm den Weg wies.

»Hallo...?«

Und dann ein zweites Licht – es pendelte hin und her wie das erste und knisterte leise. Nick beobachtete, wie die Lichtkugeln sich bläulich verfärbten. Jede beschrieb eine Kurve in der Luft und hinterließ einen feinen blau-weißen Schweif.

Dann waren es drei. Sie leuchteten jetzt smaragdgrün, schimmerten mit einer blassen, eisigen Helligkeit, die fast in den Augen schmerzte; drei grünlich irisierende Kugeln, die in trägen Schleifen auf- und abrotierten, von links nach rechts und wieder zurück, nie still standen, eine in der Aufwärtsbewegung, während die andere fiel, eine stets am höchsten Punkt und alle fortwährend die Position wechselnd.

Jetzt drehten sie sich schneller, als wären sie in eine Umlaufbahn von größerer Schubkraft eingetreten. Die Kugeln kreuzten ihre eigenen Lichtschweife und -spuren, so daß ihre Bahn durch die Luft fortwährend kuppel- und bogenartige Umrisse auf den schwarzen Hintergrund malte.

»Was soll das?« fragte Nick. »Was willst du?«

Die Kugeln wurden rot; Kurven und Spiralen tauchten wie von der flammenden Hand des Teufels gezeichnet im Dunkel auf.

Dann erstrahlten sie plötzlich in glühendem Weiß, rein und gereinigt, beinahe blendend; und inmitten des Lichts kreiste Gottes eigene Waffe der Rache – stählern glitzernd – und tauchte flimmernd in die Dunkelheit.

»Was willst du?«

Nick hörte ein Geräusch, als habe jemand den Atem angehalten, und spürte einen harten Schlag gegen seinen Arm, obwohl niemand nahe genug war, ihn zu treffen. Als er nachsah, steckte ein schlankes Messer im Fleisch seines Muskels.

Er sagte: »Oh...« machte ein paar Schritte zurück und starrte ins Leere. Mit der anderen Hand packte er den Griff und ruckelte daran, als wolle er die Klinge aus der Wunde lösen. Erst jetzt spürte er den stechenden Schmerz.

Er ging noch einen Schritt zurück und streifte mit den Schultern die Heckplanken einer geschmeidigen Regattayacht. Das weiße Licht der Kugeln war so intensiv gewesen, daß ihm das Muster ihrer Bahn in die Netzhaut geätzt war. Die Kathedrale leuchtete noch immer am Himmel gleich einer Vision, wie sie einem Heiligen zuteil wurde.

Zeno fing die Kugeln mit der Erfahrung des geübten Jongleurs mit einer Hand auf und ließ sie zu Boden fallen, wo ihr Strahlen verblaßte.

Na, das hat Spaß gemacht, dachte er.

Mit Marianne Novaks hatte es auch Spaß gemacht. Seine Mutter hatte immer gesagt: »Wenn du schon etwas tun mußt, dann kannst du es auch mit Herzblut tun.«

Ehrlich gesagt, hatte er auch mit Marianne ein wenig Katz-und-Maus gespielt. Am ersten Abend hatte er sie angerufen und sich mit ihr in einem kleinen Restaurant zwei Straßen landeinwärts verabredet. Man ging eine Treppe hinunter in einen mit Fischernetzen und Glasschwimmern voll gehängten Kellerraum. Ein bißchen kitschig, aber um diese Jahreszeit war der Laden noch leer, und das Essen gut. Er hatte sie eine Stunde schmoren lassen, bevor er ihr eine Nachricht gesandt hatte, die ihn wegen einer unvermeidlichen Verhinderung entschuldigte.

Am nächsten Abend hatte er sie wieder dorthin bestellt, zur selben Uhrzeit an denselben Tisch. Nach einer halben Stunde war ein Mädchen mit einer einzelnen roten Rose gekommen und hatte einen Reim aufgesagt: »Sitz nicht bloß rum und pflege deine Depression, wähl einfach drei-null neun, null-sechs-null-zwei am Telefon.« Das Mädchen hatte ein zahnlückiges Lächeln gelächelt, als sie ihr die Blume überreichte. Als Marianne ihn anrief, hatte er ihr erklärt, wie leid es ihm täte. Sie sagte: »Ich bin nur hier, weil du mich darum gebeten hast.«

»Das ist nicht ganz richtig«, wandte er ein. »Du warst auch neugierig, oder nicht?«

»Es tut mir leid, wenn ich etwas überreizt klinge, aber ich hab irgendwie das Gefühl, jemand will mich verscheißern.«

»Nein, wirklich nicht. Ich hatte einen Termin außerhalb. Ich hatte fest geglaubt, rechtzeitig zu unserem Treffen zurück zu sein.«

»Was willst du?«

»Dich sehen.« Es entstand eine lange Pause, in der Marianne nicht fragte, warum. Zeno beantwortete die nicht gestellte Frage trotzdem: »Du weißt schon, warum.«

»Und wie geht es jetzt weiter? Komm ich morgen abend wieder hierher? Derselbe Tisch oder darf ich mir diesmal selbst aussuchen, wo ich versetzt werde?«

»Nein.« Sein Lachen klang ehrlich – eine Mischung aus Entschuldigung und freudiger Erwartung. »Laß uns das Restaurant vergessen. Ich komme morgen früh zurück – Zeit genug, um etwas zu kochen. Magst du Fisch?«

»Ja.«

»Es ist die ideale Gegend für frischen Fisch. Komm zu mir.« Und er hatte ihr eine Adresse genannt.

Kurz bevor sie auflegte, sagte sie noch: »Weißt du, ich hab dich zuerst gar nicht erkannt.«

Am nächsten Abend war sie gekommen, und da war er: Lächeln, nochmalige Entschuldigungen, Champagner, Seezunge *bonne femme* und nach dem Essen einen Zaubertrick, den sie noch nie gesehen hatte und auch nie wieder sehen würde.

Er hatte beobachtet, wie sie im Restaurant angekommen war; natürlich hatte er das. Er hatte auch beobachtet, wie sie wieder ging. Am zweiten Abend hatte er in der Bar gesessen und zugesehen, wie sie Servietten gefaltet und sich durch ein paar Gläser Chablis genippt hatte. Ein Katz-und-Maus-Spiel. Ja, das war es wohl, wenn auch kein arges. Den Augenblick herauszögern. Nicht zum Vergnügen, das nicht. Nein: Es waren schließlich alte Freunde. Er hatte sie seit Jahren nicht gesehen. Niemand würde sich mit einem raschen »Hallo und auf Wiedersehen« begnügen wollen.

Er hatte angenommen, daß Mariannes Geduld für zwei Abende allein in dem Kellerrestaurant reichen würde. Nick Howard war ein anderer Fall. Ein beschäftigter Mann, ein Familienvater. Also hatte Zeno ihn nur auf einen kleinen Irrweg durch den Wald geschickt, der die Dinge lediglich ein wenig hinauszögerte; außerdem war es, genau wie bei Marianne, ein Ablenkungsmanöver. Diese Technik funktionierte bei jedem Publikum. Lenke ihre Aufmerksamkeit auf etwas anderes. Beschäftige ihre Gedanken. Vermittle ihnen ein Unbehagen, einen Schwindel, eine Unsicherheit der Wahrnehmung. Und dann führ deinen Trick vor.

Nick Howard hatte den Bootsliegeplatz müde, verwirrt und mit schmerzhaften Kratzern im Gesicht betreten. Noch eine halbe Stunde zuvor hatte er im Schlamm gewühlt, war orientierungslos einen bewaldeten Hang hinabgetaumelt; jetzt stand er zwischen aufgebockten Schiffsrümpfen in der Dunkelheit und wartete, daß etwas geschah. Dann kamen die Feuerkugeln und danach das Messer.

Nick hatte den Arm vor seinen Körper gelegt, die Faust um den Griff des Messers gekrallt. Er hatte den Kopf wie zu einer kurzen Verbeugung gesenkt. Er sah aus, als wolle er eine undeutliche Geste der Ehrerbietung machen. Zeno ließ ein weiteres Messer aus der Dunkelheit schnellen, visierte sein Ziel punktgenau an, doch das Timing war unglücklich. Er hatte den Augenblick unmöglich vorausahnen können. Während die Klinge sich surrend einmal in der Luft drehte, riß Nick das erste Messer aus der Wunde. Er schrie auf und zuckte in dem Moment vor Schmerz zusammen, als das zweite Messer ankam. Es zitterte und summte in den polierten Planken der Yacht. Nick hörte es, sah aber nichts. Er hatte sich auf der anderen Seite des Rumpfes in Deckung gebracht. Zeno fragte sich, ob Nick stark – und achtsam – genug gewesen war, das Messer festzuhalten, als er es herausgezogen hatte.

Er ging auf die Yacht zu und entschied sich für die rechte Seite. Gleichzeitig schickte er eine leuchtend grüne Kugel im hohen Bogen nach links. Sie zischte wie heißes Eisen, das ins Wasser fiel. Auf der anderen Seite des Grundstücks polterten Bretter zu Boden, dann hörte man Nick am Tor rütteln.

Abgänge und Auftritte... Zeno ging in einen der zur

Straße liegenden Lagerschuppen und trat auf der anderen Seite wieder hinaus. Er sah, wie sich die Doppeltür öffnete und wieder zufiel, dann erneut aufgedrückt wurde, während Nick versuchte, sich hindurchzuzwängen. Er wartete.

Der Wind war ein wenig aufgefrischt, die See rauher. Trotzdem konnte man neben dem Rauschen und Dröhnen noch andere Geräusche hören. Ein Saxophon hob an zu spielen und klagte mit dem Wind, dann trat es zugunsten einer einsetzenden Stimme in den Hintergrund. Die Musik drang aus der Kneipe, an der Nick vorbeigegangen war. Von der Tür ergoß sich rosafarbenes Licht wie ein Ölfilm auf die nasse Straße. Ein Bus, der fünf Fahrgäste in die nächste Stadt brachte, rollte durch die leuchtende Pfütze und verteilte kleine Farbrüschen über das Pflaster. Einen kurzen Moment lang übertönte das Röhren seines Motors die Brandung.

Eigentlich wäre es logisch gewesen, daß Nick versuchen würde, bis zur Bar zu kommen – Sicherheit, ein Telefon, um die Polizei anzurufen; oder mit wedelnden Armen dem Bus entgegenzulaufen und den Fahrer zum Anhalten zu zwingen. Aber darüber machte sich Zeno keine allzu großen Sorgen. Es gab zu viele Fragen, die Nick nur ungern beantworten würde. »Warum sind Sie hier? Warum haben Sie gelogen? Was hat Sie veranlaßt, hierher zu kommen? Wen haben Sie erwartet?«

Der Augenblick verstrich, und Nick tauchte rennend auf der Straße auf. Er sah sich in Richtung seines Hotels um. Zeno stand da, eine Silhouette vor den Lichtern, das Gesicht im Dunkel verborgen. Einen Moment lang standen sich die beiden Männer offen gegenüber.

Ein Gischtband wirbelte über die Straße und schlug gegen Zenos Rücken. Wo es den Schein der Laternen am Ufer gekreuzt hatte, war kurz ein Regenbogen aufgeschimmert. Das Saxophon spielte langsamer. Der Bus fuhr vorbei.

Nick schien seinen Gegner eine Sekunde lang anzustarren – als ob er im Gesicht des anderen lesen könnte, was er als nächstes zu tun hatte. Dann wandte er sich um wie jemand, der eine Einladung aussprechen will, und lief langsam in die Dunkelheit, wo die Ufermauer in die Klippen überging.

Zeno versuchte die Geste zu deuten; vielleicht war es Unentschlossenheit; ein Mann, der zu stark verwundet war, um schnell oder entschieden zu handeln. Oder ein Locken... Plötzlich kam ihm der Gedanke, daß Nick trotz der Verwirrung und des Schocks, die er empfinden mußte, möglicherweise einen Plan entwickelt hatte.

Versuch, zum Wagen zu kommen, dachte Nick. Du bist nicht schlimm verletzt. Versuch, bis zum Wagen zu kommen. Natürlich befand er sich auf unvertrautem Gelände. Also mußte er die Dunkelheit als Deckung nutzen. Er mußte einen Weg finden, in einem Bogen zurück zum Wagen zu gelangen.

Sein zweiter Gedanke war: Wer zum Teufel ist es? *Wer*?

Sein Muskel pochte, und er hielt den Arm beim Laufen angewinkelt und vom Handgelenk bis zum Ellenbogen angespannt, um die Erschütterung auf die Wunde abzudämpfen. In der gesunden Hand hielt er das Messer. Er lief über die letzten Meter Pflaster bis an die Stelle, wo das Sicherheitsgeländer in einen Betonpfosten eingelassen war und die Ufermauer in das Kliff überging.

Sobald er den Aufstieg begonnen hatte, war ihm, als sei er in totale Finsternis geraten. Der Weg, auf dem er sich befand, verlief gut fünf Meter von der Kante des Kliffs entfernt, aber das konnte er nicht sehen. Der Trampelpfad unter seinen Füßen war ebenso unsichtbar wie das Meer und der Himmel. Er konnte den Ozean hören und auch riechen; er konnte die Böen spüren, die ihm ins Gesicht schlugen. Aber er rannte nur durch Finsternis.

Ein Dornenbusch peitschte gegen seine Beine. Er beugte sich vor, streckte den Arm aus, um sich zu schützen und spürte, wie sich die rauhe Kruste auf seinem Oberarm spannte und sich aus der neu aufgerissenen Wunde ein plötzlicher Blutschwall ergoß. Zeno hörte seinen Schrei – kaum eine Armlänge entfernt, so kam es ihm vor. Jetzt, wo die Lichter der Stadt hinter den beiden Männern lagen, gewann der Verfolger einen Vorteil. Zeno blieb stehen und spähte angestrengt in die Dunkelheit, als ob er sein Opfer durch schiere Konzentration herbeirufen könnte. Er sah wenige Meter vor sich die Umrisse eines Schattens, schwarz auf noch schwärzerem Grund, dessen Arm vor- und zurückschnellte, als würde er eine Peitsche schwingen.

Nick stolperte erneut; ein plötzlicher Krampf ließ sein Bein nachgeben. Er hüpfte zwei Schritte auf dem anderen Bein, um dem verkrampften Muskel eine kurze Schonung zu gönnen, und setzte den Fuß dann wieder auf in der Hoffnung, der Muskel würde halten. Ein rasierklingenscharfer Schmerz strahlte von seinem Unterschenkel bis in den Unterleib hoch. Er bückte sich, weiter vorwärts hüpfend, und faßte mit der Hand an die Stelle. Er konnte den Griff des Messers spüren und das Blut, das im Rhythmus seines Herzschlags aus der Wunde quoll und über seine Finger sickerte.

Er ließ das Messer fallen, das er in der Hand hielt, und packte den Dolch, der in seinem Bein steckte, als habe er unvermittelt entschieden, daß dies die bessere Waffe war. Dadurch geriet er aus dem Gleichgewicht, stürzte und rollte fünf Meter oder mehr den Abhang zur Straße hinab. Als er liegenblieb, hielt er einfach seinen Unterschenkel und drückte mit der Hand die Ader ab. Sein Mund war zu einem stummen Schrei aufgerissen. Eine Welle aus Schmerz und Übelkeit durchströmte ihn und dann noch eine. Er war kurz davor, ohnmächtig zu werden. Mehr als alles andere wollte er schreien. Schreien würde helfen, den Schmerz rauszulassen.

Nicks Fäuste krampften sich um ein Grasbüschel. Er drehte sich um und versuchte, auf die Knie zu kommen. Tränen tropften aus seinen Augen direkt auf seine Hand. Er wartete. Sein einziger Vorteil bestand darin, daß der Sturz ihn aus dem matten Schimmer der Straßenlaternen und dem Blickfeld seines Verfolgers gerissen hatte. Er hörte Schritte – *patsch, patsch, patsch,* als die Sohlen in den Matsch auf dem Pfad einsanken. Nick kauerte sich in eine Höhle aus Dunkelheit und lauschte, wie sie sich entfernten. Bald hörte man nichts mehr außer dem Wind und dem Echo der Brandung, die gegen das Kliff donnerte.

Er wartete etwa zehn Minuten – möglicherweise sogar länger, weil er vielleicht für kurze Zeit das Bewußtsein verloren hatte; er war sich nicht sicher. Er bemerkte, daß sich das Messer durch den Sturz mehr oder weniger aus der Wunde gelöst hatte – es hing in einem spitzen Winkel aus dem Muskel in seinem Unterschenkel – er zog es mit Daumen und Zeigefinger vorsichtig ganz heraus. Es fiel auf die Wiese und war sofort verschwunden.

Eine Hand auf die Wunde gepreßt, begann Nick den Abstieg: auf dem Hintern sitzend, die Knie angezogen, dann gestreckt und erneut angezogen wie ein Ruderer, der sich verkehrt herum bewegt. Hin und wieder hielt er inne – entweder weil die Schmerzen unerträglich wurden oder weil sein verletztes Bein heftig und unkontrollierbar zuckte. Unten angekommen richtete er sich auf und machte ein paar Schritte auf der Straße in Richtung Stadt. Sein Fuß quatschte in seinem Schuh. Er versuchte, sich vorzustellen, wie er aussah, sah jedoch nur eine blutbesudelte Gestalt vor sich. Blut, das seinen Arm bis hinunter zum Handgelenk wie Farbe bedeckte, Blut, das er sich übers ganze Gesicht geschmiert hatte, als er seine Tränen wegwischen wollte, Blut, das um die Wunden herum durch seine Kleidung gesickert war, und eine Blutfährte, die seine Ferse hinterließ wie eine blutige Kriechspur.

Sein Kopf fühlte sich leicht an, und für einen Moment verfiel er beim Gehen in einen Traum. Seine Schritte dröhnten in seinen Ohren wie Hammerschläge auf einen Amboß; jeder Schritt war eine Meile weit; und er hörte Louise sagen: »Wir haben überall gesucht. Keiner hatte dich gesehen.«

Gischtschnüre, die ihm ins Gesicht wehten, rissen ihn aus seinen Phantasien. Er hatte den Schutz des Kliffs verlassen und stützte sich auf das Geländer der Kaimauer. Der Wind trieb noch immer vereinzelte Wellen auf die Straße, aber das Wasser ging zurück. Am Ufer war jetzt ein schmaler Kiesstrand zu erkennen.

Nick blickte zum Hotel und sah seinen Wagen auf einem Asphaltplatz links neben dem Eingang stehen. Zwischen diesem Punkt und der kaum zweihundert Meter entfernten Stelle, wo das Kliff begann, führten einige Treppen von der Kaimauer an den Strand, eine beim Hotel, eine andere ganz in der Nähe seines Standpunkts. Auf der Ufermauer wäre er für jeden weithin sichtbar gewesen. Doch das letzte, was er jetzt wollte, war eine hilfreiche Hand, eine besorgte Nachfrage.

Unbeholfen schlitternd und hüpfend auf den Kieseln, als sein Fuß auf der vorletzten Stufe den Halt verlor. Im Schutz der Mauer versuchte er zu Atem zu kommen, wobei er sich gegen den rauhen Beton lehnte, die Hand weiter auf das verletzte Bein gepreßt. Auch die Wunde in seinem Arm war durch den Sturz wieder aufgebrochen, aber sie schmerzte nicht annähernd so stark; er verspürte lediglich ein feuchtes Pochen. Die Straßenlaternen am Kai spendeten eben genug Licht, um einen Haufen nasser Felsen und die schlängelige Flutkante aus Schaum zu erkennen, die die Ebbe zurückgelassen hatte.

Alle paar Meter fiel er hin – keine großen Stürze, aber die Felsen waren naß und glitschig von Seetang, und die Beleuchtung war schlecht. Er kam nur unbeholfen und gebückt voran, den gesunden Arm ausgestreckt, um sich abzustützen, wenn er das nächste Mal ausrutschte. Der Saum seines Regenmantels war schwer von Feuchtigkeit. Jedesmal, wenn er fiel, hielt er inne, um zu Atem zu kommen, und die Pausen wurden immer länger.

Er schloß die Augen. Louise und Michael standen an der

Tür, während er mit blutigen und zerrissenen Kleidern auf sie zuhinkte. Louise sagte: »Wir haben überall gesucht.« Sie runzelte die Stirn und hielt Michaels Hand, als ob Nicks Erscheinung den Jungen irgendwie erschreckt hatte.

Ihm wurde klar, daß er Louise sagen mußte, wo er gewesen und warum er dorthin gefahren war. Er würde ihr alles erzählen müssen. Und das war das Schlimmste: alles erzählen zu müssen.

Zwischen der Treppe beim Kliff und den Stufen gegenüber des Hotels stürzte Nick mehr als zwanzig Mal. Der Rhythmus der Brandung war der Rhythmus seines Schmerzes – er überrollte ihn mit durchdringenderem Pulsieren, zog sich wie eine keuchende Unterströmung in seinen Unterschenkel und die Schulter zurück, um ihn wie schwarze Gischt erneut zu überspülen. Er saß auf der untersten Treppenstufe beim Hotel und legte, um sich abzukühlen, seine Wange gegen die nasse Mauer. Eine Hand steckte in der Manteltasche und hielt den Wagenschlüssel umklammert wie ein Flüchtling ein wertvolles Andenken aus der Heimat.

Sammel deine Kräfte, dacht er. Dann steig die Treppe hinauf, überquere die Straße. Es ist dunkel; die Straße ist naß von der Gischt – die Häuser sind auch naß. Selbst wenn du jemanden triffst, wird er sich nicht über deine nassen Klamotten wundern.

Steig ins Auto. Fahr langsam weg. Du mußt nur fünf Meilen schaffen, fünf Meilen sind mehr als genug. Dann halte irgendwo an und versorge notdürftig deine Verletzungen. Im Wagen ist ein Verbandskasten – Pflaster, Mull, Desinfektionsmittel, Schmerztabletten. Dann fahr nach Hause. Fahr direkt nach Hause. Erzähl Louise alles. Vielleicht ist das am Ende eine Erleichterung.

Er versank wieder in einem Traum. Er war zu Hause. Es war ein milder Nachmittag, die Sonne schien; durch das Fenster konnte er Michael auf dem Rasen spielen sehen. Er fühlte sich ok. Sein Arm und sein Bein schmerzten noch ein wenig, aber er hatte es warm und friedlich, und er wußte, daß er sich richtig entschieden hatte. Louise saß auf dem großen Chintzsofa im Wohnzimmer, den Kopf leicht geneigt, als er ihr das Schlimmste erzählte.

Offenbar konnte sie ihn verstehen, obwohl er sich selbst nicht hörte. Die Worte perlten von seinen Lippen in ein entsetztes Schweigen: nur für deine Ohren... Er kämpfte sich auf die Füße. Louise sagte: »*Nick*«, – scharf, vorwurfsvoll.

»*Nick*!« Er wandte sich in Richtung des Geräusches.

Zenos Hand schwebte in der Luft – nicht bewegen, schau auf das Vögelchen. Es folgte eine leise Explosion. Ein Meer kalkweißen Magnesiumlichts flammte Zentimeter vor Nicks Gesicht auf, und alles verschwand in greller Helligkeit. Er wandte sich ab und taumelte mit ausgestreckten Armen über die Felsen wie ein Blinder. Die Welt war weiß. Er starrte und starrte, und vor ihm war nichts als Leere, völlige Leere, als hätte jemand seine Sicht einfach weggewischt oder ihm die Augäpfel geschält.

Irgend etwas legte sich um seinen Hals, ein Flattern, dann kreuzte es sich. Wie Louise, wenn sie ihm seine schwarze Krawatte band, bevor sie zu irgendeiner festlichen Einladung gingen. Links über rechts, das eine Ende länger... Seine Ohren knackten, als die Krawatte zugezogen wurde.

Eine Schuhkappe traf ihn von hinten an seinem verletzten Bein, und er sank auf die Knie, als wolle er beten. Ein Knie landete krachend zwischen seinen Schulterblättern, und sein Kopf wurde zurückgerissen, als Zeno an der Garotte zerrte.

Einen Moment lang kehrte sein Augenlicht wieder. Er konnte Louise sehen, ihr ernstes Gesicht. Neben ihr, durch das Fenster, Michael, der über den Rasen lief. Nur für eine Sekunde, dann wurden beide ausgelöscht.

Die Schnur grub sich in das Fleisch seines Halses. Das Meer war ein riesiges, allumfassendes Tosen, das wie Sperrfeuer in seinen Ohren dröhnte. Zentimeter für Zentimeter wurde er wie von einer heftigen Strömung hinausgezogen. Der Schmerz war jetzt überall.

Alles, was er sehen konnte, waren zerspringende Sterne, explodierende Bomben, zuckende Blitze, das Herz des Lichts...

3

Jedesmal, wenn er in einer Gefängniszelle saß, begann Sam Pascoe zu schwitzen. Er konnte die Angst schon spüren, bevor er die Zelle erreichte. Hinter ihm fielen Gittertüren mit leisem Rumpeln ins Schloß; der Marsch durch kahle Korridore, dann die schwere Tür mit dem Guckloch. Er trat ein, setzte sich und versuchte den Moment der Panik zu überspielen.

Diesmal war es dasselbe. Ein Netz von Feuchtigkeit bildete sich in seinen Achselhöhlen, hauchzarte Schweißperlen sikkerten unmerklich von seinem zugeschnürten Hals zum Bauch hinunter. Er sagte nichts, sondern wartete, bis sich die Enge in seiner Brust löste. Er beschäftigte sich mit einigen Papieren, nahm sie aus seinem Aktenkoffer und legte sie auf den Tisch, als müßten sie nach einer ganz bestimmten Ordnung ausgebreitet werden.

Gesenkten Blicks sah er sich in der Zelle um – ein Mann, der etwas finden wollte, ohne den Eindruck zu erwecken, danach zu suchen.

Eine Holzbank, dachte er. Vier kräftige Beine, darauf Latten. Eine schlichte Konstruktion. Trotzdem sah er sich um – wie jemand, der vor dem Überqueren einer leeren Straße in beide Richtungen schaute.

Erneut ordnete er die Unterlagen und lächelte. Es dauerte nur eine Minute, bis es wieder ging; das Zittern verließ seine

Hände. Anthony Stewart wollte das Lächeln erwidern, doch seine Lippen schienen nicht die richtige Stellung zu finden.

»Nun, Tony...« Sam hatte die Angst fast vergessen. »Wir haben jetzt einen Termin für den Prozeß. Es gibt da noch ein paar Dinge, nach denen ich Sie fragen wollte, wissen Sie, mögliche Stolpersteine.

Stewart legte los, als sei bei ihm irgendein innerer Mechanismus ausgelöst worden. Er sprach in kurzen, abgehackten Sätzen mit verschieden langen Pausen. »Ich habe den Abend im Haus meiner Mutter verbracht. Zusammen mit meiner Mutter. Ich verbringe... ich besuche sie häufig. Na ja – mindestens einmal die Woche... ich –«

»Das Protokoll«, unterbrach Pascoe ihn. »Im Protokoll steht, daß jemand in jener Nacht Ihren Wagen gestohlen hat...«

»Ein Irrtum. Hören Sie, die wissen doch ganz genau den Zeitpunkt ihres Todes. Ich war nicht da. Ich war fünfzig Meilen entfernt. Ich fahr ein- oder zweimal die Woche. Jede Woche. Seit dem Tod meines Vaters. Ich hab ihr irgendwelche Schokolade mitgebracht. Und mit ihr auf ihrem Zimmer gesessen. Der Fernseher steht auch da. Alles ist da. Ein Kühlschrank. Ein kleiner Herd, um sich was warm zu machen. Zeitschriften und Knabberkram. Nichts besonderes. Wir haben bis spät abends zusammengesessen. Sie schläft nie. Ein Nickerchen oder zwei tagsüber. Wir haben Schokolade gegessen. Wir haben Fernsehen geguckt.« Das Lächeln kehrte zurück und umschwebte sein Gesicht, als suche es einen Ort, wo es sich niederlassen konnte. Er sagte: »Alles klar?« als ob Pascoe noch ein wenig üben müßte, bevor er die Geschichte genauso gut konnte wie Stewart selbst.

Pascoe las die Autonummer von Stewarts Wagen vor, sowie die Uhrzeit, zu der er gesehen worden war. Stewart schüttelte den Kopf.

»Sie können meine Mutter fragen«, sagte er. »Jeder kann sie fragen.«

Das hatte Pascoe bereits getan. Eine Tagesschwester hatte ihn nach oben geführt. Amy Stewart hatte fernsehend im Bett gesessen. Ein vager Mief aus Schweiß und Essensresten hing in den Ecken des Raumes. Die Fenster waren fest verschlossen.

»Er kommt einmal die Woche«, hatte sie gesagt, ohne ihren Blick vom Bildschirm zu wenden. »Er tut alles, um von seiner Frau, dieser Hexe, wegzukommen.«

Pascoe legte die Papiere zurück in seinen Aktenkoffer. Stewart stand auf, folgte ihm bis zur Tür und streckte seine Hand aus wie ein Mann, der an der Wohnungstür den letzten Gast verabschiedet: war schön, dich mal wieder zu sehen. Danke fürs Kommen. Paß auf dich auf...

Ein grüner Volvo belegte seit kurzem seinen Parkplatz. Er hatte ihm ein paarmal eine Notiz unter den Scheibenwischer geklemmt, ohne jede Wirkung. Sein Büro befand sich in einem zehnstöckigen Glasklotz, der das Licht nahm, ohne welches zurückzugeben; statt dessen erstrahlte das Bauwerk von allen Seiten in einem matt-goldenen Glanz. Man hatte ständig das Gefühl, beobachtet zu werden, ob nun jemand guckte oder nicht.

Fünf Minuten später stand er hinter diesem Kupferschild, unsichtbar, die Stirn gegen die Glaswand seines Büros gelehnt, und starrte auf die trostlose Stadtkulisse. Auto an Auto schlängelte sich durch die Hauptausfallstraßen, so weit das Auge reichte, jede Windschutzscheibe von der tief stehenden Nachmittagssonne in warmen Glanz getaucht. Wie Pascoe waren auch die Fahrer hinter ihrem Lichtpanzer unsichtbar. Die Schlange ruckte ein paar Meter nach vorn und kam dann wieder zum Stehen.

»Du hast ihn nochmal getroffen. Was hältst du davon?«

Pascoe hatte George Roxborough hereinkommen hören, sich jedoch nicht die Mühe gemacht, sich umzudrehen. »Wer fährt einen grünen Volvo?« fragte er.

»Was?« Roxborough stellte sich neben ihn an die Glaswand.

»Fährt irgend jemand in dieser Kanzlei einen grünen Volvo?«

»Ich glaube nicht, nein.«

»Gut.« Das Glas unter Pascoes Stirn hatte sich durch die Berührung erwärmt. Er verlagerte seinen Kopf ein wenig und fand eine kühlere Stelle. »Hättest du Lust auf Stewart?«

»Du meinst, ob ich den Fall übernehmen will?« Roxborough hatte ihn von Anfang an gewollt. Mord mit einem Spielraum für Zweifel. Eine aus den Angeln gerissene Tür, geraubte Juwelen und ein wenig Bargeld, das ganze Haus nach Blut stinkend, Wände, Decken und Möbel blutverschmiert, und im Schlafzimmer, wo der ganze Strom endete, Mrs. Anthony Stewart, ein Blutbad. Roxborough hatte ein gutes Gefühl. Bei Gericht standen die Wetten auf Stewart 3–1. Roxborough hatte schon die Wette angenommen, warum also nicht auch den Fall?

»Eine persönliche Angelegenheit?« fragte er.

»Ja, persönlich, George.«

Roxborough fragte nicht weiter. Dafür war Pascoe berühmt. Eine Theorie lautete, daß er an lähmenden depressiven Schüben litt, deren Anflug er spüren konnte, worauf er sich zurückzog, um den Sturm zu überstehen. Die andere Theorie lautete, daß er trank. Hin und wieder ein Absturz, und er konnte nichts dagegen tun. Jeder wußte warum. Oder glaubte zumindest, es zu wissen.

Nun... Es hatte furchtbare Depressionen gegeben. Es hatte auch alptraumhafte Besäufnisse gegeben. Manchmal kam das eine zuerst, manchmal das andere. Und in Wahrheit schien es keinen großen Unterschied zwischen den beiden zu geben. Schwarze Löcher, die alles einsaugten – Licht, Musik, Freude, jede Lust an jedweder Tätigkeit, positive Gedanken, angenehme Erinnerungen, Ideale, Hoffnung für die Zukunft... all das einsaugten und ihn mit sich rissen, so tief, daß er das Gefühl hatte zu ersticken, zu erblinden, taub oder wahnsinnig zu werden aus Mangel an Licht. Vor langer Zeit schon hatte er seine eigene Definition von Depression gefunden – endloser Schmerz in unendlicher Dunkelheit.

Mittlerweile waren die Anfälle seltener geworden. Meistens beschränkten sie sich auf Schweißperlen entlang des Rückgrats und ein Zittern in den Händen, wenn er sich einer Zelle näherte, oder einen plötzlichen, dumpfen Schmerz unter dem Herzen, wenn er seine Wohnungstür öffnete und von Schweigen empfangen wurde.

George Roxborough suchte nach dem Haken. »Was ist? Will er sich doch schuldig bekennen?«

»Nein. Er erzählt nach wie vor dieselbe Geschichte.«

»Seine alte Mutter auch?«

»Seine alte Mutter erzählt ebenfalls nach wie vor dieselbe Geschichte.«

»Aber die Polizei hat ein Geständnis.«

»Eine Metapher.«

»Was?« fragte Roxborough mit einem kleinen, glucksenden Lachen.

Pascoe trug die Erklärung in der Manier des Angeklagten vor: »Das ganze Blut. Als ich sie gefunden hab. Ich hab sie nie geliebt. Ich hab mich schuldig gefühlt. Als ob meine mangelnde Liebe sie umgebracht hätte.« Ein gepreßtes Stottern. Tonlos und dünn. In seiner eigenen Stimme fuhr er fort: »*Als ob*... eine Metapher, verstehst du?«

Wenn Roxborough es verstand, schien er nicht gewillt, das zuzugeben. »Wird die Mutter aussagen?«

»Sie kann es kaum erwarten.«

»Ist sie glaubwürdig? Wird sie bei ihrer Geschichte bleiben? Wie klingt sie?« Es war dreimal die gleiche Frage.

»Mach dir keine Sorgen«, beruhigte Pascoe ihn. »Sie ist sich ihrer Sache sicher.«

Ein fetter Mann in einem beigen Anzug kam auf den Volvo zugestampft. Er trug einen Karton, dessen Aufschrift der

Welt mitteilte, daß sein Besitzer soeben einen ultramodernen CD-Player erworben hatte. Der Mann öffnete die Hecklappe und mußte verschnaufen. Als er den Karton verstaut hatte, schloß er den Wagen wieder und ging davon.

»Hat er es getan?« fragte Roxborough.

Pascoe hatte das Fenster verlassen. Er saß an seinem Schreibtisch und blätterte durch die Gelben Seiten.

»Wonach suchst du?« fragte Roxborough erstaunt.

»Schon gefunden.« Pascoe legte ein Lineal an und riß eine große Kastenanzeige aus dem Telefonbuch. »Ja«, sagte er. »Er hat es getan.«

»Vielleicht können wir uns am Wochenende noch einmal über den Fall unterhalten«, sagte Roxborough. »Die Zeugenaussagen und Indizien durchgehen, einen Blick auf das Material der Anklage werfen.« Er hielt inne, als würde Pascoe die Bezahlung irgendeiner unbedeutenden beruflichen Gefälligkeit verweigern. »Bist du sicher?«

»Er gehört dir, George. Viel Spaß mit ihm. Das Wochenende kommt nicht in Frage.«

»Du fährst weg...«

»Ich breche in ungefähr zehn Minuten auf.« Pascoe hatte in seiner Schreibtischschublade ein großes Blatt Zeichenpapier gefunden und tackerte die ausgerissene Anzeige in dessen Mitte, um ihr so angemessene Geltung zu verschaffen. Er schien von dieser Aufgabe völlig in Anspruch genommen.

»Warum«, Roxborough hielt es für das Beste, spezifisch zu werden, »hat er sie umgebracht?«

»Er wird bei seiner Geschichte bleiben, George, und seine Mutter bei der ihren. Du kriegst ihn raus, es ist ein Kinderspiel.«

»Nein, das ist es nicht, aber ich übernehme den Fall trotzdem.« Pause. »Sag mir, warum.«

Pascoe hielt das Blatt mit der Anzeige zur Begutachtung hoch. »Nun, da gäbe es jede Menge Theorien, George. Ein Augenblick blinder Wut, das Bedürfnis nach Veränderung, ein Schwall von Scheiße im Gehirn. Im Grunde genommen ist es alles dasselbe.«

»Warum, glaubst *du*, hat er es getan?«

Pascoe strich ein paar Falten auf der ausgerissenen Anzeige glatt. »Ich glaube, seine Mutter hat ihm gesagt, er soll es tun.«

George Roxborough nahm die Stewart-Akte mit, als er ging. Pascoe drehte sich mit dem Stuhl zur Wand. In der einen Hand hielt er eine Zeitungsseite, in der anderen einen Brief.

Der Zeitungsartikel berichtete, daß man einen toten Mann auf den Felsen einer Küste gefunden hatte, den man als Nick Howard identifiziert hatte. Der Artikel nannte Nicks Adresse, gab an, daß er verheiratet gewesen war und einen vierjährigen Sohn hatte. Er erwähnte auch, daß er ermordet worden war.

Da es sich um eine kleine Lokalzeitung handelte, lief der Artikel unter einer zweiundzwanzig Punkt großen Titelzeile über die ganze Seite. Pascoe hatte sich die Zeitung besorgt, nachdem er eine kürzere Meldung über den Todesfall in einer überregionalen Zeitung gelesen hatte. In der Mitte der Seite fand sich ein Bild von Nick, ein rekonstruierter Schnappschuß. Er hatte einen Schnauzbart. Pascoe fand, daß er albern aussah – als hätte Nick Eindruck schinden wollen.

Er las noch einmal den Brief. Ein Name war erwähnt: Lori. Er bezog sich auf die Vergangenheit. Er erzählte – mit knappen Worten – eine Geschichte, die Pascoe schon einmal gehört und von der er gehofft hatte, sie nie wieder hören zu müssen. Der Brief bat ihn ins Palings zu kommen, ein sechs Autostunden entferntes Hotel am Meer, wo er auf einen Anruf warten sollte.

Der Zeitungsartikel berichtete, daß Nicks Leiche bei Ebbe in einer schmalen, felsigen Bucht entdeckt worden war.

Die Brandung hatte sie übel zugerichtet, und sie hatte ein paar Tage im Wasser gelegen, doch die Stichwunden an

Oberarm und Unterschenkel waren noch deutlich erkennbar gewesen, genau wie die eigenartig gewundenen Würgemale an seinem Hals, dunkel wie die Spur von Fäulnis an einer Frucht.

Pascoe wußte, daß er dorthin fahren mußte. Alles, was in seinem Leben stark war, alles, was ihn trieb, kam aus der Vergangenheit. Sein Alltagsleben interessierte ihn wenig, während die Vergangenheit eine gewaltige Macht über ihn ausübte. Er hatte fast nie einen Traum, den er rätselhaft fand. Er kannte die Menschen und erinnerte sich an die Begebenheiten. Jeder Traum ergab vollkommenen Sinn, jedes kleine Drama von Betrug und Verlust, von unsagbarem Grauen und Tod. Wenn sich die Bilder einstellten, wurde er hineingezogen, mit einem stummen Schrei wie ein verlorener Schwimmer, der von einem Strudel in die Tiefe gerissen wird. All die Orte waren ihm bekannt. Genau wie die Gesichter – die verzweifelten Augen, die in der Dunkelheit schluchzenden Münder.

Lori. Er sah sie in einer Nahaufnahme, obwohl sie nicht wußte, daß er sie beobachtete. Die Tränenspuren, wo ihr Make-up verlaufen war. Sie kam ins Schlafzimmer, den Rock gerafft wie eine Schürze, um all die Pillen zu halten.

Er erinnerte sich an einen großen Raum. Einer von ihnen hatte gesagt: »Ein Mensch, den ich liebe, könnte genau in diesem Moment sterben.« Ein Spiel der schlimmsten Ängste.

Er schob den Artikel und den Brief in seine Innentasche, behutsam, als sei es das Wichtigste, sie außer Sichtweite zu bringen.

Er fragte sich, wer Nick Howard getötet hatte. Und er fragte sich, warum.

Die Sonne hatte keine Kraft mehr und war fast hinter den Dächern verschwunden. Die Tönung der Glaswände war in ein mattes, schmieriges Ocker übergegangen. Pascoe öffnete den Kofferraum seines Wagens und kramte in der kleinen Werkzeugkiste herum, die er dort aufbewahrte. Endlich fand er die Tube mit dem Spezialkleber. Er wendete das Blatt Zeichenpapier und verteilte den gesamten Inhalt der Tube auf der Rückseite. Dann faßte er sein handgemachtes Poster an den beiden oberen Ecken, ging zu dem Volvo und klebte es behutsam auf die Fahrerseite der Windschutzscheibe, wobei er sich vergewisserte, daß es völlig glatt und faltenfrei auflag.

Die Wagen krochen voran, ein träger Fluß aus Stahl, Lärm und Gestank. Als Pascoe sich eingefädelt hatte, war das Zeichenpapier bereits auf die Scheibe des Volvos geschweißt wie eine Stahlplatte. Die darauf getackerte Anzeige aus den Gelben Seiten zeigte einen lächelnden Mechaniker, der dem Betrachter ein Telefon hinhielt: BLACKSTONE GARAGE – AUSPUFFDIENST – BATTERIEN – REIFEN – ERSATZSCHEIBEN.

Es war riskant – natürlich war es das – zu der Bucht zu fahren, in der man Nicks Leiche gefunden hatte, aber Zeno konnte dem Impuls nicht widerstehen. Die Polizei hatte die Spurensicherung bereits vor drei Tagen abgeschlossen; wenn überhaupt, würde er wahrscheinlich nur von Schaulustigen auf der Suche nach makabren Sensationen gesehen werden.

Wie sich herausstellte, war niemand dort. Vielleicht behagte ihnen das Wetter nicht.

Der Wind wehte noch immer frisch. Er pfiff um die Landspitze und trieb Brecher gegen die Öffnung der schmalen Bucht. Zeno kletterte zum Meer hinab, bis er eine große, V-förmige Spalte zwischen zwei dunkelvioletten Felsblöcken erreicht hatte. Der eine Fels war glatt und länglich mit einem Buckel wie eine Katze. Der andere ragte steil auf und wand sich massig zum Wasser hinunter; im Licht des frühen Morgens sah er aus wie ein riesiger Seehund, der sich durch die Brandung schob. Zeno konnte es unmöglich genau wissen, aber er hatte das sichere Gefühl, daß dies die Stelle war, an der Nicks Leiche an Land gespült worden war, Gesicht nach oben und mit ausgestreckten Armen um Entdeckung flehend.

Er saß rittlings auf dem Rücken der Katze und fragte sich, wie alles so gründlich hatte schief laufen können. Hatte er einen Fehler gemacht? Oder war es ein verrückter Zufall? Nick war zurückgetrieben wie ein Fetzen bösartigen Klatsches. Wenn Zeno das eine Detail gekannt hätte, das die Polizei nicht veröffentlicht hatte, wäre er einer Antwort näher gewesen. Ein Fehler, ein verrückter Zufall – sowohl als auch, plus ein wenig Pech.

In jener Nacht war das kleine blaue Boot mit Zeno und Nick an Bord in See gestochen. Nicks Leiche hatte unter einer Plane in einer Ecke des schlichten Bootshäuschens gelegen. Zeno war der Küstenlinie in einem großen Bogen gefolgt, bis der Winddruck jenseits der Landspitze das kleine Boot rüttelnd gedrängt hatte; der Sturm hatte gegen die Planken geschlagen, als ob entlang des gesamten Rumpfes schwere Türen zufielen.

Zeno hatte den Bug in den Wind navigiert, das Steuer festgestellt und Nick zur Reling gezerrt, die Hände mit einem Nylontau an einen Landanker aus Beton gebunden, mit Seemannsknoten rund um den tief eingelassenen Eisenring. Zuerst warf er Nick über Bord, die Leiche hing schlaff über die Bootswand wie eine schlecht vertäute Ladung. Dann hatte Zeno mit beiden Händen den Landungsanker gepackt, das enorme Gewicht mit einem Knie abgestützt und die Last aus der Hocke geschultert. Nicks Körper zog ihn zum Wasser, und im selben Moment war der kleine Kahn von einer Woge gepackt worden. Zeno war gegen die Bordwand getaumelt und hatte gespürt, wie er den Boden unter den Füßen verlor. Einen Moment lang hatte er nur schwarze Leere gesehen – die Nacht war so finster, das Meer so dunkel – hatte nichts gehört außer dem Tosen des Windes und der Wellen. Der Anker segelte in die Dunkelheit, und wie ein großer Fisch, der sich ruckartig an einem Haken verbeißt, war Nick kurz aufgetaucht und dann verschwunden.

Zeno hatte seinen Kurs geändert und auf die Lichter der Stadt zugehalten. Er war nicht im Hafen an Land gegangen; selbst an einem Abend wie diesem wollte er jedes Risiko vermeiden. Statt dessen hatte er in einer der kleinen, geschützten Buchten entlang der Küste geankert, von wo er am nächsten Morgen zum Hafen zurücktuckern wollte.

Er bemerkte, daß der Beton seine Hände aufgeschürft hatte, dünne weiße Hautfältchen liefen über seinen Handrücken, und sie schmerzten. Er würde seine Hände in warmem Salzwasser baden und sie mit reichlich Lanolin eincremen. Zeno pflegte seine Hände, so wie jeder Handwerker sich um die Werkzeuge seiner Zunft kümmerte.

Zenos Fehler hatte darin bestanden, Nick dort ins Wasser zu werfen, wo er es getan hatte. Theoretisch weit draußen auf dem offenen Meer, tatsächlich jedoch unweit einer Barre, die sich wie eine Sandbank erhob, bevor sie zum Strand hin abfiel. Sein Pech war das Wetter gewesen; bei ruhigerer See hätte er mehr auf Seekarten und Landmarken geachtet. Der verrückte Zufall ereignete sich zwei Tage später.

Der Anker war abgerutscht und hatte Nick mitgeschleift. Er war, durch Unterwasserströmungen gezogen, an der Sandbank entlang geschrammt, und Nick war, die Arme pfeilförmig auf den Anker gerichtet, mit gefesselten Hand- und Fußgelenken in der Idealhaltung eines Schwimmers gefolgt. Schließlich war der Anker in ruhigerem Gewässer auf den Grund gesunken, sanft hin und her wiegend, während Nicks Leiche im Widerhall dieser Bewegung darüber im Wasser trieb. Seine Haare wehten wie Gras. Seine Augen waren aufgequollen und weiß; sie starrten in die unermeßlichen schwarzen Abgründe, als ob dort ein tiefes Geheimnis verborgen lag, das sich durch konzentrierte Betrachtung enthüllen ließ. Wenn alles normal gelaufen wäre, hätte er so auf das

Geheimnis starren können, bis die Tiere des Meeres sein Fleisch bis auf die blanken Knochen abgenagt hätten. Zwei Tage später jedoch schaltete ein Hobbyschiffer direkt über dieser Stelle seinen Motor aus. Das war der verrückte Zufall.

Zwei Mädchen und ein Mann – Touristen auf einer Vergnügungsfahrt. Sie warfen ihren Anker auf Nicks Beine, der sich in dem Tau, das sie zusammenhielt, verhedderte. Die drei Ausflügler hörten Musik und tranken ein paar Bier. Eines der Mädchen packte Thunfischsteaks und Salat aus.

Eine Stunde später lichteten sie den Anker und fuhren davon. Der Mann hatte den Widerstand gespürt, als er zum Einholen der Ankerkette an der Winde gekurbelt hatte – die Kette hatte sich gespannt und aus dem Wasser geschoben, hatte dann nachgegeben, war wieder eingetaucht und hatte sich glatt einrollen lassen.

Unter Wasser hatte sich Nicks Leiche zwischen dem Landanker und dem Seeanker gespannt wie ein Wimpel, der in steifer Brise flattert. Der Seeanker hatte ihn fast in eine aufrechte Position gezogen, bevor er einen Moment lang blokkierte. Die Sehnen in Nicks Handgelenken spannten sich, und die Haut schob sich wie eine Zieharmonika gegen das Nylontau. Einige Sekunden lang passierte nichts. Dann hatten sich Nicks Arme am Handgelenk von der nach wie vor an dem Eisenring vertäuten Händen losgerissen. Die zerfetzten Unterarmstümpfe mit ihren dornenartig hervorragenden Knochen strebten flehend nach oben, die Leiche drehte sich zweimal um die eigene Achse, den Anker des Hobbyboots streifend.

Den restlichen Tag war Nick mit der Strömung getrieben. Fische stubsten und stießen sich an ihm, machten Rast für ein kurzes Mahl. In jener Nacht erreichte er, umhergewirbelt und getrieben von der Flut, die schmale Bucht. Eine Welle spülte ihn in die Spalte zwischen dem Katzenrücken und dem Seehund. Das Wasser floß ab wie ein Vorhang, den man aufzieht, und da lag er im Licht der Morgenröte, aus leeren

Augenhöhlen landeinwärts starrend, die Unterarmknochen weiß wie Stoßzähne.

Das war das Detail, das die Polizei nicht veröffentlicht hatte. Es war etwas, womit sie möglicherweise ein falsches von einem echten Geständnis unterscheiden oder erkennen konnten, ob derselbe Täter am Werk gewesen war, wenn sich weitere derartige Morde ereigneten. Eine Theorie ging davon aus, daß die Hände entfernt worden waren, um die Abnahme von Fingerabdrücken unmöglich zu machen; da sich in Nicks Taschen jedoch hinreichend Ausweispapiere fanden, hielt sie sich jedoch nicht lange.

Die Indizien für einen Mord waren klar wie der helle Tag. Niemand kam auf den Gedanken, daß der Verlust der Hände ein Unfall gewesen sein könnte.

Zeno war deprimiert. Alles geriet durcheinander. Er hatte einen Brief an Sam Pascoe und einen weiteren an Sophie Lanner geschickt. Und jetzt war Nicks Ermordung publik geworden. Natürlich bestand nach wie vor eine gute Chance, daß weder Sam noch Sophie davon erfahren hatten. Trotzdem, allein die Möglichkeit machte ihn nervös.

Er war sich so sicher gewesen, daß sie im Laufe der Zeit alle kommen würden. Aber Nicks Tod würde ihnen Angst einjagen, und diese Angst würde sie vielleicht abhalten.

In einem Felstrichter hatte sich plötzlich Wasser gesammelt und seine Schuhe durchweicht. Als er sich umsah, bemerkte er, daß um ihn herum die Flut aufgelaufen war und die tiefer liegenden Abschnitte des Strandes auf beiden Seiten überspült hatte. Er kletterte von seinem Hochsitz und platschte durch das knöcheltiefe Wasser bis zur Flutkante, dann wanderte er gut eine Meile auf dem Pfad entlang des Kliffs bis zu der Stelle, wo er sein Auto geparkt hatte.

Jetzt war es Zeit, nach Hause zu Carla zu fahren. Sie würde ihn nicht fragen, wo er gewesen war oder was er getan hatte; das tat sie nie. Ihr gemeinsames Leben war auf gegenseitiger

Liebe und gegenseitigem Vertrauen gegründet. Und in Wahrheit war alles, was er getan hatte – alles, was er je tat – nur für sie.

4

Sam Pascoe traf um 21 Uhr 30 im Palings ein. Er konnte das Meer hören, es jedoch nicht sehen. Von einer fünf Meilen entfernten Landspitze blitzte in regelmäßigen Abständen das Licht eines Leuchtturms herüber. Pascoe saß am Fenster und sah zu, bis ihm der Drang, die Sekunden zwischen zwei Strahlen zu zählen, lästig wurde.

Ihre Clique hatte aus sieben Leuten bestanden: ihm selbst, Luke Mallen, Charlie Singer, Nick Howard, Sophie Lanner, Marianne Novaks und Susan Hart. Sie waren alle etwa gleich alt – 1970 um die zwanzig. Sophie und Marianne waren die jüngsten gewesen – sie gingen beide noch aufs College. Die anderen standen am Anfang ihrer Berufskarrieren, obwohl das keiner von ihnen besonders ernst nahm. Es waren die siebziger Jahre: Sie hörten viel Musik, sie redeten fieberhaft über die Revolution, sie plädierten für freien Drogenkonsum und konsumierten selbst welche.

Alle waren sie Freunde von Charlie Singer, so hatte sich die Clique gefunden. Charlie verfügte von irgendwoher über ein freies Einkommen und besaß daher eine Wohnung: einen Platz, an dem man sich treffen und herumhängen konnte. Charlies Loft war der Ort, wo sie das Spiel der schlimmsten Ängste gespielt hatten. Manchmal stießen weitere Freunde zu ihrem Kreis und verschwanden wieder, aber die sieben waren der harte Kern. Gelegentlich fanden sich zwei von ihnen zu einem Paar zusammen, dann wieder nicht. Sex war keine große Sache: Sie waren schließlich alle Freunde. Sie schliefen miteinander, hörten gemeinsam Musik und nahmen zusammen Trips – oft war es das, was sie am liebsten taten. Ihre Nächte verloren sich im LSD, übervoll mit Träumen, Dingen, die sie vielleicht getan oder nicht getan hatten – da war sich hinterher niemand völlig sicher. Einmal hatten sie alle die Erinnerung, am Meer gewesen zu sein, aber niemand konnte mit Gewißheit sagen, ob es nicht doch nur ein Traum gewesen war. Vielleicht hatte jemand vom Meer gesprochen, und sie waren alle in ihrer Phantasie dorthin gefahren. Am nächsten Tag war Charlies Tank fast leer, wer also konnte es ganz genau wissen?

In solchen Erinnerungen verloren, durchlebte Pascoe auf einmal ein intensives *déjà vu*. Er lag in einer Ecke von Charlie Singers Loft neben einem Mädchen, aber er wußte nicht, wer sie war. Schmetterlinge in leuchtenden Farben flatterten mit träge schwingenden Flügeln über einen Seidenvorhang. Sie waren bis in alle Einzelheiten so nah, daß er die Staubschicht auf ihrem Rücken erkennen konnte. Die hellblau leuchtenden Kringel auf ihren Flügeln hatten seinen Blick angezogen; sie schienen im dämmrigen Licht zu schrumpfen und wieder zu wachsen.

Das Mädchen lächelte ein rosafarbenes, umgarnendes Lächeln. Sie kniete sich auf und brachte Unruhe in das Bild am Himmel, die Schmetterlinge hoben mit sanft kräuselndem Flügelschlag ab und warfen kleine graue Teilchen ab, berauschend wie Blütenstaub. Sie knöpfte ihre Bluse auf und ließ sie zu Boden fallen. Pascoe kam es vor, als strahlten ihre nackten Brüste einen schwachen, warmen Glanz aus, von Schmetterlingsstaub bedeckt.

Sie streckte die Beine aus, um ihre Jeans abzustreifen, kauerte sich dann über ihn und lachte. Das Geräusch hallte voll und vibrierend in seiner Ohrmuschel wider. Sie nahm seine Hand, die leicht war und nur aus Nervenenden zu bestehen schien, ein Bündel lebendiger Drähte und legte sie in ihren Schoß. Er streichelte sie zwischen den Beinen und spürte alles, sah alles, schmeckte alles, roch alles, als ob seine Fingerspitzen nur Sinneswahrnehmung wären.

Sie brauchte Stunden, um ihm seine Kleider auszuziehen, Tage, um sich auf ihn zu legen, tiefer und tiefer zu sinken, als sei sie unermeßlich und grenzenlos. Ihr Atem in seinem Gesicht erhitzte ihn. Dann richtete sie sich auf und spreizte ihre Beine, bis sie so innig vereint waren, daß er ihr empfindlichstes Innerstes berührte.

Er öffnete seine Augen und driftete von der reinen Empfindung zurück in die Wahrnehmung, bis er sie über sich sah, ihren flachen Bauch, ihre schlanke Hüfte, die Brüste vorgestreckt und den ganzen Oberkörper lustvoll gedehnt, die harten, aufgerichteten Brustwarzen, die Arme über dem Kopf und das Gesicht im Dunkel. Er dachte, daß sie aus ihm gewachsen war wie ein Baum.

Im selben Augenblick war der Acid-Traum verflogen, und er hatte alles ganz deutlich gesehen. Das über die Trennwand gehängte Seidentuch, die aufgestickten Schmetterlinge, die aufzuflattern und wieder zu landen schienen, je nachdem wie das Licht auf den teuren Stoff fiel, das Mädchen über ihm, sich hin und her wiegend, gefangen in ihrer eigenen Lust und dem tosenden Chaos drogenbeseelter Bilder.

Von der anderen Seite der Trennwand hatte er Gelächter gehört und Musik, eine Lampe hatte fließende Schatten an die Decke geworfen. Diesen einen Augenblick lang, so erinnerte er sich, war alles glasklar gewesen. Dann war er wieder auf Trip gegangen, schwebend und in dem Mädchen wachsend wie eine riesige Pfahlwurzel, während sie über ihm wogte, Äste und Arme und Blätter und Haare.

Die Erinnerung hatte Pascoe benommen gemacht. Er schloß die Augen und öffnete sie wieder, um die Empfindung zu überprüfen. Das Mädchen – wer war es gewesen? Marianne, dachte er oder Susan? Ja, wahrscheinlich Sue. Er trat ans Fenster und zählte die Umdrehungen des Leuchtfeuers, um sich wieder zu beruhigen.

Als er bei dreißig angekommen war, hörte er auf zu zählen. Seine Augen starrten wie gebannt, sein Mund stand offen, wie im ersten Stadium einer Trance. Das Telefon klingelte dreimal, bevor er es bemerkte.

»Sam?« Die Stimme sprach leise – fast flüsternd. Pascoe bemühte sich, sie zu erkennen.

»Du hast mir einen Brief geschrieben?« Halb fragend.

»Genau.«

»Und du willst – was? Geld? Ist es das?«

»Geld?« Das Wort wurde ihm zurückgereicht. Wegen des Flüstertons wußte Pascoe nicht, ob der Sprecher beleidigt oder amüsiert war. »Nein, Sam, kein Geld.«

»Kenne ich dich?«

»Wir hatten eine gemeinsame Freundin.«

»Wen?«

»Lori Cosgrove.« Pascoe antwortete nicht. »Ich dachte, wir sollten uns ein wenig über Lori unterhalten. Und darüber, was mit ihr geschehen ist?«

»Und wozu sollte das dienen?« sagte Pascoe und dachte im selben Moment, daß es großspurig klang – Anwaltsrhetorik.

Diesmal war die Belustigung in der Stimme nicht zu überhören: ein knappes, kehlig gehauchtes Lachen, dann ein spöttisch gepreßtes Echo von Pascoes Tonfall. »Welchem *Zweck*? Nun, laß mich überlegen... Dem Zweck der Schuld vielleicht. Der Reue. Dem Zweck, lose Enden zu verknoten. Zu einem befriedigenden Ende.«

»Für wen?«

»Für *weeeen*?« Die Stimme äffte ihm nach. »Nun, für mich natürlich.«

»Es geht also doch um Geld.«

»Wenn du das gerne glauben willst.« Da war etwas – etwas, das Pascoe kannte, ohne es greifen zu können. Das kontrollierte Flüstern raubte der Stimme jede Klangfarbe und ließ sie wesenlos klingen. Pascoe fragte sich, ob ein Überraschungsangriff den Anrufer provozieren würde, sich zu vergessen, und er war versucht, unvermittelt Nicks Tod anzusprechen, um zu hören, was dann geschah. Keine gute Idee, entschied er; es könnte sein einziger Vorteil sein. Am besten ließ er sein Gegenüber in dem Glauben, daß er nichts wußte.

»Willst du dich mit mir treffen, oder was?« Pascoe bemühte sich um einen Ton genervter Ungeduld.

»Sicher. Schau doch mal vorbei. Ich werde dort sein.«

Pascoe hatte bereits beschlossen, daß er im Falle eines Treffens auf einem Ort seiner Wahl bestehen würde. Er sagte: »Ein paar Häuser vom Hotel entfernt, gibt es eine kleine Bar. In einer halben Stunde.« Er legte auf, bevor er irgendwelche Einwände hören konnte, und hängte den Hörer sofort darauf wieder aus.

Wenn es nicht um Geld ging, was konnte es dann sein? Jemand, der über Lori Cosgrove Bescheid wußte... Pascoe hatte es nie einem Menschen erzählt. Aber es waren noch sechs andere beteiligt gewesen. Wie oft hatten sie ihre Last mit einem Außenstehenden geteilt? Wie viele hatten davon gehört – Ehemänner und -frauen, Liebhaber und Kinder, Freunde, Therapeuten, Priester...? Wenn es nicht um Geld ging... Aber warum war Nick Howard dann tot?

Pascoe betrachtete den Telefonhörer neben sich auf dem Nachttisch, ein loses Ende. Er lag auf dem Bett und schloß die Augen. Im Dunkel hinter seinen geschlossenen Lidern sah er Lori, den Rock geschürzt, um die Pillen zu halten. Sie hatte jede Flasche geleert, die sie finden konnte. Schatzgrube. Es war ein warmer Abend, und sie hielten sich zwischen den Bäumen auf – alle sieben. Man hörte die Kaskaden des Abendwinds, der durch die Blätter raschelte. Marianne Nowak hatte nach dem Feldstecher gegriffen. »Laß mich auch mal sehen«, sagte sie. Pascoe erinnerte sich an die überdeutliche Klarheit des Augenblicks; die Droge ließ alles lebhaft und langsam erscheinen.

Er schlief kurz ein, das Gesicht zum Nachttisch und dem

zum Schweigen gebrachten Telefon gewandt. In seinem Traum gab ihm Marianne das Fernglas zurück und sagte: »Schau...«

Als er sein Ziel anvisiert hatte, waren die Vorhänge vor Loris Fenster zugezogen. Dann gingen sie mit theatralischem Schwung wieder auf, und da stand Lori, die Wangen mit Rouge bedeckt und gepudert, ein breites Band pfenniggroßer Sommersprossen auf der Nase, federnde, auf beiden Seiten abstehende Zöpfe. Sie hatte ihre karierte Schürze gerafft und so schräg gehalten, daß man einen Haufen Schokoladenriegel darin erkennen konnte. Ihr breites Lächeln brachte Pascoe zum Lachen. Er lachte noch immer, als er aufwachte.

Das Zimmer war kalt geworden. Er fühlte sich steif, die milde Meeresluft war ihm in die Glieder gefahren. Vor ihm lag der Telefonhörer, so daß er ihn hochnahm und seinen Arm ausstreckte, um ihn aufzulegen.

Die Stimme sagte: »Sam... Sam...« Sie war noch immer da, der Mann hatte nicht aufgelegt, so daß die Leitung, als Pascoe den Hörer abgehoben hatte, noch immer offen war.

»Hast du gelacht oder geweint, Sam?« Er hatte Pascoes Schlaf und Traum belauscht.

»Sam...« Abgestorbene Blätter, die im Wind wirbelten; ein heiseres, trockenes Flüstern.

Als er in die Bar kam, war er einer von vier Anwesenden, einschließlich des Barmanns. Ein Mann und eine Frau saßen in einer Nische am Fenster und starrten auf die Scheibe wie Reisende in einem Zug.

Pascoe nahm für jedermann sichtbar an der Bar Platz. Er bestellte sich einen Whiskey und ein Bier und setzte sich so, daß er die Tür direkt im Blick hatte. Er war durstig und trank das Bier in wenigen Zügen leer. Er schlürfte seinen Whiskey und bestellte dann einen zweiten, den er langsamer trank. Er beobachtete die Tür, weil er das Gefühl hatte, einen Vorteil aufzugeben, wenn seine Konzentration nachließ.

Seichte Musik sickerte in die Bar wie schlechte Luft. Daneben vernahm Pascoe ein regelmäßiges, jeweils nur kurz unterbrochenes Brummen. Nach einer Weile wurde ihm klar, daß es von dem Paar am Fenster kam. Sie unterhielten sich, sahen jedoch nur das Spiegelbild des anderen in der Scheibe an, als ob jede Geste gefährlich gewesen wäre.

Der Barmann fragte: »Sind Sie Sam Pascoe?«

Sam setzte sein Glas zu laut ab und stieß unwillkürlich ein Lachen aus. Berühmt für einen Moment. Der bekannte Sam Pascoe wurde in einer Bar in der kleinen Küstenstadt Longrock gesehen. »Sie haben eine Nachricht für mich«, sagte er. Es war keine Frage.

»Eine Adresse«, sagte der Barmann. Er gab Pascoe ein Stück Papier und erklärte ihm, wie er die Straße finden könnte.

»Wer hat die Nachricht hinterlassen?«

Der Mann zuckte die Schultern. »Jemand hat angerufen. Hat nur gesagt, er würde es nicht schaffen – und daß er Sie später treffen wollte.«

»Wie hat er Ihnen erklärt, wer ich bin?«

Der Barmann schien zum ersten Mal ein gewisses Interesse an Pascoe zu entwickeln. »Irgendwas nicht in Ordnung?«

»Nein, nein. Ich war bloß neugierig. Woher haben Sie gewußt, daß ich es bin?«

»Er sagte, ich würde sie *nicht kennen.*« Pascoe verstand nicht. Der Mann hob die Hand, als wolle er die Bar und die dahinterliegende Stadt andeuten. »Alle anderen kenne ich.«

Pascoe schob den Zettel in die Tasche. »Warum haben Sie mir das nicht früher gesagt«, fragte er, »gleich, als ich gekommen bin?«

»Er sagte, es gäbe keinen Grund zur Eile. Er sagte, ich solle Ihnen erst in Ruhe ein paar Drinks gönnen.«

»Kennen Sie ihn gut?« fragte Pascoe. »Meinen Freund?«

»Ich glaube nicht.« Der Barmann schüttelte langsam den Kopf. »Ich habe seine Stimme nicht erkannt.«

Hinter dünnen Fetzen einer dunklen Wolke stand ein Dreiviertelmond am Himmel. Pascoe ließ einen Bus vorbeifahren, überquerte dann die Straße und stützte sich mit gefalteten Händen auf die Ufermauer, als wollte er ein stilles Gebet sprechen. Zwanzig Meter weiter konnte er eine weiße Linie erkennen, wo sich die Wellen am Strand brachen und mit einem leisen Zischen wieder zurückzogen.

»Mach es, dachte er. Was hast du zu verlieren?«

Die Wegbeschreibung des Barmanns war gut; er konnte es gar nicht verfehlen. Eine Straße am Stadtrand, ein einsam stehendes Haus, alle Fenster dunkel. Pascoe lachte laut auf.

»Himmel nochmal«, sagte er, »was für eine Kulisse. Da gehe ich jedenfalls nicht rein.«

Er folgte einem kurzen Pfad bis zur Haustür. Das Licht der Straßenlaternen war hell genug, um zu erkennen, daß sie einen Spalt offen stand, einladend. Er machte ein paar Schritte nach rechts und sah durch eines der Fenster nach drinnen. Das Zimmer, in das er blickte, war bis auf die Bodendielen leer.

Er betrat das Haus. Das Geräusch der zufallenden Haustür hallte im Flur nach, dann mit einem entfernteren Echo in den dahinterliegenden Räumen. Er wartete. Niemand kam. Er ging von Zimmer zu Zimmer und fand alle leer vor. Oben waren alle Türen bis auf eine geschlossen. Ein schwacher Lichtstrahl fiel ins Treppenhaus.

Was soll ich tun? dachte Pascoe. Ich weiß, was mich hierhergezogen, aber nicht, was mich *so weit* gelockt hat. Die Stadt, das Hotel, der Anruf, die Bar, das Haus... Jedes für sich ein logischer Schritt, aber jeder absurder als der vorherige. Man macht erst einen Schritt und dann noch einen. Woher weiß man, wann man zurückweichen muß? Jetzt stand er vor diesem Raum in einem leeren Haus und erwartete den Tod.

Als er eintrat, schlug ihm Kerzenglanz entgegen, und ein Tisch war für eine Person gedeckt. Neben dem Gedeck stand eine Flasche Chablis auf Eis. Sie war entkorkt, und eine Leinenserviette war über ihren Hals gehängt. Der Weinkühler war in einen feinen Schleier aus Wassertröpfchen gehüllt.

Ein Teller mit schmalem Goldrand war mit geräuchertem Lachs belegt. Weiter standen auf dem Tisch: Brot, ein knackiger Salat, eine Kamelie in einer schlanken Vase. Das zentrale Objekt war jedoch ein Cassetten-Recorder.

Pascoe sah sich in dem Zimmer um. Mit Ausnahme des Tisches und des Stuhles, stand nur noch ein schmaler Kiefernholzschrank in einer Ecke – ein altmodischer Kleiderschrank, vermutete Pascoe, da dies offensichtlich ein Schlafzimmer gewesen war. Es machte ihn nervös, der Tür den Rücken zuzuwenden, also durchquerte er rasch das Zimmer und öffnete den Schrank. Ein vage muffiger Geruch schlug ihm entgegen wie von angeschimmelten Kleidungsstücken, doch der Schrank war leer.

Er setzte sich auf den Stuhl, weil er so die Zimmertür im Blick behalten konnte. Ich könnte auch gehen, dachte er. Der Anblick des gerichteten Mahls ließ ihn einen plötzlichen Anfall von Hunger verspüren – das Wasser lief ihm im Mund zusammen. Er drückte auf die Play-Taste des Recorders und zuckte gleichzeitig zurück. Es folgte keine Explosion, falls er das erwartet hatte. Nur die Stimme, heiser und schwerfällig wie zuvor.

»Es tut mir leid, dir das anzutun, Sam. Ein Kunstgriff... der dir wahrscheinlich albern vorkommen wird – ein bißchen zu ausgetüftelt? Aber ich konnte dich nicht in der Bar treffen. Das siehst du doch sicher ein? Die Dinge, über die wir sprechen müssen, verlangen einen Treffpunkt, der ein wenig diskreter ist. Oder nicht? Außerdem war es wohl auch eine Art Probe. Du fragst dich, ob ich Geld von dir will – eine Art Wechsel gegen meine Informationen. Es geht natürlich um Lori, um das, was mit Lori geschehen ist... Nun, vielleicht verlange ich wirklich Geld. Ich wollte nur sichergehen, daß wir bei unserem Treffen allein sind. Also habe ich beobachtet, wie du hierher gekommen bist, habe beobachtet, wie du das Haus betreten hast, habe mir Gewißheit verschafft, daß du allein gekommen bist. Wenn du das einmal getan hast, wirst du es wieder tun. Und ich wette, so war es; ich wette, du bist allein gekommen. Lori ist ein zu großes Geheimnis, um es mit jemandem zu teilen, das weiß ich.

Gönn dir ein Glas Chablis, Sam. Hast du den geräucherten Lachs schon probiert? Du hast einen langen Weg hinter dir. Du mußt hungrig sein.« Wieder ertönte das Lachen, ein heiseres, heiteres Flüstern. »Keine Angst. Das Essen ist gut. Alles in Ordnung damit.«

Pascoe ertappte sich dabei, wie er sich ein Glas Wein einschenkte. Er legte die Flasche wieder auf Eis und nahm seine Gabel zur Hand – dann legte er sie wieder hin.

»Die Sache ist die, Sam, es ist spät geworden, meinst du nicht auch? Vielleicht haben wir für heute genug getan. Es ist Wochenende. Warum etwas überstürzen? Ich treffe dich also morgen abend wieder hier. Acht Uhr – wäre dir das recht? Um acht morgen abend. Dann können wir reden. Ist das –«

Pascoe streckte seine Hand aus und drückte heftig auf die Stop-Taste. Himmel Herrgott, dachte er, ich werde an der Nase herumgeführt. Er stieß ein wütendes Lachen aus, und die Flammen der Kerzen tanzten. Was für ein Spiel ist das? Warum nicht einfach: zwanzig Riesen in einem verschlossenen Aktenkoffer, hinterlege ihn unter folgendem fiktiven Namen im Hotel und verschwinde für immer. Dann ist dein Geheimnis sicher. Bis zum nächsten Mal.

Ist es jemand, den ich kenne? Oder nur jemand, der über mich Bescheid weiß? Und über Nick... also wahrscheinlich auch die anderen kennt. Werden sie sich, wenn ich lange genug bleibe, alle wie eine schaurige Gemeinde in Longrock versammeln?

Ohne zu wissen, was er tat, nahm Pascoe einen Schluck Wein, gefolgt von einem Happen geräuchertem Lachs. Er registrierte den Nachgeschmack und wartete auf die einsetzenden Krämpfe. Nach einer Weile trank er noch einen Schluck und füllte sein Glas aufs Neue. Er tat ein wenig Salat auf seinen Teller.

Einmal sah er sich um und schien für einen Moment von der Umgebung erstaunt – als ob er aufgewacht wäre, um zu entdecken, daß er sich noch immer im selben Traum befand. Dann lachte er und schüttelte den Kopf.

Pascoe saß allein in einer fremden Stadt, in einem leerstehenden Haus in der Stille eines Zimmers im ersten Stock und aß ein einsames Dinner bei Kerzenlicht.

Ganz in der Nähe saß Zeno mit Carla und genoß das Essen, das sie bereitet hatte. Sie war eine wunderbare Köchin, natürlich war sie das; alles an ihr war wunderbar. Sie hatte Leber gekocht mit kleinen Knödeln, die die Sauce aufsaugten. Zeno senkte den Kopf und schnupperte den intensiven, nussigen Geruch des Fleisches, dann hob er seinen Blick, sah Carla an und lächelte ein wölfisches Grinsen. Er sah aus wie ein Spürhund, der eben eine vielversprechende Fährte aufgenommen hatte.

Das Haus lag im Wald oberhalb des Meeres. An manchen Abenden konnte man das Zittern der Brecher in den Dachbalken spüren, als ob ihr Schlafzimmer weit draußen auf dem Meer läge. Sie liebten sich dann – alles, was er wollte, alles, was er sie gelehrt hatte – und dann lag er manchmal noch wach, beobachtete ihr Gesicht im Schlaf und fragte sich, wie etwas so Perfektes, so Zerbrechliches vor allem Schaden bewahrt werden konnte.

Carla stand hinter ihm, um Wein nachzuschenken. Mit der anderen Hand strich sie über sein Gesicht. Sie sprach seinen Namen aus, als würde sie um den Segen für die Speise bitten.

Überwältigt schloß Zeno die Augen. Er begann zu weinen, voll Glück über das, was er besaß, und voller Angst, daß eine Laune des Schicksals es ihm wieder entreißen könnte. Carla zog seinen Kopf an sich und hielt sein Kinn umfaßt; seine Tränen rannen über ihre Hände.

Sie stand ganz nahe bei ihm, er lehnte sich gegen sie. Die kleinen Krämpfe seines Weinens zuckten zwischen ihren Hüften, und sie wußte, daß es Glück war, reines Glück und die Angst vor Verlust.

Pascoe brach auf. Er wußte nicht, ob er die Kerzen löschen sollte – als ob es in seiner Situation so etwas wie angemessenes Verhalten gäbe. Er entschied sich, sie brennen zu lassen.

Ein Gedanke ließ ihn auf der Schwelle noch einmal umkehren, und er drückte die Play-Taste des Recorders.

Die Stimme sagte: »... OK, Sam?« Sonst nichts. Pascoe wartete etliche Minuten, aber das Band spulte nur schweigend weiter.

5

Früher einmal war Longrock ein Fischerdorf gewesen – ein Hafen, ein paar Häuser am Meer und noch ein paar entlang der wenigen engen Straßen, die sich steil ins höher gelegene Ackerland wanden. Die Bilder konnte man in Büchern noch finden – Boote, die gerade von einem Fang heimgekehrt waren, in verschiedenen Brauntönen am Strand. Männer mit Ahab-Bärten und Kattunhemden flickten Netze; Frauen in langen Schürzen und Baumwollhauben standen nebeneinander an einfachen Tischen, einen Fisch in der einen, das Messer zum Ausnehmen in der anderen Hand.

Kein Mensch konnte sich noch an diese Zeiten erinnern. Der Ort war gewachsen, ohne wirklich zu Wohlstand zu kommen. Fischfang gab es praktisch nicht mehr... nur ein wenig Ackerbau und Viehzucht. Die meisten Einwohner arbeiteten in größeren, lauteren und reicheren Städten in der Umgebung. Die Jungen ließen sich auf der Suche nach Leben in die Großstädte treiben und kamen nie zurück. Abends waren die Straßen fast menschenleer.

In der Stadt gab es Läden und Kneipen, auch ein Kino und, oben auf dem Berg auf einem eigenen Grundstück, eine Irrenanstalt.

Es hatte Zeiten gegeben, als bisweilen Familien kamen, um in der Stadt einen Kurzurlaub zu verbringen – sie übernachteten im Palings oder einem anderen Hotel mit Meerblick. Heute nicht mehr. Fünf Meilen die Küste hoch, vom Leuchtturm aus ein kleines Stück landeinwärts, hatten Investoren einen Komplex aus mehreren Hotels, einem Yachthafen, einem Einkaufszentrum, einem Aqualand unter geodätischer Kuppel, Tennisplätzen und einem Golfplatz mit neun Löchern errichtet. Die Hotels teilten sich ein Kasino, einen Swimming-Pool mit 50-Meter-Bahn, drei Banken, diverse Schönheitssalons und Konferenz-Räume... Dort draußen auf der Landspitze gab es alles, was das Herz begehrte. Nun ja, fast alles. An manchen Abenden konnte man einen Strom von Taxis beobachten, die Nutten dorthin chauffierten, die irgendwelche Kongreßteilnehmer bestellt hatten. Die Nutten kamen aus den größeren Städten in der Umgebung. Sie arbeiteten stundenweise und stellten die Kosten fürs Taxi, sowie die Zeit für An- und Abfahrt zusätzlich in Rechnung.

Wallace Ellwood zahlte immer gerne, was sie verlangten. Er rechnete die Kosten auf Spesen ab; und außerdem war, wenn er großen Hunger auf Mädchen hatte, sein Appetit auf Essen entsprechend gering. Seine Restaurant- und Zimmerservice-Rechnungen waren bescheiden; niemand hatte seine Reisekostenabrechnungen je hinterfragt.

Er übernachtete immer im Windrush – dem kleinsten der Hotels. Dort war er bekannt. Man hielt ihn für einen Geschäftsmann mit wirtschaftlichen Interessen in der Region, um die er sich von Zeit zu Zeit kümmern mußte. Gewissermaßen war er das auch. Der Türsteher, der Portier und der

Nachtportier übersahen die Mädchen, die ihren Weg in sein Zimmer fanden; dafür gab es bei seiner Abreise stets dicke Trinkgelder. Insgeheim hielten sie ihn für ein wenig... nun ja... gierig, aber was zum Teufel? Wenn man es von der Steuer absetzen konnte...

Ellwood trat aus der Dusche und wischte mit der Hand über den beschlagenen Badezimmerspiegel. Er stieg auf die Waage, obwohl er das Ergebnis schon kannte. Sein Gewicht hatte seit seinen frühen Zwanzigern um kaum mehr als ein Pfund geschwankt. An seinem ganzen Körper war kein einziges Gramm Fett zu finden. Trotzdem war es kein attraktiver Körper – unbehaart und vom Duschen feucht, erinnerte er an etwas, das seine Hülle verloren hatte. Die Haut hatte eine matte, leicht gräuliche Färbung, als würde sie nach dem Trocknen aschfarben und rauh werden. Sein Haar war von einem metallischen Graublau. Es klebte, noch naß vom Duschen, flach um seinen Schädel und betonte seine spitzen Geheimratsecken. Das gefiel ihm. Er würde den gleichen Effekt später mit Gel erzielen. Sein Gesicht war, wie seine gesamte Erscheinung, länglich – mit einer knochigen Nase und einem kleinen Mund.

Aus dem Schlafzimmer hörte er das Geklapper einer Gabel auf Porzellan. Das erregte ihn, und er nahm seine Eier in die Hand. Er genoß seine Reisen nach Longrock. Saubere Luft, Meerblick, Entspannung vom stressigen Stadtleben... Ein kleines, befriedigend abgeschlossenes Geschäft. In letzter Zeit waren die Dinge zwar ein bißchen kniffliger geworden, aber was war das Leben schon ohne die Würze eines gelegentlichen Problemchens?

Wieder das Geklapper der Gabel; dann eine Kaffeetasse, die zur Hand genommen und wieder abgesetzt wurde. Wie aufregend es war, diese... *Verfügbarkeit*. Er warf einen Blick in den Spiegel, auf dem der Dampf jetzt abkühlte, sein Bild von herabrinnenden Tropfen verzerrt, und sah zu, wie er einen Steifen kriegte.

Das Mädchen drehte sich nicht um, als er das Schlafzimmer betrat. Sie saß in seinem Bademantel am Tisch und konzentrierte sich auf ihre Zimmerservice-Bestellung – Saft, Kaffee, eine Scheibe Melone, Toast und Rührei.

Ellwood stellte sich neben sie – so dicht, daß ihre Lippen, als sie sich ihm zuwandte, fast seine Schwanzspitze berührten. Sie sah in sein Gesicht und dann wieder nach unten. Ellwood strich ihr übers Haar, dann wiederholte er die Geste und ließ seine Hand bis in ihren Nacken gleiten. Sein Griff wurde fester, nur einen Hauch, und er machte einen Schritt auf sie zu.

»Wird 'n anstrengender Tag für mich, Süße«, sagte Ellwood. »Keine Zeit für ein richtiges Frühstück...« Er faßte ihren Hinterkopf. In ihren Mundwinkeln klebten Reste von Rührei. »... nur ein Häppchen im Stehen.«

An diesem Morgen ging Sam Pascoe zurück zu dem Haus; bei ihm war ein junger Mann mit blühender Akne und einem kleinen, goldenen Ohrring. Pascoe hatte es bei allen drei Haus- und Grundstücksmaklern der Stadt versucht. Der letzte war der richtige.

Der junge Mann hieß Davenport. Er war besorgt wegen des Verlusts des »Zu verkaufen«-Schildes. »Es steht schon eine Weile leer«, sagte er. »Die Leute ziehen nicht in diese Stadt, sie ziehen hier weg.« Er schloß die Haustür auf und bat Pascoe herein. »Das würde ich am liebsten auch«, sagte er. »Hier wegziehen.«

Bei Tag wirkten die Räume größer und schäbiger, feuchte Flecken an Decken und Wänden, hier und da eine Handbreit verrotteter Putz. Eine der Fensterscheiben war zerbrochen.

»Die Stadt stirbt, wissen Sie? Sie stirbt Straße um Straße.« Davenport schien ganz hingerissen von dem Bild. »Haus für Haus«, sagte er. »Wir könnten Ihnen einen günstigen Preis für das Grundstück machen. Der Besitzer möchte unbedingt verkaufen.«

»Wer ist es?«

»Irgendein Rentner.« Schulterzucken. »Ist immer zum Segeln hierher gekommen. Hat auch sein Boot schon abtransportiert. Der Ort ist ja selbst für einen Rentner zu ruhig. Wollen Sie jetzt das obere Stockwerk sehen?«

Zurück zu dem kleinen Restaurant, zurück zu dem Ort, an dem ihr euch das erste Mal getroffen habt... Der Glanz des Kerzenlichts, weiche Schatten, kühler Wein. Ihr spracht flüsternd, manchmal nur halb deutlich, weil das Gesagte und Gehörte zu gefährlich war, um ganz klar zu sein. Vielleicht war das Restaurant voll, aber ihr schient die beiden einzigen Gäste zu sein. Geheimnisse wurden ausgetauscht, obgleich nicht immer verstanden. Und nun die Rückkehr am nächsten Morgen. Es ist kalt wie in einer Scheune. Ein Haufen Tische und Stühle, abgestandener Rauch, das jaulende Gedröhn eines Staubsaugers.

Bis auf den großen Kiefernholzschrank war der Raum leer. Pascoe öffnete ihn und fand einen zusammengeklappten Spieltisch. Er wirkte zu klein für Kerzen, Teller, Salat, Weinkühler und Cassetten-Recorder... Vor dem Fenster hingen keine Vorhänge. Er konnte den geschwungenen Deich sehen und dahinter die schwarze Fläche des Meeres.

Davenport stellte sich neben ihn. Er öffnete und schloß den Schrank. »Einfach stehen gelassen...« sagte er. »In welcher Branche sind Sie?«

»Ich bin Anwalt«, erwiderte Pascoe.

»Sie haben doch nicht vor, in Longrock eine Kanzlei zu eröffnen?«

»Ich würde das Haus für meine Mutter kaufen.«

»Rentner«, sagte Davenport. »Dacht' ich mir schon.«

»Kann man von hier telefonieren?« fragte Pascoe ihn.

»Was?«

»Könnte ich von hier aus einen Telefonanruf machen?«

»Wollen Sie jemand anrufen?«

»Nein. Ist das Telefon angeschlossen?«

Davenport zuckte die Schultern. »Wer weiß«, sagte er. »Haben Sie genug gesehen, oder was?«

Sie gingen zurück Richtung Meer, feiner Niesel wehte ihnen ins Gesicht – Regen, so leicht, daß der Wind ihn aufwehte und kräuselte wie Rauch. »Sie könnten mir nicht vielleicht den Schlüssel überlassen?« fragte Pascoe.

»Alles noch mal in Ruhe ansehen?« vermutete Davenport.

»Genau. Ich bringe Ihnen den Schlüssel morgen zurück.«

»Ich habe sowieso noch Ersatzschlüssel.« Der Schlüssel hing an einem Anhänger mit einer Nummer. »Bringen Sie ihn vorbei, bevor Sie fahren.«

»Okay. Wahrscheinlich bin ich morgen weg.«

»Wenn ich das nur auch von mir sagen könnte. Ich muß hier entlang.«

Bevor sie sich trennten, blieben sie einen Augenblick stehen. »Warum gehen Sie nicht einfach?« fragte Pascoe.

»Oh, yeah«, sagte Davenport, »das werd ich tun. Schon ziemlich bald. Rauf in die Stadt. Da ist mehr Geld, wissen Sie? Mehr Stil, mehr Tempo. Jede Menge Mädchen.« Er wirkte nervös, als hätte er Angst, der Bus könne ohne ihn abfahren. »Sicher mach ich das. Sobald ich startklar bin.«

»Ich verstehe dich«, sagte Ellwood. »Ich verstehe, warum du es getan hast.«

»Tatsächlich? Gut.« Es machte Zeno nervös, Ellwood im Haus zu haben. Carla war kurz ausgegangen. »Eine geschäftliche Verabredung«, hatte Zeno gesagt. Sie hatte Ellwood schon ein paarmal getroffen – er gehörte zu der Lüge, die Zeno ihr erzählt hatte; doch Zeno zog es vor, sich in Ellwoods Hotel zu treffen oder in dem kleinen Park in der Stadtmitte.

Die Lüge ging so: Zenos Eltern waren tot und hatten ihm eine große Summe Geld hinterlassen, das angelegt war, Ellwood war der Rechtsanwalt der Familie und Verwalter des Anlagevermögens. Hin und wieder trafen sie sich, um neue Investitionen zu besprechen. Oder Zeno mußte ein paar Papiere unterschreiben. Zeno fühlte sich mit dieser Lüge sicher. Carla liebte ihn zu sehr, um an ihm zu zweifeln.

»Ich verstehe dich«, sagte Ellwood, »weil ich weiß, was du für Carla empfindest.«

»Laß sie aus dem Spiel«, sagte Zeno. »Sprich nicht von ihr.«

»Aber Achtung: Du mußt vorsichtig sein. Willst du Kaffee?« Ellwood sprach das Angebot aus, als sei Zeno der Gast.

»Was willst du mir sagen?«

Ellwood stand auf und ging in die Küche; als Zeno ihm schließlich folgte, hatte Ellwood bereits begonnen, auf der Suche nach Filtertüten die Schränke auszuräumen. »Es reicht«, sagte er, »okay?«

»Du hast mir nicht –«

Ellwood fuhr herum, und seine Hand wischte über ein Vorratsregal. Dosen fielen polternd zu Boden, zusammen mit einem Beutel Reis, der aufplatzte, so daß Reiskörner in alle Ecken des Raumes verstreut wurden. »Schon gut«, sagte er, »es ist in Ordnung. Mach, was du willst. Keiner hat was dagegen. Ich hab auch nichts dagegen. Aber nicht gerade jetzt.« Er fand die Filtertüten und steckte eine in den Filter der Kaffeemaschine. »Wie lange bist du jetzt in Longrock?«

»Ein halbes Jahr.«

»Genau. Ein paar Monate, dann sollten wir hier fertig sein, vielleicht noch ein paar mehr. Es ist ein langwieriger Prozeß. Solange wollen wir unseren Kopf freihalten, okay? Danach...« Ellwood zuckte mit den Schultern.

»Es war ein Unfall«, sagte Zeno.

»Ja, ich weiß. Was macht man jetzt? Die Maschine mit Wasser auffüllen? Oder halb auffüllen?«

»Bis fast zum obersten Strich. Es war Nicks Fehler.«

»Ich weiß.«

Zeno kramte eine Münze aus der Tasche, ließ sie verschwinden, wieder auftauchen und dann erneut verschwinden. Sein Äquivalent eines nervösen Ticks. Ellwood lächelte. »Du hättest einer der Größten werden können.«

»Ich mach es nur aus Spaß. Amateur-Vorstellungen.« Das war eine Lüge. Ellwood hatte ihn arbeiten sehen. »Ich weiß nicht, warum Nick aufgekreuzt ist. Als hätte er mich hier aufgespürt. Weiß der Himmel, was er wollte? Wir haben ein bißchen was getrunken und geredet. Über...« Einen Augenblick lang schien es, als wollte Zeno »alte Zeiten« sagen. Aber so einfach war es nicht. Nein – nicht so leichthin und einfach. Er sagte: »...die Vergangenheit.«

»Ah, ja, die Vergangenheit.« Röchelnd tropfte Kaffee in die Kanne. Beide Männer sahen zu. Unbeobachtet tauchte die Münze erneut auf und verschwand gleich wieder.

»Wir haben gemeinsam einen Spaziergang am Strand gemacht. Ich wollte nicht über den alten Kram reden. Da ist er wütend geworden. Also gut« – Zeno hielt eine leere Hand hoch – »wir sind beide wütend geworden. Ich bin nicht mal sicher, wie... Na ja, ich hab ihn geschlagen, das weiß ich noch. Ziemlich heftig. Er ist nach hinten auf die Felsen gefallen. Er muß wohl ohnmächtig geworden sein. Vielleicht war er sogar tot. Ich bin einfach weggegangen. Drei Tage später ist er an Land gespült worden.«

Ellwood wußte etwas, was Zeno nicht wußte – er kannte einen Polizeibericht, in dem es hieß: keine Hände. Er nahm einen Becher von der Anrichte und goß sich Kaffee ein. »Sicher«, sagte er. »Das hast du mir alles schon erzählt.«

Die Münze tauchte auf, wurde in die Luft geworfen und verschwand im Flug. Zenos Leben war eine einzige Täuschung.

»Du hast hier einen Job zu erledigen«, sagte Ellwood. »Die Sache läuft gut. Wir können keine Komplikationen gebrauchen – ist das klar? Mach die Sache jetzt bloß nicht schwierig.« Und dann, als bestünde ein Zusammenhang: »Und Carla? Wie geht es ihr?«

Zeno zauberte die Münze aus der Luft und warf sie auf die Anrichte. Sie klingelte wie ein Glöckchen. »Carla geht es gut.«

Ellwood nickte – die Andeutung einer Drohung im Blick. »Du kannst glücklich sein, daß du sie gefunden hast«, sagte er. Er durchquerte die Küche, Reiskörner knirschten unter seinen Absätzen. Es dauerte ein oder zwei Minuten, bis Zeno begriffen hatte, daß er gegangen war. Sein Kaffeebecher stand unberührt auf dem Tisch.

Ellwood nahm die Straße an der Küste entlang bis zur Landspitze und seinem Hotel. Er fuhr zu schnell, die Reifen gerieten hin und wieder ins Schleudern, die Scheibenwischer flogen hin und her wie Worte im Streit.

Du wirst tun, was man dir sagt, du armer kleiner Scheißer, dachte er. Du hast viel zu viel zu verlieren.

Zeno kroch auf allen Vieren und kehrte die Reiskörner zu einem Haufen zusammen.

Ein Wort zu Carla, dachte er, nur eins – und ich bringe dich um, darauf kannst du dich verlassen.

Ellwoods Wagen schoß die Küstenstraße entlang, als Pascoe zu der Bar ging. Er beobachtete, wie das Heck des Wagens ins Schlingern geriet, als Ellwood an der Werft vorbei den Hügel hinauf fuhr, der von der Dewer Street weg führte.

Jugendlicher Raser, dachte Pascoe und lächelte. Jeder schien es eilig zu haben, aus dieser Stadt raus zu kommen. Bei dem Gedanken verspürte er plötzlich den starken Drang, selbst abzureisen. Er fühlte sich in Gefahr. Das bizarre Dinner des vergangenen Abends schien unerklärlich. Er war zurück ins Palings gegangen, hatte in seinem Zimmer gesessen und wieder das Leuchtfeuer beobachtet. Das Licht hatte in seinem Blickfeld geflackert, und um ihn herum war das Zimmer dunkel geworden.

Er warf einen Blick zum Fenster, wo am Abend zuvor das Paar gesessen hatte, und erwartete beinahe, sie auf die Scheibe in ihre eigenen Gesichter starren zu sehen. Als er eintrat, war er der einzige Gast, konnte jedoch hinter einer Tür im rückwärtigen Teil des Raumes Stimmen vernehmen – ein Mann und eine Frau, die sich anschrien, obwohl sie gar nicht wütend klangen; ihre Schreie wurden jeweils von einem leisen Klirren unterbrochen. Nach einer Weile begriff Pascoe, daß sie an gegenüberliegenden Wänden des Raums Flaschenkisten aufstapelten. Er setzte sich auf einen Hocker und ließ klimpernd eine Münze auf den Tresen fallen.

Der Barmann steckte seinen Kopf aus der Tür. »Haben Sie Ihren Freund gefunden?« fragte er.

»Er ist kein Freund«, erklärte ihm Pascoe, »sondern nur ein Geschäftspartner.« Er bestellte einen Drink. Der Barmann schenkte ihn rasch ein und wandte Pascoe dann den Rücken zu; er suchte etwas in dem Regal hinter dem Tresen.

Pascoe hatte Whiskey bestellt, obwohl er wußte, daß es dafür noch viel zu früh war. Schon der erste Schluck zeigte Wirkung. »Ich hab gehört, es hat hier in der Gegend einen Mord gegeben«, sagte er. Eine Leiche wurde hier in der Nähe an Land gespült – oder so ähnlich?«

Der Barmann drehte sich lächelnd um. »Sind Sie von der Presse?«

»Nein.«

»Mir ist das egal. Sie waren ein paar Tage hier unten, aber die Dinge haben sich schnell wieder beruhigt. Keiner kannte den Typ. Hätte auch sonstwo sterben können.«

»Vermutlich schon, Sie haben überall in der Stadt sein Bild aufgehängt.« Pascoe hatte die Plakate gesehen – WER HAT DIESEN MANN GESEHEN? – und Nick, der auf dem Schnappschuß schief lächelte, die Art verwischtes Lächeln, die einem verriet, daß auf dem Photo auch noch andere gewesen waren, die ihr eigenes Lächeln gelächelt hatten. Es war das gleiche Bild, das auch die Zeitungen gebracht hatten.

»Ja«, meinte der Barmann schulterzuckend. »Keiner kannte ihn. Er war nicht von hier. »Machen Sie 'ne Hintergrundgeschichte? Oder einen Sonderbeitrag?«

»Nichts dergleichen«, sagte Pascoe. »Ich bin nur neugierig.« Er trank seinen Scotch leer und bestellte noch einen. In seine Wangen war eine warme Röte gestiegen, die er zu genießen begann. Er beobachtete, wie seine Hand nach dem Drink griff, und hörte sich reden, als ob er neben sich säße. »Wo haben sie ihn gefunden – ist es in der Nähe?«

»Eigentlich nicht. Aber es ist auch nicht weit.« Der Barmann unterdrückte ein Grinsen. Wem wollte dieser Kerl etwas vormachen? Er wartete, damit Pascoe für seine Informationen ein bißchen arbeiten mußte.

»Wie weit?«

Jetzt trat das Grinsen offen zutage. Mit einem Bleistift skizzierte er Pascoe eine Karte auf der Rückseite eines leeren Bons. Auf der Dewer Street in westlicher Richtung stadtauswärts. Nach drei Meilen ein Parkplatz mit Picknick – Gelände und ein Küstenwanderweg nach Lowland Head – ein Fußmarsch von zwanzig Minuten – direkt dahinter die Bucht.

Pascoe nickte und steckte die Skizze ein, bevor er von seinem Hocker stieg. Seine Füße berührten den Boden, ohne richtig aufzusetzen. Zwei Whiskey, dachte er. Himmel noch mal, ich werde alt.

Der Barmann hob eine Hand, und Pascoe erwiderte die Geste im Glauben, der Mann wollte sich verabschieden. Statt dessen hielt er auf einmal einen Brief in der Hand. Danach hatte der Barmann vorher in dem Regal gesucht; jetzt schob er ihn in Pascoes erhobene Hand.

»Ist heute morgen gekommen«, sagte er. »Keine Sorge. Die anderen Presseleute haben auch praktisch in dieser Bar gewohnt. Morgentrinker, genau wie Sie. Haben in den großen Hotels auf der Landspitze übernachtet, aber hier hat es ihnen besser gefallen. Einheimische Menschen, einheimisches Flair. Ich hab ständig irgendwelche Nachrichten entgegengenommen.«

Als Carla zurückkam, führte Zeno sie ins Wohnzimmer. Er hatte ihr China-Tee gekocht, weil sie den besonders gern mochte. Eine kleine, grüne Kanne mit einem Griff aus geflochtenem Rohr und zwei anmutige Teeschalen ohne Henkel. Der Tee war orange-gelb. Große Teeblätter sanken auf den Boden der Tassen. Er erzählte ihr, daß er eine Idee hätte – und zwar, daß sie von Longrock weggehen sollten. Vielleicht hätte sie Lust, eine Zeitlang in London zu leben. Zumindest irgendwo, wo mehr los war. Er machte sich Sorgen, daß sie anfangen könnte, sich zu langweilen. Ob sie nicht lieber in Theater, Galerien oder Designer-Läden gehen und neue Freunde treffen, eben ein bißchen mehr *Leben* um sich haben würde?

»Einfach packen und losfahren?« fragte sie.

»Einfach losfahren. Packen kann jemand anders.«

»Gefällt es dir hier nicht mehr?«

»Ich könnte eine Veränderung gebrauchen. Geht es dir nicht so?«

»Dann fahr du, und ich bleib hier«, sagte Carla. Und obwohl es ein Witz war – natürlich war es das – leuchtete in seinen Augen deutlich und unverkennbar Panik auf.

»Nur für dich.« Sein Rückzug war so hastig, daß er über die Worte stolperte, die er vorher zurückgelassen hatte. »Ich dachte, du würdest gern eine Abwechslung haben, könntest eine Veränderung brauchen, wärst gern irgendwo, wo ein bißchen mehr *Leben* ist.«

Carla lächelte und schüttelte den Kopf. »Mir gefällt es hier, dir nicht? Ich kann mir vorstellen, daß ich irgendwann einmal hier weggehen möchte. Das geht mir meistens so. Vermutlich werde ich dann gehen.« Einen Moment später fügte sie hinzu: »Dann gehen wir beide – nicht wahr?«

Er setzte sich neben sie und legte seinen Kopf auf ihre Schulter, während sie über sein Haar strich. Nach einer Weile öffnete sie zwei Knöpfe ihrer Bluse, faßte sein Handgelenk und legte seine Hand auf ihre Brust. Er hielt sie sanft, die Finger kaum gekrümmt, die Augen geschlossen. Er hätte auch schlafen können.

»Verlaß mich nie«, sagte er.

Im selben Augenblick sagte sie, seine Worte verwischend: »Zeig mir was.« Er rührte sich nicht. Sie wiederholte es mit dem Hauch eines Flehens in der Stimme, dem er, wie sie wußte, nicht widerstehen konnte. »Zeig mir was.«

Carla saß auf einem Stuhl. Sie war allein im Zimmer. Ihr Blick war auf die halb geöffnete Tür gerichtet. Eine Holztruhe auf Rädern, die sich scheinbar aus eigener Kraft bewegte, kam hereingerollt. Der Deckel klappte auf und verdeckte, was sich dahinter verbarg. Eine Hand tauchte auf, den Daumen tulpenförmig auf die Fingerspitzen gepreßt, und Carla sah, daß die Hand orange und weiß gestreift war wie eine Blume. Sie wanderte wie in einer Brise sanft hin und her wogend, von links nach rechts und ging dann mit einem leisen *wuuschsch* in Flammen auf.

Eine weitere Hand erschien und stahl die Flamme. Die erste Hand war jetzt streifenfrei, während die andere loderte. Eine Zeitlang wanderte die Flamme zwischen den beiden Händen hin und her, die eine nehmend, die andere gebend, bis beide Hände schließlich in einer faltenden und ringenden Bewegung zueinanderfanden und das Feuer abwuschen. Es wanderte über den Truhenrand wie Quecksilber.

Zeno erhob sich hinter der züngelnden Flamme. Sein Gesicht war wie Elfenbein, seine Nase ein großer Schnabel, an seinem Hut steckte eine gekräuselte Feder. *Skaramuz.* Er zog sein Schwert, strich über den Deckel, nahm die Flamme auf und steckte sie in die Tasche. Er warf den Kopf zurück, schluckte das Schwert und blies dann eine hohe Flammenwolke aus, um die Klinge auszuglühen.

Er verbeugte sich höflich und so tief, daß er hinter dem Deckel verschwand. Dann drehte er sich um und stieg ganz aus der Truhe. Als er sich erneut umwandte, war die Maske verschwunden, aus dem Hut war ein zu seinem Frack passender, glänzender Zylinder, aus dem Schwert ein Spazierstock geworden. Er trat vor die Truhe und führte eine kleine Step-Nummer vor, der Stock berührte den Boden links, dann rechts, dann wieder links, bis er auf einmal weich wurde und sich in einen weißen Schal verwandelte, den er um seinen Hals schlang, bis das Tuch als Albino mit hervorschnellender Zunge seinen Arm hinabschlängelte. Er nahm es, Schlaufe für Schlaufe, auf wie ein Band, warf es in die Luft, und ließ es als silbernen Sternenregen niedergehen.

Aus seiner nach unten gedrehten Handfläche wuchs eine Kugel, die wie eine riesige Seifenblase in allen Regenbogenfarben schimmerte. Zeno hielt beide Arme ausgestreckt. Die Kugel begann, sich zu bewegen, rollte von seiner Hand über seinen Arm. Eine zweite Kugel tauchte auf und folgte der ersten; dann eine dritte – und alle wanderten sie über das Kreuz seiner ausgebreiteten Arme, über die Schultern, hinter seinem Kopf entlang hinüber zur anderen Hand.

Dort sammelte er sie, die Handfläche nach oben gerichtet, und ließ sie so elegant und geschmeidig zwischen seinen Fingern kreuzen und kreiseln, daß die Regenbogenfarben zu einem Bogen ausfächerten, an dem die Kugeln entlangglitten, steigend und fallend, während Zenos Finger flogen, sein Gesicht hinter sausenden Kugeln beglänzt von einem leuchtenden Kreis.

Er nahm die Helligkeit mit sich, als er zurück in die Truhe stieg.

Und jetzt ein Freiwilliger aus dem Publikum...

Carla trat vor. Drei stählernde Verschlußspangen standen über den Deckel der Truhe, drei stählerne Ringe waren in die Seitenwand geschraubt. Drei Vorhängeschlösser hingen bereit. Sie klappte die Spangen über die Ringe, führte die Vorhängeschlösser hindurch und ließ sie zuschnappen. Dann ging sie zurück zu ihrem Stuhl.

Brrrrrum. Mit angehaltenem Atem ließ sie die Zunge hinter den Zähnen rollen. *Brrrruuuuum.* Ein Trommelwirbel. Die Truhe fiel nach vorn, und der Deckel klappte auf. Man konnte sehen, daß die Vorhängeschlösser noch immer fest geschlossen waren. Doch die Truhe war leer wie das Versprechen einer Hure.

Carla saß allein im Zimmer und applaudierte, bis ihre Handflächen schmerzten.

6

Pascoe hatte keine Schwierigkeiten, die Bucht zu finden. Der katzenförmige Fels lag fast unter Wasser, aber der bullige Seehund ragte aus der Gischt, sein massiger, pflaumenfarbener Rücken glänzte im nassen Licht. Nur ein hauchfeiner Nieselregen hing in der Luft, der Pascoes Haar mit einem dünnen Spinnennetz aus Feuchtigkeit überzog.

Er stellte sich vor, wie Nick Howards Leiche auf den felsigen Strand gespült worden war, und fragte sich, was drei Tage im Wasser mit dem Gesicht auf dem Schnappschuß angerichtet hatten. Einen Moment lang war er wütend, als ob Nick ein echter Freund gewesen wäre, ein Bruder sogar; als ob es um Liebe ging und er Rache üben müßte. Dann wurde ihm klar, daß das Gefühl, das er spürte, Angst war.

Heute abend, dachte er. Ich werde heute abend zurück zu diesem Haus gehen. Und wenn es mit der Kuckuck-wo-bin-ich-Scheiße weitergeht, bin ich hier weg. Was soll das – diese kunstvolle Fopperei, dieses Ich-sehe-was-was-du-nicht-siehst? Im selben Augenblick, als er sich das fragte, überfiel ihn jenes schreckliche Gefühl der Verwundbarkeit, das sich einstellt, wenn man sich beobachtet fühlt, fast ein Schmerz, als wäre die Hand bereits ausgestreckt, seinen Rücken zu berühren. Er fuhr herum, sein Herz pochte wie wild, ein kalter Schauer lief ihm über den Rücken. Niemand war da.

Natürlich, dachte er – eine Fopperei. Ein Spiel von wer bin ich, was weiß ich, was könnte ich sagen? Es ging darum, was sie Lori angetan hatten.

Zuerst eine Frauenstimme: Wir wissen, was du tust. Wir wissen alles über dich. Du denkst, niemand weiß etwas; aber wir wissen es. Vor uns kannst du nichts verbergen.

Dann eine Männerstimme: Wir wissen alles über dich. Wir wissen, was du getan hast. Wir wissen alles.

Dann eine Frauenstimme...

Pascoe sah ganz deutlich, was vor sich ging. Wer immer es war, dachte er, war jemand, der alles wußte.

Der Brief, den der Barmann ihm gegeben hatte, steckte ungeöffnet in seiner Tasche. Er fürchtete, daß er sagen könnte: Das Spiel ist aus. Vergiß es. Fahr nach Hause. Das Gegenteil fürchtete er auch. Er riß den Umschlag auf und las die Botschaft:

Wieviele Engel können auf einer Nadelspitze tanzen?

Es gab nur einen Ort, zu dem er gehen konnte, also ging er dorthin.

Der Schlüssel verschaffte ihm einen Vorteil. Er dachte, daß es das Beste sei, nicht zu früh zu kommen, falls das Haus beobachtet wurde. Und auch nicht zu spät, für den Fall, daß ihn ein weiteres einsames Mahl erwartete, der Wein angenehm gekühlt, Bedienung nicht inklusive. Das Beste wäre, wenn er es einrichten könnte, den Mistkerl zu überraschen, während er den Tisch deckte, mit Kerzen und allem drum und dran, wie ein liebeskranker Trottel, der die Prinzessin Güldenherz verführen wollte. Acht Uhr? Na gut – dann würde er um sieben dort sein.

Nachdem er das Haus bei Tag gesehen hatte, schien es ihm nicht mehr geheimnisvoll. Er sah die zerbrochene Fensterscheibe und den heruntergefallenen Putz vor sich; hatte noch den schwachen Geruch von Feuchtigkeit in der Nase. Diesmal stand die Tür nicht offen wie beim letzten Mal. Er benutzte den Schlüssel und trat, angespannt lauschend, in den Flur. Hinter der Tür blieb er stehen und strengte seine Ohren noch mehr an. Alles, was er hörte, war sein eigener keuchender Atem.

In einer Eisenwarenhandlung im Dorf hatte er sich eine Taschenlampe gekauft, obwohl so viel Licht von den Straßenlaternen durchs Fenster fiel, daß er sie kaum gebraucht hätte. Ihr kleiner, weißer, kreisrunder Lichtkegel leuchtete ihm den Weg die Treppe hinauf und den Flur hinunter. Die Tür, die gestern abend offen gestanden hatte, war jetzt geschlossen. Er ließ den Strahl über den Türpfosten wandern auf der Suche nach einer winzigen Lücke, fand aber keine. Er öffnete die Tür und ging hinein.

Der Anblick, der sich ihm bot, ließ den Strahl der Taschenlampe durch das Zimmer schnellen wie ein wahnsinniges Auge. Er versuchte gar nicht, irgend etwas damit zu beleuchten. Der gelbliche Schein der Gaslaternen vor dem Fenster zeigte ihm alles: den für zwei gedeckten Tisch, neue Servietten, Wein im Kühler, eine frische Kamelie, die Kerzen nicht angezündet.

Er taumelte rückwärts gegen die Tür und stieß sie zu, das Geräusch hallte in dem leeren Haus wider wie ein plötzlicher Schrei; in seinen Ohren dröhnte es, als wäre er unter Wasser, und einen Moment lang war er sicher, das Bewußtsein zu verlieren. Er rang nach Luft.

Er zwang seinen Blick zurück zum Tisch, um die Tafel genauer zu betrachten. Wein, ja, aber kein Essen. Die Flasche noch verkorkt. Kein Kerzenlicht. Halb fertig, noch in Vorbereitung befindlich...

Heiliger Himmel! Er ist im Haus!

Er muß mich hereinkommen gehört haben, dachte Pascoe, *muß* mich gehört haben. Er bewegte sich von der Tür zur

Mitte des Raumes und nahm hinter dem Tisch Aufstellung. Dann überlegte er es sich noch einmal anders und ging zum Schrank. Die Tür wurde von einem Haken in einer Öse fest verschlossen. Als er den Schaft des Hakens nach oben schob, hörte Pascoe Stahl über Stahl knirschen, ein Geräusch wie Preßlufthämmer. Die Tür öffnete sich mit einem moderigen Luftzug wie schlechtem Atem. Der Schrank war leer.

Als er ihn wieder verriegelte, hörte Pascoe ein Geräusch aus der Tiefe des Hauses. Vielleicht war es eine quietschende Tür gewesen oder knarrende Stufen. Er hielt seine Taschenlampe wie einen Schlagstock und wartete, aber das Geräusch wiederholte sich nicht.

Sei's drum, dachte er, der Kerl will mit mir zu Abend essen, ganz privat, damit er seine erpresserische Drohung loswerden kann. Keine angenehme Vorstellung, aber auch nicht tödlich. Warum gehe ich nicht in den Flur und rufe »Hallo«? Oder nehme am Tisch Platz und warte, bis er sich zu mir setzt? Was wird er sagen? Was könnte er schlimmstenfalls wollen? »Lebenslange monatliche Zahlungen oder du kannst deine Karriere vergessen. Nimm's nicht zu schwer. Nimm's wie eine Art Versicherung. Du hast doch Versicherungen, oder? Einfach ein weiterer Posten, der monatlich abgebucht wird.« Und was werde ich sagen? »Einverstanden, abgemacht?« Oder vielleicht: »Nimm meine Karriere und verscheuer sie für ein paar Pennies, die steck dir dann in den Arsch, bis sie dir zu den Ohren wieder rauskommen.« Aber war es am Ende nicht genau das, was hier vonstatten ging? Ein geschäftlicher Abschluß, nur ein wenig betrügerischer als sonst.

Andererseits blickte einem Nick Howards Gesicht von Plakaten entgegen, wohin man auch sah.

Pascoe öffnete die Schlafzimmertür – gerade weit genug, um hindurchzuschlüpfen – und leuchtete mit der Taschenlampe in den Flur. Dann ging er zur obersten Treppenstufe und ließ den Strahl ins Treppenhaus hinableuchten. Staubteilchen, die seine Füße aufgewirbelt hatten, tanzten im weißen Licht.

Er machte den Mund auf, um laut loszuschreien, als er hörte, wie hinter ihm die Schlafzimmertür zufiel.

Einen Moment lang konnte er nichts weiter tun, als sich einzureden, daß es nie passiert war. Als er sich umdrehte, war die Tür geschlossen. Ich könnte hier ewig stehenbleiben, dachte er. Ich könnte bis zum jüngsten Tag hier warten, ohne zu wissen, ob ich in das Zimmer zurück oder die Treppe hinab und hinaus auf die Straße gehen soll. Eine verrückte Minute lang glaubte er, alles zu durchschauen. Er würde die Tür öffnen und eintreten, und irgend jemand würde sofort den Sicherungsschalter umkippen. Das Licht würde angehen, und sie würden alle da sein; Marianne und Luke, Susan und Sophie und Charles Singer und im Chor *Überraschung* rufen, und sich schier ausschütten vor Lachen.

Aber inmitten seiner heiteren Phantasie sah er ein anderes Gesicht: Nicks zerfetztes Fleisch, abgenagt von den fleischfressenden Tieren des Ozeans, den Mund mit Schlemmsand verstopft, die Augen vom Meersalz weißgescheuert.

Die Vision überwältigte ihn einen Moment, dann ging er entschlossenen auf die Tür zu, als ob er einfach hindurchgehen könnte. Ein Schritt zog den nächsten nach sich.

Beim Eintreten sagte er: »Okay, du Mistkerl…« aber es war niemand da, der ihn hätte hören können. Der Wein war entkorkt worden, und in einer großen Glasschüssel war ein *Salade Nicoise* aufgedeckt worden. Die Kerzen brannten – gerade angezündet, so daß man noch den weißen Docht im Herzen jeder Flamme sehen konnte. Er blickte zum Schrank, der nach wie vor verriegelt war. Trotzdem ging er hinüber und öffnete ihn. Nichts. Er schloß ihn rasch wieder und legte den Haken vor. Dann bezog er Posten hinter dem Tisch mit Blick auf die Tür, er stellte sich hinter seinen Stuhl wie ein zu einem förmlichen Abendessen Geladener, der darauf wartet, daß der Ehrengast Platz nimmt.

Sein Blick fiel auf eine Visitenkarte, ein neues Acessoire; sie lehnte an einem der Kerzenständer.

Es empfiehlt sich
DER GROSSE ZENO
Illusionist – Magier – Entfesselungskünstler

Trotz seiner Anspannung hätte Pascoe beinahe laut losgelacht. Er nahm die Karte und las sie noch einmal, bevor er sie umdrehte. Auf der Rückseite war eine stilisierte Hand aufgedruckt in der klassischen Haltung, einen Gegenstand verschwinden zu lassen, sowie eine zweite Hand in der »offenen« Position – um zu zeigen, was immer sie verborgen hatte. Der enthüllte Gegenstand war ein Fragezeichen. Unten auf der Karte stand die Zeile:

Wieviele Engel können auf einer Nadelspitze tanzen?

Ich bekomme eine Zaubervorstellung geboten, dachte Pascoe. Und obwohl er seinen Puls im Handgelenk pochen spürte, nahm er am Tisch Platz und goß sich ein Glas Wein ein. Varieté-Time. Er nahm einen Schluck und lehnte sich leicht zitternd zurück, die Augen in Erwartung des großen Auftritts starr auf die Schlafzimmertür gerichtet.

»Dann komm auch, du verrückter Hund.« Er sprach die Worte laut aus. »Überrasch mich.«

Die Tür ging nicht auf. Niemand kam durch sie herein. Trotzdem betrat jemand das Zimmer.

Meine Damen, meine Herren, der –

Zeno stand im Raum. Sein Gesicht war knochenweiß, sein Mund rot, seine Augen dunkle Brandflecke.

– Engel des Todes.

Die Tatsache, daß er sich hingesetzt hatte, war Pascoes einziges Glück. Er erhob sich, wie in Zeitlupe Zentimeter für Zentimeter, und schrie vor Schreck auf, während er mit den

Oberschenkeln gegen die Tischkante stieß und ihn umstürzte.

Einen endlosen Moment lang war alles in der Luft: Kerzen, Kerzenhalter, Teller, Glasschüssel, alles, Pascoe hatte die Hände zum Schutz erhoben, während sein Schreckensschrei sich im Zimmer ausbreitete. Zenos erstes Messer wurde bei seinem surrenden Flug durch die Luft von einen Tellerrand abgelenkt. Pascoe nahm es wahr, ohne richtig zu begreifen, worum es sich handelte – ein Lichtpunkt inmitten fliegender Trümmer. Er riß eine Hand hoch und bedeckte seinen Hals und spürte im selben Moment einen stechenden Schmerz, der sich durch sein Handgelenk bis zum Ellenbogen hinauf bohrte.

Instinktiv stürzte er nach vorn, trampelte über Scherben, seine Schienbeine zertrümmerten die Stuhllehne; er warf sich mit voller Wucht auf seinen Gegner, als ob die größtmögliche Nähe zum Tod seine einzige Hoffnung wäre.

Zeno hatte ein weiteres Messer gezückt, jedoch keine Zeit mehr gefunden, es zu werfen. Pascoe stürzte halb, als er in Reichweite kam, krachte in den fliehenden Zeno, die Handflächen vorgestreckt, um die Wucht des Aufpralls abzufangen. Das Messer steckte noch immer zwischen Handgelenk und Fingerknöchel. Gemeinsam stießen sie gegen die Wand, und die schlanke Klinge grub sich durch das Fleisch.

Zeno keuchte, ein Schwall säuerlichen Atems schlug Pascoe ins Gesicht. Das Messer hatte Pascoes Hand durchbohrt und dann Zeno links neben der Wirbelsäule erwischt, wo es gut fünf Zentimeter tief eingedrungen war, bevor es steckenblieb. Sie rangen, beide versuchten, sich loszureißen, während das Messer sich in Pascoes Hand und in Zenos Rücken drehte und ihre Wunden aufriß. Pascoes Gesicht war direkt vor dem von Zeno, sie stießen mit der Stirn zusammen, rote Lippen streiften Pascoes Hals. Zu dicht, um seine Züge zu erkennen, selbst wenn sie nicht von der geschminkten Maske des Todes entstellt gewesen wären. Doch Pascoe konnte die

Augen sehen, ein wildes Starren aus rot-schwarzer Umrandung.

Zeno faßte mit der Hand nach dem Messer in seinem Rükken, wirbelte herum und zog den schmalen Griff sauber aus Pascoes Hand. Er preßte seine Hand weiter auf die Wunde am Rücken. Sein Mund war zu einem wütenden Schrei geöffnet, seine Zunge hing heraus, als habe er seine Wunde geleckt und vergiftet gefunden.

Pascoe konnte sich nicht daran erinnern, zur Tür gelaufen zu sein oder sie geöffnet, durchschritten und hinter sich wieder geschlossen zu haben, doch er befand sich im Flur. Halb fiel, halb rollte er die Treppe hinunter, schrie vor Schmerz und Angst und polterte mit dem Kopf gegen die Wand. Er krachte in die Haustür und tastete mit seiner verletzten Hand nach dem Schloß. Sie war zusammengezogen wie eine Kralle und blutüberströmt.

Draußen lief er den kurzen Gartenpfad bis zur Straße hinauf und wandte sich dann hangabwärts Richtung Dewer Street und dem Geräusch der Brandung zu. Er schluchzte und rief laut um Hilfe, obwohl er nicht erwartete, daß ihn jemand hören würde; sein Rufen war nichts weiter als ein Reflex. Seine Hand brannte, leuchtete orange-weiß wie Eisen in einem Schmelzofen. Er hielt sie über seinem Kopf, um die Blutung zu stillen und sie in der Abendluft zu kühlen.

Wenn ich aufhöre zu rennen und zu rufen, dachte er, werde ich stürzen und in Ohnmacht fallen und verbluten. Der Gedanke hielt ihn auf den Beinen. Mit großen, galloppierenden Schritten rannte er aufs Meer zu, schreiend und schluchzend, die blutige Hand wie ein Banner erhoben.

Zeno stand in einer Ecke des Raumes, den Rücken gekrümmt und die Hand ins Kreuz gestemmt wie ein alter Mann, der die Strapazen eines Fußmarsches bergauf in den Knochen spürt. Er schluchzte vor Wut und brabbelte unter Tränen vor sich hin.

»Was jetzt... Was jetzt... Ich weiß nicht, was... er sollte tot sein... kann ich Ellwood nicht erzählen... oder Carla... keiner, mit dem ich reden kann... keiner, mit dem ich reden kann...« Sein Mund war qualvoll verzerrt wie eine Maske aus der griechischen Tragödie, und die Worte sprudelten als ein langes, unzusammenhängendes, schwankendes Wehklagen aus ihm heraus.

Pech. Pech, daß Marianne ihn erkannt hatte; aber nachdem es einmal passiert war... Er mußte sich schützen – sich und Carla; mußte sie vor dem Schlimmsten schützen.

Denk nach. *Denk nach*. Eins nach dem anderen. Er trug schwarz wie der Engel des Todes: schwarze Jeans, schwarzes Hemd, einen schwarzen Seiden-Blouson. Er streifte das Hemd und die Jacke ab, bevor er mit der Hand nach der Wunde tastete. Er spürte, wie das Blut seine Handflächen ausfüllte und über seine Fingerknöchel sickerte. Inmitten der Verwüstung fand er seine Serviette, die er ausschüttelte und neu faltete, um sicherzugehen, daß sie keine Glasscherben barg. Er preßte sie auf die Wunde und knotete das Hemd mit den Ärmeln fest um seinen Bauch wie einen Kummerbund. Dann schlüpfte er in die Jacke und zog den Reißverschluß bis zum Kragen hoch.

Er nahm eine Kerze und ging nach unten ins Bad. Hinter dem altmodischen Spülkasten hatte er mit Klebeband einen flachen Schminkkasten befestigt: Wattestäbchen, Vaseline und Papiertücher. Er zündete die Kerze an und stellte sie neben ein Spiegelschränkchen. Dann verteilte er etwas Vaseline auf einem Papiertuch.

Die Flamme flackerte und beruhigte sich. In dem schwachen, gelben Schein kam Zeno mit dem Gesicht ganz nah an den Spiegel und wischte über seine Lippen. Aus der Tasche seines Blousons zog er eine Plastiktüte und warf das benutzte Tuch hinein; dann nahm er das nächste und wischte sein Auge ab.

Er kommt wieder, dachte Zeno. Jetzt läuft er weg, aber

bald kommt er nach Longrock zurück. Und er wird es keinem erzählen. Nein, keiner Menschenseele wird er ein Wort davon sagen.

Die Lippen verschmiert wie ein viel geküßter Mund. Ein Auge leuchtend, das andere dunkel und tot.

Dann sehen wir uns wieder, dachte Zeno. Ich treffe ihn, wenn er zurückkommt.

Pascoe trat mit weichen Knien aus dem Schatten in die Lichter der Dewer Street, sein Atem brannte wie Feuer in seinem Hals. Er verlangsamte seine Schritte, taumelte seitwärts und blieb, auf die Holztore des Bootsliegeplatzes gestützt, stehen. Eine Weile verharrte er so, zusammengekrümmt und die Hand wie ein kleines, verwundetes Tier an die Brust gepreßt. Dann richtete er sich auf und ging weiter. Seine panische Flucht den Hügel hinab hatte ihm fast alle Kraft geraubt. Er zog die Füße nach. Er spürte, wie sein Bewußtsein sich ein- und ausschaltete – eine Brühe von Geräuschen. Das Pochen seines Herzens, das Tosen der Brandung unterhalb des Deiches, Melodiefetzen eines Saxophons, die mit dem Wind anhoben und wieder abfielen.

Das Paar am Fenster sah ihn zuerst. Das Gespräch erstarb auf ihren Lippen. Sie standen auf und wandten ihren Blick in den Raum; ihre Blicke sagten: Ratet mal, was da kommt... Er stolperte auf die Bar zu, der Barmann kam ihm auf halber Strecke entgegen, weil es offensichtlich war, daß er es nicht bis dorthin schaffen würde.

Pascoe hatte sich schon eine Lüge zurechtgelegt, die er sich jetzt noch einmal vorsagte, die Worte kämpften gegen die Glocken und Trommeln und Hörner, die in seinem Kopf dröhnten.

Die Krankenhausärztin sah so müde aus, wie man in wachem Zustand nur aussehen konnte. Sie säuberte die Wunde und vernähte sie von beiden Seiten. Eine Krankenschwester machte den Verband. Die Ärztin beaufsichtigte die Tetanus-Impfung und schrieb ein Rezept für ein Schmerzmittel aus. Pascoe konnte nicht aufhören zu zittern.

»Ein nächtlicher Spaziergang am Strand, ausgerutscht und gestürzt, die Hand ausgestreckt, um den Sturz abzufangen – Scherben einer zerbrochenen Flasche.« Pascoe begriff nicht, warum sie seine Geschichte Wort für Wort wiederholte, bis er sah, daß die Krankenschwester mitschrieb. »Ist das korrekt?« fragte die Ärztin. Sie sahen ihn beide an.

»Das ist korrekt.« Seine Zähne klapperten.

»Lassen Sie die Wunde von Ihrem Hausarzt noch einmal nachsehen, nehmen Sie die –« sie reichte ihm das Rezept. »Schlafen Sie sich aus.« Er lächelte, ohne etwas zu sagen.

»Sie stehen unter einem leichten Schock. Ich könnte Ihnen etwas zur Beruhigung geben, obwohl ich das lieber nicht täte. Ich versuche, das Zeug zu vermeiden.«

»Dann lassen Sie's.«

Sie nickte und verließ das Behandlungszimmer. Wenig später begleitete der Barmann Pascoe zurück zum Empfang.

»Ich schulde Ihnen was«, sagte Pascoe.

»Vergessen Sie's. Ich hatte viel Spaß mit diesen Pressefritzen. Haben ein bißchen Leben in den Laden gebracht. Ihr Jungs gefallt mir.« Pascoe setzte sich. »An welcher Stelle des Strandes sind Sie denn gewesen?«

»Oben in der Nähe des Kliffs«, sagte Pascoe, »unweit der Dewer Street.«

»Hm-hm.« Der Barmann kniff die Augen zusammen, als würde er nachdenken. »Nur, daß die Flut schon aufgelaufen sein müßte, oder?« Pascoe antwortete nicht. »Nein, Sie müssen weiter gegangen sein, als Sie gedacht haben. Näher bei dem Hotel, nehme ich an. Dort gibt es selbst bei Hochflut immer ein paar Strände, die nicht überspült werden.«

»Näher beim Hotel...« Pascoe baute es in seine Lüge ein.

»Genau...« Der Barmann drehte sich zur Tür um. »Kommen Sie. Ich bringe Sie zurück.«

»Ich nehm ein Taxi«, erklärte Pascoe. »Danke.«

»Ja? Warten Sie auf jemand?«

»Genau. Ich warte auf jemand.« Pascoe stand auf und streckte seinen linken Arm aus, um seinem Wohltäter unbeholfen die Hand zu schütteln. »Ich bin Ihnen wirklich dankbar.«

Der Barmann ging rückwärts zur Tür, als erwartete er, daß Pascoe es sich noch anders überlegen würde.

Pascoe wartete bei der Aufnahme und beobachtete die Verletzten, die kamen und gingen, aber keiner von ihnen hatte zinnoberrote Lippen, ausgebrannte Augen und eine Wunde im Kreuz. Die Ärztin, die ihn versorgt hatte, kam vorbeigerannt, in ihrer Brusttasche lärmte ein Pieper. Pascoes Herzschlag pochte in seiner Hand – laut wie gegeneinander schlagende Becken; und mit jedem Crescendo kam der Schmerz.

Er griff mit seiner Linken in seine rechte Hosentasche und fand die Karte mit den beiden Händen, eine offen, eine geschlossen.

Meine Damen und Herren...
Das Publikum hielt den Atem an...
Es präsentiert sich –

Pascoe wartete noch eine Stunde, aber er kam nicht.

7

Ellwood war auf der Autobahn Richtung London mehr als dreihundert Meilen nach Norden gefahren. Fünfzig Meilen vor der Stadt hatte er eine Ausfahrt genommen, die ihn, fast unvermittelt, in eine offene, flache Landschaft führte – ein

Tal, eingebettet zwischen Hügeln, die so weit entfernt waren, daß man sie nur als blaue Flecken hinter dem frühabendlichen Dunst wahrnahm. Hin und wieder mußte er die Karte konsultieren, die aufgeschlagen auf dem Beifahrersitz lag; einmal hielt er an, um die Wegbeschreibung zu lesen, die er sich auf Briefpapier des Windrush-Hotels notiert hatte.

Als er den Ort gefunden hatte, sammelte sich am Horizont schon ein sattes Blau am Himmel, das sich bald zur Dämmerung verdichten würde. Er ließ seinen Wagen in einer Toreinfahrt stehen und folgte etwa eine halbe Meile lang einem von Weiden gesäumten Weg. Jenseits der Bäume floß lautlos der Fluß, langsam wie Lava, die klebrige Oberfläche glänzte von den letzten Sonnenstrahlen wie ein mattes Feuer.

Ellwood sah die Gestalt am Ufer und blieb einen Moment stehen, einer alten Gewohnheit nachgebend, sehen zu wollen, ohne gesehen zu werden. Der Mann holte langsam die Schnur ein, die Spitze der Rute fast senkrecht und leicht nach rechts geneigt. Ein Spinnköder an einem Drilling glitzerte, als er ans Licht kam. Der Angler drillte mit der linken Hand ein wenig Schnur, neigte die Spitze der Rute von rechts nach links und warf sie erneut aus, so daß der Köder bis jenseits der Schilfhalme nahe des gegenüberliegenden Ufers schnellte. Langsam holte er den Spinner wieder ein.

Ellwood verließ den Weg und überquerte eine Wiese, die zum Ufer führte; der Saum seiner Hosenbeine wurde schwer, als sie die Feuchtigkeit aufsogen. Der Angler machte einen weiteren zielgenauen Wurf und ließ den Köder so elegant eintauchen, daß sich das Wasser über ihm zu falten schien.

»Hast du mich also gefunden«, sagte er, ohne sich umzudrehen.

Ellwood stand ein paar Schritte links hinter ihm. »Deine Wegbeschreibung war ausreichend. Wonach angelst du?«

»Heute? Nach einem Hecht.«

»Nur einem?«

»Nun, ich nehm, was ich kriegen kann; aber es gibt einen ganz bestimmten, ja. Ein echter Rabauke. Manchmal liegt er ganz dicht beim Ufer im Schatten. Zuerst habe ich ihn für einen Weidenast gehalten. Seit mehr als einem Monat bin ich an dieser Stelle hinter ihm her. Ich weiß, daß er hier ist, aber er ist vorsichtig. Dieser Spinner dreht sich im Wasser wie eine Plötze bei Gefahr. Aber scheinbar will er sich dafür nicht anstrengen, also versuche ich, den Köder direkt vor seiner Nase vorbeizuziehen. Wenn er keinen Hunger hat, wird er vielleicht irgendwann wütend. Unkontrollierte Emotionen, Wallace, unnütze Gefühle. Machen einem immer Probleme.«

»Er ist dort draußen beim Schilf, oder?«

»Jedenfalls ist da irgendwas.«

Ellwood hatte Tom Carey seit mehr als fünf Jahren nicht mehr gesehen. Es sah aus, als hätte er zugenommen, obwohl die Taschen seiner Anglerweste mit Zubehör vollgestopft waren, so daß das nur schwer festzustellen war. Dann wandte Carey sich um und lächelte kurz, bevor er die Schnur erneut auswarf, und Ellwood sah, daß er um die Augen aufgequollen war und kleine Fettpölsterchen sich über seinen Kragen legten.

Als ob er Ellwoods Gedanken gelesen hätte, meinte der Mann: »Es ist eine Weile her.« Ellwoods weitere Gedanken erratend, fügte er hinzu: »Ich bin die ganze Zeit im Ruhestand gewesen. Aus dem Dienst der Kirche ausgeschieden, aus *allem* ausgeschieden.

Ellwood hörte die Betonung, entschied sich jedoch, sie zu ignorieren. »Gibt es jemanden, der je ganz aus dem Dienst der Kirche ausscheidet?«

Der Köder kam tropfend aus dem Wasser. Carey holte die Schnur ein und beschrieb mit der Spitze der Angelrute einen großen Bogen. Er ließ den Drilling jedesmal in derselben Handbreit Wasser eintauchen.

»Ich rufe den Leib und das Blut unseres Herren nicht an, ich tröste die in ihrer Seele Zerrissenen nicht, ich stimme kein

Lobpreis an mit den Erretteten, ich entreiße den Entflammten das Schwert nicht.« Der Spinner glitt knapp unter der Wasseroberfläche zurück wie ein silberner Löffel, der das widerspiegelnde Gold des Flusses aufwühlte. »Ich lege das Wort Gottes nicht aus, ich predige und taufe nicht und erteile auch keine Sterbesakramente. Ich mache gar nichts.«

»Betest du?«

»Ich bete, daß ich diesen alten Gauner erwische, der dort beim Schilf im Wasser liegt. Huckleberry Finn hat um eine Angel gebetet – weißt du noch? Hat das Beten drangegeben, weil er nie eine bekommen hat. Gott scheint die Angler nicht zu begünstigen, was mir, wenn man den Alltagsberuf der meisten seiner Jünger bedenkt, ziemlich unfair erscheint.« Carey stellte die Angel in einen Halter, der in den weicheren Boden am Ufer gerammt war und zog einen Flachmann aus einer Tasche seiner Weste. »Vielleicht findet er die Symbolik des Ganzen zu kitschig.« Er nahm einen Schluck aus der Flasche und hielt sie Ellwood hin. »Angeln«, sagte er, »weißt du...«

»Glaubst du, Gott hat Humor?« Ellwood fuhr mit der Zunge über den Flaschenhals, um zu schmecken, was Carey getrunken hatte, bevor er selbst einen großen Schluck nahm. Es war Brandy.

»Sicher, das habe ich immer geglaubt – warum gäbe es sonst die Alzheimersche Krankheit? Wofür sollte ich beten?«

»Für was immer du willst.«

»Es gibt nichts, was ich will.«

»Das ist unmöglich.«

Carey lachte. Er nahm den Flachmann zurück, genehmigte sich noch einen Schluck, nahm dann die Angel aus dem Ständer und machte einen blitzsauberen Wurf. »Sag so was nicht, Wallace; sonst verschrecke ich noch die Fische.«

»Wir brauchen dich, Tom.«

»Ah... Ja, das ist etwas anderes. Damit wärt ihr diejenigen, die beten.« Carey spürte, wie der Köder sank und riß die

Rute rasch nach rechts, doch die Schnur hing trotzdem durch. »Ob er eher hungrig oder wütend wird?« fragte er sich. »Ich werde ihn so oder so erwischen.«

»Dort unten wirst du prima nach Salzwasserfischen angeln können«, sagte Ellwood.

»Sicher.«

»Er ist nervös. Er braucht jemandem zum Reden.«

»Und was hat es mit der Zauberei auf sich?«

Ellwood zuckte lächelnd die Schultern. »Der Große Zeno. Er ist sehr gut. Ich habe ihn arbeiten sehen.«

»Wo hat er das her?«

»Frag ihn.«

»Ich hab ihn seit – was? – achtzehn Jahren nicht mehr gesehen, Wallace. Warum, glaubst du, sollte er mit mir reden?«

»Das wird er. Das hat er immer getan. Und auch wenn du ihn in letzter Zeit nicht gesehen hast, so hast du doch an ihn gedacht.« Vor wenigen Monaten hatten Carey und Ellwood fast eine Stunde lang miteinander telefoniert. Ellwood hatte eine lange Liste von Fragen gestellt, Ellwood hatte gut geraten. Ellwood hatte seinen Mann studiert. »Was hast du zu verlieren?«

»Ruhe und Frieden. Ich bin zu alt für Störungen meines Alltags.«

»Zweiundsechzig... vielleicht dreiundsechzig?« sagte Ellwood. »Du bist noch immer ein junger Mann. Du mußt doch auch manchmal an die alten Zeiten denken, oder nicht? Wie es damals war... Jeder in dem Glauben, ein Ziel zu verfolgen, jeder mit einem Standpunkt?«

Der Fluß schloß sich um den Köder wie eine sanfte Faust. »Mir liegt nicht viel an der Vergangenheit, Wallace. Sie ist auch nicht mehr das, was sie einmal war.«

»Alles«, sagte Ellwood. »Alles, was du willst.«

Plötzlich erschütterte eine kräftige Bewegung das Schilf und wühlte die Wasseroberfläche auf. Carey riß die Rute mit einem kräftigen Ruck hoch, dann hatte er den Fisch an der

Angel. Er holte die Schnur ein, hob gleichzeitig die Rute an und senkte sie dann wieder, um dem Fisch Leine zu geben. Ellwood konnte die Anspannung in Careys Schultern sehen; sein Rutenarm wurde von der wütenden Kraft, die an der Schnur zerrte, hin und her gerüttelt und gerissen.

Carey holte die Schnur ein, zog an der Rute, ließ sie wieder sinken und holte noch mehr Schnur ein; die Graphitteile zuckten und wanden sich. Der Fisch versuchte mit aller Kraft stromabwärts zu schwimmen und zerrte in Richtung des gegenüberliegenden Ufers, wo er unter dem Schwarzdornbusch Deckung zu finden hoffte; wenn die Schnur sich im Schilf oder einem niedrigen Ast verfing, würde er entkommen. Carey kämpfte mit dem Fisch, gab ihm jedoch gleichzeitig immer ein wenig Spiel; Stück für Stück würde er ihn langsam aber sicher an Land ziehen.

Er drillte ein weiteres Stück Schnur, und der Hecht tauchte, wütend zappelnd, aus dem Wasser, so daß kleine goldene Schuppenteilchen sich auf der Oberfläche verteilten. Dann tauchte er wieder tief ein und schwamm auf die Rute zu, so daß Carey fast vergaß, seinen Vorteil zu nutzen. Er holte rasch weitere Schnur ein und brachte den Fisch in seichtes Wasser nahe am Ufer, von wo er ihn mit einem kleinen Gaff an Land zog.

Ellwood machte einen Schritt nach vorn, um ihm zuzusehen. Der Fisch lag ganz still, als sei Careys Hand auf seiner Schulter ihm Trost und Zuspruch. Die trockenen Kiemen färbten sich von der Luft und dem Blut rosa, die Zähne entlang des häßlichen, vorstehenden Unterkiefers aufgereiht wie Dornen an einem Zweig.

Carey schnitt den Haken mit einem Hakenlöser heraus, dann griff er in eine Tasche und zog eine kleine, geschwungene Keule aus Holz und Horn hervor.

»Weißt du, was das ist?« Er reichte Ellwood die Keule, der sie betrachtete und Carey dann schulterzuckend zurückgab. »Ein Totschläger«, sagte Carey. »Wie du siehst, finden sich allenthalben Symbole. Was ich jetzt tun werde, ist in gewisser Weise eine Ironie. Selig sind die Sanftmütigen.«

Er legte seine Hand auf den Fisch wie zu einer Segnung. Dann schlug er mit der geriffelten Hornseite zweimal kräftig zu. Der Hecht zuckte in seiner Umklammerung kurz auf und rührte sich dann nicht mehr: ein Fall für den Kochtopf.

»Schmeckt fantastisch in Fenchel und Weißwein gebakken«, sagte Carey.

»War es der«, fragte Ellwood, »den du wolltest?«

Carey schüttelte lächelnd den Kopf. »Dieser ist nur halb so groß«, sagte er. »Und hat sich nicht ein Zehntel so viel gewehrt. Der, hinter dem ich wirklich her bin, wäre auf seinen Flossen ans Ufer gekommen und hätte mich in den Knöchel gebissen.«

Die Sonne verschwand hinter dem Horizont. Ein langer Schatten streckte sich flußabwärts und verwandelte das Wasser von Gold in lebloses Zinn. »Ich muß zurück, Tom«, sagte Ellwood. »Wie lautet deine Antwort?«

»Wozu willst du mich haben, Wallace? Soll ich ihn nur beruhigen?«

»Wie schon gesagt, er braucht jemanden zum Reden.«

»Jemand, der dann hinterher mit dir redet...«

»Wir wüßten gerne, was er denkt, was für Pläne er hat.«

»Du hast mir erzählt, daß Nick Howard tot ist.« Carey befeuchtete ein Tuch, um den Fisch darin einzuwickeln.

»Er behauptet, es war ein Unfall.«

»Und war es das?«

»Nein.«

»Alles, was ich will...«

Ellwood lächelte, graue Augen in einem grauen Gesicht. »Lang vergessene Gelüste, Tom?«

»Nein.« Carey legte das Tuch über den Kopf des Hechtes, über seine blutroten Kiemen und seine glänzenden Augen, als wolle er die Würde eines Toten wahren. »Nein – aber ich bin sicher, dir wird schon was einfallen.«

8

Pascoes Arzt hatte den Verband gelöst und die verletzte Hand mehrmals hin und her gewendet, als suchte er nach einem Kunstfehler. Die Schnittwunde war verrunzelt, die kleinen Stiche sahen aus wie ein komisches Grinsen.

»Sauber«, hatte der Arzt gesagt. »Ihr Glück, daß Sie auf einer Flasche gelandet sind, die vom Salzwasser ausgewaschen war.« Zur Zeit bestand Pascoes Diät aus Schmerzmittel und Antibiotika. Noch einen weiteren medizinischen Rat hatte ihm der Arzt mit auf den Weg gegeben: »Keinen Alkohol.«

Nur den einen, dachte Pascoe. Jeder genehmigt sich am Ende des Tages einen Drink. Er entschied sich für Wodka, und verließ das Zimmer auf der Suche nach einem Schluck Tonic.

Er war seit drei Tagen zurück, bisher jedoch nicht einmal in der Nähe seines Büros gewesen. Er hatte seine Sekretärin angerufen, um ihr zu sagen, er sei krank. Zwei Minuten, nachdem er aufgelegt hatte, hatte George Roxborough zurückgerufen.

»Was für eine Krankheit hast du?«

»Ich habe mir in die Hand geschnitten. Sie ist entzündet. Ich habe Fieber.«

»Weil du am Donnerstag vor Gericht zu erscheinen hast.«

»Ich werde nicht kommen, George. Es ist eine Lapalie.«

»Das kommt auf den Standpunkt an. Ich vermute, dein Klient nimmt die Sache durchaus ernst.«

»Er wurde in flagranti mit einem Tütchen Sonderangebots-Crack aus irgendeinem Keller erwischt. Er ist ein Glied ganz am Ende der Kette: entweder eine symbolische Strafe oder ein Opfer. Es ist nur eine gerichtliche Voranhörung, George. Schreib den Fall aus. Irgend jemand wird ihn schon nehmen.«

»Wie lautet seine Verteidigung?«

»Die Polizei lügt.«

»Und lügt sie?«

»Dieses eine Mal haben sie es gar nicht nötig.«

»Du klingst nicht wie ein Mann, der Fieber hat, Sam.«

»Hast du Tony Stewarts Mutter getroffen?«

»Ja. Klappt alles wie am Schnürchen – Ankunftszeit, Abfahrtszeit, die Schokolade, die er mitgebracht hat, was sie sich im Fernsehen angeschaut haben.«

»Und du hast auch mit Stewart geredet...«

»Natürlich. Die gleiche Geschichte. Wenn sie beide bei ihrer Aussage bleiben, könnte es für die Anklage schwierig werden. Außer dem Geständnis haben die praktisch nichts in der Hand. Und Geständnisse sind einen Scheißdreck wert.«

Pascoe hatte seinen Verband gelöst, um einen Blick auf die Wunde zu werfen – eine zwanghafte Angewohnheit, von der er nicht mehr lassen konnte. »Hast du darüber nachgedacht – die Tatsache, daß ihre Geschichten übereinstimmen?«

»Was soll ich gedacht haben?«

»Die Fernsehsendungen, George. Das gibt dem ganzen einen netten Flair, oder nicht? Wenn Stewart dieselben Einzelheiten benennen kann wie seine Mutter...«

»Sie hat die Sendungen für ihn aufgezeichnet; glaubst du, daß man das behaupten wird? Daß er später vorbeigekommen ist und sie sich dann angesehen hat?«

»Es gibt dort keinen Video-Recorder, George. Das wird die Tagesschwester bestätigen. Keine Spur von einem Video-Gerät – keinen Kaufvertrag, keinen Mietvertrag. Sie hatte definitiv kein Video.« In der Wunde hatte er ein winziges Pulsieren wahrgenommen wie das Ticken einer Uhr. Pascoe hatte stumm darauf gepustet. »Nein, die Sache mit den Einzelheiten des Fernsehprogramms ist großartig. Das würde ich an deiner Stelle hochspielen.«

»Er hat seine Mutter angerufen. Sie hat ihm erzählt, was sie gesehen hat.«

»Zweifelhaft. Seine Darstellung ist alles in allem zu lebhaft. Mit Worten kann man eigentlich nur eine grobe Skizze vermitteln. Versionen aus zweiter Hand klingen auch genau so. Er aber nicht.«

»Was dann?«

»Er hatte den Fernseher an, während er sie ermordete.«

Schweigen; Roxborough hatte entweder gelacht oder sich geräuspert. »Glaubst du?« fragte er.

»Hat ein bißchen ferngesehen, sie ermordet und dann den Rest angeschaut.«

»Heiliger Himmel, meinst du wirklich?«

»Tony Stewart«, hatte Pascoe gesagt, »ist ein seltsamer kleiner Bursche.«

Pascoe nippte an seinem Wodka, verzog das Gesicht, als er schmeckte, wie stark er war, und nahm noch einen Schluck. Er hatte viel geschlafen, als ob Träume ein Ausweg wären. Oder ein Rückweg. Er dachte an die Zeit, die sie gemeinsam verlebt hatten, zu siebt. Es würde leichter sein, die Männer aufzuspüren als die Frauen; weil Frauen ihre Namen änderten; sie wurden Mrs. Jemand Anders. Sie waren bestimmt alle verheiratet. Und wahrscheinlich schon wieder geschieden.

Wenn es kein Mitglied der Clique war, dann war es jemand, der ihre Geschichte gehört hatte, was bedeuten würde, daß eine der Frauen als Komplizin beteiligt sein konnte. Aber wenn es jemand war, der zur Gruppe gehörte, dann ein Mann – also entweder Charlie oder Luke.

Jemand, der aus der Vergangenheit Profit schlagen wollte. Das war die rationale Sichtweise. Pascoe hatte schon früher mit dieser Art Gier zu tun gehabt; Indiskretionen zu verkaufen, Schuld im Sonderangebot. Manche Menschen zahlten ein Leben lang, andere zahlten eine Weile und wurden dann wütend. Zweimal hatte Pascoe einen Wütenden verteidigt und versucht, der Jury zu erklären, wie ein Mörder gleichzeitig ein Opfer sein konnte.

Die rationale Sichtweise konnte auch noch Nick Howards Tod erklären, vor allem, wenn Nick zu denen gehört hatte, die wütend wurden. Stichwunden hatte es in den Presseberichten geheißen. Nun, sicher: Aber Stichwunden konnten genauso gut auf einen Kampf wie auf einen vorsätzlichen Mord hinweisen.

Das alles konnte Pascoe sich erklären. Aber es gab Dinge, die die rationale Sichtweise sprengten. Ein für eine Person gedeckter Tisch in einem leeren Haus, ein bemaltes Gesicht, eine Gestalt, die durch Wände ging. Und es konnte keinen Zweifel darüber geben, was der Zweck dieser Zusammenkunft hatte sein sollen: nicht Erpressung, sondern Mord.

Ein Brief hat mich nach Longrock gelockt, dachte Pascoe – eine Erwähnung von Lori Cosgrove. Das ist die erste bekannte Tatsache. Einer aus der Clique oder eine Person, die einem von uns sehr nahesteht. Okay.

Jemand hat Nick Howard ermordet. Wir wissen nicht warum, und wir wissen nicht sicher wie, aber er ist tot, und das ist eine weitere Tatsache. Okay.

Und jemand hat mir eine Visitenkarte hinterlassen: Der Große Zeno – Illusionist. Kerzen, die in einem leeren Zimmer brannten, eine entkorkte Weinflasche, plötzlich eine Erscheinung mit Messern und einem gewinnenden Lächeln. Magie. Schmu. Das war auch eine Tatsache.

Es würde leichter sein, die Männer aufzuspüren...

Pascoe wählte eine Nummer und trank noch etwas von seinem Wodka. Die Stärke wurde ihm mit jedem Schluck vertrauter. Das Telefon klingelte und klingelte. Pascoe warf einen Blick auf seine Uhr: halb sieben; Leute verließen das Haus, weil sie zum Abendessen eingeladen waren, weil ein Film anfing oder ein Vorhang sich hob. Mit Ausnahme von Rob Thomas, der keine Menschen mochte, nicht unterhalten werden wollte und nie irgendwo hinging.

Pascoe mußte das Telefon noch eine Minute klingeln lassen, bevor der Hörer abgenommen wurde. Rob klang genervt.

»Ich muß ein paar Leute ausfindig machen«, erklärte Pascoe ihm.

»Die üblichen Bedingungen, Sam.« Damit meinte Thomas: Wenn sie gesucht werden, will ich es nicht wissen. Wenn sie gewalttätig sind, will ich es unbedingt wissen. Wenn es sich um vermißte Kinder handelt, vergiß es.

»Charles Singer, Lucas Mallen.«

»Wo fange ich an zu suchen?«

»In einem Ort namens Longrock – an der Südspitze Cornwalls. Es ist ungefähr so weit im Westen, wie man kommt, ohne zu ertrinken. Du solltest es auch in einer Stadt namens Claydon versuchen, die –«

»Ich kenne Claydon«, sagte Thomas. »Bestand früher mal nur aus Feldern und Bäumen, heute ist es eine Schlafstadt, in dem Sinne, daß sie in Schlaf versunken zu sein scheint.«

Felder und Bäume, Kuhherden am Stadtrand ... Ein Platz mit Kopfsteinpflaster in der Mitte des Ortes, mit einem Podium für Auktionen und Jauchegruben für die transportablen Viehkoben, mit denen die Bauern an jedem letzten Freitag im Monat angereist kamen. Ein nagelneues Einkaufszentrum. Ein Tanzpalast. Bei der Polizeistation war ein Peace-Zeichen auf die Ziegel geschmiert.

Pascoe erinnerte sich, wie einige von ihnen – vielleicht auch alle sieben – mit Käse, Wein und Obst bepackt ins Grüne gewandert waren. Vor der Stadt gab es einen kegelförmigen Hügel mit einem kleinen Wäldchen. Es war ein Tag im Hochsommer, und sie hatten dösend unter dem Blätterdach gelegen. Die Vögel hatten jedesmal zu singen aufgehört, wenn ein Helikopter den Wald überquerte, niedrig und laut im Anflug auf die zehn Meilen entfernte Basis der US-Luftwaffe.

»Wer sind sie?«

»Leute, die ich früher mal gekannt habe«, erklärte Pascoe ihm. »Also etwa mein Alter. Mehr kann ich dir nicht sagen.«

»Verheiratet, ledig, Kinder, Beruf, Bekannte, physische Besonderheiten einer polizeilichen Akte... irgendwas?«

»Nein«, sagte Pascoe. »Tut mir leid.«

»Na ja, wenigstens bist du nicht mit Smith und Jones angekommen.«

Rechtsanwälte brauchen Menschen, die ihnen bei der Erledigung dieser oder jener Aufgabe behilflich sind. Die betreffenden Leute sind meist Ex-Polizisten, die Aufträge häufig vertraulich. Diese hilfreichen Menschen haben oft selbst Freunde, die noch immer Polizisten sind. Jeder hat etwas zu verkaufen oder möchte etwas kaufen. Alles in allem ist es ein reges Geschäft.

»Du wirst sie schon in irgendeinem Computer finden.«

»Ich nicht«, erwiderte Thomas. »Aber vielleicht jemand anders.«

»Treibe ein paar Gefälligkeiten ein, die man dir noch schuldet«, schlug Pascoe vor.

»Eine Gefälligkeit beruht immer auf Gegenseitigkeit.«

»Meine Kanzlei hat einen Drogenfall übernommen – ein Crack-Dealer; niemand besonderes, nicht viel Stoff. Ich könnte mir vorstellen, daß er ein paar Namen nennt, wenn man ihn richtig anfaßt.«

»Rede mit ihm.«

»Nein. Das wird George Roxborough tun. Man hat den Kerl reingelegt, ihm die Sache angehängt – aber ich glaube nicht, daß er es schon kapiert hat. Wenn er das tut, könnte er durchaus verärgert reagieren.«

»Das kann ich im Tauschgeschäft gegen ein paar Informationen anbieten. Nicht einmal Computer können jedes Problem für dich lösen, Sam. Es wird eine ganze Reihe Charlie Singers und Lucas Mallens geben.« Er hielt inne, um die Namen zu überdenken. »Vielleicht weniger Mallens.«

»Im ganzen Land, ja. In den speziellen Gegenden, die ich dir genannt habe, wahrscheinlich nicht so viele. Die Altersgruppe wird die Auswahl weiter verkleinern.

»Und wenn sie umgezogen sind...«

»Tja nun«, meinte Pascoe. »Wenn sie umgezogen sind, wird es schwieriger.«

»Wenn du es dir nicht leisten kannst, ein Team zu engagieren, das jeden vierzigjährigen Singer und Mallen im ganzen Land überprüft – wird es das wohl.« Es war Thomas' Art zu sagen, daß eine Gefälligkeit auch ihre Grenzen hatte. Für mehr brauchte man Geld.

Pascoe wußte, wie schwer es war, Menschen aufzuspüren. Die Nachricht seiner Frau hatte gelautet: *Du wirst mich nicht finden. Ich habe meinen Namen geändert.* Sie hatte Recht behalten. Er hatte ein Jahr nach ihr gesucht. Rob Thomas hatte ihm geholfen. Man konnte Menschen nur finden, wenn sie sich nicht versteckten.

»Laß es uns wenigstens versuchen«, sagte Pascoe. Er entschloß sich doch noch, Thomas auch die Namen der Frauen zu geben. Warum nicht? Computer wissen nicht, was Arbeit ist.

»Ich werde nachfragen«, sagte Thomas. »Wenn sie irgendwo aktenkundig sind, gehören sie dir. Soll ich dich zu Hause anrufen oder im Büro?«

»Weder noch«, sagte Pascoe. Er nannte Thomas die Adresse und Telefonnummer vom Palings Hotel.

Pascoe nahm seinen Drink mit ans Fenster und blickte auf den Park auf der gegenüberliegenden Straßenseite hinab: ein Ort, wo die Kids der Umgebung ihren Spaß hatten. Erst letzte Woche hatte eine ganze Bande in einer der dschungelartigen Bodensenken ein Mädchen vergewaltigt. Zu anderen Gelegenheiten gingen Jugendliche mit ihren kleinen Klebstoffläschchen und Crack-Päckchen ein und aus. Ständig hörte man eine Baßlinie aus dem Park wummern. Hin und wieder bequemte sich die Polizei her und sackte alle ein. Es machte keinen großen Unterschied. Kaputte Kinder waren in diesem Viertel eine erneuerbare Resource.

Pascoe lud selten Leute in seine Wohnung ein. Diejenigen, die kamen, fragten ihn, warum, zum Teufel, er sich entschieden hatte, hier zu leben. Normalerweise reagierte er mit einem Witz von wegen direkt über dem Laden wohnen und so.

Als er sicher gewesen war, daß Karen nicht zu ihm zurückkommen würde, hatte Pascoe ihr gemeinsames Haus verkauft und es gegen die Absteige am Park eingetauscht. Den Differenzbetrag hatte er auf ein Konto eingezahlt – als wartete er darauf, daß Karen ihren Anteil einfordern würde. Pascoe hätte sich durchaus etwas Besseres leisten können; er hatte ja nichts anderes zu tun, als zu arbeiten, und verdiente eine Menge Geld. Trotzdem zog er nicht mehr um. Nicht, daß ihm die Gegend gefallen oder er die Nachbarschaft angenehm schillernd gefunden hätte, es war nicht einmal so, daß er nicht genug Energie aufgebracht hätte wegzuziehen.

Er lebte dort, weil er glaubte, es nicht besser verdient zu haben.

9

Zeno stand im Schatten verborgen und beobachtete, wie sie eintrudelten, sein Publikum, seine wenigen getreuen Fans.

Rechte Bühne – die Holzkiste. Linke Bühne – ein auf einer Staffelei montiertes Poster, das die Attraktion des Abends ankündigte: DER GROSSE ZENO – schlichte, schwarze Theaterplakatschrift umrahmt von Girlanden und Schnörkeln. Ein Touch von Vaudeville.

Die Beleuchtung war miserabel, aber das war sie immer: zwei Scheinwerfer in der Loge, die die Bühne in ein schwammiges Licht tauchten, und ein Verfolger-Spot, der in der Regel ein oder zwei Schläge hinterherhinkte. Der Krankenpfleger, der sich freiwillig für den Job gemeldet hatte, konnte die

Stichworte nie behalten. Der Saal war zunächst zu Lagerzwecken und dann als Gemeinschaftsraum benutzt worden, bevor die Krankenhausleitung einen Veranstaltungsraum daraus gemacht hatte. Der hintere Teil der Bühne lag im Dunkeln. Zeno haßte das. Das Publikum könnte es für ein Hilfsmittel seiner Tricks halten. Doch es bot ihm zumindest die Möglichkeit, sie hereinkommen zu sehen...

Hatten sie sonst nichts zu tun? Gab es keinen Ort, wo sie sonst hatten hingehen können? Heute waren ein oder zwei Neue dabei. Einige blickten mit erwartungsvoll leuchtenden Augen zur Bühne, andere voll Gleichgültigkeit, wieder andere mit einem Unglauben, der von Wut genährt schien.

Andere Gesichter waren vertrauter. Zeno hakte sie im Kopf ab, während sie Platz nahmen: Die Dame mit der Blume, Mac der Huster, Der ewige Jude, Hundegesicht, Der Mann mit der Großen Fliege... Die Regelmäßigen brachten stets etwas mit – Strickzeug, ein Butterbrot, die Sportseite. Es war, als könnten sie auch nur herkommen, um sich wiederzutreffen, so stetig tauchten sie zu jeder Vorstellung auf. Sahen sie sich vielleicht als eine kleine Familie, die von Zenos regelmäßigen Auftritten zusammengehalten wurde und sich bei jeder seiner Vorstellungen traf? Schließlich waren sie nicht wie Gelegenheitsbesucher, die hereinplatzten, weil es draußen regnete. Ein aufmerksames Publikum, das sich stets einfand, Sonne oder Regen, Schnee oder Hitze. Blickten sie sich jedesmal um, ob ein Gesicht fehlte – wie ein Todesfall in der Familie – und nickten sich gegenseitig zu, um den Verlust mit verhaltenem, traurigem Lächeln zu würdigen?

Zeno suchte in ihren Gesichtern nach Zeichen dafür, fand jedoch keine. Sie blickten nie links oder rechts, lächelten nie und sagten nichts. Die Augen starr auf die Bühne gerichtet, machten sie es sich bequem und warteten darauf, verblüfft zu werden.

Zeno wartete, bis das Schlurfen sich gelegt hatte, bevor er aus dem Dunkel trat, um unter spärlichem Applaus seinen ersten Trick vorzuführen.

Er fächerte ein Kartenspiel auf und ließ es in seiner hohlen Hand verschwinden, fächerte die Karten noch einmal in der anderen Hand auf, warf den Arm in die Luft und ließ die Karten als Spazierstock mit einem daran befestigten roten Seidenschal wieder niedergehen, den er mit einer eleganten Bewegung aus dem Handgelenk ver- und wieder entknotete.

Aus dem Stock wurde ein Seil, aus dem Schal eine Flamme.

Er schwang das Seil wie ein Lasso, die Schlinge ein Feuerreif, der sich mit leisem Knistern und Knattern durch die Luft drehte wie eine Fahne im auffrischenden Wind.

Er erweiterte die Schlinge, so daß sie neben ihm hing wie eine wütende Null, und stieg ein paarmal hindurch, bevor er sie in die Luft warf und als einen Schauer von rotgoldenen Luftschlangen herabregnen ließ.

Pascoe, dachte er. Jetzt bist du eine Bedrohung für mich. Und eine Bedrohung für Carla. Eine Bedrohung für unser gemeinsames Leben, ein Schatten, der darauf fällt, ein Fleck. Du bist ein Teil der Vergangenheit, und ich will nichts mehr davon wissen – weder von dem Stück, das du bist, noch von irgendeinem anderen. Ich will einen Lappen nehmen und sie wegwischen. Von Ellwood will ich auch nichts mehr wissen. Und bald werde ich erledigt haben, was er von mir verlangt, und dann werde ich ihn streichen wie eine alte Adresse, eine falsche Telefonnummer. Carla und ich werden eines Nachts verschwinden. Ich werde ihr erzählen, mein Bruder sei gestorben, und ich hätte das Geld. Im Schutz der Dunkelheit werden wir verschwinden wie Deserteure – eine neue Adresse, eine neue Telefonnummer.

Er arbeitete jetzt mit der Truhe, nachdem er ihnen zunächst demonstriert hatte, daß sie leer war. Drei Kugeln krochen den aufgeklappten Deckel entlang und kullerten in seine Hände. Er jonglierte mit ihnen, während sie zischend ein grünlich-weißes Licht verströmten. Irgend jemand dachte daran, die Scheinwerfer abzublenden, aber der Verfolger-Spot tanzte auf der Suche nach ihm weiter über die Bühne.

Carla war in sein Leben gekommen wie ein verletztes Tier, um das er sich kümmern mußte. Die meisten Leute hätten sie wohl eher unansehnlich genannt, aber das war sie nicht. Vielleicht machte sie nicht so viel Aufhebens von ihrer Erscheinung wie manche Frauen. Sie trug ihr blondes, glattes Haar schulterlang mit einem Mittelscheitel; kein Lippenstift, keine Mascara, keine lackierten Nägel, die Kleidung stets praktisch, nie modisch oder auffallend. Manche Menschen sahen zuerst ihre Beine – Menschen, die den leicht übertriebenen Schwung in ihrem Gang bemerkt hatten, fast ein Torkeln, wenn ihr Bein an jenem Tag besonders schmerzte.

Eines Nachts würden sie einfach weggehen, und kein Mensch würde sie finden. In der einen Minute hier, in der nächsten verschwunden, wie Zauberei.

Er hatte sie am Strand aufgelesen, im Windschutz eines Wellenbrechers wie ein Stück Treibgut. Sie war ans Meer gekommen, hatte sie ihm erzählt, weil sie nicht weiter gehen konnte. Hatte alles hinter sich gelassen, bereitwillig, obwohl das kaum ein Opfer gewesen war, weil es nicht viel gab, was sie zurücklassen konnte. Regentropfen waren über ihre Wangen geperlt und Tränen, und sie war bis auf die Knochen durchgeweicht. Er hatte sie zu sich genommen, weil es einfach das Einzige war, was er tun konnte. Sie waren am Strand entlanggelaufen über glatte Kiesel und losen Sand, und ihre Behinderung war deutlich zu sehen gewesen. Kinderlähmung, hatte sie ihm erklärt, und sich bei ihm untergehakt, als wären sie ihr Leben lang so gemeinsam gegangen.

Der Beleuchter hatte endlich begriffen, daß er den Spot ganz abblenden mußte. In dem matt goldenen Schimmer, der übrigblieb, surrten und summten die Kugeln, formten Türme und Bäume in weiß, rot und grün, bildeten Profile und Säulen, beschrieben Bögen und Himmelslandschaften und malten all die Konturen, die man sah, wenn das Auge von einem offenen Feuer geblendet wurde. Das Publikum war völlig still, wie Nachttiere, die sich um ein Lager geschart hatten und hineinstarrten.

Carla war geblieben. Sie stellte ihm nie irgendwelche Fragen; er stellte ihr keine. Sie hatten beschlossen, die Vergangenheit zu einer traumlosen Nacht zu machen. Als er zum ersten Mal mit ihr geschlafen hatte, hatte sie gezittert und ihn gleichzeitig angefleht, nicht aufzuhören, fieberhaft scheinbar, voller Furcht und Verlangen. Sie hatte sich an ihn geklammert wie ein Mensch in abgrundtiefen Gewässern, über alle Maßen erschöpft und ohne jede Hoffnung.

Am nächsten Tag hatte sie ihm ein Essen gekocht, als ob das ihre natürliche Rolle wäre. Sie hatte seine Kleidung zum Waschen zusammengesucht und das Haus geputzt.

Er warf die Kugeln so hoch, daß sie leuchtende Taue zur Decke spannten, dann fielen sie eine nach der anderen dunkel zurück, unsichtbar in der Helligkeit, die noch immer in der Luft knisterte wie tausend Blitzlichter. Das Publikum war geblendet, wie Nick Howard geblendet gewesen war.

Zeno wartete auf die Scheinwerfer. Er überlegte, ob er sich nach der Vorstellung den Beleuchter schnappen und ihn mit ein paar Ohrfeigen aufwecken sollte. Die Scheinwerfer flammten langsam auf, und der Spot verfolgte ihn mit geradezu aggressiver Widerwilligkeit über die Bühne.

Er ließ ein Ei in seiner Hand verschwinden und wieder weg. Er ließ es erneut zum Vorschein kommen, diesmal doppelt so groß wie zuvor. Dann bedeckte er das Ei mit einem roten Seidentuch und bauschte den Stoff mit beiden Händen von unten nach oben, als würde er etwas sehr Kostbares und Zerbrechliches modellieren.

Eine weiße Taube. Sie flatterte aus seiner Hand und kreiste über die Bühne. Im hinteren Teil der Bühne stand ein Brett aus vier etwa zwei Meter hohen, senkrecht stehenden Latten. Zeno rollte es ins Licht, wo es in der Mitte der Bühne, scheinbar ungeschützt, aufrecht stand wie eine geschlossene Tür. In Augenhöhe zwei hölzerne Zapfen.

Zeno band die Taube mit einem roten Lederriemen an. Die Zapfen waren für eine Vogelstange genau verkehrt herum angebracht, so daß sie ein wenig, aber nicht viel Halt boten und die Taube zwangen, mit den Flügeln zu schlagen, um sich aufrecht zu halten. Mit einer behenden, kunstvollen Bewegung seiner Hände wirbelte Zeno das rote Tuch durch die Luft, und die Seide loderte plötzlich in einem engen, gelb und orange brennenden Reifen um die Taube auf.

Die Taube schien sich vom Brett in den Himmel zu erheben, obwohl sie in Wahrheit nicht mehr als ein paar Zentimeter voran kam, den Kopf erhoben, die Brust wie ein Bug vorgereckt, mit ihren Flügelschlägen die Flammen anfachend. Zeno ging weg – trat von der Bühne hinab zu seinem Publikum, während hinter ihm die Schwingen der Taube im bewegungslosen Flug vor sich hin flatterten.

Er drehte sich lächelnd um, und wie aus dem Nichts lag plötzlich ein Messer in seiner Hand. Er warf es, das Band riß. Der Vogel schien sich vom Brett in die Lüfte zu erheben, aber wie jede Kreatur, die sich besser an Futter als an Furcht erinnerte, flog sie einen Kreis und landete zahm auf seiner Hand. Zeno legte seine Hände um sie und ließ sie in Seide, in Unsichtbarkeit verschwinden.

»Du hast mich aus dem Nichts hergezaubert«, hatte Carla gesagt.

Sie verließen schlurfend den Saal: Hundegesicht, Mac der Huster, der Mann mit der Großen Fliege...

Zeno stand im Schatten und beobachtete ihren Auszug. Sie sahen ihn nie dort stehen. Wenn die Vorstellung beendet war, war auch Zeno zu Ende, die Magie zu Ende; die Welt fiel in ihre Ordnung zurück. Warum also stand dort hinten im Saal noch immer ein Mann und beobachtete die Bühne, als stünde das Finale noch aus, als würde das Feuer noch einmal auflodern und die Taube zurückfliegen?

Zeno erkannte den Mann, und der Schock schnürte ihm die Brust zu. Er schwankte, sein Blick verschwamm, und in seinen Ohren dröhnte das Rauschen des Meeres.

Das war der beste Trick des Abends. Wie aus dem Nichts stand dort auf einmal Pater Tom Carey in seinem kirchengrauen Polohemd mit dem Priesterkragen – genau wie ihn seine Erinnerung bewahrt hatte – eine Hand halb erhoben zum Gruß oder zum Segen.

10

Pascoe schwitzte schon, als sie die Gittertür öffneten. Roxborough trat ein und nickte dem Vollzugsbeamten grüßend zu. London erlebte ein paar Tage Altweibersommer, also lief jeder in kurzen Ärmeln herum; Ventilatoren flüsterten im Empfangsraum.

Ein dunkler feuchter Fleck verfärbte den Rücken von Pascoes Hemd. Er wußte es, und dieses Wissen gab ihm das Gefühl, schmutzig zu sein. Der Handschuh und die Manschette, die die Naht auf seiner Hand schützten, juckten; die Wunde selbst hatte ihre Farbe von einem blassen zu einem dunklen Grau gewechselt. Roxborough schwang seinen Aktenkoffer wie ein Pendel.

»Hab mich noch mal mit der Mutter getroffen«, sagte er leise, weil der Beamte nur ein oder zwei Schritte vor ihnen ging. »Ich hab ihr geglaubt.«

»Tatsächlich?« Pascoe paßte seinen Schritt dem seines Kollegen an. Ihm war, als trüge er in der Brust einen Felsblock mit sich herum, der das Atmen zu einer komplizierten und schwierigen Angelegenheit machte.

»Ich bin zum Geschworenen geworden, verstehst du? Hab mich in seinen Kopf versetzt... und ihr zugehört, wie ein Geschworener zugehört hätte –«

»Du hoffst –«

»Und ich habe jedes ihrer Worte geglaubt.«

»Denk dran – es ist schlimm, wenn einem nicht geglaubt wird; aber es ist fatal, wenn einem die Unwahrheit nachgewiesen wird.«

»Sie kennt ihre Geschichte auswendig. Nicht zu glatt, aber auch nicht zu unsicher.«

Pascoe blieb stehen, um Atem zu holen. Sie blieben alle stehen. »Es ist ein Geschenk, George«, sagte er. »Von mir für dich.«

Stewart empfing sie mit einem Händeschütteln und einem schüchternen Lächeln. Als Pascoe ihm erklärte, daß ab jetzt George Roxborough seine Verteidigung übernehmen würde, widmete er ihm sofort seine ganze Konzentration.

»Haben Sie schon. Meine Mutter getroffen?« Die abgehackten Sätze ließen ihn unterwürfig klingen wie einen Mann, der ständig damit rechnete, unterbrochen zu werden.

Roxboroughs Lächeln strahlte Vernunft und Bestätigung aus. Während Pascoe wie ein Unbeteiligter dabeisaß, lauschte Roxborough Stewarts stockender, aber wortgenauer Geschichte mit dem Wohlwollen und der Gefaßtheit des Geschworenen.

Als sie in Roxboroughs Wagen saßen, öffnete Pascoe ein Fenster, um sein Hemd im Luftzug zu trocknen. Es ging auf die Mittagszeit zu, also suchten sie sich ein Pub in der Nähe des Flusses und setzten sich mit ihrem Bier in den Schatten eines bogenrandigen Sonnenschirms.

»Soll ich im Büro etwas sagen, wann sie dich zurückerwarten dürfen?« fragte Roxborough.

»Sag ihnen, in ein oder zwei Wochen, wenn du willst. Ich werde mich von Zeit zu Zeit telephonisch melden.«

»Im Büro nennen sie es deinen Jahresurlaub«, erzählte Roxborough.

»So? Das ist gut.«

»Aber sie denken, es ist eine Depression oder ein ausgedehnter Alkohol-Exzeß.« Roxborough trank einen Schluck von seinem Bier. »Ich kann ihnen ja erzählen, daß es kein Saufurlaub ist.«

»Erzähl ihnen, was du willst«, erwiderte Pascoe, und fügte dann hinzu: »Ich wollte nicht giftig klingen, George.« Er zuckte die Schultern. »Ich brauch Abstand von allem. Ich weiß auch nicht, warum.«

»Was war denn eben los? Im Knast?«

»Ich schwitze. Meine Hände zittern. Ich habe Atemprobleme.« Die Krisensymptome, die er beschrieb, waren nichts Neues, aber da Roxborough das nicht wußte, würde er vermutlich annehmen, daß sie der Grund für Pascoes Urlaub waren. Umso besser. Er blieb bei der Wahrheit. »Seit einiger Zeit ist es ziemlich schlimm geworden. Nachdem Karen mich verlassen hat...« Er brach ab und zuckte die Schultern. »Ich finde es einfach schwierig, Gefängnisse zu betreten.«

»Nur Gefängnisse?«

»Ich glaube schon. Ich habe sonst noch nicht viel probiert.« Es hatte nicht direkt etwas mit Karen zu tun, das wußte Pascoe, denn obwohl es akuter geworden war, seit sie ihn sitzengelassen hatte, lag die Ursache des Problems woanders. Er hatte jedoch nichts dagegen, wenn Roxborough sie als Symptome seines Verlusts deutete.

»Ich habe einen Anruf von Rob Thomas bekommen. Er sagt, du willst Paul Arthur Maynard den Wölfen zum Fraß vorwerfen.« Polly Maynard – erwischt mit seinem Beutel Crack, als er den armen Seelen von Papp-City eine Nacht Schlaf verkaufen wollte.

»Ganz im Gegenteil. Ich hab angedeutet, daß er vielleicht zu einem Handel bereit ist. Einen Teil seiner Haftstrafe gegen den einen oder anderen Namen.«

»Und was tut Rob im Gegenzug für dich?« Roxborough trank sein Bier aus und starrte in das leere Glas. Die Schaumreste schienen ihm zuzuzwinkern, während sie in sich zusammenfielen. »Karen kommt nicht zu dir zurück – selbst wenn du sie finden würdest, käme sie nicht zurück. Es ist inzwischen Jahre her.«

Pascoe zuckte die Schultern und ließ seinen Kollegen ein zweites Mal das Falsche denken.

»Was soll ich Polly denn sagen?« fragte Roxborough.

»Mach ihn wütend. Erzähl ihm, man hätte ihn reingelegt.«

»Hat man ihn wirklich reingelegt?«

»Irgendwann einmal bestimmt. Wie jeden von uns.«

Pascoe fuhr kurz vor Sonnenaufgang in der Stadt los und kam gegen zehn in Longrock an. Das Meer war strahlend blau, türkis, wo es sich auf den abfallenden Felsen brach. Er parkte vor dem Palings und ging auf den Hoteleingang zu, nichts erwartend, nur die warme Morgensonne auf dem Rücken spürend. Was er dann sah, ließ ihn laut aufschreien.

Ein hellblauer Peugeot setzte aus einer Parklücke näher beim Hotel, am Steuer saß Sophie Lanner. Sie blickte nach rechts und nach links und bog dann, eine Hand am Steuer, in die Dewer Street in Richtung der Werft ein.

Pascoe rannte ihr mit den Armen fuchtelnd wie ein Verkehrspolizist nach. Menschen drehte die Köpfe, und ein Wagen, der auf ihn zukam, bremste abrupt, bevor Pascoe ihn vorbeiwinkte. Der Peugeot fuhr den Hügel hinauf, wo die Ufermauer in das Kliff überging, und war bald hinter seiner Kuppe verschwunden. Er wollte zurück zu seinem Wagen rennen und ihr folgen, erkannte jedoch, daß es zu spät war, und nachdem er seinen spontanen Impuls unterdrückt hatte, wurde ihm klar, daß der Augenblick des Wiedererkennens eine Selbsttäuschung gewesen sein mußte. Seine Beschäftigung mit der Vergangenheit hatte einen Geist heraufbeschworen. Die Frau in dem Auto hatte nur ausgesehen wie

Sophie Lanner; oder, um genau zu sein, wie die Sophie Lanner, an die er sich erinnerte.

Er schrieb sich im Hotel ein, und der Portier fragte ihn nach seiner Hand, als sei Pascoe ein Mitglied der Familie.

»Schon besser«, sagte er.

Der Portier erinnerte sich an einen Mann, der in seine Halle gekommen war wie das Opfer eines Kettensägenmassakers, blutverklebte Kleidung und blutverschmiertes Haar.

»Viel besser«, ergänzte Pascoe.

Man hatte ihm dasselbe Zimmer wie beim letzten Mal gegeben. Zur Linken Meerblick, zur Rechten eine langgestreckte Landzunge, rötlich wie ein verrunzelter Arm, überschorft mit rotbraunen Flecken von Adlerfarn.

Hierher zurückzukommen, war ein einziges Glückspiel. Es gab die Chance, daß Rob Thomas eine Verbindung zwischen Longrock und einem der Namen herstellen konnte, die Pascoe ihm genannt hatte. Es gab die Möglichkeit weiterer Überraschungen. Die Möglichkeit, alte Bekanntschaften zu erneuern. Die Möglichkeit zu sterben. Er würde damit anfangen, ein paar seiner Stammlokale abzuklappern.

Der Barmann strahlte übers ganze Gesicht; ein Lächeln, als Pascoe hereinkam, ein Lächeln für ein Bier auf das Haus, eins für den Brief, den er daneben legte.

»Sie sind ja ziemlich bald zurück.«

»Hab noch das eine oder andere zu erledigen«, erwiderte Pascoe.

»Lose Enden«, vermutete der Barmann. »Spuren, die verfolgt werden müssen.«

»So in der Richtung.«

»Sie wissen etwas, das die anderen nicht wußten, stimmt's? Der Typ, der in der Bucht an Land gespült wurde – warum er hier war, wen er getroffen hat.«

»Hat er jemanden getroffen?«

»Na ja, er war ziemlich weit von zu Hause weg. Warum sollte er hergekommen sein, wenn er nicht jemanden treffen wollte?« Der Barmann spielte den journalistischen Spürhund und hatte dafür ein anderes Lächeln parat, wissend und verschlagen.

»Vielleicht wollte er einfach mal ein paar Tage allein sein«, meinte Pascoe. »Vielleicht war er auf der Suche nach einer Tür.«

»Einer was?«

»Einer Tür – einem Weg nach draußen, einem Ausgang.«

»Auf der Flucht.«

»Ist doch möglich, oder meinen Sie nicht?« Pascoe stellte die Frage, als würde ihn die Meinung des Barmanns ernsthaft interessieren.

»Jemand hat ihn ermordet...«

»Fremde töten auch Fremde, oder nicht? So was passiert andauernd.«

Der Barmann glaubte, Pascoe wolle ihn auf eine falsche Fährte locken, ein Reporter, der eine Spur gewittert hatte und nun davon ablenken wollte. »Hören Sie, was geht mich das an?« Er klopfte auf den Brief, als habe Pascoe ihn möglicherweise noch nicht bemerkt.

»Kennen Sie viele Leute aus der Gegend?«

»Ich kenne die Stammgäste.« Das einladende Lächeln erstrahlte erneut. »Leute wie Sie.«

»Luke Mallen. Oder Charlie Singer... Charles...«

Der Barmann dachte einen Moment lang nach, den Kopf geneigt, als würde er ein Foto betrachten.

»Nein. Wer sind sie?«

»Ich weiß nicht genau«, log Pascoe. »Die Namen sind mal gefallen.«

»Etwas, das die anderen nicht wußten.« Der Barmann genehmigte sich einen Schuß Brandy. »Es gibt auch Dinge, die ich weiß. Dinge, die nicht in der Zeitung standen.«

Pascoes Blick deutete Zweifel an. Seine Skepsis schien den Barmann nicht zu beleidigen. Er blinzelte über den Rand seines Glases und sagte: »Keine Hände.«

Es war, als habe er ein besonders geschicktes Kunststück vollführt. Pascoe schüttelte den Kopf, als wolle er sagen: Es ging alles zu schnell, ich hab's nicht mitbekommen, noch einmal, bitte.

»Der Kerl wurde in der Nähe von Windrush Head an Land gespült. Seine Hände fehlten. Jemand hat sie abgehackt.« Alle guten Geschichten werden beim Erzählen übertrieben.

Pascoe versuchte die Information einzuschätzen. Für ihn ergab sie keinen Sinn. »Woher wissen Sie das?«

Diesmal schenkte ihm der Barmann ein wissendes Lächeln. »In dieser Bar trinken schließlich nicht nur Journalisten, sondern auch Polizisten.«

Pascoe stopfte den Brief in eine Innentasche und erhob sich von seinem Barhocker. Als er ging, rief ihm der Barmann nach: »Es ist nicht die Tür...«

»Was?« Pascoe blickte zur Straße und wandte sich noch einmal um.

»Das Wichtige ist nicht, die Tür zu finden.« Er lachte und spülte den Rest von Pascoes Bier in den Ausguß. »Da können Sie jeden Ehemann fragen... Das Entscheidende ist der Schlüssel.«

Wie beim letzten Mal ging er zu der Bucht, um Zenos Brief zu öffnen. Die Brise trug den Geruch von Salz und verfaulendem Seegras mit sich. Schwarzdorn und Brombeeren säumten den Pfad am Meer, blühender Stechginster wie züngelnde Flammen.

Es ist ein Trick, dachte er, und ich weiß nicht, wie er funktioniert. Er versucht, mich umzubringen, es geht schief, und ich verlasse die Stadt. Aber dann komme ich zurück – das war als Überraschung geplant, die mir einen gewissen Vorsprung verschaffen sollte. Und was finde ich? Einen Brief in der Bar, als ob das meine postlagernde Adresse wäre. Wie immer dieser Trick auch funktioniert, er gefällt mir nicht. Der Mistkerl denkt meine Gedanken.

Sam,
ich vermute, du hast nach mir gesucht, genau wie ich nach dir suchen mußte. Der Unterschied zwischen uns beiden ist: Ich weiß, wo ich dich finden kann. »Baskin & Somers, eine Kanzlei in der Nähe der Chelsea Bridge. Das war nicht schwer herauszufinden. Oder ansonsten, so hat es den Anschein, in der Bar am Kai. Ich war mir nicht ganz sicher, ob du dich wieder im Palings einmieten würdest, obwohl ich davon ausgehe. Ich wette, ich könnte dich dort finden.

So sieht es aus – ich weiß, wie ich mit dir in Kontakt treten kann.

Wir müssen uns nochmal treffen, Sam, meinst du nicht auch? Nun, natürlich meinst du das, warum wärst du sonst zurückgekommen? Ich mache dir einen Vorschlag – wir treffen uns an einem öffentlichen Ort. Wäre dir das nicht angenehmer? Laß uns das machen. Laß uns einen Termin verabreden.

Ich werde dir am gewohnten Ort eine Nachricht hinterlassen.

Der Wind ließ das Blatt rascheln, als wolle er einen verborgenen Subtext morsen. Pascoe stand bewegungslos da, den Blick auf den Brief gerichtet, obwohl er ihn nicht ein zweites Mal las. Er wußte, daß jemand ganz in der Nähe stand, direkt hinter ihm, ebenfalls regungslos.

Als er sich umdrehte, richtete Sophie Lanner eine Waffe auf ihn.

Ein paar Möwen glitten auf einer Luftströmung nahe der Küste, ihre heiseren, klagenden Schreie kreuzten sich in der Luft. Er war sich nicht sicher, was er gehört hatte – die Möwen oder Sophies Stimme. Er richtete sich auf, faltete den Brief und hörte sie dann deutlich.

»Setz dich, du Mistkerl.«

Der Lauf der Pistole folgte ihm, während er sich erst erhob und dann erneut niederkauerte. Sie hielt die Waffe mit beiden Händen, die linke Hand leicht geneigt, um das Gewicht abzustützen, die Arme gestreckt, die Beine leicht gespreizt fest auf beiden Füßen stehend. Es sah aus, als wüßte sie, wie man schoß.

Pascoe faltete und entfaltete den Brief – stets darauf bedacht, die Hände sichtbar vor dem Körper zu halten. »Ich dachte schon, daß du es warst«, sagte er. »Dann habe ich mir selbst eingeredet, daß du es nicht gewesen sein konntest.«

»Tatsächlich? Warum?«

»Ich bin es nicht gewöhnt, Glück zu haben. Wo um Himmels Willen hast du die her?« Er wies mit dem Kopf auf die Pistole.

»Nun, dein Glück hat sich gewendet. Und der einzige Grund, warum ich dich nicht erschossen und ins Meer geworfen habe, ist, daß vielleicht noch andere Menschen von dem Brief wissen.«

»Jemand hat dir einen Brief geschrieben...?«

»Laß den Scheiß, Sam.«

»Und du glaubst, ich war es.«

Sophie lachte, ihr Mund verzog sich zu einem breiten Grinsen, an das Pascoe sich sofort wieder erinnerte. Sie war groß und noch immer schlank, ihr Haar von jenem rötlichen Gold, an dem er sie erkannt hatte, als sie vorhin an ihm vorbeigefahren war. Vielleicht war ihre Figur etwas fülliger geworden – Brüste und Hüften – aber nur eine Winzigkeit, genug, um aus dem Mädchen von einst eine Frau zu machen. In ihrem schmalen Gesicht konnte man keine Falten erkennen.

»Ja«, sagte sie, »ich glaube, daß du es warst.«

Lange Beine, eine von einem engen Gürtel gehaltene Levis, ein Hauch von Make-up, um ihre Wangenknochen hervorzuheben.

»Was guckst du so?« Sie wedelte ungeduldig mit der Pistole, als wolle sie eine Sitzung zur Ordnung rufen.

»Sicher hast du einen Brief bekommen«, räumte Pascoe ein. »Aber nicht von mir.«

»Und warum bist du dann hier?«

»Weil ich auch einen Brief erhalten habe.«

Er saß auf den Kieseln und blickte aufs Meer, Sophie den Rücken zugewandt. Sie saß knapp zehn Meter hinter ihm, die Pistole im Schoß. Sie las beide Briefe, die er bekommen hatte, dann las sie sie noch einmal. Hin und wieder blickte sie auf, um sicherzugehen, daß er sich nicht rührte. Eine Hand hatte sie immer nahe der Waffe. Sie betrachtete die Visitenkarte, die er ihr gegeben hatte: *Der Große Zeno – Illusionist – Magier – Entfesselungskünstler.*

Sie wendete sie mit einer Hand wie ein Spieler, der eine Karte ausspielt.

Wieviele Engel können auf einer Nadelspitze tanzen?

»Ich dachte, daß du es sein mußtest, als ich dich beim Hotel aus dem Wagen steigen sah. Ich bin einfach weitergefahren. Ich wußte nicht, ob du mich erkannt hattest oder nicht. Hinter dem Hügel hab ich gewendet, den Wagen in einer Seitenstraße geparkt und bin zum Kai zurückgelaufen. Ich habe gesehen, wie du in die Bar und dann wieder zurück zum Hotel gegangen bist. Ich bin zu meinem Wagen gegangen und habe gewartet. Als du an mir vorbeikamst, bin ich dir gefolgt.«

»Was hast du geglaubt, was ich wollte?«

Sie unterhielten sich mit gedämpften Zurufen, weil sie das Tosen und Zischen der Brandung übertönen mußten.

»Als ich den Brief bekommen habe? Geld, nehm ich an.«

»Was glaubst du jetzt?« Pascoe hatte seine Geschichte erzählt. Ohne sich umzudrehen und ihre Reaktion zu beobachten, hatte er den Stützhandschuh abgenommen und seine Hand in die Brise gehalten, als ob er die Wunde abkühlen wollte.

»Dreh dich um«, sagte sie. »Woher soll ich wissen, ob du lügst, wenn ich dein Gesicht nicht sehen kann?«

»Wenn du das glaubst, glaubst du alles. Ich habe oft genug in die offenen Augen und das gewinnende Lächeln eines versierten Lügners geschaut.«

»Ich nehme an, du meinst Frauen.« Als Pascoe aufstand und über die Kiesel auf sie zukam, hob Sophie die Pistole in ihrem Schoß ein wenig an. »Ich hab gesagt umdrehen. Ich habe nichts davon gesagt, daß du dich zu mir setzen sollst.«

Pascoe beachtete sie nicht. Er setzte sich neben sie, das Gesicht jedoch in die andere Richtung gewandt. »Nein, ich dachte gerade an einen Mann namens Drew Bellamy.«

»Wer?«

»Er hat seine Frau umgebracht. Hat Stücke von ihr abgeschnitten – hinterher, wie die Autopsie ergab, obwohl ich nicht erkennen konnte, wie das die Grundlage einer vernünftigen Verteidigung hätte sein können.« Sie sah ihn an und wartete auf die Moral der Geschichte. »Ich bin Rechtsanwalt geworden.« Er beugte sich zu ihr, um die Briefe und die Visitenkarte zurückzuverlangen. »Und was bist du geworden, Sophie?«

»Reich.«

Etwa sechs Möwen waren hinabgesegelt, um sich jede auf einem eigenen Fels im Wasser vor der Küste niederzulassen. Sie sahen aus wie ein spärliches, aber fasziniertes Publikum. Als er die Briefe zurücknahm, war er nahe genug herangekommen, um nach der Waffe zu greifen, was sie jedoch offenbar nicht bemerkt hatte.

»Und Nick ist tot?«

»Ja. Nick ist tot.«

»Ich verstehe das nicht – was dir in dem Haus passiert ist, meine ich. Und Essen... hast du gesagt...? Kerzen, Wein – was für einer?«

»Chablis«, erklärte er ihr. »Neunundachtziger. Großartiger Jahrgang, noch ein wenig jung zum Trinken.«

»Ich bin nicht sicher, ob ich schon wieder in der Stimmung für Scherze bin«, sagte sie. »Ich glaube nicht, daß wir schon so weit sind. Es besteht immer noch eine gute Chance, daß ich dich erschießen werde.«

Pascoe nahm die Pistole aus ihrem Schoß, warf sie in die Luft, wo sie sich einmal drehte, fing sie auf und hielt sie ihr, den Griff zuerst, hin.

»Was veranlaßt deine Mandanten, dir zu vertrauen?« fragte sie. »Wenn du eine Eigenschaft herausgreifen müßtest?« Die dargebotene Waffe beachtete sie nicht. Nachdem seine geschickte Geste offenbar ignoriert wurde, saß Pascoe mit regungsloser Miene da, die Waffe hing schlaff in seiner Hand.

»Ich verlange horrende Honorare.«

Sie stand auf, bückte sich und nahm ihm die Pistole ab, ohne sich wirklich die Mühe zu machen hinzusehen. »Wenn du den Brief nicht geschrieben hast, das heißt, wenn du die Wahrheit sagst, wer war es dann? Wer ist Zeno?«

»Ich sage die Wahrheit«, sagte er, »und du glaubst mir. Sonst hättest du mich die Pistole nicht nehmen lassen.«

»Sie ist nicht geladen«, murmelte Sophie und machte eine vage Geste, als ob ihre Gedanken längst woanders waren. Sie war zurück in Richtung des Küstenpfades gegangen, den Kopf gesenkt wie ein Strandgutsammler, der hofft, einen Schatz zu finden.

Der Barkeeper war ihm wie ein Bruder geworden. Sophie musterte er als potentielle Erweiterung der Familie. Sie hatte ein Bier bestellt, was ihn irgendwie zuversichtlich zu stimmen schien. Es gab eine Frage, die Pascoe schon seit geraumer Zeit hatte stellen wollen.

»Wie reich?«

»So reich, wie du willst. Im Hotel gibt es doch auch eine Bar, oder nicht?«

»Ja. Aber hin und wieder liegt hier für mich eine Nachricht bereit.«

»Von Zeno.« So wie sie es sagte, klang es exotisch.

»Genau. So reich wie du willst, ist ein Haufen Geld. Wo kommt es her?«

»Ich hab's geheiratet.« Sophie trank einen Schluck Bier und leckte sich dann mit der Zunge den Schaum von den Lippen. »Ein zu hoher Preis.«

»Du bist geschieden.«

»Sozusagen.«

»Wie?«

»Getrennt.«

»Von dem Mann, aber nicht von dem Geld«, vermutete Pascoe.

»Willst du mir was über mein Leben erzählen?« fragte Sophie. »Willst du ein Urteil sprechen?«

Pascoe nickte – nicht zustimmend, sondern entschuldigend. »Tut mir leid, es geht mich nichts an.«

»Da hast du verdammt recht.« Sie fischte sich die Speisekarte aus dem kleinen Metallständer und las sie zweimal sorgfältigst durch.

»Hast du Hunger?« fragte Pascoe.

»Nein.« Pause. »Ich versuche, mich wieder abzuregen.«

»Tja«, sagte er, »ich bin wohl etwas zu weit gegangen. Andererseits hast du mir vor nicht allzu langer Zeit eine Pistole ins Gesicht gehalten. Ich bin deswegen nicht sauer, aber es hat mich neugierig gemacht.«

Sophie zuckte die Schultern. »Es ist bloß... du hast geklungen, als hättest du ein Recht, so zu reden. Als ob du mich kennen würdest.«

»Das hab ich auch mal.«

Sie überging die Bemerkung und kam auf ihren vorherigen Gedanken zurück. »Die Briefe, die du bekommen hast – von Zeno – sind alle mit Schreibmaschine geschrieben?«

»Ja.«

»Und haben sie geklungen wie jemand, den du früher kanntest?«

Pascoe dachte darüber nach. »Nein, eigentlich nicht.«

»Weil es mir so vorkam, daß der Brief, den ich bekommen habe, ein wenig nach dir klang. Deswegen habe ich auch gedacht, was ich gedacht habe, als ich dich vor dem Hotel sah.«

»Und deshalb bist du mir auch mit einer Pistole gefolgt.«

»Sie war –«

»Nicht geladen, aber das wußte ich nicht. Warum besitzt du überhaupt eine Waffe?«

»Du stellst mir schon wieder Fragen über mein Leben.«

»Schon gut«, sagte Pascoe und wedelte mit der Hand, als wolle er Rauch zerstreuen. »Ich habe auch versucht, einen Ton aus den Briefen herauszuhören, aber ich konnte nichts Konkretes entdecken. Zwischen den Zeilen schwingt die ganze Zeit ein süffisantes Lächeln mit, aber ich kann es niemandem zuordnen.« Ein Gedanke kam ihm. »Er hat den Brief an mein Büro geschickt – das ist nicht weiter schwierig, denn mein Name steht auf dem Briefkopf der Kanzlei. Aber was ist mir dir? Wer immer es war, er weiß, wie er dich erreichen kann. Das muß uns doch etwas über ihn verraten.«

»Ja. Darüber habe ich auch schon nachgedacht...« Sophie zeigte ihm einen Umschlag; der Brief war von zwei vorherigen Adressen weitergeleitet worden. »Unter der ersten Adresse habe ich noch als Lanner gewohnt; genau genommen ist es die Adresse, die *du* noch immer von mir gehabt haben könntest.«

Pascoe schüttelte den Kopf. »Ich... irgend jemand. Es ist durchaus möglich, daß jemand anders von Lori erfahren hat – jemand außerhalb der Clique – und dieser Jemand hat jetzt beschlossen, die Information auszunutzen.«

»Für Geld.«

»Was sonst?« Während er es sagte, wußte Pascoe schon, daß er das längst nicht mehr glaubte. Doch er verscheuchte seine Zweifel – um Sophies Willen. »Es ist lange her. Es ist fast sicher, daß irgend jemand diese Geschichte inzwischen gehört hat: Der Tod der Lori Cosgrove, ein Melodram, erzählt von –«

»Melodram...« Sophie tupfte ihr Glas in einen Rest verschütteten Biers und stempelte kleine Kreise auf die unechte Holzmaserung. Ihre Stimme war so leise, daß Pascoe kaum hörte, wie sie das Wort wiederholte.

»Es könnte also jemand sein, den wir noch nie gesehen haben – jemand, der einen aus der Gruppe kennt.«

»Oder es könnte ein Komplize sein, der mit der Person zusammenarbeitet, von der er die Information hat.«

»Oder es könnte Charlie sein. Oder Luke.« Sie erwiderte nichts, also erklärte er: »Nick ist tot, ich war es nicht...«

»Ja«, sagte Sophie. »Ich bin ja nicht blöd. Ich sehe auch, wie sich die Möglichkeiten verringern.« Pascoe hörte die Verärgerung in ihrer Stimme und fragte sich, welcher Name bei ihr einen wunden Punkt getroffen hatte. Sie lächelte halbherzig und meinte: »Charlie war genau der Typ, ein Kaninchen aus dem Hut zu zaubern.« Pascoe erinnerte sich an das Bild eines Mannes: der flinke Charlie, der nervöse Charlie, witzig, charmant und redegewandt.

Als wolle sie Charlie ein Alibi liefern, fügte sie hinzu: »Es hätte auch eine Frau sein können. Ich zum Beispiel – oder Susan oder Marianne.«

Pascoe hob die Hand, die er ihr am Strand gezeigt hatte. Der Faden, mit dem die Wunde vernäht worden war, löste sich auf wie ein Stück rostiger Draht. »Denk dran, ich war dort. Ich habe ihn getroffen.«

Sophie rutschte die Sitzbank entlang und stand auf. Pascoe konnte sehen, wie die Pistole ihre Tasche ausbeulte, als sie sie über ihre Schulter schwang.

»Zeig es mir.« Sie machte ein oder zwei Schritte rückwärts, als hätte sie es eilig, hier wegzukommen. Pascoe war überrascht. Der Barmann bemerkte ihre plötzliche Unruhe und ließ seine Blicke von ihr zu ihm wandern, einen besorgten Schatten im Gesicht.

»Zeig es mir.« Sophie drehte sich um und ging zur Tür, fest davon überzeugt, daß Pascoe ihr folgen würde.

Natürlich hatte er vorgehabt, zu dem Haus zurückzugehen. Er hatte den Schlüssel, den der Grundstücksmakler ihm überlassen hatte, nicht zurückgegeben, sondern ihn an seinem Schlüsselring befestigt, als gehöre er ihm.

Sie gingen nebeneinander den Hügel hinauf, zügig wie potentielle Käufer, die sich an diesem Tag schon das zehnte Objekt ansahen. Sophie trug eine taillierte Tweed-Jacke, eine hummerfarbene Bluse aus einem groben Stoff und eine Kordelkrawatte, ein Bolo, mit einem Knebelknopf aus Lapislazuli. Der Bolo flatterte im Wind wie Schwänze eines Drachens.

»Und was ist mit dir?« fragte sie. Sie sprachen nicht über das Haus, das würden sie erst tun, wenn sie dort waren.

»Du darfst fragen, aber ich nicht?«

»Du hast gleich gewertet. Das ist etwas anderes.«

»Ich war verheiratet, bin's aber nicht mehr.«

Sie lächelte wie jemand, der gerade an einen guten Witz erinnert worden ist. »Die ganze Welt«, sagte sie. »Die ganze weite Welt.«

Sie stand in der Haustür und sah ihn an. Ein Schauder zitterte über ihre Schultern, vom Hals bis zu den Wangen legte sich eine blasse Röte über ihre Haut. Mit den Fingerspitzen tastete sie über ihr Gesicht.

»Du könntest es sein.«

»Aber ich bin's nicht.«

Er drehte sich um und ging hoch in das Zimmer. Bis auf den Schrank war es leer. Als er sich genauer umsah, entdeckte er winzige Glas- und Porzellanscherben in den Ecken und Zwischenräumen der Bodendielen, sowie entlang der Fußleisten, wohin ein Besen nicht kam.

Sophie betrat den Raum und blieb an der Tür stehen. Ihr rechter Arm hing, von der Pistole beschwert, gerade an ihrem Körper herab. Pascoe breitete die Arme aus wie ein Verkäufer, der seine Waren zur Ansicht ausgepackt hat.

»Hier drinnen?« fragte sie.

»Sieh dich um«, sagte Pascoe und drehte sich zum Fenster. Ein Raum ohne jedes Möbelstück mit Ausnahme eines alten Schranks. Sophie sah die Scherben, hell wie Glimmer in Felsspalten. An der Wand neben der Tür und auf dem Boden waren Blutspuren, irgend jemand hatte versucht, sie wegzuschrubben: weiter oben blasse Streifen und kleine Spritzer, darunter kreisförmige Wischspuren.

Sie streckte die Hand aus und fuhr an den verschwommenen Umrissen eines Streifens entlang, der an der Wand verwittert zu sein schien wie verwaschene Seide. »Warum bist du geblieben?«

»Zum Essen? Weiß der Himmel. Es war eigenartig. Wie Hypnose, nur daß niemand da war, mich zu hypnotisieren. Ich wußte nicht, was geschehen würde, aber ich habe mir keine allzu großen Sorgen gemacht. Es sah alles so merkwürdig harmlos aus wie ein Witz. Der gedeckte Tisch, der Wein, alles. Ich habe mitgemacht – weil ich kein Spielverderber sein wollte. Ich habe Platz genommen, gegessen, Wein getrunken und darauf gewartet, daß mein Gastgeber erschien.«

»Aber er kam nicht.«

»Beim ersten Mal nicht.«

»Und als du zum zweiten Mal hier warst?«

»Da hatte ich Angst. Als mir klar wurde, wie nahe er war – der noch nicht entkorkte Wein, die unangezündeten Kerzen. Ich bin nur kurz aus dem Zimmer gegangen; und als ich zurückkam, *waren* diese Dinge *erledigt*, aber niemand da, der es getan haben konnte.«

»Zauberei.«

»Ja.« Er sah sie an, um das Lächeln zu sehen, mit dem sie diese Bemerkung begleitet hatte, aber es war nicht da.

»Der Große Zeno: Illusionist – Magier – Entfesselungskünstler.« Sie betrachtete erneut die Blutflecken. »Du wußtest, daß Nick tot war und hast dich trotzdem nicht bedroht gefühlt?«

»Es war die ganze Atmosphäre«, sagte er und ging zu der Stelle, wo der Tisch gestanden hatte, aufgeregt und vertieft wie ein Archäologe, der eine wichtige Fundstelle betritt. »Essen, Wein, das Versprechen einer angenehmen Unterhaltung – all das verhieß die Inszenierung. Ich war neugierig, nicht ängstlich. Zumindest anfangs nicht.«

»Inszenierung ist das richtige Wort.« Sophie schien ihm endlich Glauben zu schenken und sich zu entspannen. »Und was gedenkst du nun zu tun?«

Er wandte sich um, um ihr zu antworten, und sah die Pistole hochschnellen. Ein wildes Durcheinander von Gedanken drehte sich in seinem Kopf, aber alle blieben ungesagt: Du glaubst, daß ich es bin... Aber warum nur...? Du bist die Komplizin... Ein Seidentuch mit aufgestickten Schmetterlingen... Sie ist nicht geladen... Sie ist nicht geladen...

Der Schuß hallte so ohrenbetäubend in dem engen Zimmer nach, daß Pascoe nicht wußte, ob er getroffen war oder nicht. Als ob man in einer riesigen Glocke schwingen würde in dem Moment, in dem der Klöppel schlug. Das Kordit biß in seinen Augen. Er stand, in geduldigem Schock, völlig regunglos da und wartete auf das Einsetzen der Schmerzen. Sophies Augen waren vor Angst verschwommen und starrten auf einen Punkt über seiner Schulter. Er drehte sich um und folgte dem Lauf der Waffe. Die Schranktür stand offen.

»Oh mein Gott, das tut mir echt leid, ich hab nicht, die Tür ging einfach, ich hatte Angst. Ich wußte nicht, was ich tat.« Die Worte sprudelten alle auf einmal aus ihr heraus, alle im selben Ton, während sie mit erhobener Waffe weiter auf die Schranktür starrte. Er gab ihr einen Moment Zeit, dann trat er auf sie zu und nahm ihr die Pistole ab. Minutenlang, so schien es ihm, sagte keiner von beiden ein Wort, dann wiederholte Sophie: »Ich wußte nicht, was ich tat.« Ihr Tonfall war noch immer derselbe.

Die Kugel hatte die Schranktür etwa in Kopfhöhe durchschlagen, ein leuchtender Stern rohen Holzes, der in seiner

Mitte in ein schwarzes Loch zusammenfiel. Als Pascoe die Tür weiter öffnete, sah er; daß die Kugel ein zweites, das Holz tiefer zersplitterndes Loch in die Seitenwand gerissen hatte.

Hinter ihm sagte Sophie: »Er ist aufgegangen.« Sie blickte über Pascoes Schulter in den Schrank. Er war hoch genug, um Bademäntel, Abendkleider und Mäntel hineinzuhängen. »Er ist ohne jeden Grund aufgegangen. Und da fiel mir ein, wie du gesagt hast, daß er auf einmal im Zimmer stand.«

Pascoe betrachtete den Haken und die Öse. Die waren intakt, aber vielleicht war der Haken nicht richtig eingehakt gewesen. Er versuchte, sich den Abend ins Gedächtnis zu rufen, an dem Zeno seinen großen Auftritt gehabt hatte. Die Verriegelung war bestimmt sicher gewesen, das hatte er überprüft – oder nicht? – bevor er am Tisch Platz genommen hatte. Er hatte den Schrank inspiziert. Er hatte, verdammt nochmal, hineingesehen.

Er trat in den Schrank und sagte: »Jetzt mach die Tür zu.« Der modrige Geruch stieg streng in seine Nase, und es war dämmrig hier drinnen, wenn auch nicht völlig dunkel, weil sich der Schrank nicht ganz schließen ließ.

»Fest drücken«, sagte er und rutschte nach hinten, bis er mit den Hacken gegen die Rückwand stieß. Sophie drückte zweimal gegen die Tür und versuchte den Haken in die Öse zu befestigen, aber es fehlten gut zehn Zentimeter. Er stieg wieder aus dem Schrank.

»Mir fiel ein, wie du gesagt hast, in diesem Augenblick warst du allein im Zimmer, und im nächsten stand er auf einmal vor dir.«

»Ja, sicher... aber, woher er auch gekommen sein mag, jedenfalls bestimmt nicht aus dem Schrank. Er ist zu klein, und außerdem habe ich an jenem Abend vorher zur Sicherheit nachgesehen.« Er ging zur Tür. »Wir sollten besser gehen.«

»Willst du nicht noch die anderen Zimmer inspizieren?«

»Doch, schon. Was mir Sorgen macht, ist, daß die Leute

aus der Nachbarschaft einen Schuß wohl kaum für ein mehr oder weniger alltägliches Geräusch halten werden.«

»Das hätte doch alles mögliche sein können.« Offenbar wollte das auch Sophie gerne glauben – wollte ihren Fehler ungeschehen machen, indem sie ihn mit anderen Möglichkeiten vermischte.

»Glaubst du, daß sie sich das sagen werden? Ich halte es für wahrscheinlicher, daß sie sich gegenseitig fragen, warum in einem leeren Haus wohl ein Schuß fällt.«

»Die Leute kümmern sich um ihren eigenen Kram. Irgendein Knall wird die nicht weiter beschäftigen.«

»Vor wenigen Augenblicken warst du noch so schreckhaft, daß du auf eine Tür geschossen hast. Jetzt willst du eine Führung durchs Haus.«

»Mit mir ist wieder alles okay«, sagte Sophie und sah tatsächlich absolut ruhig aus. Sie nahm Pascoe die Pistole aus der Hand, er machte einen Satz zurück, sie sicherte die Waffe. »Mir geht's prima. Ich will es sehen.«

Die anderen Zimmer waren leer mit Ausnahme kleiner Nischen voller Gerümpel, wie sie sich in jedem unbewohnten Haus finden. Eine Glühbirne auf einem Kaminsims, ein Pakken alter Zeitungen, leere Weinflaschen in einem Küchenschrank. Sie gingen durch einen Flur, in dem feuchte Flekken, gesprenkelt mit braunem Moder die Tapete zierten wie Orchideen.

Dunkle Fußabdrücke auf dem Boden.

Ein Stück weiter prangte ein ähnlich dunkler Handabdruck auf einer Badezimmertür. Der Handabdruck wies auf weitere Trophäen, die sich im Bad fanden. Eine Schmierspur roter Theaterschminke in Augenhöhe auf dem Spiegel, ein schwarzer Kleckser auf dem Beckenrand.

Sophie befeuchtete ihre Fingerspitze und fuhr über die rote Schmierspur. »Wie, sagtest du, sah sein Gesicht aus?«

»Wie die Hand des Todes. Schwarze Augen, sonst alles weiß, rote Lippen.«

Pascoe blickte in den Spiegel, in sein Gesicht, Sophies Gesicht und ihren Finger auf der Schmierspur, als ob sie einen Ort auf der Landkarte suchen würde. Der Spiegel quietschte, und sie hielt sich die Hand vors Gesicht wie jemand, der eine Blume überreichen will.

»Der Geruch der Fettschminke«, sagte sie. »Das Tosen der Menge.«

»Was sagt uns das?« fragte Pascoe.

»Das sagt dir gar nichts. Und es sagt mir, daß du entweder ein unglaublich vorsichtiger, sehr gewiefter und gut vorbereiteter Lügner bist oder definitiv die Wahrheit sagst.«

»Für welche Möglichkeit hast du dich entschieden?«

»Daß du die Wahrheit sagst. Nicht wegen der Wunde an deiner Hand oder deiner verrückten Geschichte, nicht wegen des Blutes oder der Schminke am Waschbecken.«

»Nicht?«

»Nein. Es war dein Blick, als wir oben im Zimmer waren.«

»Wie habe ich denn geguckt?«

»Wie jemand, der einen Sargdeckel aufgestemmt hat.«

Die blutige Fußspur im Flur war wie ein Pfeil, der sie ins Zentrum des Hauses zurückverwies. Sophie stieg darüber hinweg und eilte zur Haustür in Richtung des Lichts und der Straße draußen. Pascoe konnte ihren Drang spüren, von diesem Ort zu verschwinden. Sie erreichte die Tür mit dem Gesichtsausdruck eines Menschen, dem, als er das Haus schon fast verlassen hat, noch etwas einfällt. Die Schlüssel? Der Einkaufszettel? Eine Herdflamme, die noch brennt?

»Es haut nicht hin.«

»Was?« Er legte seine Hand auf die Klinke und wartete auf sie.

»Wir sehen seine Garderobe dort unten im Badezimmer, wo er sich geschminkt, vorbereitet und was auch immer hat. Und wir sehen die Bühne – das Zimmer im ersten Stock mit einem für eine Person gedeckten Tisch, Kerzen und so, alles vorbereitet für seine grandiose Vorstellung.« Sophie ging zur Treppe und spähte nach oben. Sie runzelte die Stirn und blickte zurück in den Flur.

»Zwischen seiner Garderobe und der Bühne«, fuhr sie fort, »bewegt sich der Große Zeno – Illusionist, Magier und Entfesselungskünstler. Komm...« Sie begann, die Treppe hinaufzugehen. »Wir glauben nicht, daß Zeno ein Geist ist, oder? Ein übernatürliches Wesen? Ein dicker Klumpen Ektoplasma, geformt wie ein Mensch? Nein, wir glauben, er ist eine reale Person, genau wie du oder ich. Kann weder durch Wände gehen, noch sich plötzlich aus Luft und Kerzenqualm materialisieren... Dann muß er genau das sein, was er zu sein behauptet – ein Magier, ein Zauberer. Aus Fleisch und Blut. Zumindest Blut – wie du bewiesen hast. Also: hier unten in seiner Garderobe schminkt er sich eine furchtbare Grimasse auf« – sie öffnete die Schlafzimmertür, ging hinein und drehte sich zu Pascoe um – »und liefert dann eine so brilliante Vorstellung ab, daß sein Publikum beinahe tot umfällt.« Sie fuhr herum und streckte einen Arm aus. »Direkt hier auf dieser Bühne.«

Pascoe wartete. Sophie blinzelte ihn an und erwartete offenbar, daß er das Szenario komplettierte. Doch er sagte nur: »Und weiter...«

»Okay.« Sie sah sich um und lud ihn ein, dasselbe zu tun. »Zwischen der Garderobe und der Bühne befindet sich – was? Die Kulissen natürlich. Irgendeine Auftrittsmöglichkeit. Also wo kam er her?«

Diesmal blickte sich Pascoe tatsächlich im Zimmer um. »Das Fenster scheidet aus«, sagte Sophie.

Als sein Blick zum Schrank weiterwanderte, sah er ihr Lächeln. »Wir wissen, daß das unmöglich ist«, sagte er.

»Nun, eigentlich nicht. Bei Licht besehen, keineswegs. Als wir gerade gehen wollten, ist es mir klar geworden.«

»Aber die Tür ließ sich nicht mal annähernd schließen, als ich im Schrank stand.«

»Genau. Das ist es ja gerade. Komm hierher.«

Sie führte ihn zu dem Schrank und öffnete ihn. Dann zog sie ihre Jacke aus und hielt sie seitlich wie auf einem Kleiderbügel in den Schrank. Eine Schulter stand etliche Zentimeter vor.

»Als ich das Ding gesehen habe, konnte ich mir keinen Reim darauf machen, wofür es benutzt wurde. Vielleicht für Geschirr oder Krimskrams. Eins war jedenfalls sicher – für einen Kleiderschrank war es zu schmal. Der Schrank ließ sich nicht einmal schließen, als du mit dem Gesicht zur Tür standest, wie sollte man da Kleidung darin aufhängen können? Doch dann dachte ich: Wie trat Zeno ins Zimmer – unvermittelt, von einer Sekunde zur nächsten, wie du es beschrieben hast. Aus einem Versteck, das sich in dem Raum befand, eine andere Möglichkeit gab es nicht. Nicht aus dem Schrank, nur daß es der Schrank gewesen sein *mußte.* Alle Magier haben einen Zauberschrank, oder nicht? Und dann fiel mir plötzlich wieder ein, daß du, als ich dir die Pistole wieder abnahm, für einen Moment zurückgewichen bist – vielleicht weil du dachtest, ich würde noch einmal losballern – du hast einen Schritt zur Wand neben dem Schrank gemacht. Und als ich daran dachte, sah ich dich wieder dort stehen. Los. Stell dich noch mal dorthin.«

Pascoe nahm neben dem Schrank Aufstellung. Er konnte nicht daran vorbeisehen. Der Schrank war tief genug, er hätte gut hineinpassen müssen.

Sophie fand schließlich, wonach sie suchten, obwohl er auch nicht mehr lange gebraucht hätte. An der der Ecke des Raumes zugewandten Schrankseite befand sich eine einfache Vorrichtung mit einer Sprungfeder, die man drücken und wieder loslassen mußte. Die Seitenwand öffnete sich zu einer Nische – die ebenfalls noch zum Schrank gehörte. Sie schlüpfte in die Lücke und fand einen kleinen Metallgriff, mit dem man die Seitenwand zuziehen konnte. Pascoe sah ihr Lächeln verschwinden und stand plötzlich allein im Zimmer.

Er öffnete die Schranktür, und der Schrank war leer. Sophies Stimme sagte: »Ich mußte die Rückwand nur leicht andrücken. Sie läßt sich bewegen. Man bemerkt es nicht, weil man nicht darauf achtet. Schließ die Tür.« Er tat, wie ihm geheißen. »Und jetzt mach die Augen zu.«

Als er sie wieder öffnete, stand sie neben ihm, den Daumen angewinkelt, den ausgestreckten Zeigefinger auf seinen Kopf gerichtet.

»Peng«, sagte sie, halb flüsternd. »Peng, peng, peng. Du bist tot.«

Der Barmann servierte ihre Getränke und eilte gleich zum nächsten Gast weiter. Zur Happy Hour herrschte reger Betrieb; die Männer der Stadt genehmigten sich ein paar Drinks, bevor sie zu ihren Frauen nach Hause gingen.

Ich mache dir einen Vorschlag, las Sophie, *wir treffen uns an einem öffentlichen Ort.*

»Glaubst du, das meint er ernst«, fragte sie. »Ich nicht.«

Laß uns das machen. Laß uns einen Termin verabreden. Ich werde dir am gewohnten Ort eine Nachricht hinterlassen.

»Was willst du jetzt tun? Hier rumsitzen und wie eine Soldatenbraut warten?« Warum immer das tun, was er sagt?« Sie musterte die verheirateten Männer um sie herum. Offenbar war sie die einzige Frau in der Bar. Zwei Jungen, die kaum alt genug waren zu trinken, prahlten sich gegenseitig mit ihrem Whiskey was vor. Der alte Mann auf dem Eckstuhl hatte sich nicht bewegt, seit Pascoe und Sophie die Bar betreten hatten; er schien einen ganzen Nachmittag über einem Bier zubringen zu können. Niemand trug die Maske des Todes oder ein bösartiges Lächeln...

»Erinnerst du dich noch an Charlie Singers Wohnung?« fragte Pascoe.

»Ja. Klar. Eine große freie Fläche – eigentlich nur ein großer Raum.« Sie schloß die Augen, um den Ort deutlicher vor sich zu sehen. »Eine Kochnische, ein Bad mit Glasdach und bunter Wandverglasung... Teile des Raumes waren durch Stellwände abgetrennt – eine begrenzte einen kleinen Arbeitsbereich, eine andere das Schlafzimmer. Charlie stellte sie immer wieder um, je nachdem, wie er sein Leben gerade gestaltete – offen oder heimlich. Hmm...« Sie ließ ihr inneres Auge durch den Raum wandern. »Kaum Möbel.«

»Kannst du dich an ein mit Schmetterlingen besticktes Tuch erinnern, das über einer dieser Stellwände hing?«

»Nein. Warum?«

»Weil das für mich ein ganz prägnantes Bild ist. Das Tuch über der Stellwand, die das Schlafzimmer abteilte – und ein Schmetterlingsmuster. Sie waren in versetzten Reihen aufgestickt, um Platz für ihre ausgebreiteten Flügel zu lassen. Knallige, leuchtende Farben.«

Sophie lächelte. »In Charlies Wohnung wurde jede Menge Acid geschluckt. Vermutlich haben wir alle irgendwelche lebhaften Bilder von diesem Ort im Kopf.«

»Aber die Schmetterlinge sind keins von deinen?«

»Nein, keine Schmetterlinge. Ich erinnere mich nur an einige rosafarbene und grüne Mäuse, die eine ziemlich tuntige Version von ›My Way‹ gesungen haben.«

Pascoe lachte. »Du warst schon damals eine große Komikerin.«

»Willst du damit vielleicht sagen, daß ich noch nichts von meinem Esprit verloren habe?«

»Noch liegen nicht alle Beweise auf dem Tisch. Aber die Nummer mit der Pistole war ein vielversprechender Auftakt.«

»Na, die hab ich mir ja zunächst mal von dir abnehmen lassen. Ich war unkonzentriert. Aber als du glaubtest, daß sie die ganze Zeit nicht geladen war, hast du dumm ausgesehen, und nicht ich. Außerdem war ich, nachdem ich dir erzählt hatte, daß sie nicht geladen war, im Vorteil. Deine Reaktion hätte möglicherweise verraten, ob du die Briefe geschickt hast.«

»Und wenn das geschehen wäre? Wenn ich entsprechend reagiert hätte?«

Wieder richtete sie ihren anklagenden Zeigefinger auf ihn und hielt den Daumen angewinkelt. »Peng.« Als Pascoe ungläubig den Kopf schüttelte, sagte Sophie: »Man sollte sich nie auf eine Wette einlassen, die zu verlieren man sich nicht leisten kann.«

Der Barmann demonstrierte großes Talent darin, jegliche Bestellung zu ignorieren, so daß Pascoe an den Tresen ging, um sich nachschenken zu lassen. Sophie registrierte, daß er zwei Doppelte bestellte. »Wenn es eine unverblümte Erpressung gewesen wäre«, fragte sie, »hättest du einfach gezahlt?«

»Ich hatte keinen bestimmten Plan, Sophie«, erwiderte Pascoe. »Du bist diejenige, die mit einer Pistole hergekommen ist.«

»Was passiert«, fragte sie, »wenn der Kerl der Welt von Lori Cosgrove erzählt?« Pascoe zuckte die Schultern. »Komm schon, Sam. Hast du nicht gesagt, du wärst Rechtsanwalt? Was passiert dann?«

»Wir haben sie getötet«, sagte er. »Im Endeffekt haben wir sie alle zusammen getötet. Was *glaubst* du wohl, was passieren würde?«

Sie redeten noch eine Weile weiter, steckten die Köpfe zusammen, besprachen Geheimnisse. Als sie gingen, lachten und tranken die Ehemänner noch immer, aber man sah ihnen die Nervosität an, weil sie in die zwei Drinks währende Zeitspanne zwischen »überflüssig« und »gefährlich zu spät« eingetreten waren.

Der alte Mann auf dem Eckstuhl nippte noch immer an seinem Bier und lächelte still vor sich hin.

Nicht nur Sam, dachte er, auch Sophie Lanner. Er kam sich vor wie ein Trapper, dessen Beute unweit der Falle graste.

Mach die Sache jetzt bloß nicht kompliziert, hatte Ellwood gesagt.

Nicht kompliziert, sondern ganz einfach. Darum ging es doch überhaupt nur. Ein einfaches Leben, ein neues Leben, ein Leben mit Carla. Kein Gewurstel, kein Durcheinander, einfach bloß eine rein gewaschene Weste, eine blank gewischte Vergangenheit.

Ellwood kriegt, was er will. Ich bekomme, was ich will. Als ob er auf diese Vorstellung anstoßen wollte, hob er sein Glas und trank seinen letzten Schluck Bier.

Der Große Zeno – Illusionist.

Im blassen Licht der Nachmittagssonne, das Streifen von Grün und Gold an den Horizont malte, gingen Pascoe und Sophie gemeinsam zurück zum Palings. Das Meer war ruhig.

»Wir könnten Nick Howards Frau besuchen«, sagte Sophie.

11

Wallace Ellwood saß wie zu Stein erstarrt in einem Büro am Themse-Ufer. Ein Kahn tuckerte flachbäuchig und häßlich, mit eleganzloser Leichtigkeit auf der Strömung flußaufwärts. Seit zwanzig Minuten hörte er zu, wie Hilary Todd ihm Dinge erzählte, die er längst wußte, und er hatte die Nase voll. Buschiges Haar quoll aus Hilarys Manschetten, wie zur Beteuerung der Männlichkeit, die sein Name in Zweifel zog. Er ging beim Sprechen auf und ab, wobei er ausgiebig mit den Armen fuchtelte und im Gesicht immer röter anlief, je mehr er sich über sein Thema erhitzte.

Du billiges Stück Scheiße, dachte Ellwood. Das Beste von dir hat dein Vater daneben gespritzt.

Der Kehrreim von Hilarys Botschaft lautete Vorsicht, Sicherheit, Korrektheit. Er sagte: »Longrock… Longrock…«

Er hätte genauso gut versuchen können, sich an einen Ort zu erinnern, durch den er irgendwann einmal gefahren war. »Longrock... Und der alte Mann ist dort sicher? Absolut sicher?« Sein starrer Blick forderte eine bestätigende Antwort.

Ellwood nickte, aber das reichte Hilary nicht. Er starrte mit hochgezogenen Brauen weiter.

»Absolut sicher, ja.«

»Wir hatten lediglich –« Hilary machte eine ausladende Geste »– lediglich schneller Resultate erwartet, Wallace. Das soll keine Kritik sein...« Sein Ernst wich einem Lächeln, mit dem man kleinere Tiere hätte schlachten können.

»Gut.«

»Wie bitte?« Wieder zuckten die Augenbrauen in die Höhe.

»Gut. Ich bin froh. Daß es keine Kritik sein soll.«

»Du bist in deinem Job ein guter Mann, Wallace, und du hast über lange Zeit Kontakte, Verbindungen und Netzwerke von Menschen aufgebaut, die uns von Zeit zu Zeit nützlich waren und es in Zukunft, da bin ich sicher, auch wieder sein werden. Deine Methoden sind in der Regel unorthodox, genau genommen ist deine Vorgehensweise die eines Einzelgängers, aber du bekommst fast immer, was du haben willst. Was *wir* haben wollen. Dein Privatleben hat uns stets gewisse Sorgen bereitet, aber was soll's: Radikale wandeln nie auf ausgetretenen Pfaden, stimmt's? Auf deine exzentrische Art und Weise bist du loyal, und obwohl ich inzwischen erkannt habe, daß dein wahres Interesse nur in persönlicher Lustbefriedigung liegt, war ich immer der Ansicht, daß Hunger ein schärferer Ansporn ist als Ehre. Wir haben Leute wie dich immer gebraucht. Wir brauchen dich. Aber niemand ist unersetzlich, Wallace, also starr mich nicht an wie eine Fliege, die du in deinem Mittagessen gefunden hast, weil ich eine Menge über dich weiß. Tatsache ist auch, daß du mir nicht weh tun kannst. So wie die Sache liegt, wäre es wohl das Beste, wenn du dich benimmst, okay?« Das Lächeln kehrte zurück, strahlend wie eine Klinge. »Und du kriegst die Dinge da unten sortiert – hab ich das richtig verstanden?«

»Ja.«

»Gut. Man behauptet, der alte Mann sei verrückt. Das ist durchaus möglich. Aber die Engländer machen den Wahnsinn zur Gewohnheit, findest du nicht auch? Eine Form der Privatsphäre, findest du nicht auch? Eine Form der Privatsphäre, ein Mittel zur Flucht. Und ich möchte nicht, daß der alte Mann uns schon so bald entwischt. Es gibt Dinge, die ich unbedingt wissen muß. Danach kann er meinetwegen so verrückt werden, wie er will.«

»Wir kommen voran«, erklärte Ellwood ihm.

»Tun wir das? Gut.« Hilary dehnte das *u* wie ein begeistertes Kind.

»Er redet viel.«

»Tut er das? Gut.«

»Es läuft prima.«

»Gut. Nun, bisher haben wir dir auch noch gar keine Fragen gestellt, wir waren nur ein bißchen neugierig. Du hast die Vollmacht und die Kontakte und überblickst die Lage vor Ort. Es ist nur... Wir hatten schneller Resultate erwartet.«

»Es dauert nicht mehr lange«, versicherte Ellwood ihm. »Dann bekommst du, was du brauchst.«

Hilary strahlte. »Gut. Gut. Gut.«

12

Er arbeitete mit der Truhe, und sie waren hingerissen. Das merkte man an der Stille, dem Gefühl der Erwartung in der Luft. Nie applaudierten sie, juchzten oder stöhnten auf. Die Dame mit der Blume, Hundegesicht, der Mann mit der großen Fliege. Sie waren alle da. Birdie. Der Ewige Jude. Mac der Huster. Er ließ die Kugeln am Rand des Truhendeckels entlang schweben wie Glühbirnen an einem Theatervordach. Wenn eine Kugel die Kante erreicht hatte, hüpfte sie auf den Boden und kam bei Fuß. Sie waren begeistert. Man konnte ihren angehaltenen Atem spüren.

Er bat um einen Freiwilligen aus dem Publikum, und jemand kam auf die Bühne: der perfekte Kandidat in weißem Kittel und Hose. Er hielt ihm die Zwangsjacke hin, und Zeno schlüpfte hinein, das Gesicht zum Publikum und sich selbst umarmend, während die Riemen festgezurrt wurden. Dann drehte er sich um und ließ sie sehen, wie der Mann die Schnallen mit einer Kette verband und die Kette mit einem Vorhängeschloß verriegelte.

Eine weitere Kette wurde ebenfalls mit einem Vorhängeschloß um seine Beine gelegt. Er hob das Kinn, und der Mann legte einen Stahlkragen um seinen Hals. Von einem Ring in dem Kragen lief eine lange Kette zu seinen Knöcheln und über seinen Rücken wieder hinauf bis zum Hals, die über ein weiteres Schloß mit den anderen Ketten verbunden wurde. Er konnte sich jetzt nur noch zentimeterweise hüpfend fortbewegen, sonst nichts.

Der Mann half ihm in die Truhe und klappte sie zu. Er verriegelte die gußeiserne Spange auf dem Deckel mit einem weiteren Schloß, und legte dann drei Ketten um die ganze Truhe, die er ebenfalls mit einem Schloß sicherte. Dann kletterte er von der Bühne. Alle Augen starrten auf die Truhe. In der völligen Stille begann die Dame mit der Blume zu weinen.

Jemand betrat die Bühne – ein Clown in einem drei Nummern zu großen, karierten Anzug. Auf dem Kopf ein Fez, im Gesicht ein trauriges Lächeln. Er spähte ins Publikum, als wüßte er nicht, wo er sich befand. Nach einer Weile entdeckte er die Truhe. Natürlich machte sie ihn neugierig. Er ging ein paarmal um die Truhe herum und zerrte dann an den Ketten. Die Tatsache, daß sie sich keinen Zentimeter bewegen ließen, schien die Neugier des Clowns nur zu vergrößern. Er versuchte es noch einmal, riß an den Ketten und dem Schloß, am Deckel der Truhe, aber nichts half.

Jetzt war er wirklich wütend. Er verließ die Bühne und kam mit einem Brecheisen zurück. Ächzend und stöhnend führte er das Eisen unter eine der Ketten und drückte nach unten. Sein Mund war zu einem riesigen Grinsen der Anstrengung verzerrt, die Augen fest zugepreßt. Nichts.

Nach einer Weile begann er, sich einem der Schlösser zu widmen. Er fädelte das Brecheisen durch die Stahlöse und drehte es ärgerlich hin und her. Es gab nicht nach. Wütend hieb er mit dem Brecheisen wie mit einer Axt auf die Schlösser ein, um sie abzuschlagen, doch es war völlig sinnlos.

Der Clown starrte die Truhe voller Ekel an. Er wußte, daß sie etwas verbarg: etwas Wertvolles, vielleicht Unbezahlbares, aber er wußte auch, daß er es nicht bekommen würde. Er warf das Brecheisen weg und ging von der Bühne.

Wieder völlige Stille. In der Bühnenmitte die Truhe. Unter den Augen des Publikums bewegte sich der Deckel. Eine Kette löste sich und glitt rasselnd zu Boden. Dann eine weitere, dann die dritte. Der Deckel rührte sich ein weiteres Mal und das Schloß an der Spange klapperte und fiel. Für den Beleuchter war es ein leichter Job; der Verfolger-Spot lenkte alle Blicke auf die Truhe, der Rest der Bühne lag im Dunkeln.

Der Deckel klappte auf. Ein Schatten wanderte durch die Reihen – alle hoben den Kopf und beugten sich vor.

In der beklemmenden Stille stieg Zeno aus der Truhe und schritt auf sie zu, sein Lächeln wie eine Fanfare, die Arme ausgebreitet wie jemand, der gekommen war, sie zu erlösen.

Pater Tom Carey traf sich nach der Vorstellung mit ihm. Er gehörte jetzt zusammen mit den anderen zum Stammpublikum, ein Fan. Gemeinsam gingen sie durch die Stadt an den Strand. Bis auf drei oder vier Schaumkronen um einen Reif aus Felsen vor der Küste war das Wasser glatt bis ans Ende der Welt.

»Wie machst du das?« fragte Carey.

Zeno zuckte die Schultern, als sei er sich nicht ganz sicher. »Das Übliche«, sagte er dann. »Ich führe diesen und jenen Trick vor und schiebe die Truhe dabei wie zufällig über die Bühne – achtlos – so daß die Position, auf der sie landet, völlig willkürlich wirkt. Na ja, sie steht genau über einer Falltür. Spielerisches Denken, verstehst du. Die Leute sagen sich, selbst wenn er eine der Ketten lösen kann, dann bestimmt nicht die zweite. Wenn er zwei schafft, wird er am Rest scheitern. Dann ist da natürlich noch die Zwangsjacke und die Verbindungsketten. Die Leute denken über jedes Hindernis für sich nach. Dabei lege ich alles auf einmal ab, hinter der Bühne, wo mich jemand mit einem Schlüssel erwartet.«

»Was ist mit der Truhe?« wollte Carey wissen. »Sie ist verkettet und verriegelt, aber du kommst trotzdem raus.« Er überlegte. »Ist es der Clown?«

Zeno kniff die Augen zusammen, weil ihm eine Brise ins Gesicht schlug. Sie gingen unterhalb der Hafenmauer, wo er Nick Howard getötet hatte.

»Ja, es ist der Clown. Der Trick ist, so zu tun, als prüfe man die Schlösser, um sie schließlich unüberwindbar zu finden, während man sie in Wirklichkeit öffnet. Aber das sieht das Publikum nicht.«

»Ich habe es nicht bemerkt«, gab Carey zu. »Der Clown ist gut. Wer ist er?«

Zeno sah ihn verwundert an. »Ich bin es.«

Sie ließen die Stadt hinter sich und kamen in mit Strandhafer bewachsene Sanddünen. »Wir kennen uns schon sehr lange«, sagte Carey. »Wann hat es angefangen – die Zauberei?«

»Nein«, sagte Zeno. »Wir kannten uns vor langer Zeit. Das ist etwas anderes.« Carey sagte nichts. »Angefangen hat es als Spaß. Ich war auf Reisen. In Griechenland. Ich habe auf einer der Inseln am Strand gelebt. Dort hat mir ein Mann das Jonglieren beigebracht. Er war früher mal beim Zirkus. Dort hat es angefangen. Man braucht nur flinke Hände. Das meiste davon sind Tricks.«

Nein, das ist es nicht, dachte er. Es ist Magie. Es ist Staunen. Es ist Klarheit im Leben. Ich weiß nicht, wie ich diese Dinge aussprechen und richtig verstanden werden könnte.

»Es ist schön, dich wiederzusehen«, sagte Carey.

»Warum bist du hier?«

»Freust du dich nicht, mich zu sehen?«

Sie setzten sich in den Windschatten einer Düne. Sandkörner raschelten zwischen den Halmen des Strandhafers. Als Zeno sich vorbeugte und seinen Kopf auf die Knie legte, hörte sich das Geräusch an wie leise singende Stimmen. Er sah den Innenraum einer Kirche, dunkel und kühl; er saß im Beichtstuhl und sagte alles, was zu sagen war. Auf der anderen Seite des Gitters saß Pater Carey und hörte ihm zu.

Carey blickte aufs Meer. Er wirkte ein wenig trotzig – als warte er darauf, daß seine Frage beantwortet wurde.

Freust du dich nicht, mich zu sehen?

Zeno erinnerte sich an die in der Luft hängenden Gerüche von Weihrauch und Holzpolitur, die hohen Fenster, die Düsternis in dem Beichtstuhl, vorgezogene Vorhänge, die das Wissen der Sünde vor allen außer dem Priester verbargen.

Vergib mir Vater, denn ich habe gesündigt. Seit meiner letzten Beichte ist eine Woche vergangen.

Woche für Woche, unfehlbar. Er erzählte, was es zu erzählen gab. Ihren Namen. Was sie taten. Worüber sie redeten.

Lori.

Und Pater Carey sagte immer: *Die Frau ist verheiratet. Es ist eine Todsünde.* Doch sie wußten beide, daß es darum überhaupt nicht ging. Was er und Lori taten war unerheblich. Was sie redeten – das war es, was er bei der Beichte ablud. Die Dinge, die sie ihm erzählte. Die Geheimnisse.

Zeno erinnerte sich, wie er die Kirche stets mit dem Gefühl verlassen hatte, eine Last losgeworden zu sein, von jedem Wissen, von allen Geheimnissen gereinigt. Er erinnerte sich an das Gefühl der Leichtigkeit, als sei er geleert worden.

»Warum bist du hier?« fragte er.

»Freunde von dir haben mich gebeten zu kommen«, erklärte Carey ihm. »Sie meinten, daß du vielleicht gerne mit jemandem reden würdest.«

»Wallace Ellwood«, sagte Zeno. Carey schwieg. »Nicks Tod war ein Unfall, wir hatten einen Streit.«

»Wann habe ich je ein Urteil über dich gesprochen?« fragte Carey.

Nie, dachte Zeno. Das hast du nie getan. Wenn er die Augen schloß, konnte er sich das Gitter zwischen ihnen vorstellen, konnte von ferne Gesänge hören, konnte die Dunkelheit spüren, in der die Geheimnisse erzählt werden mußten.

Ja, ich freue mich, daß du gekommen bist. Bis jetzt wußte ich nicht, daß ich dich brauche. Aber es gibt Dinge, die du hören mußt. Dinge, die zu begreifen du mir helfen mußt.

»Ich habe jemanden getroffen«, sagte Zeno. »Carla. Ich habe sie eines Tages am –«

»Nein«, sagte Carey, »warte. So nicht.« Er rutschte herum, bis er aus Zenos Blickfeld verschwunden war und sie Rücken an Rücken saßen. Ihre Schultern berührten sich. Langsam lehnte sich Zeno zurück, hob den Kopf, und ließ seinen Beichtvater das Gewicht tragen. Er hatte die Augen offen und sah den Himmel: ein verwaschenes Blaugrau und Möwen, die auf einem Luftstrom segelten. Als er die Augen schloß, sah er das Gitter: dahinter schemenhafte Schatten und eine Stimme, die ihm alles vergeben würde.

»Jetzt«, sagte Carey, »fang noch einmal von vorne an.«

Vergib mir, Vater, denn ich habe gesündigt. Seit meiner letzten Beichte sind zwanzig Jahre vergangen.

13

Sie ließen Sophies Peugeot auf dem Parkplatz des Palings stehen und fuhren acht Stunden über Land, eine traurige Zeitverschwendung. Louise Howard redete viel, aber sie hatte nur ein Thema. Ihre Augen waren dunkel und abwesend, als könnten sie nur nach innen sehen.

»Nicht, daß er gestorben ist«, sagte sie. »Ich meine, Menschen sterben. Er war gesund, glaube ich. Er ist manchmal in ein Fitneß-Studio gegangen. Seine Firma hat seine Krankenversicherung bezahlt – regelmäßige Untersuchungen und so weiter; aber wissen Sie – Menschen sterben, unerwartet oder bekommen plötzlich eine unheilbare Krankheit. Nein, das ist es nicht... Aber ermordet zu werden. Nicht einfach sterben, sondern ermordet zu werden.« An den Stellen, wo sie die Haut abgeknibbelt hatte, war ihr Nagelbett bleigrau. »Sie sind also Freunde von Nick?«

»Wir kannten ihn von früher«, sagte Pascoe. Dann fügte er, als würde ihm das irgendeine geheimnisvolle Autorität verleihen, noch hinzu: »Ich bin Anwalt.«

»Dafür ist es verdammt zu spät«, fuhr Louise ihn an und runzelte dann die Stirn über sich selbst. »Warum sind Sie hier? Die Beerdigung war schon vor Tagen.«

Sophie ergriff die Gelegenheit. »Das haben wir durcheinander gebracht. Es tut mir leid. Wir hatten gehofft...«

»Zu spät. Als die Polizei mit ihm fertig war, haben wir seine Überreste beerdigt.« Der Gedanke ließ sie erschaudern. »Ein Autounfall – damit kann man irgendwie umgehen. Ein Sturz, eine Krankheit. Aber ein Mord hat so was Sinnloses. Er war ein Geschäftsmann auf Reisen. Er hätte nicht einmal in der Nähe dieses Ortes sein sollen.«

Von einem Brief oder einem Treffen wußte sie nichts. Sophie erzählte ein wenig über ihre Freundschaft mit Nick. Sie erwähnte weitere Freunde – Charlie Singer, Sue Hart, Luke

Mallen, Marianne Novaks. Lori Cosgrove. Sie beobachtete ihr Gesicht. Louise wußte von niemandem etwas.

Sie begleitete sie zur Tür. »Ich weiß nicht, was mit seinem Testament geschieht. Oder mit der Versicherung. Ich habe ein Kind großzuziehen. Er wurde ermordet, vielleicht ändert das alles.«

»Das Testament ist davon nicht betroffen«, sagte Pascoe. »Es macht keinen Unterschied.«

Louise sah ihn an, als habe sie eben erst den Grund seines Besuches begriffen. »Wenn er doch einfach bloß gestorben wäre«, sagte sie, »wie andere Menschen auch.«

»Wo wohnst du?« fragte Pascoe. Es war eines von Millionen Dingen, die er nicht über sie wußte.

»In London«, sagte sie.

»Bis London sind es zwei Stunden, bis Longrock sechs. Willst du nach Hause fahren?«

»Nein, will ich nicht. Du lebst doch auch in London?«

»Ja.«

»Warum fährst *du* nicht nach Hause? Ich komme mit zu dir.«

Sie fuhren und redeten. Sophie sah ihn gelegentlich von der Seite, während sie sprach – das Privileg des Beifahrers, den Fahrer betrachten zu können, während er sich auf die Straße konzentrieren muß. Er hatte ein leicht grobschlächtiges Profil, das gutaussehend wurde, wenn man ihn von vorne sah. Grüne Augen, graumeliertes Haar, ganz glatt und ein wenig zu lang. Wenn er es mit den Fingern aus der Stirn kämmte, fiel es zunächst auf die falsche Seite, bevor es sich, Schicht für Schicht, sortierte. Eine winzige, sichelförmige Narbe wie ein türkischer Halbmond lief entlang seines Wangenknochens. Sie hatte ihn bisher nicht wirklich genau angesehen.

»Dumm zu glauben, daß du es gewesen sein könntest. Aber wie bin ich darauf gekommen? Wir hatten nicht direkt einen Anführer. Das war nicht Teil des Spiels. Doch es mußte so etwas wie eine Energiequelle geben. Und das warst du. Luke Mallen hatte wilde Pläne, aber du hattest das Talent, Dinge in die Tat umzusetzen. Charlie hatte Geheimnisse und Sorgen, du hattest Ehrgeiz. Du wolltest mal einen Zug in die Luft jagen«, sagte sie, »weißt du noch?«

»Das hab ich nicht ernst gemeint.«

»Von wegen. Du hattest alles geplant: die Zeit, die Strecke, alles. Du hattest sogar Sprengkapseln besorgt.«

»Es war ein militärisches Objekt.«

»Oh, sicher, die Begründung habe ich auch kapiert.«

»So weit wäre es nie gekommen.«

»Warum nicht? Wir haben auch andere Sachen gemacht.«

»Kleinere Sabotageakte.«

»Ja – andere Sachen. Wir haben ein Gebäude niedergebrannt. Einen Zug in die Luft zu jagen, stand ebenfalls auf der Tagesordnung. Es stand ganz bestimmt auf unserer Aktions-Liste.«

Eine Weile schwieg Pascoe; als er schließlich antwortete, klang er müde. »Was für ein Witz. Wir waren ein Witz. Sind nachts mit geschwärzten Gesichtern auf einer US-Air Force-Basis herumgeschlichen. Haben Zucker in Tanks gekippt, Peace-Zeichen auf die Wände geschmiert, Reifen aufgeschlitzt, ein armer Teufel erlitt Verbrennungen dritten Grades. Was haben wir damit erreichen wollen?«

»Es war aufregend«, sagte Sophie. »Ich wünschte, wir hätten *wirklich* einen Zug in die Luft gejagt.« Es entstand ein kurzes Schweigen zwischen ihnen. Als habe sie seine Gedanken gelesen, sagte sie dann: »Ich wünschte nur, wir hätten Lori nicht getötet.«

Das Schlimmste fuhr mit ihnen nach London.

Carla trug das Essen für die beiden Männer auf und ging dann zurück in die Küche, um ihr eigenes zu holen. Nachdem sie sich zu ihnen an den Tisch gesetzt hatte, segnete Pater Tom die Mahlzeit. Sie aßen langsam, ein schlichtes Nudelgericht mit Salat, danach ein Sorbet und Käse. Pater Tom beglückwünschte Carla zu ihren Kochkünsten. Sie behauptete, es sei nichts besonderes gewesen. Pater Tom wies darauf hin, daß jedes Essen ein Sakrament sei. Das schien Carla zu befriedigen. Sie lächelte still vor sich hin, als sie die Teller abdeckte.

Carla hatte keine Fragen über Tom Carey gestellt. Sie hatte ihn einfach als Freund von Zeno akzeptiert. Tom hingegen hatte alles über Carla gehört.

»So etwas habe ich noch nie erlebt«, hatte Zeno gesagt, »so habe ich noch nie gefühlt. Frauen – weißt du, es gab andere Frauen. Ich habe ein unstetes Leben geführt. Ellwood hat mich hin und wieder eingesetzt. Ich habe die verschiedensten Jobs gemacht.«

»Der Große Zeno«, hatte Pater Tom gesagt, »Illusionist, Magier, Entfesselungskünstler.«

»Manchmal. Auf Dauer macht es mir keinen Spaß. Ich hab auch Gelegenheitsjobs übernommen – zusammen mit der monatlichen Unterstützung von Ellwood hat es gereicht. Zauberei – Magie – wenn man es wirklich ernst meint, kann man das nicht als Geschäft betreiben. Es muß sich... aufbauen. Es ist eine delikate Angelegenheit.«

»Alles nur Tricks, hast du gesagt.«

»Ja, das schon. Natürlich sind es nur Tricks. Aber man kann müde werden. Dann wirkt auch die Vorstellung müde.«

»Also bist du von einem Job zum nächsten gewandert, von Ort zu Ort. Und dann hast du Carla getroffen.«

Unten am Strand hatte Zeno die Augen schließlich wieder geöffnet und sein Gewicht von Careys Rücken genommen. Er hatte in das langsame Rollen der Brandung gestarrt und dem Priester von dem Tag erzählt, an dem er Carla gefunden hatte.

»Ich habe sie mit zu mir genommen. Es war das einzige,

was ich tun konnte. Sie brauchte meine Hilfe. Es war, als könnte sie sich nur bei mir sicher fühlen, nur von mir beschützt werden, und irgendwie hat sie mich gefunden – dort unten am Rand des Meeres, als wäre ihre ganze Vergangenheit weggespült worden und ich ihre einzige Hoffnung auf eine Zukunft. Keine Vergangenheit, verstehst du? Keine *Vergangenheit*. Wir liebten uns, so kam es mir vor, vom ersten Augenblick an. Ich wußte gar nicht, daß es so etwas gibt. Es ist zu gewaltig, um es angemessen zu beschreiben. Es umfängt mich. Verstehst du?«

Carey hatte gesagt, ja, das täte er.

»Es verzehrt mich und gleichzeitig lebe ich davon. Kannst du das begreifen?«

»Ja«, hatte Carey gesagt. »Ja, ja.« Sie hatten noch immer Rücken an Rücken gesessen, so daß Zeno nicht sehen konnte, daß Pater Careys Gesicht voller Angst war.

Jetzt saßen sie sich gegenüber, während Carla den Tisch abdeckte und Kaffee brachte. Danach entschuldigte sie sich und ging zu Bett. Um ihre Behinderung zu kompensieren, hob sie beim Gehen ein wenig die Hüfte. Der Effekt war seltsam erotisch; sie trug Jeans, und die Kugeln ihres Pos rollten mit der Bewegung.

Zeno rutschte in seinen Stuhl und legte eine Hand ins Kreuz. Als Carey ihn mit gewölbter Braue ansah, lächelte er. »Mein Rücken. Das ist nichts Neues.«

Carla hatte die Wunde desinfiziert und verbunden. Sie hatte ihm keine Fragen gestellt, sie hatte überhaupt kein Wort gesprochen. Die Wunde machte ihm immer noch Probleme; er konnte spüren, wie sich die Kruste dehnte, und manchmal pochte darunter ein stechender Schmerz.

Es war fast dunkel geworden; sie zündeten die Kerzen an, die Carla an beiden Enden des Tisches aufgestellt hatte. Zeno schenkte zwei Brandies ein. Er ließ eine Münze über seine Fingerknöchel rollen und zurück.

Carey lächelte. »Flinke Hände«, bemerkte er.

»Stimmt.«

»Erzähl mir von deiner Zaubervorstellung. Wie hat es angefangen?«

»Ich hab es vorgeschlagen, die Klinikleitung war einverstanden. Ganz einfach. Ich gebe eine Vorstellung pro Woche. Das reicht ihnen, und für mich ist es mehr als genug. Ein aufmerksames Publikum. Es gibt außer mir noch diverse Amateur-Darbietungen: ein Gesangs-Quartett, eine Laienspieltruppe... die meiste Zeit sitzen sie nur vor dem Fernseher.«

»Was denken sie?« wollte Carey wissen. »Über den Großen Zeno?«

»Sie sind alle verrückt«, sagte Zeno. »Wer weiß, was sie denken? Die Pfleger bringen sie herein. Sie sehen sich die Vorstellung an. Dann gehen sie wieder. Hin und wieder kriegt einer einen Anfall. Hast du begriffen, was ich dir vorhin erklärt habe? Über Carla?«

»Sicher. Natürlich habe ich es begriffen. Und der alte Mann ist auch dort? Er kommt zu deinen Vorstellungen?«

Zeno lächelte. »Er ist einer der Stammgäste. Ich nenne ihn den Mann mit der Großen Fliege.«

»Wie lange noch, glaubst du?«

»Hat Ellwood gesagt, daß du das fragen sollst?«

Carey lächelte. »Ich rede mit Ellwood. Und du kannst mit mir reden – genau wie in alten Zeiten. Wie lange...?«

»Er redet von früher. Es geht alles durcheinander. Seine Kindheit, die Schulzeit, der Krieg... Bisher hat er noch nichts gesagt. Ich weiß nicht...« Er hielt inne. »Ellwood stellt zu viele Fragen. Ich möchte mit all dem aufhören. Es war anders, bevor ich Carla getroffen habe.«

»Nur noch dieses eine Mal«, sagte Carey. »Dann kannst du vielleicht aufhören.«

Zeno kam ein Gedanke. »Sag Ellwood«, warnte er, »daß ich ihn umbringe, wenn er Carla da mit reinzieht. Sie ist nicht Teil der Vergangenheit.«

»Du willst sie einfach wegwischen, nicht wahr?« sagte Carey. »Du willst sie abtöten – genau wie du Nick getötet hast.«

»Es war ein Unfall.«

»Nein, das war es nicht. Wie immer es auch passiert ist, was immer ihn auch hierher geführt hat, du wolltest, daß er tot ist. Er gehört zur Vergangenheit, und du fürchtest die Vergangenheit. Warum lügst du? Wovor hast du Angst?«

Vor allem, dachte Zeno. Vor jedem, der mich mit der Vergangenheit konfrontieren und damit meine Zukunft bedrohen kann, meine Freiheit, die Möglichkeit, mit Carla zusammen zu sein. Vor jedem, der von damals weiß.

»Lori...« Es war, als habe Carey seine Gedanken gelesen. »Grübelst du darüber nach?« Zeno wandte den Blick ab. »Nun, sie war eine dumme Frau«, sagte Carey. »Was geschehen ist, war schlecht. Aber es geschah im Dienst des Guten, im Dienst einer guten Sache. Eine dieser vieldiskutierten Fragen. Die Kirche hat sich mit derartigen theologischen Rätseln stets selbst gefesselt. Weißt du noch? Wieviele Engel können auf einer Nadelspitze tanzen?« Er lachte. »Hast du einen von den anderen getroffen?«

»Was?«

»Von den anderen aus der Gruppe.«

»Nein.«

Inzwischen war es fast dunkel im Zimmer. Der kümmerliche Schein der Kerzen verfärbte Zenos Wangen; eine Münze glitzerte über seine Hand, nichts als Lichtsplitter. Sie redeten, ohne das Gesicht des anderen sehen zu können. Schließlich stand Carey auf und suchte einen Lichtschalter.

Zeno sah ihn direkt an. »Lori hat mir gewisse Dinge erzählt. Geheimnisse. Ich bin zur Beichte gekommen und hab sie dir erzählt. Und du hast sie jemand anderem erzählt.«

»So ist es gelaufen«, sagte Carey.

»Alles für eine gute Sache. Eine neue Welt, eine glorreiche Zukunft.« Carey schwieg. »Mehr verlange ich jetzt auch nicht«, sagte Zeno.

Sophie blickte aus dem Fenster von Pascoes Wohnung, ließ jedoch wie ein Flüchtling nur ihr Profil sehen. Über dem Park kreiste ein Helikopter, sein kalkweißer Suchscheinwerfer kroch über Büsche und Bäume, Wege und Hügel, wie ein Netz, das die Dunkelheit einfangen wollte. Das Geräusch seiner Rotorblätter summte in den Scheiben.

»Lebst du gerne hier?« fragte sie.

»Das bin ich schon oft gefragt worden.« Pascoe bereitete Omeletts. Er hatte den Hubschrauber kaum wahrgenommen. Manchmal suchten sie einen Verbrecher, manchmal erinnerten sie die Halbwelt des Viertels auch nur daran, daß ein Krieg im Gange war.

Er hatte Sophie Wein angeboten, doch sie hatte um einen Whiskey gebeten. Als sie vom Fenster trat und zu ihrem Stuhl zurückging, stand er für sie bereit zusammen mit einer Flasche gekühltem Mineralwasser. Sie goß sich aus beiden Flaschen nach, im Verhältnis achtzig zu zwanzig zugunsten des Scotch.

»Trinkst du viel?« fragte Pascoe.

»Das ist eine gute Technik – eine Frage mit einer Gegenfrage zu beantworten, vor allem mit einer so gewichtigen. Eine Art unerlaubter Griff aus deiner beruflichen Praxis, kann ich mir vorstellen.« Als er lächelte, erwiderte sie sein Lächeln. »Trotzdem werde ich meine Antwort gegen deine handeln. Ja, ich habe eine Zeitlang höllisch viel getrunken. Das erwies sich jedoch als gefährlich, also hab ich mich eingeschränkt und nur noch viel getrunken. Das war zwar nicht gefährlich, aber eine ziemliche Verantwortung: Mengen kontrollieren, Termine einhalten, weißt du... einen Ruf zu wahren. Jetzt trinke ich gelegentlich heftig – richtige Abstürze. Dazwischen nippe ich nur. Im Moment nippe ich. Warum lebst du hier?«

Pascoe servierte die Omeletts zusammen mit einem Tomatensalat und etwas Brot.

»Hast du schon mal was von der *Marie Celeste* gehört?«

»Sicher. Ein Schiff, das man mitten auf dem Ozean treibend aufgefunden hat. Kein Mensch an Bord. Als ob die gesamte Mannschaft und alle Passagiere das Boot überstürzt verlassen hätten. Halb gegessene Essen, warme Öfen...«

»Genau. Eines Morgens ging ich aus dem Haus, hatte einen ganz normalen Tag und kehrte heim auf die *Marie Celeste*. Als ob ihr die Idee ganz plötzlich gekommen und sie aufgestanden wäre, einen Mantel genommen hätte und gegangen wäre. Im Wohnzimmer lag das Buch, in dem sie gerade las, aufgeschlagen auf dem Tisch. Daneben eine Tasse kalter Kaffee. Sie hatte gegrillte Jakobsmuscheln machen wollen – hatte alles vorbereitet. Sie standen mariniert im Kühlschrank. Die benutzten Küchenutensilien lagen im Waschbecken.« Sophie beobachtete, wie er das Bild in seinem Kopf rekonstruierte, im Geiste von Zimmer zu Zimmer ging. »Als ich nach Hause kam, war es fast dunkel. Mir wurde klar, daß sie schon eine Weile weg sein mußte, weil die Lichter aus waren. Nur das Radio hatte sie angelassen, schiere Vergeßlichkeit, nehme ich an. Ich kam also rein, und es war so dunkel, daß ich die Möbel kaum sehen konnte oder die Bilder, aber es lief Musik, ein Cello-Stück, sehr langsam, sehr voll. Ich suchte jedes Zimmer nach ihr ab, und wohin ich auch ging, hörte ich das Cello.« Pascoe ging zu dem Tisch, auf dem der Scotch und das Wasser stand, und goß sich einen Drink ein, bevor er die Flasche für Sophie herübertrug. »Vielleicht möchtest du doch einen Schluck Wein?« fragte er.

Sie schüttelte den Kopf. »Nein danke. Ich trinke selten zum Vergnügen.« Sie hatte ihr Omelett gegessen und beugte sich jetzt über den Tisch, um von seinem zu naschen. Es war unberührt.

»Ihre Kleider waren allem Anschein nach noch da. Schuhe. Schmuck. Sie hatte keine Bücher oder Platten oder irgendwelchen Krimskrams mitgenommen, der ihr gehörte. Kein Nippes, keine Kinkerlitzchen. Im Bad stand eine Schachtel Tampons, in der nur einer fehlte. Das kam mir im nachhinein komisch vor. Als ob sie geglaubt hat, sie würde makellos werden, indem sie einfach alles zurückließ. Ich weiß noch, wie ich später zu jemandem sagte: Da liegt sie falsch – so funktioniert das nicht. Dinge müssen ausgesprochen werden, es gibt Sachen, die ich hören, die ich wissen muß. Aber das war das Ende meiner Ehe – alles war noch am Ort außer meiner Frau. Das Cello spielte, und ich fragte mich, warum sie so eilig aufgebrochen war und wann sie wiederkommen würde.«

»Bist du inzwischen geschieden?«

»Nein, getrennt wie du.«

»Und warum keine Scheidung?«

Pascoe begann zu essen. Seine Geschichte war zu Ende. Es blieb ihm nur noch zu sagen: »Seit jenem Tag habe ich sie nicht mehr gesehen.«

»Was?« Sophie wollte lachen, doch aus dem Lachen wurde ein Husten, das sie mit Whiskey linderte.

»Sie hat mir geschrieben, via einem Kollegen im Büro. Ich habe darüber gegrübelt und bin zu dem Schluß gekommen, daß es ihre Art war, kundzutun, daß sie noch lebte.«

»Falls jemand annehmen würde, du hättest sie ermordet.«

»Er zuckte die Schultern. »Schon möglich.«

»Was stand in dem Brief?«

»Die Nummer eines Postfach, an das ich ihre Post weiterleiten sollte, dabei lag ein Scheck, der für drei Monate im voraus ihren Anteil an der Hypothekenrate deckte, um mir Zeit zu geben, das Haus zu verkaufen; die Erlaubnis, ihre Sachen zu verkaufen und mit dem Erlös ihren Anteil an den Notargebühren zu decken, sowie die Bitte, ihr einige persönliche Sachen zu schicken.«

»Eine wohlorganisierte Dame.«

Pascoe nickte. »Ich hatte nicht die leiseste Ahnung, wer sie wirklich war. Nicht die allerleiseste. Dabei habe ich sechs Jahre mit ihr zusammengelebt.«

»Und sie mit dir.«

»Auch wahr.«

»Kein Wort über den plötzlichen Aufbruch? Ich konnte es keinen Augenblick länger ertragen – habe einen Punkt erreicht, an dem ich nicht anders kann – fühlte mich eingesperrt – irgendwas in der Richtung?«

»Nichts.«

»Hast du geschrieben und sie gefragt? An das Postfach?«

»Sicher. Schweigen.«

»Die Sachen, die du ihr schicken solltest...?«

»Fotos in einem Klapprahmen – ihre Eltern; zwei der vielen Dinge, die wir offenbar nicht gemeinsam hatten.«

»Was sonst noch?«

»Ihr Diaphragma.«

Sophie sah ihn mit aufgerissenen Augen und starrem Gesicht an. Als sie sich wieder zu sprechen traute, fragte sie: »Wie war ihr Name?«

»Karen«, antwortete Pascoe.

Sophie nahm die Flasche und goß ihr Glas noch einmal voll. »Karen«, wiederholte sie und nahm einen Schluck. Eine Träne stand in ihrem Auge, doch sie lachte noch immer nicht.

14

Pascoe wachte auf und sah sich hektisch um. Einen Augenblick lang kam ihm alles fremd vor, dann ordneten sich seine Eindrücke: Bücher, Bilder, Möbel. Er hatte noch nie zuvor in seinem Wohnzimmer geschlafen. Das Telefon klingelte und klingelte. Als er abnahm, hörte er zwei Stimmen, eine Männer- und eine Frauenstimme. Den Mann erkannte er als Rob Thomas. Die Frau sagte: »Nein, Sie haben...« und hielt dann verwirrt inne. Es war die noch völlig verschlafene Sophie.

»Alles in Ordnung«, sagte Pascoe, »Ich nehm das Gespräch. Rob?«

»Sam.« Thomas' Stimme klang überaus amüsiert. »Wer war denn das?«

»Was für einen Tag haben wir heute?«

»Dienstag.«

»Dienstag? Madonna.«

»Ich hab versucht, dich in dem Hotel am Meer zu erreichen, dann hab ich es in deinem Büro versucht, und jetzt treffe ich dich im Bett mit einer Blondine an. Ich hab was für dich. Etwas, was du erwartet hast, und eine Überraschung.«

»Hast du sie gefunden?«

»Ja und nein. Es wäre leichter, wenn wir das nicht am Telefon besprechen müßten, Sam.« Thomas nannte ihm eine Adresse in Soho. »Madonna kannst du mitbringen. Sag ihr, Jeans und ein T-Shirt würden völlig reichen.«

Während Pascoe duschte, suchte Sophie nach Kaffee. Zu essen war nichts mehr vorrätig.

Die Wohnung war klein. Er konnte sie in der Küche herumklappern hören, sie ihn unter der Dusche. Diese kleinen Momente vertrauter Häuslichkeit gingen an ihnen vorüber, ohne daß sie etwas damit anzufangen wußten; es war für beide zu lange her.

Er kam vollständig angekleidet ins Wohnzimmer und trank seinen Kaffee, als ob er dort jeden Morgen auf ihn warten würde. Sophie sah auf die Straße hinunter. »Vor dem Zaun am Park liegt eine Leiche«, sagte sie.

»Nein«, sagte Pascoe. »Sie schläft sich bloß aus, das ist alles.«

»Du mußt dich wirklich gehaßt haben, als du diese Wohnung gekauft hast.«

Es war eines dieser unwahrscheinlichen Ereignisse – ein Wind wehte durch die Stadt. Sophie kurbelte das Wagenfenster herunter und tat so, als sei die Luft, weil sie sich endlich einmal bewegte, deshalb auch frisch. Fahrradfahrer mit

Mundschutz fädelten sich trickreich durch das Blechlabyrinth meilenweit gestauter Autos.

»Hast du nach Karen gesucht?«

»Ja.«

»Hast du sie gefunden?«

»Nein. Sie ließ mich wissen, daß sie ihren Namen geändert hatte. Danach gab ich es auf. Eine Namensänderung macht es so gut wie unmöglich, jemanden aufzuspüren.

»Aber du wolltest sie finden...?«

»Ja.«

»Wozu?«

Eine zwanzig Meter breite Lücke tat sich auf, und die Schlange kroch mit Motorengeheul voran. Pascoe wechselte die Spur und schnitt damit einen Toyota Coupé. Sie dachte, daß er ihre Frage wahrscheinlich gar nicht gehört hatte. Sie erreichten Soho, und er steuerte den Wagen, stop-and-go, durch das Netz der Straßen bis zu einem Parkhaus.

»Ich weiß es nicht mehr«, sagte Pascoe.

Rob Thomas drückte ihnen eine Tür zwischen einem Café und einem Porno-Shop auf. In den ersten drei Stockwerken residierten Filmproduktionsfirmen. Der vierte Stock bestand aus einem Büro und einer Toilette, die in etwa gleich groß waren. Thomas stand an der Tür und linste über Pascoes Schulter, um einen Blick auf Sophie zu erhaschen. Hinter ihm saß ein Mann an einem Monitor und ließ seine Hände so flink über die Tastatur fliegen, daß seine Finger zu knacken schienen.

»Dein Dealer war ein guter Handel, Sam. Ich konnte für mich noch einiges extra rausschlagen.«

»Er hat Namen genannt«, vermutete Pascoe.

»Ja. Er hat Namen genannt, die wiederum andere Namen genannt haben. Ein guter Ring; sie haben ihn eingeholt wie ein Schleppnetz. Echt große Sache.«

»Das ist Sophie Lanner«, sagte Pascoe.

»Doch nicht Madonna.«

Sophie blickte von einem zum anderen und versuchte, den Witz zu verstehen.

»Sie war auch auf der Liste«, sagte Thomas.

»Genau.«

»Du hast sie gefunden«, sagte Thomas. »Ich habe Charles Singer gefunden. Aber er war nicht Teil des Handels. Er war nicht im Computer.«

Für Polizei-Programmierer ist es einfach »der Computer«. Man taucht darin auf, wenn man wegen eines Verbrechens verurteilt worden ist. Oder wenn man im Zusammenhang mit einem Verbrechen gesucht wird. Oder wenn man das Opfer eines Verbrechens geworden ist. Ansonsten wird man nicht erfaßt. Je nach Umständen hält der Computer gewisse Informationen bereit. Im Falle von Opfern ist er in aller Regel diskret, aber Kriminelle werden auf den Kopf gestellt und durchgeschüttelt. Wenn man seine Mutter liebt, weiß der Computer das. Wenn man Chocolate-Chip-Eiscrème noch lieber mag, weiß er das auch.

»Wo hast du ihn gefunden?«

»Dieser Dealer war ein echter Volltreffer«, sagte Thomas. »Du konntest zwar nicht wissen, daß es so laufen würde, aber ich dachte mir, du hast eine kleine Extra-Anstrengung verdient. Also bin ich zu Alex gegangen.« Er trat zur Seite wie jemand, der einen Vorhang aufzog.

Der Mann an der Tastatur sah sich über die Schulter um und lächelte ein fettes, verträumtes Lächeln. Ein Mondgesicht. Seine Stimme war sanft und nachdenklich. Sophie hatte das Gefühl, jemanden im Prozeß seiner Wiedergeburt überrascht zu haben.

»Alles da drinnen.« Alex wies mit der Hand auf den Bildschirm. Ein Strom zweispaltiger Tabellen floß nach oben über den Bildschirm, rote Bänder aus Gas-Plasma. Er hielt den Text an und rollte ihn ein Stück zurück. »Ist er das?«

Die selbe Adresse: das Loft. Blanke Dielenbretter, dürftige

Möblierung, die Stellwand mit dem Schmetterlingstuch. Pascoe lachte laut auf. »Ich glaub es nicht«, sagte er und dann: »Ja, das ist er.«

Alex sah niedergeschlagen aus. »Er hat Probleme.«

Wie Pascoe starrte auch Sophie auf die Adresse. Die Worte malten ein Bild, und das Bild war die Vergangenheit. »Was für Probleme?« fragte sie. »Woher wissen Sie das?«

»Er hat drei Kreditkarten und eine Kundenkreditkarte bis zum Limit und darüber hinaus überzogen«, sagte Alex und sah sie entschuldigend an. »Die Firmen warten jetzt schon fast ein halbes Jahr auf ihr Geld. Zunächst waren sie nur ungeduldig. Jetzt werden sie langsam wütend. Alles in allem steht er mit etwa neuntausend Pfund in der Kreide. Woher ich das weiß – die Adresse gehört zur Schuldnerdatei, die eine der betreffenden Firmen über ihn führt.« Das Lächeln kehrte zurück, träge und breit. »Ich hab mich reingehackt und sie gestohlen. Genau genommen, habe ich mich reingehackt und sämtliche Dateien gestohlen.«

Noch immer dieselbe Adresse. Perfekt, unmöglich.

Warum, dachte Pascoe. Warum, Charlie? Bleiben ist so viel schwieriger als weiterzuziehen.

»Und jetzt zu der Sache, die du wahrscheinlich nicht erwartet hast«, sagte Thomas. »Singer ist nicht im Polizei-Computer, obwohl es sich anhört, als ob das nur noch eine Frage der Zeit wäre.« Er gab Pascoe ein Stück Papier. »Aber sie steht drin.«

Marianne Novaks. Eine Adresse, Personenbeschreibung, Basisinformationen.

»Auf der Liste der vermißten Personen«, bemerkte Thomas. »Du bist nicht der Einzige, der nach ihr sucht.«

Pascoe gab Sophie den Zettel. »Danke, Rob«, sagte er.

»Nein...« Thomas schüttelte den Kopf und lachte. »Der Typ redet immer noch. Ich hab noch was gut, du hast noch was gut. Ich hoffe, daß sie es schaffen, ihn umgehend in Einzelhaft zu verlegen.«

Alex war wieder an die Arbeit gegangen, die Augen auf dem Bildschirm, die Finger schnell, aber pianissimo auf der Tastatur. Pascoe sah sich in dem Zimmer um. Überall standen Regale mit Floppy Discs, Ausdrucken, Dateien-Register. »Was ist das alles?« fragte er.

»Kunden-Listen von Kreditkartenfirmen, Ladenketten, Abonnenten, Mietkauf-Agenturen, Reisebüros –«

»Alle gestohlen?«

»Alle gestohlen. Ich schreibe gerade ein Programm, das für jeden ein persönliches Kundenprofil erstellt. Einkommen, Konsumgewohnheiten, fixe Verbindlichkeiten, Urlaube, Eigentum und so weiter. Dann schreibt die Firma sie direkt an. Ein Rücklauf von ein Prozent ist schon gut.«

Sophie beugte sich über seine Schulter und betrachtete den Bildschirm, als erwarte sie, einen Bekannten zu entdecken. »Für wen arbeiten Sie?«

»Heute für eine Time-Sharing-Agentur, gestern für einen CD-Versandhandel. Morgen – wer weiß?« Er sah sich einen Moment um und lächelte dann, als würde er sie zum ersten Mal richtig wahrnehmen. »Sie sind Sophie wer?«

Sie begriff, was er vorhatte. »Lanner«, sagte sie. »Sophia.«

»Vermutlich aus London.«

»Ja.«

Er rief den Index auf und öffnete dann, *klickediklack*, eine Datei. Menschen und Orte huschten über den Bildschirm, bevor der Cursor neben einem Textblock blinkend zum Stehen kam. Alex rollte langsam weiter. »Sophia... Davon wird es nicht allzu viele geben.« Er lehnte sich zurück. »Da sind Sie ja. Hamstead – sehr nett.«

Sophie sah ihren Namen und ihre Adresse auf dem Bildschirm. »Okay«, sagte sie. »Erzählen Sie mir, wer ich bin.«

Alex klickte ein Fenster in der oberen, rechten Ecke des Bildschirms an und gab die Nummer ein, die neben Sophies Namen stand. Geheimnisse purzelten ins Bild wie Fahnen, die aufgerollt werden, Banner nach Banner, rot auf schwarz.

Alex lächelte sein vielsagendes Lächeln. »Sie sind reich«, sagte er. »Was würden Sie von einer Time-Sharing-Ferienwohnung an der Algarve halten?«

Zeitungen wickelten sich um ihre Beine, und sie schüttelte sie ab. Pascoe ging ein Stück vor ihr – in Eile oder, um den Weg zu weisen.

»Sam? *Sam!*« Sie hob ihre Stimme, aber sie wollte auf keinen Fall hinter ihm hertrotten wie eine gehorsame Ehefrau. Er sah sich um und ging sofort langsamer; er schien überrascht, sie hier zu treffen. »Mariannes Adresse. Das liegt in der Nähe von Longrock, hab ich recht?«

»Ich weiß nicht genau wo, aber in der Nähe – ja.«

»Heißt das, sie gehören zusammen? Marianne und Zeno. Sind sie ein Paar?«

Pascoe zuckte die Schultern. »Vermißt gemeldet von einem Peter Novaks. War das der Name ihres Vaters?«

»Ich kann mich nicht erinnern.« Sophie blieb stehen und ließ Pascoe weitergehen, weil er schon am Eingang des Parkhauses vorbei war. Mit unsicherem Blick kam er zurück.

»Haben wir das Auto hier abgestellt? Die Dinger sehen alle gleich aus.«

Als er in den Verkehr einfädelte, blies der Wind einen Wirbelsturm von Unrat quer über die Straße. Sophie duckte sich instinktiv, als seine Reste auf die Windschutzscheibe prasselten. »In der Stadt gibt es kein Wetter«, sagte sie, »hier gibt es nur Abfall-Attacken.«

Sie hatten die Wahl zwischen zwei Routen: die eine führte gerade nach Westen, die andere bog in nördlicher Richtung ab. Pascoe steuerte den Wagen durch die Innenstadt und fuhr dann auf eine Durchgangsstraße, die sie auf direktem Weg aus der Stadt führte, gerade wie ein Senkblei.

»Wir fahren nach Claydon«, sagte Sophie.

Irgend etwas in ihrer Stimme ließ Pascoe erwidern: »Ich fahre dorthin. Du mußt nicht mitkommen.«

Sie nahmen die Schnellstraße zu den westlichen Zubringern. Sophie kauerte sich in ihren Sitz und sah aus dem Fenster auf die Straßen unter ihnen. Pascoe glaubte, sie würde schlafen und legte leise Musik auf. Erst zwanzig Meilen hinter der Stadtgrenze sagte sie schließlich: »Nein, das ist schon in Ordnung. Ich wüßte nicht, wo ich sonst hinfahren sollte.« Dann schlief sie wirklich, Brahms auf dem Cassetten-Recorder, eine grüner werdende Landschaft um sie herum und ein Wind, der mit jeder Meile sauberer wurde.

Fast alles hatte sich verändert. Der Stadtkern von Claydon war herausgerissen und neu aufgebaut worden – wo es einst enge Gassen mit roten Backstein- und sogar einigen Fachwerk-Häusern gab, herrschte jetzt der neue Brutalismus – Büro-Blocks im Plattenbau-Stil und betonierte Bürgersteige. Früher einmal hatte Charlie Singers Wohnung am Stadtrand gelegen, jetzt lag sie fünfzig Straßen diesseits.

Sie waren Fremde in einer fremden Stadt. Wenigstens war die Straße noch dieselbe. Pascoe parkte vor dem Haus, und sie saßen im Wagen und betrachteten die Fassade.

»Es ist schrecklich zurückzukehren«, sagte Sophie. »Es kommt mir vor, als wäre ich gestern noch hier gewesen, und alles war so, wie es früher war. Dann bin ich einen Tag weg gewesen, und nun komme ich zurück, um diese vorzufinden. So muß der Tod sein – die Zukunft geschieht ohne dich.«

Sie stieg aus und rannte zur Haustür. Als Pascoe sie einholte, drückte sie schon zum dritten Mal Charlies Klingel. »Er ist nicht zu Hause.«

Pascoe drückte die beiden anderen Klingeln. Sophie sagte: »Welchen Unterschied macht –?« Während sie noch sprach, ertönte eine Stimme aus einem Lautsprecher neben der Tür.

Pascoe warf einen Blick auf das Namenschild neben der Klingel. »Mrs. Anderson? Algarve Apartments. Wir haben telefoniert.«

Er drückte die Tür auf, als der Summer ertönte. Sophie ging an der Tür der Erdgeschoßwohnung vorbei, bis sie im Treppenhaus außer Sichtweite war. Sie lauschte dem Gespräch zwischen Pascoe und Mrs. Anderson, das vor Mißverständnissen und Entschuldigungen nur so triefte. Pascoe versprach, bei der Rückkehr in sein Büro seine Akten zu überprüfen, offenbar handelte es sich um einen Irrtum. Er ging zur Haustür, schloß sie geräuschvoll von innen und ging dann hoch zu Charlies Wohnung. Sophie lehnte mit verschränkten Armen an der Wand.

»Welchen Unterschied macht es schon?« wollte sie wissen. »Wir sind zwar im Haus, aber –«

Mit einer Kreditkarte ließ Pascoe das Türschloß aufschnappen. »Rechtsanwälte wissen Dinge, von denen die Klienten nichts wissen«, sagte er und drückte die Tür auf, um sie hereinzulassen.

Drinnen war es düster und still. In der ganzen Wohnung waren Jalousien heruntergelassen, durch die Lamellen fiel nur wenig Licht. Kälte und ein abgestandener Geruch hatten sich in der Luft gesammelt.

Die Wohnung war, wie sie immer gewesen war – ein paar Teppiche auf die riesige Fläche verteilt, ein Wandbehang, eine neue Stereo-Anlage – ansonsten hatte sich nichts verändert. Die Küche bestand aus einem fünf Meter langen Tresen an einer Wand mit Herd, Kühlschrank, Ober- und Unterschränken. Fast der ganze Rest der Wohnung war freie Fläche. Ein Schreibtisch hinter einer Stellwand, ein Bett hinter einer anderen.

Die Schreibtischplatte war völlig leer. Auf dem Bett lagen Kleiderbügel. Pascoe bückte sich und sah unter das Bett.

»Koffer«, sagte Sophie.

»Sind nicht da.« Er richtete sich wieder auf und verschwand hinter der anderen Stellwand. Dann zog er Zenos Briefe hervor und breitete sie auf dem Schreibtisch aus, bevor er begann, die Schubladen nach entsprechendem Papier zu durchsuchen. Er fand unbezahlte Rechnungen, Bankauszüge, Müll, eine Handvoll beschriebener, selbstklebender Notizblätter, die er einsteckte. Eine Schreibmaschine fand er nicht. Als er in den großen Raum zurückkam, konnte er Sophie nirgends entdecken.

»Weißt du noch?« hörte er ihre körperlose Stimme fragen.

Ja und nein. Der Raum war ihm vertraut und gerade deswegen unsagbar fremd. Hier hatten sie auf dem Boden gesessen, zu siebt, auf Kissen und aus Haschisch und Entrüstung eine neue Weltordnung geschaffen, hatten Luftschlösser erbaut und gesprengt, Banken, Barracken, Parlamente, Gefängnisse und Gerichtshöfe errichtet und sämtlich zur Hölle gebombt. Manchmal hatten sie diskutiert, aber über eins waren sie sich immer einig gewesen. Es mußte alles anders werden. Und das war es dann auch.

»Weißt du noch?« fragte Sophie. Sie kam aus dem Bad und ging Richtung Küche. »Das runde Glasbild im Bad – ein Elephant. In meiner Erinnerung war er knallrot mit Augen wie Juwelen.«

»Und ist er das?«

»Ich muß wohl auf Trip gewesen sein.«

Er ging ins Bad und entdeckte einen grauen Elephanten in einem angedeuteten blau-grünen Dschungel. Als er wieder herauskam, war sie wieder verschwunden.

»Wir waren ununterbrochen auf Trip, oder nicht, Sam? So kommt es mir heute vor. Trippen und reden. Hin und wieder haben wir einen kleinen Ausflug gemacht und Gesetze gebrochen. Das hat mir gefallen. Ich fand es aufregend. Scheiß auf die Revolution. Ich hab es wegen des Kicks gemacht. Ich fand es besser als Sex.«

Er fand sie hinter der Schlafzimmer-Stellwand auf dem Bett sitzend, den Rücken gegen die Wand gelehnt, die Arme um die Beine geschlungen, den Kopf auf den Knien. Als er hereinkam, sah sie ihn direkt an und lachte dann begeistert, als habe er sie gerade mit einem großartigen Witz überrascht.

»Rette mich, Sam. Ich glaube, ich bin in eine verdammte Zeitfalte gefallen.«

»Er ist ausgezogen.«

»Jedenfalls war er seit geraumer Zeit nicht mehr hier«, sagte Pascoe. »Was nicht heißen muß, daß er nicht zurückkommt.«

Sie fuhren aus der Stadt hinauf zu einem Hügelrücken. Hier gab es nur noch vereinzelt Häuser; die Stadt hatte sich zwar ausgebreitet, aber nicht so weit. Direkt neben der Straße wirbelten zwei Ponies auf einer Koppel Staub auf.

»Was hast du jetzt vor?«

»Ich werde Rob Thomas bitten, jeden Tag einen Test-Anruf zu tätigen. Vielleicht hat er Glück.«

»Wenn Charlie vor seinen Schulden wegläuft, geht er bestimmt nicht ans Telefon.«

»Jeder geht ans Telefon. Es könnten ja auch gute Nachrichten sein.«

»Es könnte aber auch der unerbittliche Sensenmann sein.« Sie fuhren weiter bergauf, jetzt über kleine Nebenstraßen, die auf beiden Seiten von Wald gesäumt waren. Der Wind wehte noch immer und lauter als zuvor.

»Andererseits könnte Charlie auch unten in Longrock auf uns warten.«

»Ist es Charlie?«

»Ich weiß es nicht.«

»Du bist ihm doch ziemlich nah gekommen. Du hast mit ihm gekämpft, als er versuchte, dich zu ermorden.«

»Es könnte Charlie gewesen sein, ja. Die Schminke war eine Verkleidung. Und die Jahre sind es auch. Hinter dieser Maske hätte es jeder sein können, aber –«

»Kam dir irgendwas bekannt vor?«

Pascoe versuchte, sich an den Moment zu erinnern, die Sinneseindrücke, dann zuckte er die Schultern. »Eigentlich nicht...«

»Charlie war immer der Zurückgezogene«, sagte Sophie. »Der Geheimnisvolle.«

»War er das?«

»Sicher.« Pascoe warf einen Blick zur Seite und überraschte sie mit einem halben Lächeln auf den Lippen. »Es war nicht leicht, ihn wirklich kennenzulernen.«

»Es ist unmöglich, irgend jemanden wirklich kennenzulernen. Ist das nicht eine der Lektionen, die das Leben uns lehrt?«

»Du meinst Karen.«

»Ich meine jeden.«

Im blassen Licht der Nachmittagssonne löste sich der Hügel in Dünen und karge Steilhänge auf. Unterhalb der Straße eine Nadelholzschonung, noch tiefer eine handtuchgroße Freifläche.

»Wir fahren zu Loris Haus«, sagte Sophie.

»Ja. Wir fahren zu Loris Haus.«

Die Freifläche war künstlich angelegt und abgesperrt. Der Wald war an einigen Stellen bis direkt an den Zaun gewachsen, an ein oder zwei Bäume waren Schilder genagelt. Man konnte in der Ferne Hangars sehen und weiter links die flachen Blöcke der Verwaltungsgebäude. Der Haupteingang befand sich gut zwei Meilen entfernt auf der anderen Seite des Geländes. Sophie stieg aus und ging zum Zaun.

Nach einer Weile ließ Pascoe das Wagenfenster herunter und sagte: »Laß uns weiterfahren.«

Sophie drehte sich um, stieß mit den Schultern gegen den Zaun und rief ihm etwas zu. Der Wind trug ihre Worte herüber. »Wie dumm wir waren. Wie dumm. Nicht, weil wir getan haben, was wir getan haben – nein – sondern weil wir geglaubt haben, es würde einen Unterschied machen. War das nicht dumm, Sam?« Er tat, als könne er sie nicht hören, aber sie wußte es besser. »Wir haben ihre LKWs lahmgelegt, wir haben Slogans auf ihre Gebäude geschmiert. Wir haben Fangen mit Wachen und Hunden gespielt, ihre Kabel durchschnitten und einmal sogar einen ganzen beschissenen Verwaltungsblock abgefackelt, Sam – weißt du noch? Und wie dumm, wie verdammt *dumm*, es für etwas so Verschwendetes wie eine gute Sache zu tun.«

»Steig ein«, sagte er.

»Wir haben geglaubt, es könnte sich etwas ändern? Haben wir das geglaubt? Haben wir das wirklich geglaubt –?« Sie warf die Hände in die Luft und zerstreute Taktik, Ideale, Blaupausen der neuen Welt. »Was für Idioten, Sam; was für ein lächerlicher Haufen von Deadheads.« Er wandte den Blick ab, aber der Wind trug ihre Stimme herüber, schrill und leidenschaftlich. »Was für Sünder wir waren. LSD und LSDine. Der ganze Mist, den wir geredet haben. Der ganze verdammte *Scheiß*, Sam. Herr im Himmel, wir hätten uns genauso gut amüsieren können. Wir hätten all das auch zum *Spaß* tun können.«

Sam betrachtete sie durchs Fenster. Sie hatte sich einen blauen Wollschal von ihm ausgeliehen, den er völlig vergessen hatte, und ihn eng um den Hals und unter das Kinn gebunden. Der Wind fuhr durch die Fransen und blies sie ihr ins Gesicht. »Ich fahr da nicht hoch«, sagte sie. »Ich fahre nicht zu Loris Haus.«

Die Häuser der Offiziere lagen direkt am Fuß des Hügels, aufgereiht in einer Linie mit breiten Freiflächen dazwischen, um Raum und Privatsphäre zu gewähren. Hinten gingen die Gärten in den Buchenwald über. Besucher konnten entweder über eine schmale Schotterstraße entlang der Doppeltore, geschniegelten Vorgärten und Sternenbanner am Fahnenmast kommen. Man konnte den Wagen aber auch auf einem Parkplatz neben einer Telefonzelle an der Zufahrtsstraße abstellen und von dort einem Pfad folgen, der durch den Buchenwald zu den Häusern führte. Man konnte ihre rückwärtigen Fassaden sehen – Verandatüren, Eßzimmerfenster, Schlafzimmerfenster; und man konnte die Bewohner von Zimmer zu Zimmer gehen sehen. Mit einem Feldstecher hätte man feststellen können, was sie zu Abend aßen.

Pascoe packte Sophies Arm und zerrte sie den Abhang hinauf, wo der Pfad in die Straße mündete. Sie war blaß, die Lippen fest aufeinander gepreßt. Nachdem sie ein paar Meter gegangen waren, murmelte sie etwas und drängte sich an ihm vorbei, um voranzugehen.

Lori hatte im vierten Haus gelebt. Direkt vis-à-vis blieb Sophie stehen und starrte auf die Fenster.

»Ich hab sie im Schlafzimmerfenster gesehen«, sagte Pascoe. »Dann war sie plötzlich draußen. Als ich vor kurzem noch einmal daran denken mußte, kam mir das Fenster vor wie eine Bühne. Weißt du – die Vorhänge wurden durch irgendeinen Mechanismus aufgezogen und dort stand sie wie der Star einer Show. Und dann draußen.« Er hielt inne und schien sich angestrengt zu erinnern. »Und wir auf dem Rang. Es war wie ein Traum.«

»Tatsächlich?« Sophie lachte. »Ich kann mich an Sachen erinnern, die du dir gar nicht vorstellen kannst. Ich erinnere mich daran, daß sie vor meinen Augen gestorben ist. Ich erinnere mich, von den Zweigen eines Baumes abgehoben zu sein zu einem Flug, der die ganze Nacht dauerte, und Lori war Meilen unter mir und bellte wie ein Hund.« Ihre Stimme wurde wieder sachlich. »Natürlich war es ein Traum. Wir waren alle bis über beide Ohren zugeknallt.«

Die US-Air-Force-Basis bot eine Reihe von Zielen: LKWs, Gebäude, Zäune, Landebahnen. Lori war natürlich auch ein Ziel; weniger offensichtlich als die meisten anderen, aber dafür umso verwundbarer. Lori war verliebt, und zwar nicht in ihren Mann. Sie traf ihren Liebhaber, so oft sie konnte, und die Zeiten zwischen diesen Treffen waren für sie das blanke Elend – sie überstand es mit Valium und Vertrauen. Die Beziehung machte sie glücklich, aber sie machte sie auch verzweifelt. Es gab keine Möglichkeit, ihr zu entgehen, keine

Möglichkeit, sie zu lösen. Sie hatte die vage Hoffnung, daß alles vorbeigehen und sie wieder so zurücklassen würde, wie sie vorher gewesen war. Mit dreiundvierzig war sie zu alt, ihr Leben zu ändern, und auch zu alt, um ihr Gesicht vor der Leidenschaft abzuwenden.

Wie alle Beziehungen hatte auch diese ihre Regeln. Sie konnte ihn anrufen, aber er durfte sie nie anrufen. An manchen Tagen konnten sie sich treffen, an anderen nicht; an manchen Abenden, an anderen wieder nicht. Sie konnten spazierenfahren, aber nur in seinem Wagen. Alle Regeln wiesen im Grunde auf eine oberste Regel – niemand durfte davon erfahren. Aber irgend jemand hatte es doch herausgefunden.

Zuerst eine Frauenstimme: Wir wissen, was du tust. Wir wissen alles über dich. Du kannst nichts verbergen...

Dann eine Männerstimme: Du denkst, niemand weiß etwas, aber wir wissen es. Wir wissen alles über dich...

Dann eine Frauenstimme...

»Wir haben da unten Brandbomben in die Fenster eines Verwaltungsgebäudes geworfen, und das war, um die Welt zu verändern; das wußten wir – das hatten wir auswendig gelernt.« Tränen standen in Sophies Augen. »Aber Lori, oh, Sam, das war echt. Das war zum Spaß.«

15

Eine Möwe überschlug sich im Wind, flog mit steifen Flügeln eine Kurve und segelte eine halbe Meile am Himmel entlang.

»Ich stamme aus einer Familie von Fremden«, sagte Carla. »Keiner kennt keinen. Vielleicht erinnern wir uns gerade noch an unsere Namen.« Sie war eine bessere Zuhörerin als Erzählerin.

»Meine Eltern sind tot«, erzählte Zeno. »Sie waren beide Einzelkinder. Ich bin auch ein Einzelkind. Manchmal denke ich, es ist vielleicht ein besonderes Geschenk, wie der siebte Sohn eines siebten Sohnes zu sein.«

Er stand in dem Tuch-verkleideten Steuerhaus des kleinen, blauen Bootes und steuerte gegen den Sog der Strömung ans Ufer. Er ging direkt vor einem winzigen Strand in Form eines maurischen Monds vor Anker, ließ ein zweisitziges Schlauchboot zu Wasser.

Als sie den Strand erreicht hatten, zog sie ihre Kleider aus und watete ins Meer zurück. Als das Wasser ihre Hüfte erreicht hatte, verlor sich ihr Hinken – schwimmend drehte sie sich um und winkte ihm zu, und er winkte zurück wie jeder beliebige Ehemann.

Er redete mit ihr, weil sie ihn nicht hören konnte. »Ich liebe dich... So sehr wie ich nie zuvor einen Menschen geliebt habe. Ich habe zwei Menschen getötet. Ich habe sie deinetwegen getötet. Wegen uns. Es gibt noch mehr Menschen, die ich töten muß, dann werden wir sicher sein.« Seine Liebe zu ihr war grenzenlos; alles, was er denken, worum er sich sorgen konnte, war ihre Liebe und wie er sie bewahren konnte. Ihre Verwundbarkeit rief einen Schmerz in ihm hervor und eine Entschlossenheit, die ganze Welt abzuwehren.

Carla hob einen Arm und schob sich langsam kraulend durchs Wasser, bis eine Welle sie an Land trug. Ihre Lähmung wurde stärker, als sie durch die Brandung ans Ufer stapfte, ihre Schultern wogten mit der Strömung. Er empfing sie mit einem Handtuch, Wasserperlen liefen über ihren ganzen Körper, ihr Haar klebte am Kopf.

»Ich liebe dich«, war alles, was von seinem Geständnis übrig blieb.

Sie küßte ihn und zog ihn mit sich, küßte ihn blind, während er sich auszog, küßte ihn, als er in sie eindrang. Sein Körper verdeckte die Sonne und färbte das Licht hinter ihren geschlossenen Lidern dunkelblau.

Sie lag neben ihm und hörte einen weiteren Teil seines Geständnisses. »Ich habe noch nie einen Menschen so geliebt.«

Als sie ihm das Gleiche sagte, stöhnte er, und sie spürte, wie sein Körper neben ihr aufzuckte, als wolle er sich in sie stürzen. »Du hast mich aus dem Nichts hergezaubert. Bis ich dich getroffen habe, war ich nichts. Ich war so tief gesunken, daß ich nicht mehr wußte, was ich tun sollte, also bin ich losgetrampt, Richtung Meer, und bin durch die Stadt bis an den Strand gelaufen, und über den Strand bis an die Flutkante, und weiter konnte ich nicht gehen.«

Die Venen in ihren Augenlidern waren wie die Äderchen im Flügel einer Motte. Er sah zu, wie sie einschlief, stand dann auf und ging an den äußersten Rand des Strandes. Er dachte an den fiebrigen Blick in Mariannes Augen. Natürlich war sie betrunken gewesen, aber deshalb auch leidenschaftlicher. Es war diese Leidenschaft, diese Sehnsucht, frei zu sein, die ihn den Brief hatte schreiben lassen, der sie zurückgebracht hatte.

Manchmal denke ich, es wäre besser ... Wäre es nicht besser, jemandem davon zu erzählen – alles gestehen, anstatt damit leben zu müssen, Tag für Tag, jeden Tag? Ich weiß, es würde bedeuten ... Aber Tag für Tag, jeden Tag! Denkst du nicht manchmal daran? Träumst du nicht davon? Ich denke daran, daß ich für den Rest meines Lebens damit leben muß. Und ich weiß nicht, ob ich das kann. Ihre Finger hatten sich ge- und wieder entfaltet, als ob darin ein Muster läge, das ihnen sagen konnte, was zu tun sei. *Für den Rest meines Lebens, und ich weiß nicht, ob ich dieses Leben noch lange ertrage.*

Wenn eine es tun konnte, konnten alle es tun.

Carla lag auf dem Bauch, die Arme gerade über dem Kopf ausgestreckt und landeinwärts zeigend wie der Wegweiser zu einem vergrabenen Schatz.

Zeno lag neben ihr und driftete in und aus einem Traum. Alle sieben saßen sie im Kreis und trafen Entscheidungen wie eine Familienkonferenz. Sam Pascoe sagte: »Wir könnten einen Zug in die Luft jagen.« Zeno zitterte und erwachte.

Carlas Haut war noch feucht von ihrer Umarmung. Kleine Sandflecken überzogen ihre Haut.

»Du darfst mich nie verlassen.« Er sprach, ohne zu wissen, ob sie ihn hören konnte.

Von seinem Standpunkt aus konnte Ellwood die Einbuchtung der Küstenlinie erkennen, die die kleine Bucht markierte. Vielleicht hätte er sogar das blaue Boot erkennen können, das in der Dünung wiegte, aber er suchte nicht danach. Er blickte aus seinem Fenster im Windrush Hotel und sah nur das Meer, und das Meer war für ihn bloß eine riesige Leere.

Tom Carey saß an einem Klapptisch, den der Zimmerservice gebracht hatte und aß mit großem Appetit. »Einige Dinge weiß ich schon«, sagte er, »aber nicht genug.«

Ellwood war nach Longrock zurückgekehrt mit dem Gesicht eines Geistertänzers und einer gnadenlosen Deadline. Er hatte auf einer offenen Leitung Hilary Todds Presseagentin angerufen, ein zu attraktives und zu ehrgeiziges Mädchen namens Annie Roland. Er hatte einfach nur seine Rückkehr an die Küste vermeiden wollen, aber Annie hatte das durcheinandergebracht und ihn durchgestellt. Hilary hatte empfindlich abweisend geklungen. »Bald, Wallace. Ich glaube nicht, daß ich deinen Maßnahmen da unten traue. Du hast Versprechungen gemacht, die du offenbar nicht einhalten kannst. Deine Freunde in dieser Abteilung werden weniger. Zeit, daß man dich dein Gnadenbrot fressen läßt.« Hilary war acht Jahre jünger als Ellwood, vielleicht zehn. »Zu deiner Zeit warst du mal ein guter Mann, Wallace.«

Carey sagte: »Es ist eine Sache, seinen Beichtvater zu spielen. Er hat sich schnell genug an das alte Ritual gewöhnt. Er ist durcheinander. Zum einen hat er schreckliche Angst, die Frau zu verlieren. Er ist verrückt nach ihr, verrückt vor Liebe. Er denkt an die Vergangenheit und er denkt an die Zukunft, nie an die Gegenwart. Ich erfahre alles nur stückweise. Der Mann mit der Großen Fliege – wer ist er? Du willst, daß ich den Beichtvater spiele, ihn stabilisiere. Aber ich kann nicht arbeiten, wenn ich im dunkeln tappe.«

Ellwood lächelte. Du hast immer im Dunkeln getappt, dachte er. Du hast geglaubt, du wüßtest, was abgeht – damals, als du den radikalen Priester gespielt hast, als du im Beichtstuhl gesessen hast und den Informationen gelauscht hast, die er brachte. Gar nichts wußtest du. Du gibst Informationen weiter im Dienst deiner dummen Sache, deiner verlorenen Sache. Du hast geglaubt, ich würde dasselbe glauben wie du, ich würde meine eigenen Leute verraten. Aber in Wirklichkeit wußtest du gar nichts. Und jetzt stehen wir hier, Jahre später, und du glaubst zu wissen, wer ich bin, was ich glaube, auf wessen Seite ich bin. Gar nichts weißt du.

Carey aß weiter. Ellwood sah ihm zu wie ein Mann, der in einen Käfig hineinblickt. »In dieser Klinik auf dem Hügel, wo er seine Zaubervorstellung gibt, lebt ein Mann namens Sir Harold Piper. Seine Diagnose lautet paranoide Schizophrenie. Es gibt eine Reihe von Theorien über die Krankheit; die eine besagt, daß es nur eine Art ist, sich einer Situation in der Gegenwart oder Vergangenheit zu entziehen, weil man emotional nicht in der Lage ist, sich ihr zu stellen. Eine andere Theorie lautet, daß das Ganze im Grunde auf biochemische Prozesse im Gehirn zurückzuführen ist – ein chemisches Ungleichgewicht, das wilde Flüge der Phantasie hervorruft, Stimmen im Kopf, Wahnvorstellungen.«

Ellwoods bleigraues Haar glänzte im Licht, das durchs Fenster fiel. Seine Haut sah aus wie Papier kurz vor dem Zerreißen.

»Ich weiß nicht, was von beidem richtig ist. Es ist mir auch egal. Aber der alte Mann war entweder ein Doppelagent oder auch nicht.«

Carey blickte kurz auf, als habe Ellwood endlich etwas von Interesse geäußert.

»Direkt nach dem Krieg haben die Alliierten in diversen Ländern eine Reihe von Geheimorganisationen installiert. In Italien, Frankreich und Holland. Zurückbleibende Posten. Sie dienten zwei verschiedenen Zwecken. Erstens sollten sie Geheimarmeen ausbilden – Terrorgruppen, die im Falle einer kommunistischen Machtübernahme aktiv werden sollten. Zweitens sollten sie das öffentliche Leben infiltrieren – als Politiker, Richter, Financiers und dergleichen und andere Menschen aus diesen Bereichen rekrutieren. So hätte sich eine mögliche Bedrohung von innen erkennen und niederschlagen lassen.«

Carey goß sich Kaffee ein. Er sah Ellwood mit hochgezogenen Brauen an und wies auf eine leere Tasse. Ellwood ignorierte die Geste.

»Na ja, das kommt jetzt so nach und nach ans Licht. Möglicherweise ist mittlerweile jedes lange gewahrte Geheimnis in Gefahr. Zeitungsartikel und Fernsehberichte allenthalben, und wir können nichts dagegen tun. Aber der alte Mann dort oben auf dem Hügel weiß noch etwas anderes. Er weiß, daß die Briten eine Privatversicherung wollten. Wir haben unseren Freunden nie besonders getraut, was? Keine großen Gläubigen des Völkerbundes.« Ellwood lachte über die Formulierung. »Also gab es bestimmte Mitglieder dieser Privatarmeen, die uns gehörten und nur uns. Genau wie einige der Rekruten. Insider – sie haben Spione bespitzelt und uns Bericht erstattet. Die Idee dahinter war, die Überhand zu behalten. Die Idee war, auf eigene Faust zu handeln. Freunde sind prima, aber sie gehören schließlich nicht zur *Familie*, oder?«

»Piper hat geholfen, die Gruppen aufzubauen«, sagte Carey. »Ist es das? Und die Insider plaziert?«

»Ja.«

»Und war vielleicht ein Doppelagent...«

»Im Kalten Krieg war das Leben unendlich viel interessanter, findest du nicht?« Ellwood schoß vor dem Fenster auf und ab wie ein Hai im Becken. »Spione, die ihre Freunde bespitzelten, Menschen in hoher Funktion, die zwei Herren gleichzeitig dienten.« Er hielt inne. »Priester, die Politiker spielten.«

Carey ignorierte den Seitenhieb. »Wem könnte er davon erzählt haben?«

»Moskau, nehmen wir an. Bloß als Teil einer regelmäßigen Berichterstattung. Natürlich hätte es ihnen nicht viel genutzt. Außer daß sie gewußt hätten, wonach sie suchen mußten. Möglicherweise haben sie sich die Informationen bei Wahlen zunutze gemacht; vielleicht können wir nachweisen, daß derartige Informationen die Quelle einiger Schmutzkampagnen waren, genauso wie die Ursache für ein paar politische Morde. Trotzdem ist es wahrscheinlich, daß es meistens zu unseren Gunsten gelaufen ist. Die Insider haben uns ein paarmal einen Vorsprung verschafft, als wir ihn dringend brauchten; für sie hat es sich meist in barer Münze ausgezahlt – es ging häufig um Industriespionage. Der Punkt ist der: Sie sind immer noch da und sie sind immer noch nützlich.«

»Was hat sich geändert?« wollte Carey wissen.

»Wir haben Piper erst seit etwa einem Monat in Verdacht. Nach dem Fall der Mauer herrschte reger Verkehr jedweder Art, Abmachungen, Austausch von Informationen. Ihre Auswertung hat eine Weile gedauert. Pipers Name taucht an Orten und in Zusammenhängen auf, die ihn schillernder aussehen ließen, als er sollte – aktiver, wichtiger. Es scheint kaum mehr einen Zweifel zu geben. Die Frage ist nur: Wem hat er was erzählt? Er hatte mehr zu bieten als nur die Insider, aber sie wären mit Sicherheit sein interessantestes Geschenk gewesen. Wir vermuten, daß die Russen dieses Wissen benutzen werden, wenn sie es haben. Jetzt ist ihre beste Gelegenheit. Nach der Entspannung sind die Informationen zwar von geringem direkten Nutzen für sie, aber –«

Carey begriff. »Sie können sie verkaufen.«

Ellwood zuckte die Schultern. »Verkaufen... Es als Beweis ihres guten Willens anbieten. Sie brauchen Geschäftspartner. Die UdSSR-GmbH ist praktisch pleite. Was käme da gelegener, als ein paar Gefälligkeiten, wenn man abhängig ist vom Geld und Vertrauen anderer Leute?«

»Und wenn sie es herausfinden? Die Italiener, die Franzosen, die Holländer...?«

»Vielleicht wissen sie es schon, sagte Ellwood. »Das kann nur Piper mit Sicherheit sagen.«

Carey hatte Spargel, Roast Beef, Salat und Käse gegessen und schälte sich jetzt einen Apfel. »Er geht also da hoch und zaubert Kaninchen aus dem Hut... *Abrakadabra*...« Sein Tonfall fragte: Und was sonst noch?

»Neben anderen Talenten, über die er verfügt, ist er ein Experte für Schlösser. Ich habe ihn seit den Siebzigern hin und wieder beschäftigt. Nur gelegentlich. Für ihn ist die Show eine Art Hobby, obwohl er wirklich bemerkenswert gut ist. Ich habe gesehen, wie er Houdinis Wassertank-Nummer gebracht hat, die Handschellen-Entfesselung... Jedesmal wenn ich ihn benutzt habe, hatte es auf die eine oder andere Weise mit seinen Talenten zu tun. Meistens Schlösser.«

»Und welche Schlösser öffnet er im Moment für dich?«

»Er bringt uns Pipers Notizen. Sie werden von einem Dr. Harris gesammelt. Piper trifft sich dreimal die Woche mit ihm – drei Sitzungen. Piper brabbelt vor sich hin, der Doktor hört zu. Er nimmt die Sitzungen auf und archiviert nachher die Transkripte. Die Patientenakten sind verschlossen.« Ellwood hatte begonnen, das Zimmer in einem obskuren, nur ihm begreiflichen Muster zu durchmessen. »Analyse, Beichte... das ist praktisch dasselbe, wie du sicher weißt. Wir können nichts unternehmen, bis wir die Wahrheit nicht wissen. Ein falscher Zug könnte noch schlimmer sein als gar kein Zug.«

»Und was sagt Piper?«

»Nicht genug. Es gibt jede Menge Andeutungen, Spuren, Verdachtsmomente, aber nicht genug harte Fakten. Noch nicht. Ist alles eine Frage der Zeit. Dummerweise ist Zeit das, was wir am wenigsten haben.«

»Ihr wißt es nicht?« fragte Carey. Er lächelte ein verschlagenes kleines Lächeln. »*Du* weißt nicht, ob er ein Doppelagent war oder nicht?«

»Es geht nicht schnell genug«, sagte Ellwood. Die rätselhafte Route, der er durchs Zimmer folgte, führte ihn zurück ans Fenster – Licht und blauer Himmel, die ihn zurückschrecken ließen wie ein falscher Ausgang in einem Labyrinth. »Wir müssen uns beeilen.«

»Weißt *du* es nicht, Wallace?«

»Ich weiß auch nicht alles«, sagte Ellwood. »Wie kommst du darauf, daß ich es wissen könnte?«

»Deswegen sind wir also hier unten.« Carey hatte den Apfel geviertelt und führte jetzt ein Stück zwischen der Klinge und seinem Daumen zum Mund wie ein Straßenarbeiter. »Um in den Kopf eines Menschen zu spähen, der den Verstand verloren hat.«

»Er hat ihn nicht verloren. Er hat ihn irgendwo vergraben und will uns nicht sagen wo. Keine Sorge, wir werden ihn schon ausgraben. Du mußt nur den Großen Zeno im Auge behalten.« Ellwood lachte, als habe er den Namen eben erst erfunden.

»Die Vergangenheit quält ihn«, sagte Carey. »Er hat Nick Howard getötet.«

»Ich weiß.« Ellwood wischte die Information achtlos beiseite. »Ich würde ihn ohnehin nicht noch einmal benutzen. Er ist mittlerweile zu labil. Ein bißchen seltsam war er ja schon immer, nicht wahr? Es ist mir egal, wen er umbringt, solange er damit wartet, bis wir fertig sind. Für diesen Auftrag hat man uns eine Frist gesetzt.«

Ellwoods unbegreifliche Route hatte direkt vor Carey geendet. Er lächelte hinab – herausfordernd oder drohend.

Wir werden ihn schon ausgraben.

Man konnte sich ihn nicht als Kind vorstellen, dachte Carey. Man konnte sich nicht vorstellen, wer seine Eltern gewesen waren. Wonach suche ich hier?

Ellwoods Lächeln sagte alles. Seine Augen sahen noch blasser aus als sonst.

Ich suche nach seiner Seele, die es gar nicht gibt. Und das muß ich seit mindestens zwanzig Jahren gewußt haben.

16

Drei Streifen- und ein Krankenwagen rasten im Konvoi vor Pascoes Fenster vorbei. Als geübter Stadtmensch wartete er einen Moment, bis das Geheul der Sirenen leiser wurde. Sophie hielt ihm eine Tasse Kaffee hin, und er nahm den Telefonhörer in die linke Hand. Vor ihm lagen die selbstklebenden Notizzettel, die er in Charlie Singers Wohnung gefunden hatte. Er las sie Rob Thomas vor – eine Reihe von unzusammenhängenden Namen, Telefonnummern und anderen Kritzeleien.

»Manches davon hört sich an, als würde einer im Schlaf reden«, sagte Thomas.

»Ich lese dir alles vor. Du kannst dann sehen, was sich brauchen läßt.« Einiges war schlicht unleserlich. Pascoe las ihm ein paar weitere Nummern vor und fügte hinzu: »Holland, Cariton, Shakespeare.«

»Soll ich die gesammelten Werke lesen?« fragte Thomas. »Oder nur die Sonette?«

»Ich bin in Longrock«, sagte Pascoe. »Zu erreichen unter der Nummer, die ich dir schon gegeben habe.«

»Das ist schön für dich Sam, nur dein Kredit ist erschöpft.«

»Dann stell es der Kanzlei in Rechnung«, erklärte Pascoe ihm.

»Bist du sicher?«

»Schick die Rechnung ans Büro.«

Aus den Augenwinkeln sah er, wie Sophie seine Decken

vom Sofa nahm. Ihre Art, sie zu falten, hatte etwas Forsches und Pingeliges. Du mußtest nicht zurückkommen«, sagte er. »Du kannst noch immer ein Taxi nach Hause nehmen.« Am Abend zuvor war sie nach Hampstead gefahren, um frische Kleidung einzupacken. Eine Stunde später war sie zurückgekommen.

»Wenn ich jetzt nach Hause gehe, bleibe ich auch dort. Ich habe da noch nicht viel gelebt, also hängen keine Erinnerungen daran.«

»Hört sich nett an.«

»Das ist es.« Sie stand an der Tür, den Mantel über dem Arm, während er einen letzten Anruf erledigte.

»Niemand vermißt dich, Sam«, sagte George Roxborough. Ein langer Seufzer ging durch die Leitung. »Ich habe wieder angefangen zu rauchen. Dieser Fall macht mich völlig hektisch. Die Polizei ist praktisch bei Stewarts Mutter eingezogen. Sie gehen die Geschichte immer und immer wieder mit ihr durch.«

»Das ist doch super«, sagte Pascoe. »Mit deren Hilfe hat sie sie bis zum Prozeß aus dem Effeff drauf.«

Es wehte nach wie vor ein kräftiger Wind, aber in Pascoes Gegend trug er stets einen Hauch von Schwefel mit sich. Mit geschlossenen Fenstern fuhren sie aus der Stadt. Auch Sophies Gesicht war verschlossen.

»Ich hatte Alpträume.«

Er nickte, den Blick weiter auf die Straße gerichtet. »Ich hab dich gehört.«

»Es war, als ob... Lori kam aus dem Haus. Sie schien zu schweben. In den Garten hinab und weiter zwischen den Bäumen. Wir alle riefen ihr etwas zu, aber sie konnte uns nicht hören. Ich saß in einem Baum – ich war hochgeklettert – und er war voller Früchte. Ich weiß nicht welche. Verschiedene Früchte an einem Baum.« Sie kam zum Anfang des Traumes zurück. »Es war wie ein Acid-Schub.«

Sie brauchten fast eine Stunde, bis sie die Stadt hinter sich gelassen hatten. »Es gab dort doch keine Obstbäume, oder?« fragte sie.

»Nein.«

»In den Bäumen war es dunkel, aber Lori war weiß. Ich konnte sie sehen, aber sonst niemanden.«

»Sie hat sich ausgezogen«, sagte Pascoe.

»Ja, ich erinnere mich.« Sie hielt einen Zettel mit Mariannes Adresse in der Hand, den Rob Thomas ihnen gegeben hatte. Nach einer Weile nahm sie die Karte, die in einem Fach in der Tür steckte.

»Wie weit?« fragte er.

»Von Longrock?« Sie warf einen Blick auf den Maßstab. »Nah. Etwa fünf Meilen.«

»Du kannst noch immer umkehren«, sagte Pascoe.

»Ich hab in dem Baum gesessen und Obst gegessen, während sie starb.«

Für einen Siebzigjährigen war Peter Novaks gut in Schuß – aufrechter Gang, entschlossener Schritt, volles Haar. Wenn er sprach, konnte Pascoe ein leises Pfeifen der Lungen hören.

»Immer dasselbe, wenn es noch so spät im Jahr warm wird«, sagte er. »Das ist nur eine Allergie: sterben werde ich bestimmt an etwas anderem.« Wenn er auf Marianne zu sprechen kam, wurde sein Ton matt und deprimiert.

»Wann wir in Claydon waren? In diesem Fall kennen Sie sie wahrscheinlich besser als ich.« Er verzog das Gesicht. »Ich war viel unterwegs. Karriere machen, nannte man es. Damals schien es das Einzige zu sein, was man tun konnte. Jedenfalls habe ich das geglaubt. Dann ging alles zu Ende. Die Karriere ging zu Ende – oder jemand anderes hat sie übernommen. Meine Frau bekam Krebs und starb in weniger als drei Monaten.« Er lachte und das Pfeifen war wieder zu hören, ein wenig lauter diesmal. »Der Trick besteht darin, daß sie einen glauben machen, man würde für immer jung bleiben – oder zumindest doch lange genug...« Er sah Sophie an, als habe sie etwas sagen wollen. »Sie wissen auch nicht, wo sie ist?«

»Wir hatten gehofft, sie hier zu finden.«

»Für die Polizei ist sie bloß eine Nummer. Offenbar verschwinden ständig Leute. Wußten Sie das?«

»Es ist normal«, sagte Pascoe.

»Für mich nicht.«

Sie saßen in einem Garten mit Blick auf das Meer. Das Haus hatte ein tiefgezogenes Reetdach und stand allein direkt unterhalb einer Hügelkuppe.

»Eine Aussteigerin, habe ich einen von ihnen sagen hören.«

»Die Polizei hat alles schon gesehen«, sagte Pascoe. »Vermißte Personen sind für die Behörden wie Busse – in ein paar Minuten kommt der nächste.«

»Was ist geschehen?» fragte Sophie.

Novaks zuckte die Schultern und wandte den Blick zum Meer. »Sie kam hin und wieder nach Hause und blieb etwa einen Monat. Sie ist Archäologin geworden, wußten Sie das?« Pascoe und Sophie schüttelten einmütig den Kopf und kamen sich idiotisch vor. »Also ist sie viel gereist. Zwischen zwei Jobs, wenn sie nicht unterrichtet hat oder lieber in London bleiben wollte, ist sie hierher gekommen. Wir mochten uns, wissen Sie. Wir haben uns gut verstanden.« Eine Reihe von Wolken wie Schmachtlocken zogen am Himmel auf. Es wurde kühler, und der Garten lag jetzt im Schatten.

»Was geschehen ist? Sie ging fort und kam nicht zurück. Man hat ihren Wagen am Bahnhof gefunden. Deswegen sind sie auch so sicher, daß sie eine... Aussteigerin ist. Offenbar fragen sie sich aber nicht, warum sie weglaufen sollte. Wenn man sie darauf anspricht, zucken sie nur mit den Schultern.« Er wies zum Haus und schien plötzlich besorgt, daß ihn sein Kummer seine Gastgeberpflichten hatte vergessen lassen. »Kann ich ihnen etwas anbieten? Einen Drink?«

Pascoe lehnte dankend ab. Es gab Fragen, die er ihm stellen wollte und nicht konnte, ohne zu neugierig zu erscheinen. Sie waren alte Freunde, die zufällig vorbeischauten. Er würde sich darauf verlassen müssen, daß der alte Mann sich an alles Wichtige erinnerte. Trotzdem riskierte er es, ihm ein unauffälliges Stichwort zu geben. »Wir haben geschrieben, daß wir vielleicht hier vorbeikommen würden.«

»Haben Sie das? Sie bekommt immer viel Post, wenn sie hier ist.« Ihm kam ein Gedanke. »Sie hat vermutlich nicht geantwortet?«

»Nein.« Pascoe hatte gehofft, etwas von einem ungewöhnlichen Brief zu erfahren.

»Es ist schwierig, verstehen Sie.« Novaks beugte sich in seinem Stuhl vor, als wolle er sich konzentrieren. Er wählte seine Worte mit Bedacht. »Für die Polizei ist es nur ein weiterer Fall. Noch eine Aussteigerin. Sie suchen nach Mustern, und sie finden sie. Diese Person, jene Person, fünfzig weitere... Wie kann ich ihnen begreiflich machen, daß Marianne anders ist? Warum sollten sie es glauben? Sie müßten das gesamte Muster unserer beider Leben verstehen – diese Familie, wie wir zusammen waren, was uns wichtig war. Ich sage: ›Warum können Sie das nicht begreifen? Sie würde nicht einfach verschwinden. Sie würde nicht einfach *abhauen*.‹ Warum sollten sie das glauben? Sie müßten wissen, was ich weiß. Ich kann mir sicher sein. *Sicher. Ich weiß es.* Aber sie betrachten die Muster. Und sie sehen nur noch eine Aussteigerin.«

Die Wolken waren zu Galeonen geworden, die gegen den Sog der Ebbe auf sie zusegelten. Peter Novaks hob den Kopf. Sophie hatte die ganze Zeit gewußt, daß er weinte.

»Wie kann ich ihnen das begreiflich machen?« fragte er. »Wie können sie das verstehen?«

Er stand abrupt auf und ging ins Haus. Einen Moment lang war es, als habe er aus irgendeinem Grund die Geduld mit ihnen verloren – Freunde, die keine gute Nachricht brachten. Dann kam er mit einem Pappordner wieder zurück. Darin befanden sich Flugblätter, die er hatte drucken lassen. Eine Studiophotographie von Marianne unter der Titelzeile. HABEN SIE DIESE FRAU GESEHEN?, darunter eine kurze Personenbeschreibung.

Novaks gab beiden ein Flugblatt. »Das war alles, was ich tun konnte«, sagte er. »Es ist die Ungewissheit, verstehen Sie. Ich könnte alles besser ertragen, wenn ich es nur wüßte.«

Der Himmel war schiefergrau und schwarz. Die ersten Tropfen prasselten mit metallischem Klappern auf den Wagen wie eine Handvoll Kiesel. Einen Moment später traf sie das Unwetter mit voller Wucht. Pascoe schaltete die Scheibenwischer auf doppelte Geschwindigkeit und spähte durch die Flut. Es war, als wären sie unter Wasser. Schatten lauerten hinter den Regenfäden – Hecken, Bäume am Straßenrand. Und die Straße selbst war von einer Sekunde zur nächsten ein brauner Fluß, der sie mit sich fortriß.

Er sagte kein Wort, was sie auch versuchte. Zu guter letzt saß sie schweigend, isoliert vom Regen und seinem Rauschen, und betrachtete die matten, silbrigen Konturen, die durch den Wolkenbruch auf sie zukamen.

Es war früher Abend, der Sturm war einer falschen Dämmerung gewichen. Pascoes Hotelzimmer war wie eine tiefe blaue Höhle. Er saß am Fenster und nippte stetig an seinem Whiskey. Sophie stand an der Tür und wartete darauf, wahrgenommen zu werden. Sie war gekommen, das Rätsel seiner plötzlichen Depression zu lösen.

»Was ich gesehen habe«, sagte sie, »war ein alter Mann, der sein Leben aufgeschoben hat, bis es zu spät war. Hat dich das so betroffen gemacht? Dein Leben ist noch nicht vorbei...«

Donnergrollen wie Kanonenfutter, unweit der Landspitze; Gischt und Regenböen klatschten gegen das Fenster.

»Es gab mal eine Gruppe von Frauen«, sagte er, »die man

die Mütter vom Plaza de Mayo nannte. Sie trugen Schilder von ihren Ehemännern, Söhnen, Töchtern und Enkeln. Sie hielten die Schilder hoch und marschierten immer um die Plaza. Das war in Argentinien, 1978. Die Bilder zeigten Los Desaparacidos – die Verschwundenen. Tausende waren gekidnapped worden. Es fing an mit denen, die eine Gefahr für das Regime darstellten. Bald darauf holten sie jeden. Man mußte nur zur falschen Zeit am falschen Ort sein oder wie ein Verdächtiger aussehen oder mit einem Verdächtigen verwandt sein oder einen ähnlich klingenden Namen haben... es war im Grunde völlig egal. Sie haben lastwagenweise Unschuldige, sogar Kinder und schwangere Frauen abgeholt. Manche wurden zu Tode gefoltert; andere wurden gefoltert und dann hingerichtet. Ein paar überlebten. Sieben Jahre ging das so. Ich war ein paar Wochen dort.«

Sophie hatte die Tür geschlossen und sich aufs Bett gesetzt, damit er sie beim Sprechen nicht ansehen mußte. »Warum warst du dort?«

»Ich bin Anwalt. Verschiedene Menschenrechtsorganisationen haben um Freiwillige gebeten. Ich weiß nicht... vielleicht war es ein Überbleibsel unseres radikalen Bewußtseins? Was glaubst du?«

»In acht Jahren hat sich viel verändert«, sagte sie.

»Nach Loris Tod hat sich alles verändert.«

»Was ist sonst noch geschehen?«

»Es gab Orte, wo man hingehen durfte, und verbotene Orte. Ich war in einer Stadt namens La Plata und versuchte Zeugenaussagen von Verwandten der Verschwundenen auf Band zu bekommen. Es war einer dieser Orte, wo man sich besser nicht aufhielt. Ein paar Soldaten griffen mich auf. Sie schlugen mich auf offener Straße. Es machte keinen Unterschied. Ich brüllte sie an, sagte ihnen, wer ich war, und versuchte, ihnen meinen Paß zu zeigen. Sie brachten mich zu einem Ort, der in den Amnesty-Akten über die Verschwundenen Polizeiwache Nummer fünf genannt wird. Einer von ihnen – möglicherweise ein Offizier – muß dann doch angefangen haben, sich Sorgen zu machen. Sie steckten mich in eine Zelle und zogen los, irgend jemanden zu finden. Doch das wußte ich nicht. Ich dachte, ich würde auf die Folter warten. Möchtest du einen Drink?«

Er stand auf und holte ein Glas aus dem Bad. Durchs Fenster konnte Sophie den grauen Vorhang aus Regen vor der grauen Fläche des Meeres sehen.

»Ich war etwa drei Stunden dort. Drei Stunden, glaube ich. Das einzige, was ich hörte, waren Schreie. Und manchmal Schritte. Die Zelle hatte hoch über der Metalltür ein kleines Fenster, durch das praktisch kein Licht fiel. Ich konnte nur die ganze Zeit Männer und Frauen schreien hören. Es hörte nie auf. Ich saß in der Zelle und wartete darauf, daß ich dran kam. Dann ließen sie mich frei.«

»Wieviele Menschen?« fragte Sophie.

»Genau weiß das niemand. Zehntausend... oder mehr... Sie wurden abgeholt, ohne Prozeß festgehalten und getötet. Niemand wußte, wo sie waren. Nachdem man sie abgeholt hatte, verschwanden sie einfach. Die Menschen suchen sie noch immer – Mütter, Ehefrauen, Ehemänner.« Er atmete tief ein, als würde etwas in seiner Brust festsitzen. »Brüder, Schwestern, Kinder...«

Der Regen war wie Trommeln, Pascoe und Sophie waren dunkle Schatten in einem dunkler werdenden Zimmer.

»Man hatte mich zusammengeschlagen, was einen kleineren diplomatischen Zwischenfall nach sich zog.« Er lachte. »Unser Mann hat ihrem Mann ein paar deutliche Worte gesagt – so in der Art. Es wurde darauf hingewiesen, daß ich mich in einer verbotenen Gegend aufgehalten hatte. Natürlich hatte ich eine Geschichte parat. Aber das hatte jeder, der dort hinging. Jeder wußte, was passierte, zumindest hatte jeder den Verdacht. Doch es war wichtig, daß niemand es *sah*. Es war das Jahr, in dem Argentinien Fußball-Weltmeister wurde – und das haben eine Menge Leute gesehen.«

Das Gewitter war erst aufs Meer weitergezogen und kehrte jetzt zurück. Donner rüttelte an den Fenstern.

»Vor meiner Abreise ging ich zur Plaza de Mayo. Die Mütter gingen immer im Kreis, hielten ihre Plakate hoch mit den Fotos – verschwommene Gesichter und darunter handgeschriebene Namen. Auf dem Platz wimmelte es von Soldaten und Angehörigen der Sicherheitskräfte. Die Mütter sahen sie nicht an. Sie trugen Bilder der Menschen, die sie liebten, im Kreis herum, weil das alles war, was sie tun konnten.«

»Wie Mariannes Vater«, sagte Sophie.

»Nach der Demonstration zerstreute sich die Menge in die Seitenstraßen. Ich fragte eine der Frauen nach dem Bild, das sie getragen hatte. Es war ihr Sohn. Aber auch andere waren verschwunden – ihre Schwiegertochter und ihr Enkel. Sie sagte: ›Ich rechne damit, daß sie tot sind. Ich erwarte es. Ich glaube, das könnte ich ertragen. Unerträglich ist nur die Ungewißheit.‹«

Er stellte die Whiskey-Flasche beiseite. Sophie fand den Deckel und schraubte sie zu. »Keine Einwände?« sagte sie.

»Nein«, sagte er, »nimm sie weg. Ich muß schon ziemlich betrunken sein; ich fühle mich nur nicht so.«

»Was hast du...?« Ein Blitz zuckte ins Meer, schmal und vor Energie surrend. Er war so hell, daß sie geblendet war, bis der Donner über ihnen brach.

»Was hast du nach Loris Tod gemacht?«

»Nachdem Lori sich umgebracht hatte«, sagte er, »nachdem wir sie umgebracht hatten.«

»Okay. Danach.«

»Nun, zum einen bin ich nach Buenos Aires gegangen.«

»War es das?« fragte sie. »Buße. Ein Sühneopfer?«

Seine Stimme wurde schwer, als habe der Whiskey plötzlich durchgeschlagen. »Was hast du gemacht?«

»Ich hab geheiratet«, sagte sie. »Mit Sicherheit ein Sühneopfer.«

17

Der Donner machte sie nervös. Mac der Huster ließ ständig ein angespanntes *hak-hak-hak* hören. Die Dame mit der Blume wackelte hin und her wie eine zittrige Puppe. Im ganzen Publikum herrschte Unruhe. Der Ewige Jude wanderte von Stuhl zu Stuhl, bis ein Pfleger ihn dazu bewegte, in einer der hinteren Reihen Platz zu nehmen. Es war, als wäre man in einem Stall voller Pferde, die ein Feuer gewittert hatten. Der Mann mit der Großen Fliege saß absolut still, als Zeno Feuer spuckte und es in seiner Hosentasche verschwinden ließ.

Diese ganzen Verrückten, dachte Harold Piper. Diese Kranken, haben Angst vor Gewitter. Im Kopf stellte er blitzschnell einige Berechnungen an; Geometrie war das Entscheidende. Darüber mußte er mit Dr. Harris reden.

Zeno verschluckte eine Blume. Im nächsten Moment zog er aus seinem Mund eine Schnur mit winzigen Wimpeln hervor.

Das ist nett, dachte Piper. Ich mag dieses Kunststück.

Mit zurückgelegtem Kopf zog Zeno Fähnchen über Fähnchen aus seinem Mund. Sie türmten sich zu seinen Füßen wie nach einer Parade.

Birdie gab einen zaghaften Piepser von sich wie ein Nestling im Halbschlaf. Piper lachte still in sich hinein. Diese ganzen Verrückten, und ich mitten unter ihnen. Welcher Ort wäre sicherer? Zu seiner Erbauung erfand er ein Sprichwort: Verstecke einen Propheten unter Kindern und einen Weisen unter Narren. Hundegesicht hatte ihren besten Sonntagsstaat angelegt, die Wangen fiebrig von Rouge, die grünen Augen mit Glitzer überzogen. Ihr Lippenstift reichte von der Nase bis zum Kinn.

Wißt ihr, was ich weiß? Pipers stummes Lachen war ein Knoten in seinem Hals. Wißt ihr, wer ich bin?

Zeno träufelte ein wenig Farbstoff in drei Ballons und blies sie auf. Dann befestigte er sie an einem Brett. Seine Messer blitzten durch den Lichtkegel des Scheinwerfers, surrend wie Drähte. Aus einem Ballon stieg eine blaue Rauchwolke, aus dem zweiten eine rote, aus dem dritten eine weiße Taube.

Das ist nett, dachte Piper.

Ein Blitz zischte über der Bucht, eine brillante Improvisation. Das Publikum fuhr zusammen und blickte auf wie Tiere, die bei der Fütterung erschreckt werden.

Ihr wißt nicht, was ich weiß. Ihr wißt nicht, wer ich bin. Zu seiner Erheiterung erfand er einen Witz: Warum benimmt sich ein Verrückter verrückt? Antwort: Weil er es darf.

Zwölf – er zählte – dreizehn... vierzehn. Und dann der Donner. Er teilte das Ergebnis durch drei und bestimmte das Zentrum des Gewitters. Zeno war in Zwangsjacke und mit Ketten gefesselt in die Truhe gestiegen, und ein Pfleger legte von außen die Ketten vor. Wie jedesmal waren sie atemlos. Nach einer Weile kam ein Clown auf die Bühne und mühte sich mit den Vorhängeschlössern ab. Schließlich gab er es auf, ging jedoch nicht wie üblich zur Seite ab. Er sprang von der Bühne und spazierte freundlich grinsend durchs Publikum.

Ein Pfleger trat vor, ein weiterer kam aus dem hinteren Teil des Saales hinzugeeilt. Im Publikum hob ein ängstliches Getuschel an, Köpfe wurden gewandt, Augen verdrehten sich, Hände wurden erhoben, das Unbekannte abzuwehren. Der Clown ging zügig durch die Reihen, bis er den leeren Platz neben Piper erreicht hatte. Dort setzte er sich. Piper nestelte an seiner Fliege herum, zog den Knoten fester. Der Clown hatte eine gepunktete Fliege, die sich wie ein Propeller drehte. Die Pfleger standen an beiden Enden der Reihe, nervös zunächst, doch dann beruhigt durch das strahlende Lächeln des Clowns.

Sie saßen nebeneinander und warteten, daß etwas passierte. Der Clown beugte sich zu Piper, um ihn ins Vertrauen zu ziehen, und wies mit dem Kopf auf die Bühne. »Da kommt er nie raus.« Piper sah besorgt aus. »Ich hab die Schlösser überprüft. Es ist hoffnungslos. Er wird das Tageslicht nie wieder sehen.«

Piper blickte vom Clown zur Bühne und wieder zurück.

»Außer...«, flüsterte der Clown, und tippte Piper aufs Knie. Ein silberner Schlüssel lag in seiner rechten Hand. Als er die Faust schloß und mit seiner linken Hand darüber wischte, löste sich der Schlüssel in Nichts auf – beide offenen Hände waren leer.

Piper lachte. *Ihr wißt nicht, was ich weiß.*

Der Clown zauberte den Schlüssel ein weiteres Mal hervor, heimlich, nur für ihn und Piper sichtbar, und zwinkerte ihm zu. Er ging zurück auf die Bühne, versuchte sich noch einmal an den Schlössern, rüttelte mit beiden Händen daran und wandte sich dann zum Zeichen seiner Niederlage mit ausgebreiteten Armen zum Publikum. Er verließ die Bühne, und alle starrten auf die Truhe. Eine Minute verstrich, vielleicht zwei. Die Ketten fielen ab, die Truhe ging auf. Unter entferntem Donnergrollen und dem frenetischen Applaus eines einzelnen Mannes stieg Zeno heraus.

Ihr wißt nicht, was ich weiß.

Die Pfleger mischten sich unter die Patienten und redeten leise auf sie ein. Einige weinten. *Hak-hak-hak-hak – hak-hak* machte Mac der Huster. Die Dame mit der Blume umarmte sich selbst.

Ihr wißt nicht, wer ich bin.

Sir Harold Piper klatschte laut in die Hände und wieherte ein seltsames, zweistimmiges Lachen. Ich mag diesen Clown, dachte er.

Dr. Leonard Harris glaubte fest daran, daß das, was einige Leute verrückt nannten, für andere absolut logisch war. Er glaubte auch, daß man in einer Umgebung, in der man Verrücktheit erwartet, verrücktes Verhalten vorfinden wird.

Eine geschlossene Anstalt erlaubte Verrücktheit, so lautete die Theorie, also entschieden sich die Leute auch dafür.

»Ich mag diesen Clown«, sagte Sir Harold Piper.

Dr. Harris nickte. Die Auftritte des Großen Zeno erwiesen sich im therapeutischen Sinne als überaus nützlich: Sie boten einen Anknüpfungspunkt für Gespräche. Harris war sehr dafür, daß die Außenwelt zu ihnen kam.

»Als ich mir die Vorstellung angesehen habe«, sagte Sir Harold, »habe ich einige interessante Berechnungen angestellt. Auch der Blitz war sehr hilfreich – und seine in Sekunden gerechnete Entfernung vom Donner.«

»Und was haben ihre Berechnungen ergeben?«

»Ich habe den Großteil meiner Arbeit gegen Ende des Krieges geleistet. Es war schwer zu entscheiden, wer ein Freund war.« Die Antwort hatte keinen Bezug zur Frage. »Nach dem Krieg«, sagte er, »war die Welt ein Haus mit zahlreichen Türen und Fenstern. Einige der Türen waren ständig verschlossen, andere nur gelegentlich, und wieder andere ließen sich nicht verschließen, weil das Schloß aufgebrochen worden war. Einige Fenster hatten ständig zugezogene Vorhänge, bei anderen waren die Vorhänge nur manchmal zu, und wieder andere hatten gar keine Vorhänge. Es ist wie ein Märchen, nicht wahr?«

Das fand Dr. Harris auch.

»Alle möglichen Familien lebten in dem Haus. Manche waren immer freundlich, andere nur hin und wieder, noch andere nie. Außer...« Piper grinste, weil es jetzt eine Wende in der Geschichte gab. »Außer, daß sich niemand so verhielt, wie er eigentlich sollte. Die freundlichen Familien waren vielleicht gar nicht freundlich. Die manchmal Freundlichen waren vielleicht gerade dann am *wenigsten* freundlich, wenn sie am *freundlichsten* wirkten. Und diejenigen, die nie freundlich waren, meinten es vielleicht gar nicht so. Und man wußte nie, wer zu welcher Familie gehörte. Und man wußte nie, welche Familie morgen vielleicht unfreundlich sein würde...« Pipers Stimme hatte einen tiefen, düsteren Tonfall angenommen, weil jetzt der unheimlichste Teil der Geschichte folgte. »Man wußte nie, wer möglicherweise an die Tür klopfte. Man wußte nie, wer vielleicht zum Fenster hineinsah.« Er hob warnend den Finger. »Judas war ein Familienvater, wissen Sie.«

Harris lächelte und schrieb es auf.

»Sie wissen nicht, was ich weiß.« Ein trauriges Kopfschütteln, ein mitleidiges Stirnrunzeln. »Sie wissen nicht, wer ich bin.« Piper erhob sich und begann, auf und ab zu gehen. »Sind Sie zur Mitschrift bereit?« fragte er. Harris nickte und lächelte aufmunternd. »Hier ist einiges davon – einiges von dem, was ich weiß.« Piper ging weiter auf und ab, hatte jedoch die Augen vor Anstrengung, sich zu erinnern, geschlossen. »Die in Graden ausgedrückte thermische Reduktion einer Flamme, die aus einem Mund in die Luft geblasen wird, würde bis ins Unendliche verlängert, die Sonne auslöschen. Der in Graden ausgedrückte Einfallswinkel zwischen dem Horizont und einem Blitz würde, ins Unendliche verlängert, die gesamte Erde umfassen. Das Geräusch zweier Kräfte, die sich im All, im tiefen magentaroten All, im heiligen Blau des Alls begegnen, würde die Sphärenmusik disharmonisieren. Wissen Sie, wer ich bin?«

Dr. Harris schüttelte den Kopf.

»Moloch, der Schlächter der Kinder, der Mörder der Unschuldigen, der Große Architekt, Gog und Magog: ein Fleisch.«

Dr. Harris tat weiter so, als würde er mitschreiben. In Wirklichkeit wurde alles auf Band aufgenommen, und der Arzt malte nur eine Reihe von Kringeln und Kreisen auf seinen Notizblock. Sir Harold bestand auf einem Schreiber, der mit Block und Bleistift bereitsaß, um seine Enthüllungen festzuhalten.

»Man wußte nie, wer wer war«, sagte Piper. »Manchmal wußte man nicht einmal mehr, wer man selbst war. Genau wie all die Verrückten – die Leute, die in diesem Haus leben. Mit ihnen ist es dasselbe. Sie wissen nicht, wer sie sind und zu welcher Familie sie gehören.«

»Wer, glauben *Sie*, daß sie sind?«

»Manchmal Freunde, manchmal nicht«, sagte Piper gereizt. »Feinde, die vorgeben, Freunde zu sein. Die Erfahrung lehrt mich, daß es schwer ist, das eine vom anderen zu unterscheiden. Man muß so tun, als würde man ihnen glauben. Man muß so tun, als wäre man ihr Freund. Aber eins kann ich Ihnen sagen: Ich mag diesen Clown.

Vergib mir Vater, denn ich habe gesündigt...

»Sie hat mich zuerst gar nicht bemerkt, aber ich sie. Dann hat mein Blick ihre Aufmerksamkeit erregt, und sie hat rübergesehen. Sie war am Meer entlanggelaufen und auf ein Bier in die Bar gekommen. Das hat sie mir hinterher erzählt. So einfach war das. Ich wußte nicht, daß sie in der Nähe lebte – jedenfalls gelegentlich, im Haus ihres Vaters. Es war bloß ein Zufall, weder Glück noch Pech, das habe ich zumindest anfangs gedacht. Sie wußte nicht, warum ich hier war. Dann fing sie an, über Lori zu reden. Es plagte sie. Das Zusammentreffen mit mir machte es nur noch schlimmer. Sie sagte, sie wolle es jemandem erzählen – gestehen. Eine Art, die Last der Schuld zu lindern. Ich dachte, sie meint so wie jetzt – mit einem Priester oder einem Freund sprechen. Sich die Sache einfach von der Seele reden. Dann wurde mir klar, daß sie etwas anderes meinte. Ein reines Herz, dafür gerade stehen, ein Geständnis. So kindisch hat sie darüber geredet. Ins Reine kommen. Das hat sie immer wieder gesagt, ins *Reine*.

In Tom Careys Kopf hielt sich hartnäckig ein Bild von dem Aussätzigen, der durch seinen Glauben geheilt wird. In seiner Phantasie kleidete er Marianne Novaks in Lumpen und mit einem dreckigen Turban. Sie warf ihr Aussätzigen-Glöckchen von sich, riß die Arme in die Höhe und rief: »Rein...«

»Ich wußte, was es bedeuten würde, wenn jemand die Geschichte erzählte. Das Ende von allem. Das Ende meiner Zukunft mit Carla. Ich rief sie an und verabredete ein Treffen mit ihr, aber ich bin nicht hingegangen.«

»Warum nicht?«

»Ich hab überlegt, was ich machen sollte?«

»Nein«, sagte Carey. »Du hattest bereits entschieden, was du tun wolltest.«

»Ich habe nach einer Methode gesucht.«

»Eine Methode?«

»Man muß es sich irgendwie real vorstellen können. Wie eine Geschichte, die man beim Erzählen erfindet.«

»Und hast einen Weg gefunden...«

»Sie war ziemlich wütend, daß ich sie versetzt hatte. Ungeduldig – als ob das Gespräch mit mir der erste Schritt in einem Prozeß war, den sie unbedingt beginnen wollte. Komisch eigentlich – unser Treffen hatte all das in ihr aufgewühlt, dabei hat sie mich nicht einmal auf den ersten Blick erkannt.«

»Aber ihr habt euch noch einmal getroffen, am nächsten Abend.«

Der Sturm hatte sich gelegt, doch es war windig geblieben. Sand zischte im Strandhafer, und winzige, zentimeterhohe Wirbel fegten über die Dünen. Dunkle Schatten und leuchtende Gischtkämme bedeckten das Meer. Carey und Zeno saßen windgeschützt, blickgeschützt.

»Sie hat sich im Laufe des Abends ein wenig betrunken. Sie schien sich zu amüsieren – als ob sie Lori und ihr Geständnis völlig vergessen hätte. Ich hab ein paar Kerzen angezündet, in dem Licht sah sie sehr attraktiv aus. Ich glaube, sie hätte wahrscheinlich angefangen, mit mir zu flirten.«

»Doch du hast einen Weg gefunden...«

»Das Ganze war eine Zaubervorstellung. Ich hab ein paar Kunststücke vorgeführt. Sie war fasziniert. Sie sagte: ›Ich wußte gar nicht, daß du so was kannst.‹ Ganz simple Taschenspielertricks mit Münzen und so, Anfängerkram...«

»Wo war Carla?«

»Ich hab Marianne nicht mit nach Hause genommen«, sagte Zeno entrüstet. »Ein Haus, das zum Verkauf steht. Ich hab mich als potentiellen Käufer ausgegeben und den Schlüssel nachmachen lassen. Ihr hab ich erzählt, daß ich das Haus gekauft hätte, aber noch nicht eingezogen wäre. Das fand sie aufregend: ein gedeckter Tisch in einem leeren Haus, Kerzen, Taschenspielertricks.«

»Dir hat es doch auch Spaß gemacht.«

»Stimmt, das hat es.«

»Und dann hast du sie getötet. Du hast Marianne getötet.«

Ein langes Schweigen. Dann sagte Zeno: »Ja, ich habe sie getötet.«

Gemeinsam brachten sie Ellwood eine Photokopie der Mitschrift von Pipers letzter Sitzung mit Dr. Harris. Ellwood las sie sorgfältig durch und fing dann auf Seite eins noch einmal an.

Zeno saß auf einem Stuhl am Fenster, das Gesicht abgewandt. Carey fragte nach dem Bad, und Ellwood wies, ohne seinen Blick von dem Blatt zu wenden, auf die Schlafzimmertür.

Alles war still. Irgendwo im Hotel summte eine Maschine und verstummte wieder. Ellwood blätterte um.

Auf dem Bett lag bäuchlings ein schlafendes Mädchen, nur eine Schulter, eine Hüfte, ein Schenkel zugedeckt. Als Carey die Tür schloß, stieß sie einen heiseren Schrei aus, so leise, daß er jenseits der Tür nicht zu hören war, und ihre Hand flatterte über das Kopfkissen wie ein gefangener Vogel. Das Zimmer war düster, die Vorhänge halb zugezogen. Er erkannte einen Wangenknochen und ein Auge, auf dem man noch verschmierte Überreste von Make-up sehen konnte.

Carey stand wie ein Schatten im Raum. Er dachte an geschmeidige Konturen, nach denen er geangelt hatte.

Ein Luftzug hob den Vorhang, und das Mädchen drehte

sich auf den Rücken, die Hände erhoben, wie jemand, der mit einer Waffe bedroht wird, die Beine leicht gespreizt. Inmitten des Streifens schwarzen Haars zwischen ihren Schenkeln sah Carey zarte, rosafarbene Lippen, die sich öffneten, feucht und leicht geschürzt, salzig wie eine Molluske.

Wieder stieß sie einen Schrei aus – ein Augenblick, dem sie im Traum nicht entkommen konnte.

Carey trat näher heran, blieb stehen und kam so nahe, daß er sie hätte berühren können. Kleine Brüste und schmale Hüften: ihre Arme waren zu dünn, doch ihre Schenkel waren perfekt: lang und schmal.

Er kniete sich neben das Bett und beobachtete sie. Er hauchte über ihre Brustwarzen, um sie anschwellen zu sehen und berührte eine von ihnen mit der äußersten Zungenspitze.

Sie drehte sich zu ihm und stieß mit dem Ellenbogen in sein Gesicht. Er stand abrupt auf und eilte ins Bad. Als er wieder herauskam, hatte sie sich auf die Seite gedreht, die Knie hochgezogen, das Gesicht im Kissen vergraben. Ihr Brustkorb bewegte sich leicht. Carey blieb stehen, bis er sicher war, daß sie im gleichen Rhythmus atmeten; schließlich verließ er das Zimmer.

Einen Moment, nachdem er die Tür hinter sich geschlossen hatte, wachte das Mädchen auf und fuhr hoch. Sofort hob sie den Kopf und sah sich mit weit aufgerissenen erschreckten Augen um, als hätte ihr Traum sie in diesem Zimmer eingeholt.

Elwood war mit meiner Lektüre bei der letzten Seite angelangt. »Ich mag diesen Clown«, sagte er. Zeno schien ihn nicht gehört zu haben. »Ich mag diesen Clown? Was denkst du?«

»Was möchtest du denn, was ich denke?« fragte Zeno. »*Worüber* soll ich etwas denken?« Seine Gedanken waren anderweitig beschäftigt. Er hatte am gewohnten Ort eine Nachricht für Sam Pascoe hinterlassen, doch keine Antwort erhalten. Carey hatte seine Gedanken auf Marianne gelenkt. Und wenn er an sie dachte, machte er sich Sorgen wegen Pascoe und Sophie Lanner. Carla hatte ihre Meinung geändert: »Vielleicht ist es *wirklich* Zeit zu gehen. Müssen wir hier bleiben?« Als er hatte gehen wollen, hatte sie ihn gedrängt zu bleiben. Jetzt war sie unruhig, und er wollte alles so schnell wie möglich hinter sich bringen.

»Wie nahe kommst du an ihn ran?« Ellwood wirkte nachdenklich, blätterte in dem Manuskript vor und zurück, verharrte hier und da im Text.

»So nah, wie du willst.«

»Gut«, sagte Ellwood. Und fast genuschelt fügte er noch hinzu: »Ich mag diesen Clown.«

»Was, zum Teufel, meint er damit – Feinde, die vorgeben Freunde zu sein, und daß es schwierig ist, die einen von den anderen zu unterscheiden, weil man nie wußte, wer wer war? Was, verdammt noch mal, meint er damit?«

Ellwood saß vorgebeugt in seinem Stuhl und starrte auf die Durchschrift. Carey beobachtete ihn. Zeno war gegangen.

»Es könnte genau das bedeuten, was es deiner Meinung nach bedeutet«, erklärte Carey ihm.

»Hast du es gelesen?«

»Ja?«

»Was hältst du davon?«

»Ich glaube, er ist verrückt. Paranoid, schizoid, was immer es auch war.«

Ellwood warf die Kopie zu Boden. »Das geht mir alles nicht schnell genug.«

Plötzlich entdeckte Carey hinter Ellwoods Wut etwas weniger Naheliegendes. »Hast du Probleme, Wallace?« Er sah ihn kurz an, wandte den Blick aber sofort wieder ab. »Die suchen nach einem Doppelagenten; war es Piper? Welche Rolle spielst du – den Wilderer oder den Wildhüter?«

»Mach dir keine Sorgen.« Ellwood schüttelte den Kopf. »Ich leide nur unter einem gewissen Hilary Todd. Er sieht Geheimdienstarbeit in erster Linie als Zeitstudie. Mit Arschlöchern wie ihm werd ich schon fertig. In der Zwischenzeit würde ich gern herausfinden, wer dieser alte Mann auf dem Hügel wirklich ist, damit wir uns alle entspannen und wieder um die Aufteilung der verbleibenden Welt und ihrer Ressourcen kümmern können.«

Carey nahm seinen Drink mit zu dem Stuhl, auf dem bis eben Zeno gesessen hatte. »Er hat Marianne Novaks getötet.« Ellwood starrte ihn an. »Nach dem, was er gesagt hat, muß sie vor Nick Howard gestorben sein.« Ellwood spreizte die Finger und stützte sie in die Hüften. »Was hat er sonst noch gesagt?«

»Ich glaube, es hat ihm Spaß gemacht. Es hat ihm Angst gemacht, aber auch gefallen. Er hat es getan, um sich und Carla zu schützen, aber es hat ihm auch Spaß gemacht.«

»Laß ihn jetzt nicht vom rechten Pfad abkommen«, sagte Ellwood. »Daß er mir jetzt bloß nichts Unüberlegtes tut.«

Carey schluckte an seinem Drink und wandte sich, die Finger fest um das Glas verschränkt, ab. »Als ich hierher kam, Wallace, hatte ich keine Ahnung, daß...«

»Sorg einfach dafür, daß er nicht vom rechten Weg abkommt.« Ellwoods Stimme war hart wie Eisen.

»Als wir in Charlie Singers Wohnung waren, da bist du hinter einer Stellwand hervorgekommen, und ich hab auf dem Bett gesessen und dich ausgelacht, weißt du noch?«

»Du hast *mich* ausgelacht?«

»In gewisser Weise schon...«

Pascoe dachte zurück. Er erinnerte sich an ihr Lachen – wie laut und lang es gewesen war. Sie hatte gesagt: »Rette mich, Sam, ich bin in einen verdammten Zeittunnel gefallen.« Und dann hatte sie noch mehr gelacht.

»Hab ich mich blöd oder albern angestellt oder beides?«

»Nichts dergleichen.«

»Na ja... ich weiß nicht, worüber du so gelacht hast.«

»Ich kann mich gut an die Schmetterlinge erinnern«, sagte sie.

Noch während sie sprach, erkannte er, daß sie es gewesen war. Sie war das Mädchen aus dem Acid-Traum, das nackt über ihm wogte wie ein Baum. Jetzt lachte sie ihn wieder aus, als sie sah, wie sich die Bilder in seinem Kopf aufs Neue selbständig machten.

»Warum hast du es mir nicht gesagt?«

»Du hättest denken können, daß man mich noch immer leicht aufs Kreuz legen kann.« Sie stützte sich auf ihre Ellenbogen, um ihn besser ansehen zu können. Sie registrierte, wie seine Augen erst zu ihren Brüsten, dann zu ihrem Hals wanderten, der von sanften Bissen gerötet war. Gemeinsam machten sie Jagd auf die Erinnerung an die Schmetterlinge.

Das Gewitter hatte fast die ganze Nacht über ihnen getobt, war ab- und wieder angeschwollen. Pascoe war total betrunken gewesen. Sie hatten noch ein wenig weiter geredet, aber kurz darauf war er wie ein Mann auf Stelzen zu seinem Bett gewankt, hatte sich der Länge nach darauf fallen lassen, die Füße über die Kante baumelnd, das Gesicht zwischen Kissen vergraben, und war schon eingeschlafen, bevor er gelandet war. Sophie war zu seinem Stuhl gegangen und hatte Wache gesessen, eine Nachtschwester, die mühelos den restlichen Whiskey vernichtet hatte. Als die letzten Ausläufer des Gewitters die Bucht endlich verlassen hatten und ein schwaches Licht über den Horizont gesickert war, war auch sie endlich eingeschlafen.

Später hatte Pascoe mit gesenktem Kopf auf der Bettkante gesessen, während sich der Schmerz zwischen seinen Schläfen langsam ausbreitete. Ihr hatte er kaum Beachtung geschenkt. Im Bad hatte er sich angezogen und war zitternd unter die Dusche gestiegen. Ich kenne solche Morgen, hatte er gedacht. Mit solchen Tagen kenne ich mich aus. Nach und nach hatte er die Dusche wärmer gestellt, bis das heiße Wasser seine Haut rosig glänzen ließ.

Er war tropfend aus der Dusche gestiegen und war gedankenlos nackt und vom heißen Wasser leicht fiebrig ins Schlafzimmer gegangen, wo sein Körper langsam abkühlte. Sophie hatte ihm zugesehen, während er sich auf dem Bett räkelte. Seine achtlose Nacktheit hatte sie beleidigt und amüsiert. Ihr eigener Kater war alles in allem eine recht milde Angelegenheit. Zu anderen Zeiten hätte sie ihm nicht mehr als drei auf der Richter-Skala gegeben. Sie hatte den Kopf auf eine Seite gedreht und war wieder in Schlaf versunken.

Es war fast Mittag, als sie wieder aufwachte. Jemand hatte an die Tür geklopft. Als sie sie geöffnet hatte, hatten dort zwei Frauen mit frischen Bettlaken, Seife und Handtüchern gestanden. Sie hatte sie gewinnend angelächelt und sie gebeten, es sehr viel später noch einmal zu versuchen. Dann hatte sie die Tür geschlossen und getan, was sie vorgehabt hatte, seit Pascoe aus der Dusche gekommen war. Splitternackt und ohne sie zu beachten. Sie hatte sich ausgezogen und sich zu ihm gelegt.

»Du warst es«, sagte er. »Warum habe ich das nicht früher erkannt?«

»Du warst über beide Ohren zu mit Acid. Warum solltest du dich an irgend etwas erinnern?«

»Ich erinnere mich an den längsten Fick meines Lebens.«

»War er das?«

»So kommt es mir jedenfalls vor. Und überall im Raum Schmetterlinge. Ich war in dir verwurzelt. Ich dachte, ich würde dein Herz berühren.«

»Ich nehm das mal als Metapher.«

Seine Finger strichen sanft über den Ansatz ihrer Brust – eine kleine, kaum drei Zentimeter lange Narbe, faltig und weiß. »Daran kann ich mich nicht erinnern.«

»Nein«, sagte sie, »das kannst du auch nicht.«

Ihr Verlangen nacheinander erstaunte sie. Sie lag ausgestreckt auf ihm und spreizte langsam die Beine, um ihn zu erregen. Er drehte sie um und hob ihre Knie, bis sie auf seinen Schultern lagen. »Mach einfach weiter so«, stöhnte sie, »genau so, hör nicht auf, mach es, mach einfach weiter so.« Dann drehte sie ihren Kopf auf eine Seite und breitete die Arme aus wie ein Kruzifix. Eine Röte erblühte auf ihren Brüsten und erstreckte sich bis zu ihrem Hals.

»Es war doch alles ein Riesenscheiß, oder nicht, Sam? Sex und Revolution, LSD und Revolution, Rock 'n' Roll und Revolution. Wir haben über das Establishment geredet, den Kapitalismus... Wir haben gedacht, wir hätten die Kontrolle. Ein Witz. *Die* hatten die Kontrolle – so war es schon immer und so wird es auch immer bleiben. Wir haben gedacht, diese Dinge gehörten uns – aber nein. Sie haben uns den Sex verkauft, sie haben uns die Drogen verkauft, sie haben die Musik vermarktet, sie haben die ganze Scheißkultur verpackt. Jeder mit einem Che-Poster an der Wand, jeder auf Trip, jeder labert Scheiße. Genau wie wir – wir sind durch die Gegend gerannt wie Baby-Terroristen. Ich wünschte nur, wir hätten diesen Scheißzug wirklich in die Luft gejagt.«

»Und wer sind ›die‹ jetzt?« Er beantwortete sich seine Frage mit einem Lächeln selbst. »Die sind wir.«

Seine zweite Frage klang, als habe er sie schon eine Weile auf der Zunge: »Wen gab es sonst noch – in der Gruppe? Ich meine, freie Liebe gehörte doch irgendwie zur Doktrin.«

Sophie lachte entzückt. »Ein bißchen spät für Eifersucht, meinst du nicht auch?« Dann dachte sie noch einmal darüber nach. »Oder ein wenig verfrüht...«

»Wer?« fragte er und wußte die Antwort schon, bevor sie sie gab.

»Charlie. Nur hin und wieder.«

Sie hatten die Vorhänge zugelassen, doch das Tageslicht drang durch den Stoff. Lichtstreifen kräuselten sich an allen Wänden, als würde im Zimmer die Flut auflaufen. Pascoe erzählte Sophie noch ein paar Erlebnisse aus Argentinien – und davon, daß er kein Gefängnis betreten konnte ohne den Wunsch, zu schreien und wegzulaufen.

»Als Karen mich verlassen hatte, wurde es schlimmer.«

»Du hattest eine Depression.«

»Depression... Nun, darauf bin ich noch gar nicht gekommen. Wahrscheinlich. Aber es war mehr wegen der Art, wie sie es durchgezogen hat. Einen Tag hier, am nächsten Tag weg – kein Zeichen, keine Spur. Sie war eine der Verschwundenen. Nur, daß sie es so wollte. Trotzdem blieb ich zurück, ohne Gewißheit. Nicht zu *wissen*... plötzlich konnte ich am eigenen Leibe spüren, verstehen, wie das war.« Er hatte die Augen geschlossen. Er spürte ihre Lippen auf seinen Lidern, dann auf seinem Hals. »Was war mit Charlie? Irgendwas Ernstes?«

»Feste Beziehungen waren ideologisch unvertretbar. Weißt du nicht mehr?«

»Trotzdem...«

Sie beugte sich zurück, um ihn anzusehen, und gab ihm dann einen kleinen Klaps. Er öffnete die Augen. »Hast du ein Problem?« fragte sie.

»Nein, sieh mal –«

»Ich meine, es hat mir wirklich Spaß gemacht, weil –«

»Es ist nicht –«

»Bis heute –«

»Tut mir leid, ich wollte nicht –«

»Ich bin seit fast zwei Jahren nicht mehr gefickt worden.«

Er starrte sie an. Sie nahm seine Hand und legte sie zwischen ihre Beine.

Vom Bett aus konnten sie das Meer hören. Das Licht der Nachmittagssonne war kräftig; die falschen Wellen an der

Wand wogten auf und ab im Rhythmus der rauschenden Brandung. Sophie lag still, die Augen geschlossen, die Beine geöffnet, und ließ sich von ihm streicheln, sein Finger lockte und lockte, bis er sie auf sich zog.

Sie bremste ihn, ließ ihn dann fortfahren und stoppte ihn erneut. Sie schien wie berauscht – unkoordiniert. Auf ihrem Körper lag ein feiner Schweißfilm. Plötzlich waren ihre Hände überall.

»Was magst du?« fragte sie. »Mach mit mir, was du willst.«

Sie kniete auf allen Vieren, den Kopf gegen die Wand gelehnt und lachte leise. Er kniete aufrecht hinter ihr. Man hörte ein sanftes *slap-slap-slap,* wenn er in sie stieß, aber sie lachte, weil das Telefon angefangen hatte zu klingeln. Er beugte sich über sie, um danach zu greifen – drang tief in sie ein – und glitt sanft zurück, um das Telefon in die Mulde ihrer Hüften zu stellen, dort wo ihre Wirbelsäule in das ihm entgegengestreckte Hinterteil überging. Er machte weiter – *slap-slap-slap* – während er den Hörer abnahm, und sie faßte unter ihren Körper, bis sie ihn, dann sich selbst und wieder ihn berührte.

»Es ist ein angenehmer Nachmittag, Sam... Ein bißchen windig, aber die Sonne ist warm. Warum bleibst du oben auf deinem Zimmer? Warum gehst du mit Sophie nicht irgendwo hin?«

Er wich von ihr zurück. Sie hätte genauso gut in einem anderen Zimmer sein können

»Ein Spaziergang am Strand, vielleicht – die Dewer Street hinunter. Bewegte See, Sonnenlicht, das sich auf den Wellenkämmen spiegelt...«

Sophie saß mit dem Rücken an der Wand, die Knie an sich gezogen, die Arme um ihre Schienenbeine geschlungen. Pascoe hielt ihr den Hörer hin, und sie lauschte der heiseren, flüsternden Stimme, die sich im Raum zwischen ihnen ausbreitete; auf diese Entfernung konnte sie zwar den Tonfall erkennen, aber nicht verstehen, was sie sagte.

Pascoe nickte ihr zu, als wolle er sagen: »Hier, nimm. Wenn du je Zweifel hattest, jetzt mußt du mir glauben.«

Sie schüttelte den Kopf – *ich glaube dir* – aber er zog seinen Arm nicht zurück. Silbe für Silbe nahm ihr Ohr die Stimme auf.

»...und danach vielleicht auf einen Drink in die Bar. Warum nicht? Ein kühles Bier nach eurem Spaziergang...« Eine Pause; wer immer am anderen Ende war, hielt einen Moment lang aufmerksam inne, vielleicht weil er eine Veränderung im Rhythmus des Zuhörens ausgemacht hatte. »Sophie?« sagte er. »Bist du das?«

Und als sie nicht antwortete, bestätigte es die Stimme: »Sophie...« mit all der Wärme und Güte eines alten, lange verschollenen Freundes.

»Was sollen wir machen?« fragte Sophie.

Plötzlich kamen sie sich zum ersten Mal nackt vor. Sie ging seltsam unbeholfen durchs Zimmer, nur Titten und Arsch, bis sie etwas zum Überziehen gefunden hatte.

»Er hat vorgeschlagen, daß wir in die Bar gehen?«

»Genau.«

»Keine Angst«, sagte Pascoe.

»Was soll denn das heißen?« Sie lachte kurz, bevor ihr Lachen in ein Husten umschlug.

Alle Leidenschaft war aus dem Zimmer verschwunden, alle Lust. Sophie saß auf dem Wannenrand, während Pascoe duschte. Er hörte sie reden, konnte sie aber nicht verstehen.

»Seine Stimme war wie ein Wurm in meinem Ohr.«

Sie waren zwei von etwa fünfzig Menschen, die die Sonne und den warmen, vom Meer wehenden Wind genossen. »Er hatte recht«, sagte Pascoe, »es ist ein schöner Tag.« Sophie bestimmte mit langen Schritten das Tempo. Sie hatte sich bei Pascoe eingehakt, um ihn mitzuziehen. Als sie vor der Bar standen, fragte er: »War es Charlie?«

»Darauf habe ich gewartet.« Sie löste ihren Arm, und er folgte ihr nach drinnen.

Der Barmann tat eine Weile so, als habe er sie nicht bemerkt. Es war in keiner Weise persönlich gemeint: Profis haben ihre Aufgaben und ihre Techniken. Schließlich kam er mit dem Brief und einem fragenden Lächeln zu ihnen. Sie bestellten der Form halber etwas zu trinken und gingen dann wieder hinaus auf die Dewer Street und weiter auf den Pfad über das Kliff.

Als Zeno Nick Howard hier entlang gejagt hatte, war er stehengeblieben und hatte gelauscht, schließlich ein schattenhaftes Ziel für sein Messer gesehen. Nick war gestürzt, hatte sein Bein umklammert und war hangabwärts gerutscht. Sophie setzte sich genau auf die Stelle, wo er gefallen war, den Rücken an den Hang gelehnt, die Füße auf die Kliffkante gerichtet. Sie nahm Pascoes Frage von vorhin wieder auf.

»Ich weiß es nicht. Ich weiß nicht, ob es Charlie war oder nicht. Du meinst, weil wir hin und wieder mal zusammen ins Bett gegangen sind, als ich noch fast ein Teenie war, würde ich dieses Wispern, diese Bettgeflüster-Stimme wiedererkennen? Falsch.« Sie sah ihn an. »Deine hätte ich auch nicht erkannt.«

Er sagte: »Ja, schon gut.« Und nach einer Weile: »Tut mir leid.«

Sie wandte sich ab und ließ ihren Blick im Glitzern des Meeres verschwimmen. »Mach deine Post auf. Vielleicht hast du ja bei einer Time-Sharing-Lotterie ein Auto gewonnen.«

Das Blatt flatterte im Wind. Er mußte es wie ein Ausrufer oben und unten festhalten. »Ich bin zum Dinner eingeladen.«

»Und das nicht zum ersten Mal.« Etwas, was er über das Weggehen seiner Frau gesagt hatte, fiel ihr wieder ein; wie er nach Hause gekommen war und alles so vorgefunden hatte, als hätte sie das Zimmer eben erst verlassen – wie auf der *Marie Celeste.* Dann sah sie ein anderes Bild vor sich: Pascoe, wie er in ein Zimmer eines leeren Hauses trat, und einen gedeckten Tisch, eine geöffnete Flasche Wein und brennende Kerzen vorfand, als ob gerade noch jemand dort gewesen wäre.

Das Leben ist ein Kreis, dachte sie. Wir wählen uns unsere Bilder aus und begegnen ihnen immer wieder.

»Nein, anders«, erklärte er ihr. »Es wird Gäste an anderen Tischen, eine Speise- und eine Weinkarte geben, dazu eine Seicht-Version von *West Side Story* vom Band. Ich hoffe, die Bedienung ist besser als beim letzten Mal.«

»Also, wenn ein Cassetten-Recorder auf deinem Tisch steht«, sagte sie, »solltest du nur eine halbe Flasche Wein bestellen.« Der Brief nannte den Namen eines Restaurants, ein Datum, eine Uhrzeit. Darunter stand nur noch: *Komm allein.* »Was soll das nun wieder?« fragte Sophie. »Wer immer es ist, er weiß, daß ich hier bin. Warum also: ›Komm allein.‹?«

Pascoe zuckte die Schultern, als müsse sie das selbst wissen. Für den Fall, daß sie es nicht wußte, sagte er: »Eine unerledigte Angelegenheit.«

18

Der Wagen hielt in plötzlicher Stille auf dem Damm, und der Mann im Glashäuschen tauchte weg. Es herrschte die Art wässeriges Licht, wie man es im Marschland häufiger antrifft; ein milder Wind strich über den Asphalt. Als hinter dem ersten Wagen ein zweiter hielt, war es immer noch völlig still; offenbar war er die letzten Meter mit abgeschaltetem Motor gerollt. Aus dem zweiten Wagen stiegen einige Männer. Gleichzeitig traten weitere Männer aus dem Glashäuschen. Sie trugen alle Maschinenpistolen.

Im ersten Wagen saß nur ein Fahrer. Er sah sich überrascht um, bevor ihm klar wurde, was vor sich ging, und er wußte, warum und wer. Er stieg aus dem Wagen, aber es war längst zu spät. Die Männer hatten bereits das Feuer eröffnet, lange, rhythmische Salven, hinter denen sie sich anpirschten wie hinter einem Wall aus Lärm. Der Wagen wippte auf und ab, Krater und Risse taten sich in der Karosserie auf; die Fenster zitterten und zersprangen in tausend Stücke.

Der Fahrer war jetzt wenige Meter von seinem Auto entfernt. Sein Körper zuckte hin und her, als die Kugeln ihn trafen. Er wurde so oft, so schnell, so gnadenlos getroffen, daß er von unsichtbaren Händen gezogen und geschoben zu werden schien – auf die Erde geworfen, wieder auf die Füße gezerrt, einen Moment auf den Zehenspitzen schwankend, im nächsten Moment auf die Hacken zurückgeworfen. Es sah aus, als würden sie ihn aus einem Schlauch mit Blut abspritzen.

Die Killer kamen näher, teilnahmslose Gesichter, die Augen auf ihr Opfer gerichtet. Man konnte kaum annehmen, daß noch ein Hauch Leben in ihm steckte, aber er stand noch immer aufrecht, wedelte wild mit den Armen, während seine Beine einen zuckenden, wahnsinnigen Tanz auf dem Pflaster vollführten. Als sie aufhörten zu feuern, sank er sofort zu Boden, hart und schwer wie ein Kadaver. Die nachfolgende Stille war unergründlich. Als sie sich abwandten, trat einer von ihnen die Leiche und spuckte darauf: sizilianische Verachtung für einen toten Feind.

Und da lag er. Sonny Corleone, tot auf dem Damm.

Charlie Singer hatte die Lautstärke voll aufgedreht. Sonnys Ermordung hatte die Geräusche übertönt, die durch die papierdünnen Wände auf beiden Seiten drangen. Singer hatte praktisch die letzten zwei Wochen in diesem Hotelzimmer verbracht und war nur gelegentlich ausgegangen, um Proviant zu kaufen oder in einem der schmutzigen Cafés in der

Nähe des Bahnhofs zu essen. Ein- oder zweimal, als die Geräusche ihn wahnsinnig gemacht hatten oder der Raum sich um ihn zu schließen schien wie eine Faust, hatte er sich einen Film angesehen und versucht, sich im Dunkeln sicher zu fühlen. Doch er konnte das Gefühl nicht abschütteln, daß sie ihm auf der Straße und ins Kino gefolgt waren – daß einer von ihnen hinter ihm saß, nur eine Armlänge entfernt, daß sie draußen auf der Straße auf ihn warten würden, wenn er das Kino verließ.

Wenn überhaupt, ging er nachts aus. Die Mädchen standen überall: an den Ampeln, in den Nebenstraßen, markierten die Bahnhofshalle mit ihren Stöckelabsätzen und Zigarettenkippen. Er zahlte sein Zimmer im voraus, aber die meisten anderen Gäste schienen stundenweise zu mieten. Was er durch die Wände hören konnte – was er versuchte, mit alten Filmen, Game-Shows und Nachrichten zu übertönen – waren Männerstimmen, die über Frauenstimmen lagen – Grunzer und Schreie, falsche Lust und echter Schmerz, vorgetäuschtes Begehren, Wut, Unwillen, Drängen, Gebrüll, Seufzer, Empörung – alles miteinander verschmolzen zu dem unverkennbaren Rhythmus menschlicher Paarung. Die Freier waren in der Hauptsache Reisende – Geschäftsleute unterwegs zu Terminen. Die Mädchen fertigten sie ab wie Souvenirs vom Fließband.

Al Pacino erklomm einen Hügel in Sizilien, hinter ihm zwei Aufpasser mit Schrotflinten. Hügel, staubige Straßen, steinerne Mauern – ein lyrischer Augenblick, und still.

Ein Mädchen fragte: »Was hast du gern? Du kannst alles machen, was du willst.« Ihre Stimme drang durch die Wand klar wie ein Glöckchen; man konnte die Müdigkeit hören, die wie ein Schmutzfilm unter ihrer Verruchtheit lag.

Charlie Singer brach das Siegel einer Scotch-Flasche auf. Wenn ich je im Leben wieder bumsen sollte, dachte er, wird es auf jeden Fall zu früh sein. Er wollte weg von hier, konnte sich aber keinen besseren Ort vorstellen.

Auch Wallace Ellwood konnte sich keinen besseren Ort vorstellen.

Er saß in einem Restaurant, es war ein lauer Abend, und das Mädchen, mit dem er hier war, hatte sich für einen der Tische im Garten des Restaurants entschieden: eine bedachtsame Wahl – im hinteren Teil des Restaurants und so weit wie möglich vom Fenster entfernt. In der Mitte des Gartens stand ein einzelner Baum, den man mit Zweigen und Blättern aus Glühbirnen herausgeputzt hatte. Als das Mädchen sich vorbeugte, um die Karte zu studieren, verfing sich ein Faden aus pinkfarbenem Neon in ihrem Haar.

Annie Roland war Hilary Todds Presseagentin. Ellwood hatte sie angerufen, nachdem er sich Todds Drohungen angehört hatte. Er wußte, daß es ein Risiko war, aber er hatte sie ein paarmal mit Hilary gesehen und sie aufmerksam beobachtet wie jeden, dessen Leben mit seinem in Berührung kommen könnte. Was er gesehen hatte, war die reine Tüchtigkeit, die absolute Diskretion. Nur einen Tick zu viel Forschheit, eine kaum wahrnehmbare Aggression.

Annie bestellte als Vorspeise Artischocke, danach ein Steak, und hob dann ihr Weinglas. Seit sie Platz genommen hatten, hatte sie Ellwood kaum angesehen. »Sie«, sagte sie schließlich, »stecken so tief in der Scheiße, wie es überhaupt nur geht.«

»Ich weiß.« Er hatte den Wein bestellt, um Eindruck zu schinden. Als er daran nippte, beeindruckte er sich sogar selbst.

»Was wollen Sie?«

»Das wissen Sie doch.«

»Soll ich eine ungefähre Vermutung wagen?«

»Eine ungefähre Vermutung reicht völlig.«

»Sie wollen, daß ich Ihnen etwas gegen Hilary Todd in die Hand gebe. Sie machen da unten auf eigene Verantwortung die ganze Drecksarbeit, und man versucht, Sie kalt zu stellen. Sie wissen das, und es gefällt Ihnen nicht. Sie sehen nur einen Ausweg. Im Grunde genommen ist alles nur noch eine Frage der Zeit.«

»So schlimm?« fragte Ellwood. Seine Stimme klang unbeschwert, aber er wollte alles wissen, was sie vielleicht wußte.

»Es ist nicht so, daß der Auftrag, den man Ihnen zugeteilt hat, leicht wäre. Die Schwierigkeiten sind bekannt. Aber der eine oder andere unserer Leute auf dem Kontinent fängt an, kühle Winde zu spüren, und sie wollen unbedingt wissen, ob ein Sturm heraufzieht.«

»Darum geht es gar nicht...?«

»Nein. Harold Piper ist meschugge, das wissen die auch. Vermutlich gibt es einige, die sagen würden, daß Sie schneller hätten vorgehen sollen – riskanter vielleicht. Aber dann gibt es wieder andere, die dagegen wären, weil wir dann unsere Karten auf den Tisch legen und alles aufs Spiel setzen müßten. Im Großen und Ganzen scheinen sie mit der Vorgehensweise, für die Sie sich entschieden haben, einverstanden zu sein – nämlich mit List.«

»Also...?« Ellwood wußte die Antwort, aber er stellte die Frage trotzdem. Er wollte Annies Reaktion einschätzen.

»Hilary Todd kann Sie nicht leiden. Ganz einfach. Ich glaube, daß Sie ihm irgendwie Angst machen. Warum, weiß ich nicht.«

Aber ich weiß es, dachte Ellwood. Er weiß Dinge über mich, die ihn beunruhigen. Sie beunruhigen ihn, weil sie ihn anziehen. Er mag dieselben Dinge wie ich; er hört ihre Musik, schmeckt ihren Geschmack. Er hat den Hunger, aber es fehlt ihm der Mut zum Risiko. Er ist wütend, aber seine Wut ist noch zu grün, zu roh. Wut reift wie in einem Faß und fermentiert im Herzen. Man muß sie pflegen, man muß ihr Zeit lassen. Man muß warten... Dann, eines Tages, zapft man ein wenig ab und probiert, und dann hat man, worauf man gewartet hat – *Haß*, einen guten Jahrgang, zum Trinken bereit.

»Er kann mich also nicht leiden«, sagte er. »Und was wird er deswegen unternehmen?«

»Es bedeutet, daß er Ihnen nicht den geringsten Spielraum lassen wird.«

Obwohl er sein Haar mit Gel nach hinten gekämmt hatte, war es matt und schluckte das Licht. Sein Gesicht war ein schmales Dreieck, die Haut ein schattenhaftes Grau. Er verströmte einen leichten Geruch, sauer und dunkel wie verdorbene Früchte.

»Und jetzt brauchen Sie Hilfe?«

»Eigentlich nicht. Hilfe ist, was Freunde einem gewähren. Hilfe geht immer mit allen möglichen unangenehmen Nebenaspekten einher – Großzügigkeit, Dankbarkeit, Güte. Ich möchte herausfinden, ob Sie etwas haben, was ich vielleicht kaufen möchte.«

»Angenommen, ich wäre heute abend nicht gekommen...?«

»Ich war darauf vorbereitet, mir Sorgen zu machen, wenn ich hier allein gesessen, gegessen und den Wein genossen hätte.«

»Hätte Ihnen das Spaß gemacht?«

»Vielleicht nicht so besonders.«

»Vielleicht bin ich nur hier, um Sie in Sicherheit zu wiegen. Vielleicht bin ich loyal gegenüber Hilary. Woher wollen Sie wissen, daß er mich nicht geschickt hat, damit ich ihm hinterher jedes Wort berichte, das Sie gesagt haben?«

»Nein.«

»Sie können sich da so sicher sein?«

»Zum einen ist es schlicht nicht Todds Stil. Wenn er glauben würde, daß ich ihn reinlegen wollte, würde er nicht mit List gegen mich vorgehen – so subtil ist er nicht, und die Geduld dazu fehlt ihm auch. Er würde mich ins Visier nehmen und abdrücken.«

»Was sonst noch?«

»Etwas in Ihrem Gesicht.«

»Was?«

»Hinterhältigkeit.«

Ihr Essen kam. Ellwood hatte italienischen Schinken bestellt. Er aß ihn rasch auf, starrte dann die Gäste an den anderen Tischen an und überließ Annie ihrer Artischocke, die sie zupfte wie ein liebeskrankes Mädchen... *er liebt mich, liebt mich nicht*... bevor sie das gebutterte Fruchtfleisch ablutschte. Als sie nicht hinsah, lächelte er still vor sich hin. Sie hatte ohne Frage die falsche Vorspeise für ein Gespräch um Intrigen und Macht gewählt. Dieser Fehler machte Ellwood sicher. Abgelutschte Blätter türmten sich auf ihrem Teller und fielen auf den Tisch. Das Wasser in dem Schälchen für ihre Finger war mit Fettaugen bedeckt.

»Am Telefon sagten Sie, daß Ihnen klar wäre, daß Sie das nicht umsonst bekommen würden«, bemerkte sie.

»Wieviel wollen Sie?«

»Wären zehn Milliarden okay?« Sie zündete sich eine Zigarette an, während der Kellner abräumte.

»Nun, ja, alles ist relativ«, sagte Ellwood. »Ich verstehe, worauf Sie hinauswollen. Aber nicht alle Dinge sind gleichviel wert.«

»Woher wollen Sie wissen, was es wert ist? Wenn ich Ihnen etwas gebe, das Sie gegen Hilary benutzen können, was wäre der angemessene Preis?«

»Es ist nicht der Wert der Sachen *an sich*, verstehen Sie...« Ellwoods Augen glänzten matt wie stumpfes Metall. »Es ist der Wert, den man ihnen zumißt. Was immer Sie mir liefern könnten – Informationen, Klatsch, einen Skandal; für Sie ist es wertlos.«

»Aber nicht für Sie.«

»Mag sein. Darüber rede ich nicht. Sie haben etwas zu verkaufen, es gehört Ihnen, also machen Sie auch den Profit. Was geben Sie mir? Informationen – ja; aber auch Betrug, Verrat, Macht. Ein Stück von Ihnen. Für wieviel verkaufen Sie das? Was werden Sie mir dafür berechnen?«

Sein Haar wie glattes Zinn, die Haut aschfarben, ein tödlicher Schimmer in seinen stumpfen Augen. Er legte seine

Hand auf ihre, nahm die Zigarette, führte sie an seine Lippen, sog tief daran, bis die Glut aufleuchtete. Er atmete ein und hielt die Luft an.

»Angenommen, Sie wären eine Hure«, sagte er, »was würden Sie verlangen?«

Sie spürte, wie in ihrer Magengrube Hitze aufloderte und bis in ihren Hals stieg, eine bittere Säule aus Galle und ranziger Butter. Sie schloß einen Moment die Augen, und ihre Wimpern waren auf einmal feucht von Schweiß.

Ellwood plazierte ihre Zigarette behutsam im Aschenbecher. Für eine Sekunde lag seine Fingerspitze auf ihrem Handrücken, und die Berührung lief kalt über ihre Haut. »Was würden Sie dafür verlangen?« fragte er.

Die Blätter des Baums flackerten kurz, als ob für einen Moment die Spannung abgesackt wäre, und ein oder zwei Gäste blickten zum Himmel, um Anzeichen eines nahenden Gewitters zu erkennen. Ohne nachzudenken, nahm Annie die Zigarette und führte sie zum Mund. Sie hatte einen scharfen Zinngeschmack, der kalt im Hals haften blieb. Der Kellner servierte ihr Essen: Steak, Folienkartoffel mit Quark, Blumenkohlröschen und eine Handvoll Zuckererbsen.

»Flach auf dem Rücken, die Beine in der Luft und meinen Schwanz in den Leib gerammt?« sagte Ellwood . »Wieviel würden Sie dafür verlangen?« Seine Stimme war kaum hörbar. »Gefesselt mit einem Dorn im Arsch und meinem Sperma überall im Gesicht?«

Das Essen war ein Kunstwerk: alle Zutaten ausgewogen auf dem Teller arrangiert mit einem Kringel Sauce um das Stück Fleisch in der Mitte.

»Wieviel würden Sie dafür verlangen?«

Zu spät zur Umkehr, zu spät für Zweifel, zu spät für Spielchen und viel zu spät für Reue. Obwohl sie jetzt sagte: »Ich werde darüber nachdenken.« Ihre Stimme war heiser geworden und brach sich über den Silben.

»Okay«, sagte Ellwood. Seine Stimme klang eigenartig munter. »Überlegen Sie es sich nicht zu lange. Ich bin noch immer bereit zu zahlen.«

Sie begriff, was geschehen war. Die Tatsache, daß sie mit ihm hier war, reichte schon – war Verrat und Verpflichtung genug. Die Bezahlung war nur eine Art, den Handel zu besiegeln. Er würde ihr Zeit geben – ein wenig – weil es darauf nicht mehr ankam.

»Wenn Sie vor einen Käfig treten. Wir wollen mal annehmen, es wird dunkel. Drinnen ist etwas, was Sie haben wollen. Es könnte alles mögliche sein: Geld, Freiheit, Rache, es ist alles dasselbe. Und Sie wittern die Wärme eines Tiers, das dort im Stroh liegt.«

Mit Klebeband an Ellwoods Lippen befestigt, bewahrte ein winziges Bandgerät jedes seiner weisen Worte, genau wie es auch Annies Forderungen und ihr Schweigen aufgezeichnet hatte.

»Wenn Sie den Käfig betreten und die Tür hinter sich schließen, gibt es bestimmte Dinge, die es zu beachten gilt, weil sie Ihr Leben retten könnten.« Annie betrachtete die Schatten, die sich in seinem Gesicht sammelten. »Sie sollten nichts tun, was das Tier erschrecken oder alarmieren könnte. Sie dürfen keine hastigen Bewegungen machen und auf gar keinen Fall um Hilfe rufen. Verlieren Sie nicht die Nerven. Handeln Sie berechenbar. Nehmen Sie sich, was Sie wollen. Und lassen Sie im Gegenzug etwas da. Dann können Sie gehen. Am wichtigsten ist es natürlich, dem Tier nie den Rükken zuzuwenden.«

Als der Kellner ihr Essen abtrug, war es unberührt. Der Baum leuchtete rosa im Dunkel.

19

Sir Harold Piper liebte es, auf dem Bett zu liegen und durch das Fensterrechteck hoch oben in der Wand seines Zimmers zu schauen. Er mußte sehen, was das Wetter machte. Seine Berechnungen waren davon abhängig. Er mußte die Wolken und die Vögel sehen können.

Sir Harold entwickelte ein flinkes Auge für die Bestimmung von Vögeln. Ein Umriß huschte am Fenster vorbei wie ein Schatten über dem Glas, und er sagte: »Mantelmöwe« oder »Dohle« oder »Heringsmöwe« oder »Krähe«. So wie das Leben nun mal war, handelte es sich in neunzig von hundert Fällen um eine Heringsmöwe, aber Sir Harold wartete ständig auf Überraschungen. Hin und wieder war es ein Turmfalke gewesen, zweimal ein Bussard. Seltenheit war entscheidend; darauf ließen sich Berechnungen aufbauen.

Die Nächte waren oft leer. Manchmal konnte man Sterne sehen, manchmal nicht. Man konnte den Einfallswinkel der Sterne zum Fensterrahmen und Schreibtisch bestimmen, aber das bot wenig Abwechslung. Die besten Nächte waren Vollmondnächte, in denen der Wind Cumulus-Wolken über den Himmel trieb. Die Wolken verdeckten im Vorbeiziehen den Mond. Zwischen den Momenten völliger Finsternis verstrich eine gewisse Zeit. Das war entscheidend. Die Wolken waren geometrisch oder hatten zumindest geometrische Tendenzen. Eine würde eher an ein Parallelogramm erinnern, eine andere an einen Kreis. Manchmal trieb ein gleichschenkeliges Dreieck vorbei, die Winkel aus stählern silbernem Licht geschmiedet. Jede Berechnung war entscheidend. Sir Harold wußte, daß er die Welt am ehesten beurteilen konnte, indem er sie dergestalt ordnete. Eine geometrische Version aller Liebe, aller Lust, allen Hasses, aller Sünde, allen Verlusts. Mord, Hunger, Gier, Korruption und Güte. Jede Geburt und jeder Tod; alle Laster, alle leuchtenden Taten. Er war der einzige der Insassen, der im Dunkeln schlafen durfte. Er hatte Dr. Harris erklärt, wie wichtig es war, daß er den Himmel sehen und seine Berechnungen anstellen konnte.

Eine Wolkendecke hatte völlige Dunkelheit über die Welt gelegt. Man konnte nur das schwache Geräusch des Windes und aus einem anderen Zimmer gelegentliche Schreie wie Seehund-Husten hören. Er döste eine Minute lang ein. Dann öffnete er seine Augen wieder und sah das Wunder.

Am düsteren Gewölbe der Decke tanzten Leuchtkäfer. Hundert winzige, weiße Flecken, die alle einen gebogenen Lichtschweif nach sich zogen. Die Linien kreuzten sich, bildeten Winkel und Schnittpunkte, formten Rhomboide und zittrige Kreise.

Sir Harold stockte der Atem. Er hielt die Luft an, als ob die winzigen Wesen durch einen Luftzug verschreckt werden könnten. Er stürzte sich in eine Reihe von Berechnungen, sein Kopf surrte wie eine Batterie von Schwungrädern. Die grellen Fluglinien bewegten sich hier- und dorthin, jeder Lichtstreif rätselhafter und faszinierender als der vorherige, bis sich ein Muster aufbaute wie Verwerfungslinien menschlichen Lebens.

Dann schienen sich die Leuchtkäfer zu einem Schwarm zu sammeln. Die hellen Linien verschmolzen; die Lichtpunkte zogen sich zusammen und warfen einen schwachen Schein – eine kleine Lampe. Wie ein Eremit, der eine Vision hat, starrte Sir Harold Piper in dieses Leuchten. Er sah das Gesicht des Clowns.

Sie sprachen flüsternd. Pipers Stimme war kehlig und drängend. »Weißt du, wer ich bin?«

»Wer bist du?«

»Der große Anarch. Alpha und Omega. Ich bin gekommen, die Welt zu richten.«

»Und wie lautet dein Urteil?«

»Ich sammele noch Beweise. Danke, daß du mir die Leuchtkäfer mitgebracht hast.«

»Sie waren dir eine Hilfe?«

»Eine enorme Hilfe. Es ist ein gewaltiges Projekt. So viele Berechnungen. Ich habe schon als Kind damit angefangen; aber sie sind immer noch nicht abgeschlossen.«

»Du hast schon als Kind Berechnungen angestellt?«

»Dauernd.«

»Wußten deine Eltern, wer du warst?«

»Oh, nein.«

»Du hast diese Berechnungen auch während deiner Ehe angestellt?«

»Die ganze Zeit.«

»Wußte deine Frau, wer du warst?«

»Nein, sie hat es nie erfahren.«

»Hast du deine Berechnungen auch während des Krieges fortgesetzt?«

»Der Krieg war die wichtigste Zeit. Das ist doch klar. Gewaltige Zerstörung, großer Mut, ungeheuerlich Böses, großartige Ziele. Alle im Gleichgewicht, alle auf der einen oder anderen Seite der Waage plaziert. Damals habe ich riesige Fortschritte gemacht.«

»Wußte irgend jemand, wer du warst?«

»Niemand.«

»War auch Betrug in der Waagschale?«

»Alle menschlichen Emotionen, jedes menschliche Streben, alle menschlichen –«

»Auch Betrug?«

Die Leuchtkäfer, die Piper gesehen hatte, waren leuchtende Neonpailletten in drei Jonglierkugeln. Zeno hatte eine von ihnen heller gedreht, damit ihr Schein den Raum in gespenstisches Halbdunkel tauchte. Er hielt die Kugel hoch, so daß sie leuchtete wie eine schwache Lampe. Die Frage *Auch Betrug?* kreiste noch immer in ihrem matten Schein.

»Ich bin gekommen, die Welt zu richten«, sagte Piper.

»Wußte irgend jemand beim MI6, wer du warst? Wußte es jemand aus dem Kriegskabinett? Oder deine europäischen Kollegen?« Zeno trug Ellwoods Skript vor.

Unendlicch langsam führte Piper einen Finger zu seinem Gesicht. »Wenn dir dein Auge zum Ärgernis wird, so reiß es aus.« Zeno konnte Speichel auf den Vorderzähnen des alten Mannes glänzen sehen – ein Grinsen oder eine Grimasse, schwer zu sagen.

»Moloch. Alpha und Omega. Hat irgend jemand davon gewußt?«

»Wie hätte ich sie richten können, wenn sie mein wahres Wesen gekannt hätten?« Das schrille Flüstern schlug in einen kindlichen Sing-Sang um: »Sie wären alle zu doppelzüngigen Musterknaben geworden, oder nicht?« Erneut strich er sich mit dem Finger über das Augenlid. Sehr leise sagte er: »Ich hab dir nicht erzählt, daß ich Moloch bin. Das habe ich nie gesagt.«

»Wenn du bist, wer du zu sein behauptest, kannst du alles tun.«

»Kann ich das?« Seine Stimme klang jetzt listig.

»Du kannst tun, was du willst. Niemand könnte sagen, daß es falsch ist.«

Es folgte ein langes Schweigen. Piper wandte seinen Blick zur Wand, als erwarte er, dort eine Botschaft vorzufinden. Zeno hielt die Kugel in die Höhe, sein Arm schmerzte.

Früher am selben Abend hatte er Carla gehalten, seine Lippen an ihrem Ohr, und er hatte ihr flüsternd versprochen: »Bald werden wir weggehen.«

»Es ist schon in Ordnung... mach dir keine Sorgen...« Liebe hatte aus ihrem Gesicht geschienen. »Was immer du willst. Das weißt du doch.«

Der verrückte alte Mistkerl! Sagte ihm auch nicht mehr als Dr. Harris. »Egal, was du getan hast«, versuchte er, ihm ein weiteres Stichwort zu geben, »es könnte gar kein Betrug sein. Egal, welche Geheimnisse du weitergegeben hast, es könnte kein Verrat sein. Oder etwa doch? Es war doch alles Teil deiner Bestimmung, nicht wahr? Teil deines Plans. Jemand wie du läßt sich nicht auf kleingeistige Ideen wie Vaterland, Patriotismus und Loyalität verpflichten. Wie solltest du dich für eine Seite entscheiden?« Ihm war bewußt, daß er längst zu viel gesagt hatte, aber er warf ihm eine weitere Zeile aus Ellwoods Skript hin. »Erzähl mir von Janus.«

Piper nahm den niedrigen Stuhl und drehte ihn zur Wand. Er setzte sich, als ob die Botschaft für ihn genauer untersucht werden müßte. Seine Lippen bewegten sich stumm zu immer demselben Satz: Ich habe dir nicht gesagt, daß ich Moloch bin.

»Erzähl mir von der Geometrie«, sagte Zeno. »Darüber würde ich gern mehr erfahren.« Es war zu spät. Piper sagte gar nichts. Er starrte an die Wand. Nach fünf Minuten erstarb das Leuchten im Zimmer, die Tür öffnete sich und fiel mit einem kaum hörbaren Klicken wieder ins Schloß.

Piper saß im Dunkeln. Nach einer Weile streckte er den Finger aus und ertastete die unsichtbare Botschaft an der Wand.

Wer ist der Clown?

20

Es gab Tage, an denen sich das Wetter stündlich änderte. Tom Carey hatte sich bei Sonnenschein, der die Ginsterzweige wie Feuerzeichen leuchten ließ, auf den Weg zum Meer's Point gemacht. Als er die Angel zum ersten Mal auswerfen wollte, hatte sich der Himmel über das Land gesenkt wie eine Decke – graue Tünche, die sich über den gesamten Horizont erstreckte, mit kleinen Tupfern schmutziger Cumulus-Wolken, die darüber jagten. Er löste die Sperre der

Schnur, riß die lange Meerangelrute in einer raschen Bewegung mit beiden Armen herum. Die beschwerte Schnur lief mit einem dünnen Schrei von der Rolle.

Carey stand an der äußersten Landspitze, um seine Schnur mit dem Wind auswerfen zu können. Das Meer brach sich gegen eine riesige, schwarze, vorgelagerte Felsgruppe, und die Luft war voller Gischt.

Carey holte die Schnur ein, um Köder und Schwimmer zu überprüfen, bevor er sie erneut auswarf. Er dachte an das Mädchen auf Ellwoods Bett. Geschmeidige Konturen, nach denen er geangelt hatte. Er stellte sich ein Reißen an der Leine vor und das Mädchen, das aus den Fluten tauchte, blaß in der Brandung, das Wasser wie grünes Eis von ihren Schultern fließend, während er sie mit dem Landehaken einholte. Steine in ihren Augen, und ihre Möse voller Perlen.

Carey hatte von Loris Tod erfahren, kurz nachdem es passiert war. Niemand hatte sie vermißt; sie war allein im Haus gewesen. Ihr Mann war für eine Woche weg – eine Dienstreise in Sachen US-Air Force, zu Hause in den Staaten.

Es hatte zu dämmern begonnen. Er hatte den Wagen bei der Telefonzelle geparkt und den Pfad durch den Buchenwald, entlang der Gärten der Offiziershäuser gefunden. Man hatte kaum noch etwas sehen können. Eine Singdrossel hatte ihr Lied angestimmt und dann in Erwartung anderer Stimmen geschwiegen.

Zuerst hatte er ihre Kleider gesehen, wo sie sie hingeworfen hatte – auf eine düstere Art obszön; der Rock schien die Form zu halten, das feine Gewebe ihrer Unterwäsche hatte sich im dornigen Unterholz verfangen. Dann hatte er die Pillen gesehen, verstreut auf dem moderigen Blätterboden wie Samenhüllen giftiger Blumen. Zuletzt hatte er Lori entdeckt, obwohl nicht direkt, denn man hatte ihm nur erzählt, daß sie tot war – nicht wie und wo sie gestorben war.

Sie hing vom niedrigen Ast eines Baumes kaum zwei

Schritte entfernt von ihm. Ihr Kopf war nach vorn gefallen, ihr Rücken gebogen, als grüble sie über einem Rätsel, das sich zu ihren Füßen auftat. Ihre Arme hingen gerade herab wie Senkblei, die Finger schlaff. Es war, als zöge ihr ganzes Gewicht mit aller Kraft nach unten.

Carey hatte nach oben geschaut. Sie hing nicht sehr hoch, ihre Knie baumelten in Augenhöhe.

Als ob die Pillen sie nicht todsicher erledigt hätten, dachte Carey; als ob es mindestens zwei Tode gebraucht hätte, um all die Angst und Pein in ihr zu besänftigen.

Im Wald hatte es geraschelt, Tiere huschten durchs Unterholz. Vogelgezwitscher war durch die Blätter auf ihn herabgerieselt. Nur die Stille und das Schweigen um Lori war unverändert geblieben. Das Licht war ein schattenhaftes Grau, das dort, wo sie hing, noch blasser zu werden schien, sie selbst ein schmaler Ast, ihr Schamhaar ein dunkles Blatt, ihre Brüste schlaff herabhängend wie exotische Früchte.

Der Wind wühlte das Wasser vor den Felsen auf. Die Schnur straffte sich von der Spitze der Rute und wurde bald unsichtbar, aber die Erschütterungen, die sie zurücksandte, summten leise in dem hohlen Fiberglasstab. Carey konnte das Zerren des Meeres in seinen Händen spüren.

Er war nicht nach Longrock gekommen, weil Ellwood ihn gebeten hatte, auch nicht wegen irgendeiner Bezahlung, die er sich ausdenken würde. Er war gekommen, die Antwort auf ein altes Rätsel zu finden. Das war ihm eben erst klar geworden, aber es war die Wahrheit. Es war das Rätsel seiner eigenen Feigheit und der verlorenen Hoffnung.

In weniger als einer halben Stunde klarte der Himmel auf, und der Wind ließ nach. Carey zerlegte die Rute und packte seine Angeltasche. Dann marschierte er in Richtung Stadt. Farndüfte stiegen ihm von beiden Seiten des Weges in die Nase.

Was bin ich anderes, dachte er, als ein Mann, dessen Glaube lange tot ist. Beerdigt in Polen, beerdigt in Ungarn, beerdigt in Ost-Berlin. Und nun auch noch beerdigt im Herzen – in Rußland selbst. Woran habe ich geglaubt? An Vater, Sohn und den Geist, der in Europa umging.

Der Ginsterduft im Wind war stechend wie Salzwasser.

Er verstaute Angel und Tasche im Wagen und ging durch die Stadt. Zunächst hätte er nicht sagen können, wohin, doch dann wurde es klar.

Die Kirche lag in einer Seitenstraße in der Nähe des Hafens, ein einfacher, dunkelvioletter Backsteinbau, Kanzel und Querbalken aus heller Eiche, genau wie Bänke und Betstühle. Über dem Altar ein modernes Rosettenfenster, darunter ein Fenstertriptychon mit Eichenverstrebungen. Das bunte Glas war das Werk eines zeitgenössischen Künstlers – fein ineinandergearbeitete Rot- und Blautöne für die Rosette, Blauschattierungen und ein milchiges Weiß für das Triptychon – Geburt, Leiden und himmlische Herrlichkeit Christi.

Die Sonne fiel hindurch, und ein farbiger Fluß strömte durch das Mittelschiff. Carey saß nahe beim Altar, mit blauen und weißen Lichttupfern gesprenkelt. Leise, als sei es eigentlich viel zu gefährlich, es auszusprechen, flüsterte er: »Vater, vergib mir, denn ich habe gesündigt.« Staubkörnchen sanken durch die Lichtbahnen zu Boden. Die Luft in der Kirche war wie ein angehaltener Atem. Carey dachte an die Stille, die Lori Cosgrove im Wald umfangen hatte.

»Hast du mich gehört? Ich sagte: Vergib mir, denn ich habe gesündigt.« In der sonnendurchfluteten Stille war Careys Stimme angeschwollen. Er stand auf, durch die Altarfenster in Licht gebadet, und formte mit den Händen einen Trichter vor dem Mund, als wolle er jemandem in der Ferne etwas zurufen. Sein qualvolles Rufen hallte bis auf die Straße.

»Was sagst du? Ich hab dich nicht verstanden. Du mußt schon lauter reden, du Mistkerl!«

Blaues Licht für Liebe, weißes Licht für Glauben.

»Lauter… Du mußt lauter reden, du Mistkerl, lauter, sag ich, lauter, du verdammter *Mistkerl*!«

21

»Warte hier«, sagte Pascoe. »Ich bin so schnell wie möglich zurück.« Er reichte Sophie ein Blatt Papier: den Brief, den Zeno geschickt hatte. Dann sagte er noch: »Hier ist die Nummer. Gib mir eine halbe Stunde, bevor du anrufst. Dann kannst du mir sagen, daß alles in Ordnung ist, und ich kann dir sagen, daß alles in Ordnung ist, und wer weiß, vielleicht macht es den Hundesohn ja auch nervös.«

»Wenn er dich umbringen will, warum verabredet er sich dann in einem Restaurant mit dir, wo alle Welt zusehen kann?«

»Ruf nicht zu früh an, für den Fall, daß er es schick findet, zu spät zu kommen. Ich möchte nicht am Telefon sein, wenn er ankommt – das würde ihn ängstlich machen.«

»Nervös ist gut, ängstlich ist schlecht… alles klar.«

»Worüber bist du so wütend?«

»Ich mache mir Sorgen.«

»Macht dich das wütend?«

»Das siehst du doch, verdammt noch mal. Also, wie lautet die Antwort?«

»Warum die Verabredung in einem Restaurant?«

»Ja.«

»Wenn ich wüßte, was er will, könnte ich es dir vielleicht sagen.«

»Er hat Nick ermordet.«

»Ja, das hat er wohl.«

»Und er hat versucht, dich zu töten.«

»Aber das ist ihm nicht gelungen. Vielleicht möchte er deswegen mit mir reden.«

»Über Lori.«

»Allem Anschein nach ja.«

»Geh nicht hin. Laß uns einfach... Wir könnten abreisen. Wir könnten packen und noch heute abend abreisen.«

Sie hockte auf der Bettkante wie eine nervöse Braut. Pascoe ging zu ihr und küßte sie sanft auf den Mund. »Eine unerledigte Angelegenheit«, sagte er, »weißt du nicht mehr?«

Auf der Dewer Street konnte man immer das Meer hören. Pascoe überquerte die Straße und ging an der Ufermauer entlang. Es war etwas, was ein Fremder tun würde – jemand, der die Aussicht noch nicht für selbstverständlich nahm. In Wirklichkeit wollte Pascoe einen freien Blick auf die gegenüberliegende Straßenseite haben. Abends gingen nur wenige Menschen zum Strand; ein Verfolger wäre leicht auszumachen. Aber niemand war zu sehen.

So würde sich Rob Thomas wahrscheinlich verhalten, dachte er. Ich benehme mich wie ein Detektiv. Der Gedanke ließ ihn laut auflachen, und sein Lachen sagte ihm, daß er nervös war. Am Himmel stand ein schmaler Mond, eine weiße Rinde. Auf dem Weg zu dem Restaurant begegnete er einem Arm in Arm schlendernden Pärchen, einem Mann mit entschlossenen Schritten, offenbar verspätet zu einer Verabredung, und einer Frau, die neben einem Wagen stand und in ihrer Handtasche den Schlüssel suchte. Er sah sich zweimal nach dem hastenden Mann um, entschied dann jedoch, daß er, genau wie die anderen, war, was er zu sein schien. Er betrachtete die Leute, die in der Bar des Restaurants saßen. Einer von ihnen war ein alter Mann, der langsam an seinem Bier nippte. Pascoe bestellte sich einen Scotch, den einzigen Drink, den er sich heute abend genehmigen wollte. Der alte Mann trank sein Bier aus und ging. Kurz darauf brachte ein Kellner Pascoe eine Nachricht.

»Was ist los?« Sophie hatte den Hörer noch vor dem zweiten Klingeln abgenommen.

»Er ist nicht gekommen. Statt dessen habe ich einen Brief bekommen.«

»Was steht drin?«

»Es steht drin...« Er machte eine Pause, sie hörte, wie er das Blatt entfaltete. »Hab den Appetit verloren. Komm lieber auf einen Drink in die Dewer Street neunundvierzig. Bring Sophie mit.«

»Das ist diese Straße. Das Hotel liegt an der Dewer Street.«

»Ja.«

»Willst du hingehen?«

»Ja.«

»Sieh mal...« Sie hatte den Hörer zwischen Hals und Schulter geklemmt; am Ringfinger der rechten Hand trug sie einen Skarabäus, den sie mit Daumen und kleinem Finger derselben Hand ständig über ihren Fingerknöchel und zurück schob. Das zweite Zeichen von Nervosität war ihr Tonfall – heiser und gehetzt. »Ich dachte, die Idee war, daß ihr euch in der Öffentlichkeit trefft. Seine Idee, oder nicht? Damit du dich sicher fühlst. Wieviel ist diese Garantie jetzt noch wert? Ich kann mich auch noch an die ausdrückliche Anweisung erinnern: Komm allein. Was ist damit geschehen?«

»Ich weiß. Ich geh trotzdem hin.«

»Willst du, daß ich mitkomme?«

»Er will es. Also laß uns so tun, als ob wir mitspielen.«

»Was heißt so tun? Warum flüsterst du?«

»Das Telefon ist direkt neben der Tür – an den Tischen nebenan sitzen Leute, Gäste kommen und gehen. Hör zu, ich will ihn aus seinem Versteck locken. Geh zu der Adresse. Ich werde schon dort sein –«

»Sam –«

»Nein, es ist okay. Zu Fuß brauche ich nicht mehr als eine Viertelstunde. Das heißt, ich werde um halb neun dort sein. Ich werde ihm sagen, daß ich dich anrufen muß – das hätten wir so verabredet. Wenn ich sage: ›Es ist alles in Ordnung, komm vorbei‹, heißt das, bleib weg, ich bin in Schwierigkeiten. Wenn ich sage, ›ich steck in Schwierigkeiten‹, heißt das, alles ist in Ordnung.«

»Und was soll ich tun – wenn es schlechte Nachrichten sind?«

»Nicht kommen.«

»Himmel noch mal, das weiß ich. Was soll ich deinetwegen machen?« Sie saß vorgebeugt in einem Sessel, die Augen geschlossen, als wolle sie sich besser auf das Gesagte konzentrieren. Ihr war klar, daß irgend etwas nicht stimmte – etwas, wovon die Stimme nicht sprach. Dann, in einem Augenblick entsetzter Erkenntnis, durchschaute sie die Lüge.

»Tu gar nichts.« Er flüsterte noch immer.

»Du willst da einfach reinspazieren?« fragte sie. »Zu seinen Bedingungen, ohne Rückendeckung, ohne Waffe, ohne zu wissen, was er plant?«

»Genug ist genug.« Sophie konnte den Ärger in seiner Stimme hören. »Der Mistkerl hat ein Messer nach mir geworfen.«

Eine Bauernregel sagt: Es bringt Unglück, wenn man den Neumond durch Glas sieht. Einer der Kellner spähte durch das große Frontfenster auf die Straße. Das Geschäft lief schleppend, also würde es wenig Trinkgeld geben: Pech. Er öffnete die Tür und lächelte, weil eine gutaussehende Frau zu einer Verabredung eintraf.

Sophie nahm an Pascoes Tisch Platz und sagte: »Ich dachte mir, daß ich dich hier finde.«

Er sah, daß etwas passiert sein mußte. »Wo sollte ich sonst sein?«

»In der Dewer Street neunundvierzig. Ich habe gerade mit dem Großen Zeno telefoniert – Magier, Entfesselungskünstler und gerissener Hund.«

»Erzähl...«

»Er hat sich für dich ausgegeben. Er ruft wieder an. Ich habe es geschafft, ihn hinzuhalten, aber er wird nicht ewig dranbleiben. Wir haben ungefähr vier Minuten, zurück zum Hotel zu kommen.«

Sie rannten, brauchten aber sechs. Auf dem Zimmer versuchte Sophie, wieder zu Atem zu kommen. Ihr blieb eine Minute, bis das Telefon klingelte. Sie hob ab und lauschte dem Schweigen. Sie sah Pascoe an und sagte: »Sam?« Das Schweigen dehnte sich. Sicherheitshalber fügte Sophie hinzu: »Ich war auf meinem Zimmer. Meinem Zimmer. Ich dachte, du würdest mein Zimmer verlangen. Als du nicht angerufen hast, bin ich hierher zurückgekommen.« Sie wartete, ob er ihr glauben würde.

»Ich steck in Schwierigkeiten«, sagte Zeno und legte auf.

Auf dem Weg vom Restaurant ins Hotel hatte Sophie Pascoe in groben Zügen erzählt, was passiert war, jetzt berichtete sie den Rest. »Ich soll dorthin kommen. Ich soll glauben, du hättest mir das Okay gegeben.« Sie machte eine Pause, damit er etwas sagen konnte, doch er nickte nur. »Ein Kellner hat dir eine Nachricht gebracht?«

»Selbstverständlich. Sie war an der Bar hinterlegt worden. *Bitte an Mr. Pascoe weiterleiten.*«

»Und was stand drin?«

Er lächelte. »Sie lautete: ›Hab mich verspätet. Rühr dich nicht vom Fleck.‹ Und genau das hab ich getan.«

»Du in dem Restaurant, und ich unterwegs zur Dewer Street neunundvierzig. Er wird mich erwarten.« Sie schauderte. »Was sollen wir machen?«

»Er geht davon aus, daß ich im Restaurant sitze und du unterwegs bist. Er geht davon aus, daß er alle Überraschungs-Effekte inszeniert – so ist es bis jetzt immer gewesen.«

»Du willst, daß ich hingehe.«

»Nein. Aber es verschafft uns einen Vorteil. Er glaubt, er hat uns reingelegt. Diesmal erwischen wir ihn auf dem falschen Fuß.«

»Wenn man einen Tiger erlegen will«, meinte Sophie, »bindet man eine Ziege an einen Baum. Ein Typ mit einem Gewehr klettert auf den Baum und wartet. Irgendwann taucht der Tiger auf und reißt der Ziege den Kopf ab. Und genau in diesem Moment erschießt der Typ mit dem Gewehr den Tiger.«

»Nein«, sagte Pascoe, »du hast recht. Ich werde allein gehen.«

Sophie öffnete die Tür und ging zum Fahrstuhl. Sie stieg ein und preßte den Türknopf. Pascoe war ihr in den Flur gefolgt, betrat den Lift jedoch nicht.

»Das erledige ich wohl besser allein«, sagte er.

Sophie lachte. »Was erledigen? Du hörst dich an, als hättest du dein normales Tagewerk vor dir. Steig ein.«

Auf der Fahrt nach unten fragte er sie: »Als er angerufen hat, woher wußtest du, daß ich es nicht war?«

»Er war raffiniert – er hat geflüstert. Man kann eine flüsternde Stimme nicht identifizieren. Aber sie hat mich an die Stimme erinnert, die uns in die Bar gelotst hat, da hat er auch geflüstert. Trotzdem war ich mir nicht sicher. Er hat gut gespielt. Er hat dich gleichzeitig besorgt, verwirrt und wütend klingen lassen, und das war der Situation genau angemessen. Ich hab die Augen geschlossen und mich auf die Stimme konzentriert, und ich glaubte zu wissen, daß du es nicht warst, aber ich war mir nicht sicher. Also hab ich ihm eine Frage gestellt.«

»Was hast du gesagt?«

»Ich hab gesagt: Du willst da einfach reinspazieren, ohne Deckung, ohne Waffe, ohne zu wissen, was er plant. Oder so ähnlich.«

»Und auf ›ohne Waffe‹ hat er nicht reagiert?«

»Genau.«

Pascoe zog ihre Waffe aus seiner Tasche. »Du solltest sie jetzt besser zurücknehmen. Einen Moment lang wirst du auf dich allein gestellt sein.«

Sophie schüttelte den Kopf. »Du bringst da was durcheinander«, sagte sie. »Ich bin die Ziege, und du der Typ mit dem Gewehr.«

Die Werft war die erste Überraschung. Sophie hatte ein Haus erwartet, mit Haustür und Klingel.

Die zweite Überraschung war die Musik – durch die blaue Nacht drang ein Walzer an ihr Ohr, Streicher und Holzbläser, als ob jemand in einer Villa am Hang gerade die Tür zum Ballsaal geöffnet hätte.

Direkt hinter dem großen Tor blieb sie stehen und begann, ihre Rolle zu spielen. »Sam«, rief sie. »Sam?« Als sie tiefer auf das Gelände vordrang, dachte sie: Ich hoffe, du kannst mich hören Pascoe, und ich hoffe, du siehst mich von deinem Baum aus deutlich genug, weil ich den Tiger schon wittern kann.

»Sam?« sagte sie.

Der Walzer war von Strauss und ertönte jetzt einen Tick lauter. Direkt vor ihr, eingerahmt von aufgedockten Bootsrümpfen, erstreckte sich ein Platz so groß wie eine Tanzfläche. *Ram-tam-tam* machte die Musik im Dreivierteltakt, fast unwiderstehlich.

»Sam?«

Die dritte Überraschung war ein kleiner Tisch, der plötzlich im Scheinwerferlicht erstrahlte, darauf ein Zylinder und ein Stock. Ein feiner Herr kam sie zu einem Ball abholen. Unter ihrem Blick schnappte der Stock auf und verwandelte sich in einen Blumenstrauß. Ihre Ansteckblumen. Aus dem Zylinder flatterte mit surrenden Flügeln eine Taube, drehte eine Runde und verschwand in der Dunkelheit.

Er tippte ihr auf die Schulter – Verzeihung – und als sie sich herumdrehte, packte er sie beim Handgelenk und um die Hüfte, hielt sie fest und entführte sie auf die Tanzfläche. Sein Frack, die weiße Krawatte, die Tanzschuhe, alles makellos. Mit seiner weißen Halbmaske sah er aus, als habe sich der obere Teil seines Gesichtes gehäutet. Der Lippenstift war so dick aufgetragen, daß seine Zähne, als er sie anlächelte, mit einem roten Rand überzogen waren.

Sie war außer Atem wie ein Mädchen, das keinen Tanz ausgelassen hatte. Sein Klammergriff war so fest, daß er ihr die Rippen zu brechen drohte. Den Rest erledigte der Schock. Ihr Mund stand offen, aber sie brachte keinen Laut hervor, als er sie ins Dunkel zerrte. Sein geteiltes Gesicht verzog sich zu einer Mine leichter Enttäuschung, als er auf sie herabblickte. Sie war unpassend gekleidet für den Anlaß, keine Samt-Pumps, kein Diadem. Wenigstens Schmuck sollte ein Mädchen schon tragen – vielleicht eine schlichte Perlenkette.

Er wirbelte sie herum, gab ihr eine Armlänge Spiel, folgte ihr jedoch gleich. Jetzt stand er hinter ihr und legte seine Hände in ihren Nacken wie jemand, der die Spange einer Kette schließen will. Sie spürte, wie sich die Schnur um ihren Hals legte und zugezogen wurde.

»Sam!«

Panische Angst und Wut, Aufforderung und Erwartung schwangen in ihrer Stimme mit. Sie rief nach jemandem, von dem sie wußte, daß er da war. Zeno hörte den Unterschied und drehte sich halb um, als Pascoe in den Strahl des Scheinwerfers trat. Mit dem Fuß stieß er einen Kassettenrecorder aus dem Weg. Die Musik hörte auf. Er hielt die Pistole völlig falsch, wie ein Kirmesbuden-Scharfschütze, und er sprach kein Wort, weil er nicht wußte, was er hätte sagen sollen.

Sophie griff nach der Schnur um ihren Hals und faßte sie wie eine zu enge Kette. Als sie sich löste, warf sie sie weg. Sie war schon losgelaufen. Sie stolperte über eine Anhängerkupplung. Sie stürzte kopfüber und machte beinahe einen Salto. Zeno und Pascoe standen sich direkt gegenüber, wobei Pascoe seinen Widersacher langsam umkreiste, um sich die blendende Wirkung des Lichts zunutze zu machen. Schließlich fiel ihm ein zu sagen: »Keine Bewegung oder ich schieße.«

Sophie rannte zum Tor. Sie wollte nur hier weg. Ihre Beine gaben nach, und sie spürte, wie ihr Bewußtsein schwand. Um durchzuhalten, plapperte sie vor sich hin, sinnloses Zeug, leise und für niemanden bestimmt: »Okay, ich muß jetzt gehen, muß jetzt gehen, in Ordnung? – Ich glaube, es ist besser, wenn ich jetzt gehe, tut mir wirklich leid, aber ich muß gehen, ich finde das Tor schon allein und gehe dann einfach, ist das okay? Weil ich jetzt gehen muß, keine Frage, okay? Ich gehe jetzt, ich gehe...«

Zeno bewegte sich rückwärts aus dem Lichtkegel. »Keine Bewegung oder ich schieße«, wiederholte Pascoe, doch er richtete nur weiter die Waffe auf seinen Gegner. Zeno hob eine Hand, um sich zu verabschieden, ein rascher Gruß. Direkt vor den aufgebockten Booten ging Pascoe in die Hocke, verlor den Halt und landete hart auf dem Boden. Sein Atem ging stoßweise. Ohne zu begreifen, was geschah, feuerte er einen Schuß ab. Irgendwo hinter ihm klirrte Zenos Messer. Ein zweites war bereits unterwegs, allerdings ungenau geworfen, weil Zeno den Schuß nicht erwartet hatte. Die Klinge blieb summend in einer Planke neben Pascoes Kopf stecken, ein dünner Ton, der in der Luft verklang. Pascoe kam taumelnd auf die Füße und fand hinter dem Scheinwerfer Dekkung. Er schwenkte auf der Suche nach einem Ziel den Lauf der Waffe hin und her, konnte jedoch nur den Zylinder und den knallbunten Blumenstrauß entdecken, pink, grün und orange mit einem Knopf in der Mitte jeder Blüte wie das irre Auge eines Gänseblümchens.

Er mußte den Rückzug in Richtung Tor antreten. Wenn Zeno dasselbe vorhatte, konnte er ihn dort abfangen; wenn nicht, würde er ihn auf der Werft festnageln. Er machte sich auf den Weg, wobei er die Boote als Deckung benutzte. Er konnte nur das Rauschen des Meeres und seinen eigenen Atem hören, der gefährlich laut ging.

Der Schuß hatte Sophie regelrecht gelähmt. Die Pistole war dazu gedacht gewesen, den Gegner in Schach zu halten, aber sie hatte nicht erwartet, daß auch geschossen werden würde. Sie sollte der Köder sein, der Zeno anlockte, dann würde Pascoe mit der Waffe auftauchen, und sie würden ihm ein paar unangenehme Fragen stellen. Das war der Plan gewesen. Jetzt war möglicherweise jemand tot.

Durch das halb geöffnete Tor konnte sie ein Stück der Dewer Street sehen, sie schien menschenleer. Sie stand im Dunkel und wußte nicht, ob sie wegrennen oder bleiben sollte. Zweimal öffnete sie den Mund, um Pascoe zu rufen, sagte sich dann aber, daß ihr Rufen ihn nicht schneller herbringen, sondern möglicherweise nur ablenken würde. Sie ließ ihren Blick von der Straße über die Werft wandern. Der Scheinwerfer warf Schatten, die sich an den geschnitzten Seitenwänden der Motoryachten kräuselten. Sie berührte ihren Hals, wo die Garotte gelegen hatte, und spürte das Zucken ihres eigenen Pulses wie eine Flamme im Wind.

Los, Sam. Laß uns gehen. Laß uns gehen, ja? Okay? Es ist Zeit, hier abzuhauen.

Ein neuer Schatten huschte über den Schiffsrumpf wie eine dunkle Welle, dann ging das Licht aus.

Pascoe blieb wie angewurzelt stehen. Er starrte auf den Punkt, wo vorher das Licht gewesen war, um in dem Dunkel noch dunklere Umrisse auszumachen. Die Abwesenheit des Lichts tauchte alles in tiefes Schwarz, Dann sickerte der blasse Schimmer der Straßenlaternen wieder durch, kaum hell genug zu sehen, in welche Richtung der Lauf seiner Waffe zeigte.

Er war wütend auf sich selbst, und das machte ihn leichtsinnig. Er wußte, daß er hätte schießen sollen, als er die Gelegenheit hatte; indem er zu lange gewartet hatte, hatte er seinen Vorteil verspielt. Jetzt ging es im Katz-und-Maus-Spiel über die Werft, und er war ebenso Gejagter wie Jäger. Er war vom Baum gefallen, und der Tiger lauerte in der Nähe – irgendwo jenseits der freien Fläche.

Wie ein Mann, der an der Kante eines Kliffs balanciert, drang er weiter auf das Gelände vor, bis er mit der Hüfte den kleinen Tisch umstieß.

Sowohl Sophie als auch Zeno wandten den Kopf nach dem Geräusch.

Nachdem Zeno das Licht abgeschaltet hatte, hatte er den selben Weg über den Hof genommen wie vor ihm Sophie. Pascoes ursprüngliche Position bei den Booten hatte seinen Fluchtweg zum Lagerschuppen und weiter auf die Straße abgeschnitten. Durch das Abschalten des Lichts hatte er Pascoe weiter auf das Gelände locken wollen, und genau dorthin tastete sich Pascoe jetzt vor. Zeno befand sich zwischen ihm und dem Tor.

Clever, dachte er. Clevere Sophie und cleverer Sam. Und tapfer, sich als Köder zur Verfügung zu stellen. Und dann tauchte er unerwartet mit einer Waffe auf. Diese Möglichkeit hatte ich nicht in Betracht gezogen – hatte nicht geglaubt, daß ihr euch wehren würdet. Ich hätte es mir natürlich denken können. Sophie war schon immer rücksichtslos, und Sam hatte sogar einmal einen Zug in die Luft sprengen wollen.

Er hob das Heck einer Motoryacht an und blickte hinüber, wo das Licht von den Laternen der Dewer Street durch das Tor fiel.

Sophie versuchte, das Geräusch zu deuten. Die beiden kämpften. Oder Sam hatte Zeno mittels des Geräuschs aufgespürt und ihn überwältigt. Oder er war verletzt und hilflos; er war gestürzt, und Sam stand über ihm. Jeden Augenblick würde sie seine Stimme hören. Dann würde sie wieder zu atmen wagen. Sie ging ein paar Schritte auf den Hof, als habe Pascoes Stimme sie schon gerufen.

Das Flüstern ließ ihr Herz stillstehen. Nur ihr Name, *Sophie,* direkt in ihr Ohr geflüstert, weil dieser Augenblick ihnen ganz allein gehörte. Sie hatten den letzten Walzer zusammen getanzt, jetzt war der Abend zu Ende. Ihr Partner verbeugte sich, um sich seinen Gutenachtkuß abzuholen.

Pascoe hörte sie schreien und stolperte im Dunkeln über Gerümpel und Müll. Er fiel zweimal hin, beim zweiten Mal stürzte er über einen Haufen Kisten und verlor die Pistole. Irgendwo in der Dunkelheit gab Sophie noch immer mit angehaltenem Atem schwache Leidenslaute von sich.

Sie saß beim Tor, eine Hand an ihrem Hals, den Kopf in einem unmöglichen Winkel geneigt. Ihre Knie waren angezogen wie bei einem Kind. Sie sagte: »Laß uns gehen – ja? Können wir jetzt gehen? Ich glaube, wir sollten jetzt besser gehen, ist das okay, Sam ... ist das okay?«

Er nahm ihre Hand und zog sie zu sich hoch. Mit der anderen Hand hielt sie weiter ihren Hals.

»Laß uns einfach gehen.«

»Ich habe die Pistole fallen lassen«, sagte er, »und wir müssen zurück, um sie zu suchen. Ich will auch noch nach ein paar anderen Dingen sehen.«

Er versuchte, ihren Arm beiseite zu schieben, um die Wunde zu sehen, aber sie wandte sich mit einem heftigen Schulterzucken ab. »*Nicht* –« Ein Aufschrei, schrill und voller Wut, der sagen wollte: Rühr mich nicht an, schau mich nicht an, stell keine Fragen. Pascoes Hand fuhr zurück, als sei er gestochen worden. Seine Fingerspitzen waren feucht.

Der Scheinwerfer war eine an einem Pfosten befestigte Taschenlampe. Der Tisch war aus Bambus und Rattan. Der Kassettenrecorder war ein Taschengerät und an der Stelle eingedellt, wo Pascoe darauf getreten war. Die Blumen waren ein präparierter Spazierstock, der Hut war leer.

Mit der Taschenlampe in der Hand suchte Pascoe den Hof noch zehn Minuten nach Zenos Spuren ab. Sophie ging mit gesenktem Kopf neben ihm, sah jedoch gar nicht hin.

Er ruckelte das Messer aus der Planke. Das zweite, das Zeno geworfen hatte, blieb unauffindbar.

Von dort ging er auf direktem Weg zum Tor und fand auch sofort die Pistole.

»Ich muß jetzt gehen, Sam, okay?« Sophie sah ihn nicht an. Sie stand fast regungslos, den Blick gesenkt, ihren Hals haltend. »Laß uns gehen, ja. Ich muß jetzt wirklich gehen.«

Sie rührte sich nicht vom Fleck, also nahm er ihren freien Arm und führte sie nach draußen. Auf der Dewer Street war niemand, der sie hätte weinen hören.

22

Die Eingangshalle des Hotels erstrahlte im Neonlicht. In dem Büro auf der anderen Seite des Empfangstresens klingelte ein Telefon, aber niemand nahm ab. Pascoe hatte den Rattan-Tisch zurückgelassen. Der Kassettenrecorder und das Messer steckten in seiner Tasche. Blumen und Zylinder trug er in einer Hand wie ein zurückgewiesener Freier, den seine Requisiten im Stich gelassen hatten.

»Man kann den Tiger erschießen, bevor er der Ziege die Kehle durchgebissen hat, oder hinterher.« Sophie atmete tief ein und stieß die Luft in zerrissenen Seufzern wieder aus – die Nachwirkungen ihres Weinkrampfs. »Aber der Trick ist, das Scheißviech auf jeden Fall zu erschießen.«

In Pascoes Zimmer stand ein runder Couchtisch mit Glasplatte. Er packte alles darauf und trat dann einen Schritt zurück, um seine Beute zu betrachten wie ein Besucher einer Galerie ein surrealistisches Kunstwerk. Auf dem Hut war Vogelscheiße. Nach einer Weile folgte er Sophie ins Bad.

Sie stand seitlich vor dem Spiegel und betrachtete vorgebeugt ihr Bild, die Hand noch immer am Hals, als wolle sie, was darunterlag, nicht entkommen lassen. Auf der blassen Haut zeichnete sich wie ein rot-violetter Schmetterling ein Knutschfleck ab. Blutstropfen waren aus den feinen Äderchen seiner Flügel gesickert. Darum das brüchige O eines Lippenstiftabdrucks.

Sie blickte Pascoe im Spiegel an. »Er hatte keine Zeit, mich zu töten, also hat er mich geküßt.«

»Ich hätte dich da nicht alleine reingehen lassen dürfen«, sagte Pascoe. »Es tut mir leid.«

»Er wollte mich. Er hat mich erwartet.« Was sie sagen wollte war: Entschuldige dich nicht – es macht ohnehin keinen Unterschied. In Wahrheit jedoch wünschte sie, er hätte sie zurückgehalten. Die getupften Farben des Schmetterlings glänzten, und durch das Wasser bildeten sich neue Blutstropfen auf ihrer Haut. Pascoe streckte die Hand aus, um die Stelle zu berühren, aber sie wich zurück. Daraufhin zog er sie gegen ihren Widerstand fest an sich und legte seine Arme um sie.

Er küßte sie sanft und erwartete nicht, daß sie seinen Kuß erwiderte. »Das verschwindet wieder«, sagte er. »Bald ist es weg.« Und er küßte sie noch einmal, bevor er sie sich selbst überließ. Nachdem er hinausgegangen war, blieb sie regungslos so stehen, wie er sie geküßt hatte – genauso gelähmt wie nach Zenos Kuß.

Sophie ...

Mit geschlossenen Augen rief sie sich den Moment in Erinnerung – seine Stimme in ihrem Ohr, sein Mund an ihrem Hals, die Art, wie er seinen Atem durch die Nase eingesogen hatte, während er sich an ihr festgesaugt hatte. Pascoe hatte ihren Schrei gehört und war stolpernd und lärmend über den Hof gekommen. Zenos Kopf hatte wütend gezuckt, als er sie küßte und verletzte. Als Pascoe erneut stürzte, war auch Sophie zu Boden gesunken. Wenn sie ihre Augen offen gehabt hätte, hätte sie Zeno zum Pfad am Kliff laufen sehen.

Pascoe saß neben dem Couchtisch auf dem Boden, den Kassettenrecorder in einer, das Messer in der anderen Hand. »Wer immer es ist«, sagte er, »er liebt es, sich einen Spaß zu machen. Er ist ein Künstler – ein Showmann.«

»Verzeih mir«, sagte Sophie, »wenn ich nicht applaudiere.«

Pascoe spulte das Band vor und drückte dann die Play-Taste. Die Musik schwoll in einem gewaltigen Crescendo an. »Hattest du das Gefühl, daß er in Ordnung war, als er dich geküßt hat?« Sie starrte ihn an, ahnungslos, was er möglicherweise meinen könnte. »Ich hab auf ihn geschossen, weißt du noch? Ich dachte, ich hätte ihn vielleicht getroffen.«

Sie schüttelte den Kopf. »Du würdest wahrscheinlich nicht einmal von einem Boot aus das Meer treffen.« Er ließ das Band vorlaufen. »Glaubst du, daß ihm die Werft gehört?«

»Und du?«

»Nein.«

»Ich auch nicht, aber vielleicht besitzt er ein Boot. Das könnten wir überprüfen.« Pascoe ließ das Band an einer anderen Stelle weiterlaufen, der Walzer schien seinem Finale entgegenzustreben. Er hielt den Daumen auf die Vorspultaste.

»Ich glaube, ich nehme jetzt besser einen Drink«, sagte Sophie, als würde sie von einer lästigen Pflicht sprechen. Sie goß ihnen beiden einen Scotch ein und ging ins Bad, um ihn mit Wasser zu verlängern. Als sie an Pascoe vorbeiging, drückte er erneut die Play-Taste, und eine Stimme flüsterte. »*... tot.*«

»Mein Gott«, sagte Pascoe. Sophie erstarrte, in jeder Hand ein Glas, den Blick stur auf die Badezimmertür gerichtet, die Lippen zu einem stummen Schrei geöffnet. Sie rührte sich nicht, als sie hörte, wie Pascoe das Band zurücklaufen ließ, sah ihn auch nicht an. Es entstand eine Pause; er schien auf ihre Erlaubnis zu warten. Sie ging ins Bad und füllte Wasser in die Whiskey-Gläser, kam dann zurück und reichte ihm seinen Drink. Nachdem sie den ersten Schluck genommen hatte, sagte sie: »Laß es laufen – komm schon«, und setzte sich zum Zuhören aufs Bett, wo sie ihm nicht in die Augen sehen mußte.

Der Walzer wogte seinem Ende entgegen und erstarb mit einem Beckenschlag. Dann sagte Zenos Stimme: »Auf Wiedersehen, Sophie, du bist tot.« Es war dieselbe heisere Stimme, die Pascoe gehört hatte, als er allein in dem leeren Haus an dem für eine Person gedeckten Tisch gesessen hatte.

Zeno hatte den Walzer aufgenommen und sich die Szene ausgemalt: ein Tanz, eine Verbeugung, eine Drehung, eine Schnur um ihren Hals. *Auf Wiedersehen, Sophie, du bist tot.*

Pascoe hätte wartend in dem Restaurant gesessen. Vielleicht hatte Zeno auch für ihn Pläne. Vielleicht hatte er vor, wie angekündigt zu spät zu kommen – mit einer weiteren Überraschung. Vielleicht hätte er an Pascoes Tisch Platz genommen, gegessen und Wein getrunken, den Mord noch an den Fingern. *Auf Wiedersehen, Sophie, du bist tot.*

Wenn Pascoe nicht gekommen wäre, wäre sie vielleicht zuerst in die Knie gegangen und dann mit heraushängender Zunge wie ein Stück totes Fleisch zu Boden geplumpst, während Zeno hinter ihr gekauert hätte, als würde er ein Bündel schnüren. Sie hätte gespürt, wie ihr Kiefer knackte, Blut wäre ihr in die Augen gequollen. Dann hätte er sie auf die Seite gerollt und wäre keuchend aufgestanden. Dann der Beckenschlag. Und dann: *Auf Wiedersehen, Sophie, du bist tot.*

Pascoe dachte, daß nur ein wahrer Künstler sich um einen derart eleganten Touch bemühen würde, nur ein echter Egozentriker. Sophie dachte: *Auf Wiedersehen, Sophie, du bist tot.*

Pascoe zog sich aus und ging ins Bett. In seinem Blick lag eine leere Kälte, etwas Unversöhnliches. »Wir können ihn herauslocken«, sagte er, »oder wir können warten, bis er uns herauslockt oder wir können einfach abreisen. Wenn wir abreisen, wird er uns womöglich folgen, obwohl das nicht sicher ist.«

»Ist es das, was du tun willst?«

»Ich weiß es nicht. Nein, ich glaube nicht. Ich hätte kein gutes Gefühl dabei: ihm den Rücken zuzuwenden.«

Sophie trug Jeans. Sie zog sie aus und ließ sie auf dem Boden liegen. Es folgten Pullover und T-Shirt. »Wie willst du ihn herauslocken? Wenn das dein Plan ist.«

»Zunächst mal, indem ich einfach hier bleibe. Keine Verabredungen zum Dinner, keine Treffen. Wenn wir sein Spiel nicht mitspielen, wird er direkter werden müssen.«

Sie zog ihre Unterwäsche aus, den Blick auf einen fernen Gedanken gerichtet. »Und was sonst noch?«

»Vermutlich werde ich Risiken eingehen. Mich alleine an einsame Orte begeben, regelmäßig.«

»In der Hoffnung, daß er das Muster erkennt und versucht, es sich zunutze zu machen.«

»Ja.«

Sie kroch neben ihn ins Bett und schloß kurz ihre Augen. Vielleicht stellte sie sich den Ort vor, wo Zeno und er sich möglicherweise trafen, ein karges Stück Land in ihrem Kopf. Sie öffnete die Augen wieder, als Pascoe sich zu ihr herüberbeugte, um sie zu trösten. Er berührte ihre Wange, und sie fuhr wie elektrisiert hoch, ihre Hände auf seinem Körper, fast wild.

»Was ist los?«

Sie mühte sich, ihn umzudrehen, ihn auf sich zu ziehen. »Ich weiß nicht.« Sie klang fast, als habe sie Angst. »Ich bin so geil, daß ich in Ohnmacht fallen könnte.« Sie spreizte lüstern die Beine. »Um Himmels willen komm in mich.«

Im selben Augenblick begann sie bereits zu kommen, ihre Hüften zuckten so heftig, daß sie ihn fast abgeworfen hätte. Sie schrie wie von Feuer erfaßt, klammerte sich an den Moment und ließ ihr Becken erst ganz langsam wieder sinken.

Sie lag schlaff unter ihm wie nach einem Sturz, streckte beide Arme aus und umklammerte den Bettrahmen. »Noch mal«, sagte sie.

Pascoe erkannte, wo diese Erregung, dieser unstillbare Hunger hergekommen war. Es war die Schnur um ihren Hals, die Hände des Mörders, seine Stimme auf dem Band, die laut ihren Namen sagte. Er lag neben ihr und beobachtete, wie sich ihre Brust im Schlaf hob und senkte, das Pochen des Pulses an ihrer Schläfe, und war dabei ruhelos wie ein Ehemann, der seine Frau der Untreue verdächtigte.

Er schaltete das Licht aus, aber die Dunkelheit verursachte ihm eine Gänsehaut, also knipste er es wieder an, hob Sophies Pullover auf und hängte ihn über den Lampenschirm. Sie sprach im Schlaf, ein Plätschern von Silben, als wolle jemand ein Instrument imitieren. Ihre Wärme strömte ihm entgegen, als er wieder ins Bett kam.

Die Türen des Lifts öffneten und schlossen sich wieder mit einem Geräusch wie ferner Regen. Pascoe stand auf und überprüfte das Schloß an der Tür. Er konnte sich atmen hören.

Das Palings war ein altes Gebäude, seine Fassade hatte seit fast einem Jahrhundert dem Meer und den herrschenden Winden getrotzt. Pascoe lag still und lauschte, wie die Balken sich senkten und die Rohre tickten. Sophie war wie eine Maschine, die man nicht abgeschaltet hatte; er konnte die Hitze und Energie in ihr spüren. »Noch mal«, hatte sie gesagt, die Hände ausgestreckt und das Gesicht abgewandt. Pascoe hatte eine plötzliche Erregung verspürt, als hätte seine Lust die ihre eben erst eingeholt.

Sie streckte einen Arm in die Luft, ließ ihn wieder aufs Laken fallen und zuckte heftig. Pascoe war fast eingeschlafen. Er berührte ihre Hand und murmelte: »Okay ...« Doch das war nur ein Reflex, das Bett unter ihm sank tiefer und tiefer.

Als Pascoe erwachte, war das Zimmer eine Höhle, beleuchtet vom matten Schimmer der verhängten Lampe. Straßengeräusche drangen an sein Ohr. Er öffnete die Vorhänge, und grelles Tageslicht strömte herein.

Sophie war weg. Ihre Jeans lag noch auf dem Boden, genau wie die Unterwäsche, aber sie hatte ihre Schminksachen aus dem Badezimmerschränkchen und ihre Zahnbürste aus dem Glas am Waschbecken genommen. Er sah, daß der Kassettenrecorder bewegt worden war, und entdeckte, daß sie das Band herausgenommen hatte. Als ob das ein fairer Tausch wäre, hatte sei ihm die Pistole neben die Blumen auf den Couchtisch gelegt.

Eine Nachricht hatte sie nicht hinterlassen, aber er wußte, daß sie nicht zurückkommen würde.

23

»Fünftausend Pfund. Zum Verjuxen. Es garantiert Ihnen kein sorgenfreies Leben bis ans Ende Ihrer Tage, aber damit läßt sich bestimmt eine Menge Spaß kaufen. Fahren Sie in Urlaub. Nehmen Sie eine Freundin mit.«

Ellwood fragte sich, von wo Annie Roland anrief. Eine offene Leitung aus Hilarys Büro, vermutete er. Er hatte sein kleines Aufnahmegerät mit einem Gummisauger am Telefonhörer befestigt. Er saß tief in seinem Sessel, noch nackt vom Duschen, die Fersen auf einen Mahagoni-Schreibtisch gelegt. Der Zimmerservice hatte zum Frühstück Obst gebracht, und Ellwood hatte sich einen halben Pfirsich geschält. Er rollte die fleischige Kuppel über seine Lippen, während er auf Annies Antwort wartete. Nimm dir Zeit, dachte er. Am Ende wirst du schon dorthin kommen.

»Warum ist fünftausend der angemessene Preis?«

»Wie wollen Sie so etwas quantifizieren?« fragte Ellwood. »Es geht nicht um das Geld – es geht um die Bereitschaft, es zu tun. Würden Sie für dieses Geld jemanden umbringen? Ich glaube nicht. Aber es gibt Menschen, die es für Pennies tun. Weil sie es wollen, verstehen Sie. Sie tun es oder Sie lassen es. Aber Sie reden ja schon mit mir am Telefon. Also ist klar, daß Sie es tun werden. Okay, der nächste Punkt ist: Wie setzen wir einen Preis fest? Das ist leicht – fünf Riesen würde ich zahlen, auch wenn Sie es nicht wären. Das würde ich jedem zahlen. Es ist der übliche Kurs – der Marktpreis, verstehen Sie? Wenn Sie jemand wären, auf dessen Informationen unsere Abteilung angewiesen wäre, würde ich einen Ausgabebeleg über fünftausend Pfund einreichen, und Hilary würde ihn unterschreiben.«

Er fühlte sich prächtig. Er wußte immer, wann die Dinge gut für ihn liefen. Pfirsichsaft sickerte von seinem Handballen auf seine Brust und sammelte sich in der Kuhle seines Bauchnabels.

»Wenn Sie wissen, *wieviel* Sie zu zahlen haben«, sagte Annie, »dann wissen Sie sicher auch, *wie*.« Sie meinte kleine, gebrauchte Scheine ohne fortlaufende Seriennummern.

»Sie haben so was schon öfter gemacht, was?«, sagte Ellwood. Er grinste trocken, seine Stimme klang spöttisch. Freudig erregt, wurde ihm im selben Moment klar, daß er absolut richtig gelegen hatte: Sie hatte es schon öfter getan.

»Da Sie es erwähnen«, sagte Annie, »ich werde in der Tat einen Urlaub machen. Ich brauche das Geld heute abend. Ich hoffe, das läßt sich machen.« Sie klang zickig und ungeduldig.

»Kein Problem.«

Sie nannte ihm ein Motel und die Nummer eines Apartments, eine Straße zwischen nirgendwo und nirgendwo. »Ich bin Ihre Versicherung, Ellwood, und Sie meine.« Ein Pfirsichsaftrinnsal mäanderte in die Falte seiner Hüfte. »Selbstverständlich – so läuft das.« Es entstand ein Schweigen, als bliebe noch etwas zu sagen. Ellwood preßte sich den ausgelutschten Pfirsich in die Leiste und rieb ihn auf und ab, wobei er mit der Faust den süßen Saft auspreßte. Ein Schauder der Lust erfaßte ihn.

»Okay?« sagte Annie.

Ellwood warf den Pfirsich beiseite und legte seine Finger um die warme, glitschige Masse, Härte und Süße, Haß und Lust. Er ließ seine Hand langsam auf und abgleiten, die Augen geschlossen, die Zähne zu einem Lächeln zusammengebissen.

»Okay?«

»Bestens«, sagte er, »wunderbar.« Ein weiteres Schweigen senkte sich auf die Leitung. Als sie schließlich auflegte, hielt er den Hörer weiter ans Ohr gepreßt, als würde sie ihm noch immer zuhören.

Zenos Methode, Carla zu schützen, waren Lügen und Halbwahrheiten. Ellwood war der Finanzberater – so lautete seine Geschichte. Meistens trafen sie sich in Ellwoods Hotel. Wenn Ellwood zu ihm kam, drängte Zeno darauf, daß er so schnell wie möglich wieder ging.

Carla machte sich hinter dessen Rücken über Ellwood lustig. Manchmal kam sie, wenn Ellwood weggefahren war, aus ihrer Verbannung in der Küche zurück, imitierte seinen spinnenartigen Gang und fragte: »Was hatte das alte Steingesicht denn diesmal zu erzählen?« Nervös wandte sich Zeno jedesmal ab und lachte.

Und Tom Carey? Er war der Priester, der die Patienten in der Privatklinik auf dem Hügel besuchte. So hatten sie sich kennengelernt, erzählte er ihr. Zeno sagte, daß er den Mann ganz gerne mochte, sich aber nicht auf eine enge Freundschaft mit ihm einlassen wollte.

»Kommt er auch?« hatte Carla gefragt. »Zu deinen Zaubervorstellungen für die Leute da oben?«

»Manchmal.«

Einmal hatte Carla sie getroffen, als sie gemeinsam den Strand entlang wanderten. Das war nicht geplant gewesen; keiner von beiden hatte der Welt um sich herum irgendeine Beachtung geschenkt: Sie waren praktisch ineinander gelaufen. Carla war im Begriff gewesen, Einkaufstüten zum Wagen zu tragen. Sie hatte sie auf der Ufermauer abgestellt, um Carey die Hand zu schütteln. Zeno hatte aufs Meer geblickt, während ein paar Worte gewechselt wurden, hatte dann seine Hand auf Careys Arm gelegt, als wolle er ihn weiterziehen.

»Angeln«, hatte Carey ihr erklärt. »Ich wohne im Windrush – ein Stück die Küste hinunter.«

Carla hatte Zenos Anspannung bemerkt. Seine Sehnsucht fortzukommen – sein Verlangen nach Bewegung – war so stark gewesen, daß es ausgesehen hatte, als würde er sich in den Wind lehnen.

»Vielleicht spricht er mit Ihnen«, sagte Carla. »Mit mir redet er nie – jedenfalls nicht über wichtige Dinge.«

»Was ist denn los?« Carey sah, daß sie nervös war.

»Werden Sie mit ihm reden?«

»Ja, sicher. Aber was ist denn los?«

»Ich weiß nicht, was es ist. Ich weiß nur, daß da was ist.«

»Wo ist er jetzt?«

»Zu Hause. Ich bin unter einem Vorwand noch mal losgegangen. Ich werde ein paar Stunden spazierengehen. Es ist ein sonniger Tag.«

Carey verließ sein Zimmer und ging zu Ellwood. »Ich hab gerade einen Anruf von dem Mädchen erhalten«, sagte er. »Sie scheint sich Sorgen um ihn zu machen.«

»Warum?«

»Na ja, das hat sie nicht gesagt. Er erzählt ihr nichts. Sie ist mehr fürs Bewundern«, sagte Carey, »als für harte Tatsachen.«

»Glaubst du, daß er sie liebt?«

»Da bin ich ganz sicher.«

»Tatsächlich...« Ellwood lächelte gedankenvoll. »Das ist gut zu wissen.«

»Ich werde mit ihm reden. Ich fahre jetzt rüber.«

»Wenn irgendwas passiert ist«, sagte Ellwood, »will ich wissen was. Ich muß heute noch jemanden treffen. Ich bin entweder am späten Abend oder morgen zurück.«

Ellwood hatte die Tür im Bademantel geöffnet. Jetzt schüttelte er ihn ab und begann sich anzukleiden. Carey wandte den Blick ab. Die knorrige Dürre des anderen, sein glatter Leib und der matte Ton seiner Haut ließen Carey an ein blut- und geruchloses, ein gehäutetes Tier denken.

»Ich weiß nicht, wieviel Zeit wir mit Piper noch haben, aber ich gehe davon aus, daß es nicht mehr viel ist.« Ellwood erzählte Carey nicht, wie eng die Sache in Wirklichkeit war oder welche Methoden möglicherweise angewandt werden mußten.

»Er hat sich verändert«, sagte Carey. »Ist dir das aufgefallen?«

»Wir haben uns alle verändert.«

»Nein, das stimmt nicht.« Carey warf einen Blick hinüber. »Wir sind nur älter geworden.«

Ellwoods Kleidung war farblich so neutral und vom Schnitt her so gewöhnlich, daß er beim Ankleiden darin zu verschwinden schien. »Müßte ich es bemerkt haben?«

»Er hat zwei Menschen ermordet.«

»Ach, das.« Ellwood lächelte. »Glaubst du, daß er sich verändern mußte, um töten zu können? Mit Veränderung hat das gar nichts zu tun.«

»Womit dann?«

»Mit Evolution«, sagte Ellwood.

Er nahm seine Autoschlüssel, seine Sonnenbrille und die Brieftasche. »Pater Tom«, sagte er, als würde er Carey zum ersten Mal nach langer Zeit wiedersehen. Der Ton irritierte Carey und machte ihn ungeduldig.

»Hör zu, Wallace. Ich war ein kleiner Fisch. Ich war ein winziges Glied in einer unendlich langen Kette. Ich bin nicht nach Afrika gegangen und nicht nach Lateinamerika, ich habe nicht für die Sache der Befreiungstheologie gelitten. Ich habe nie etwas *Mutiges* getan. Du hast mich rekrutiert, als das nicht schwierig war. Ein radikaler Priester in einem revolutionären Jahrzehnt. Ich hab ein paar Aufträge für dich erledigt – meistens habe ich irgendwelchen Menschen zugehört und Informationen weitergereicht. Nicht sehr anspruchsvoll. Ich hab mich in dem Glauben gewiegt, es sei riskant, und deswegen hatte ich irgendwie ein gutes Gefühl dabei. Jetzt bin ich hier und tue es wieder, aber diesmal habe ich *kein* gutes Gefühl mehr.«

Ellwood wartete geduldig. Er unterdrückte den Impuls, auf die Uhr zu blicken. »Wie fühlt es sich denn an?«

»Böse«, sagte Carey.

Einen Moment lang sah ihn Ellwood mit leerem Blick an wie ein Mann, der ein Wort in einer Sprache hört, die er nicht kennt. Dann lachte er. *»Böse!* Großer Gott, wo hast du denn das ausgegraben?«

»Die Berliner Mauer ist gefallen, Osteuropa hat sich die Demokratie übergestreift wie einen alten Mantel, und wir sind alle die Dummen, Wallace. Keiner hat gewonnen. Findest du das nicht komisch? Und du bist angeblich hier, um herauszufinden, ob ein verrückter alter Mann ein Doppelagent war. Nun, es überrascht mich, daß du es nicht weißt. Schließlich hast du doch selbst auf der falschen Seite des Eisernen Vorhangs gearbeitet, oder nicht? Eine von dir aufgebaute Nachrichtenkette, die irgendwo in Ostdeutschland endete. Ich hab nur weitergegeben, was ich wußte.« Carey stieß ein bellendes Gelächter aus. »Und mit jeder gestohlenen Silbe rückte die Revolution des Volkes näher. Das war ich – ein Glied in der Kette. Aber du warst etwas viel Größeres. Viel glanzvoller. Du warst ein Verräter. Aber die Zeiten ändern sich, Wallace, nicht wahr? Und jetzt bist du hier, ein überlebender, der für die siegreiche Seite arbeitet.« Carey hielt einen Moment inne, doch Ellwood hatte beschlossen, ihn zu Ende anzuhören. »Du hast dich nie für eine Seite entschieden; du hast dich immer nur für dich selbst entschieden. Ich hab mir eingeredet, daß wir beide für eine gemeinsame Sache arbeiten würden. Das haben wir nie. Und jetzt frage ich mich, ob du mir jemals die Wahrheit gesagt hast. Und ich frage mich, warum du überhaupt hier bist.«

»Ich bin hier, weil ich dafür bezahlt werde«, sagte Ellwood. »Die interessantere Frage ist, warum bist du hier?«

»Familiäre Bande«, sagte Carey. »Ich fühle mich verbunden. Ich bin nicht gekommen, weil du mir versprochen hast, ich könnte haben, was ich wollte, ich bin wegen der Vergangenheit hier.« Das war so in etwa die Wahrheit – jedenfalls so viel davon, wie er Ellwood zu geben bereit war. Unklugerweise fügte er noch hinzu: »Ich fange an zu erkennen, daß das nicht reicht.«

Ellwood machte einen Schritt auf ihn zu und senkte die Stimme, als wären sie nicht allein. Zum ersten Mal fühlte Carey sich bedroht. »Ich muß Erkundigungen über Piper einholen«, sagte er, »und du mußt mir dabei helfen. Du hast völlig recht, von der Vergangenheit zu reden. Die Vergangenheit kann jedem weh tun – einschließlich dir. Vielleicht hast du ja im Sinne deiner Religion wahrhaftig gehandelt, wer weiß – wen kümmert's? Doch du hast dein Land verraten. Denk immer daran. Nun, seit damals hast du ein paar Botengänge für mich erledigt, ohne zu genau nach den Hintergründen zu fragen. Daran solltest du auch denken. Unsere Beziehung hat nichts mit einer gemeinsamen Sache zu tun, *Pater* Tom, sie basiert auf Angst, Schuld und Macht – wie jede aufrichtige Beziehung. Am Anfang war es vielleicht eine gute Sache, aber inzwischen ist es zur Gewohnheit geworden.« Er setzte seine dunkle Brille auf. »Tu, was ich von dir verlange, dann kannst du gehen. Weißt du noch, wie es früher war? Du sollst nur mit ihm reden.« Als ob sonst nichts gesagt worden wäre, fügte er noch hinzu: »Ich weiß, er ist labil. Halt ihn nur lange genug im Gleichgewicht, okay? Sorg dafür, daß er in Pipers Nähe bleibt. Das ist alles, wozu er da ist.«

Ellwood streckte zwei Finger aus und ballte die übrigen lose zur Faust. Damit schlug er direkt vor Careys Gesicht das Kreuzzeichen. Geh mit Gott«, sagte er.

Carey stand allein im Zimmer. In einer Schale lag frisches Obst. Er nahm einen Apfel und biß hinein. *Ein paar Botengänge*... ja, das hatte er getan, ohne wirklich zu wissen, was sie zu bedeuten hatten oder für wen sie waren. Vielleicht um der guten alten Zeiten willen – der alten Zeiten, die es nie gegeben hatte. Erst kam der Glaube, dann die Verstrickung, danach – wenn man erst mal zur Familie gehörte – war es egal, auf welcher Seite man stand.

Carey und Zeno waren früher einmal auf derselben Seite gewesen, bevor sie Teil der Familie wurden – mit Ellwood als *pater familias*. Doch jetzt, das wußte Carey, kämpfte jeder für sich gegen die Vergangenheit.

Ich wünschte, ich könnte ihm helfen, dachte Carey. Ich wünschte, er könnte sich selbst helfen. Ihm wurde klar, daß er so von einem Mann dachte, der zwei Morde begangen hatte, doch das schien merkwürdigerweise überhaupt kein Thema – keine Familienangelegenheit.

Er hatte Angst um Zeno, und voller Furcht sagte er laut, als wäre Ellwood noch immer hier, um ihn zu hören:

»Er ist ein Mörder, Wallace, aber er redet wie ein Selbstmörder.«

24

Zwischen nirgendwo und nirgendwo fand Ellwood das Motel. Er war nach London gefahren und hatte die Stadt mit fünftausend Pfund in einem Aktenkoffer wieder verlassen. Nach einer weiteren Stunde hatte er ein fünf Meilen langes

Stück Autobahn durch das Vorland erreicht. Zwei Spuren nach Süden und zwei Spuren nach Norden – Wagen in endloser Kolonne, Container-Trucks wie Kliffs auf Reisen, in den Windschatten des Vordermanns gepreßt. Der Lärm war so konstant und durchdringend, daß er eine Art Stille erzeugte.

Das Motel stand maximal fünfzig Meter von der Autobahn entfernt auf der Böschung der südlichen Fahrbahn. Es war das einzige Gebäude weit und breit, U-förmig mit zwei Reihen von Apartments, die beide in einen Komplex mit Restaurant und Rezeption mündeten. Vor Apartment fünfzehn parkte ein silberfarbener VW-Golf. Ellwood fuhr daran vorbei und stellte seinen Wagen nahe dem Ende der Reihe ab. Ein schwacher, aber durchdringender Geruch von Benzin lag in der Luft.

Wenn man eines der Apartments betrat, hätte man schwören können, man sei taub geworden. Die dreifach verglasten Fenster sperrten jedes Geräusch aus. Draußen endlose Motoren und das Dröhnen der Geschwindigkeit, drinnen ein Vakuum. Annie hatte weder Fernseher noch Radio eingeschaltet. Nachdem sie die Tür hinter Ellwood geschlossen hatte, wanderte ihr Blick sofort zu dem Aktenkoffer.

»Genau«, erklärte Ellwood ihr. »Das ist für Sie. Und was kriege ich dafür?«

»Zeigen Sie's mir.« Annie schien ihre Sachen nicht ausgepackt zu haben. Der Raum war von ihrer Anwesenheit unberührt – kein Koffer, keine herumliegenden Kleidungsstücke.

»Ich gehe ins Bad«, sagte Ellwood. »Sehen Sie selbst nach.«

Im Bad fand er weder Make-Up noch Zahnbürste, keine Crèmes und kein Shampoo.

Annie hatte den Aktenkoffer geleert und stapelte die Notenbündel jetzt säuberlich abwechselnd längs und quer wieder hinein.

Ellwood kehrte zurück. »Es ist völlig richtig, vorsichtig zu sein«, sagte er. »Vertrauen ist was für Schoßhunde.«

Annie legte das letzte Paket in den Koffer und klappte ihn

zu. »Hier ist der Deal«, sagte sie. »Ich werde Ihnen etwas über Todd geben, das Ihnen Immunität garantiert. Aber für den Fall, daß Sie vorhaben sollten, mich in irgendwelche Sachen zu verwickeln oder mich als Tauschobjekt in irgendeinem schmutzigen Handel einzusetzen, ich kenne drei oder vier Enthüllungsjournalisten, die mit Kußhand eine Titelstory über Ihre miesen Machenschaften schreiben würden.«

Ellwood breitete seine Arme aus. »Um Himmels willen...«

Annie sah ihn einen Moment lang an und wandte sich dann ab. »Sparen Sie sich Ihr ahnungsloses Lächeln«, sagte sie. »Ich bin die Frau, die Sie zum Dinner ausgeführt haben, wissen Sie noch?«

... mit einem Dorn im Arsch und meinem Sperma überall im Gesicht.

»Okay, Sie haben mich gewarnt.« Ellwood zuckte die Schultern und ließ sich aufs Bett fallen, die Schultern gegen das Kopfteil gelehnt, die Schuhe auf das Fußteil gelegt. »Jetzt bezahlen Sie.«

»Er versorgt einen Polizisten mit Drogen, der Bulle verkauft sie weiter, und Hilary kassiert die Hälfte des Erlöses.«

»Drogen?«

»Heroin und Kokain.«

»Beschlagnahmter Stoff gegen Bares«, sagte Ellwood.

»Genau.«

Das Department benutzte häufig Narkotika als Bezahlung oder Bestechungsgeld. Drogen tauchten einfach auf, ohne irgendwo registriert zu sein. Vom Zoll beschlagnahmte Lieferungen machten die Runde wie Küsse auf einer Party – die Polizei, SAS, Abteilungen wie von Todd... und dann weiter an die Leute, für die es ursprünglich bestimmt war – die Syndikate, die sie zu Straßenpreisen auf den Markt brachten.

»Und Hilary schürft sich von oben noch Sahne ab...«

»Ein Bulle vom Drogendezernat namens Tremayne. Er versetzt den Stoff, und der Gewinn geht auf ein Konto, das unter einem fiktiven Namen bei der London Wall läuft.«

»Wer weiß sonst noch davon?«

»Niemand. Todd, Tremayne und ich.« Sie dachte einen Moment lang nach. »Möglicherweise Todds Broker. Irgend jemand muß ja das Konto verwalten. Ich kann mir nicht vorstellen, daß sich Todd mit den gängigen Guthabenzinsen zufrieden geben würde.«

»Und wie kommt es, daß *Sie* davon wissen?«

»Beschlagnahmter Stoff gegen Bares ist nur ein möglicher Tauschhandel. Man kann alles mögliche verkaufen. Man muß mit dem arbeiten, was man hat. Ich kann Informationen beschaffen – das kann jede gute Presseagentin.«

»Sie haben sein Büro verwanzt.«

Annie lachte. »Nichts derartig Kompliziertes: ein Bandgerät. Mit mir reden sie immer zuerst, wenn wieder mal ein Großreinemachen in der Abteilung ansteht. Ich trage es einfach zusammen.«

»Was wissen Sie sonst noch?«

»Eine Menge«, sagte sie. »Aber Ihr Geld ist verbraucht.«

»Großartig.« Er schwang seine Beine vom Bett und machte sich mit einem breiten Grinsen auf den Weg zur Tür. Als er an ihr vorbeikam, raffte er mit einer Hand ihr Haar im Nacken und zog fest daran. Sie verlor das Gleichgewicht und konnte nicht verhindern, daß er sie in seine Arme zog. Sie stolperte, ein Knie gab nach, ihr Gesicht war nahe vor seinem, und er küßte sie, kurz und flüchtig nur, blitzschnell schob sich seine Zungenspitze zwischen ihre Lippen.

Die Tür fiel hinter ihm zu. Annie fand sich auf der Bettkante sitzend wieder, die Hände zwischen die Knie geklemmt, die Augen zu Boden gerichtet. Sie war sich nicht sicher, wie sie dort gelandet war – wie jemand, der beim Berühren eines Haushaltsgeräts einen elektrischen Schlag bekommt und auf die andere Seite des Raumes geschleudert wird.

Nach einer Minute ging sie ins Bad, beugte sich über das Becken und übergab sich.

Zeno ließ eine Münze über seine Fingerknöchel rollen, vor und zurück, ein kleiner Akrobat, dann warf er sie hoch, fing sie auf und legte sie verdeckt auf den Handrücken.

»Kopf«, sagte Pater Tom.

»Die meisten Menschen sagen Kopf. Wenn sie eine Zahl nennen sollen, sagen die meisten sieben oder neun. Wir schaffen uns unsere eigenen Illusionen.« Er gab die Münze frei. Zahl lag oben.

»Kannst du das jedesmal?«

»Ich habe nicht gemogelt.«

»Ich glaube dir«, sagte Pater Tom. »Was für einen Auftrag erledigst du für Wallace?«

»Nach der Vorstellung gehe ich ins Büro und photographiere die Unterlagen über den alten Mann. Über Piper. Die Filme gebe ich Wallace.«

»Mehr hat er nicht verlangt von dir?« Carey hatte die Sorge in Ellwoods Stimme gehört, als er von Piper und Deadlines gesprochen hatte.

»Einmal habe ich ihn auch besucht.«

»Piper.«

»Ja.«

»Wann?«

»Neulich abend.« Zeno warf erneut die Münze hoch. »Es ist Kopf«, sagte er. »Siehst du – alles eine Frage des Glücks.« Er warf sie ein weiteres Mal, und als er diesmal die Hand hob, lagen zwei Münzen auf seinem Handrücken. Er warf die Münze ein drittes Mal. Jetzt waren es drei Münzen, alle mit Kopf nach oben. »Glück«, sagte Zeno. »Glück, Glück, Glück.«

»Möchtest du reden? Gibt es irgend etwas, worüber du mit mir sprechen willst?«

Zeno verschränkte die Arme und verbeugte sich. »Vergib mir, Vater, denn ich habe gesündigt.« Er lachte, und die Münze wirbelte hoch, surrend vom Schnippen des Daumennagels, eine silberne Scheibe auf einer silbernen Spindel. Er fing sie auf und zeigte seine Hand: Jetzt waren es vier Münzen. »Ich habe gelogen: Ich pfusche immer. Was gibst du mir dafür auf? Eine Heilige Maria, Mutter Gottes für jede Münze?«

Sie waren den ganzen Vormittag zusammengewesen, aber es war wenig gesagt worden. Zeno hatte gelächelt und Smalltalk gemacht. Carey fand die ganze Vorstellung unheimlich. Nach ein paar Stunden hatte sich Zeno einfach auf den Boden gelegt und war eingeschlafen. Er hatte noch immer geschlafen, als Carla zurückkam.

Sie hatte ihnen etwas gekocht und war wieder gegangen. Sie wußte, daß Zeno sie von aller Welt außer sich selbst fernhalten wollte. Sie hatte ein paar Besorgungen vorgetäuscht und die beiden Männer allein gelassen.

»Ich möchte nicht, daß du hierher kommst«, sagte Zeno. »Wir können uns in deinem Hotel treffen. Oder unten am Strand.«

»Ja, in Ordnung.«

»Schon bald kann ich gehen. Ich werde Carla von hier wegbringen.« Die Ereignisse des vorherigen Abends deprimierten ihn. Eine derart brillante Vorstellung, so minutiös vorbereitet – alles arrangiert für eine prächtige Inszenierung.

Ich gebe eine Zaubervorstellung ...

Zuerst Marianne – ein simpler Taschenspielertrick. Dann Nick – ein kleines Stück und Magie und Täuschung.

... und jemand stirbt.

Seine Vorstellungen waren mit jedem Mal ausgefeilter geworden: Er schrieb das Skript, arrangierte die Bühne und übernahm die Hauptrolle. Der Moment, als Pascoe sich hingesetzt und einen Schluck Wein getrunken hatte! Ein Triumph! Als Sophie den Walzer mit ihm getanzt hatte...

Sie mußten sterben, damit die Zukunft sicher war. Und die Vergangenheit ein Geheimnis blieb.

»Was hat er gesagt? Piper. Als du ihn besucht hast.«

»Er wollte eigentlich gar nicht reden. Ich habe ihm ein Kunststück vorgeführt. Das hat ihm gefallen.«

»Er hat nichts gesagt?«

»Ich habe die Fragen gestellt, die Wallace mir aufgetragen hatte. Er hat nur unzusammenhängendes Zeug geredet. Er ist wahnsinnig.«

»Ich weiß«, sagte Carey. »Und du?«

Schweigen breitete sich im Raum aus. Carey wußte, daß er zu weit gegangen war. Sie saßen schweigend beieinander, während die Minuten verstrichen, Beichtvater und Bittsteller, die beide zu viel und zu wenig voneinander wußten. Zeno sagte: »Hör zu. Manchmal weiß ich selbst nicht, wer ich bin. Ich kann in einen Laden gehen und etwas kaufen. Ich kann mit Leuten reden. Ich kann die Fragen stellen, die Wallace mir aufträgt. Ich kann mich an die Vergangenheit erinnern und mich davor fürchten. Ich kann mir die Zukunft vorstellen und Angst haben, sie nicht zu erreichen. Ich weiß, daß ich nicht verrückt bin, wie der alte Mann, wie Piper verrückt ist, weil verrückt etwas anderes ist. Verrückt sein heißt, im Nebel zu leben und sich die Hosen vollzupissen. Ich hasse Wallace, und ich glaube, dich hasse ich auch. Ich liebe Carla, aber manchmal bekomme ich Angst vor mir selber. Jetzt habe ich auch Angst. Liebe und Haß... und dazwischen ich.«

»Und du weißt nicht, wer das ist«, sagte Carey.

»Ich gebe eine Zaubervorstellung und jemand stirbt...«

»Was?« Carey glaubte, sich verhört zu haben; ein Schauder erfaßte ihn.

»...Marianne und Nick, weil ich *das* bin, *das* ist der Mensch, den jeder in mir sieht, *das* ist der Mensch, mit dem Piper redet, der Notizen aus Harris' Unterlagen stiehlt, *das* ist der Mensch, den Wallace braucht...«

Er dachte an Sophie in seinem Arm und daran, wie die Schnur um ihren Hals gefallen war. Er hatte ihr sein Zeichen aufgedrückt, bevor er geflohen war, hatte ihre Angst spüren wollen. Er war wütend gewesen, weil Pascoe sein Script umgeschrieben hatte. »Wenn ich auf der Bühne bin«, sagte er, »weiß ich, wer ich bin.«

»Wer?«

Er ließ die Münze rollen und warf sie in die Luft. Fünf Münzen landeten auf seiner Hand. »Der große Zeno...«

»Was macht dich unglücklich?« fragte Carey. »Warum bist du so deprimiert? Ist alles in Ordnung – mit Carla?«

Die Erwähnung ihres Namens alarmierte Zeno. Er drehte den Kopf wie ein Tier, das plötzlich Gefahr wittert. »Wo ist sie?« fragte er. »Wo ist Carla? Sie sollte längst hier sein.«

»Sie hatte noch was zu erledigen, hat sie gesagt.«

»Es ist schon spät.« Zeno wandte den Kopf hin und her, als wolle er eine Witterung aufnehmen. »Du solltest jetzt besser gehen. Sie wird zurückkommen, wenn du gehst.«

»Hat Wallace dir wegen Piper irgendwelche neuen Anweisungen gegeben? Hat er dich gebeten, mehr zu tun, als nur die Filme von Pipers Akte zu bringen?«

»Du solltest jetzt besser gehen.«

»Wie ich sehe, habe ich dich aufgeregt. Dabei will ich dir nur helfen. Wie früher.« Carey kam sich alt und schmutzig vor, abgetragen und fadenscheinig. »Vergib mir, Vater...« warf er Zeno das Stichwort hin.

Zeno stürzte sich auf ihn – ein plötzlicher Impuls mörderischer Wut aus dem Nichts. Er schlug mit der um die fünf Münzen geballten Faust zu – sie hatte die Wucht eines Totschlägers. Carey wankte zurück, sein Kopf schnellte hin und her wie auf einer Sprungfeder, und ein blutiger Schleier legte sich vor sein Gesicht. Zeno stand mit herabhängenden Armen vor dem Priester, das Gesicht fahl und leer vor Wut. Sein Schlag hatte Carey an der Augenbraue getroffen, die aufgeplatzt war, ein langer Riß, der sich bis zur anderen Braue erstreckte. Als sie sich so auf Armlänge gegenüberstanden, liefen fünf Blutspuren über Careys Gesicht wie Regentropfen, die sich über eine Fensterscheibe jagten. Er hielt die Hand an die Wange, um sie aufzufangen.

»Schon gut«, er streckte die blutige Hand aus, als wolle er einen Gefallen zurückweisen. »Mach dir keine Sorgen.«

Die Wut in Zeno legte sich. Er machte einen Schritt zurück, benommen und atemlos, dann fand er sich mit dem Rücken gegen die Wand gelehnt auf dem Boden sitzend wieder. Er dachte, Carey hätte die Tür beim Gehen hinter sich zugeworfen, aber es war Carla. Er fragte sich, ob er eine Weile geschlafen hatte oder nur tief in Gedanken versunken gewesen war.

Er kämpfte sich auf die Füße und fing sie in der Küchentür ab, schlang seine Arme um sie und zog sie an sich, so daß seine Wärme sie durchströmte genau wie an jenem Tag, als er sie am Strand aufgelesen hatte; verloren und ängstlich, wie er ein Opfer der Vergangenheit.

»Ich habe an dich gedacht«, sagte er. »Ich habe mir Sorgen um dich gemacht. Ich wußte nicht, wo du warst.«

Er drückte sie so fest an sich, daß sie nicht antworten konnte; es gab ohnehin nichts, was sie sagen wollte. Sie klammerte sich an ihn, die Arme um seinen Hals, ihr Gesicht in seiner Schulter vergraben wie ein Kind, das sich vor dem Gewitter fürchtet.

Sie war alles, was er wollte – aller Ehrgeiz, alle Liebe, aller Trost, alles Verlangen und alle Leidenschaft waren in Carla verkörpert. Sie murmelte etwas, irgendeine Bestätigung ihrer Liebe, und sie spürte, wie die Vibrationen ihrer Stimme durch seinen Körper rannen. Sie lehnte sich zurück und küßte ihn, dann ging sie in die Küche, ihre Behinderung diktierte das Schwingen ihrer Hüften. Sie hatte fürs Abendessen eingekauft, und breitete ihre Einkäufe auf der Anrichte aus: Wein, Käse, Spinat, Zwiebeln, Brot und die rosa-weißen Spitzen eines Lammrückens, als ob das Versprechen ihrer Zukunft darin läge, daß solche Alltäglichkeiten möglich waren.

Ich gebe eine Zaubervorstellung und jemand stirbt . . . Wenn dies hier vorbei ist und wir weit weg von hier friedlich und in Sicherheit leben, wird auch Zeno sterben müssen. Als ob man aus einer alten Haut steigen und sich ein neues Gesicht zulegen würde.

Er folgte Carla in die Küche, zog die Münzen hervor und zeigte sie ihr, bevor er sie eine nach der anderen hochwarf. Sie lächelte und sagte: »Kopf.«

Eine nach der anderen kamen sie herunter. Er fing sie auf und legte sie vor ihr auf den Tresen, alle nebeneinander, alle mit dem Kopf nach oben. Carla lächelte und küßte ihn. »Glück«, sagte sie.

Er erwiderte ihr Lächeln. »Es ist nur ein Zaubertrick«, sagte er. »Es ist nicht echt.«

25

Ein Glanz von Meerwasser überspülte den Rücken der Katze. Schaum brodelte um die Flanken des Seehunds und floß mit einem leise verklingenden Zischen ab.

Hier bin ich, dachte Pascoe. Kann ich dich locken? Komm und hol mich, du Schwein.

Rob Thomas hatte Sophies Adresse noch aus den Werbebrief-Dateien in Alex' Computer. Pascoe hatte ihre Telefonnummer bei der Auskunft erfragt und sich schon mindestens ein Dutzend Mal die Ansage ihres Anrufbeantworters angehört. Sophie hatte eine Mauer hochgezogen. Pascoe probierte verschiedene Reaktionen darauf aus und kam seinem wahren Gefühl mit jedem Mal näher – Ungeduld, Verärgerung, Unruhe, Sorge, Furcht... Schließlich wurde ihm klar, daß das, was er wirklich empfand, Angst war; nicht Angst um sie, sondern Angst, daß sie für immer aus seinem Leben verschwunden sein könnte.

Ich bin allein, Zeno, dachte er. Niemand ist bei mir. Los, komm...

Einmal ist Pech, zweimal ist ein Muster. Er erinnerte sich an Karens Abwesenheit wie an Schattenrisse jedes Zimmers in ihrem Haus; er dachte an Sophies Jeans und ihre Unterwäsche, die noch immer auf dem Boden lagen.

Ich werde nach London zurückfahren, in eine andere Gegend ziehen, Sophie regelmäßig treffen und meinen Job machen, als wäre ich irgendein ganz normaler Anwalt, und ich bin allein gekommen, du Schwein, warum tust du also nicht, was immer du vorhast?

Sophies Pistole beulte seine Tasche aus. Und warum, um alles in der Welt, hattest du überhaupt eine Pistole, dachte er. Habe ich dich das gefragt? Habe ich dich irgend etwas gefragt? Wir haben über die Vergangenheit geredet, aber nur über die, die wir einst geteilt haben. Was ist in der Zwischenzeit mit dir geschehen? Ich will es wissen.

Das Wasser ging zurück. Der Buckel der Katze begann zu trocknen, verfärbte sich von einem fast schwarzen Glanz zu jenem wahren, körnigen Taubengrau des Granits. Kristalle durchzogen den Fels wie kleine Äderchen und glitzerten in der Sonne.

Weißt du nicht, warum ich hergekommen bin? Genau. Um dich noch einmal zu treffen. Ich warte auf dich, Zeno...

Wolken trieben wie Banner über den Himmel, träge gleitende Möwen schrien, große, strahlende Lichtinseln schwappten auf der Wasseroberfläche.

Zeno... Es wäre im Augenblick das Vernünftigste, zurück nach London zu fahren, weiterzumachen, wo ich aufgehört habe, andere Verbrechen und Vergehen, noch mehr Anthony Stewarts und gewöhnliche Morde, die Folgen lebenslanger häuslicher Verachtung, Lust, Rivalität oder Gier. Sophie wiederfinden und sich darauf einigen, die Vergangenheit zu vergessen.

Aber ich weiß, daß du das nie tun wirst. Du hast Nick getötet. Vielleicht auch Marianne. Du hast versucht, mich zu töten. Und Sophie. Wirst du es aufgeben, wenn ich es tue? Nein, ich glaube nicht.

Also hier bin ich – und wo bist du?

... Sophie wiederfinden, weil da etwas geschehen ist, was mir schon seit Urzeiten nicht mehr passiert ist. Vielleicht war es nur die Macht der Vergangenheit, vielleicht hatte es mit unseren Verstrickungen in Angst und Schuld zu tun. Ich weiß es nicht, aber ich würde es gerne herausfinden.

Ich bin hier, ich bin allein, ich warte, aber du willst offenbar nicht kommen. Okay. Bisher ist alles nach deinen Bedingungen gelaufen. Briefe und Einladungen, Lügen und Illusionen. Damit ist jetzt Schluß. Wenn du nicht zu mir kommst, du Hund, dann komme ich zu dir. Und nicht auf deine Einladung. Nicht für eine deiner bühnenreifen Einlagen. Jetzt bin ich dran. *Ich* mache Jagd auf *dich*.

Das Meer verzog sich mit einem hohlen, immer leiser werdenden Dröhnen bis hinter die Sandbank vor der Küste und ließ eine schier endlose Fläche aus Felsen zurück. Bald würden der Buckel der Katze und der Seehund wie ausgedorrte Zinnen über einer Felswüste wachen. Büschel von Blasentang begannen in der Sonne zu trocknen und zu bleichen.

Er blieb noch eine weitere halbe Stunde so sitzen, dann stand er auf und ging langsam zur Flutkante. Jeder, der auf einem Morgenspaziergang unterwegs war, hätte ihn sehen müssen, eine einsame Gestalt in einer Wildnis aus Meer und Stein.

26

Vor dem Fenster floß die Themse, schmutzig und braun. Bei Ebbe konnte man im flachen Wasser am Ufer Ölfässer und Einkaufswagen sehen.

»Wir haben Probleme«, sagte Todd scharf wie ein Geschäftsmann, der einen schier unmöglichen Zeitplan einzuhalten hat. »Das heißt, du hast Probleme.« Er warf Ellwood einen raschen Blick zu, um sicherzugehen, daß der die Drohung zur Kenntnis genommen hatte. »Ein Insider... Ein Mann im Zentrum einer unserer Gruppen in Frankreich ist bei einem Segelurlaub in der Bretagne ermordet worden. Man hat nicht einmal den Versuch gemacht, es wie Raubmord aussehen zu lassen; er trug seine Brieftasche noch bei sich. Man könnte meinen, daß wir den Tod bemerken sollten.«

»Sie haben eine Botschaft übermitteln wollen...«

»Eine Warnung, ein Exempel, eine Willenserklärung, vielleicht alles drei.«

»Wegen Piper«, sagte Ellwood, »mußt du dir keine Sorgen machen, ich habe –«

Todd unterbrach ihn. »Du hast dir das vielleicht schon gedacht oder auch nicht, Wallace, aber ich kann dich nicht leiden. Das einzige, das deinen Hals bislang vor der Schlinge bewahrt, ist die kleine Operation, die du in Longrock inszeniert hast. Wir glauben, daß Piper uns sagen kann, wer von den Insidern weiß; dann wissen wir, was wir zu tun haben. Möglicherweise bekommen wir diese Information durch dich. So wie die Dinge im Moment liegen, ist das nach wie vor nützlich für uns. Genauer gesagt, es ist von entscheidender Bedeutung. Aber vielleicht kommt irgendwann der Zeitpunkt, wo es nicht mehr darauf ankommt. Wenn uns die Sache aus der Hand gleitet, werden wir sehr unglücklich und peinlichst berührt sein und in der Schuld von allen möglichen Menschen stehen, die wir lieber kontrollieren würden, als von ihnen kontrolliert zu werden. Das müssen wir um jeden Preis vermeiden.

Sollte uns das jedoch nicht gelingen – nun, dann wird manch einer glauben, daß es dein Fehler war, Wallace. Manch einer wird sagen, daß man dir einen Auftrag erteilt hat und daß du unfähig warst, ihn auszuführen. Und ob diese Kritik nun laut geäußert würde oder nicht, Wallace, die nackte Wahrheit ist doch, daß wir für dich dann eigentlich keine rechte Verwendung mehr hätten, oder? Du wärst für uns überhaupt nicht mehr wichtig. Wir könnten – wie soll ich es ausdrücken? – gut und gerne auf dich verzichten.« Todd machte eine Pause. »Jedenfalls«, fügte er noch hinzu, »könnte *ich* das bestimmt.«

Das Lächeln kehrte in Ellwoods Gesicht zurück. Eines der Dinge, die ihn besonders amüsierten, war das rote Taschentuch, das sich Hilary in den Ärmel geschoben hatte, als sei es ein Zeichen von vornehmer Herkunft. Es wird dir noch leid tun, daß du das gesagt hast, dachte er, du lächerlicher Fatzke, du alberne Tunte, du Stück Scheiße.

Als ob Todd ihn nie unterbrochen hätte, fuhr er mit seiner ursprünglichen Bemerkung fort: »Keine Sorge, Hilary. Ich habe jemanden in seiner Nähe plaziert.«

Wenn man durch die Stadt fährt, kommt man von einer numerierten Zone in die nächste. Das Zentrum ist Zone eins, der äußerste Stadtrand Zone sechs; Zonen, wo es früher einmal Viertel, Nachbarschaften gegeben hatte.

Pufferzonen und Kriegsgebiete. Am Rand der zweiten Zone in der Nähe des Bahnhofs – dort wo er immer hinging – gabelte Ellwood ein Mädchen auf und nahm sie mit nach Hause. Er schloß die Tür seiner Wohnung und stürzte sich sofort auf sie. Er drückte ihre Schultern gegen die Wand und drängte sein Knie zwischen ihre Beine. Obwohl ihre Gesichter nur Zentimeter voneinander entfernt waren, schien er sie nicht zu sehen. Seine Augen waren stumpf und grau wie Schiefer. Sie hob ein Bein, um ihm die Sache leichter zu machen, und er drückte ihren in seiner Armbeuge ruhenden Schenkel nach oben. Mit dem Rücken zur Wand, handlungsunfähig. Sie bemerkte den schwach süßlichen Gelgeruch seines nach hinten gekämmten Haars.

Danach war mehr Zeit. Er entkleidete sich langsam und zog seinen Gürtel aus den Schlaufen seiner Hose. Dann stand er nackt hinter dem Stuhl und packte die Lehne.

Hilary Todds Verachtung saß noch immer wie ein Stachel in seinem Fleisch; er wollte sie mit einem Schmerz überdekken, den er wirklich verdient hatte.

Er warf dem Mädchen den Gürtel zu und sagte: »Schlag mich.« Das hatte sie schon öfter gehört, und sie wußte, daß sie es nicht so meinten. Der Gürtel strich über seine Schulter – ein leichter Klaps. »Nein«, sagte Ellwood, »mach es richtig. Schlag mich.«

Sie versuchte es erneut, noch immer nicht überzeugt, so daß sie den Schwung abfederte. Er wandte den Kopf und fixierte sie mit brennenden Augen und schmalen Lippen. »Entweder du schlägst mich richtig«, sagte er, »oder ich schlage dich.«

Sie sah den Blick in seinen Augen und schwang den Gürtel wie eine Axt.

»Tut mir leid, daß ich dich geschlagen habe«, sagte Zeno.

Tom Carey tastete mit der Hand über die Wunde, klebrig, und langsam verkrustend, aber noch immer empfindlich. Er meinte einen seltsamen Unterton in der Stimme des anderen gehört zu haben – einen schwachen Sing-Sang, einen kaum hörbaren zwanghaften Rhythmus, beschwingt und wahnsinnig. »Ist schon in Ordnung«, sagte er, »macht nichts.«

Unten in den Dünen saßen sie wind- und sonnengeschützt. Zeno hatte das Gesicht abgewandt wie ein Büßer beim Gebet.

»Ich möchte doch nur die Vergangenheit tilgen«, sagte er. Carey wußte, daß er nicht von Vergessen sprach. Er meinte amputieren wie ein entzündetes Bein. So sah Zeno diese Erinnerungen, diese Menschen – wie brandiges, fauliges Fleisch, das geflenst werden mußte.

»Carla...« Zeno sagte den Namen vor sich hin wie einen leisen Flötenton. An Carey gewandt sagte er: »Ist das zu viel verlangt...?«

Ellwood schaffte die Strecke in weniger als fünf Stunden, überholte rechts oder klemmte sich auf der Überholspur hinter die Stoßstangen der Zaghaften. Im violetten Zwielicht der Dämmerung traf er im Windrush ein; ein sichelförmiger Mond stand im Kranz seines eigenen Glanzes, Vögel schossen wie dunkle Pfeile über die Wasseroberfläche. Er stand im beleuchteten Fenster seines Hotelzimmers und sah sein eigenes Spiegelbild, dahinter den Raum, und in dieser Geisterwelt den im Raum auf und ab gehenden Tom Carey als glasigen Schatten.

Carey zuckte die Schultern und beantwortete Ellwoods Frage. »Er steht unter Druck, er will aussteigen, eine sichere Zukunft – gesichert, verstehst du – für sich und die Frau – Carla – mehr kann ich nicht entdecken. Er hat seine eigenen Vorstellungen darüber, wie er das bekommt. Einschließlich der Ermordung von Menschen. Er erledigt einen Job für dich, genau wie er das immer getan hat, aber irgend etwas ist anders. Zum ersten Mal will er etwas für sich. Er hat etwas zu verlieren.«

»Das habe ich nicht gefragt«, sagte Ellwood. »Dieser ganze Mist ist mir scheißegal. Ich will nur wissen: Wie lange hält er noch durch? Wie lange ist er noch zu gebrauchen?«

Carey zuckte die Schulter. »Weiß der Himmel.«

Ellwood betrachtete weiter sein Spiegelbild auf der Scheibe. Wenn er lange genug darauf starrte, konnte er dort ein anderes Wesen sehen, sich selbst und doch nicht sich selbst.

»Der Himmel, so? Na, da bist du doch der kompetente Gesprächspartner.«

27

»Pascoe?«

Träume tragen einen über Schwellen.

»Pascoe?«

Er hatte den Hörer abgenommen und an sein Ohr gehalten, ohne richtig aufgewacht zu sein. Vielleicht hatte er sogar »Hallo« gesagt. Dann sagte Rob Thomas zum dritten Mal seinen Namen, und die Erde hatte ihn wieder.

Er zog sich ein Kissen von Sophies Seite herüber und richtete sich auf.

»Rob...«

»Hast du noch geschlafen, oder was?«

»Ja.«

»Tut mir leid.«

»Macht nichts. Was hast du für mich?«

»Sam – bist du sicher, daß es in Ordnung ist, diese Sache deiner Kanzlei in Rechnung zu stellen? Du weißt, ich muß ein Honorar verlangen, und du bist nicht *dort*, oder?«

»Warum fragst du?«

»Ich habe mit George Roxborough gesprochen...«

»Hat er deine Rechnung reklamiert?«

»Nein, nicht direkt. Er hat nur irgendwie so getan, als ob du nicht mehr dort arbeiten würdest.«

»Ich bin Anwalt, kein Ladengehilfe. Die können mich nicht einfach so rausschmeißen. Mach dir keine Sorgen, Rob. Was hat George sonst noch gesagt?«

»Ich habe eine Nachricht für dich. Ich komme in einer Minute darauf zurück. Paß auf: Ich hab Charles Singer gefunden.« Die Leitung summte wie eine winzige, erwartungsfrohe Menschenmenge. »Sam?«

»Wie?«

»Holland, Carlton und Shakespeare, weißt du noch?«

»Ja.«

»Es ist das Shakespeare – ein Hotel. Obwohl ich den Zusammenhang nicht erkennen kann, es sei denn jemand hat an die Totenzählung in *Hamlet* gedacht.«

Pascoe lächelte. »Wann hast *du* denn den *Hamlet* gesehen?«

Thomas klang indigniert. »Ich bin ein begeisterter Kinogänger.«

»Was macht er dort?«

»Er verkriecht sich. Im allerhintersten Winkel. Fast unsichtbar. Geht nur manchmal abends zum Essen aus oder kauft etwas ein, was er mit auf sein Zimmer nimmt. Dort verbarrikadiert er sich. Ich schätze, er versucht zu entscheiden, was er als nächstes tun soll, findet aber keinen Ausweg.«

»Bist du sicher, daß du den Richtigen hast?«

»Das Holland und das Carlton sind ebenfalls Hotels. Vermutlich hatte er die Wahl zwischen den dreien. Wenn es ihm um Anonymität geht, hat er jedenfalls todsicher das passende Domizil gefunden. Das ist Indianerland. Da gehen selbst Kampfhunde nur zu zweit aus.«

»Aber es ist der Richtige?« hakte Pascoe noch einmal nach.

»Ich hab mal bei ihm reingeschaut. Sein Paß ist da. Außerdem eine goldene Amex-Karte, die er vermutlich nicht mehr benutzen kann. Ein oder zwei persönliche Utensilien. Wahrscheinlich hat er sie nicht mit zum Einkaufen genommen, weil er Angst hatte, überfallen zu werden. Statt dessen läßt er sie in einem Zimmer liegen, dessen Schloß schon aufspringt, wenn man es nur drohend anguckt.« Thomas seufzte; er schien ernsthaft Mitleid mit Singer zu haben. »Die Leute haben keine Ahnung, wie man richtig verschwindet oder sie können den Gedanken nicht ertragen. Immer klammern sie sich an etwas, das ihnen sagt, wer sie sind – und mir in diesem Fall natürlich auch. Tut mir leid, daß es so lange gedauert hat – ich mußte noch zwei weitere Hotels überprüfen. Außerdem ist deine Personenbeschreibung nicht mehr besonders akkurat.«

»Wie hat er sich verändert?« fragte Pascoe.

»Suff. Außerdem ist er auf der Flucht, und er hat Angst, er sieht aus wie der Tod auf Reisen.«

»Auf der Flucht –«

»Wer weiß? Vor der Steuerfahndung, dem schwarzen Mann...« Pascoe konnte das Schulterzucken hören. »Hör zu, ich weiß nicht, welchen Namen er verwendet. Ich meine, es wird dich nicht überraschen, daß er nicht als Charles Singer eingetragen ist.«

»Wo ist der Laden, Rob?« Pascoe sah sich vergeblich nach einem Stift und einem Stück Papier um, merkte sich Thomas' Informationen dann so – eine Zimmernummer und eine Adresse am Rand von Zone zwei.

»Die andere Sache«, sagte Thomas, »warum ich überhaupt mit George Roxborough gesprochen habe – also, er hat mich angerufen. Er hat versucht, dich zu erreichen. Eine Frau ruft täglich bei dir im Büro an und will dich sprechen. George wollte mir ihre Nummer nicht geben. Er sagt, er muß zuerst mit dir reden. Vielleicht versucht er es ja auch weiter, aber ich habe ihm versprochen, seine Nachricht an dich weiterzuleiten, was ich hiermit getan habe.«

»Wie ist ihr Name?« Sophie, dachte Pascoe – sie hatte angerufen, als er bei der Bucht war, um den Mistkerl aus seinem Versteck zu locken. Sophie, die sich um ihn sorgte, die mit ihm reden wollte.

»Susan Larkin?«

Fast ein Gefühl von Verlust, ein kleiner Tod. »Kenn ich nicht«, sagte Pascoe.

»Sie hieß früher mal Susan Hart, wenn dir das weiterhilft.«

Pascoe verspürte einen prickelnden Schock wie von Elektroden an den Schläfen. »Ja«, sagte er, »das hilft mir in der Tat weiter. Danke, Rob.«

Pascoes Reaktion wühlte bei Thomas ebenfalls eine schwache Erinnerung auf. »Stand sie nicht auch auf der Liste, die du mir gegeben hast? Hart?«

»Genau.«

»Das ist das Problem. Männer bleiben immer sie selbst, wenn sie ehrlich bleiben. Eine ehrliche Frau dagegen ändert ihren Namen: Sie heiratet. Wenn du im Computer nach Hart suchst, ist sie nicht mehr da. Du bist noch immer Pascoe – und so wird sie dich auch aufgespürt haben – mit Hilfe des Telefonbuchs, nichts leichter als das. Schade, daß sie keine Feministin ist – sonst könnten wir sie ohne Probleme finden.«

»George wollte dir ihre Nummer nicht geben?«

»So ist es.«

»Warum nicht? Hat er was gesagt?«

»Nein. Er klang nur ein bißchen nervös und angespannt.«

»Wer hat deinen letzten Scheck unterschrieben, Rob?«

»Er. Roxborough.«

»Schick weiter deine Rechnungen.«

»Du hast noch einen Auftrag für mich?«

»Möglicherweise«, sagte Pascoe. »Bis auf weiteres bleibst du engagiert.«

»Hör mal, Sam, wirst du Singer aufsuchen? Ihn zur Rede stellen oder so was?«

Pascoe hatte noch keine Zeit gehabt, darüber nachzudenken, aber er wußte, daß er es tun würde. »Ja«, sagte er.

»Sei vorsichtig.«

»Bestimmt.«

»Ich könnte...« Thomas hielt inne, als seien ihm plötzlich Zweifel gekommen, dann sagte er: »Ich weiß nicht, was zum Teufel du da unten eigentlich treibst, ich weiß nicht, was los ist, und ich weiß nicht einmal, warum ich dir das anbiete, aber ich könnte dir wahrscheinlich eine Waffe besorgen, wenn du dich dann – ich weiß nicht – *sicherer* oder so fühlen würdest.«

»Danke, Rob. Ich hab eine.«

»Du hast eine?«

»Genau.«

Es entstand eine Pause, in der Pascoe bequem ein Nickerchen hätte halten können. »Davon weiß ich nichts«, sagte Thomas. »Ich habe nicht gehört, was du gesagt hast.«

Pascoe lachte. »Aber du hast doch eben noch selbst angeboten, mir eine zu *besorgen.*«

»Es wäre dasselbe gewesen, wenn ich dir…«

»Du hast nichts von einer Waffe gehört«, vermutete Pascoe, »nichts von einer Waffe gesehen –«

»Und mit keinem Wort je eine Waffe erwähnt – richtig.« Thomas räusperte sich, als wolle er eine Verlegenheit lösen. »Hast du versucht, sie zu erreichen – deine Freundin Sophie?« Als Pascoe von Rob Thomas ihre Adresse erfragt hatte, hatte er noch rasch einen Überwachungsjob gebucht.

»Ich hab es versucht, ja.«

»Sie ist zu Hause«, erklärte Thomas ihm. »Sie hat nur die ganze Zeit den Anrufbeantworter eingeschaltet.«

»Okay.« Das hatte Pascoe erwartet.

»Sam… Ein paar Mal hat ein Typ bei ihr angerufen. Und sie auch einmal besucht.«

»Ja?« Pascoe hatte an Thomas' Stimme gehört, daß da noch etwas war, und wollte im Grunde gar nicht wissen, was.

»Um genau zu sein, er ist über Nacht geblieben.«

Pascoe nickte, als ob Thomas ihn sehen könnte. »Okay, Rob, danke.«

»Soll ich das noch mal überprüfen?«

»Ich glaube nicht.« Pascoe verschloß sich gegen das Wissen wie jemand, der sein Gesicht zur Wand drehte. Er sagte: »Erzähl mir was über das Hotel.«

»Ein paar Reisende. Ein paar Gelegenheitsarbeiter aus der Provinz, die für die Dauer eines Jobs dort billig leben. Ein oder zwei Leute, die härter schlafen, wenn sie den Zimmerpreis nicht zusammengebettelt bekommen. Die Straßen in der Umgebung sind der reinste Fleischmarkt; Paare, die halbstundenweise mieten – und ich glaube nicht, daß viele von denen verheiratet sind.«

»Okay, Rob. Danke.«

»Nimm deine Kaninchenpfote mit«, sagte Thomas. Er klang, als meinte er es ernst.

Pascoe duschte zwanzig Minuten lang, fühlte sich hinterher aber noch immer träge und verschlafen.

Als das heiße Wasser schließlich aufgebraucht war, blieb er weiter unter dem Strahl stehen. Dann stieg er aus der Dusche, wickelte sich ein Handtuch um die Hüften und warf sich ein zweites über die Schultern. Er saß auf der Bettkante und wählte die Nummer seines Büros. Das Mädchen, das im Empfang saß und die Telefonanlage bediente, hieß Lucinda. Sie erklärte ihm, Mr. Roxborough sei nicht in seinem Büro und ob seine Sekretärin vielleicht weiterhelfen könnte? Verblüfft und erheitert wurde Pascoe klar, daß sie seine Stimme nicht erkannt hatte. Er empfand Überraschung und eine seltsame Erregung, als würde dieser Vorfall auf eigenartige Weise den Beginn eines neuen Lebens markieren.

Er wählte Georges Privatnummer, niemand nahm ab. Nachdem er aufgelegt hatte, begann er, ein paar Sachen zu packen. Er würde sein Zimmer im Palings behalten, während er zurück nach London fuhr. Er hatte mehr oder weniger aufgehört, über Geld, über sein normales Leben nachzudenken. Wie ein Fremder in der Fremde, war er auf Reisen, während sein anderes Leben ruhte.

Er würde von London aus versuchen, Roxborough zu erreichen. Und er würde mit Charlie Singer reden.

28

Sie saßen auf hohen Barhockern am Fenster eines Pubs und ließen den Feierabendandrang über sich ergehen. Zweimal wurde Pascoe von hinten gestoßen, beim zweiten Mal heftiger. Er drehte sich um und sah, daß Rücken an Rücken mit ihm ein junger Mann mit krausem Haar und knittrigem Seidenanzug stand, die Ärmel bis unter die Ellenbogen aufgekrempelt. Er war umringt von drei Freunden und erzählte eine Geschichte, wie er irgendeinen Widersacher zur Dekkung irgendeiner windigen Investition überredet hatte. Der junge Mann war der Star seiner eigenen Erzählung. Er gakkerte wie ein Wachtelkönig und fuchtelte mit den Armen.

Ein Ellenbogen schnellte zurück und traf Pascoe in die Rippen. Er rückte mit seinem Hocker ein wenig zu Roxborough herüber und kippte gleichzeitig unauffällig ein paar Schluck Bier in die Jackentasche des jungen Mannes.

»Ich weiß nicht, was in deinem Leben vor sich geht, Sam. Und ich bin nicht sicher, ob ich es wissen will.« Roxborough beobachtete, wie sich der Fleck auf der Jackentasche ausbreitete und in Richtung des Saums zu wandern begann. Er lächelte. »Es könnte sein, daß es für dich gar nicht so einfach wird, deinen Posten zu halten. Wir können schließlich nicht mit permanenter Unterbesetzung leben.«

Pascoe zuckte die Schultern. »Ich wünschte, ich könnte sagen, der Gedanke beunruhigt mich. Für mich hat jemand angerufen. Eine Susan Hart, ja? Susan Larkin.«

»So ist es. Ich unterschreibe dauernd irgendwelche Schecks für Rob Thomas. Zur Begleichung seiner Rechnungen. Das Komische ist nur, daß er seit geraumer Zeit gar keine Aufträge für mich erledigt hat.«

Pascoe schnaubte verächtlich. »Tu doch nicht so, als ob dich das kümmern würde... Schließlich rede ich hier mit George Roxborough, dem berühmten Spesenritter. Deine jährlichen Bewirtungskosten belaufen sich locker auf das Doppelte eines Lehrergehalts.«

»Ich wollte es ja auch nur bemerkt haben.«

»Ich habe es zur Kenntnis genommen. Was willst du?«

»Der Prozeß gegen Anthony Stewart beginnt in gut einer Woche.«

»Es gibt ein Problem...«

»Ja und nein. Ich mache mir Sorgen. Ich wollte mit jemandem darüber reden.« Pascoe breitete einladend die Hände aus. »Es ist alles unverändert. Nichts von Bedeutung hat sich ereignet. Er und seine Mutter erzählen noch immer dieselbe Geschichte. Ihre Darstellung stimmt bis in jede Einzelheit überein – im Grunde genommen ist es fast ein wenig besorgniserregend.«

»Aber darum geht es nicht.«

»Nein. Mit Stewart fühle ich mich sicher, er ist nicht das Problem. Die Anklage wird die Geschichte tausend Mal mit ihm durchhecheln, aber die haben nicht den geringsten Beweis, und das wissen sie. Wenn seine Mutter seine Geschichte bestätigt, sehe ich nicht, was irgend jemand dagegen ausrichten will. Aber genau das ist der Punkt, der mich nervös macht. Sie erzählt ihre Geschichte fehlerlos, kommt nie ins Stocken und wirkt kein bißchen labil. Aber sie ist so feindselig. Sie mag mich nicht. Und das merkt man. Möglicherweise auch vor Gericht. Ich hab das Gefühl, daß ihr Verhalten unkalkulierbar ist.«

»Sie mag niemanden«, sagte Pascoe. »Man muß es sich verdienen. Mit kleinen Bestechungen. Sie hat sie erwartet – und du hast nicht geliefert.«

»Was für Bestechungen?«

»Bring ihr Süßigkeiten mit«, sagte Pascoe. »Und Blumen. Sie mag Rosen. Und sie mag Likörpralinen.«

Roxborough starrte ihn so lange mit leicht geöffnetem Mund an, bis Pascoe lachen mußte.

»*Das* ist alles?« fragte Roxborough. »Der ganze Prozeß

könnte davon abhängen, ob ich dieser dummen, egozentrischen, verrückten alten Schachtel Blumen mitbringe oder nicht?«

»Die Pralinen nicht zu vergessen«, sagte Pascoe. »Dein Problem, George, ist, daß du zwar ein guter Anwalt bist, aber die Menschen darüber vergißt. Sie sind eigenartig, sie haben ihre Macken, sie rauben Banken aus oder klauen Autos, aber ansonsten führen die meisten von ihnen ein ganz normales Leben.« Während er es noch sagte, spürte er, wie sich die Härchen an seinen Armen aufrichteten.

Zeno ... Ansonsten führen sie ein ganz normales Leben.

»Bring ihr Blumen und Süßigkeiten mit, dann sagt sie, was sie sagen soll, die Jury wird ihr glauben, und du bist ein Star. Okay? Und jetzt unterschreib schön weiter Robs Schecks und gib mir Susan Harts Telefonnummer.«

Roxborough reichte ihm einen Zettel. »Ich hätte sie dir sowieso gegeben, ich wollte dich nicht hinhalten. Ich brauchte nur einen Rat.« Er schnüffelte an seinem Whiskey, als ob jemand etwas hineingekippt hätte, und nahm dann einen Schluck. »Sie hat gesagt, du sollst nur abends anrufen.«

»Warum?«

Roxborough zog die Brauen hoch, als sei die Antwort lächerlich offensichtlich. »Ich nehme an, sie ist tagsüber nicht zu Hause.«

Pascoe betrachtete die Zahlen, aber die Vorwahl sagte ihm nichts. »Wie hat sie geklungen?«

»Wie sie geklungen hat?«

»Susan Hart – Larkin. Sie hat keine Nachricht hinterlassen?«

»Nur daß du zurückrufen sollst.« Roxborough leerte sein Glas, kletterte von seinem Hocker, sammelte Pascoes Bierglas ein und machte sich bereit, in das Gedränge an der Bar zu tauchen. »Ist sie berufstätig? Du verstehst schon – Termingeschäfte oder so, irgendwas mit schnellem Geld?«

»Ich weiß es nicht. Warum?«

»Sie klang tough«, sagte Roxborough. »Für mich klang sie wie eine eiskalte Schlange.«

Pascoe verabschiedete sich, so bald er konnte. Roxborough war ein Kollege, kein Freund; und Pascoe wollte im Moment ohnehin keine Gesellschaft außer seiner eigenen. Er betrat seine Wohnung und stapfte durch die Ablagerungen alltäglichen Lebens, die sich hinter der Tür stapelten: Briefe, Rechnungen, Zeitschriften.

Als ob dies alles eine mögliche oder gar reale Welt wäre, setzte er sich an seinen Schreibtisch und füllte Überweisungen aus.

Am südlichen Ende von Zone eins hörte man fast immer Sirenen. Man konnte sich vorstellen, daß wilde Tiere den Park vor Pascoes Fenster durchstreiften, das permanente Geheul der Martinshörner ihr Brüllen. Er ging durch die kalten Räume und betrachtete sie mit den Augen eines Fremden.

All die seltsamen Fundstücke eines geretteten Lebens, dachte er. Die an den Strand gespülten Überbleibsel. Nachdem Karen ihn verlassen hatte, hatte er Lebensballast abgeworfen – Dinge über Bord geschmissen.

Was hatte er behalten? Ein paar von ihren Sachen, ein paar von seinen. Nicht, daß er es so geplant hätte. Ursprünglich hatte er nur behalten wollen, was ihm gehörte, aber er entdeckte, daß es Dinge gab, von denen er sich nicht trennen konnte. Vielleicht hatte er versucht, eine Mischung aus den besten Seiten von beiden zu schaffen. Wenn dem so war… Er lächelte sich in einem von Karens Spiegeln an. Wenn dem so war, hätte er mehr von ihren als von seinen Sachen behalten sollen.

Alle Zimmer wirkten verstaubt und unbewohnt. Ein schwaches, abgestandenes Aroma wie alter Schweiß – der Gestank der Stadt sickerte ein. Er wanderte durch seine Wohnung wie ein Besucher, den man sich selbst überlassen hatte, neugierig und merkwürdig verstohlen öffnete er Schubladen, las den einen oder anderen Brief, blätterte durch einen Packen Fotos. So habe ich also früher einmal gelebt...

Pascoe fuhr am Shakespeare Hotel vorbei, wendete und passierte es noch einmal in der anderen Richtung. Die Mädchen am Straßenrand sahen aus wie verkrüppelte Vögel – buntes Gefieder, gefesselte Füße. Er parkte den Wagen in einer Nebenstraße. Der Weg zurück war ein Spießrutenlauf durch Geflüster und eingefrorenes Lächeln.

Von einer nahegelegenen, überdachten Bushaltestelle beobachtete er das Treiben. Vielleicht nicht heute abend, dachte er. Vielleicht hat er gegessen, keinen Hunger oder sich betrunken. Er ließ fünf Busse fahren, und die Mädchen setzten ihm nach; sie glaubten zu wissen, was er wollte. Er sagte immer nur: »Später, später...« Sie lachten und fragten sich, wie lange er wohl brauchen würde, um seine Meinung zu ändern. Charlie Singer tauchte vor dem Hotel auf und ging Richtung Bahnhof. Er bewegte sich schnell, als hätte es plötzlich angefangen zu regnen.

Der flinke Charlie, der nervöse Charlie. Zurückgezogen, ein Mann mit Geheimnissen. »Genau der Typ, ein Kaninchen aus dem Hut zu zaubern«, hatte Sophie gesagt.

Aber Pascoe war schon mit der Vermutung zu diesem heruntergekommenen Hotel, in diese trostlosen Straßen gekommen, daß Charlie wahrscheinlich nicht Zeno war. Zum einen lag Longrock dreihundert Meilen von London entfernt – ziemlich weit für ein Schlupfloch. Und Rob Thomas hatte ihm keinen Mörder, sondern einen Mann beschrieben, der augenscheinlich selbst auf der Flucht war.

Und als Pascoe Singer das Hotel verlassen sah, wußte er es ganz sicher. Er erkannte ihn nur, weil er nach ihm Ausschau hielt. Charlie war natürlich älter geworden, aber es war nicht nur das Alter, das ihn verändert hatte. Seine Züge waren vor Angst und Alkohol aufgequollen, fleischig und verhärmt. Pascoe sah vertraute Züge, eingesperrt im Gesicht eines Fremden.

Wir müssen dringend miteinander reden, dachte Pascoe. Du und ich, Charlie – wir sollten uns besser sagen, was gesagt werden muß. Ich wüßte gern, warum du auf der Flucht bist. Ist es – so frage ich mich – weil dir jemand einen Brief geschickt hat?

Das Mädchen, das Pascoe mitnahm, war eine große Rothaarige in einem rückenfreien Ledertop und einem Rock kaum größer als ein breiter Gürtel. Während sie zum Hotel gingen, nannte sie ihm die Preise, denen nach oben keine Grenzen gesetzt schienen. Dabei spuckte sie ihr Kaugummi in den Rinnstein, als habe sie bereits entschieden, was seine Vorlieben sein würden. Der Geschlechtsakt stand ganz unten auf der Liste und war zu Sonderangebotspreisen zu haben. Dann ging es auf eine Reise über den Körper, und die Kurse stiegen. Schmerz war das Teuerste, was man kaufen konnte.

Die Rothaarige hatte lange Beine und eine fantastische Figur. Pascoe dachte an die Dinge, die sie tat, Stunde um Stunde – die Dinge, die mit ihr gemacht wurden. Als sie die Hotellobby betraten, bemerkte er, daß ihr Make-Up eine Maske war, knallrote Lippen, ein falscher Teint und Augen dunkel wie ein Domino. Für einen Moment sah er Zeno vor sich, und sein Kopf summte.

»Trag irgendwas ein«, sagte sie. Ein fetter Mann mit Fliege klopfte auf das Register. Das Mädchen nickte. »Irgendwas – verstehst du.« Er schrieb *Samuel Pascoe, Esq.*, erhielt den Schlüssel für Zimmer 308 und folgte dem Mädchen zum Aufzug. Sie zog die Gittertür zu – überraschend gelenkig mit kräftigen Muskeln – und drückte den Knopf für den dritten Stock.

Pascoe fischte ein paar Geldscheine aus seiner Brieftasche und gab sie dem Mädchen. »Das müßte für einmal französisch reichen, oder nicht?« Das Mädchen schenkte ihm ein schmallippiges Grinsen, amüsiert darüber, daß sie recht behalten hatte. »Ich kaufe es, aber du kannst es für den nächsten Kerl sparen. Kennst du einen Weg nach draußen, der nicht an der Rezeption vorbeiführt?«

»Soll das ein Witz sein? Ich kenne sechs Wege hier raus, die nicht an der Rezeption vorbeiführen.«

»Gut. Dann nimm einen davon.«

»Okay.« Ihr Schulterzucken sagte: Ich *will* es nicht wissen, und es wäre mir sowieso scheißegal. Als der Lift anhielt, riß sie die Gittertür auf und trat hinaus wie unter Zeitdruck. »War es gut für dich, Süßer?« In ihrem Tonfall schwang ein munteres Trällern mit. »Für mich war es *perfekt*...« Mit langbeinigen Schritten ging sie den Flur hinunter, eilig, wieder auf die Straße zu kommen, wo Zeit Geld ist.

Pascoe fuhr mit dem Aufzug eine Etage tiefer. Laut Rob Thomas war Singer in Zimmer 215. Pascoe ging den Flur hinunter und fühlte sich noch immer ein wenig benommen. An der Decke flackerten und summten Neonröhren. Die Geräusche, die aus den Zimmern beiderseits des Flures drangen, klangen wie der Soundtrack eines Films, den jeder in diesem Hotel spielte, ein Film, in dem diverse Leute ständig aus dem Hinterhalt überfallen und gefoltert wurden oder – voller Freude – zu Gott gefunden hatten.

Vor ihm gingen ein Mann und eine Frau. Er verlangsamte seine Schritte, bis die Frau die Tür zu Zimmer 214 öffnete und eintrat, ohne ihren Partner eines Blickes zu würdigen. Pascoe ging vorbei, als die Tür ins Schloß fiel. Am Ende des Flures bog er ab und landete in einer Sackgasse, die Wände mit Farbklecksen und kränklich gelbem Neonlicht überzogen. Die einzige Tür war ein Notausgang. Er blieb außer Sichtweite des Korridors stehen und lauschte auf das Geräusch des Lifts.

Menschen kamen paarweise, aber die Männer gingen immer zuerst. Das Hotel war wie eine Fabrik, in der Wanderarbeiter im Schichtdienst letzte Hand an Lust und Schmerz legten. Pascoe hörte die hart arbeitenden Mechaniker in den Zimmern nebenan.

Und dann hörte er den Lift. Schlürfende Schritte näherten sich und blieben stehen. Als Pascoe in den Flur spähte, sah er Singer gegen seine Zimmertür gelehnt stehen, den Rücken halb abgewendet. Er schien entweder extrem müde oder schwer betrunken zu sein. Schließlich bekam er den Schlüssel ins Schloß und stieß die Tür mit dem Knie auf. Er trug eine braune, mit Fettflecken bekleckerte Papiertüte.

Pascoe trat hinter Singer, als jener die Tür öffnete, und folgte ihm dann einfach ins Zimmer. Singer spürte seine Anwesenheit, drehte sich um und holte zu einem Schlag aus, der von Instinkt oder Furcht geführt schien. Pascoe wich ihm aus, und Singer stürzte, durch den eigenen Schwung zu Boden gerissen. Er ließ die Tüte fallen, und ein Haufen Reis mit Hühnchen und brauner Sauce platschte auf den Teppich. Singer war erstaunlich schnell wieder oben. Er rappelte sich zunächst auf die Knie, ging dann in die Hocke und hämmerte Pascoe mit voller Wucht seine Faust gegen die Brust. Es war ein Glückstreffer, Pascoe konnte nach Luft schnappend zurückweichen, aber Singer setzte mit rudernden Armen nach, in der Hoffnung, noch einmal sein Ziel zu treffen. Seine Hand schlug gegen den Türrahmen, und er gab einen unterdrückten Schmerzensschrei von sich. Pascoe holte zu einem Schlag aus und verfehlte Singer. Sein zweiter Versuch war erfolgreicher, er spürte die Wucht des Aufpralls bis in den Ellenbogen.

Im Zurückweichen packte Singer Pascoes Revers und zog ihn mit sich zu Boden. Sein Gesicht war knallrot, als hätte er zu heiß gebadet. Am Boden ging er mit Knien und Ellenbogen auf Pascoe los, die Bewegungen völlig unkoordiniert, obwohl ihm ein Treffer auf den Wangenknochen gelang, und er sein Knie einmal so nahe an Pascoes Unterleib brachte, daß der in Panik geriet. Pascoe kniete sich wie zum Gebet, riß Singer an den Haaren zu sich herüber und schlug zweimal hart zu.

Eine plötzliche Pause trat ein. Singer hielt mit ausgestreckten Armen beide Hände schützend vor sein Gesicht, er flehte um Gnade. Blut strömte aus seiner Nase und fiel rasch in dikken Tropfen von der Spitze seines Kinns.

»Das hättest du nicht tun müssen, Charlie«, sagte Pascoe. Er war so außer Atem, daß er stammelte.

Singer spähte wie durch einen Nebel. Er sagte: »Sam Pascoe?« Wenn es für Pascoe noch den geringsten Zweifel gegeben hätte, ob Charlie Singer nicht vielleicht doch Zeno war, hätte Singers Tonfall sie endgültig zerstreut. Diese Überraschung und Verwirrung konnte man nicht vortäuschen.

Pascoe ließ die Hände sinken. »Ich hab dich gesucht, Charlie«, sagte er.

Singer zog ein Bein unter seinen Körper, stützte sich auf eine Hand und richtete sich in die Hocke auf. Er verharrte eine Weile so, um einen plötzlichen Schwindelanfall abzuwarten. Er schüttelte drei- oder viermal den Kopf, und Blutstropfen segelten quer durch den Raum. Als er sich gefangen hatte, ging er zu seinem Koffer in der Ecke des Raumes und kramte ein T-Shirt zum Abtupfen hervor.

»Du hast mich gesucht...« Singer wischte mit dem T-Shirt über sein Gesicht, aber die Bewegung seiner Schultern verriet, daß er lachte. Als er das T-Shirt wegnahm, war sein Gesicht mit roten Streifen verschmiert, und sein Mund stand offen in stummem, brüllendem Gelächter. Pascoe wartete es ab. Schließlich hockte sich Singer auf die Bettkante, leer gelacht und mit jetzt merkwürdig ernster Miene. »Tja, da bist du nicht der einzige.« Er sah Pascoe erstaunt an und schüttelte den Kopf. »Was, verdammt noch mal, willst du von mir, Sam? Hast du vor, irgendeinen Scheißzug in die Luft zu sprengen, und brauchst Hilfe?«

»Was machst du hier?« fragte Pascoe. »Was ist los?«

»Ich habe dir eine Frage gestellt, und du hast mir eine Frage gestellt, aber schließlich war es nicht ich, der aus dem Nichts aufgetaucht ist und eine Schlägerei angefangen hat, oder? Also du zuerst.«

»Ich habe einen Brief erhalten«, sagte Pascoe, »es ging um Lori. Ich weiß nicht, wer ihn geschickt hat, und ich will es herausfinden.«

»Lori ...« Singer sah ihn ungläubig an. »Heiliger Himmel, *Lori*?« Er spürte, wie Blut auf seine Lippe sickerte, und wischte es weg. »Ein Drohbrief?«

»Nun«, sagte Pascoe, »es war bestimmt kein informatives Rundschreiben.«

»Erpressung.« Singer fing wieder an zu lachen. »Nun, ich bin nicht unter meiner Heimatadresse zu erreichen, wie du siehst. Wenn dort ein Brief für mich liegt, habe ich ihn nicht bekommen. Und selbst wenn, glaube ich nicht, daß ich ihm viel Beachtung geschenkt hätte. Da trägt jemand seinen Eimer zu einem trockenen Brunnen.« Er machte eine Pause, als ihm klar wurde, was Pascoe gemeint hatte. »Du hast *mich* gesucht. Du hast gedacht, daß ich es gewesen sein könnte.«

»Es ist jemand, der Bescheid weiß.«

»Himmel, *jeder* könnte es wissen.«

»Hast du es jemandem erzählt?«

Singer schüttelte den Kopf. »Nein«, räumte er ein, um hinzuzufügen: »Ich war es nicht.«

Das sehe ich, dachte Pascoe. Er wollte Singer nur das absolut Notwendige mitteilen – nichts über Nicks Tod oder Mariannes Verschwinden, nichts über Sophie und Zeno. »Und jetzt du«, sagte er.

»Ich schulde einigen Leuten Geld.«

»Viel Geld?« Pascoe fragte nicht nach den Leuten, vermutete jedoch, daß sie beim Warten auf die Begleichung der Schuld wütend geworden waren.

Singer grinste wie jemand, der im Begriff ist, eine Klatschgeschichte zu enthüllen. »Mehr als eine Viertelmillion.«

»Sie wollen deinen Kopf.«

Singers Grinsen verblaßte nicht, es wurde, wenn überhaupt, eher noch breiter. »Oh, ich bin so gut wie tot. Keine Frage, tot. Du redest mit einem Toten.«

Jemand betrat Zimmer 214. Man hörte, wie die Tür geöffnet und wieder geschlossen wurde. Der Mann hatte eine weiche Baßstimme. Die höhere Stimme der Frau wurde durch die Wand gedämpft, war aber wie die Stimmen aller Frauen aus allen Räumen, gut zu verstehen.

»Hör zu – anfassen gibt es erst, wenn ich ein bißchen was Bares gesehen hab...« Sie schaffte es, gleichzeitig kokett und geschäftsmäßig zu klingen, obwohl das, was eigentlich in ihrer Stimme lag, maßlose Wut war.

»Was hast du jetzt vor?« Pascoe bemerkte, daß er geflüstert hatte.

Singer stieß ein kurzes, freudloses Lachen aus. »Ich glaube nicht, daß sie uns belauschen werden.« Trotzdem senkte er die Stimme. »Ich verschwinde in der Anonymität. Wenn ich mich lange genug unter Gesichtslosen aufhalte, müßte ich theoretisch irgendwann selbst gesichtslos werden.«

Das Bett in 214 knarrte wie eine Folterbank. Die tiefe Stimme des Mannes murmelte Anweisungen: *»Mach dies, mach das.«* Sie veränderte sich nie.

»Wie lang reicht dein Geld noch?«

»Noch ungefähr drei Monate«, sagte Singer. »Die Sache mit Pferden ist die – manchmal gewinnt man auch.«

»Aber meistens verliert man«, bemerkte Pascoe. »Man verliert zweihundertfünfzigtausend oder mehr.«

»Ich werde noch etwa einen Monat abwarten, hier oder irgendwo anders, ich weiß nicht. Dann will ich versuchen, mich nach Frankreich durchzuschlagen. Ortswechsel sind das eigentliche Problem. Und der Paß. Er gibt einem eine Identität. Der Trick ist es, gar keine Identität zu haben, jemand anderes zu werden, jemand Neues.«

»Magst du es so?« fragte die Frau. *»Soll ich weitermachen?«*

»Was ist passiert?« fragte Pascoe. Er dachte an den Moment, als er mit Sophie in Singers Wohnung gewesen war, die Kleiderbügel auf dem Bett, das düstere Licht, die abgestandene Luft.

»Das, was immer passiert«, erklärte Singer ihm. »Das Chaos, in dem ich mich befinde, ist absolut nichts Einzigartiges. Ich hab ein paar Wetten abgeschlossen, und sie gingen auf. Ich schloß weitere Wetten ab – dasselbe geschah. Was hatte das zu bedeuten? Ganz klar – ich hatte eine Glückssträhne erwischt, ich war auf eine Goldmine gestoßen. Ich hab noch mehr Wetten abgeschlossen, die nicht ganz so geklappt haben, aber das Muster war immer noch deutlich – ein positives natürlich. Weitere Wetten, und ich fing an zu verlieren. Na ja, das konnte ja nicht ewig so gehen, weil ich doch den Dreh gefunden hatte, nicht wahr? Also wettete ich weiter und weiter und weiter. Eines Morgens wachte ich auf und hatte zwanzigtausend Schulden. Ganz offensichtlich gab es wirklich ein Muster, ich habe es nur falsch gedeutet.«

Auf der anderen Seite der Wand sagte die Frau: *»Willst du das machen?«* Dann die Stimme des Mannes, der eine Antwort murmelte. Sie sagte: *»Okay«*, und lachte. *»Das kostet aber Eintritt.«*

»Es gibt unter Spielern ein Heilmittel«, sagte Singer. »Das Äquivalent des Katerrezepts, mit dem wieder anzufangen, womit man aufgehört hat. Es nennt sich, wette auf deine Schulden.«

»Und das hast du getan?«

»Das hab ich getan. Zwanzig Riesen in ein paar ehrlichen Wetten verteilt auf Platz und Sieg.« Singer lachte. »Gott war nicht gut zu mir, und ich war pleite. Also habe ich das einzig Logische getan – das heißt, für einen Spieler. Ich habe versucht, das Geld mit Geld zurückzugewinnen – habe, solange es ging, legale Quellen angezapft – du weißt schon, meinen Besitz und meine Versicherungen beliehen. Als das verbraucht war, hatte ich knapp fünfzigtausend Schulden. Es gab nur noch einen Ort, wo ich hingehen konnte.« Singer zuckte die Schultern. »Na ja, eigentlich eher *Orte*. Soho, Chinatown....« Er lachte. »Mayfair... Man sammelt nicht einfach so auf einen Schlag eine Viertelmillion ein.«

Die Frau sagte: *»Das tut weh.«* Dann noch einmal: *»Das tut weh, verdammt noch mal.«* Der Mann schien ihr nicht zuzuhören; er verfluchte sie – ein wachsendes Crescendo aus lang aufgestautem Haß und Angst.

Blutspuren waren auf Singers Gesicht getrocknet wie eine kleine Landkarte des Schmerzes. Er saß mit hängenden Schultern und abgewandtem Blick auf dem Bett wie ein Flüchtling. »Du könntest mir nicht vielleicht ein bißchen Geld leihen, Sam?« Pascoe gab ihm fast alles, was er bei sich hatte, und Singer nahm die Scheine, ohne sie anzusehen. »Lori... Wer würde dir einen Brief wegen Lori schicken?«

»Jemand, der von der Vergangenheit gequält wird«, sagte Pascoe. Er erinnerte sich an Singers Bemerkung über Erpressung und sagte: »Jemand, der Geld braucht.«

»Ich brauche Geld«, bestätigte Singer. »Es ist nicht –«

»Ich weiß, daß du es nicht warst. Das sehe ich.«

Der flinke Charlie, der leichtfüßige Charlie, schmal und flink. Charlie Es-war-einmal... Jetzt war das Gesicht in aufgequollenem Fleisch verschwunden, und eine Wampe umgab ihn wie eine weiche Glocke. Pascoe dachte an Sophie und empfand keine Eifersucht. Er empfand nur Trauer.

Die Frau im Nebenzimmer stieß einen schrillen Schrei der Empörung und Verletzung aus, danach folgte Schweigen, so lange, daß es beinahe unheimlich war.

Pascoe sah sich im Zimmer um, als wolle er sich vergewissern, nichts vergessen zu haben. Er sagte: »Viel Glück, Charlie.«

»Lori...« Die Art, wie Singer den Namen aussprach, schien ihm ein großes Mysterium zu verleihen. »Ich hatte vergessen, daß sie je existiert hat.«

Pascoe konnte eine gute von einer schlechten Lüge unterscheiden. »Sicher...« sagte er.

»Hat es dir Spaß gemacht, Süßer?« fragte die Frau. Die Anspannung in ihrer Stimme war deutlich zu hören. *»Dann sag es deinen Freunden weiter, ja?«*

Im Park brannten Feuer. Man konnte sich vorstellen, ein dunkles Land zu überblicken und Lager- oder Signalfeuer zu sehen oder Feuer, die das einzige sichtbare Lebenszeichen eines versteckten Stammes waren.

Die Flammen spiegelten sich als rot-goldene Punkte auf Pascoes Fenster wider. Er blickte nach draußen, ohne wirklich etwas zu sehen, bis es ihm vorkam, als würden die Flammen in seinem Zimmer brennen oder er wäre durch das Fenster getreten, um wie ein Geist im Park umherzuschweifen.

An der Stelle, wo Charlie Singer ihn getroffen hatte, brannte ein rauher, unbeweglicher Schmerz, dem Pascoe mit Whiskey die Spitze zu nehmen suchte.

Er rief Sophie an und lauschte, wie ihre Stimme den kurzen Text auf dem Anrufbeantworter vortrug, dann goß er sich einen doppelten Whiskey nach und trat ans Fenster.

Lieber Gott, ich bin müde... Als ihm der Gedanke kam, spürte er einen plötzlichen, heftigen Schwindel, und Erschöpfung durchströmte ihn wie ein Stromstoß. Er schlief, das Glas in der Hand, den Kopf gegen die Scheibe gelehnt ein.

Sein Atem hauchte einen kleinen runden Kondensflecken auf das Glas, der im Rhythmus seines Schlafes schrumpfte und anschwoll.

Ein Bild fernen Feuers tanzte auf seiner Stirn.

Am nächsten Morgen wachte er auf, ohne sich an diesen Moment plötzlichen Schlafes zu erinnern. Er lag vollständig angekleidet im Bett und spürte einen Kater im Anflug. Sich leise selbst verfluchend stand er auf und schwankte leicht. Das Unbehagen in seiner Brust hatte sich zu einem Kratzen gemildert, während die Prellung aufgeblüht war. Sein Magen drehte sich auf dem Bodensatz von Alkohol und Galle. Im Kühlschrank hatte es ein paar Todesfälle wegen Altersschwäche gegeben. Er suchte vergeblich nach Überlebenden. Im Vorratsschrank fand er eine Dose Rindfleischeintopf, die er zum Aufwärmen in einen Topf füllte. Er aß sie zusammen mit ein paar Crackern, löffelte sie, das Gesicht direkt über dem Teller, hastig in sich hinein, um der Übelkeit zuvorzukommen.

Er machte sich einen Kaffee, fand den Zettel, den Roxborough ihm gegeben hatte und nahm ihn mit zum Telefon. Er hätte fast wieder aufgelegt, als am anderen Ende die Stimme eines Mannes ertönte, benommen und eigenartig besorgt.

»Kann ich bitte Susan Hart sprechen?« Pascoe verbesserte seinen Fehler. »Larkin.«

»Wen wollen Sie sprechen?« Die Stimme schien vor Wut zu zittern.

»Susan Larkin.« Pascoe warf einen Blick auf den Zettel, um die Nummer zu überprüfen.

»Ich weiß, wer Sie sind.«

Diese Bemerkung war so rätselhaft, daß Pascoe weitersprach, als wäre nichts gesagt worden. »Mein Name ist Sam Pascoe. Wir kennen uns von früher.«

Schweigen senkte sich auf die Leitung, unerklärlich und geladen mit Unbehagen. Pascoe hörte eine Frauenstimme, die lauter wurde, als sie näher kam. Das Telefon wurde abgelegt. Aus einem Schwall von Silben – sowohl der Mann als auch die Frau sprachen – vernahm er ihre Frage: »Wer ist dran?«

»Wer dran ist?« Der Mann stieß einen kleinen Schrei der Entrüstung aus. Oder der Angst. »Dein Liebhaber«, sagte er.

Die Frau nahm den Hörer zur Hand und sagte: »Einen Moment, bitte.« Pascoe vermutete, daß sie die Hand auf die Sprechmuschel gelegt hatte. Ihre Stimme klang jetzt gedämpft, obwohl ihre Worte nach wie vor deutlich zu verstehen waren. »Geh zurück ins Bett, ja? Was machst du überhaupt hier unten?«

»Ich fange deine geheimen Anrufe ab.« Jetzt wo er wütend war, klang der Mann plötzlich viel jünger.

»Geh zurück ins Bett.« Pascoe stellte sich vor, wie die Frau abwartete, bis der Mann außer Sichtweite war, bevor sie sich wieder dem Telefon zuwandte. »Ja?«

»Sue?« fragte er. »Sam Pascoe hier.«

Ihre Stimme klang wie ein Feuerstein. »Als ich meine Nummer in deinem Büro hinterlassen habe, habe ich ausdrücklich darum gebeten, nicht tagsüber anzurufen. Hat man dir das nicht gesagt?«

»Ich hab es vergessen. Tut mir leid.« Nach zwei Jahrzehnten Schweigen kam ihm dieser Dialog derart absurd vor, daß er ihren Namen wiederholte – »Sue?« – als ob es sich herausstellen könnte, daß sie es doch nicht war.

»Sag mir deine Adresse, Sam? Wo bist du?« Er sagte es ihr. »Okay«, sagte sie, »gib mir eine Stunde.«

»Sue –«

»Eine Stunde«, wiederholte sie. Dann wurde der Hörer aufgelegt.

29

Zenos Haus lag in einem Waldstück eine halbe Meile von Longrock entfernt mit Blick auf das Meer. Es gab einen befahrbaren Weg bis zu einem Park- und Wendeplatz, von dort mußte man noch fünfzig Meter bergauf gehen, bis man den Garten und das aus Granit erbaute Haus erreichte. Sein Vorzug war, daß es keine Nachbarn gab, und aus genau diesem Grunde war es ausgewählt worden: Niemand, der Fragen stellen konnte, niemand, der freundschaftliche Bande knüpfen wollte. Wenn man vom Haus zum Meer ging wurde aus dem Rauschen des Windes in den Bäumen das Branden der Wellen auf den Felsen.

Weil Zeno nervös war, erzählte Carla ihm eine Geschichte. Es war eine Geschichte, die traurig begann und ein gutes

Ende hatte – ihre eigene Geschichte. Sie saßen vor dem Haus und blickten aufs Meer.

»Es war einmal«, sagte Carla und hielt dann inne. Sie zupfte an einem Blatt herum, löste die grünen Teile ab, bis nur noch das filigrane Muster der Äderchen übrigblieb. »Nur daß ich so nicht anfangen kann, weil ich mich nicht an eine bestimmte Zeit erinnere. Ich sehe nur Schnappschüsse. Zu jedem Schnappschuß gehört ein Gefühl: meistens Trauer, manchmal Angst, ein- oder zweimal Glück. Die Vergangenheit, das sind nur Schnappschüsse und Gefühle.«

Zenos Schnappschuß zeigte Lori, in dem Moment, in dem sie von dem niedrigen Ast gesprungen war, die Arme und Beine ausgebreitet wie bei einem abgezogenen Fell, das Gesicht zu einer häßlichen Fratze verzerrt.

»Ein Schnappschuß ist mit meinem Vater. Wir stehen auf einem Hügel. Ich habe ein rotes Kleid an. Ich muß damals ungefähr fünf Jahre alt gewesen sein, vielleicht auch erst vier. Es ist der einzige Moment mit ihm, an den ich mich erinnern kann, in dem wir beide allein waren.«

Lori beim Sprung von dem niedrigen Ast...

Als Pascoe Susan Hart die Tür öffnete, erkannte er sie sofort. Dann verflüchtigte sich der Augenblick des Wiedererkennens. Vor seinen Augen verwandelte sich die Person, die er gekannt hatte, in die Person, die sie geworden war: das Gesicht kantiger und härter, das Haar kurz und streng, der Körper dürr wie ein Zahnstocher auf Diät und Fitneßprogramm. Ihr Make-up riß einiges heraus, konnte die beiden tiefen Furchen, die von ihren Mundwinkeln bis zum Kinn liefen oder das Netz von Fältchen um ihre Augen aber auch nicht überdecken.

»Du siehst großartig aus«, erklärte er ihr.

»Ich sehe beschissen aus, du übrigens auch.«

»Das mit dem Anruf tut mir leid. Man hat mir deine Anweisung schon ausgerichtet, aber sie ist bei mir einfach nicht eingesickert.« Pascoe fühlte sich noch immer matt, der Kater kreiste über ihm wie ein Sturm in den Bergen. Er machte einen Kaffee für Susan, verzichtete aber aus Rücksicht auf seine Gesundheit darauf, selbst eine Tasse zu trinken.

»Ich habe einen Brief bekommen«, sagte sie.

»Wegen Lori.«

Sie wirkte kein bißchen überrascht. »Ja.«

»Ich auch.«

»Das dachte ich mir schon.«

»Tatsächlich?« Pascoe spürte eine leichte Übelkeit, als ob jemand in seinem Magen einen Hahn aufgedreht hätte.

»Die einzige, mit der ich Kontakt gehalten habe – nach Loris Tod – war Marianne Novaks. Nicht lange – ich meine, wir hatten uns seit Jahren nicht gesehen. Aber ich wußte, wo ihr Vater lebt. Ich habe ihn angerufen. Er hat mir erzählt, daß du und Sophie bei ihm wart; er hat mir auch von Mariannes Verschwinden erzählt. Ich hab nicht angenommen, daß ihr zur Auffrischung einer alten Bekanntschaft dorthin gekommen seid. Wie geht's Sophie?«

Pascoe zuckte die Schultern. »Gut. Sie hat auch einen Brief bekommen.«

»Ich konnte sie nicht auftreiben. Vermutlich hat sie geheiratet und ihren Namen geändert. Aber dich zu finden, war leicht – dein Name war vor kurzem in allen Zeitungen zu lesen.« Pascoe sah sie begriffsstutzig an. »Du bist doch Anthony Stewarts Verteidiger.«

»Nein«, sagte er. »Aber das war ich mal.«

»Hier sitzen wir nun«, sagte sie. »Die großen Revolutionäre. Du ein Anwalt, ich –« Sie breitete ihre Hände aus, um Pascoe zum Raten zu ermuntern. Er schüttelte den Kopf, obwohl ihm George Roxboroughs Vermutung in den Sinn kam: eine Brokerin oder Investment-Bankerin. »Eine ausgehaltene Frau«, sagte Susan. »Ich hab wegen des Geldes geheiratet und genau das bekommen, was ich wollte. Einen reichen Mann, der mir treu ergeben ist.«

»Wie schön für dich«, sagte Pascoe und dachte: Genau wie Sophie – die gleiche Reise, der gleiche Vertrag. In Charlies Loft hatten sie nächtelang über die Krankheit des Geldes geredet, die Korruption, die Gewalt und die Angst, die es nach sich zog, und die ganze Zeit war das eigentliche Thema weder die Korruption noch die Gewalt noch die Angst gewesen, sondern das Geld.

Pascoe nahm sich jetzt doch einen Kaffee; egal was, wenn es seinen Körper nur von den eigenen Reaktionen ablenkte.

Susan lachte. »Schön... damals vielleicht, heute nicht mehr.« Pascoe fragte sie nicht, was sie meinte. »Was ist mit dem Brief?« wollte sie wissen.

Pascoe erzählte ihr, was geschehen war, alles, von Nick Howards Leiche, die in einer Bucht gefunden worden war, von dem Mahl und dem Tanz mit dem Tod und von Magie. Lange bevor er geendet hatte, sah er Wissen und Schmerz in ihren Augen, aber er erzählte den Rest der Geschichte trotzdem.

»Es ist Luke«, sagte sie.

Er hatte ihr nicht erzählt, daß er Charlie Singer gefunden hatte. »Es könnte auch Charlie sein«, sagte er. »Was macht dich so sicher?«

»Es ist Luke.«

Lori, die neben ihm im Bett lag und sagte: »Verlaß mich nie.«

»Ein anderer Schnappschuß«, sagte Carla, »ist, wie meine Mutter mir zum Abschied zuwinkt. Ich weiß nicht mehr, was der Anlaß war – vielleicht mein erster Schultag oder vielleicht war ich für ein paar Tage bei meiner Tante geblieben...« Sie überlegte, scheinbar bemüht, den Moment zu fassen, bevor sie es schließlich aufgab. »Nein, ich weiß es nicht mehr. Aber ich sah sie winken – sie stand da und schien endlos zu winken, während sie sich entfernte. Es muß draußen gewesen sein, weil ich noch ganz deutlich vor mir sehe, wie sie vor einer riesigen blauen Fläche immer kleiner wird.«

Sie hatten den Weg durch den Wald zum Meer genommen. Zwei Liebende, die spazierengingen und sich gegenseitig alles erzählten. Bergab machte sie ihre Behinderung unsicher, und sie hakte sich bei ihm unter, um das Gleichgewicht zu halten.

Lori an ihn gekuschelt, ihr Gesicht eine Maske der Liebe.

»Wußtest du, daß Luke und ich zusammen waren?« fragte Susan.

»Äh...« Ihre Direktheit überrumpelte Pascoe. »Ich dachte, es sei ein eher lockeres Verhältnis gewesen.«

»Damals war alles locker. *Dauer* war spießig und langweilig. *Veränderung* – das war das Thema.« Susan hielt ihm die Tasse für neuen Kaffee hin. »Nein, wir hatten schon eine Beziehung, gewissermaßen. Nachdem sich die Clique aufgelöst hat, haben wir geheiratet.«

Es entstand eine unnatürlich lange Pause. Schließlich sagte Pascoe. »Geheiratet?«

»Es war Lukes Geschenk an mich«, sagte sie. »Er schenkte es mir für die Enttäuschungen und den Betrug. Obwohl Betrug natürlich auch so ein Wort war, das man nicht benutzen durfte.«

»Was ist passiert?«

»Das waren rauschhafte und wilde Zeiten, nicht wahr, Sam? Luke wollte die ganze Welt in die Luft jagen und noch mal von vorne anfangen. Er benutzte das Wort »Blutbad«, als würde es sich um eine Form der Taufe handeln.«

»Wolltest du das auch?« fragte Pascoe.

»Er hat ständig Todeslisten aufgestellt, weißt du? Regierungsmitglieder, reaktionäre Hinterbänkler, Polizisten, Soldaten...« Sie hielt inne. »Ob ich es wollte? Ich wollte, was immer *er* wollte.«

»Wenn du recht hast – wenn es Luke ist – warum? Warum tut er das?«

»Die Ehe hat fast auf den Tag genau ein Jahr gehalten.

Lori...« Sie sah Pascoe kurz an und wandte den Blick dann ab. »Das war für jeden von uns hart. Für mich noch ein bißchen härter, weil ich wußte, daß Luke mit ihr schlief. ›Für die Sache‹, wie er immer betont hat.«

Pascoe sah sie leeren Blickes an. »Er hat mit ihr geschlafen, ja. Aber was meinst du mit ›für die Sache‹?« fragte er. Was meinte *er* damit?

»Ihr habt geglaubt, es sei bloß ein Gag«, sagte Susan. »Luke Mallen, Revolutionär und Drogenfreak bumst die Frau eines Colonels der US-Luftwaffe. Die arme Lori. Nachdem ich damit durch war, sie zu hassen, hat sie angefangen, mir leid zu tun. Dann haben wir sie umgebracht, und ich begann, Angst vor ihr zu haben. Wie sich zeigt, zu Recht.«

»Es gibt Leute, die sagen, sie hat sich selbst getötet.«

Susans Blick war leer vor lauter Wissen. »Wir haben sie getriezt. Wir haben anonyme Anrufe gemacht. Und wir wußten, wieviel Angst sie hatte, wie verstört sie war, weil Luke es uns allen erzählt hat – frisch aus ihrem Bett. Er hat vor Lachen kaum ein Wort herausgebracht.«

»Für die *Sache*...?«

»Da war ein Mann namens Wallace Ellwood. Er wußte von Luke und Lori, weiß der Himmel woher. Er hat für den britischen Geheimdienst gearbeitet, war aber ein Doppelagent. Oder er hat erzählt, er sei einer, hat es Luke erzählt. Er war in irgendeiner Scheinfunktion bei der Basis angestellt. Die Idee dahinter war, daß die Briten ein Auge auf die Amis haben wollten. Nur daß Ellwood ein Auge auf jeden hatte und dafür sorgte, daß Ostberlin die Neuigkeiten als erstes erfuhr. Er hat Luke rekrutiert – nicht daß der groß überredet werden mußte. Er fand es super, *the real thing*, verstehst du, Profiarbeit.«

»Woher weißt du das – von Ellwood?«

»Luke hat es mir erzählt. Und es hat prima geklappt: Luke schlief mit Lori. Lori erzählte ihm kleine Einzelheiten, die sie ihrem Mann entlockt hatte. Und Luke gab sie weiter.«

»An Ellwood.«

»Nein, an einen Priester namens Carey. Luke ging immer zur Beichte.« Ihr Lächeln war jetzt fast eine Grimasse. »Beichte... Carey war ein Glied in der Kette. Ellwood wollte nicht im Rampenlicht stehen, damit seine Tarnung bei der US-Basis nicht aufflog. Er hat Luke nur hin und wieder getroffen, um in Kontakt zu bleiben. Die Kette ging so: der Colonel – unwissentlich – dann Lori, Luke, Carey und danach ... wer auch immer.«

»Was war mit Ellwood?« Pascoe hatte gesehen, wie sich ihr Gesicht bei der Erwähnung dieses Namens verfinstert hatte.

»Wir haben gedacht, es ist ein Witz, oder nicht? *›Wir wissen alles über dich...‹* Ein gemeiner Witz, aber auch nicht mehr. Aber als wir angerufen und gesagt haben, ›wir wissen alles‹, hat sie sich nicht nur wegen der Untreue gegenüber ihrem Mann gesorgt. Für sie ging es auch um all die Dinge, die sie Luke erzählt hatte. Das war Spionage, Geheimnisverrat, Bettgeflüster... Luke wußte, wie verzweifelt sie war. Sie hat ihm nie von den Anrufen erzählt, vielleicht hat sie geglaubt, das würde ihn vertreiben. Denn die Wahrheit – die nackte Wahrheit – war, daß Lori völlig verrückt nach ihm war. Er sah, wie hoffnungslos es für sie war. Sie war zwanzig Jahre älter als Luke. Für sie war es zu spät, ihr Leben zu ändern. Und außerdem war sie bestimmt nicht so verblendet, sich Illusionen über eine gemeinsame Zukunft mit ihm zu machen. Trotzdem war sie so verliebt in ihn, daß es die reinste Zauberei war – sie war ihm völlig verfallen.«

Susan schwieg. Sie hatte ihr Gesicht abgewendet, als habe sie aus den Augenwinkeln etwas wahrgenommen. Pascoe kam sich vor wie ein Mann, der vom Ufer aus zusehen mußte, wie ein Schwimmer darum kämpfte, über Wasser zu bleiben.

Schließlich sagte Susan: »Genau wie ich.«

»Ich kann mich nur noch daran erinnern, daß Luke mit der Frau des Colonels bumste«, sagte Pascoe. »Ich weiß noch, wie wir darüber gelacht haben. Er erzählte komische Geschichten – der Colonel kam zur Haustür herein, während Luke durch den Garten verschwand. Die Anrufe waren einfach... sie waren idiotisch... Himmel, wir waren die meiste Zeit völlig daneben.«

»Genau wie Lori. Doch das wußten wir nicht. Daran haben wir nicht gedacht.«

»Du wußtest es«, sagte Pascoe unvermittelt.

Susan nickte, langsam. »Sie war meine Rivalin. Sie liebte Luke genau so wie ich. Glaubst du, daß es mich gekümmert hat, was mit ihr passierte?«

Und hier ein Gruppenphoto: Alle sieben unter dem Baum, Loris Gesicht zwischen den Zweigen, dunkel wie eine überreife Frucht. Alles still. Dann eine weinende Frau. Der Trip manchmal schwach, manchmal deutlich, wie ein Bild auf einem Fernsehschirm – Musik inmitten der Bäume, Loris dunkles, singendes Gesicht, Farben im Unterholz, sich kräuselnd wie greller Nebel, eine Lichtkrone auf den Bäumen, Lori wie in einem majestätischen Tanz begriffen. Und eine weinende Frau.

»Im Krankenhaus war alles schwarz-weiß«, sagte Carla. Die Erinnerung schien ihr Hinken zu verschlimmern; ihre Hüfte schlug beim Gehen gegen seine. »Dort war ich eine lange Zeit, aber ich kann mich nicht daran erinnern, daß mich jemand besucht hat. Mein Krankenhaus-Schnappschuß zeigt eine Tür, durch die Leute kommen und gehen. Ich konnte in den Flur sehen. Draußen ging das normale Leben weiter.«

Der Verschluß machte klick, Lori stieg auf den Baum, klick. Sie befestigte das Seil, klick. Sie sprang, klick. Sind alle da... in die Kamera schauen – lächeln – klick! Pascoe fiel auf, daß Susan seine Frage nicht beantwortet hatte. Er versuchte es noch einmal. »Woher weißt du, daß es Luke ist?«

»Fast genau ein Jahr hat es gedauert. Gott allein weiß wie. Wir haben die meiste Zeit auf dem Planeten LSD verbracht, das war für uns wohl der beste Aufenthaltsort. Luke hielt ständig Vorträge über die Notwendigkeit von Veränderung. Ein anderer Staat, ein anderes Leben. Alles mußte anders werden...« Sie lächelte und griff dann seine Frage auf. »Durch den Brief selbst – daher weiß ich, daß es Luke war. Ich war mal verliebt in ihn, ich war seine Frau. Der Ton des Briefes, die Art, wie er von Lori sprach; ich bin mir sicher, daß Luke ihn geschrieben hat.«

»Tatsächlich?« Pascoe kam ein Gedanke. »Ich hatte angenommen, daß es jedesmal der gleiche Brief war. Vielleicht aber auch nicht...«

Susan zuckte die Schultern. »Er sollte drohen und einschüchtern, er war anonym, er schlug ein Treffen vor. Ich vermute, daß die Briefe sich alle recht ähnlich waren. Der Unterschied lag im Leser oder in der Leserin.«

»Wenn du wußtest...«

»Wenn ich was wußte? Ich wußte, daß es Luke war. Ich wußte nicht, daß er möglicherweise jemand umbringen würde. Ich hatte Erpressung ermutet. Ich dachte: Wenn er es jemandem erzählt, wird sich mein Leben ändern. Die Option gefiel mir – eine Chance für das Chaos. Das wollte ich. Als nichts weiter geschah, war ich fast enttäuscht.«

»Das sind nach wie vor nur Vermutungen«, sagte Pascoe, den Rechtsanwalt mimend, der nach besseren und handfesten Beweisen fragt.

Susan schüttelte den Kopf. »Vielleicht... bis zu diesem Moment. Jetzt nicht mehr.« Pascoe sah sie an und verlangte eine Bestätigung. »Wir waren einmal zusammen an einem Strand in Griechenland«, sagte Susan. »Dort war ein Typ, der Kunststücke vergeführt hat, du weißt schon, Magie, Zauberei, Jonglieren... Es war, als hätte Luke eine Vision.« Sie lächelte reumütig. »Obsession liegt in seinem Wesen. Ich war eine Zeitlang seine Obsession, ich weiß es. Es ist eine ziemliche Verantwortung.« Das Lächeln verschwand. »Wie sich herausstellte, war der Typ ein Profi, er gab hier und da Vorstellungen, Einlagen, du weißt schon. Er hieß Louis Maddox, doch sein Bühnenname war Orso. Luke begann, jede seiner Vorstellungen zu besuchen und freundete sich mit ihm an. Schließlich fing er an, Unterricht bei ihm zu nehmen. Und Luke war richtig gut. An einem Abend haben sie mal auf der Bühne die Rollen getauscht – Maddox stieg, an Händen und Füßen gefesselt, in die Truhe, und Luke stieg wieder heraus. Er brachte den Auftritt zu Ende, ohne daß es jemand gemerkt hätte.« Sie griff eine weitere Frage auf, die Pascoe ihr gestellt hatte. »Es ist Luke«, sagte sie, »aber ich weiß nicht, warum er es tut.«

Sie sprang, und ihr Körper wurde noch einmal kurz hochgerissen, als das Seil sich straffte. Die Erschütterung schien durch den gesamten Baum zu fahren, als ob ihr Fall das Gewicht, dieses grauenhafte, trockene Knacken bis in seine tiefsten Wurzeln vibrieren und in seine Säfte bluten würde.

Als sie die Dünen erreicht hatten, setzte sich Carla ganz in die Nähe der Stelle, wo Tom Carey sonst saß. »Jetzt wo ich dich gefunden habe«, sagte sie, »sind diese alten Bilder nicht mehr wichtig.« Sie wandte ihm ihr blasses, unscheinbares Gesicht zu wie eine Blume, die sich zur Sonne neigt. Sie schob den Saum ihres Rocks bis zur Hüfte hoch und berührte sich kurz zwischen den Beinen.

»Komm«, sagte sie.

»Revolutionäre wollten wir sein.« Susan lachte. »Kleine Sabotageakte, triviale Trotzaktionen, das waren wir. Und was ist aus uns geworden?« Sie wies auf Pascoe, als wolle sie ihn einem Fremden vorstellen. »Ein Rechtsanwalt, der schmierige Mörder verteidigt«, – sie zeigte auf sich – »eine Opportunistin, die von ihrer eigenen Habgier in die Falle gelockt worden ist.«

»Ist es das, was du bist?« fragte Pascoe.

»Mein Mann hat Krebs. Er stirbt. Er ist fest davon überzeugt, daß ich einen Liebhaber habe und begierig auf sein

Ableben warte, also hat er ein Testament aufgesetzt, das mich mittellos zurückläßt. Das Komischste daran ist, daß ich gar keinen Liebhaber habe.«

Pascoe wurde klar, daß das, was er in der Stimme am Telefon gehört hatte, nicht Alter, sondern Krankheit gewesen war.

»Der einzige Mann, den ich je wirklich geliebt habe, war Luke«, sagte Susan. »Ich weiß nicht, was mit uns geschehen ist. Er hat jede Menge LSD genommen und Tag und Nacht geübt – Zauberei, Kunststücke, Illusionen. Er wurde verschlossen und abweisend. Ich weiß, daß er manchmal Wallace Ellwood getroffen hat, aber ich weiß nicht, warum.«

Sie stand auf, und Pascoe erhob sich ebenfalls, seltsam förmlich. Er fühlte sich schwach wie jemand, der monatelang schlaflose Nächte verbracht hat. »Jetzt wo du weißt, daß es Luke war, der dir den Brief geschrieben hat«, fragte Pascoe, »was wirst du tun?« Schon während er es sagte, erkannte er, daß das Thema für Susan gestorben war.

»Ich gehe nach Hause zu meinem Mann«, sagte sie. »Er stirbt, und er hat Angst.«

Carla räkelte sich und spürte den Sand an ihren Schenkeln. Sie zog das Kleid bis über den Kopf und betrachtete das Sonnenlicht durch die Baumwolle. Er beugte sich über sie und küßte sie durch den Stoff.

»Der Beste... Der Allerbeste...« Ihre Stimme klang gedämpft und undeutlich. Sie hob ihre Beine und schlang sie um seinen Rücken. Hinter dem sonnendurchfluteten Stoff war er namen- und gesichtslos, ein Mittel zur Steigerung der Lust.

Lori, die in dem windstillen Wald aufgeknüpft war wie ein Stück Fleisch, und alle standen dort, und jemand...

Susan hatte die Hand schon auf der Klinke, als Pascoe sie fragte: »Ellwood? Was ist mit Ellwood?«

Er glaubte schon, sie würde nicht antworten, aber sie zuckte die Schultern und versuchte vergeblich zu lachen. Dieses mißglückte Lachen lief Pascoe wie ein kalter Schauer über den Rücken. Sie sagte: »Wallace Ellwood ist der bösartigste Mensch, den ich in meinem ganzen Leben getroffen habe.« Dann wischte sie sich mit der Hand über den Mund, als ob die bloße Erwähnung seines Namens ihn besudelt hätte.

...und jemand weinte. Susan weinte.

Das Kleid glitt von Carlas Gesicht und gab den Blick auf ihre vor Lust und Liebe geweiteten Augen frei. Eine tiefe Röte bedeckte ihren Hals, sie trieb ihre Fersen in den Sand, wölbte den Rücken und flüsterte ihm seinen eigenen Namen zu wie eine glühende Zauberformel.

»Luke, Luke, Luke, Luke, Luke...«

30

Wie ein Krüppel oder ein Kind saß Wallace Ellwood in einem Stuhl am Fenster und beobachtete den Verkehr. Den Telefonhörer unters Kinn geklemmt, lauschte er Hilary und trank Bier aus der Flasche. Todd erklärte ihm, er solle Piper vergessen, in London bleiben und auf weitere Anweisungen warten. Ellwoods Ohren nahmen die unterschwellige Schadenfreude in jedem Wort wahr, eine kleine Trompete, die das Signal »Keine Gnade« blies.

Zwei weitere Männer waren ums Leben gekommen – einer in Italien und einer in Frankreich, beides Insider.

»Die Chance ist vertan«, sagte Todd. »Deine Chance.«

Es war, als hätte Ellwood es mit einem kompletten Einfaltspinsel zu tun. »Du mußt mir mehr Zeit lassen dort unten,

Hilary. Ich habe vor, meinen Auftrag zu beenden, jetzt wo ich ihn einmal angefangen habe. Ich glaube, das wäre mir wirklich lieber. Aber ich brauche noch ein bißchen Zeit.«

Todd lachte. »Niemand könnte dir vorwerfen, unnötig in Panik zu geraten, Wallace. Aber laß dir einen guten Rat geben – gerate in Panik. Und zwar sofort. Schau nach unten, dann siehst du deine Eier in meiner Faust.«

»Aber, Hilary, ich bin sicher, du wirst einen Weg finden. Ich verstehe ja, daß wir das Tempo ein wenig anziehen müssen, das gestehe ich gerne zu.« Ellwood genoß den Augenblick. Seine Stimme war nur noch einen Hauch lauter als ein Flüstern.

»Du bist ein Huhn ohne Kopf, Wallace. Du zappelst noch, aber eigentlich bist du schon tot.«

Ellwoods Timing war perfekt. Er konnte sich Todds Lächeln vorstellen und spürte, wie der andere sich leicht vorbeugte und den Hörer auflegen wollte. Er sagte: »Wie geht's übrigens Annie?«

Ein Schweigen dehnte sich in der Leitung, ein Vakuum, das in einem lautlosen Sog Verachtung und Angst anzog.

»Die gute Annie«, fuhr Ellwood fort, »so neugierig, Hilary, und so indiskret. Sie scheint ja eine Menge über dich zu wissen. Ich bin sicher, sie hat mir nicht alles erzählt, aber sie hat da gewisse Deals mit beschlagnahmten Drogen erwähnt. Sie hat alles sorgfältig dokumentiert und ein paar Namen genannt. Wir haben unlängst gemeinsam zu Abend gegessen, und ich habe ohne ihr Wissen jedes ihrer Worte auf Band aufgenommen. Weil ich auch gern alles dokumentiere. Ich habe ein paar Kopien angefertigt, eine kleine Versicherung, die ich hinterlegt habe, bei einem Notar, bei meiner Bank... du weißt schon. Falls mir etwas zustoßen sollte, Hilary, geht es dir ebenfalls schlecht.«

Ellwood wartete und lauschte fröhlich dem Summen der Leitung. Er nahm einen Schluck Bier und beobachtete einen roten Lotus Elan Cabriolet, der im Zickzack agressiv zwischen schwerfälligen LKWs und trägen PKWs hindurchschoß. Am Steuer saß eine Frau, ihr glattes, schwarzes Haar flatterte wie ein Banner, der kurze Rock über ihren schlanken Schenkeln war hochgeweht, sie hielt die Arme durchgedrückt. Sie schnitt einen Kombi, so daß der Fahrer heftig bremsen mußte, und raste dann fünfzig Meter über den befestigten Seitenstreifen. Selbst nachdem sie längst außer Sichtweite war, hing Ellwood dieses Bild von Kraft noch nach.

»Ich kann ja verstehen, daß die Lage für dich nicht einfacher wird, Hilary, jetzt wo irgendwo im Ausland ständig Leute sterben. Ich bin sicher, du stehst ganz schön unter Druck. Ich erwarte ja gar nicht, daß du mir bis in alle Ewigkeit Zeit läßt, das wäre unvernünftig.«

Todd hatte seit mehr als einer Minute kein Wort mehr gesagt, aber auf der Leitung lag eine angespannte Härte, die Ellwood als sein Atmen erkannte.

»Ich bitte dich nur um eine weitere Woche, Hilary. Ungefähr eine Woche. Weil ich einige Maßnahmen ergreifen werde, um... die Dinge zu beschleunigen. Danach plane ich einen kleinen Urlaub. Und danach wirst du einen netten anderen Job für mich finden.« Er schob sich Pommes frites in den Mund und weichte sie mit Bier ein. »Das Leben kann einen ganz schön täuschen, Hilary. Das Leben ist ein Spiegelkabinett. Du glaubst also, das wären *meine* Eier in *deiner* Hand, Hilary? Von wegen... Schau noch mal genau hin. Siehst du? Es ist ein Spiegel. Und hast du schon bemerkt, was ich in der anderen Hand halte? Genau, Hilary, ein Messer.«

Weniger als zehn Minuten später fuhr Ellwood auf der Hochstraße in westlicher Richtung, bahnte sich einen Weg zwischen den Pennern und Gammlern, die unterwegs waren. Er hoffte, das Mädchen in dem Lotus Elan auf ihrem Rückweg zu treffen. Aber, sinnierte er, man konnte nicht alles haben.

31

Pascoe beobachtete, wie die Kugel im Dunkel aufleuchtete, dann in einem zischenden Bogen aufstieg und wieder abfiel. Ein zweite Kugel kam hinzu, dann eine dritte. Alle drei schwebten sie in der Luft, beschrieben Bögen und Kreise, bis neben ihnen eine vierte Kugel aufleuchtete: weiß, grün, rot und blau.

Aus dem Dunkel sagte eine Stimme: »Beeindruckend, was?« Louis Maddox hielt die Kugeln noch eine Weile länger in der Luft, fing sie dann nacheinander auf und ließ ihr Leuchten verblassen. Als er den Vorhang vor dem Fenster aufzog, lächelte er. »Der Trick kommt immer gut an. Sehen sie –« Er hielt Pascoe eine der Kugeln hin. »Eine Neonröhre mit einem Schiebeschalter auf dem Plexiglas.« An der Naht, wo die beiden Kugelhälften zusammengefügt waren, erkannte Pascoe einen winzigen, farblosen Knopf. Maddox drückte darauf, und der kleine Schaltkreis summte mit weißem Licht. »Damit wird aus schlichtem Jonglieren eine Zaubervorstellung.« Er verstaute die Kugeln in einem Styroporkarton, der aussah wie eine überdimensionierte Eier-Schachtel. »Wie geht es Susan?«

»Gut.«

»Es ist lange her«, sagte Maddox. »Ich bin mir nicht ganz im klaren darüber, was genau Sie eigentlich wissen wollen.«

Pascoe hatte Maddox ohne Schwierigkeiten gefunden: Verschiedene Künstleragenturen führten seinen Namen in ihrer Kartei. Die Entscheidung, was er ihm erzählen wollte, war weniger leicht.

»Ich auch nicht«, improvisierte er. »Ich bin Anwalt. Susan, Luke und ich waren vor Jahren eng befreundet. Wir haben uns aus den Augen verloren, kurz bevor Sie Luke kennengelernt haben.«

»Sind sie noch immer zusammen?« fragte Maddox, und es

klang, als ob er glaubte, daß selbst diese Welt gelegentlich mit einem Wunder aufwarten würde.

»Nein. Aber Luke hat sich bei ihr gemeldet, bei mir auch. Es besteht die Möglichkeit, daß er in Schwierigkeiten steckt. Wir wollen ihn finden.«

»Und Sie sind Anwalt...?«

»Ich bin auch Lukes Freund.«

»Warum kommen Sie dann zu mir? Ich habe Luke seit Jahren nicht gesehen.«

»Ich habe auch gar nicht erwartet, daß Sie wissen, wo er ist«, sagte Pascoe. »Ich wollte einfach mit Ihnen über ihn reden. Hintergrund nennt man das wohl.« Als Maddox die Schultern zuckte, nahm Pascoe die Plastiktüte, die er mitgebracht hatte, und entnahm ihr einen Strauß unechter Blumen und einen Zylinder. Er gab sie Maddox. Auf dem Zylinder war ein Klecks Vogelscheiße.

»Was ist das?« fragte Maddox. »Etwas, was jemand am Tatort eines Verbrechens zurückgelassen hat?«

»So ähnlich.«

»Sie werden es mir nicht sagen, oder?«

»Doch, wenn Sie darauf bestehen.«

»Vergessen Sie's«, erklärte Maddox ihm. »Ich vermute mal, daß ich es lieber nicht wissen will.« Er schob die Blumen zu einem Spazierstock zusammen und wirbelte ihn umher wie ein Tambourmajor. Pascoe beobachtete, wie der Stock in Maddox' Hand explodierte und wieder zum Blumenstrauß wurde. »Tricks sind okay«, sagte Maddox, »Tricks sind prima.« Er warf die Blumen beiseite. »Ein Mittel zum Warmwerden, absolut nichts dagegen einzuwenden. Aber Magie ist etwas anderes. Magie ist Illusion und Glauben.«

»War Luke gut darin?«

Maddox war groß und schlank wie ein Zauberstab. Er war ungefähr sechzig Jahre alt, aber man mußte schon nahe herankommen, um das zu erkennen. Wenn sein Haar ergraut war, hatte irgend jemand saubere Arbeit geleistet, diese Tatsache zu vertuschen. Pascoe bemerkte, wie flink seine Hände mit ihren lange, feinfühligen Fingern waren.

Maddox lächelte zögernd, fast traurig, als er sagte: »Luke war das größte Naturtalent, das ich je gesehen habe.«

»Sie haben ihn unterrichtet...«

»Nun... ich habe ihm gezeigt, was er tun mußte. Und er hatte eine unglaubliche Fingerfertigkeit. Aber wie schon gesagt, das Entscheidende sind Illusion und Glauben. Es gibt gute Handwerker, die fehlerlos eine Reihe von Illusionen erzeugen können. Für sie ist es ein Job, eine Technik. Sie können einem ein paar Zauberkunststückchen vorführen, aber keine magische Vorstellung geben. Eine richtige Zaubervorstellung ist wie eine gute Geschichte. Man kann jemand sein, der einfach seine Nummern vorführt, oder man kann der Held einer Geschichte sein.«

»Und Luke wußte, wie man der Held einer Geschichte ist«, vermutete Pascoe.

»Luke wußte das, ja.« Maddox schüttelte eine Zigarette aus seiner Packung und ließ sie zwischen seinen Fingern wandern. »Man muß eine Geschichte natürlich inszenieren, Satz für Satz, Trick für Trick. Ich versuche, sie nicht anzuzünden.« Die Zigarette verschwand wieder in seiner Hand und tauchte erneut zwischen seinen Fingern auf, eine heimliche Versuchung.

»Schaffen Sie es?«

»Es ist schwierig«, sagte Maddox.

»Was war Lukes Spezialität? Hatte er einen Lieblingstrick?«

»Er war gut in allem.«

»Entfesselungen«, sinnierte Pascoe.

»Sie haben ihn arbeiten sehen.« Maddox war sich absolut sicher.

Pascoes Lächeln hatte absolut nichts Spöttisches, als er sagte: »In gewisser Weise schon – ja.«

»Das hat ihn mehr fasziniert als alles andere. Er hat es immer mit der Beichte verglichen – man geht als Sünder hinein, mit Ketten beladen, von Sünden gefesselt, und dann tritt der Sünder wieder heraus, ungebunden und frei.« Maddox kämpfte einen ungleichen Kampf. Er zündete seine Zigarette an und wischte den Rauch mit einer entschuldigenden Handbewegung beiseite. »Er konnte eine Illusion immer auch aus den Augen des Publikums sehen. Ich meine, er konnte sich unter die Getäuschten reihen. Was eigenartig und bemerkenswert ist, da alle Magie auf dem Gegensatz von Wissen und Ignoranz beruht. Ein im Mund oder am Hodensack versteckter Schlüssel, ein Knopf, auf den man drükken muß, eine zusammenschiebbare Klinge...

Möchten Sie etwas trinken?« Er bewegte sich mit geschmeidiger Eleganz; nur die Fältchen in seinem Gesicht verrieten ihn und die Hautfalte unter seinem Kinn. Er ging in seine Küche und kehrte mit einer Flasche Rotwein und zwei Gläsern zurück. »Nur noch Wein und Bier«, sagte er, als ob damit alles Notwendige über seinen Gesundheitszustand gesagt wäre. »Und theoretisch auch keine Zigaretten.« Er schenkte den Wein aus und sagte: »Eigentlich noch zu jung zum Trinken...« Und dann: »Warum suchen Sie ihn?«

»Ich dachte, Sie wollten es nicht wissen.«

»Sie haben recht, das will ich auch nicht.«

»Was konnte Luke sonst noch?«

»Er war gut in Maske und Verkleidungen. Manchmal hat er für mich eine Vorstellung gegeben. Ist nie selbst Profi geworden, aber manchmal habe ich ihn im Rahmen meiner Vorstellung eingesetzt. Er brachte die übliche Truhen-Entfesselungs-Nummer und kam dann immer als Clown auf die Bühne, um die Ketten zu überprüfen. Es war eine gelungene Täuschung. In der Hand versteckt hielt er einen Schlüssel, mit dem er die Schlösser aufschloß.« Maddox hielt sein Weinglas ins Licht und nippte dann daran. »Alles mögliche – Taschenspielertricks, Karten, Jonglieren, Messerwerfen.« Sein Kopf schnellte hoch, als sei ihm eine Idee gekommen.

»Denken Sie nicht drüber nach«, sagte Pascoe.

Maddox zog eine weitere Zigarette aus seiner Schachtel und zündete sie sofort an. »Ich wußte, daß es irgendwas in der Richtung sein mußte.«

»Keine Sorge, Sie haben mich nie gesehen. Ich bin nie hier gewesen.«

Maddox schien nicht besorgt, sondern eher neugierig. »Was haben Sie gehofft, von mir zu bekommen?«

»Eine Bestätigung«, erklärte Pascoe ihm. »Und die habe ich bekommen.«

Maddox nickte und goß sich Wein nach. Pascoes Glas war unberührt. »Wenn Sie Luke finden«, sagte er, »was werden Sie dann tun?«

»Ich weiß es nicht.« Pascoe stand auf, die Blumen und den Hut ließ er liegen.

»Von dem Augenblick an, als Sie hereingekommen sind«, sagte Maddox, »wußte ich, daß es so etwas sein mußte.«

Luke Mallen ging an der Landspitze entlang bis zu Meer's Point und sah Tom Carey beim Fischen zu. Es war früher Abend. Eine Wolkendecke war am Himmel aufgezogen und hatte dem Rest des Tages die verbliebende Wärme genommen. Hin und wieder riß der Wind blaue Fetzen in das Grau. Careys Angelrolle klickte langsam und rastete dann ein. Die beiden Männer standen schweigend nebeneinander. Carey spießte Fischabfälle als neuen Köder auf den Haken und warf wieder aus.

»Was hättest du gemacht? Marianne sagte, sie wolle...« Luke stolperte über das Wort, »... alles gestehen. Mein erster Gedanke war: Sie muß sterben. Es ist ganz klar: Sie müssen alle sterben. Erst dann sind Carla und ich sicher.«

Die Schnur lief ab, die Ratsche surrte. Carey bremste sie ab und holte ein wenig Schnur ein, bis sie spannte. So arbeitete er sich gut fünf Minuten lang vor, bis er einen Fisch an Land zog. Der Fisch war blaß mit einem hammerförmigen Kopf, auf der Stirn hatte er dicke, fleischige Klumpen wie eine schreckliche Geschwulst.

»Alle«, sagte Luke, »denn sie wissen von Lori.«

Carey stellte die Rute in ihren Ständer und bückte sich nach dem Fisch. Luke hockte sich neben ihn wie ein Kind, das die Aufmerksamkeit des Priesters auf keinen Fall verlieren wollte. Carey nahm eine Hakenschere und löste den Haken heraus. Die Kiemen waren fest und scharf wie Papier und schimmerten blutrot. Von den Lippen liefen zwei weiße Schnurrbärte wie matschige Schläuche.

Carey stand auf und wiegte den Fisch in seinem Arm wie einen Säugling. Ihm fielen nur die Standardfragen der Beichte ein: »Hast du daran Gefallen gefunden, Luke?«

Der Fisch zappelte und hüpfte, als könne er das nahe Meer spüren, das Maul weit aufgerissen, und die ganze Zeit wurden seine Augen matter und gelblicher wie altes Aluminium.

Luke schnappte sich den Fisch aus Careys Arm und warf ihn in das flache Wasser am Ufer. Die Leichtigkeit dieser Bewegung ließ ihn lächeln. In der einen Minute hatte der Fisch noch im Sterben gelegen, in der nächsten war er wieder in seinem Element. *Mit einem Satz – der Große Zeno Entfesselungskünstler.*

»Gefallen«, sagte er. »Das weiß ich nicht. Es war Magie – verstehst du? Es war eine Zaubervorstellung.«

Es war für Pascoe schon fast so zur Gewohnheit geworden: Jedesmal, wenn er an einem Telefon vorbeikam, rief er Sophie an, und jedesmal war der Anrufbeantworter mit seinem Sprüchlein dran. Es war ihm so sehr zur Routine geworden, daß er fast wieder aufgelegt hätte, bevor ihm klar wurde, daß er diesmal nur ein »Hallo« zur Antwort erhielt.

»Leg nicht gleich wieder auf.«

»Nein. Okay.« Dann sagte sie: »Das wollte ich auch gar nicht.«

»Ich möchte dich sehen.«

»Wo bist du?«

»In London.«

Sie sagte: »Oh...« Sie hatte etwas anderes erwartet. »Hast du vor, noch mal zurückzufahren?«

»Ich weiß nicht«, erklärte Pascoe. Es war eine Lüge, und sie hörten sie beide klimpernd zu Boden fallen wie eine falsche Münze. »Ich bin aufgewacht, und du warst weg; warum bist du gegangen?«

»Nun, das mag dich vielleicht überraschen, aber ich hab mich hier sicherer gefühlt als dort unten. Weil dort nämlich jemand versucht hat, mich zu ermorden.«

»Luke«, sagte Pascoe.

Sophie seufzte, als sei diese Neuigkeit für Worte zu traurig. »War er es? Bist du sicher?«

»Ich bin zurückgekommen, weil Rob Thomas Charlie Singer für mich aufgetrieben hatte. Außerdem hatte Susan Hart versucht, mich über mein Büro zu erreichen. Ich hab Charlie getroffen – er hat sich in einer Jauchegrube verkrochen und hofft, daß der Gestank seine Witterung überdeckt. Er schuldet einigen ziemlich ungemütlichen Leuten eine Menge Geld. Er ist nicht Zeno.«

»Luke ist...?« Sophie verlangte einen stichhaltigeren Beweis.

»Susan hat mich besucht. Als ich ihr erzählte, was passiert war, wußte sie sofort Bescheid. Sie und Luke waren mal zusammen, weißt du noch? Und –«

»Ja, das weiß ich noch; na und? Es war nicht –«

»Und sie waren verheiratet.«

Er mußte lange auf ihre Antwort warten. »Ich bin mir ziemlich sicher, daß du genug zu trinken im Haus hast, aber ist sonst noch irgendwas im Kühlschrank?«

»Ja, Lebensmittelvergiftung.«

32

Die Vergangenheit, das sind halb vergessene Augenblicke, Gespenster der Freude und des Leids, Orte und Gesichter.

Pascoe nahm einen großen Schluck von seinem Whiskey. Müdigkeit flirrte hinter seinen Augen. Er dachte, ich weiß was das ist: Schlaf als Selbstschutz. Das Zugeständnis ließ ihn endgültig eindösen.

Offensichtlich hatte Sophie das Talent, immer dann aufzutauchen, wenn er am schutzlosesten war. Er spürte, wie ihm sein Glas aus der Hand genommen wurde. Als er die Augen öffnete, sah er sie in der Küche verschwinden. Ihre Stimme trieb zu ihm herüber.

»Deine Haustür ist miserabel gesichert, hab ich dir schon mal gesagt. Ich hab jetzt zweimal umgeschlossen. Ein Stück die Straße runter ist eine Kneipe, in der ich eine Weile gesessen und dein Haus beobachtet habe. Eins muß ich dir sagen, Pascoe, du lebst in der Todeszone, ist dir das eigentlich klar, in der Zone der scheintoten Wüstlinge. In der Zeit, die ich gebraucht habe, um zwei Gläser einer unsagbaren Pisse zu trinken, die dort als Wein verkauft wurde, hatte ich an die zwanzig Angebote: normalen Sex, nicht ganz so normalen Sex, definitiv abnormalen Sex. Dreier, Vierer, Orgien, Photos, Videos.« Sie kam zurück und blieb vor ihm stehen. »Ich komme bestimmt nicht noch mal hierher. Du mußt umziehen.«

Pascoe lachte. Er fühlte sich schwach, und sein Lachen klang schrill.

»Ich hab Kaffee aufgesetzt. Später müssen wir reden.« Sie streckte die Hand aus und zog ihn, als er sie nahm, auf die Füße und in Richtung Schlafzimmer. »Ich hab ja versucht, das schmutzige Gerede zu ignorieren, aber um die Wahrheit zu sagen, ein paar der Vorschläge haben mich ganz schön ins Grübeln gebracht...«

»Du denkst nicht nach, Wallace«, sagte Carey. »Wenn er sich nicht unter Kontrolle hat, hast du die Sache nicht unter Kontrolle. Und er hat sich bestimmt nicht unter Kontrolle. Er macht zwar den Eindruck, aber...«

»Ich habe mit ihm geredet. Vor etwa einer Stunde.«

»Du bist zu seinem Haus gefahren?«

»Genau. Neue Anweisungen, verstehst du. Wir haben keine Zeit mehr.«

»Er mag es nicht, wenn Leute zu ihm kommen – wegen Carla.«

»Scheiß drauf, was er mag.« Sie saßen im Restaurant des Windrush. Ellwood hatte Lammkoteletts, Prinzeßbohnen und Champignons bestellt und aß mit den Fingern. »Scheiß drauf, was er mag, und scheiß auf ihn.«

»Ich habe genug, Wallace. Mehr als genug.«

Ellwood hielt den Knochen zwischen den Fingerspitzen und riß mit einem Biß die Hälfte des Fleisches ab. Er kaute lächelnd und wischte mit dem Handballen ein wenig Saft von seinem Kinn. »Nun, Tom...« Er nahm den zweiten Bissen. »Ich glaube, daß es jetzt nicht mehr lange dauern wird. Halt noch ein bißchen durch. Er braucht jemanden, mit dem er reden kann.«

»Du verstehst mich nicht, Wallace. Darum geht es nicht. Ich habe weder Angst, noch bin ich gelangweilt oder müde. Ich habe *genug*. Ich möchte da nicht mehr mitmachen. Ich schulde dir nichts. Ich schulde niemandem etwas mit Ausnahme von mir selbst vielleicht. Du schacherst mit Loyalitäten, mit Ehrgeiz mit Glauben... dabei ist das alles schon vor Jahren gestorben. Vor *Jahren*, Wallace. Ich hab mich verantwortlich gefühlt, ich hab mich ihm verbunden gefühlt – und, weiß Gott, sogar dir. Deshalb bin ich gekommen. Aber was hier passiert, hat nichts mit Loyalität oder Glauben zu tun.«

»Tatsächlich.« Ellwood schürzte die Lippen um eine Bohne und saugte sie auf wie eine Spaghetti, dann tupfte er sich die Lippen mit seiner Serviette ab, bevor er einen Schluck aus einem vollen Glas Rotwein nahm. »Ausgezeichneter Wein übrigens, Rasteau – sehr rund und fruchtig.«

»Mach dich nicht über mich lustig, Wallace.«

Ellwood lächelte; das Lächeln wurde zu einem Glucksen, das sich in einem kurzen Lachen Luft machte. Er schüttelte den Kopf. »Ich kann dieses Gespräch mit dir gar nicht führen, Tom, Pater Tom, heiliger, heiliger Vater Tom. Ich kann das alles gar nicht hören. Es gibt Dinge, um die ich mich kümmern muß, Dinge, die mich beschäftigen, und ich habe keine Zeit, für dein Geschwätz, Pater Tom, Eure Heiligkeit.«

Er sprach in einem leisen Flüstern, rissig wie eine Bandsäge, seine Lippen bewegten sich kaum. Carey spürte die enorme gewalttätige Energie und blinde Wut, die der Mann ausstrahlte. Die Worte schienen seine Kehle zu verstopfen, bevor sie in kleinen Stößen hervorbrachen. Er betrachtete seinen Teller, und sein Kiefer zitterte, als träfe jede Silbe einen Nerv in einem faulen Zahn.

»Du wirst also verstehen, ich bin sicher, du wirst verstehen, daß ich mir dein Gerede nicht anhören kann, heiliger Vater Tom, ich kann dir nicht zuhören, nicht eine Minute lang, also wirst du schön weiter tun, was man dir befohlen hat, wirst tun, was ich will, Pater Tom, weil wir keine Zeit haben, keine Zeit für dein Geschwätz, du Wichser, du beschissene heilige Heiligkeit. Wir haben nur Zeit für das, was ich will, was ich sage, was ich sagen will, sonst gar nichts, Pater Tom, du Wichser, du beschissene Heiligkeit, verstehst du das, nur für mich, nur meins, sonst gar nichts.«

Ellwood hielt den Kopf gesenkt. Sein Blick war starr.

Carey sagte: »Was immer du –« Weiter kam er nicht. Ellwood schnappte sich sein Weinglas, führte es zum Mund und drückte den Rand bis hinter seine Zähne. Dann riß er seine Hand nach unten, hob den Kopf und biß ein Stück aus dem Glas, drehte den Rand ein wenig und biß erneut zu, so daß das Glas fast bis zum Stiel aufsplitterte. Er stand halb auf, beugte sich zu Carey hinüber und prustete ihm die Scherben ins Gesicht, schüttelte wutschnaubend den Kopf und spuckte Glas, Wein und Blut. Die Gäste an den anderen Tischen wandten den Kopf, um zu sehen, was es mit dem Aufruhr auf sich hatte. Ein Kellner kam durch den Saal geeilt.

Careys Gesicht und die Brust seines Hemdes waren mit Wein und Glas gesprenkelt, er zitterte. Ellwood saß regungslos da, feine Fäden aus Blut und Speichel spannten sich von Unter- zu Oberkiefer. Nach einer Weile nahm er sein Wasserglas, spülte seinen Mund aus und spuckte das Wasser zurück in das Glas.

Zum Kellner sagte er: »Meinem Freund ist ein Mißgeschick passiert.« Er schenkte ihm ein gewinnendes, rot verkleistertes Lächeln. »Tut mir leid. Er war schon immer ein wenig ungeschickt.«

Sie hatten sich geliebt und waren eingeschlafen. Die Vorhänge waren nicht vorgezogen. Grelles orangefarbenes und gelbes Neonlicht flutete über die Fensterbank auf den Boden. Obwohl es nach drei Uhr nachts war, hörte Sophie das leise *Bum-bum-bum* einer Baßlinie, und irgendwo heulte eine Sirene den Kontrapunkt.

Sie stützte sich auf den Ellenbogen. Mit ausgestrecktem Finger zeichnete sie die Konturen von Pascoes Gesicht nach. Sein attraktives Profil war mit den Jahren ein wenig ramponiert worden, aber er hatte noch immer etwas Wölfisches, an das sie sich von früher her erinnerte – längliches Gesicht, ausgeprägtes Kinn, volle, ein wenig schräg stehende Lippen.

Jedesmal, wenn er sie berührte, fielen ihr jetzt die Stellwand und das Schmetterlingstuch ein, der langsame, kreisende Rhythmus ihrer Umarmung – ein einzelner, endlos wogender Ton.

Er zuckte unter ihrer Berührung und drehte sich zu ihr, seinen Kopf wie ein Kind an ihre Schulter gedrückt.

Bum-bum-bum-bum-bum... tönte der Baß herüber wie eine Warnung aus der Todeszone.

33

Aus dem Zimmer und in den Flur, den Flur entlang bis zur Tür, durch die Tür und die Auffahrt hinunter... Der Clown und der Mann mit der Großen Fliege machten einen Spaziergang.

Die Auffahrt war von Bäumen gesäumt, und sie hielten sich in ihrem Schatten, vom Portal nur gelegentlich sichtbar. Piper hielt die Hand des Clowns und zockelte hinterher.

Er dachte: *Ich mag diesen Clown.*

An den Bäumen entlang zum Tor, aus dem Tor in den Wagen des Clowns, durch die Stadt und weiter am Meer entlang...

Piper saß kerzengerade auf dem Beifahrersitz und grinste ein fettes Grinsen, während er die Hände in seinem Schoß faltete und entfaltete. Er beugte sich aus dem Fenster und winkte den Passanten zu.

Der Clown sagte: »Laß das.« Als Piper sich zu ihm umwandte, sah er, daß der große, rote, nach unten hängende Mund verschwunden war, genau wie die Farbtupfer auf seinen Wangen und die gewölbten Brauen. Das Haar war nicht mehr wie ein orangefarbenes Stachelschwein, und die Nase hatte ihren roten Klecks eingebüßt.

»Wo ist der Clown?« fragte er.

Vor Luke Mallens Füßen lag ein Klumpen creme- und make-up-verschmierter Papiertücher. »Ich bin es«, sagte er, »ich bin der Scheißclown.«

»Wo geht Carla hin, wenn du sie wegschickst?« fragte Ellwood.

»Normalerweise geht sie spazieren. Sie läuft gerne am Meer entlang. Keine Sorge, die kommt so bald nicht zurück.«

Sie waren in dem Haus, das Luke sich mit Carla teilte. Piper ging herum und inspizierte die Einrichtung. Das große

Zimmer hatte niedrige Deckenbalken, und ein grober Stützpfeiler aus Eiche, eckig und speckig vom Alter, teilte den Raum. Auf der anderen Seite stieß Piper auf den in einem Sessel sitzenden Carey.

»Du bist der Priester«, sagte er. Carey sah ihn an, erwiderte jedoch nichts. »Ich bin der Große Anarch«, erklärte Piper beiläufig. »Ich bin der Gebieter der Sphären, die in den Gewölben des Raumes tanzen.«

Ellwood drückte auf den Kolben einer Spritze und spritzte einen kleinen Strahl Natrium Penthonol in die Luft. Fast unhörbar sagte er: »Für meinen Geschmack bist du eher die Große Nervensäge.«

Carey führte Piper zurück in die andere Hälfte des Raumes, doch der alte Mann hatte scheinbar Wichtigeres zu tun. Er riß sich los und begann auf die Treppe zuzuschlendern. Als Carey seinen Arm packen wollte, zog er ihn heftig zur Seite. Luke ging hinüber. Zu zweit packten sie Piper an den Oberarmen und schleiften ihn zu Ellwood hinüber, der neben einer Couch stand.

Luke zerrte den Kragen von Pipers Jacke herunter und versuchte, dem alten Mann die Ärmel abzustreifen, in die jener aber immer wieder hineinschlüpfte. Carey riß an seinem Revers. Eine Weile zappelte Piper unruhig hin und her und versuchte, sich aus dem Griff der beiden zu befreien, dann erschlaffte er. Carey stolperte, weil er plötzlich das ganze Gewicht des Mannes tragen mußte, und sank, Piper mit sich ziehend, auf die Couch. Luke gelang es, einen Arm aus der Jacke zu befreien und machte sich am Manschettenknopf zu schaffen. Piper wedelte mit der Hand auf und ab wie ein defekter Roboter.

Ellwood gab Luke die Spritze. Dann beugte er sich vor, packte Piper bei der Brust seines Hemdes, riß ihn hoch, drehte ihn um und bugsierte ihn rückwärts durch den Raum. Im selben Moment, in dem Piper gegen den Eichenpfeiler krachte, verpaßte Ellwood ihm einen Schlag mit dem Handrücken. Piper schrie auf und fing dann an zu weinen. Noch immer die Hemdenbrust des alten Herrn haltend, zerrte ihn Ellwood zurück und warf ihn aufs Sofa. Piper blieb schluchzend liegen, die Augen angsterfüllt. Ellwood löste den Ärmelknopf und legte Pipers Arm für die Nadel frei.

Er nahm die Spritze und testete sie noch einmal, wobei er leise, fast sanft vor sich hin murmelte, den Kopf abgewandt und völlig konzentriert auf die vor ihm liegende Aufgabe: »...mit *dem* alten Sack rummachen. Vergiß es.«

Ellwood stellte eine Menge Fragen; Piper erklärte ihm ausführlich, wie das Universum durch die Gesetzmäßigkeiten der Musik angeordnet wurde.

»Du hast noch ungefähr eine Viertelstunde«, sagte Luke. »Danach könnten sie anfangen, ihn zu suchen.«

Tom Carey fand eine Flasche Brandy und genehmigte sich einen Doppelten. Das Haus war von einer Kälte erfüllt, die es als das entlarvte, was es war – das Mietobjekt zweier Menschen, deren gemeinsames Leben kaum begonnen hatte. Er bemerkte, wie kahl die Räume waren, ohne den alltäglichen Krimskrams, der aus zwei Leben eins macht. Carla hatte versucht, diesen Mangel mit den Funden einer Strandgutsammlerin zu kompensieren: kleine Muschel- und Kiesel-Arrangements auf den Fensterbänken, in einer Vase ein Strauß aus Dünengräsern, ein knorriges Stück Treibholz, das sie poliert und geölt hatte. Es machte ihn unsagbar traurig.

Ellwood und Luke saßen über Piper gebeugt, der ihnen gerade vom langsamen, magischen Tanz des Kosmos erzählte.

»Heilige Scheiße«, sagte Ellwood. »Du bringst den alten Idioten jetzt besser zurück.« Seine Augen glänzten vor Wut, und er sah aus, als würde er jeden Moment zuschlagen.

Piper ließ sich wieder in seine Jacke helfen. Er sagte: »Janus war der Wächter der Tore. Die Pforten seines Tempels waren im Krieg geöffnet und nur zu Friedenszeiten geschlossen. Ein schlaues Wortspiel, dachten wir uns, es Janus zu nennen.

Drei Männer in jedem Land, das klassische Dreieck: ein sichtbarer Agent, einer zur Unterstützung und einer im Untergrund. Drei Insider, und jeder von ihnen doppelköpfig in beide Richtungen blickend.«

»Und was war mit dir?« fragte Ellwood. »Warst du auch doppelköpfig? Hast du sie verraten? Hast du – vor Jahren? Was waren ihre Namen?«

Piper sah Luke lange an, als suche er ein Gesicht hinter dem Gesicht.

Ellwood kam ganz nah an das Ohr des alten Mannes und flüsterte mit gefletschten Zähnen. »Was waren ihre Namen?«

»Wo ist der Clown?« fragte Piper. Sein Gesicht war jetzt völlig verschlossen; mehr sagte er nicht.

Piper saß in seinem Zimmer und zählte die Vögel, die an dem hohen Fenster vorbeiflogen. Es schienen alles Raben zu sein, schwarze Kleckse an einem gesprenkelten Himmel, böse Omen.

Ihr wißt nicht, wer ich bin. Ihr wißt nicht, was ich weiß.

Ihm war übel: die Nachwirkung der Droge. Außerdem schmerzte sein Gesicht, wo Ellwood ihn geschlagen hatte.

Janus bewachte die Türen. Manchmal standen die Türen offen, manchmal waren sie geschlossen.

Dr. Harris kam zu einer Nachmittagssitzung und fand, daß der Patient merkwürdig still war. Er blieb eine Weile bei Sir Harold sitzen, doch sie wechselten nur wenige Worte.

Janus war doppelköpfig.

»Ich schau morgen noch einmal bei Ihnen vorbei, in Ordnung?« sagte Dr. Harris. »Haben Sie die Vögel beobachtet? Hat Ihnen das irgend etwas verraten? Haben Sie die Konturen der Wolken betrachtet?«

Sir Harold saß regungslos da, die Augen vom Fenster abgewendet, den Kopf voller alter Träume. Als Dr. Harris ging, schloß er leise die Tür hinter sich, als wolle er ein schlafendes Kind nicht aufwecken.

Piper sah noch mehr Raben und später einen Schwarm Krähen, nur schwarze Vögel. Er sah eine Wolke in der Form einer menschlichen Faust. Eine Träne rann über seine Wange.

»Ich mag diesen Clown nicht«, sagte er.

In der Stadt war es warm, auch wenn man die Sonne nicht sehen konnte; sie hing hinter dem blaßgrauen Himmel.

»Ich bin leergefickt, Pascoe«, sagte Sophie. »Ich hab so viel gefickt, wie ich kann. Jetzt kann ich nicht mehr.«

Er kam mit Kaffeebechern ins Schlafzimmer. Sie hatten sich nicht die Mühe gemacht, zum Essen aufzustehen. Die Dinge, von denen sie sich ernährt hatten, lagen um das Bett verstreut – die Überreste eines Baguettes, ein Stück Salami, Tomaten, ein Becher Hüttenkäse, eine große Holzschale mit Obst. Sophie hatte sie gestern abend mitgebracht. Auf dem Nachtschränkchen standen eine leere Weinflasche und eine halbvolle Wasserflasche.

Auf dem Laken befanden sich ein paar zerquetschte Weintrauben. Als Sophie sich in einer ironischen Geste der Abwehr zur Seite rollte und sich dann wieder umdrehte, klebte eine zermatschte Traube an ihrem Bauchnabel, und ein feiner Saftfaden sickerte in ihre Lenden. Pascoe beugte sich vor und fischte die Traube mit der Zunge aus ihrem Nabel.

»Ich hab dir doch gesagt, ich kann nicht mehr«, sagte sie. »Dies ist eine fickfreie Zone.«

Er grinste. »Gott sei Dank.«

Sie nahm ihren Becher und rutschte zur Seite, damit er sich neben sie legen konnte. »Jetzt, wo du weißt, daß es Luke ist, was wirst du tun?«

»Ich weiß nicht.« Er schlürfte seinen Kaffee und zischte dann laut, weil er sich die Lippe verbrannt hatte.

»Wenn du zurückgehst«, sagte sie, »gehst du ohne mich.«

Pascoe nickte: »Okay.« Dann: »Wirst du noch hier sein, wenn ich zurückkomme? Falls ich gehen sollte...«

»Sieht ganz so aus, oder nicht?«

Pascoe wollte sie nach dem Mann fragen, den Rob Thomas beobachtet hatte. Nach dem Mann, der über Nacht geblieben war.

»Luke und Lori...« Sophies Augen waren halb geschlossen, während sie sich erinnerte. »Glaubst du, daß ihn mehr Schuld trifft als uns?«

»Nein.«

»Nein, bestimmt hast du recht.«

Luke bumste die Frau des Colonels, was für ein Witz, was für ein Spaß. Und dann die Anrufe, wie gerissen. Sie hatten den Hörer von Hand zu Hand weitergereicht und Loris angstvollem Schweigen gelauscht, hatten abwechselnd gesagt: *»Wir wissen alles, wir wissen alles über dich.«*

Ein paarmal waren sie zu dem Weg gefahren, hatten den Anruf von der Telefonzelle aus gemacht und waren dann durch den Wald gehastet, um das Haus zu beobachten. Manchmal hatten sie sie gesehen, manchmal auch nicht, doch es war immer aufregend, so in der Nähe zu sein.

Sophies Augen waren fest geschlossen. Sie sah das Telefonhäuschen und die Leute ihrer Clique, die sich hineindrängten und den Hörer weiterreichten. Die Farben waren knallig, die Geräusche wie von ferne und seltsam verzerrt. Um sie herum trieb Drogennebel, und der Luftzug strich an ihr entlang wie eine Katze.

Die Zeit war merkwürdig komprimiert – sie waren auf dem Weg, in dem Wald, hinter dem Haus. Sophie saß in den Ästen eines Baumes, aß einen Apfel und beobachtete, wie Lori von Fenster zu Fenster ging wie auf der Flucht vor einem Feuer.

Sophie konzentrierte sich auf die Süße des Apfels, und bis sich die Safttropfen an ihrer Zunge gesammelt hatten, war Lori unter ihr, lag auf dem Rasen und weinte, weil sie im Halbdunkel gestolpert war. Sie hatte sich aufgerichtet und ihre Hand zum Mund geführt, als würde sie Erdnüsse knabbern. Ein paar Pillen waren aus ihrer Hand auf den Boden gefallen.

Sie stand auf, die Wangen gebläht, und begann sich die Kleider vom Leib zu reißen, während sie im Gehen einen Kreis beschrieb, als wolle sie die Erdgötter anrufen. Erst als sie ganz nackt war, sah Sophie die Linie um ihren Hals, nur ein Stück dünne Kordel. Als sie wieder nach unten blickte, war Lori schon dabei, auf den Baum zu klettern.

Pascoe versuchte, möglichst beiläufig zu klingen. »Ich konnte dich nicht erreichen, immer nur deinen Anrufbeantworter... Da hab ich Rob Thomas drauf angesetzt. Er hat mir berichtet, daß es dir gut geht. Er hat auch deinen Besucher gesehen.«

Sophie antwortete nicht. Sie hatte sich von ihm abgewendet, und er fragte sich, ob sie eingedöst war.

»Jemand, der über Nacht geblieben ist. Hat Rob jedenfalls gesagt. Vermutlich hat er ihn spät abends kommen und am nächsten Morgen gehen sehen.« Pascoe versuchte ein Lachen. »Wenn Rob eins ist, dann gründlich.«

Er beugte sich über sie, um nachzuschauen, ob sie schlief, und sah die Tränen, die über ihre Wangen flossen.

Obwohl Lori kletterte, wurde die Wahrnehmung des Augenblicks vom LSD überdeckt, und Sophie glaubte, die andere Frau auf sich zuschweben zu sehen. Sie erwartete, daß jeden Moment Loris Gesicht ins Blickfeld treiben würde, direkt vor ihrem, wie ein blasser Ballon, und sie wandte sich ab, um diese Konfrontation zu vermeiden. Als sie wieder hinüberblickte, stand Lori auf einem dicken Ast ganz in der Nähe, das Seil zu ihren Füßen verknotet, die Schlinge dunkel auf ihrer Haut wie ein Stück primitiven Schmucks. Sie gab wiederholt einen leisen Ton von sich, ein schüchternes Maunzen wie eine Reaktion auf die Berührung eines Liebhabers.

Als sie sprang, raschelten die Blätter, und der Ast schwankte. Sophie blickte nach unten und sah Lori in und aus ihrem Blickfeld pendeln. Ihre Beine zappelten, und ihre Finger zerrten wie wild an ihrem Hals.

Pascoe sagte: »Es ist nicht wichtig. Erzähl mir nichts davon. ich muß es nicht wissen.« Er legte seine Arme um Sophie in der Hoffnung, daß sie sich ihm zuwenden würde.

Sie sagte: »Das ist es nicht«, doch die Worte klangen gedämpft, und er vernahm nur den Ton ihrer Stimme, belegt von Leid und Reue.

Der Vorhang kräuselte sich, und der Geruch der Stadt drang durch das halb geöffnete Fenster nach drinnen – beißend, oktanhaltig, mit einem Hauch von Verwesung.

Sie standen im Kreis um sie herum, nachdem sie sich endlich nicht mehr bewegte, nachdem ihre Beine zu zappeln und ihre Finger zu zerren aufgehört hatten. Sie hing still wie ein Totem in ihrer Mitte, im Tod auf einmal übermächtig.

Die Wirkung der Droge in Sophies Kopf verflog wie ein Traum. Sie wich zurück, drehte sich um und rannte durch den Wald. Jemand rief ihren Namen. War es Pascoe? Dann hörte sie die anderen, die sich knackend und raschelnd einen Weg durch das Unterholz und zwischen den niedrigen Ästen bahnten und ihr in Richtung Straße folgten.

Sie drehte sich um und legte einen Arm um Pascoes Hals, als ob er getröstet werden müßte. »Das ist es nicht«, sagte sie, »ich habe gerade an Lori gedacht.«

»Es ist Zeit, damit aufzuhören«, sagte Pascoe.

Sie nickte, als wüßte sie, daß er recht hatte. Bezweifelte aber, daß Vergebung möglich war. Nach einer Weile richtete sie sich in dem zerwühlten Bett auf und sah ihn mit gespieltem Ärger an. »Du hast mich beschatten lassen; dein *Schnüffler* ist mir gefolgt.«

»Er hat das Haus beobachtet. Ich hab mir Sorgen um dich gemacht, ich wollte sichergehen, daß es dir gut geht.«

»Es war mein Mann. Wir haben geredet; es ist spät geworden, also hat er in meinem Haus geschlafen. Aber nicht mit mir. Am nächsten Morgen ist er wieder gegangen.«

»Was wollte er?«

»Seine Pistole.«

»Ich hab mich schon gefragt, wo du sie her hast«, sagte Pascoe.

»Daher.« Sie lächelte und ließ ihn eine Weile im Dunkeln tappen, bevor sie hinzufügte: »Er ist Politiker, Nordirlandministerium.«

»Regelmäßige Hausdurchsuchungen, jeden Morgen die Unterseite des Wagens mit Spiegeln überprüfen, ein diskreter Leibwächter und«, fügte Pascoe hinzu, »eine Pistole.«

»Er steht auf ihrer Liste, nicht ganz oben, aber er steht drauf.«

»Wie bist du an die Pistole gekommen?«

»Ich habe ihn eines Abends besucht und ihn gebeten, sie mir zu leihen.«

»Und er hat sie dir einfach so gegeben?«

»Ja.«

»Warum sollte er so etwas tun?«

»Wir lassen uns scheiden. Und ich komme ihm entgegen. Neben anderen Dingen werde ich auch die Tatsache, daß es ihn antörnte, mich zu schlagen, vor Gericht unerwähnt lassen. Einmal hat er mich sogar geschnitten.« Pascoe beobachtete, wie ihre Hand zu der Narbe an der Unterseite ihrer Brust fuhr. »Ich hab ihm erzählt, ich brauchte die Waffe, um mich sicher zu fühlen – aus demselben Grund, aus dem er sie auch braucht.«

Pascoe beobachtete, wie sie zum Bad ging. Als das Telefon klingelte, nahm er ab, hielt den Blick jedoch weiter auf Sophie gerichtet.

»Sam?« Es war Roxborough, betrunken und euphorisch.

Sophie trat durch eine Wand aus Wasserdampf in die Dusche, die verwischten Konturen ihres Körpers bewegten sich hinter dem Riffelglas.

»Sam, hör zu, Sam, wir haben gewonnen.« Roxboroughs Worte schienen sich regelrecht zu überschlagen. »Die Alte hat die Sache rausgerissen, Wort für Wort aus dem Effeff. Sie war *perfekt*, die Jury hat einen Blick auf die alte Dame getan, und der Filius hatte den Kopf aus der Schlinge. Sie hat sich nicht einmal versprochen. O Gott, Sam, wir sind nicht schuldig. Wir sind nicht schuldig, Sam.«

»Das ist ja großartig, George.« Pascoe ließ den Hörer, aus dem ihm weiter Roxboroughs Triumphgeheul entgegenschlug, sinken und legte ihn sanft zurück auf die Gabel. Sehr leise sagte er: »Das ist wirklich großartig.« Er ging ins Bad, blieb neben der Dusche stehen und sah zu, wie sich Sophie im Weichzeichner der Scheibe die Haare einseifte und dem Wasserstrahl dann ihr Gesicht zuwandte.

Er sagte: »Ich muß noch einmal zurück.« Der schaumige Schatten hinter dem Glas stand still und rührte sich nicht. »Nach Longrock...« Pascoe hob seine Stimme. »Ich werde morgen früh fahren.«

Die Tür der Duschkabine glitt zurück, und Sophie steckte ihren Kopf heraus. »Das dachte ich mir schon.« Sie streckte ihren Arm aus, die Faust geballt, und überreichte ihm eine geheime Trophäe. »Die hab ich gerade gefunden«, sagte sie. »Ein vergrabener Schatz, und ich glaube, ich weiß auch, wie er dort hingekommen ist.«

Er öffnete seine Hand, und sie ließ das Objekt hineinfallen. Es war eine Traube.

34

Am Meer entlang, dann eine schmale Straße zum Wald hinauf – der Clown und der Mann mit der großen Fliege machten eine Spazierfahrt. Luke Mallen brachte den Wagen in dem Park- und Wendekreis ruckartig zum Stehen und zerrte Piper aus der Beifahrertür. Sie stolperten den Pfad hinauf, Piper ließ die Hacken schleifen wie ein aufsässiges Kind.

Im Haus packte Ellwood den alten Mann an der Brust seines Hemdes und drehte ihn im Kreis, und dann noch einmal, als spielten sie eine manische Version von Ringel-Ringel-Rose. Piper taumelte rückwärts und sah vor seinen Augen den Raum rotieren, bis sein Kopf mit der Bewegung zu summen schien. Ellwood drehte ihn noch ein Dutzend Mal, dann ließ er ihn auf das Sofa fallen. Dort blieb Piper regungslos liegen, während das Zimmer an ihm vorbeiwirbelte und Ellwood die Nadel in seinen Arm stach.

»Ich weiß alles über Janus«, sagte Ellwood. »Ich weiß, wie es funktionierte. Von dir will ich nur wissen: Wem hast du davon erzählt? Für wen hast du gearbeitet? Mit wem hast du geredet?«

»Janus«, sagte Piper, »Janus war der Hüter der Tore. Janus war doppelköpfig.«

Tom Carey wandte sich ab. Leise, mehr für sich, sagte er: »Mir reicht's.« Er ging in die Küche, um die Brandy-Flasche zu suchen. »Ich hab schon mehr gesehen, als ich ertragen kann.«

Dr. Harris saß da und beobachtete Sir Harold Piper, der sich die ganze Zeit langsam hin und her wiegte. Tränen liefen dem alten Mann übers Gesicht, und seine Mundwinkel waren zur traurigen Parodie eines Lächelns verzogen. Harris wußte, daß irgend etwas geschehen war, aber er hatte keine Ahnung, was es gewesen sein könnte.

»Janus...« Die Worte kamen dermaßen verzerrt aus Pipers Mund, daß Harris höchstens ein Fünftel verstand. »Janus ist der Hüter der Tore. Janus ist doppelköpfig.« Er wiegte sich auf und ab, die Arme um den Körper geschlungen, den Kopf gesenkt. »Ich habe es keinem gesagt. Ich habe niemandem irgend etwas erzählt. Laßt mich in Ruhe.«

Das verstand Harris. Er sagte: »Ich bin hier, um Ihnen zu helfen. Was kann ich tun, um Ihnen zu helfen?«

»Halten Sie mir den Clown vom Leib«, sagte Piper. Seine Stimme war ein schwaches Wimmern wie von einem kaputten Motor. Harris bemühte sich, die einzelnen Worte zu trennen, aber alles, was er hörte, war Pipers qualvolles Jammern. »Halten Sie mir den Clown vom Leib. *Ich mag diesen Clown nicht.*«

Pascoe schnupperte an seinem Drink, bevor er das Glas an die Lippen führte. Es war ein einfacher Malt-Whiskey, nussig und voll im Geschmack mit einem brennenden Stechen darunter.

Sophie lächelte ihn an.

Pascoe blickte durch das geschliffene Glas, warmes bernsteinfarbenes Licht strömte in seine Augen.

»Was siehst du?« fragte Sophie. »In deiner Kristallkugel?«

»Die Vergangenheit.«

»Wie sieht sie aus?«

»Es ist eine große Ansammlung von Menschen«, antwortete er, »die alle sagen, tut mir leid, tut mir leid, tut mir leid...«

35

Die erste Person, die Susan Hart sah, als sie in Longrock eintraf, war Luke Mallen. Sie hatte sich zwei Tage gegeben, nicht mehr, und es war, als hätte ihre Eile den Ort mit Gelegenheiten bevölkert.

Die Krankenschwester, die ihr die Agentur vermittelt hatte, hatte gelächelt wie jemand, der kompetent ist und alles unter Kontrolle hat. Susans Mann hatte sie vom Bett aus kalt angestarrt, ihres Betruges bereits sicher.

»Wie heißt er?«

Susan hatte ein paar Kleidungsstücke aus einer Kommode in den offenen Koffer auf dem Bett gepackt. Sie sagte: »Es gibt niemanden. Es ist geschäftlich, das hab ich dir doch schon erklärt.«

»In weniger als einem Jahr werde ich tot sein. Solange könntest du wenigstens warten.«

»Es ist geschäftlich. Es gibt keinen anderen.«

In der Luft hatte ein grauenhafter Geruch gelegen, den sie schon früher bemerkt hatte, als ob die kranken Zellen in seinen Lungen purpurrot und fleischig aufblühten wie giftige Orchideen.

»Es gibt keinen anderen...« Als sie den Koffer geschlossen hatte, war er ins Kissen zurückgesunken, ein dünnes Lächeln im Gesicht, die Lippen gelblich verfärbt.

Zwei Tage – so lange hatte sie sich gegeben, ihn wiederzusehen. *Der einzige Mann, den ich je geliebt habe, war Luke.* Als sie Pascoe das gesagt hatte, war ihr klar geworden, daß es die Wahrheit war. Nick Howard war tot, Marianne auch, wenn Pascoe mit seiner Vermutung recht hatte. Luke zog sie alle an, zog alle zurück, auch sie... Eine unerledigte Angelegenheit.

Als sie dann aus dem Fenster ihres Zimmers im Palings gesehen hatte, war er da, der Große Zeno mit seinem Zwilling

Luke Mallen. Er trug einen dunkelblauen Sweater, helles Hemd und Jeans, und ihr Herz machte einen Satz, weil die Zeit plötzlich zu jenem Moment zusammenschrumpfte, als sie ihn endgültig verlassen hatte, an einem Herbstmorgen in aller Frühe, als ihre Liebe bereits wie eine schreckliche Last auf ihrer Erinnerung lag.

Sie rannte nach unten, sicher, daß er schon weg war, aber als sie auf die Straße trat, schien er nur wenige Meter vorangekommen zu sein. Er ging langsam, den Kopf gesenkt. Es gab einen Moment, da hätte sie ihn fast gerufen, doch dann ließ sie sich zurückfallen und folgte ihm. Er ging nicht weit, sein Wagen war vor dem Doppeltor der kleinen Werft geparkt. Susan dachte: Jetzt habe ich ihn verloren; aber er setzte sich nur hinters Steuer, ohne den Motor anzulassen. Als ob er auf jemanden warten würde. Sie lief rasch zum Hotel, holte ihren Wagen vom Parkplatz, fuhr zurück und parkte ein paar Meter von der Werft entfernt. Sie sah, daß Luke noch immer regungslos hinterm Steuer saß.

Der Himmel war schmutzig grau, und ein kühler Wind wehte vom Meer. Ein perfekter Tag zum Angeln, doch Luke hatte Tom Carey an seinen gewohnten Plätzen nicht finden können. Das machte ihn nervös. Alle waren verschollen: Carey, Sam Pascoe, Sophie Lanner. Er hatte das Gefühl, daß ihm die Dinge aus der Hand glitten.

Er hatte die Furcht und den Ekel in Careys Blick gesehen, als Ellwood den alten Mann traktiert und mit der Nadel zugestochen hatte. Als Ellwood mit Piper fertig war, als er aus ihm herausbekommen hatte, was in der kurzen Zeit möglich war, war Carey verschwunden. Sie fanden ein Brandy-Glas in der Küche, die Tür stand offen. Luke wollte den Priester finden und ihm sagen: »Tu jetzt nichts Unüberlegtes, mach keinen Mist. Es ist schließlich nicht dein Leben, es ist nicht deine Zukunft.«

Als er den Wagen anließ, fuhr auch Susan los, um ihm zu

folgen. Sie nahmen die Straße entlang des Kliffs, wandten sich dann landeinwärts und fuhren zwischen bewaldeten Böschungen. Sie bemühte sich, Abstand zu halten, obwohl Luke keinen Grund zu der Vermutung hatte, daß er verfolgt wurde, ganz zu schweigen von der Identität seiner Verfolgerin. Als er an einer kleinen Kreuzung in einen Privatweg abbog, hielt sie an und wartete, bis er außer Sichtweite war. Sie ließ fünf Minuten verstreichen und folgte ihm dann langsam.

Sein Wagen stand in dem Park- und Wendekreis. Sofort setzte sie zurück, bis sie die Kreuzung wieder erreicht hatte, parkte den Wagen in einer Auffahrt und kehrte zu Fuß zurück. Es gab nur diesen einen Weg.

Es war wie das schlechte Remake eines alten Films. Susan stand im Schutz der Bäume und beobachtete, wie eine Frau von Fenster zu Fenster ging. Sie spielte Loris Rolle. Susan verschränkte die Hände, weil sie zitterte, doch die Anspannung in ihren gefalteten Fingern ließ sie nur noch mehr zukken. Dann tauchte Luke auf und legte seine Arme um die Frau; er strich mit einer Hand ihr Haar glatt und knuffte sie leicht – eine Versicherung, eine Erinnerung: *Ich liebe dich.* Susan spürte die Geste, als sei es gestern gewesen – sie fühlte seine Hände in ihrem Nacken, den sanften Druck, mit der er ihr Gesicht zu sich hochzog – und sie schrie auf, als wollte sie, daß man sie hörte.

Er sagte: »Ich muß noch einmal weg. Tut mir leid, es dauert nicht lange.«

»Schon gut.« Carla lächelte ihn an, als wolle sie sagen: Ich frage nicht. Ich muß es nicht wissen. Ich vertraue dir. Beschütze mich.

Mit Piper ging er gewisse Risiken ein. Pascoe und Sophie hatte er verloren. Und Tom Carey konnte er auch nicht finden. Nur Marianne und Nick waren sicher aus seinem Leben verschwunden. Er zog Carla in seine Arme und schloß die Augen. Er empfand eine immense, ziellose Aggression, als wenn er beauftragt würde, alle Menschen auf der ganzen Welt umzubringen, und nicht wüßte, wo er anfangen sollte.

Susan beobachtete, wie er aus der Tür kam und den Weg hinunterlief, seine Schritte von Wut und Angst getrieben. Es war unmöglich, ihm zu folgen, ohne entdeckt zu werden. Sie hörte, wie er den Wagen startete und wegfuhr. Als sie zum Haus zurückblickte, sah sie am Fenster Carlas Gesicht. Sie blickte hinaus wie eine Seemannsfrau, die nach Masten am Kai Ausschau hält.

Luke fuhr ins Windrush und stürmte in Ellwoods Zimmer. Er saß auf der Kante eines Stuhls wie jemand, der es eilig hat, wieder zu verschwinden. »Ich hab an den üblichen Plätzen nachgesehen, er könnte überall sein.«

»Auch bei der Landspitze, wo er immer angelt?«

»Ja.«

»Und in der Kirche?«

»Ja, natürlich.«

»Nun«, sagte Ellwood«, er ist noch nicht abgereist. Er ist nicht gefahren, ohne sich zu verabschieden.«

»Vielleicht ist er einfach abgehauen.«

»Das glaube ich nicht. Unbezahlte Rechnungen machen nur Ärger.«

»Ich gehe auch«, sagte Luke. »Ich kann nicht mehr viel länger hier bleiben.«

»Oh, doch, das kannst du. Du bleibst genau so lange, wie ich es will.«

»Nein.« Luke schüttelte den Kopf. »Du begreifst nicht. Ich muß bald gehen.« Er erklärte es beinahe leichthin, als wolle er klar machen, daß Ellwood in dieser Sache wenig oder gar nichts zu sagen hatte. Eine Privatangelegenheit.

Ellwood kam herüber und kauerte sich vor Lukes Stuhl. Er lächelte – in Vorbereitung einer einfachen Erklärung für einen noch einfacheren Menschen. »Es gibt einen Job, der erledigt werden muß«, sagte er. »Es ist fast vorbei. Wir sind ein wenig im Hintertreffen, aber bald haben wir es geschafft. Du bist Teil dieses Auftrags – Teil der Lösung für ein Problem, das ich unbedingt lösen muß, und ich brauche dich, also wirst du bleiben, bis wir fertig sind, und du wirst tun, was ich dir sage. Ich will –« Ellwood verlagerte sein Gewicht ein wenig, um bequemer zu hocken – »dir auch sagen, warum. Weil ich eine Menge über dich und deine Vergangenheit weiß. Ich weiß alles über Lori, und ich weiß noch eine Menge andere Dinge. Ich weiß, daß du zwei Menschen ermordet hast. Ich weiß, daß du verliebt bist, und ich weiß, wie ich dir das kaputt machen kann. Ja? *Kaputt* machen. Und das werde ich tun. Genau das werde ich tun. Meinst du vielleicht, daß du sicher bist, wenn du ein paar Hippie-Revolutionäre umbringst, die du mal gekannt hast. Du Schwachkopf. Mich gibt es auch noch. *Mich*. Und dann sind da noch all die Menschen, die ich kenne, die Leute, für die ich arbeite, die Leute, die für mich arbeiten. Ich werd dich den Scheißwölfen zum Fraß vorwerfen – hast du mich gehört, du blöder Wichser? – und am Ende wird nichts übrigbleiben von dir als ein Haufen Scheiße und ein Büschel Haare. Und wenn mir danach ist, werde ich dir nicht nur dein Leben mit dieser dummen, lahmen Nutte versauen, sondern ich werde sie da mit reinziehen. Wie würde dir das gefallen? Du im Knast, Carla im Knast, glaubst du, das könnte ich nicht? Und ob ich kann. Es ist ganz leicht. Oder wie wäre es, wenn ich dich umbringe und sie hilflos zurücklasse? Oder ich bringe sie um und laß dich laufen? Mir ist das völlig egal, so oder so. Ich werde mich je nach Bedarf für eine der Varianten entscheiden.«

Ellwood richtete sich auf und machte ein paar Schritte zurück. Luke schien nicht mehr zu atmen; er blinzelte nicht. »Also halte dich noch eine Weile für mich erreichbar, ja?« sagte Ellwood. »Das wäre nett von dir. Okay? Ich glaube, das wäre das Beste.«

Luke stand vor seiner eigenen Haustür und las die Nachricht, die Susan unter den Türklopfer gesteckt hatte, um ihm mitzuteilen, daß sie im Palings Hotel wohnte. Am Ende hatte sie noch geschrieben: *Hab keine Angst.*

Er stellte sich den Augenblick vor, und Furcht übermannte ihn – Carla auf der einen Seite der Tür, Susan auf der anderen. Plötzlich stand alles, wovon Ellwood gesprochen hatte, auf seiner Schwelle.

36

Wallace Ellwood saß auf einem Felsvorsprung oberhalb des Pfades, der zu Meer's Point führte, und wartete auf Tom Carey. Zunächst wird er rumfahren, dachte er, irgendwohin und sich einreden, er könnte einfach so weiterfahren. Dann wird er umkehren. Dann wird er hierher kommen.

Eine große Wut brandete in Ellwood auf. Er kniff die Augen zusammen, bis das Meer in seinem Blickfeld zu einer riesigen grauen Leere verschwamm. Er mußte das Rätsel um Harold Piper lösen. Er brauchte einen Erfolg, eine reine Weste, weil ihm das die Freiheit geben würde, mehr oder weniger zu tun, was er wollte; und diese Freiheit bedeutete Wallace Ellwood alles. Ein Erfolg würde ihn im Department weiter voran bringen. Irgendwann würde er zum potentiellen Kandidaten für Hilary Todds Posten aufsteigen. Am wichtigsten jedoch war, daß er dann über dem Gesetz stehen würde.

Mehr als alles andere haßte Ellwood menschliche Schwäche. Er beutete sie aus, wo er konnte, nährte sich von ihr wie ein Raubtier. Liebe war Schwäche. Mitgefühl war Schwäche, Bindungen waren Schwäche; Vergebung, Schuld, Großzügigkeit und Gnade – alles Schwäche. Er dachte an Carey, und die Wut in ihm brodelte auf wie schwarze Lava.

Wie von dieser Wut herbeigerufen kam Tom Carey um eine Biegung des Pfades, die Angelrute in der Hand. Er ging unter dem Felsen vorbei, auf dem Ellwood saß, und stieg weiter hinab bis zu der Landzunge, wo er immer angelte. Ellwood wartete noch eine Weile, bis der Priester sein Angelzeug ausgepackt und ein paar Würfe getan hatte, dann rutschte er auf den Weg hinab.

Es dämmerte, und die See war ruhig. Die Wasseroberfläche sah klebrig und glänzend aus, und Careys Haken tauchte fast ohne jedes Platschen ein.

Ohne sich umzudrehen, sagte er: »Das ist das Ende für mich, Wallace. Zwanzig Jahre oder noch mehr zu spät, aber das ist das Ende.«

Ellwood fühlte sich vor Anspannung förmlich beschwingt; seine Wut verlieh jeder seiner Gliedmaßen eine unkontrollierbare Energie. »Sei einfach schön brav, Pater Tom«, sagte er, »sei ein lieber Junge.« Sein Gesicht war starr, sein Mund leicht geöffnet, die Lippen steif. Carey hatte nicht verstanden, was Ellwood gesagt hatte, weil die Worte tief aus der Kehle gesprochen waren und wie ein Schwall zu hastig geschluckten Wassers aus Mund und Nase quollen. Er drehte sich um und sah Ellwoods Gesicht, vor Wut verzerrt.

»Womit willst du mir drohen, Wallace? Womit kannst du mich noch erpressen – jetzt, wo mir alles egal ist?« Er holte die Schnur ein und bereitete einen neuen Wurf vor, von der Aufgabe scheinbar ganz in Anspruch genommen.

Einen Moment war Ellwood halbblind vor Zorn. Er brüllte irgend etwas, ohne zu wissen, was. Carey holte mit der Rute zum Wurf aus, Ellwood riß sie ihm aus der Hand, trat einen Schritt zurück und schlug dann laut brüllend und beidhändig auf den Priester ein. Der Stock zerbarst krachend auf Careys Stirn und riß eine klaffende Wunde. Knapp ein halber Meter beschwerter Schnur hing von der Spitze herab, zum Auswurf bereit. Sie wand sich um Careys Kopf, der große Haken grub sich neben der Nase tief unter den Wangenknochen ein. Carey hielt beide Hände vors Gesicht und wandte sich vor Schmerz hüpfend ab. Ellwood zerrte an der Rute, um erneut zum Schlag auszuholen, und der Widerhaken riß ein Stück Fleisch aus Careys Gesicht, von der Nase bis zum Auge.

Ellwood wußte nicht, welchen Schaden er anrichtete, und konnte auch nicht aufhören. Carey bedeckte sein Gesicht, doch das Blut strömte durch seine geschlossenen Finger. Die Rute traf ihn immer wieder wie Peitschenhiebe, riß seinen Hals, die Kopfhaut und das Kinn auf. Rückwärts taumelnd verlor er den Halt und fiel schwerfällig zu Boden. Instinktiv streckte er beide Hände aus, um den Sturz abzufangen, und sofort war Ellwood über ihm. Die Rute sauste auf ihn nieder, das Blut quoll aus Careys Gesicht wie rote Gischt, der Haken grub sich, wo er aufschlug, ins Fleisch und wurde wieder herausgerissen, während Ellwood zu immer neuen Schlägen ausholte.

»Heiliger Vater, Pater Tom, du Scheißer, du beschissener heiliger Wichser...« Ellwoods Stimme war wie ein Horn, das heiser und manisch immer denselben Ton spielte. Seine Arme flogen schneller und schneller wie die eines wahnsinnigen Försters, der versucht, sämtliche Bäume in seinem Wald zu fällen.

Blut quoll aus Careys Gesicht, Haut- und Fleischfetzen hingen herab, während die Rute ihn wieder und wieder traf, der Haken sich ein ums andere Mal eingrub und losriß. Nach einer Weile blieb Carey einfach regungslos liegen, taub und halb bewußtlos, während seine Hände hoffnungslos und verzweifelt in die Luft griffen, bis Ellwood plötzlich mit erhobenen Armen innehielt, als ob bei einer grausamen Maschine plötzlich ein Kontakt unterbrochen wäre. Er ließ die Rute fallen und starrte schwer atmend auf den zu seinen Füßen liegenden Carey.

Das Meer kam mit einem schwerelosen Rauschen und sikkerte zwischen die Felsen.

Dieses Geräusch, ein *Plätschern*... Und darüber ein anderer Ton, Careys Atem. Sein Gesicht war ein roter Brei.

Der Haken hatte einen großen Fleischfetzen aus seinem Hals gerissen. Luft entwich röchelnd mit seltsamen, unmenschlichen Geräuschen wie von einer defekten Ratsche.

Seine Schultern bewegten sich, und Blasen stiegen vor seinem Gesicht auf. Seine Worte waren ein schwaches Gurgeln, unverständlich.

Er sagte: »Ich wußte, daß dir etwas einfallen würde, was ich wirklich wollte.«

Sein Gesicht war wie eine Quelle, seine Augenhöhlen bis zum Rand gefüllte Becher.

»Du Wichser«, sagte Ellwood. »Du blöder *Wichser.*«

Ein großer Schwarm Kormorane glitt an der Spitze der Landzunge vorbei, flach über dem Wasser, jedoch deutlich abgehoben im letzten Licht des Tages vor der endgültigen Dämmerung.

Ellwood kauerte sich neben den Priester und sah sich in alle Richtungen um, als erwarte er einen Hinweis darauf, was als nächstes zu tun sei. Nach einer Weile richtete er sich auf und begann, sich auszuziehen.

»Du blöder *Wichser.*«

Er stopfte seine Kleider in einen Spalt zwischen zwei Felsen, die aus dem Wasser herausragten, packte dann Careys Füße und schleifte ihn an die Wasserkante. Er sah sich kurz über die Schulter um, ging dann rückwärts ins Wasser und zerrte Carey hinter sich her.

Eine dunkle Wolke stieg über Careys Kopf auf und wurde von einer Welle weggewischt, die ein wenig Schlick aufwirbelte, bevor sie ausdünnte und ins Meer zurücksickerte. Ellwood stand bis zur Hüfte im Wasser, während Careys Körper frei trieb. Die Bewegung der Wellen ließ seine schlaffen Gliedmaßen in diese und jene Richtung schlingern. Im nachhinein war Ellwood der Gedanke gekommen, die Taschen des Priesters zu leeren. Er watete zurück ans Ufer und stopfte Careys Habseligkeiten neben seine eigenen Kleider zwischen die Felsen.

Als er zurückkam, trug er vier große Felsbrocken im Arm. Er stopfte sie unter Careys Hemd, als würde er einen Sack beladen. Der Priester kenterte und tauchte unter. Direkt oberhalb der Stelle, wo Carey geangelt hatte, breitete sich ein kleiner Ginsterbusch aus, so nahe an der Felskante, daß es aussah, als sei er im Granit verwurzelt. Daran wollte sich Ellwood später orientieren.

Er stieß sich ab und zog das Bündel hinter sich her wie ein Rettungsschwimmer. Er wußte, daß er nicht weit kommen würde, hoffte jedoch, in tieferes Wasser vorzustoßen. Carey schaukelte auf dem Wasser wie eine über Bord geworfene Ladung. Sein Gewicht zog gegen die Richtung, obwohl Ellwood mit der Ebbe hinausschwamm.

Jetzt blieben ihm nur noch Tage, die Dinge vor Ort abzuschließen. Wenn man Careys Leiche fand, würde es weiteren Ärger geben, noch mehr Unruhe. Unabhängig von allem anderen war es wichtig, Hilary Todd am straffen Zügel zu halten.

Die Küstenlinie wurde dunkler. Er strampelte hart, Careys zertrümmerter Schädel war wie Brei unter seinen Händen, und die Haare wogten wie Unkraut auf der Wasseroberfläche. Weiter die Bucht entlang gingen die Laternen der Uferpromenade an.

Direkt vor seiner Nase strich ein Sturmtaucher über das Wasser und glitt mit trägem Flügelschlag davon. Das Licht war jetzt so schwach, daß Land und Meer unter dem schwarz-blauen Himmel zu verschmelzen schienen. Er trat Wasser und bemerkte auf einmal, wie kalt es war. Eine Welle überspülte ihn, und er wandte das Gesicht ab. Als er sich wieder umsah, war sein Orientierungspunkt verschwunden.

Er wechselte die Lage und geriet für einen Moment in Panik, als ihm Careys Leiche entglitt. Sie trudelte davon und begann zu sinken.

Noch nicht, dachte Ellwood. Seine Arme waren steif von Careys Gewicht, seine Beine völlig ermüdet. Er wendete, schwamm der Leiche mit ein paar schnellen Zügen nach und geriet dabei in eine kalte Strömung, die sich um die Bucht schlängelte und ihn unvermittelt erfaßte.

Er spürte den nahenden Krampf wie Eisenstangen, die sich in seinen Gliedern krümmten.

37

Auf dem Tisch war ein leichtes Abendessen gedeckt, Weißwein im Kühler, Kerzen in silbernen Haltern. Bis auf den Tisch und zwei Stühle war der Raum völlig leer. Susan Hart stand auf der Schwelle – ein zögernder Gast.

Sie sagte: »Das Haus steht leer; hier wohnt niemand.«

Luke schenkte den Wein aus. »Eine Bühne ist auch leer«, sagte er. »Es ist einfach ein Raum, ohne alles. Dann entscheidet sich jemand für eine bestimmte Kulisse, um ein Stück aufzuführen – jemand bringt Requisiten und auf einmal ist es da:« – er machte eine einladende Handbewegung – »ein romantisches Abendessen für zwei; es ist Zauberei.«

Er schenkte ihr Wein ein, genau wie er es für Marianne Novaks getan hatte.

»Ist es das: ein Schauspiel?« Susan kam ins Zimmer, setzte sich jedoch nicht hin.

»Es ist eine Szene aus einem sehr langen Stück.«

»Ich habe einen Brief von dir bekommen«, sagte sie, »und dann habe ich mit Sam Pascoe gesprochen...«

»Was siehst du vor dir, wenn du an die Vergangenheit denkst? Setz dich... Wo du schon mal hier bist, kannst du dich auch setzen.«

Susan nahm ihm gegenüber Platz. Sie nippte an ihrem Wein, bevor sie sich fragen konnte, ob das klug war. Er klatschte in die Hände, entzückt von ihrer Kühnheit.

»Wenn ich an die Vergangenheit denke«, sagte sie, »sehe ich, was ich sehen möchte.«

»Ist das möglich?« Er sah sie verwundert an. »Das kann doch nicht dein Ernst sein.«

Susan fühlte sich leicht. »Mein Leben ist ohnehin gescheitert, Luke«, sagte sie. »Was für eine Rolle spielt da schon die Vergangenheit?« Ihre Worte hallten leise von den kahlen Dielen wider, von den schäbigen Wänden, den vorhanglosen Fenstern. »Hast du Nick und Marianne umgebracht? Warum hast du sie umgebracht?«

»Wenn ich an die Vergangenheit denke...« Er hielt inne, als seien die Worte eine Einleitung, ein Titel. Er schenkte Wein nach und wies auf das Essen wie ein besorgter Gastgeber. »...sehe ich Szenen aus einem Stück; ich sehe mich selbst...« Er preßte seine Handflächen gegeneinander und zog sie langsam wieder auseinander. »Schau«, sagte er.

In seiner Hand glitzerte etwas. Susan beugte sich leicht vor, um besser erkennen zu können, was es war. Luke klatschte erneut in die Hände, und es verschwand. Er streckte die Hand aus, zog den Gegenstand aus Susans Ohr und ließ ihn auf ihren Teller fallen. Ein Ehering. Er kreiselte kurz auf dem Porzellan und kam dann zum Liegen.

»Wenn ich an die Vergangenheit denke«, sagte er, »sehe ich uns. Dich und mich und all die anderen. Nick und Marianne und Sam, Charlie und Sophie.«

»Und Lori«, sagte Susan.

Der Wein machte sie beschwipst, aber sie ließ ihn das Glas noch einmal füllen. Sie dachte: »Wahrscheinlich tue ich das nur, weil es mir egal ist, ob ich lebe oder sterbe.

»Warum bist du gekommen?«

Sie beantwortete seine Frage mit einer Gegenfrage: »Warum bist du hier?«

»Ein Ort ist so gut wie der andere«, sagte er. »Die Vergangenheit ist überall; es macht keinen Unterschied.«

»Ich bin wegen der Vergangenheit gekommen«, erklärte Susan ihm. »Du hast recht.« Luke preßte erneut die Fingerspitzen beider Hände gegeneinander. »Marianne hat über Lori geredet. Es war etwas, das sie nicht vergeben konnte – sich selbst nicht vergeben konnte. Auf eine Art kann sie sogar die Zukunft zerstören. Und genau das wollte Marianne. Sie wollte alles erzählen. Sie sagte, daß sie deswegen ständig Alpträume hätte.« Er löste seine Hände ein paar Zentimeter voneinander, und ein weiterer glitzernder Gegenstand tauchte auf. Ein Dietrich, seine eigene Erfindung, während einer Entfesslungsnummer leicht zu verstecken, ausfahrbar – ein kleiner Dorn auf einer Sprungfeder.

Susan beobachtete, wie sich der Stahl in seinen Händen entfaltete. »Wirst du mich umbringen, Luke?« Sie hob ihr Glas und nahm einen Schluck, als ob das ein so alltäglicher Handgriff sei, so gewöhnlich, daß er unmöglich mit dem Tod einhergehen konnte.

»Ich weiß nicht«, sagte er. »Das sollte ich wohl.«

Das letzte Licht zerfloß am Horizont. Wallace Ellwood trieb auf dem Meer wie ein ruderloses Boot. Er hatte sich auf den Rücken gedreht und paddelte, das Gesicht dem Abendhimmel zugewandt, langsam mit den Unterarmen. Kälte breitete sich in seinen Gliedern aus, kroch unter seinen Brustkorb, dehnte sich bis hinter die Augen. So war er seit etwa einer Stunde stückweise vorangekommen. Der schwache Schein am Himmel gab ihm eine gewisse Orientierung, aber ansonsten wußte er nicht, ob er an Land oder aufs Meer hinaustrieb oder einfach nur im Kreis herum.

Der Gedanke, daß er sterben könnte, war ihm nie gekommen.

Er dachte: Jetzt heißt es Sieg oder Niederlage; den Knoten lösen – sich schnell bewegen – in gerader Linie.

Eine kleine Welle brach sich über seinem Kopf und schwappte ihm ins Gesicht.

Die Wahrheit aus Piper herauspressen, sie zu seinem größten Nutzen einsetzen und dann ein paar unnötige Lästigkeiten aus dem Weg räumen.

Er strampelte weiter mit den Beinen, winkelte sie am Knie an und stieß sich durchs Wasser, während er weiter mit den Armen ruderte. Die Kälte kroch durch seinen ganzen Körper, Atom für Atom wie Frost, der sich auf Stein bildet.

Er spürte einen Krampf quer über den Schultern, hart und fest wie ein Joch.

Susan betrachtete ihr Glas, während Luke Wein nachgoß. Der Anblick der plätschernden, strudelnden Flüssigkeit erinnerte sie an einen Whirlpool. Hinter dem sich füllenden Glas sah sie Lukes vergrößertes Lächeln.

Sie sagte: »Mit dem Wein stimmt irgendwas nicht.«

»Was?« Er gab ihr das Glas und sie trank.

»Irgendwas stimmt nicht – da ist irgendwas drin.«

»Mit dem Wein ist alles in Ordnung«, erklärte er ihr. »Das bist du selbst.«

»Ach?«

»Es ist nur die Anspannung«, sagte er. »Anspannung und Angst.«

Susan nahm den Ehering – Lukes Ring – und streifte ihn über ihren Finger. »Als wir zusammen waren, als wir verheiratet waren, hab ich immer von einem ganz normalen Leben geträumt.«

»Und wie war es?« Er hatte den Dietrich wieder zusammengeschoben, hielt ihn jedoch noch immer in der Hand.«

»Gewöhnlich, alltäglich, ereignislos. Nichts Seltsames geschah, nichts Gefährliches, nichts, was mich unglücklich machen oder mir den Schlaf rauben könnte.«

»Und lebst du jetzt so?«

»Ich dachte, ich könnte es. Ich habe jemanden geheiratet, um dieses Leben zu bekommen. Es war, als ob man ein Puzzle zusammensetzt.« Einen Moment lang war sie sich nicht sicher, was sie eben gesagt hatte. Ihr kam es vor, als sei sie entweder schrecklich betrunken oder schrecklich müde. Sie sagte, »Was?« als habe sie eine Bemerkung verpaßt, die Luke gemacht hatte.

»Puzzle...«

»Ja... alle Teile gelegt, eins nach dem anderen. Ein Haus nicht in der Stadt, aber auch nicht auf dem Land – sicher, verstehst du. Sichere Abläufe, die das Leben bestimmen. Das war die Idee.« Sie trank von ihrem Wein, das Essen lag unberührt auf den Tellern. »Aber so ein Leben gibt es nicht, es existiert nicht. Die häuslichen Dinge, die alltäglichen Kleinigkeiten sind die merkwürdigsten – und viel bedrohlicher. Und eines Tages – es ist ein ganz gewöhnlicher Tag – kommt er nach Hause und sagt: ›Ich sterbe, in etwa einem Jahr werde ich tot sein.‹ Und du denkst...« Susan hielt inne, als habe sich all dies gerade erst gestern abgespielt und sie versuche noch, sich über ihre Gefühle klar zu werden. »...du denkst: Wie seltsam, wie gewöhnlich, wie gefährlich. Du denkst: Ich wünschte, ich könnte etwas empfinden. Du denkst: Weiß irgend jemand, wer ich wirklich bin?«

Sie fand einen freien Fleck auf dem Tisch und legte den Kopf darauf.

Er schien das tiefe, stille Zentrum des Meeres erreicht zu haben: ein Ort, an dem man nichts fühlte und nichts sah außer den pechschwarzen Atomen, die vor den Augen tanzten und sich im Dunkel bündelten.

Eine Welle schlug in seinen Nacken, zog ihn erst hoch, dann wieder runter, und er glitt unter die Oberfläche wie ein vollgesogenes Rundholz. Ellwood biß die Zähne aufeinander, um dem Gewicht des Wassers zu trotzen, während er gleichzeitig fieberhaft mit Armen und Beinen gegen den lähmenden Krampf ankämpfte. Er tauchte kurz auf, aber die Wogen überspülten ihn erneut und zogen ihn nach unten, bevor er auch nur Zeit hatte, nach Luft zu schnappen. Er drehte sich mit dröhnendem Kopf in einem Strudel, ein Knoten von Feuer loderte in seiner Brust auf. Er hatte das Gefühl, als hinge er an einer Angel.

»Du hattest recht«, sagte Luke. »Es war etwas in dem Wein.«

Susan hörte ihn nicht mehr. Sie schlief wie betrunken, den Kopf auf dem Tisch, einen Arm neben ihrem Gesicht, während der andere schlaff von der Schulter herunterhing. Jedes Einatmen war ein leises, kehliges Schnarchen.

Luke stand auf und ging um den Tisch herum. Er streckte eine Hand aus und strich ihr das Haar aus dem Gesicht. Ihre Wangen waren leicht gerötet.

»Bei den anderen war es etwas anderes«, sagte er. »Ich konnte dir nicht in die Augen sehen und dich töten« – er klatschte in die Hände – »einfach so.«

Ellwood tauchte auf und sank, tauchte wieder auf und sank erneut. Unter Wasser herrschte Stille und Blindheit, über Wasser war alles ein Toben und Kämpfen. Es war ihm gelungen, einmal nach Luft zu schnappen, nicht mehr. Jetzt war sein Mund zu einer irrwitzigen Karrikatur von Lächeln verzerrt – Lippen auseinandergerissen, Zähne aufeinandergebissen – während er gegen den schier übermächtigen Drang zu atmen ankämpfte.

Er drehte sich wieder und wieder, ohne zu wissen wo oben war. Das Meer war ein riesiger, schwarzer Raum ohne Boden und Dachsparren und dahinter nichts. Dann streifte seine Schulter Granit, Haut schürfte auf, und er wurde in eine aufrechte Position gewirbelt. Der Stoß erschütterte seine Rippen, und er atmete im selben Moment ein, in dem sein Kopf aus dem Wasser schoß wie ein Seehund in der Brandung.

Er brüllte und brüllte, hüfthoch im Wasser, von den Brechern hierhin oder dorthin geworfen, den Kopf erhoben, und Luft strömte in seine Lungen, während er sich zu dem Granitfelsen vorkämpfte.

Als er ihn erreicht hatte, klammerte er sich eine Weile daran fest, bevor er sich mit gesenktem Kopf in die Brandung kauerte. Dann watete er an Land und setzte sich. Er war auf der Südseite der schmalen Landzunge von Meer's Point gelandet, kaum hundert Meter von der Stelle entfernt, wo er Tom Carey ermordet hatte.

Der Tisch war wieder kahl, als ob es Essen und Wein nie gegeben hätte. Der Raum war still, als ob das Gespräch unter alten Freunden nie stattgefunden hätte. Das Fenster war dunkel, als ob nie Kerzen gebrannt hätten.

Susans Kopf lag noch immer so, wie sie ihn gelegt hatte, in ihrem Arm vergraben, während die andere Hand herabhing, so daß ihre Fingerspitzen die Dielen streiften.

Carla hörte Luke nach Hause kommen, und ging ihm wie immer entgegen.

Er nahm sie in die Arme, und sie konnte die vibrierende Spannung in ihm spüren, wie Eisen schwingt, wenn es glüht. »Nur noch ein paar Tage«, sagte er. »So oder so, nur noch ein paar Tage. Dann sind wir weg, dann verschwinden wir hier.«

Carla schlang ihre Arme um seine Hüften und tätschelte ihm mit einer Hand den Rücken wie eine Mutter ihr Kind. Sie hielt ihn so fest an sich gedrückt, daß das tiefe Beben seines Schluchzens sie beide erschütterte.

Stahlgraues Licht vor den Fenstern, trübe zunächst, bevor jeder Rahmen deutlicher wurde, als ob die aufgehende Sonne den Rauhreif auf den Fenstern schmelzen ließe.

Das Licht kroch in die Ecken und warf Schatten auf die kahlen Bretter.

Susans Arm lag neben ihrem Kopf. Lukes Ehering lag auf dem Tisch, neben ihrer Hand, und ihre Augen standen weit offen, als wäre sie gerade aufgewacht.

»Danke«, sagte sie. Ihre Faust ballte sich um den Ring. »Danke.«

Als sie aufstand, hatte sie nicht genug Kraft in den Beinen, sich aufrecht zu halten. Sie packte die Stuhllehne, den Kopf verklebt mit betäubtem Schlaf, dann ließ sie sich zu Boden sinken und blieb mit gekreuzten Beinen sitzen.

In einer Ecke ein Kiefernschrank. Aufsteigende und herabfallende Staubkörnchen, plötzlich von den ersten Strahlen der Sonne erfaßt. Neben der Tür dunkle Flecken an der Wand und auf dem Boden.

Sie fragte sich, wer dieses Haus kaufen und mit seinen alltäglichen Dingen und seinem alltäglichen Leben hier einziehen würde.

Wer immer du sein magst, dachte sie, wir werden deine Gespenster sein: alte Lieben, alte Sünden; und wir werden für immer bleiben.

38

Sie zahlte ihr Zimmer im Palings und verließ Longrock mit offenen Wagenfenstern, durch die ihr die Morgensonne warm ins Gesicht schien. Nach gut hundert Meilen fuhr sie von der Autobahn ab, um zu tanken und einen Kaffee zu trinken. Von dort rief sie auch Pascoe an.

»Das Haus liegt oben im Wald. Wenn man auf der Straße am Meer entlang aus der Stadt herausfährt, stößt man nach einer Weile auf einen Privatweg, der auf einem Wendeplatz endet. Von dort führt ein Pfad zum Haus.«

»Was hat er gesagt?« fragte Pascoe.

»Er hat von der Vergangenheit gesprochen. Hör zu, Sam, das ist alles. Ich bin dorthin gefahren, um einen Geist zu beerdigen. Es hat nicht funktioniert. Mehr weiß ich auch nicht.«

Sie erzählte Pascoe von dem Haus und der Frau, die sie dort gesehen hatte; von ihrem Treffen mit Luke sagte sie wenig, das meiste behielt sie für sich. Dann ging sie zurück zu ihrem Wagen und blieb eine Weile still sitzen. Sie kurbelte das Fenster nach unten und sah ihr eigenes Spiegelbild verschwinden. Das erinnerte sie an die Frau, die von Fenster zu Fenster wandernd auf Luke gewartet hatte – ihr ungeschminktes Gesicht, ihre Art zu hinken und wie dabei ihre Schulter herabhing, als sie ihm entgegengehastet war.

Vielleicht liebst du ihn, wer immer du sein magst, dachte sie. Wer weiß? Vielleicht hast du Glück.

»Hier willst du nicht warten?« fragte Pascoe.

»Du machst Witze.« Sophie packte bereits ihre Sachen.

»Aber du wirst auf mich warten...«

»Ich fahr zurück zu mir. Das liegt näher bei der demilitarisierten Zone – wenn ich dort tagsüber aus dem Haus gehe, komme ich in der Regel mit Fleischwunden davon.«

»Aber du wirst warten.«

»Besorgt?« fragte sie. »Du klingst echt besorgt.«

»Ich muß es nur wissen. Mehr nicht. Es ist einfach, daß in meinem Leben kein Platz für noch mehr Ungewißheit ist.«

»Ich werde da sein.« Sie fand einen Umschlag in ihrer Handtasche, schrieb etwas auf die Rückseite und gab es ihm.

»Was ist das?«

»Ein Funktelefon – ohne Anrufbeantworter.«

»Okay.«

Sie schwiegen eine Weile, dann sagte sie: »Paß auf dich auf.« Sie ging ans Fenster und beobachtete, wie er auf die Straße trat, in seinen Wagen stieg und davonfuhr. Das Taxi, mit dem sie nach Hause fahren würde, war schon bestellt.

Obwohl es erst zehn Uhr morgens war, näherte die Temperatur bereits 30 Grad. Sophie zupfte am Kragen ihrer Bluse, um sich ein wenig Luft zuzufächern. Auf die Idee, das Fenster zu öffnen, kam sie nicht. Vier stark angetrunkene Jugendliche fingen vor dem Zaun des Parks eine Rauferei an. Eine Frau mit Kinderwagen kam vorbei, und sie riefen ihr, Hände in den Unterleib gepreßt mit kreisenden Hüften, etwas hinterher. Dann warf einer von ihnen noch eine Bierdose nach dem Kinderwagen.

Sophie ging ins Schlafzimmer. Sie hatte schon vorher die Laken in einer Ecke des Raumes auf einen Haufen geworfen; das süße Aroma von Trauben haftete noch an ihnen. Straßengeräusche drangen herein. Diese Stadt kennt nur zwei Klänge, dachte sie. Man hört immer bloß Baßläufe und Sirenen, Sirenen und Baßläufe.

Um vier Uhr nachmittags traf Pascoe in Longrock ein. Er folgte Susan Harts Beschreibung und fand den Privatweg, den Wendeplatz und den Pfad. Er glaubte, Susan habe gesagt: *Der Parkplatz ist in der Nähe von Loris Haus. Ein Pfad durch den Wald.* Gut zehn Minuten lang beobachtete er das Haus, sah jedoch kein Zeichen von Bewegung, also ging er einfach zur Tür und klopfte. Niemand zu Hause. Er ging einmal ums Haus herum und blickte durch die Fenster, sah aber nichts als den üblichen Krimskrams eines alltäglichen Lebens.

Im Waschbecken stapelte sich Geschirr. Mäntel an Haken im Flur. Im Wohnzimmer ein vergessenes, halbvolles Weinglas. Jemand hatte Kiesel, wie man sie am Strand findet, auf einer flachen Truhe ausgebreitet und sich dabei um ein zufälliges, wie hingewürfeltes Muster bemüht. Jeder Raum lag in völliger Stille, kein Atemzug bewegte die Luft. Ein schreckliches Innehalten, dachte er, der Moment vor dem Unglück.

Während er so von Fenster zu Fenster ging, konnte er die Spuren der Frau erkennen, von der Susan ihm erzählt hatte, aber Luke Mallens Anwesenheit war die eines Geistes – nichts, was an ihn erinnerte, nur, über all der Stille, ein Gefühl von Gewalt.

39

Er zeigte ihnen seine leere Hand und machte eine Faust, aus der er zwei Seidenschals, erst einen roten, dann einen blauen, zog. Er warf die Schals in die Luft und klatschte in die Hände. Eine Taube saß auf seinem Handgelenk. Aus der Truhe holte er ein kleines, lackiertes Kästchen und schob den Deckel auf, damit man sehen konnte, daß es leer war.

Sir Harold Piper folgte der Vorstellung mit Argwohn. *Solange nur der Clown nicht auftritt. Ich mag diesen Clown nicht.*

Die Taube verschwand in dem Kästchen, der Deckel wurde zugeschoben. Zeno entnahm der Truhe sechs Dolche und warf sie nacheinander auf eine Zielscheibe, um zu demonstrieren, daß es keine Attrappen waren. Das lackierte Kästchen hatte links und rechts Schlitze.

Über dem Saal lag eine Spannung, als ob Pipers Furcht ansteckend wäre. Mac der Huster machte *hek-hek-hek*; Hundegesicht schmierte mit Lippenstift auf ihrem Ärmel herum und hinterließ dort winzige Küsse. Birdie stieß ein Geräusch aus wie das Kreischen einer Eule, und man hörte die Flügel der Taube gegen den Lack kratzen.

Zeno stieß die Dolche nacheinander durch das Kästchen. Zu dem Trick gehörte auch eine Kapsel mit Koschenillefarbe, die er zunächst in der Hand verbarg und dann am Boden des Kästchens zerdrückte. Als sie das Rot von seinem Handballen tropfen sahen, erhoben sich im Publikum kleine Schreie und Schluchzer. Einer der Pfleger sah Zeno an und versuchte, Blickkontakt mit ihm herzustellen. Im ganzen Saal rumorte es.

Zeno riß die Dolche heraus und schlug dann gegen die Wände des Kästchens, das in sich zusammenklappte – sechs Seiten flach übereinander. Er warf sie in die Luft, und sie sanken als silbern und golden glitzernde Wolke wieder herab, aus der die Taube hervorbrach wie ein plötzlicher Aufschrei.

Carla konnte den Kopf heben, doch das war auch schon alles. Ihre Arme waren ausgestreckt und jeweils auf einer Seite des Bettes angebunden. Mit ihren eng zusammengepreßten Beinen, bildete sie den Buchstaben Y. Er stand nahe beim Fußende und zog sich langsam aus, scheinbar völlig gedankenverloren. Carla trug noch immer Jeans und ein Hemd, Schuhe und Socken hatte Ellwood ihr abgestreift, als hätte er Angst, das Laken zu beschmutzen.

Er zog sein Hemd aus und hängte es über einen Stuhl. »Ich bin froh, daß du dich entschlossen hast, mich zu besuchen«, sagte er. »Alles in allem liegen ein paar wirklich beschissene Tage hinter mir – ein Kollege läßt mich im Stich, Pläne laufen schief... Es klingt wie ein schlechtes Horoskop, was? Und ich brauche dringend ein wenig Entspannung. Es ist etwas, was wir in unserem Leben viel zu selten genießen, findest du nicht auch? *Entspannung*. Und die Nutten in diesem Kaff sind ziemlich langweilig, um ehrlich zu sein. Landhuren – alle kerngesund und putzmunter und im Handumdrehen flach auf dem Rücken. Auf ihre Art wirklich unschuldig. Sie scheinen zu glauben, daß es bei Sex um *Paarung* geht.«

Er fuhr mit seiner improvisierten Rede fort, während er den Ausdruck auf Carlas Gesicht genoß. Nackt setzte er sich breitbeinig auf sie und drückte ihre Hüften in die Matraze, während sein Schwanz direkt auf ihr Gesicht zeigte. Er knöpfte ihr Hemd auf.

»Luke Mallen«, sagte er. »Luke Mallen, Luke Mallen... Einst ein nützlicher Mitarbeiter, jahrelang ein wirklich nützlicher Mitarbeiter, und natürlich auch nach wie vor nützlich, aber wie lange noch? Das ist die Frage. Nicht mehr lange, wenn du mich fragst. Und warum? Weil seine Nützlichkeit abhängig war von seiner düsteren Sicht von der Welt und sich selbst. Es war ihm egal, was er tat, weil es ihm egal war, was dabei *herauskam*. Ich habe ihn von Zeit zu Zeit benutzt; er war immer für ein bißchen Aufregung zu haben, ein wenig Gefahr, ein kleines Risiko.«

Ihr BH war ganz aus Spitze, also schob er ihn von ihren Brüsten und ließ das Band am Verschluß in der Mitte schnappen.

»Das ist jetzt anders geworden. Luke ist schwierig geworden. Schwierig und deshalb gefährlich. Warum? Weil es ihm auf einmal *doch* etwas ausmacht, was mit seinem Leben geschieht. Und warum? Weil er angefangen hat, Pläne von einer glücklichen Zukunft zu schmieden. Weil er sich in dich verliebt hat.«

Carlas Mund war trocken; sie hätte nicht einmal genug Feuchtigkeit im Mund sammeln können, um ihn anzuspuken. Ellwood verlagerte sein Gewicht auf ihre Hüften, damit er ihren Gürtel öffnen konnte. Er zog den Reißverschluß ihrer Jeans Zentimeter für Zentimeter herab, den Kopf geneigt, während er mit glänzenden Augen in den sich auftuenden Spalt spähte.

»Grün«, sagte er, »apfelgrüne Unterwäsche, wie nett.«

Es war früher Abend, aber noch immer warm. Durch das offene Hotelzimmerfenster konnte Carla das Meer hören und die Brise spüren. Ellwood beugte sich vor und küßte sie kurz, seine Zunge stieß zwischen ihre Lippen und befeuchtete ihr Zahnfleisch.

»Es ist ein zweispältiges Glück, weißt du. Einerseits hat er zum ersten Mal Angst, und die kann ich mir zunutze machen. Andererseits bist du diejenige, die ihm Angst macht – das, was du ihm scheinbar zu bieten hast. Er will sein Leben zurück, und ich kann es mir nicht leisten, es ihm zurückzugeben. Im Augenblick jedenfalls ganz bestimmt nicht und wahrscheinlich nie.«

Er ging zum Fußende, riß ihr mit beiden Händen die Jeans von den Beinen und warf sie quer durch den Raum. Etwas Grünes flatterte mit. Er kniete sich neben sie und lächelte.

»Was soll ich tun? Wie bekomme ich, was ich von ihm haben will? Wie kann ich seine Angst in eine Angst verwandeln, die ich benutzen kann? Es muß doch einen Weg geben, oder nicht? Es ist alles deine Schuld, also mach derweil die Beine breit, du Hure.«

Zeno nahm eine Fackel und blies eine brennende Luftschlange, schwarz und orange. Er löschte die Fackel im Mund und zog ein schier endloses Seil mit kleinen orangeschwarzen Fähnchen hervor.

Alles, womit er arbeitete, entnahm er der großen Truhe; wenn er fertig war, legte er alles wieder hinein. Doch als er sie jetzt schräg hielt, um sie ihnen zu zeigen, war sie leer. Zeno stieg hinein und klappte den Deckel zu.

Ellwood war über ihr, wild, hungrig, seine Zunge zwischen ihren Beinen, seine Zunge in ihrem Mund, seine Hände auf ihren Brüsten, in ihrem Haar, gegen ihre Hüften pressend. Er kniete rittlings über ihrem Gesicht, den Rücken lustvoll gewölbt. Er hob ihre Knie und drang in sie ein, während er seine Augen nicht von ihren ließ, begierig zu sehen, was er darin finden würde.

Carlas Mund war feucht; sie konnte ihn bis tief in den Hals schmecken. Seine Sehnen zeichneten sich vom Handgelenk bis zum Ellenbogen ab wie Ruten.

»Bind mich los.« Es war ein Jaulen wie das Klagen eines Tieres.

Ellwood lag mit stampfenden Hüften auf ihr, Zeigefinger und Daumen wie eine Kneifzange in ihrem Nacken.

»Bind mich los!«

Er riß an den Knoten auf beiden Seiten und befreite sie. Sofort schlang sie ihre Arme um seinen Hals und Rücken, Nägel gruben sich in sein Fleisch. Sie schloß ihre Beine um seine Rippen und drückte sie fest zu. Ohne die Umklammerung zu lösen, zog sie ihn mit sich nach unten, noch immer jammernd und jaulend.

»O Gott, Wallace, o Gott, fick mich, o Gott, fick mich, Wallace, *Wallace, fick mich, Wallace, mein Gott*...«

Eine endlose, wilde, ausgehungerte Litanei von Gier, Begehren und zu lange hinausgeschobener Lust.

Sie lagen in der Suppe ihres eigenen Schweißes. Carla hatte ihre Hände zwischen die Beine gelegt, als wolle sie die Süße halten. Ellwood beugte sich über sie und lächelte wenige Zentimeter vor ihrem Gesicht; als sie sein Lächeln erwiderte, leckte er ihr über die Zähne.

»Ich wußte nicht«, sagte sie, »daß er sich in mich verlieben würde. Jedenfalls nicht so. Nicht die große Liebe.«

»Das konnte niemand wissen. Nicht mal der Typ, der uns das Charakterprofil erstellt hat.«

Die minutiösen Vorbereitungen fielen Carla wieder ein – Ellwood, der sie zusammen mit zwei anderen speziell für diese Aufgabe schulte. Die beiden anderen waren auch Frauen, eine Psychologin und eine Schauspielerin.

»Verirrt und heimatlos«, hatte Ellwood ihr erklärt. »Du bist verirrt und heimatlos.« Jetzt sagte er es wieder und lachte. »Das hast du jedenfalls absolut perfekt hingekriegt...«

Sie hatten nach einer Person, nicht nach einem Typ gesucht. Das psychologische Profil hatte jemand Verlorenen und Verwundbaren vorgegeben, jemand ohne Vergangenheit; all das war gut, aber es reichte noch nicht. Die Feinabstimmung hatte sich in den Proben ergeben. Zusammen mit der Schauspielerin hatte Carla an ihrer äußeren Erscheinung gefeilt – kein Make-up, mattes, glanzloses Haar, leicht gammelige Kleidung und als Krönung das Hinken. Mit der Psychologin hatte sie an der Unterwürfigkeit, der Hingabe und der Abhängigkeit gearbeitet – ein leeres Blatt, auf das jeder sein eigenes Bild malen konnte.

»Das Profil war perfekt«, sagte Ellwood, »absolut auf den Punkt«. Er erinnerte sich an einen Satz, den irgend jemand einmal gesagt hatte: »Wie jemand, der an einen Strand gespült wird...« Und genau das hatten sie geliefert.

»Wer war es?« fragte Carla.

»Wer war was?«

»Wer hat das Profil erstellt?«

»Tom Carey.« Ellwood lächelte. »Pater Tom, der heilige Vater, der heilige, beschissene Vater Tom. Wer wäre besser geeignet gewesen? Dafür ist ein Beichtvater doch schließlich da, oder nicht? All die kleinen Abartigkeiten und dunklen Seiten zu kennen. Nun, du mußt zugeben, er hat supergute Arbeit geleistet...«

»Zu gut...« Sie ahnte, was Ellwood hatte hinzufügen wollen. »Er hat meinetwegen zwei Leute ermordet; jetzt will er aussteigen – alles hinter sich lassen, bevor es zu spät ist...«

»Und mit dir irgendwo anders ein besseres Leben beginnen«, sagte Ellwood. »Ja, das ist schon in Ordnung. Es hängt alles davon ab, wohin du ihn steuerst.«

»Er hat gesagt, in ein paar Tagen.«

»Was?« Ellwood wirkte alarmiert.

»Mir hat er folgendes erzählt. Immer nur in Bruchstücken, weißt du, wie er mir etwas erzählt und sich dann eines besseren besinnt. Er sucht nach einem Weg, unsere Beziehung zu schützen, aber –«

»Zwei Tage...«

»Er hat eine Frau namens Susan erwähnt. Susan Hart. Irgend etwas ist geschehen, aber ich weiß nicht, was. Ich glaube, sie war hier in Longrock. Ich glaube, sie haben sich getroffen. Irgend jemand aus der Vergangenheit?« Ellwood nickte. »Okay, aber er hat sie nicht getötet. Da bin ich mir ganz sicher. Er hat auch wieder Sam Pascoe und Sophie Lanner erwähnt.«

»Sie war hier, hat ihn getroffen und ist wieder gefahren.«

»So hat es sich angehört, ja.«

Ellwood runzelte die Stirn. »Mir wäre es lieber, er hätte sie umgebracht.«

Carla fragte nicht, warum. Bei ihrem Briefing hatte sie nicht mehr erfahren, als sie wissen mußte, um ihren Job zu erledigen. Ellwood deutete das, was sie ihm erzählte, und benutzte, was er konnte. Eine Kette voneinander getrennter Glieder führt nirgendwo hin, und so wollten es alle haben: Ellwood, Hilary Todd, jeder...

»Und er hat gesagt, in ein paar Tagen?«

»Dann gehen wir von hier weg, ja, das hat er mir erzählt.«

»Er hat nicht von irgendeinem Plan gesprochen?«

»Mit einem Plan hat das nichts zu tun. Er klang nicht wie ein Mann, der alles vorbereitet hat. Mehr als hätte er sich selbst eine willkürliche Frist gesetzt. Ein paar Tage noch – weißt du? – und wenn das nicht reicht, sind wir weg. Mehr in der Richtung.« Sie rollte sich zur Seite und biß Ellwood in die Schulter. »Ehrlich gesagt, ich weiß, wie er sich fühlt. Ich habe auch langsam die Nase voll von dieser Armes-Waisenkind-Rolle, und ich habe von ihm die Nase voll. Er fickt mich, als würde er es mit einer Heiligen treiben. Ich sollte einen Oscar für den besten simulierten Orgasmus kriegen.«

Sie wandte sich leicht ab, als sie das sagte, weil es nicht die Wahrheit war. Carla war sich nicht einmal sicher, warum sie sich die Mühe machte, Ellwood anzulügen. War es vielleicht um seiner Männlichkeit zu schmeicheln? Käme es ihm in den Sinn, sich Gedanken darüber zu machen, ob Luke Mallen gut im Bett war oder nicht?

Sex mit Ellwood war genau so, wie sie es erwartet hatte – dunkel und schmerzhaft, gefährliche Spiele. Aber mit Luke war da noch etwas anderes, etwas mehr für Carla selbst. Es war ein Gefühl der Macht. Es war die exquisite Spannung, die darin lag, zu wissen, wie sehr er sie liebte. Seine Leidenschaft, seine Hingabe, seine *Verehrung* waren voll glühender Erotik. Die andere Zutat war ihre Verachtung.

Der Allerbeste, hatte sie zu Luke gesagt, und so war es. Nicht er, nicht Luke Mallen, sondern *es*, Sex als Macht, Sex als Kontrolle, Sex als Versklaver.

Ihr kam der Gedanke, daß sie Ellwood möglicherweise angelogen hatte, weil sie nicht wollte, daß er diese Lust in ihr entdeckte. Sie machte stärker, als es ihm gefallen würde.

Sie stand vom Bett auf und ging durchs Zimmer, um sich Zigaretten zu holen. Ihr Gang war gleichmäßig und gelenkig, nicht die Spur eines Hinkens. Sie nutzte den Moment, in dem sie sich ihre Zigarette anzündete, um ihre Miene vor Ellwood abzuschirmen, während sie ihn von oben bis unten musterte: die trockene, eidechsenartige Haut, sein metallisch graues, schmieriges Haar, seine dünnen, sehnigen Gliedmaßen.

Abstoßend, dachte sie, nur daß es mich nicht abstößt. Sie dachte daran, wie sie ihn zum ersten Mal in Hilary Todds Büro gesehen hatte. Nachdem er sie informiert hatte, hatte er gefragt: »Können Sie das? Ist Ihnen klar, was dieser Auftrag beinhalten könnte?« Sie hatte die Schultern gezuckt und gesagt: »Ich kann es, ja.« Und als Ellwood gegrinst hatte, wußte sie, daß sie einen von ihrer Art gefunden hatte.

Manchmal mag man Dinge, die einem nur eine bestimmte Person geben kann. Und es gibt Dinge, von denen man glaubt, daß nur bestimmte Menschen sie verstehen können. Manches Ellwood, dachte Carla; anderes Luke Mallen. Sie legte sich wieder hin und beobachtete, wie ihr Zigarettenrauch zur Decke aufstieg.

»Tom Carey ist weg«, sagte er.

»Weg...?«

»Ist das kritisch?«

»Ich glaube nicht. Nein. Es ist nicht kritisch. Aber die Ereignisse deuten darauf hin, daß wir uns beeilen müssen. Sehr beeilen müssen sogar. Es sind schon zwei Menschen ums Leben gekommen, in Frankreich und Italien. Es ist schon fast zu spät.« Sie wußte nicht, was das zu bedeuten hatte, obwohl sie ahnte, daß es etwas mit Piper zu tun hatte. Ellwood starrte an die Decke, er hätte genauso gut Selbstgespräche führen können. »Ich brauche ein gutes Ergebnis. Ich brauche eine saubere Weste. Es gibt ein europäisches Netzwerk, das noch immer aktiv ist. Wer weiß davon? Wem hat der alte Mann davon erzählt?«

»Wovon?« fragte Carla.

»Beim letzten Mal hat er angefangen zu reden.« Ellwood hatte die Augen halb geschlossen, aber seine Stimme war weit davon entfernt, verschlafen zu klingen. »Noch ein paar Sitzungen und ich weiß, was er weiß. Drei Tote, drei oder vier. Wir können noch immer überleben, im Spiel bleiben, wir müssen nur wissen, gegen wen wir kämpfen.«

»Es geht um Piper, nicht wahr? Du redest von Piper.«

»Wenn ich ihnen das liefern kann, wenn ich Namen nennen kann...« Er sah sie an, als habe er vergessen, daß sie da war. »Piper, ja. Ich werde einen Weg in den Kopf dieses alten Mistkerls finden.«

Der Clown kam auf die Bühne und kontrollierte die Schlösser an der Truhe, rüttelte daran herum, um zu demonstrieren, wie sicher sie waren, und wiegte dann den Kopf in gespielter Verzweiflung hin und her. Er hüpfte von der Bühne und wanderte auf der Suche nach einem freien Platz durchs Publikum.

Sir Harolds Blick war auf den Clown fixiert. Ihm war schwindelig und schlecht wie einem Kind auf einem Kirmeskarussell. Setz dich nicht hier hin, dachte er. Setz dich nicht neben mich.

Der Clown setzte sich und lächelte ein trauriges Lächeln. »Da kommt er nie raus...« Er wies auf die verriegelte Truhe in der Mitte der Bühne. Piper sah sie an und erkannt den Schrecken der Dunkelheit, den Schrecken, nicht fliehen, sich in keine Richtung wenden zu können. Ein plötzlicher Schwall von Energie erfaßte ihn. Er saß auf seinen Händen, weil der Drang zu töten in ihm tobte wie ein finsteres Meer.

»Ich hab es keinem erzählt«, sagte er. »Wer behauptet das? Wer behauptet das?«

Der Clown war verschwunden. Der große Zeno stieg unter Kettengerassel und mit rudernden Armen aus seiner Truhe.

»Setz ihn weiter unter Druck«, sagte Ellwood. »Der Trick besteht darin, daß er den Job unbedingt schnell beenden will, aber genauso lange bleibt, wie ich ihn hier brauche. Setz ihn unter Zeitdruck, aber laß ihn nicht gehen – verstehst du? Du bist der Dreh- und Angelpunkt seines Lebens. Wo immer du bist, wird er auch sein wollen; was immer du willst, will er auch.«

»Hört sich spaßig an«, sagte Carla, »und es macht, weiß Gott, Spaß.« Sie stützte sich auf ihre Hände und kniete sich rittlings auf Ellwood. Sie spitzte ihre Zunge und ließ sie in seine Richtung schnellen wie eine Schlange.

»Was willst du?« Schon wanderten seine Hände über ihren Körper, eine Spur Lust, eine Spur Schmerz.

»Alles, was die Leute normalerweise nicht gerne tun«, sagte sie. »Mach das mit mir.«

40

Der Barmann hob die Hand, als Pascoe hereinkam. »Noch immer an dem Fall, was?« Seine Wangen blühten – entweder er hatte einen Streit mit seiner Frau gehabt oder er versoff den Gewinn seiner Gastwirtschaft.

»Noch immer an dem Fall.«

»Das sind doch inzwischen alte Kamellen.« Der Barmann hatte vermutet, daß Pascoe ein Bier verlangen würde. Er schob ihm das Glas rüber und nahm die Münzen vom Tresen.

»Neuigkeiten hat jeder«, sagte Pascoe. »Heute setzt Saddam die Ölquellen in Brand, morgen erinnert sich kein Mensch mehr daran. Ich bin mehr an der Story interessiert, irgendwelche Botschaften für mich?«

Pascoe trank einen Schluck von seinem Bier und ging zum

Telefon. Die Nummer, die er anrief war dauernd besetzt. Er probierte es so lange, bis er ein Freizeichen bekam. Rob Thomas sagte seinen Namen und den der Agentur.

»Die Geschäfte scheinen ja gut zu laufen«, sagte Pascoe.

»Gut genug. Ich krieg Vorschußhonorare von Leuten, für die mein Auftraggeber gar nicht arbeitet.«

»Hast du ihn gefunden?«

»Ja, ich habe ihn gefunden. Wen ich nicht finden konnte, warst du. Du bist jedenfalls nicht in diesem Hotel.«

»Noch nicht«, sagte Pascoe. Er nannte ihm die Nummer der Bar. »Hier kannst du Nachrichten für mich hinterlassen. Der Barmann glaubt, ich arbeite für irgendein Revolverblatt, und kann es kaum erwarten, seinen Namen gedruckt zu lesen.«

Die Vorstellung schien etwas in Thomas' Gedächtnis anzustoßen. »Ich hab gesehen, daß Anthony Stewart den Gerichtssaal als freier Mann verlassen hat«, sagte er. »Ein Zeugnis wahrer Mutterliebe.«

»George Roxborough ist völlig euphorisch. Euphorisch und betrunken, als ich zuletzt von ihm gehört habe. Ich glaube, du könntest deine Rechnung risikolos verdoppeln.«

Vielleicht war es das, was Thomas hatte hören wollen. »Also«, sagte er, »Wallace Ellwood ... bezahlt in einem Hotel namens ›The Windrush‹, ein paar Meilen die Küste hoch, sämtliche seiner Rechnungen mit einer Amex-Karte. Hattest du vermutet, daß er sich in der Gegend aufhält?«

»Ich dachte, es würde sich zumindest lohnen, das zu überprüfen. Hattest du Probleme, ihn aufzuspüren?«

»Nee ... überhaupt nicht. Ihm ist es offenbar egal, wer von seiner Anwesenheit weiß. Die Amex ist eine Firmenkarte, er zahlt die Rechnungen nicht selbst.«

»Welche Firma?«

»Lighthouse Destilleries.«

»Und die gibt es gar nicht?«

»Genau, die Firma existiert nicht.«

»Sag deinem Freund mit dem Computer schönen Dank.«

»Mach ich«, sagte Thomas, »und du deinem Freund mit dem Scheckbuch.«

Der Barmann beschrieb Pascoe den Weg. »Auf der Landspitze, Sie können es gar nicht verfehlen.« Pascoe ging, ohne sein Bier auszutrinken, und der Barmann goß es leicht verärgert in den Ausguß. »Spesen«, sagte er, »jeder Mistkerl ist heutzutage auf Spesen unterwegs.«

Ein Taxi fuhr Carla durch die zunehmende Dämmerung nach Hause. Sie hatte die Augen geschlossen und rekonstruierte die letzte halbe Stunde mit Ellwood – ertastete ihre eigene Lust und dachte gleichzeitig über Möglichkeiten nach, Kapital aus dem zu schlagen, was sie hatte und wußte. Ellwood war ein wichtiger Mann in der Zentrale. Das wollte Carla für sich ausnutzen, genau wie alles, was ihn in ihre Schuld brachte – seine Vorlieben, Indiskretionen, Fehler... Noch in seiner Berührung suchte sie nach einem Vorteil, in seinen Worten, in der Art, wie es ihr gelungen war, ihn auszuhorchen. Die Kombination aus Lust und Betrug machte sie schwindelig.

Sie öffnete die Augen – nur einen Moment lang, als hätten die Götter es inszeniert – und Luke fuhr in der Gegenrichtung vorbei, unterwegs zu Ellwoods Hotelsuite.

Carla hätte fast gejuchzt vor Vergnügen. Sie schloß erneut die Augen und sah ihn vor sich, wie er mit Wallace redete, ohne es zu wissen, *ahnungslos*, und Wallace hatte noch ihren Geruch auf der Haut, *ja!*, und Luke ging ins Schlafzimmer, *warum? Warum?* Um zur Toilette zu gehen, vielleicht, ja, okay, und blieb stehen, als erinnere er sich plötzlich an etwas, ohne es genau einordnen zu können – mehr das Gefühl einer Person, einer Stimme, die noch in der Luft lag.

Und sah, an den Bettpfosten geknotet, die Krawatten, die Wallace für ihre Handgelenke benutzt hatte.

»Ich habe neben ihm gesessen, als Clown verkleidet, verstehst du? Und er sagte: ›Ich habe es keinem erzählt.‹«

»Was sonst noch?«

»Nichts. Oder wenn er noch was gesagt hat, habe ich es nicht verstanden. Er hat sehr leise gesprochen.«

»Aber er hat gesprochen.«

»Ja.«

»Mit dem Clown gesprochen.«

»Es hatte den Anschein. Könnte sein. Ich weiß es nicht.«

»Der Clown, ein bißchen Natrium-Penthonol, eine Sitzung noch, vielleicht zwei; dann haben wir's.« Ellwood hatte sich ein Handtuch um die Hüfte gewickelt und trug sonst nichts. Er lächelte entschuldigend. »Tut mir leid – ich habe mich mit einer unterhalten, du verstehst? Sie ist jetzt gegangen.«

Luke konnte es im Zimmer riechen. Ellwoods selbstgefälliges Grinsen machte ihn wütend. »Ich hab dir ja gesagt – ich will hier weg.«

»Das stimmt. Und ich hab dir gesagt: Wenn du dich nicht benimmst, muß deine hinkende Freundin leiden; dann müßt ihr beide leiden. Zaubere dich da irgendwie raus, Großer Zeno...« Ellwood kicherte über den Namen und streckte dann, als habe er Angst, zu weit gegangen zu sein, die Hände in einer versöhnlichen Geste aus. Sein Ton wurde schmeichelnd. »Wir kennen uns beide jetzt schon eine ganze Weile, nicht wahr? Seit Jahren...« Er zuckte die Schultern. »Wir brauchen nur noch ein paar Tage. Nur noch ein paar Tage, also beruhige dich doch um Himmels willen.«

»Ein paar Tage –« Seine eigene Frist. Luke hatte das Gefühl, als habe Ellwood die Seiten gewechselt. Plötzlich war das Ende abzusehen. »Ein paar Tage ist in Ordnung.«

Zwischen den beiden Männern entstand ein Augenblick der Intimität, fast so als habe Carla ihn hervorgerufen. »Was wolltest du?« fragte Ellwood. »Als du sie umgebracht hast?«

Luke starrte ihn an. »Woher weißt du das?«

»Was wolltest du?«

»Sicherheit.«

»Und wenn du jetzt die anderen treffen würdest? Wenn du an sie herankommen könntest – was würdest du tun?«

Ellwood versuchte eine Möglichkeit zu finden, nach Susan Hart zu fragen – was wußte sie, als sie wieder abgefahren war, was hatten sie und Luke einander zu sagen gehabt.

Auch Luke dachte an Susan. Er hatte lange über ihr gestanden, hatte den Dorn in ihr Ohr gehalten und zustoßen wollen, zustoßen, während sie schlief. Schließlich hatte er sie dort liegen lassen, als würde sie gar nicht zählen.

»Wenn du die anderen treffen würdest«, fragte Ellwood.

»Ich weiß nicht«, sagte Luke, fügte jedoch noch hinzu: »Wenn wir von hier verschwunden sind, Wallace, wenn Carla und ich hier weg sind, such uns nicht. Such mich nie wieder.« Und Ellwood dachte, daß er wie jemand klang, der einen Plan hatte.

»Ein paar Tage noch. Dann kannst du machen, was du willst.« Ellwood ließ das Handtuch zu Boden gleiten und ging nackt ins Schlafzimmer. »Warum gehst du nicht nach Hause zu – wie hieß sie noch? Carla?« Luke nickte. »Geh nach Hause zu Carla. Wahrscheinlich wartet sie schon auf dich, meinst du nicht auch?«

Luke war ans Fenster getreten und sah hinaus. Das Abendgeschäft hatte begonnen – Menschen, die auf den Terrassen der Hotels einen Drink nahmen, andere, die von den Tennisplätzen und dem Golfkurs kamen, Spielautomaten, die in der Halle des Casinos zu summen begannen.

Sam Pascoes Gesicht fiel ihm ins Auge und verschwamm auf der Scheibe mit dem Spiegelbild einer Wolke.

Er saß dort wie ein x-beliebiger Tourist, der auf das abendliche Treiben wartete.

Ellwood stand in der Tür zum Schlafzimmer und kratzte sich wie ein Hund die Eier. »Ich wette, sie wartet schon auf dich.«

Luke drehte sich um und musterte ihn von oben bis unten, als nähme er plötzlich Anstoß an seiner Nacktheit. »Zieh dich an«, sagte er.

Pascoe hatte seinen Wagen auf dem Hotelparkplatz abgestellt und war die paar Stufen zu einer Terrasse unterhalb des Haupteingangs hinabgestiegen. Er hatte einen Drink bestellt und einen Tisch gefunden, den er sich mit drei anderen Gästen teilte – es war ein warmer Abend, und die Terrasse war voll. Die Hotels und Restaurants wurden von außen mit Scheinwerfern angestrahlt; zwischen den Gebäuden leuchteten Ketten von bunten Glühbirnen in der zunehmenden Dunkelheit.

Eine halbe Stunde, hatte er sich überlegt, nur um einen Eindruck zu gewinnen. Um zufällige Beobachtungen zu machen. Carla hatte ein paar Minuten unter dem Vordach gestanden und auf ein Taxi gewartet. Pascoe hatte sie gesehen, ohne daß sie ihm etwas bedeutet hätte. Ein Gesicht unter Gesichtern.

Es war unmöglich, die Hoteleingänge ununterbrochen im Blick zu halten – Kellner eilten hin und her, Leute standen auf und gingen, andere kamen. Deswegen hatte Pascoe Luke auch nicht gesehen, als er das Windrush betrat, doch er sah ihn hinauskommen.

Man suche in einer Menschenmenge nach jemandem, den man einmal gekannt hat. Man suche nach den Veränderungen im Gesicht eines jungen Mannes. Pascoe sah Luke, einen Fremden. Er sah genau hin und ließ das Gesicht wieder zu dem von Luke werden: die runden Wangen, die helle Haut, die in dem harschen Licht noch blasser aussah, das kantige Kinn.

Ein Kiesweg führte an der Terrasse vorbei bis zum Parkplatz. Luke kam auf weniger als zehn Meter an Pascoes Tisch heran. Er schien völlig in Gedanken versunken, so konzentriert, daß er leise vor sich hinmurmelte. Pascoe dachte an das verlassene Haus, den Schrank aus Kiefernholz, seine plötzliche, erschreckende Präsenz in dem Raum. Er starrte den vorbeigehenden Luke an und konnte in ihm, obwohl er die Wahrheit wußte, beim besten Willen nicht Zeno erkennen. Er versuchte, sich das geschminkte Gesicht vorzustellen, rotschwarz mit einem aufgemalten, mörderischen Grinsen; das war eine Person. Hier war eine andere: ein Freund von früher, jemand, den er vage erkannte.

Luke verschwand aus seinem Blickfeld, aber Pascoe nahm nicht sofort die Verfolgung auf. Er dachte: Ich weiß, wo ich ihn finden kann – er lebt ein ganz normales Leben in einem ganz normalen Haus.

Ein Mann nahm an Pascoes Tisch Platz und gab per Handzeichen eine Bestellung auf. Als der Kellner kam, bestellte Pascoe einen weiteren Drink. Ich zögere es hinaus, dachte er. Warum? Vielleicht weil ich Wallace Ellwood gefunden habe, aber nicht genau weiß, was das zu bedeuten hat. Und weil ich Luke gefunden habe und nicht weiß, was ich tun soll.

Sollte er Ellwoods Zimmernummer herausfinden, an die Tür klopfen, ihn stellen und sagen: Was haben Sie mit Luke gemacht?

Oder sollte er zu Lukes Haus im Wald gehen, an die Tür klopfen, ihn stellen und sagen: Was hast du mit Luke gemacht?

Der Kellner kam mit einem Tablett, stellte zwei Drinks auf dem Tisch ab, und ging weiter, ohne eine Rechnung dazulassen. Pascoe rief ihm nach, doch er hörte es nicht. Der andere Mann sagte: »Er denkt, wir gehören zusammen. Er hat es auf meine Zimmernummer gebucht.« Als Pascoe einen Geldschein hervorzog, sagte er: »Vergessen Sie's – ist schließlich nur ein Bier.« Er trug eine Sonnenbrille, die das grelle Scheinwerferlicht widerspiegelte, so daß Pascoe darin sein eigenes Bild sehen konnte, eingerahmt von bunten Lichtern, und das Lächeln seines Wohltäters erwidernd.

Er hatte nach Luke gesucht, weil Luke versucht hatte, ihn zu töten. Versucht hatte, Sophie zu töten. Nick Howard getötet hatte. Jetzt war der Augenblick da. Er konnte nichts anderes tun, als sich vor Luke aufbauen und sagen: »Hier bin ich.«

Was danach geschehen würde, konnte er sich nicht vorstellen.

Pascoe trank in aller Ruhe sein Glas leer. Jetzt wo er entschieden hatte, was zu tun war, gab es keinen Grund zur Eile. Luke würde dort sein und inmitten ganz normaler Alltäglichkeiten in dem ganz normalen Haus auf ihn warten. Er ging zwischen den Paaren, die unterwegs zu den Restaurants oder dem Casino waren, und rieb sich fast an ihren Schultern, als ob ihre Leben seines berühren und beruhigen konnten. Als er seinen Wagen erreichte, war der Mann mit der dunklen Brille hinter ihm. Er lächelte noch immer, hielt jedoch, halb versteckt in der Beuge seines Arms, eine Pistole.

»Ich werde es tun, wenn es sein muß«, sagte Ellwood.

Pascoe dachte an Sophies Pistole, die im Handschuhfach seines Wagens lag, wie an eine wirklich gute, leider verschwendete Idee.

Luke tauchte auf und lehnte sich auf das Wagendach, das Kinn auf die verschränkten Arme gestützt.

»Ich hab mich schon gefragt, wo du abgeblieben bist«, sagte er.

41

Die Lichter auf der Landspitze verschwammen zu einem weißlichen Schimmern mit bunten Farbpunkten. Alle paar Sekunden brach der Strahl des Leuchtturms hervor und strich, Pascoes Blickrichtung kreuzend, über den Horizont. Das kleine blaue Boot tuckerte über die Bucht und nahm Kurs aufs offene Meer.

»Susan hat mir von Ellwood erzählt«, sagte Pascoe. »Aber warum bist du hier unten? Was will er von dir?«

Luke schenkte dem Steuer wenig Beachtung; er schien zu wissen, wohin die Reise ging. Pascoe konnte das Meer hören, aber nicht sehen. »Sophie weiß, daß ich hier bin.«

»Ja.« Licht von der an der Stoffplane befestigten Lampe fiel auf eine Seite von Lukes Gesicht.

»Wenn ich nicht zurückkomme, wird sie wissen, warum. Und sie wird wissen, wer es war.«

»Tatsächlich?«

»Ich weiß, daß du Susan getroffen hast. Du hättest sie umbringen können, aber du hast es nicht getan.«

»Das ist etwas anderes.«

»Warum?«

»Du bist hier. Susan ist wieder gegangen.«

»Ich könnte auch gehen.«

»Dafür ist es zu spät, Sam.«

»Was ist mit Sophie? In ein oder zwei Tagen wird sie wissen, daß etwas nicht stimmt.«

»In ein oder zwei Tagen werde ich woanders sein.« Luke lächelte, das Gesicht durch den Schatten der Lampe geteilt. »In ein oder zwei Tagen werde ich jemand anders sein.«

Sie hatten den Kurs geändert, und bald waren keine Lichter mehr zu sehen. Pascoe bemerkte, daß es jetzt vollkommen dunkel war. Nur hin und wieder weiße Gischt auf dem Wasser, wenn der Bug die Wellenkämme durchbrach. Luke kurbelte am Steuer. Die Hand mit der Waffe hielt er außer Sichtweite.

»Man wird meine Leiche finden.«

»Irgendwann möglicherweise. Hör zu, Sam, hör auf zu quatschen, ja? Ich möchte wirklich nicht reden.«

»Auf der Werft, das warst du.«

»Ja.«

»In dem leeren Haus, das warst du auch.«

»Ja, natürlich war ich das auch. Ja.«

»Ein für zwei Personen gedeckter Tisch und du in Kriegsbemalung. Ein eleganter Herr mit Zylinder und Frack.«

»Eine Zaubervorstellung«, sagte Luke. »Ich will nicht reden.«

»Hast du je daran gedacht, daß du verrückt sein könntest?« fragte Pascoe ihn. »Hast du je daran gedacht?«

»Was heißt das schon? Weißt du, was das heißt?«

»Eine Zaubervorstellung, bei der Menschen sterben. Du in Kostüm und Maske. Klingt das nicht reichlich verrückt? Bist du das nicht?«

»Jedem das seine, Sam«, sagte Luke. »Worin bist du gut?«

»Ich bin Anwalt.«

»Hast du je einen Mörder verteidigt?«

»Ja.«

»Obwohl du gewußt hast, daß er schuldig war?«

»Ja.«

»Die Sache ist die«, sagte Luke, »ich möchte wirklich nicht reden. Halt einfach dein Maul, Sam, ja? Halt's Maul. Hör auf zu quatschen.«

»Wenn ich rede, wird es schwieriger für dich, mich zu töten.«

»Wenn du redest, wird es leichter.«

Pascoe fragte sich, wie weit sie auf's Meer hinausgefahren waren. Zwei Meilen, wohl eher drei. Er konnte bestenfalls einhundert Meter weit schwimmen, wenn sein Leben davon abhing, vielleicht auch zweihundert.

»Wende das Boot«, sagte er, »setz mich an Land. Ich werde weggehen und du wirst mich nie wiedersehen. Sophie auch nicht.«

»Du hast recht; genau das wird passieren.«

Pascoe wollte aufhören zu reden, wußte aber nicht, wie man stumm in den Tod ging. »Was hattest du mit uns vor – mit Sophie und mir und den anderen? Wozu diese Briefe? Wozu das Gerede von Lori? Warum versuchst du, uns umzubringen?«

»Das geht dich nichts an«, sagte Luke.

Pascoe fing an zu lachen. »Was?« Er lachte noch heftiger, als Luke nicht antwortete. »Herr im Himmel, du bist wirklich verrückt. Es tut was?«

Luke drehte sich um und hielt seine Waffe hoch. Pascoe sah sie inmitten der Schatten, die das Licht der Lampe warf, glitzern. Er stand auf. »Du mußt es nicht tun«, sagte er. »Es gibt auch andere Möglichkeiten, da rauszukommen.«

»Ich möchte es tun.« Luke hatte noch immer eine Hand am Steuer; er hatte Pascoe sein Profil zugewandt, die Pistole zielte auf sein Knie.

»Warum?«

»Einer weniger«, sagte Luke.

»Susan hast du auch nicht getötet.«

»Du bist nicht Susan«, sagte Luke. Mit steifem Arm hob er die Waffe, und Pascoe ging über Bord, als sei er getroffen worden. Luke blockierte das Steuer und feuerte in die Dunkelheit, beugte sich weit über die Reling und schoß in Richtung des Platschens. Die Schüsse hallten in seinen Ohren nach wie Schläge einer riesigen Glocke. Er schaltete den Motor ab und ging zurück an die Reling, aber außer dem langsamen Rollen des Ozeans und den Wellen, die gegen das schwankende Boot klatschten, war nichts zu hören.

Der Schein der Lampe unter der Plane ließ alles drumherum noch schwärzer erscheinen. Pascoe paddelte aus dem Licht, ließ sich auf dem Rücken treiben und bewegte seine Arme und Beine so geschmeidig wie möglich im Wasser. Lukes Stimme drang zu ihm herüber, beiläufig und so nah, daß er erschrak.

»Das ist nur eine andere Art zu sterben.«

Der Motor sprang stotternd und mit einem feinen Dieselgeruch an. Pascoe sah, wie Luke am Steuer kurbelte, ein Schatten, der sich zwischen Schatten bewegte. Wenig später war das Licht zu einer vagen Wolke verschwommen, die phosphorisierend über dem Wasser schwebte. Pascoe drehte sich um und schwamm zwanzig Züge, die er einzeln zählte. Als er sich wieder auf den Rücken drehte und mit den Beinen ruderte, waren sowohl das Licht als auch das Stampfen des Motors verschwunden.

In diesem Ödland aus Wasser waren es seine eigenen Geräusche, die er am deutlichsten hörte: sein Atmen, sein Fluchen, das mühselige Platschen seines ungeübten Kraulens.

Der Plan war, zunächst ein wenig zu schwimmen, sich dann treiben zu lassen und wieder ein Stück zu schwimmen. Er bemerkte eine starke Strömung, die ihn mit sich zog, egal was er tat. Schwimmend kam er schneller voran, er konnte zwar nicht die Richtung ändern, doch es gab ihm ein Gefühl von Kontrolle. Sich die ganze Zeit treiben zu lassen, wäre vernünftiger gewesen, ließ ihn jedoch das ganze Ausmaß seiner Hilflosigkeit empfinden.

Also erst schwimmen, dann treiben lassen; er zählte es aus. Auf dem Rücken treibend spürte er das Reißen der Strömung deutlicher. Er dachte: Es ist wie in einem Flugzeug, wenn die Motoren ausfallen. In zehntausend Meter Höhe hat man noch Zeit, genau zu wissen, warum man stirbt. Wie ich. Ich schwimme, dann lasse ich mich treiben und weiß doch genau, daß ich es nie schaffen werde.

Er fühlte sich jetzt schon müde. Als Ellwood und Luke ihn zum Boot gebracht hatten, hatte er dem Wetter entsprechend nur Leinenhosen und ein Hemd getragen – leicht genug, doch sie zogen ihn mit jeder Bewegung nach unten. Er strampelte mit den Beinen, um die Hose abzustreifen. Das Hemd war schwieriger, weil er seine Arme in die Höhe strecken mußte, was ihn unter Wasser drückte. Gurgelnd kam er wieder an die Oberfläche, während seine Kleider im Rennen mit den Gezeiten an ihm vorbeitrieben.

Zehn Züge schwimmen, dann treiben lassen. Sein Hirn schwankte zwischen Panik und einem fast unheimlichen Gefühl tiefer Selbstzufriedenheit. Er sah sich selbst, ein Körnchen in der endlosen Leere – grenzenlose Dunkelheit über ihm und auf allen Seiten, grenzenlose Dunkelheit unter ihm. Keine Hilfe zu erwarten, keine Erlösung, den Tod vor Augen, so gewiß, daß er ihn, wenn er seine Hände zum Schwimmen ausstreckte, jeden Moment berühren konnte. Der Gedanke schien irgendeine schreckliche Sperre in ihm gelöst zu haben, als ob seine Eingeweide sich auftun würden, und er schrie laut dagegen an.

»Du Schwein, du Schwein, Mallen, ich bring dich um. Wenn ich dich finde, bring ich dich um.« Als ob Wut und das Versprechen eines weiteren Todes ihn durchbringen könnten.

Als er sich jedoch umdrehte und das Zerren und Schwanken der Strömung spürte, schien es nur vernünftig, die Kontrolle aufzugeben, so zu bleiben, das Gesicht ins Dunkel gewandt, bis die letzte Kraft ihn verließ und er unterging. Da es nur noch eine Frage der Zeit war. Da es nicht mehr aufzuhalten war.

Zehn Züge schwimmen, dann treiben lassen.

Die zehn Züge wurden jedesmal schwieriger. Seine Muskeln ächzten. Es wurde sehr kalt.

Luke vertäute die Fangleine und ging auf der Suche nach Ellwoods Wagen den Kai entlang. Er stand in einer Nebenstraße. Ellwood war eine Shilhouette am Steuer.

»Okay?«

Luke nickte. »Pascoe ist tot.«

»Kannst du Piper morgen rausholen?«

»Ich kann es versuchen.«

»Du mußt mehr tun, als es nur versuchen. Du mußt ihn holen. Wir haben keine Zeit mehr.«

»In Ordnung. Danach bin ich weg. Carla auch.«

»Ich brauche ihn noch einmal.«

»Noch einmal«, sagte Luke, »ein letztes Mal, top oder flop, Hit oder Niete, und danach such nicht mehr nach mir, such nie wieder nach mir.«

Was für ein beschissenes Durcheinander, dachte Ellwood. Alles deine Schuld, Großer Zeno, Großer Scheiß-Zeno, deine Schuld, du dummes *Arschloch.* Er sagte: »Was immer du willst. Aber bring ihn mir morgen ein letztes Mal, okay?«

»Was hast du gedacht, Wallace«, fragte Luke, »als Lori sich umgebracht hat? Was hast du da gedacht?«

»Ich hab gedacht, so eine Nerverei. Jede Menge Ärger und eine gute Quelle, die versiegt war.«

»Ich dachte, eine große Uhr hat angefangen zu ticken.«

Du verrücktes Arschloch. »Denk nur an Piper«, sagte Ellwood, »konzentrier dich auf ihn.«

»Mir kam es so vor, als könnte ein Tod andere Tode leichter machen. Glaubst du das auch, Wallace? Ergibt das für dich irgendeinen Sinn? Manchmal kommt einem der Tod so leicht vor, oder nicht?«

Die Silhouette hatte jetzt Augen und Zähne. »Leicht«, sagte Wallace Ellwood, »das stimmt, ja, leicht.«

Wegen der Kälte fiel es ihm schwer zu atmen; sein Körper war taub vor Müdigkeit. Er schloß kurz die Augen, dann noch einmal für fünf Sekunden oder länger, und begann zu sinken. Er kämpfte dagegen an, spuckte Wasser, und die Strömung trug ihn wie einen Stock voran. Er konnte das Rauschen hören, das Meer floß in Furchen, und er spürte, wie seine Schulter sank. Das blasse Licht der Sterne zeigte ihm nichts als Wasser.

Er dachte: Jetzt wäre in Ordnung. Ja, jetzt ist okay. Ich bin zu erschöpft, um noch etwas anderes zu tun, als zu sterben, jetzt wäre also gut.

Aber zuerst noch zehn Züge schwimmen, weil irgend etwas in ihm ihn dazu antrieb, selbst wenn es besser wäre zu sterben, leichter, weniger schmerzhaft. Mit einem grausamen Schrei der Erschöpfung drehte er sich und hob den Arm für den ersten Zug, mitzählend, eins-zwei…

Ein weißer Streifen lag in seinem Blickfeld, als er sich im

Wasser drehte, um Luft zu holen, und er sah, daß die Wellen sich brachen. Kein Wehr, sondern Brecher an einem Felsen. Er spürte den Sog der Brandung und schwamm mit ihr auf die Stelle zu, wo sich ein Felsriff aus dem Wasser erhob.

Luke lief im Haus auf und ab wie ein Puma im Käfig. Seine Augen waren überall; er schien ihre wenigen Habseligkeiten zu zählen.

»Mach dir keine Mühe, irgendwas zu packen«, erklärte er Carla. »Du kannst das Zeug einfach hierlassen.« Er starrte auf die Kieselarrangements und suchte nach Anzeichen eines drohenden Unglücks. »Morgen wird uns nichts mehr davon gehören; es wird nichts mehr mit uns zu tun haben.«

Im Schlafzimmer war er zu rastlos, um sich zu setzen oder hinzulegen. Er ging vor dem offenen Fenster auf und ab. Eine Brise direkt vom Meer wehte herein. Der Käfig war acht Schritte lang; er machte auf dem Absatz kehrt und kam wieder am Fenster vorbei. Carla stellte sich vor, Gitterstäbe über sein Gesicht und seinen bohrenden Blick huschen zu sehen. Sie stand vom Bett auf und ging durchs Zimmer, um ihn aufzuhalten, lächelnd, ruhig, ihr Hinken durch ihre Nacktheit betont.

»Komm... Luke, komm...«

Sie nahm seine Hände, legte sie auf ihre Brüste, und eine Stille kam über ihn.

»Ich liebe dich«, sagte er.

Sie ging noch immer lächelnd zurück, stieg aufs Bett, stützte sich auf ihre Ellenbogen, um ihn mit ihren Blicken auf sich zu ziehen.

»Komm...«

Er zitterte, doch sie wußte nicht, ob sie es für Kühnheit oder Angst halten sollte. Sie fragte sich, ob Ellwood noch immer die Fäden zog oder Luke begonnen hatte, seine eigenen Entscheidungen zu treffen.

»Komm...«

Sie dachte: Vielleicht entgleitet Ellwood die Situation. Vielleicht läßt sich daraus ein echter Vorteil schlagen.

Komm, komm, komm.

Er fand einen Ort im Dunkel.

Zunächst fanden seine Hände Halt, und er blieb eine Weile so hängen, flach über den Wellenkämmen, nur keuchend und Wasser spuckend, dann arbeitete er sich an der Kante entlang, bis der Felsen flacher zu werden schien. Er hievte sich auf das Plateau und kroch auf allen Vieren, bis es nicht mehr weiter ging – etwa fünf Körperlängen. Er hockte da und rieb sich Arme, Beine und Leib. Der Wind war immer noch warm, doch seine Zähne klapperten. Einige Vögel stiegen ungesehen zum Himmel auf und kreisten einmal in der Luft, bevor sie sich wieder niederließen.

Ein Ort im Dunkel.

Nicht tot, noch nicht ganz. Vielleicht war es nur eine Frage der Zeit, aber er war noch nicht tot.

Ein großer Schauder erfaßte ihn, ließ seinen Körper beben, und er stieß einen Wutschrei aus, ein Mann ohne Zukunft, der alles zu verlieren hatte.

42

Es war ein Fels – kaum mehr als das – ein Nistplatz für Seevögel, mehr als zwei Meilen von der Küste entfernt. Auf der einen Seite erhob er sich zu einer Pinasse von fast dreißig Metern Höhe. Auf der anderen Seite, wo der Granit zu einer flachen Felsbank abfiel, bildete er eine winzige Bucht von etwa sieben Metern Länge, die zu drei breiten Steinlippen anstieg wie der Altar eines Riesen. Im ersten Licht der Dämmerung sah Pascoe, daß er mit dem Rücken an der ersten Lippe lehnte. Hinter ihm befanden sich gut zehn Meter Stein, die in einem Unterstand endeten, den der Fels formte. Das Meerwasser hatte sich eine flache Mulde gegraben, nicht tiefer als die Nischen, in denen man Statuen aufstellt. Treibgut hatte sich in der Spalte gesammelt – ein dichtes Knäuel aus armdikkem Tau, zerborstene Planken, ein Bündel Lumpen, diverse Plastikflaschen.

Vögel umkreisten den Fels unablässig, auf dem Wind gleitend und kreischend. Er beobachtete, wie die Sonne die harte Linie des Horizonts durchbrach – erst eine Kuppel, dann eine Scheibe. Auf dem Meer war nichts als ihr Licht.

Bis zum späten Vormittag hatte sich jedes Wölkchen am Himmel verzogen. Er wußte, daß es eine Methode gab, mittels Kondensation Wasser zu sammeln, aber ihm war, als brauche man dazu Plastikplanen, die über einen Graben gespannt wurden. Er holte sich eine der Plastikflaschen, um hineinzupissen.

Über dem Felsen lag ein Gestank von Seegras, Vogelscheiße und irgend etwas, was in dem Bündel Lumpen vor sich hin faulte. Er war sich nicht sicher, wie gut es war, Pisse zu trinken, doch er glaubte, daß es besser war als Meerwasser.

Unweit des Horizonts konnte er Segel ausmachen – rot an einem Boot, so glaubte er zu erkennen, beige gestreift an einem weiteren, die anderen weiß oder blaßblau. Alles in allem acht Segel. Er malte sich das Treiben an Bord aus: Menschen, die den Wind einschätzten, Karten studierten, an der Ruderpinne standen oder in der Kombüse vor sich hinschafften. Niemand, der einfach nur eine Spazierfahrt unternahm.

Die Sonne war warm, ihr Licht spiegelte sich auf der Meeresoberfläche und stach in den Augen. Er spürte, ein leichtes Brennen auf der Haut.

Seine Zunge klackte gegen seinen Gaumen.

Zwei Stunden und fünf Boote später kramte er sich eine gut ein Meter fünfzig lange Latte aus den geborstenen Planken und suchte einen Platz, um sie aufzustellen. Er wollte ein paar Lumpen daran befestigen, um eine Flagge zu basteln. Außerdem wußte er, daß er sich ein behelfsmäßiges Hemd machen mußte, weil seine Schultern in der sengenden Sonne glühten.

Auf einer Seite des Felsens befand sich ein zerklüftetes V direkt oberhalb der Wasseroberfläche, in das Pascoe die Planke rammte. Sie blieb stecken, wollte jedoch nicht stehenbleiben, so daß er ein paar Mal heftig dagegen trat, bis Ballen und Spann seines Fußes aus einem Dutzend Schnitt- und Schürfwunden bluteten. Die Planke hing in einem Winkel wie ein geborstener Mast.

Als er die Lumpen berührte, fielen sie auseinander wie alter Torf – ein faseriges, reißendes Geräusch wie von schweren Klumpen, die zerbröselten. Er hielt einen Ärmel, und in dem Ärmel war ein Arm. In dem Lumpenhaufen leuchtete ein weißlicher Schulterknochen auf. Jetzt konnte er auch Haarbüschel erkennen und Beine, gebrochen, verdreht und von Seegras umhüllt.

Pascoe saß auf der äußersten Spitze des äußersten Felsvorsprungs. Hin und wieder träufelte er Meerwasser über Schultern und Rücken, doch er spürte, wie der Sonnenbrand sich ausbreitete.

Luke hatte Nicks Leiche beschwert, aber nicht Mariannes; vielleicht war ihm sein Fehler dadurch bewußt geworden – er hatte sie abgeladen, und sie war davongetrieben wie ein verlassenes Floß, war auf dem Fels gelandet – so wie die Strömungen auch Pascoe hierher getrieben hatten.

Er sah sich außerstande, irgendeines ihrer Kleidungsstücke als Fahne oder Hemd zu benutzen. Er konnte sie nicht einmal zurück ins Meer stoßen.

Er hatte das Lumpenbündel mit einem Zeh umgedreht.

Ein gewaltiger Gestank war aufgestiegen wie aus einem fauligen Ofen, den man plötzlich geöffnet hatte, und er hatte das große grünschwarze Loch in ihrem Unterleib gesehen. Fleischstücke hingen an ihren Rippen wie kleine Wimpel. Gasbildung und Verwesung hatten sie aufquellen lassen. Ihr Gesicht hing in schwarzen Fetzen, Lippen und Augen waren verschwunden.

Auf dem äußersten Felsvorsprung mit dem Rücken zu ihr sitzend, konnte er sie noch immer riechen, sie noch immer sehen. Er begann zu zittern: Sonnenbrand, Angst und das Gefühl, in ein so grauenvolles Gefängnis gesperrt zu sein, hätten ihn beinahe ins Wasser gehen und losschwimmen lassen.

Er erinnerte sich daran, wie er in Argentinien in der Zelle gesessen und darauf gewartet hatte, gefoltert zu werden, während er die Schreie seiner Mitgefangenen gehört hatte.

Meer und Himmel hätten nicht mehr Raum, mehr Licht bieten können. Doch Pascoe saß da, die Knie ans Kinn gezogen, die Arme um seine Beine geschlungen, als hätte man ihn in ein finsteres Loch gesperrt.

Seine Zellengenossin war zwanzig Jahre weit gereist, um ihm mit der Brise den Hauch des Todes herüberwehen zu lassen.

Er schloß die Augen und lauschte den Schreien der Möwen.

43

Sir Harold Piper blickte aus seinem Fenster und sah eine zerklüftete Linie von Krähen am Himmel. Er sah eine Wolke wie ein langnasiges Gesicht und eine andere in Form eines Hundes.

Die Omen waren unsagbar böse.

Ein Pfleger mit einem Tablett sorgfältig arrangierter Medikamente begegnete dem Clown im Korridor. Er blieb stehen und lächelte. »Machen Sie Überstunden, oder was?«

»Es scheint ihnen zu gefallen.«

»Sie geben doch heute keine Vorstellung?«

»Nein, keine Vorstellung.« Der Clown hatte es eilig und wich mit jedem Wort weiter zurück. »Nur ein paar Besuche. Es scheint ihnen zu gefallen. Wer weiß...?«

Der Pfleger fand es komisch, ein echtes Lächeln inmitten des aufgeschminkten zu sehen – verkleinert und ein wenig aufgesetzt. Er fand, daß von weitem alles besser aussah: die Perücke, die bunten, ausgebeulten Klamotten, die aufgemalte Träne. Er sagte: »Wir brauchen mehr Menschen wie Sie. Unsere Leute sind verrückt, aber sie sind nicht wahnsinnig, wissen Sie? Jedenfalls nicht alle und nicht die ganze Zeit. Mir persönlich gefällt Ihre Vorstellung auch sehr gut.«

»Das ist ja schön.« Der Clown wich mit erhobener Hand weiter zurück.

Der Pfleger drehte sich halb um und balancierte das Tablett wie ein Kellner – ein Dutzend Plastikbecher mit Pillen. Über die Schulter sagte er: »Jeden Abend einen Cocktail und danach ein frühes Abendessen...«

Den ganzen Tag über böse Omen, und jetzt das schlimme Ereignis.

Piper saß mit dem Rücken an der Wand auf seinem Bett und weigerte sich, die Hand des Clowns zu nehmen.

»Wir gehen spazieren«, sagte Luke. »Wie neulich. Es ist Zeit zu gehen.«

»Ich bin der Moloch«, erklärte Piper ihm. »Ich bin Omega.«

Zu dieser Tageszeit passierte sonst nicht viel. Medikamente wurden verteilt, die Leute sahen fern oder gingen auf dem Gelände spazieren.

Piper saß auf seinen Händen und sagte: »Nein, nein, nein,

nein, nein...« Er schüttelte den Kopf und wiegte den Oberkörper leicht vor und zurück.

»Schau mal.« Der Clown zauberte ein Ei aus seinem Ohr. Es klappte auf und ein Schwarm Leuchtkäfer trieb durch den Raum und ließ sich auf Pipers Bett nieder.

»Meine Berechnungen sind weitgehend abgeschlossen, vielen Dank.« Piper wischte den silbernen Glitzer von seinem Bett. »Ich brauche keine Hilfe. Sie können gehen. Sie sind entlassen.«

»Ein Spaziergang in der Sonne. Es ist warm und angenehm draußen. Eine Unterhaltung. Ich möchte mehr über diese Dinge erfahren – die Musik der Sphären, die Berechnungen. Ich möchte alles darüber wissen.« Zuvor war Piper willig mit dem Clown mitgegangen, aber selbst Verrückte haben ein Gedächtnis. Eine große Anspannung baute sich in Luke auf. Er setzte sich neben Piper aufs Bett. Der alte Mann rückte von ihm ab, bis er auf dem Kopfkissen kauerte.

»Laß uns spazieren gehen.« Der Clown streckte seine Hand aus, und Piper wich zurück. Er hatte noch immer nicht aufgehört, den Kopf hin und her zu schütteln. »Nein, nein, nein, nein, nein.«

»Ich habe einen Handel abgeschlossen«, erklärte Luke ihm. »Und du bist ein Teil davon. Es ist wichtig für mich, verstehst du? Mein Leben hängt davon ab. Und Carlas Leben auch.« Er stand auf. »Laß uns gehen.« Er lächelte ein breites, clowneskes Lächeln.

Piper streckte die Arme in die Höhe, die Fäuste geballt, langsam wie die Pantomime eines Gewichthebers. Er öffnete seinen Mund sehr weit. Einen Moment lang hörte man nichts, dann setzte er zu einem wütenden Brüllen an: »Nein, nein, nein, nein, neeeeeeiiiiiin!«

Luke schrie vor Schreck auf, seine Stimme schien den Schrei des anderen zu durchbohren. Er trat auf Piper zu und schlug ihn hart, zweimal mit der Faust, dann noch einmal, voller Wut. Piper taumelte gegen die Wand, rollte übers Bett und fiel zu Boden. Er war sofort wieder auf den Beinen, den Mund blutig und mit dröhnender Stimme.

Ich bringe ihn um, dachte Luke. Jetzt kann ich ihn nur noch umbringen.

Piper zerrte sämtliche Laken von seinem Bett und warf sie in Lukes Richtung. *»Moloch«*, brüllte er. *»Alpha und Omega.«* Seine Kraft speiste sich aus dem reinen Wahnsinn. Er wischte seinen Mund und fuchtelte mit der Faust in der Luft. Unter Decken begraben, spürte Luke den ersten Schlag an der Seite des Kopfes. Piper tänzelte und schwang die Fäuste wie ein Boxer. Er bewegte sich rückwärts zur Tür und war wenig später auf dem Gang verschwunden, einen blutig roten Handabdruck auf dem Rahmen hinterlassend.

Der Pfleger mit dem Tablett blickte ins Zimmer und sah Luke alleine im Zimmer stehen. »Was zum Teufel war denn das?« Er hielt inne, als erwarte er eine Antwort, dann stürzte er den Flur hinunter.

Piper erreichte blutverschmiert und panisch den Fernsehraum, eine Explosion von Schreien. Er rannte aufgeregt und mit fuchtelnden Armen auf und ab. *»Ich mag diesen Clown nicht«*, heulte er.

Gewalt loderte im Zimmer auf, wanderte von Auge zu Auge. Menschen weinten, einige jaulten wie Piper, andere lachten. Plötzlich waren alle auf den Beinen, tanzten, rannten umher, stürzten Stühle um, rissen Vorhänge herunter und zertrümmerten, was sich zertrümmern ließ.

Birdie krähte, den Kopf wie ein Hahn in den Nacken geworfen.

Die Dame mit der Blume kreischte.

Mac, der Huster, hämmerte seine Faust durch die Scheibe des Bildschirms und zerfetzte seine Fingerknöchel. Dabei lachte er, *hek-hek-hek-hek-hek-hek*.

Hundegesicht saß in der Ecke und sah zu. Die ganze Zeit stieß sie rhythmische Schreie aus, während sie eine Hand an ihre Kehle gelegt hatte, um die Schreie zu spüren.

Der Ewige Jude schlurfte hinter Piper her, der den Korridor entlangschoß wie ein menschgewordener Kurzschluß, der alle Angst und Wut mit sich riß.

Pfleger rannten zum Fernsehraum, doch längst hörte man Schreie und das Geräusch splitternden Glases auch aus anderen Teilen der Klinik. Luke folgte den anderen, bis er den kleinen Gemeinschaftsraum mit der Bühne erreicht hatte, wo er immer seine Vorstellung gab. Von hier führte eine Glastür nach draußen auf eine Wiese. Sie war abgeschlossen, doch Luke machte einen Schritt zurück und setzte einen gezielten Tritt auf den Rahmen an, der sowohl die Scheibe wie den Rahmen springen ließ. Zwei weitere Tritte und der Zapfen zersplitterte und fiel zu Boden. Jenseits der Wiese boten Bäume Deckung, dahinter eine geschwungene Mauer. Luke drückte sich an der Mauer entlang, er wußte, daß er so bis zu seinem Wagen kommen würde, der vor dem Tor zur Auffahrt geparkt war. Als er sich durch die Bäume umsah, wirkte das Gebäude wie immer, nur von Ferne erklang Lärm, kaum mehr als ein Säuseln wie das erste frühmorgendliche Zwitschern der Vögel.

Hundegesicht hatte sich ausgezogen, ihre Brustwarzen gerouget und ihr Schamhaar gepudert. In der Hand hielt sie eine Lampe wie einen Knüppel und durchkämmte Zimmer für Zimmer auf der Suche nach zerschlagbaren Spiegeln.

Drei Männer machten Feuer im Gemeinschaftsraum. Sie hatten aus der Küche Streichhölzer und Armladungen von Papier mitgebracht, dazu eine Flasche Spiritus. Die Stühle von Zenos Publikum waren in Reih und Glied aufgestellt. Einer der Männer begann, sie zu Brennholz zu zerkleinern.

Sir Harold Piper rannte aus der Tür aufs Gelände. Er suchte den Clown. Und er suchte diesen anderen Mann, der ihn geschlagen hatte, den Mann mit der Nadel. Den Priester suchte er auch. All sein Wahnsinn, alles Entsetzen und alle Wut kam in einem gewaltigen Energieschub zusammen. Er erkundete das Gelände um die Bäume, wohin ihn der Clown auf ihrem ersten Spaziergang geführt hatte. Er blieb stehen und lauschte sorgfältig, dann lief er ein paar Schritte, um erneut innezuhalten. Aber er hörte nur Dr. Harris, der ihm mit wehendem weißen Kittel durch den Haupteingang gefolgt war.

»Alles in Ordnung«, sagte Harris, trat hinter Piper und faßte ihn bei der Schulter.

Piper fuhr mit anklagend ausgestrecktem Zeigefinger und laut kreischend herum. Er wollte sagen: Warum haben Sie nicht auf mich gehört? Ich hab Ihnen doch gesagt, daß ich den Clown nicht mag. Ich hab es Ihnen gesagt. Warum haben Sie nicht auf mich gehört?

»Warsiinichört?« Den Finger erhoben, den Mund weit offen. *»Ichklonichmag!«* Den Finger erhoben mit dem Arm herumfahrend. *»Warsiinichört?«* Mit einer einzigen, heftigen Bewegung stach er mit dem steifen Finger knöcheltief in Harris Auge, ein elegantes Gleiten, als ob gerade für Unfälle perfektes Timing unerläßlich wäre.

Harris machte einen Schritt zurück, und Piper folgte ihm. Der Arzt ging weiter zurück. Wie jemand, der sich an einem Kleidungsstück eines anderen verfangen hat, versuchte er sich loszureißen. Sie tänzelten auf Zehenspitzen, bis Harris' Schulter gegen einen Baumstamm stieß. Er schrie mit angehaltenem Atem wie ein Kind, und seine Finger tippten unbestimmt auf Pipers Arm, als wolle er ihn auf seine Greueltat aufmerksam machen.

Piper zog seinen Finger heraus und betrachtete ihn. Bevor Harris' Schrei entweichen konnte, fiel er in Ohnmacht und schlug hart auf den Boden auf.

Piper steckte den Finger in seine Achselhöhle und wischte ihn ab wie ein Messer.

»Ich hab es Ihnen gesagt.« Einen Moment lang stand er da, als sei ihm ein Auftrag von entscheidender Bedeutung entfallen; dann besann er sich und setzte sich quer über die Wiese trottend Richtung Gemeinschaftsraum in Bewegung.

Das Feuer loderte auf der Suche nach Brennholz. Rauchschwaden trieben flach über den Boden, gefolgt von kleinen orangefarbenen Leuchtspuren wie Kerzen im Wind.

Piper sprang auf die Bühne und sah in die Kulissen auf der einen Seite – nichts weiter als ein schmaler von einer Verlängerung des Vorhangs verdeckter Raum, der quer über die Bühne lief. Der Clown war nicht da. Piper atmete in wuterfüllter Erwartung durch zusammengebissene Zähne.

Er überquerte die Bühne und sah auf der anderen Seite nach, als vermute er, daß der Clown dort still auf sein Stichwort wartend stehen würde. Niemand... aber er konnte die Truhe sehen, unverschlossen und daneben die Ketten. Piper hustete und ein Rauchwölkchen stieg aus seiner Nase. Er trat in die Kulisse und klappte die Truhe auf. Sie war leer.

Er roch den Qualm.

Hierher wird er kommen, natürlich wird er das. Ein Tag voller schlechter Omen und jetzt dieser Glücksfall. Und wenn er die Truhe öffnet, wird er mich darin finden. Piper faltete die Hände und drückte mit ausgestreckten Armen fest zu. Vielleicht in freudiger Erwartung der Überraschung, die er plante. Es hätte aber auch die Probe für einen Mord durch Erwürgen sein können.

In der Truhe war es dunkel, als er den Deckel geschlossen hatte. Ein säuerlicher Geruch strömte in seinen Rachen und löste starken Hustenreiz aus. Doch er wußte, daß er sich nicht verraten durfte. Mit angewinkeltem Ellenbogen zeigte er mit ausgestrecktem Finger auf den Deckel der Truhe.

»Ich mag dich nicht«, sagte er. »Das hab ich dir doch gesagt.«

Menschen gingen zurück auf ihre Zimmer. Alle waren nervös, aber das Geschrei hatte aufgehört. Es gab noch ein oder zwei kurze Hysterieanfälle, ein oder zwei Weinkrämpfe. Zwei Ärzte verteilten Medikamente; und nach und nach begannen die Drogen zu wirken.

Ein Pfleger fragte: »Wo ist Harris?«

Sein Kollege zuckte die Schultern. »Hast du die verrückte alte Schachtel gesehen, die Titten mit Lippenstift verschmiert und Puder auf ihrem Busch.«

»Die Herzogin.«

»Ist sie wirklich eine Herzogin?«

»Eine Herzogin, Baronesse, Lady... irgendwas in der Richtung.«

Nacheinander kontrollierten sie jedes Zimmer. Die Klinik war zu teuer für große Schlafsäle, zu vornehm für Gemeinschaftsbäder.

»Wo steckt Piper?« fragte einer von ihnen.

Das Feuer wirkte fast wie verärgert. Schmollend züngelte es über den Boden, bis es plötzlich aufloderte, wenn es auf eine Spiritusspur stieß, die entlang der Fußleisten vergossen worden war, bevor es wieder erlahmte. Es schlängelte sich durch den Raum auf der Suche nach etwas, an das es sich klammern konnte. Die Stühle hatten kurz gebrannt und waren dann ausgegangen. Die Brandstifter hatten sich enttäuscht abgewendet. Jetzt sah man nur gelbe Schalensitze unter dünner werdendem Rauch.

Einer der Männer hatte die Spiritusflasche weggeworfen, als er gegangen war. Sie hatte im hohen Bogen eine Fontäne über die Mitte des Zimmers ausgegossen und war bis kurz vor die Bühne gerollt. Das Feuer wußte, wovon es sich nährte, konnte es jedoch nicht erreichen.

Der Clown kam herein. Die linke Hälfte seines Lächelns war ausradiert, die kalkweiße Maske halbiert, die Träne hing schief. Er hatte mit der rechten Hand das Steuer gehalten, in der linken Papiertücher und Crème. Er hatte auf dem Wendeplatz geparkt, zu beschäftigt, sich zu Ende abzuschminken. Tränenspuren liefen ihm bis zum Kinn. Ellwood ließ ihn in der Küche neben dem Waschbecken Platz nehmen und begann, ihm mit einem Schwamm das glückliche Gesicht abzuwischen.

»Er wollte nicht mitkommen. Ich hab ihn da nicht rausgekriegt.«

»Was ist passiert?«

»Er hat angefangen zu schreien. Ich hab ihn geschlagen. Er ist rausgerannt. Dann haben alle angefangen.«

»Was ist mit Piper geschehen?« Ellwood war sanft wie eine Ehefrau, behutsam fuhr er mit dem Schwamm über die Haut, bis er das traurige Gesicht zum Vorschein gebracht hatte.

»Ich weiß nicht, Sie haben ihn gejagt – die Pfleger. Er hat geschrien und gebrüllt. Alle sind durcheinander gelaufen – die Verrückten, die Pfleger. Piper war blutüberströmt und hat gebrüllt...«

»Was hat er gesagt?«

»Es war nur wirres Zeug. Du weißt schon – das Gebrabbel eines Wahnsinnigen.« Ellwood wusch den Schwamm aus und zupfte weiße Flocken aus Lukes Augenbrauen.

Luke saß still wie ein Denkmal. »Wallace«, sagte er, »ich gehe von hier weg.«

»Hat dich irgend jemand dort gesehen?«

»Ich habe mit einem Pfleger gesprochen; auch andere Leute müssen mich gesehen haben. Himmel, was denkst du denn?« Er wies auf sein knallbuntes ausgebeultes Kostüm. »Ich war der einzige Clown, der sich gerade dort aufhielt.«

Ellwood lachte. »Okay«, sagte er. »aber laß dir noch einen Tag Zeit.«

»Nein. Nicht noch mal.«

»Ich rede nicht von Piper. Die Sache ist vielleicht längst verloren; doch vielleicht gibt es noch eine andere Möglichkeit. Wie auch immer, du bist draußen – da gebe ich dir recht. Aber das Letzte, was du jetzt gebrauchen kannst, ist eine unerledigte Angelegenheit – oder? Leute, die dich suchen, um dir Fragen zu stellen.«

»Was hast du vor?«

»Mit ein paar Leuten reden. Sichergehen, daß du aus dem Schneider bist.«

»Wenn sie mich fragen, sag ich einfach –«

»Es ist immer besser, auf Nummer sicher zu gehen«, erklärte Ellwood ihm. Der Schwamm hatte nicht alle Spuren beseitigt.

»Ich kann sagen, er ist ausgerastet, ich kann sagen...«

Ellwood warf ein Handtuch über Lukes Gesicht und begann zu reiben. Er sprach auf den verhüllten Kopf ein. »Du hast nicht getan, worum ich dich gebeten habe. Du hast deinen Teil der Abmachung nicht eingehalten. Aber egal. Du kannst nicht dorthin zurückkehren, das sehe ich ein. Aber du schuldest mir was – klar? Nun mach dir mal keine Sorgen, ich werd dich schon gehen lassen. Zuerst muß ich allerdings mit ein paar Leuten reden, um sicherzustellen, daß alles in Ordnung ist. Es geht nicht nur um deinen Arsch – es geht auch um meinen. Verstehst du?« Er wischte behutsam über Lukes Wange, seine Stimme war sanft. »Du hast einen Aufruhr verursacht. Jetzt steht Piper im Mittelpunkt der Aufmerksamkeit; und, wer weiß, vielleicht auch der Clown. Ich werde einige Gespräche führen, wir warten auf das Okay. Und dann bist du sicher.«

Luke kam sauber unter dem Handtuch hervor, sein Mund ein Strich, seine Augen mißtrauisch glänzend. »Morgen«, sagte er, »morgen noch. Dann bin ich weg.«

»Hör zu, ich geh gern auf Nummer sicher. Vielleicht mache ich mir ja unnötig Sorgen. Ein alter Mann ist gestürzt und schreiend rausgerannt. Er ist verrückt...« Ellwood verließ die Küche und kehrte mit zwei Brandies zurück. »Wir wollen nur sichergehen, daß alle mit dieser Erklärung zufrieden sind.« Er trank. »Morgen ist kein Problem.«

Ellwood sammelte eine Spritze und ein paar Natrium-Penthonol-Ampullen auf dem Tisch ein.

Luke saß regungslos auf seinem Stuhl, in den Händen das Handtuch mit den schmutzigen Resten seines alten Gesichts.

Die Beine der Stühle waren verkohlte Mikadostäbe. Als sie zusammenbrachen, stieb ein kleiner Funkenball in die Luft, und auf dem Boden flackerten drei oder vier bläuliche Flammen auf wie verstreute Münzen.

Eine von ihnen fand eine Schneckenspur aus Spiritus und hüpfte über kleine Tropfen wie Wegplatten bis zur Mitte des Raumes, wo sich ein kleiner See gebildet hatte, der mit einem flüsternden *wuuuusch* aufloderte.

Das Feuer hatte gefunden, wonach es gesucht hatte. Flammen tanzten über den Spiritus, durchquerten geschwind den Raum mit einem Geräusch wie das Reißen einer Plane. Sie stießen auf die Flasche mit der klaren Flüssigkeit, loderten fast drei Meter hoch, verfingen sich im Vorhang und deckten einen Flammenteppich über die Bühnenbretter.

In der Truhe hustete Piper. Er konnte die Hitze spüren.

Durch die offene Tür wehte eine Brise, und das Feuer überschlug sich wie eine Welle. Rauch strömte und kräuselte sich auf der Schwelle. Der Raum erstrahlte in rotgelblichem Licht. Ein Fenster krachte.

Dr. Harris kam durch den Haupteingang, die Hand auf das Auge gelegt, wie jemand, der einen Sehtest macht. Durch seine Finger flossen rote Tränen aus seiner Augenhöhle; seine Wange war mit einer blutigen und gallerartigen Masse verklebt.

Zwei Pfleger und ein Arzt näherten sich der Tür – ein Teil der Mannschaft, die nach Sir Harold Piper suchte. Harris ging an ihnen vorbei, sein intaktes Auge zuckte hin und her wie das eines Flüchtlings. Der Arzt ging ihm nach. Einer der Pfleger sagte: »Irgendwo brennt hier was.«

Die Truhe stand in einem Ofen. Schon waren Teile der Seitenwände verkohlt, dunkle Flocken lösten sich von den Ecken, kleine Flammen liefen wie ein Spitzensaum über die Unterseite.

Der Raum war ein Flammenmeer, riesige Brecher wurden aufgewühlt und schlugen gegen die Wände. Rauchwände trieben wie Unwetterfronten durch die offene Tür und die zerbrochenen Fenster.

Harold Piper wurde gebacken wie eine Forelle, seine Haut kräuselte sich und bildete einen Ausschlag aus winzigen Blasen. Nur die Truhe hatte ihn vor dem Ersticken bewahrt. Schmorend und in Schmerzen gehüllt hatte er das Brüllen des Feuers gehört und geglaubt, daß nun wahrhaftig seine Stunde gekommen war. An einem Tag voller böser Omen, Triumph, Gewalt und Kampf... Seine Stunde des Tods im Leben, die Stunde seiner Wiedergeburt als Anarch und Richter.

Er öffnete den Deckel der Truhe und trat ins Herz des Lichts. Sofort fingen seine Kleider und Haare Feuer. Er wirbelte um die eigene Achse, schneller und schneller, die Arme erhoben, kreiselte er auf die Tür zu. Hinter einer Maske aus Feuer arbeitete sein Mund fieberhaft.

»Moloch! Omega!«

Es gab Gesichter hinter Fenstern, Gesichter hinter Händen, Gesichter zwischen den Bäumen. Birdie kreischte wie ein Ara; die Dame mit der Blume wandte sich ab. Ärzte und Pfleger bildeten in gemessener Entfernung, wo die Hitze erträglich war, einen Halbkreis auf dem Rasen.

Er kam aus der Tür ans Tageslicht, ohne die Gesichter oder die Bäume zu sehen, in Flammen gehüllt, die Arme erhoben wie ein Prophet.

»Moloch!«

Eine große Hitze nahm ihm die Luft zum Atmen und versengte seine Lungen zu Schlacke.

Das Feuer loderte hoch und bildete eine Flammenkrone zwischen seinen Fingerspitzen.

44

Sie zerbröckelte unter seinen Händen. Egal, wie behutsam er vorging – fast verstohlen, als wolle er sie ausziehen, ohne sie aufzuwecken. Es half auch nicht, sich alte Stöcke und Gartenabfälle vorzustellen.

Sie trug eine Seidenbluse und ein dunkleres Designer-Kostüm – taillierte Jacke und knielanger Rock. Es war eigenartig, das zu wissen – das feststellen zu können. Die Kleidung sah aus, als ob eine gründliche Reinigung sie wieder wie neu machen würde. Er knöpfte die Bluse auf und versuchte, den Reißverschluß des Rockes zu bewegen. Er klemmte, aber als er heftig daran zog, trennte sich die Naht bis unten auf.

Pascoe dachte an alle Frauen, die er je ausgezogen hatte.

Er streifte ihr Bluse und Jacke in einem ab und zog dann am Saum ihres Rockes. Marianne brach auseinander, zerbröselte wie gut durchgekocht. Pascoe ging bis zur äußersten Kante des Felsvorsprungs und hockte sich, den Ellenbogen in der Hüfte, das Kinn in die Hand gestützt, wie der Denker von Rodin, in die Sonne.

Stück für Stück beerdigte er sie auf See und stand dann, ihre Kleidung an sich gekrallt wie ein Grabräuber, auf dem Felsen.

Jacke und Bluse würden ihm im Leben nicht passen. Er band sie an den Ärmeln zusammen und ließ sie an seinem Fahnenmast flattern. Den Rock trug er wie einen Poncho, den Kopf durch das Hüftband gesteckt.

Er schauderte und würgte, behielt ihn jedoch trotz minutenlanger Ekelanfälle an. Er stand auf, setzte sich wieder und ging auf und ab, bis er sich dem Kleidungsstück ergeben hatte, so wie sich ein Pferd einem Sattel und einer Decke ergibt. Es roch, wie Pascoe bemerkte, mehr nach Meer als nach allem anderen.

Er setzte sich auf das oberste Felsplateau, den Rücken an

die gebogene Granitwand gelehnt, seine Trinkflasche zwischen den Knien.

Ein Boot fuhr vorbei und ließ seine eigene Fahne flattern.

45

Ellwoods Wut war so satt, daß er hätte würgen können, aber seine Stimme klang leicht und beiläufig.

»Es war nicht, was wir geplant hatten, natürlich. Aber wir haben zumindest den Trost, daß Piper tot ist.«

»Was ist passiert?« fragte Hilary Todd.

»Piper hat es mit der Angst zu tun bekommen. Allem Anschein nach hat er da oben einen Aufruhr angezettelt. Etliche Verletzte und erheblicher Brandschaden. Piper ist in dem Feuer ums Leben gekommen.«

»Wie ist es passiert?«

»Wer weiß?« Ellwood bemühte sich um Schadensbegrenzung. »Vielleicht haben wir ihn einmal zu oft besucht, schwer zu sagen. Er war verrückt – was sagt Ihnen das?«

»Du hast Probleme, Ellwood, wie ich mit Freuden feststelle. Du steckst in der Scheiße. Kannst du sie riechen?«

»Nein, Hilary, das tue ich nicht. Ein kleines Mißgeschick. Gefällt mir auch nicht, und ich wünschte, es wäre anders, aber nicht jede Operation ist erfolgreich, das weiß jeder.«

»Du hast weitergemacht, nachdem wir dir gesagt hatten, daß du aufhören sollst.«

»Oh, ja? Wer hat mir gesagt, ich soll aufhören?«

»Ich.«

»Nein, Hilary, das kann nicht stimmen. Du vergißt offensichtlich alles mögliche, oder nicht? Annie beispielsweise.«

Todd war einen Moment lang still. Ellwood ließ das Schweigen zu. Schließlich fragte Todd: »Du hast die Operation geleitet. Hast du mit jemandem zusammengearbeitet – außer mit Carla Jones?«

»Ein Schläfer«, sagte Ellwood.

»Könnte sein, daß wir ein Opferlamm brauchen.«

»Für das Department.«

»Für das Department, die lokalen Polizeidienststellen, für jeden, der den Knüppel schwingen will. Was ist mit der Jones? War sie ein Köder?«

»Man hat mir hier unten freie Hand gegeben, Hilary. Niemand hat mir etwas anderes gesagt. Ich erstatte dir Bericht, aber ich muß mich nicht erklären oder entschuldigen. Ich weiß, daß dir das stinkt, das ist Pech, aber unsere Beziehung ist die von verdienten Kollegen. Rang hat kaum etwas damit zu tun. Man könnte vermutlich sagen, daß du einen Tick besser dastehst, aber andererseits weiß ich, daß du dein Gehalt mit faulen Drogengeschäften vervierfachst.« Sein Tonfall war noch immer leicht, aber er hatte bereits jeden Vorteil verspielt, den eine leise Stimme ihm möglicherweise gebracht hätte. Wenn es um Hilary Todd ging, war Ellwoods Wut wie ein Knüppel. »Also stell mir gefälligst keine Fragen, von denen du weißt, daß ich sie nur ungern beantworten würde.«

»Weshalb rufst du mich überhaupt an?« Todds Stimme klang hauchig. Ellwood malte sich aus, daß der Mann sich vielleicht selbst bei der Kehle gepackt hatte.

»Ich erstatte Bericht, Hilary; ich erzähle dir, was passiert ist. Und ich habe meinerseits auch ein paar Fragen. Wenn wir uns entschließen, meinen Schläfer gegen unseren Seelenfrieden einzutauschen, können wir dann garantieren, daß die Polizei dicht hält, einen Prozeß unter Ausschluß der Öffentlichkeit, die übliche Pressesperre? Ich sehe die Notwendigkeit eines Schuldigen, aber wir müssen ihn beerdigen. Auf dieser Versicherung muß ich bestehen.«

»Sonst noch was?«

»Wie komm ich mit heilem Arsch aus der Sache raus?«

Todds Lachen klang wie ein Würgen. »Du Mistkerl, Ellwood. Du baust Scheiße, kriegst den Fall abgenommen, was deine Eitelkeit verbietet, deine Eitelkeit und dein Ehrgeiz und deine Angst, dumm auszusehen, also ignorierst du deine Befehle und, *Himmel Herrgott*, baust noch mal Scheiße. Und dann willst du mit sauberen Händen und ohne Gesichtsverlust aus der Sache rauskommen.«

»Also überleg dir eine Antwort auf meine Fragen, Hilary, und ruf mich zurück. Ich bleibe hier. Du kannst mich Tag und Nacht erreichen.«

Ellwood legte lächelnd auf. Scheiß auf Schadensbegrenzung, dachte er. Jedesmal der große Knüppel.

»Ich bin wirklich aufgeregt«, sagte Carla. Sie hatte im Laufe des Tages mit Ellwood telefoniert und wußte, was sie zu tun hatte: *Nur noch bis morgen. Laß ihn nicht entkommen; halte ihn bis morgen hin. Fessel ihn, mach ihn betrunken, fick ihn um den Verstand. Bring ihn gut drauf. Gib ihm das Gefühl, daß es jetzt wirklich passiert.*

Sie hatte gedacht: Du steckst in der Scheiße, Ellwood, ich hatte recht. Du brauchst mich dringend, und eines Tages wirst du dafür zahlen.

»Wirklich aufgeregt«, sagte sie. »Wohin werden wir gehen?«

»Ins Ausland vielleicht. Griechenland oder die Türkei.«

Himmel, dachte sie, der verdammte Hippie-Pfad. Wenn sie noch immer in den Sechzigern leben, weiß man, daß sie über vierzig sein müssen. Sie lächelte, und Luke sah darin ehrliche Zuneigung, was Carla in genau diesem Augenblick auch beinahe empfand. Nicht ganz.

»Führ mir was vor«, sagte sie.

Luke verließ das Zimmer und kam in Frack und Zylinder zurück. Der große Zeno. Er zeigte ihr seine leere Hand, dann eine Tarot-Karte – die Liebenden, deren Opfer vollbracht ist.

Er drehte sein Handgelenk, und die Karte war verschwunden. In seiner offenen Hand lag jetzt ein winziges, rotes

Herz, in etwa so groß wie das einer Taube. Er führte es an die Lippen und ließ es verschwinden. Als er die Hand wieder öffnete, lag darin eine weiße Feder, um Reinheit des Herzens zu symbolisieren.

Er warf die Feder in die Luft, und sie verschwand. Stattdessen war da wie in einer Art Tod und Wiedergeburt ein glänzendes Ei, das aufklappte und Brillianten verstreute, eine Kaskade winziger Lichter. Luke machte einen Schritt nach vorn und gab es Carla.

Der Ring lag in der Mitte und verströmte seinen Glanz: ein zweihundert Jahre altes Stück, vier konzentrische Diamantkreise um einen rosettenartig geschliffenen Solitär. Ein Verlobungsring.

Carla sah zunächst den Ring, dann Luke an. In ihrem Gesicht lag alles, was er darin zu sehen gehofft hatte: Liebe, Hingabe, Hoffnung, Bejahung.

Heilige *Scheiße*, dachte sie. Ohhhhh, Himmel Herrgott noch mal. Ihr war schwindelig vor Entzücken, und sie war höllisch geil.

Sophie rief drei George Roxboroughs an, bevor sie George Roxborough erwischte. »Sind Sie eine enge Freundin von Sam?« fragte er.

»Ziemlich eng, ja.«

»Na, wenn Sie nicht wissen, wo er steckt, wie kommen Sie darauf, daß ich es weiß?«

»Ich mach mir nur Sorgen, das ist alles. Ich dachte, er hätte vielleicht angerufen.«

»Warum?«

»Ich meine – Sie sind der einzige Mensch, der mir eingefallen ist. Wenn ich noch andere Leute kennen würde, mit denen er gesprochen hat, würde ich die auch anrufen.«

»Nein«, sagte Roxborough, »ich habe nichts von ihm gehört.« Er verfiel in Schweigen, und Sophie wollte sich gerade verabschieden. »Er ist ein enger Freund?«

»Das sagte ich schon.« Sophie versuchte, ihn nicht anzufauchen. Ihre Sorge machte sich in schlechter Laune Luft.

»Dann müssen Sie ja wissen, daß er manchmal seltsame Launen hat, Depressionen und eine Neigung, zu viel zu trinken. Manchmal.«

»Ja.« Sophie wollte ansetzen zu sagen, ich bin sicher, daß es das nicht ist, bremste sich aber. Sie konnte weder mit Roxboroughs Hilfe noch mit seinem Mitgefühl etwas anfangen. Sie wollte auch seine Neugier nicht wecken.

Als habe er ihre Vorsicht gespürt, fragte Roxborough: »Sind Sie die neue Frau in Sam Pascoes Leben?« Hinter den Worten klang alkoholisierte Anzüglichkeit durch.

»Es ist ein mies bezahlter Job«, sagte Sophie, »aber irgend jemand muß ihn ja machen.«

Roxborough lachte. »Wenn Sie sich sorgen, könnte ich –« Sophie hatte den Finger auf der Gabel. »Machen Sie sich keine Gedanken, wirklich; kein Problem, ich werd ihn schon aufspüren.«

Die Clubs an der Pall Mall sind für Männer, die Privilegien mögen und Frauen hassen. Sie sind dazu da, Geschäfte anzuleiern und abzuschließen, private Gefälligkeiten und öffentliche Patronage einzufädeln. Und sie bieten jederzeit absolute Vertraulichkeit.

Sir Rodney Bryden nickte, während er Hilary Todd zuhörte. Nichts von dem, was er hörte, überraschte oder besorgte ihn übermäßig. »Was wollen Sie, Hilary?« fragte er. »So schlimm klingt das doch gar nicht.«

»Nicht?« Todd war sich nicht so sicher. »Also, zuerst werfen wir Ellwoods Mann den Wölfen zum Fraß vor?«

»Er wird nie wieder für uns arbeiten?«

»Laut Ellwood nicht.«

»Ellwood ist ein guter Mann. Ich neige dazu, seiner Einschätzung zu trauen. Wenn er sagt, daß wir auf den Mann verzichten können...«

»Und der Rest?«

»Piper und so weiter...?«

»Ja.«

»Das ist schon ein wenig ärgerlich. Ich verstehe, daß wir einen Sündenbock brauchen. Wir können uns keine wie auch immer geartete *Ermittlung* leisten.« Bryden betonte das Wort, als handele es sich dabei um eine empörende Einmischung in Privatangelegenheiten. »Also liefern wir ihnen den Schläfer. Aber davon einmal abgesehen, haben wir die Sache im Griff.« Er las etwas in Todds Gesicht und fragte: »Sie sind doch mit Ellwood zufrieden, oder nicht, Hilary? Da ist doch nichts im Argen, oder?«

»Nein, nichts.«

»Nun, dann holen Sie ihn an Land, und versetzen Sie ihn auf den Kontinent. Piper ist weg, also gibt es hier nichts mehr zu verfolgen.«

»Aber wir gehen davon aus, daß er ein Doppelagent war, oder nicht?«

»Tun wir das?«

»Zwei Tote in Frankreich und Italien...«

»Es wäre nett gewesen, es genau zu wissen. Um ganz sicher zu sein. Der Gedanke, daß uns jemand übervorteilt haben könnte, ist nicht schön, oder? Tatsache ist jedoch, daß wir ziemlich sicher sind, daß er sauber war.«

Einen Moment lang begriff Todd nicht. Er sah aus wie ein Mann, der als einziger einen Witz nicht mitbekommen hatte. Er sagte: »Sauber. Sie haben gedacht, daß Piper wahrscheinlich sauber war.«

»Natürlich hätten wir es gern mit Bestimmtheit gewußt. Aber die Insider waren so oder so verbrannt. Nicht die einzelnen Personen... aber die Operation selbst war seit mehr als einem Jahr allgemein bekannt. Wir wollten wissen, wem Piper Geheiminformationen anvertraut haben könnte, wenn er tatsächlich ein Doppelagent gewesen wäre. Aber was die Plazierung der Insider angeht, das ist eine verlorene Sache.«

Todds Verwunderung schlug in Zorn um. »Aber Sie gehen davon aus, daß er loyal war?«

»Alles in allem, ja.«

»Ich habe eine Operation geleitet, die Ellwood vor Ort durchgeführt hat. Ihr Ziel war es herauszufinden, ob Piper Informationen weitergegeben hat. Man hat mir erklärt, daß diese Erkenntnisse von lebenswichtiger Bedeutung seien. Daß unsere Leute in Gefahr wären.« Todd hatte Probleme, seine Stimme gesenkt zu halten. »Menschen sind ums Leben gekommen. Insider in Frankreich und Italien. Die Vermutung war, daß Piper sie möglicherweise bereits vor Jahren verkauft hatte und sie jetzt den Preis zahlen mußten. Warum, glauben Sie, habe ich Ellwood so unter Druck gesetzt und ihm so viel Spielraum gelassen?«

Bryden nickte. »Ja, das haben sie in gewisser Weise wohl getan. Den Preis gezahlt, meine ich. Aber unseres Erachtens nicht den von Pipers Verrat. Möglicherweise den von Pipers Intrigen – der Intrigen all jener, die die Insider erfunden haben. Damals muß es den Verantwortlichen wie eine großartige Idee vorgekommen sein. Der Krieg war vorbei, die Zukunft ungewiß, also ließ man eine Eingreiftruppe zurück, eine kleine Geheimarmee, die die erste Verteidigungslinie gegen die Kommunisten bilden konnte... die nicht mit Panzern an der Grenze auftauchen würden, so der Plan, sondern als Feinde von innen. Also brauchten wir Leute in hohen Positionen, Leute, die Teil der Machtapparate jener Länder werden würden, Leute, die Dinge in unserem Sinne beeinflussen und sie steuern konnten – nach unserem Gutdünken.« Bryden hielt inne und lächelte.« Nun, es *war* wirklich eine gute Idee; es hat lange genug geklappt. Und dann hat es auf einmal nicht mehr funktioniert – vor allem deshalb, weil es kein Geheimnis mehr war. Europa ist heute ein offenes Buch, Hilary. Also haben wir uns gedacht: Höchste Zeit, die Sache zu beenden, bevor sie...« er zuckte die Schultern, »uns peinlich werden kann.«

»Und was ist mit den Toten?« fragte Todd und ahnte bereits die Antwort.

»Tja, nun, also das waren wir, verstehen Sie.« Brydens Tonfall war leicht entschuldigend.

Er erhaschte den Blick eines Club-Kellners und hob sein leeres Glas.

Todd war übel. Brydens gelassenes Lächeln sagte: *Für wie großartig hast du dich gehalten? Wie wichtig warst du wohl? Kontrolle?* Zum ersten Mal wußte Todd die Antworten: *Nicht sehr.* Er sagte: »Wir. Wir haben sie getötet.«

»*Pour encourager les autres.* Natürlich nicht alle, nur drei, strategisch plaziert. Der Rest ist abgetaucht.« Brydens neuer Drink kam. »Perfekt ausgewählt, verstehen Sie. Die Insider sind verschwunden, bevor irgend jemand wußte, wer sie waren. Aber das wissen *sie* nicht – sie fühlen sich gejagt und gefährdet, also sind sie ungeheuer vorsichtig und bleiben in Deckung. Wir gewähren ihnen im begrenzten Umfang Hilfe, lassen sie aber im rechten Moment wieder auftauchen. Wir mußten den Laden gar nicht dicht machen, das haben sie selbst erledigt. Also haben wir jegliche Peinlichkeit vermieden, scheinbar ohne irgend jemanden oder irgendeine Sache zu verraten. Ich vermute, daß sie sich amüsieren, Sie nicht? Verschwinden, Spuren verwischen, mit falschen Pässen im Zickzack durch Europa gondeln. Wie in der guten alten Zeit.« Er machte eine Pause und täuschte Unbehagen vor. »Wir haben es Ihnen nicht gesagt, Hilary ...«

»Sicher«, sagte Todd, »selbstverständlich. Solange ich glaubte, sie würden wegen Piper sterben, fühlte ich mich unter Druck und habe bessere Arbeit geleistet.«

Bryden gab das mit einer Kopfbewegung zu und hielt dann jedoch rasch inne, als würde er sich nur widerwillig entschuldigen, ohne einen neuen Vorteil herauszuschlagen. »Ich habe gehört, Ihre Assistentin ist verschwunden, Hilary. Sind Sie glücklich darüber?«

»Glücklich?«

»Glücklich, daß es keine Sicherheitsprobleme gibt.«
»Oh, ja«, sagte Todd, »ja. Sehr glücklich.«

Geräusche um zwei Uhr nachts – Schreie und Gelächter auf der Straße, das Reißen und Dröhnen des Verkehrs, splitterndes Glas, Sirenen und Baßläufe.

Sophie packte eine leichte Flugtasche und blickte aus dem Fenster, um nachzusehen, wo sie den Wagen geparkt hatte. In ihrem eigenen Haus war sie sicherer als bei Pascoe, aber um zwei Uhr nachts gibt es in den Distrikten von London Wesen, die hellwach und hungrig sind.

Die Ausfallstraßen brummten vor Verkehr, meistens zwölfrädrige Sattelschlepper, die durch den niedrigen Dunst aus Natrium und Halogen glitten. Sie schaltete das Radio ein und lauschte einer Armee von Schlaflosen, die anriefen, um Dr. Todd ihre Probleme zu erzählen.

Sie fuhr zu schnell, aber mit sturer Gleichmäßigkeit.

Ich habe ein Problem, Doc, ich habe höllische Angst. Jemand, den ich liebe, könnte sterben. Haben Sie je daran gedacht? Haben Sie je mit diesem Gedanken wachgelegen? Er könnte genau in diesem Augenblick sterben.

Ellwood legte den Hörer auf das Kopfkissen und kam mit dem Mund ganz nah heran. »Ja?«

»Du kriegst, was du verlangt hast«, sagte Todd. »Die Leute, mit denen ich gesprochen habe, sind mit deinen Vorschlägen einverstanden.«

»Okay«, sagte Ellwood. »Morgen – sag ihnen, sie sollen darauf vorbereitet sein. Sag ihnen, sie sollen mir bei den lokalen Behörden den Rücken frei halten, absolute Deckung.«

»Brauchst du Verstärkung?«

»Das krieg ich schon alleine geregelt.«

»Was ist mit der Jones?«

»Mach dir keine Sorgen. Sie ist instruiert; sie weiß, was zu tun ist.«

»Schnell und sauber. Sorg dafür, daß alles ohne Probleme abgeht, und dann verschwinde.«

»Ich werde deinen Rat in meinem Herzen bewegen, Hilary, das verspreche ich dir.«

Das Mädchen lachte leise, weil Ellwood während des Anrufs nicht aufgehört hatte, sie zu ficken.

»Hilary – wo werde ich in einer Woche sein?«

»Auf dem Kontinent«, erklärte Todd ihm. »Du gehst als nächstes nach Europa.«

»Sehr nett, eine wirklich nette Idee.«

Nach einer langen Pause sagte Todd noch: »Ich werde einen Weg finden, Wallace. Denk immer daran, daß du mich das hast sagen hören.«

46

Die Fahne und der Fahnenmast stürzten ins Meer. Es war dunkel, doch Pascoe hörte sie fallen. Sein Körper glühte, und Fieber brannte in seinen Augen. Wo der Stoff des Rocks sie berührte, brannte die Haut. Er riß ihn sich vom Leib, genau wie seine Shorts und warf sie der Flagge nach, dann ging er zum Rand der äußersten Felsrippe und ließ sich, die Finger in Felsspalten geklammert ins Wasser gleiten.

Zweimal schlief er so ein. Als er zum ersten Mal aufwachte, schluckte er gerade in gierigen Zügen Meerwasser, beim zweiten Mal hatte er losgelassen, trieb zehn Meter vom Felsen entfernt auf dem Wasser, und war nur durch puren Instinkt nicht untergegangen, während die Brandung an ihm zerrte. Er schwamm vor Anstrengung stöhnend zurück und begab sich in den Schutz der Nische.

Nackt lag er ausgestreckt auf dem nassen Felsen. Ihm war erst heiß, dann kalt; so oder so zitterte er. Ein großer Wutanfall erfaßte ihn, ging jedoch fast unmittelbar in einen Weinkrampf über, und er schlug wild mit den Fäusten um sich und spürte den Schmerz der Risse und Abschürfungen auf seinen Knöcheln. Er empfand ein Gefühl von Verlust, von Trauer und von Reue.

Er wandte sein Gesicht der Granitmauer zu und schlief ein.

Pascoes Träume drehten sich nur um zutiefst praktische Dinge. Er war in einem Restaurant und wartete auf jemanden. Er war hungrig und sehr durstig, aber als er versuchte, etwas zu bestellen, sah ihn der Kellner nicht. Statt dessen ging er zum Nachbartisch und schenkte Getränke für den Mann und die Frau aus, die dort saßen. Pascoe sah den Wein in Nahaufnahme, sah wie er ins Glas floß und an den Seiten hochschwappte. Er war so kalt, daß sich das Glas vom Stiel bis zum Rand mit kleinen Tröpfchen überzog. Das Paar drehte sich zu ihm um und prostete ihm zu. Luke Mallen und Lori Cosgrove.

Luke sagte: »Es ist nur eine andere Art zu sterben«, und sie tranken ihre Gläser bis auf den letzten Tropfen leer.

Pascoe verschloß die Augen vor dem Anblick und schlief ein. Er träumte, er hockte auf einem Felsen weit draußen auf dem Meer, drei kahle Steinlippen vor einer Granitwand, das Rauschen der Wellen, die Schreie der Möwen.

Als er aufwachte, stand der Kellner neben ihm, um die Bestellung aufzunehmen, leicht vorgebeugt und bemüht, ihn zufriedenzustellen. Das Gesicht des Mannes sah aus wie eine schattige Scheibe, weil die Morgensonne direkt in Pascoes Augen schien.

Ein Stück entfernt stand noch ein Mann und streckte die Hand aus wie der Sprecher eines Begrüßungskomitees. Hinter ihm stand ein Mann in einem Schlauchboot, dahinter lag ein kleiner Vergnügungsdampfer im Wasser. Die an der Reling aufgereihten Gesichter waren sprachlos vor Erstaunen.

Sie funkten vom Schiff ans Land, während sie ihn heimbrachten, und er erzählte ihnen die Geschichte von seinem gekenterten Segelboot. Man fand Kleidung für ihn. Er trank zu viel Wasser und erbrach es wieder, dann trank er noch mehr. Zunächst bedeutete ihm die Stimme nichts, genauso wenig wie das Motorengeräusch oder die Planken unter seinen Füßen. Er blickte die ganze Zeit zu dem Felsen zurück, bis er schließlich in seiner Erinnerung größer war als in Wirklichkeit.

Im Steuerhaus aß er fünf Schachteln Kekse und ein wenig Kuchen. Es war mehr, als er wollte.

Weil sie ihn alle beobachteten, ihm zujubelten und ihn anlächelten, schien ihm die Menschenmenge am Kai voller vertrauter Gesichter.

Er kam an Land und wurde von Hand zu Hand gereicht, ein berühmter Glückspilz, aber in seinem Fieberwahn erlebte er den Augenblick nur als eine Fata Morgana aus Bildern und Tönen.

Der feste Boden unter seinen Füßen schwankte. Autos hupten, und die Möwen schrien noch immer, um ihn daran zu erinnern, daß er nicht weit gekommen war.

Eine Stimme fragte: *Wer war es?* als ob das jemand wissen könnte.

Masten und Segel, Sonnenlicht, das sich in den Fenstern der Gebäude am Boulevard spiegelte. Eine Zigarette zwischen seinen Fingern, die erste seit acht Jahren.

Sophie, die den Kai entlang auf ihn zukam, nur ein Gesicht in der Menge.

47

Illusionist, Magier, Entfesselungskünstler und jetzt Wahrsager. Als er in den Spiegel blickte, sah Luke die Zukunft. Sein altes Gesicht war auf einer Seite der Scheibe, sein neues auf der anderen. Die Züge waren dieselben, aber sonst war alles anders.

Ein anderer zu werden, war so einfach wie wunderbar. Ein neuer Paß, ein neuer Name, Bankkonten, Geburtsurkunde: das war der leichte Part. Das Wunder war Carla.

Er konnte sie oben hören, ihre unregelmäßigen Schritte, während sie hin- und herging. Wenige Minuten zuvor hatte Ellwood angerufen und gesagt: »Es ist alles in Ordnung. Ich bin unterwegs. Mach dich zur Abreise fertig.«

»Mach dich zur Abreise fertig«, hatte Luke zu Carla gesagt, als gebe er eine verschlüsselte Botschaft weiter.

Der Spiegel zeigte Luke nicht die Einzelheiten seiner Zukunft mit Carla; diese Geschichte würde sich nach und nach entwickeln. Aber er sah einzelne Augenblicke – Bilder, die zwischen dem Glas und dem Quecksilber aufwallten.

Sie begannen mit einem Bild aus der Vergangenheit, im Grunde genommen die erste Minute ihres gemeinsamen Lebens. Er sah Carla am Strand, zusammengekauert im Windschatten eines Wellenbrechers, ihr Gesicht leer und kalt wie das Meer.

Dann sah er sie gemeinsam an einem anderen Meer entlanglaufen – war es das Mittelmeer? – sie hatte sich bei ihm untergehakt, ihr Hinken ließ ihre Hüften bei jedem Schritt sanft gegeneinander schlagen.

Er sah Facetten eines alltäglichen Lebens arrangiert wie ein Stilleben: langweilige, gewöhnliche Haushaltsgegenstände, die jeder besitzen konnte.

Die Bilder stiegen auf und verblaßten wieder; doch er und Carla waren nie getrennt. Er sah ein Picknick auf einem Hügel, dann einen Garten zur Abendzeit, in dem zwei Menschen den ersten Drink des Tages genossen.

Er sah ein Zimmer, in das all ihre Habseligkeiten wirklich gehörten, und das war das Letzte, was er sah, bevor er endlich das Spiegelbild von Wallace Ellwood erblickte, der eine Pistole auf ihn gerichtet hielt.

»Die Sache ist die«, sagte Ellwood, »ich habe gelogen. Und das nicht zum ersten Mal.«

Luke wandte sich langsam um. Sein Instinkt ließ ihn vom Fuß der Treppe zurückweichen, wo Carla jeden Moment auftauchen konnte. Er war wie ein Vogel, der eine Verletzung vortäuscht, um den Jäger vom Nest wegzulocken.

»Setz dich«, befahl Ellwood. Er wies mit der Waffe auf einen Stuhl in der Mitte des Zimmers. Beide Männer hörten Carlas Schritte im ersten Stock. Sie sprachen leise wie Eltern, die ihr schlafendes Kind nicht aufwecken wollen.

»Wallace ...«

»Der Trick ist – nicht zu verlieren. Es gibt immer einen Verlierer. Immer. Der darf man nicht sein. Das ist meine einzige Regel, verstehst du? Es ist die einzige Regel überhaupt. Sei nie der Verlierer.«

»Wallace ...«

»Und so geht es jetzt weiter ... Nicht mehr lange – ziemlich bald sogar – werden ein paar Leute kommen, die ganz so aussehen wie Polizisten, und dich aus meinem Leben entfernen. Tschüß dann.« Er winkte ihm fröhlich zu; die Waffe bewegte sich nicht. »Irgend jemand muß schuld sein an dem, was oben in der Klinik auf dem Hügel passiert ist, irgend jemand muß die Verantwortung übernehmen. Warum? Weil die Welt so funktioniert. Frag mich nicht – ich hab es selbst nie verstanden.« Ellwood schüttelte den Kopf. »Wie dem auch sei, du bist derjenige, du bist der Sündenbock. Pech.«

»Wallace, laß Carla laufen.«

»Sicher.« Ellwood schien ihn kaum gehört zu haben. »Wenn alle erst einmal wissen, daß jemand *schuld* ist, werden sich die Dinge entspannen. Das Problem ist nur, daß wir uns meines Erachtens nicht auf deine Diskretion verlassen können. Oder doch?« Er machte eine Pause, als erwarte er eine Antwort. »Die Zukunft wird also ein wenig anders aussehen, als du sie dir erträumt hast.«

»Laß sie laufen. Sie kann nichts verraten – sie weiß nichts. Es würde die Dinge nur komplizieren, oder nicht? Laß sie laufen.«

»Sicher, okay. Es gibt da etwas, was ich dir sagen will. Etwas über die Vergangenheit.« Oben wurde eine Tür geöffnet und wieder geschlossen. Bei dem Geräusch hob Luke ruckartig den Kopf. Als er Ellwood wieder ansah, hatte der den Blick nicht von ihm gewendet. »Über die Vergangenheit. Über Lori.«

Lukes Augen begannen im Zimmer umherzuschweifen. Er suchte nach einer Möglichkeit, Carla zu warnen.

»*Sieh mich an.*« Ellwoods Stimme war ein wütendes Zischen. »Schuld. Darüber reden wir doch, oder nicht? *Fehler*. Es ist nur gerecht, daß du dieses beschissene Durcheinander ausbaden sollst, Großer Zeno, du *Arschloch*, denn wenn du nicht angefangen hättest, über die Vergangenheit nachzugrübeln, wärst du vielleicht in der Lage gewesen, dich auf das zu konzentrieren, was *ich*, zum Teufel noch mal, hier und jetzt von dir wollte.«

Luke versuchte sich vorzustellen, was Carla gerade machte. Sie war jetzt still; ihre Schritte hatten den Flur durchquert und im Schlafzimmer haltgemacht.

»Nun, es gibt etwas aus der Vergangenheit, das du wissen solltest.« Ellwood wirkte jetzt ruhiger; er begann zu lachen, als habe er sich an etwas so Komisches erinnert, daß all die Jahre der Pointe nichts anhaben konnten. »Du hast gedacht, ich wäre ein Doppelagent. Möglicherweise hast du auch geglaubt, ich täte es nur des Geldes wegen oder weil ich auf Nummer sicher gehen wollte. Vielleicht hast du auch gedacht, daß es mir einfach einen Kick gegeben hat. Nun, damit wärst du der Wahrheit sicherlich am nächsten gekommen – Verrat zum Vergnügen. Das gefällt mir. Ein großartiger Gedanke. Aber so war es nicht.«

Carla durchquerte das Schlafzimmer, ging zur Tür, machte dann noch einmal kehrt. Luke sah sie vor der Schminkkommode stehen. Er hörte den Hocker vor dem Spiegel über den Boden schrammen und stellte sich vor, wie sie in den Spiegel blickte.

»Du hast Lori gebumst. Loris Ehemann neigte zu Indiskretionen, und Lori konnte dir so einiges erzählen. Bettgeflüster. Sachen, die der Bewegung helfen konnten. Eine gute Idee – meine Idee. Du bist zur Beichte gegangen und hast Tom Carey erzählt, was du gehört hattest. Er hat es dann weitergegeben. Chinesisches Geflüster... oder eigentlich eher russisches. Und alles von mir eingefädelt aus Bock oder für Geld oder für die gute Sache. Außer...« Ellwoods Lachen kehrte zurück, ein plätscherndes Kichern, ein Witz, der fast zu gut war, um ihn mit einem Fremden zu teilen. »Außer daß ich etwas ganz anderes eingefädelt hatte. Was ich mir ausgedacht hatte, war nämlich noch viel schlauer. Weißt du wie? Paß auf – der Colonel wußte von dir und Lori. Es war ihm egal. Ich will dir was erzählen. Zwei Abende nach Loris Selbstmord hat der Colonel eine kleine Feier gegeben – nur für uns beide, Champagner, ein Bißchen Koks und ein paar Mädchen, die wir gefickt haben, bis ihnen die Möse gebrannt hat, oh ja, wir hatten eine Menge Spaß, und der Colonel hat so gelacht, daß ich Angst hatte, er könnte sich einen Bauchmuskel zerren.« Schadenfroh perlte das Kichern wie feiner Schaum von seinen Lippen.

Luke versuchte, sich vorzustellen, was Carla in ihrem Spiegel sah, dann versuchte er, es zu vergessen – sie würde ihre eigenen Bilder von ihrer gemeinsamen Zukunft sehen.

»Hast du's mittlerweile begriffen, Großer Scheiß Zeno, du dummes Arschloch? Kapierst du, was das bedeutet? Er wußte Bescheid. Es war ihm egal. Lori hat dir erzählt, was der

Colonel ihr erzählt hat. Und er hat ihr erzählt, was ich für deine Ohren bestimmt hatte. Was ich für Careys Ohren bestimmt hatte. Was ich für die Ohren von sämtlichen Wichsern in eurer revolutionären stillen Post bestimmt hatte. Desinformation verstehst du? Nicht nur Informationen, die Müll waren, sondern übler Müll, *schädlicher* Müll. Die Art Mist, die Leuten an den Schuhsohlen klebt und erst auf dem Teppich wieder abgeht. Und du hast es weitergegeben, o ja, und deine Freunde, die Baby-Revolutionäre fanden es urkomisch, daß du das Militär gefickt hast, und du hast gedacht, daß es urkomisch war, daß sie keine Ahnung hatten, was *wirklich* abging, und ich hab alles so tatkomisch gefunden, daß ich kaum einen Scheißbericht schreiben konnte, ohne mir in die Hosen zu pissen.«

Carla stand vom Hocker auf – Luke hörte wieder ihre Füße auf dem Boden – und ging zur Tür. Die Tür wurde geöffnet.

Ellwood beobachtete Lukes Gesicht, spähte es aus, als suchte er nach Zeichen eines Zusammenbruchs.

»Warum läßt du sie nicht einfach laufen?« fragte Luke.

Ellwood runzelte die Stirn. »Hast du gehört, was ich dir gerade erzählt habe?«

»Ja, hab ich. Ich bitte dich, sie hat damit nichts zu tun, warum läßt du sie nicht laufen, bevor irgend jemand hier aufkreuzt?«

»Es war alles ein großer Schwindel«, sagte Ellwood. »Ich hab euch reingelegt. Lori war nichts weiter als ein Kanal für Desinformation.«

»Was bleibt«, sagte Luke, »ist die Tatsache, daß Lori tot ist. Wir haben sie getötet. Das war die Vergangenheit. Das war das Schlimmste. Deswegen habe ich Nick und Marianne und Sam Pascoe getötet. Um das Schlimmste auszuradieren. Du erzählst mir Sachen, von denen ich nichts wußte, aber sie sind mir egal. Ich hab gehört, was du gesagt hast – es war alles ein Schwindel. Du hast uns reingelegt. Brilliant. Ich hab gedacht, ich bringe Carey Geheimnisse, während es in Wirklichkeit Lügen waren. Wie clever von dir. Carey hat geglaubt, er würde gutes Material nach Ostberlin liefern, während es in Wirklichkeit Müll war. Hut ab, Wallace. Was ich sagen will – es ist mir egal. Damals wäre es mir nicht egal gewesen, aber jetzt macht es keinen Unterschied mehr. Verstehst du nicht? Es ist bloß Politik und die ganze Scheiße. Es zählt nicht, es hat nie wirklich gezählt.«

Carlas Schritte auf der Treppe.

»Laß sie gehen – warum läßt du sie nicht einfach laufen?«

Ellwood schüttelte verwundert den Kopf. »Ich hab es noch nie selbst gesehen«, sagte er, »und ich kann mich auch nicht erinnern, oft davon gehört zu haben.« Er betrachtete Luke, wie ein Schmetterlingssammler ein seltenes Exemplar unter Glas betrachten würde. »Selbstlose Liebe – ist es das? Du hast getötet, um sie zu behalten, aber jetzt läßt du sie gehen. *Selbstlos*. Du läßt sie gehen, wenn ich es tue. Hab ich das richtig verstanden?«

Luke nickte. »Was immer du von mir willst. Laß sie einfach laufen.«

Jetzt wurde Ellwood endgültig vom Lachen übermannt. Er wußte, daß er den Blick nicht von Luke wenden durfte. Den Kopf unbewegt, die Waffe weiter auf Luke gerichtet, brüllte er vor Lachen, den Mund weit aufgerissen, die Augen zu Schlitzen verengt, die Muskeln in seinem Gesicht in Falten um sein nicht enden wollendes Gelächter.

»Oh, Scheiße«, sagte er, »oh, Scheiße...« Er wischte sich mit der freien Hand eine Träne aus dem Auge, während er weiterhin starr Lukes Brust fixierte. Unter dem metallgrauen Haar und in den Geheimratsecken runzelte sich seine Stirn vor purer Schadenfreude, die graue Haut schien einen Moment lang beinahe zu glänzen. »Oh, *Scheiße*, das Beste hab ich für dich echt bis zum Schluß aufbewahrt.«

Carla kam ins Zimmer, kreuzte Lukes Blickrichtung und ging breit lächelnd auf Ellwood zu, als sei ein von Gelächter erfüllter Raum genau das, was sie erwartet hatte.

Es gibt Models, deren Gesicht auf die Kamera wartet. Ohne Make-up und ohne Konzept ihrer eigenen Schönheit wirken sie verhärmt und unansehnlich. Dann stehen sie vor einem Hintergrund, fachmännisch geschminkt, mit wehendem und zerzaustem Haar, und ihre Gesichtszüge werden plötzlich lebendig, Schmuck, Parfüm, und wie auf den Leib geschneiderte Kleider machen ihre Körper geschmeidig und voller Energie.

Luke begriff, daß das, was Carla im Spiegel gesehen hatte, keine Vision ihres neuen Lebens gewesen war, sondern ihre eigene Schönheit, die unter ihren Händen erblühte. Als sie den Raum durchquerte, legte sie als brutale Erinnerung ein paar hinkende Zwischenschritte ein.

Ellwood stand da und beobachtete Lukes Gesicht. Sein bellendes Gelächter schwoll an, bis er ganz außer Atem war. Neben ihm stand Carla mit strahlendem Gesicht.

Luke war wie zu Stein erstarrt. Er sah Carla an wie ein Mann, der soeben eine Vision seines eigenen Todes hatte.

Ellwoods Gelächter erstarb in letzten bruchstückhaften Glucksern, dann legte sich eine schreckliche Stille über den Raum. Ein Schluchzen wäre erträglicher gewesen oder ein Fluch. Es war wie der Moment vor einer Hinrichtung.

Der Augenblick machte Carla atemlos. Auch sie beobachtete Luke.

Ein Pulsieren zuckte in ihren Schläfen wie kleine elektrische Stromstöße: Macht und Lust machten sie schwindelig. Sie trat näher zu Ellwood, doch sie sah weiterhin Luke an.

Ellwoods Lachen gluckste noch einmal kurz hoch und ließ den Lauf seiner Waffe hüpfen. Er konnte ihre Erregung wie eine Wärmequelle spüren. Als sie neben ihm stand, legte er eine Hand um ihren Hals und ließ sie auf ihre Brust wandern. Sie legte ihre Hand auf seine und bewegte sie beide; sie spielte mit ihrer Zunge zwischen den Zähnen, die halb geschlossenen Augen weiter auf Luke gerichtet.

Carla und Wallace Ellwood. Eine seitliche Umarmung,

seine Hand glitt über ihren Körper, sie berührten und rieben sich aneinander, wie ein glückliches Paar, das reisefertig für ein letztes Photo posierte und es kaum erwarten konnte, ins nächste Bett zu kommen.

Beide beobachteten sie Luke, wandten den Blick nicht eine Sekunde lang von ihm.

48

Pascoe lehnte sich in den Beifahrersitz von Sophies Wagen zurück und sagte zu allem nein.

Nein, ich fühle mich nicht gut. Nein, ich fahre nicht nach London zurück, noch nicht. Nein, ich werde die Sache nicht einfach sein lassen, genug ist genug. Das Schwein hat mehrmals versucht, mich umzubringen, und jetzt bin ich endgültig wütend. Nein, ich glaube nicht, daß es ungefährlich ist, zu dem Haus zu gehen, aber ich tue es trotzdem. Nein, ich weiß nicht, was ich dort vorfinden werde, aber ich hoffe, daß es Luke Mallen ist, weil ich ihm sein beschissenes Genick brechen will.

Und nein, du kannst nicht mitkommen.

Am Kai standen immer noch Menschen, die auf das offene Meer und die Küstenstraße wiesen und Pascoes Geschichte erzählten.

»Was ist mit deinem gekenterten Segelboot?«

»Ich soll mich mit irgendeinem Typ von der Küstenwache treffen.«

»Und gehst du hin?«

»Natürlich nicht.«

»Welchen Namen hast du angegeben?«

»John Kelly.«

»Wer war denn das?«

»Mein Großvater mütterlicherseits. Ich habe gesagt, du kannst nicht mitkommen.«

Sophie hatte den Wagen angelassen und fuhr die Küstenstraße entlang. »Ja, das habe ich gehört. Ich komme trotzdem mit.«

»Halt den Wagen an«, sagte Pascoe.

»Du kennst ja den Weg und kannst mir sagen, wie ich...«

»Halt an!«

»...fahren muß.«

Sie fuhren noch etwa zehn Minuten weiter. Schließlich sagte Pascoe: »Wir hätten vor einer Meile abbiegen müssen.«

Sie waren zu dritt, ein Fahrer und zwei weitere Männer, die mit Luke hinten saßen. Luke war mit Handschellen an einen von ihnen gefesselt. Die Anweisung lautete, die Angelegenheit mit oberster Priorität und ohne Einschaltung lokaler Behörden zu regeln; man sollte den Gefangenen direkt nach London bringen. Sie fuhren durch enge, auf beiden Seiten von hohen Hecken gesäumte Straßen. Er saß aufrecht, mit offenen Augen, den Mund aufgerissen zu einem Schrei, der ihm unversehens entfuhr.

Es war ein Ton abgrundtiefer Verzweiflung.

Carla setzte Kaffee auf, während Ellwood ein paar Anrufe erledigte. Er sagte: »Mallen ist unterwegs.« Dann, nach einer Pause: »Nein, noch besser, erzähl ihnen, daß er in London aufgegriffen wurde. Schon sehr bald wird sich niemand mehr dafür interessieren. Die Polizei hier am Ort kann dann immer noch informiert werden.«

Er legte lächelnd auf und sagte: »Du Ober-Arschloch.«

»Erzähl mir von ihm«, sagte Carla. »Von Todd.«

»Du arbeitest doch auch mit ihm zusammen. Du kennst ihn genauso gut wie ich.«

»Nein, Wallace, ich habe den starken Verdacht, daß es Dinge gibt, von denen ich ganz bestimmt *nichts* weiß.«

»Du suchst nach einem kleinen Vorteil.«

»Ich suche irgend etwas. Ich weiß nicht was. Ich hoffe, du wirst mir helfen, es zu finden.«

»Wie fühlt es sich an – wenn du daran denkst?«

»Ein bißchen wie Geld, ein bißchen wie Macht.«

»Wir sind beide aus demselben Holz geschnitzt«, sagte Ellwood, »ganz offensichtlich. Ich weiß, was du willst. Ich nehme auch an, daß du es irgendwann finden wirst. Aber sei vorsichtig. Vielleicht gehört es ja schon einem anderen.«

»Ich würde dir nichts wegnehmen, Wallace. Glaubst du das? Ich würde dich nicht bestehlen.«

Natürlich würdest du das, dachte Ellwood. Auf den Moment warte ich schon. Und wenn es so weit ist, tret ich dir die Titten ab, *Nutte*.

Luke war jetzt still. Der Mann, an den er gekettet war, hatte ihn mit seiner freien Hand ein paarmal geohrfeigt. Luke machten die Schläge nicht viel aus; er dachte vielmehr über etwas nach. »Die Welt ist ein Kreis«, sagte er.

Der Mann hatte eine leicht vorstehende Narbe, die von seiner Schläfe nach innen verlief und die Augenbraue halbierte. »Was ist?«

»Ein Kreis.«

»Ja, das hab ich auch verstanden.«

»Was sagte er?« fragte der Fahrer.

»Die Erde ist rund.«

»Das stimmt...« Der Fahrer nickte, als wolle er dieser Meinung beipflichten. Alle drei Männer lachten.

»Ich hab es mit Lori gemacht«, sagte Luke, »und jetzt hat jemand dasselbe mit mir gemacht. Das Böse bewegt sich im Kreis, die Vergangenheit geht im Kreis. Man setzt etwas in diese Welt frei, etwas Schreckliches, und irgendwann bekommt man es zurück, man bekommt es immer zurück.«

Der dritte Mann sagte: »Halt die Klappe, verdammt noch mal. Fang lieber wieder an zu jaulen, in Ordnung?«

Sie fuhren durch eine kleine, drei Meilen von Longrock entfernte Stadt mit einem Industriehafen. Die Straße fiel steil zu dem verschmutzten Kai ab, wo eben ein gedrungener Frachter einlief. Der Fahrer hielt an einer roten Ampel auf der Kuppe des Hügels und beobachtete, wie die Mannschaft des Frachters festmachte. »Gib ihm eine Pille«, sagte er und beobachtete die Ampel. »Dann kann er während der Fahrt schlafen.« Er sah sich über die Schulter um, die Fingerspitzen am Steuer. »Gib ihm K.O.-Tropfen.«

»Wie ein Ei«, sagte Luke, »doch es symbolisiert keinen Neuanfang.«

Der dritte Mann wandte sich um und schlug Luke verärgert mit dem Handrücken ins Gesicht wie einen ungehorsamen Hund. »Das reicht«, sagte er.

»Es bedeutet nur, daß das Vergangene wiederkehrt, alte Sünden kehren wieder, alte Schmerzen...«

Ein zweiter Schlag ließ Lukes Kopf zurückfedern.

»Gib dem Mistkerl eine Pille«, drängte der Fahrer, die Augen auf die rote Ampel gerichtet.

»Wie ein Ei.«

Der Mann wandte sich zu ihm, die Faust geballt, und Luke beugte sich vor und zog ein Ei aus seinem Ohr. Der Fahrer bemerkte die plötzliche Stille, konnte sie jedoch nicht deuten.

Die zwei Männer auf der Rückbank betrachteten das Ei, als hätten sie noch nie im Leben etwas Vergleichbares gesehen, als ob ihnen die Worte fehlten. Zwei Sekunden verstrichen. Dem Mann mit der geteilten Augenbraue fiel auf, daß Luke das Ei mit seiner angeketteten Hand hervorgeholt hatte; als er versuchte, sich zu bewegen, bemerkte er, daß seine Arme hinter dem Rücken gefesselt waren. Er beobachtete, wie das Ei aufklappte.

Der dritte Mann sagte: »Nicht...«

Der Fahrer löste die Bremse und ließ den Motor aufheulen.

Als ein blendendes Licht den Wagen erfüllt, war Luke der einzige, der die Augen geschlossen hatte. Ein Knall ertönte wie ein Schuß, und das karbid-weiße Licht flammte inmitten des Krachens auf.

Ein gewöhnlicher Böller in einem geschlossenen Raum – Taubheit und Blindheit griffen um sich. Luke hechtete über den Schoß des mit Handschellen gefesselten Mannes und öffnete die Tür, als der Fahrer aufs Gaspedal trat. Die Tür schlug gegen seine Schienbeine, und er war frei.

Der Fahrer stieg in die Bremsen, konnte jedoch nichts sehen. Der Wagen prallte gegen einen entgegenkommenden Kleinlaster, und er wurde auf den Beifahrersitz geschleudert. Hinten öffnete der dritte Mann die Tür, wollte aber nicht in das weiße Nichts springen, das ihn umgab.

Der Fahrer fand das Steuer, ohne zu wissen, wohin oder wogegen die Fahrt ging. Er riß den Wagen herum, der seitlich in einen Lieferwagen krachte. Die drei Männer wurden herumgewirbelt wie Turner mit gebrochenem Rückgrat. Der Wagen drehte sich um seine eigene Achse und trudelte wieder auf den Abhang zu. Der Mann mit der Narbe an der Braue saß jetzt aufrecht, gefesselt und blind, im Knäuel seiner beiden Begleiter.

Alle Fahrzeuge auf dem Hügel hielten an. Gesichter hinter Fenstern beobachteten, wie ein Wagen scheinbar ohne Fahrer und mit nur einem Passagier an ihnen vorbeischoß. Er rammte auf der einen Seite Kotflügel, Stoßstangen und Scheinwerfer, auf der anderen den Bordstein, blieb noch ein letztes Mal aufrecht stehen, bevor er endgültig den Hügel hinabschleuderte.

Jetzt war es an Sophie, nein zu sagen.

Ihr »Nein« war ziemlich direkt, ein einzelnes, klares »Nein«. Sie hatte ohne jede Warnung am Straßenrand gehalten, die Handbremse angezogen und angefangen zu weinen, noch bevor sie richtig zum Stehen gekommen waren. Sie hatte ihr Gesicht mit den Händen bedeckt und geweint – heiser und laut – als ob ihr Entsetzen und ihre Angst sie die ganze Nacht auf der Fahrt nach Westen und dann den Vormittag über, als sie am Kai gewartet hatte, verfolgt und auf dieser Straße oberhalb des Meeres schließlich doch eingeholt hätten.

Pascoe hatte nur abgewartet und zugehört: »Du hättest überall sein können, tot, überall, ich hatte keine Ahnung, ich bin fünf Stunden gefahren, ohne zu wissen, was ich vorfinden würde, und ich wußte nicht, ob du der Mann warst, den sie gerettet hatten, und ich stand auf diesem Scheißkai inmitten der scheiß Menschenmenge, die alle so scheiß beschäftigt taten und jeden Augenblick genossen haben, und es hätte jeder Idiot sein können, den sie von irgendeinem Felsen eingesammelt hatten, aber dann warst du es wirklich, und ich war schon im Hotel und in der Bar und auf dieser beschissenen Werft gewesen und hab ständig gedacht, vielleicht ist er hier, vielleicht muß ich jetzt sterben, und dann steigst du von diesem Boot wie der beschissene Robinson Crusoe persönlich...«

Sie hatte sich von ihm abgewandt und den Oberkörper hin und her gewiegt. Schluchzer hatten ihren Körper geschüttelt, bis er gesagt hatte: »Soll ich fahren?« Sie hatte sich umgedreht und ihn geschlagen, mit aller Wut, die in ihr war, mit der geballten Faust gegen seine Schulter getrommelt.

»Soll ich fahren?«

»Nein«, sagte Sophie.

Als sie weiterfuhren, sagte er: »Ich liebe dich, aber ich bin noch nicht ganz so weit.«

Ellwood fand Carla im Schlafzimmer. »Laß uns hier abhauen«, sagte er.

Sie hatte ein paar Gegenstände auf dem Bett drapiert, wie eine Ausstellung im Haus eines berühmten, aber lange verstorbenen Mannes. Drei Jonglier-Kugeln, ein Fächer aus Wurfmessern, ein Nest aus bunten Seidenschals, zwei Kartenspiele, ein Ei, das einen Ring enthielt. »Der Rest muß in der Truhe gewesen sein«, sagte sie. »Was sollen wir damit machen?«

»Es kommt jemand zum Aufräumen«, erklärte Ellwood ihr. »Techniker – weißt du? Abfall- und Spurenbeseitigung. Die werden sich darum kümmern.«

»Ausradieren«, sagte Carla. »Das ist es doch? Kein Fetzen, kein Körnchen, kein Stückchen.«

Ellwood sah sie an und runzelte die Stirn. »Genau. Gibt's da irgendein Problem?«

Carla lachte. »Es war eine großartige Vorstellung, Wallace. Du hättest mich sehen sollen. Ich war verdammt *brillant*. Und jetzt ist die Show vorbei, und ich komme mir vor wie eine Schauspielerin in einem dunklen Theater.« Sie warf eine der Kugeln in die Luft und klatschte zweimal, bevor sie sie wieder auffing. »Kein Applaus, keine Kritiken, keine Fans am Bühneneingang.« Sie legte die Kugel aufs Bett, sorgfältig an ihren Platz, und folgte Ellwood zur Tür.

»Memories«, sang sie, *»like the corners of my mind... da-da, da-da, da-da... memories – of the way we were...«*

»Nimm irgendwas mit«, sagte Ellwood. »Als Andenken.«

Carla ließ die Tür für die Techniker offen stehen. »Was, zum Teufel, sollte ich wohl behalten wollen?« fragte sie.

Luke hatte kletternd und rennend den Stadtrand erreicht, das flache Gebiet um die Hafenpromenade hinter sich gelassen und stieß jetzt auf den Pfad an der Küste. Er blieb stehen, um zu Atem zu kommen und ließ seinen Blick über die riesige Fläche des Ozeans wandern. Er konnte Windrush Head erkennen und direkt unterhalb die schmale Landzunge von Meer's Point wie ein rötlicher Wellenbrecher.

Er begann zu laufen. Der Böller klang immer noch wie ein leises Wimmern in seinen Ohren nach und vermischte sich mit dem Geräusch des Meeres wie Wind, der durch einen zerklüfteten Felsen pfeift.

Er dachte an gar nichts oder, was genau dasselbe war, an

alles – das Hirn so übervoll mit Vergangenheit, mit Schmerz und Haß und Not und Verlust, daß er keinen einzigen klaren Gedanken fassen konnte. Er ging rein instinktiv vor.

Er rannte gut zwei Meilen ohne Pause den Pfad am Kliff entlang, bis er den Punkt oberhalb der kleinen Bucht erreichte, in der zwei Felsen in den Kieseln am Strand verankert waren – einer wie ein Seehund, der durch die Brandung robbte, der andere wie der Buckel einer Katze. Er legte seine Hände auf die Knie, beugte sich vor und spuckte. Er spürte einen Schmerz unterhalb der Rippen und Krämpfe in den Beinen.

Er wartete, seine Brust bebte vor Anstrengung. Reiner Instinkt – sonst nichts. Später würde er vielleicht die Zeit haben, über alles nachzudenken.

Pascoe und Sophie standen vor der Tür wie Freunde, die auf einen kurzen Besuch vorbeigekommen waren. Er war zweimal ums Haus geschlichen und hatte niemanden gesehen, weil Carla und Ellwood die Treppe hinabgekommen waren, als Pascoe gerade nicht ins Haus sehen konnte, und dann im Flur verschwunden waren.

Ellwood hörte, wie die Tür aufging, und zog seine Waffe. Als Pascoe hereinkam, feuerte er wie im Reflex – ohne nachzudenken, er hätte jeden töten können. Die Kugel streifte Pascoe, drang durch ein Stück Fleisch direkt oberhalb seiner Hüfte. Pascoe plumpste hart auf den Boden im Flur. Sophie stand im Türrahmen wie ein Gast, der merkt, daß er am falschen Abend gekommen ist, als er die überraschten Mienen seiner Gastgeber sieht. Ellwood winkte mit dem Lauf der Waffe, als wollte er sagen: Kommen Sie ruhig trotzdem herein; es ist reichlich für alle da. Carla schloß die Tür.

»Du solltest doch tot sein«, bemerkte Ellwood. »Hat er mich angelogen, oder was?«

Pascoe preßte seine Hand in die Hüfte und blickte nach unten, weil er dort eine blutende Wunde vermutete. Es waren aber nur ein paar Tropfen gesickert, und er spürte auch keinen Schmerz.

»Wer ist das?« fragte Carla. Dann glättete sich ihre Stirn, und sie sagte: »Ich weiß, ich weiß«, weil ihr wieder eingefallen war, was Luke ihr über Geister aus der Vergangenheit erzählt hatte.

»Er hat nicht gelogen«, sagte Pascoe, »er hat es nach Kräften versucht, ich hatte bloß beschlossen, nicht zu sterben.«

»Dann haben Sie ja jetzt Gelegenheit, es sich noch einmal zu überlegen.« Ellwood wies mit der Waffe in Richtung Wohnzimmer und bat sie herein. Er klang, als wisse er ganz genau, was als nächstes passieren würde, aber seine Augen waren dunkel vor Wut und Verwirrung. »Mach die Fensterläden zu«, sagte er zu Carla.

»Hier kommt nie einer hoch.«

»Hier ist gerade jemand hochgekommen, also mach die Scheißläden zu.«

Carla ging durchs Zimmer. Jedes Fenster hatte klappbare hölzerne Läden. Zwielicht senkte sich über den Raum. Pascoe setzte sich, den Rücken gegen die Säule in der Mitte des Zimmers gelehnt. Ellwood wich zurück, um sie beide im Visier zu behalten. Er biß sich auf die Unterlippe.

»Wenn Sie nicht wissen, was Sie tun sollen«, sagte Sophie, »tun Sie einfach gar nichts.«

Ellwood ging zu ihr herüber und stieß ihr den Lauf der Waffe hart in die Rippen. Ihre Lippen dehnten sich, aber sie gab keinen Laut von sich. Sie beugte sich vor, als wollte sie den Hals recken, um genau zuzuhören, und auch Ellwood lehnte sich nach vorn und brachte sein Gesicht so nah vor ihres, daß sein Atem ihre Lider flattern ließ. Sein gehetztes Flüstern erfüllte den Raum. Es war voll mörderischer Anspannung, die die Worte verschwimmen ließ: »Willst du sterben, du *Miststück*, ist es das, was du willst? Weil das nämlich jeden Moment passieren könnte, jetzt, in diesem Augenblick könntest du sterben, du blöde *Fotze*, es geht ganz leicht.«

Sophie legte eine Hand an die Hüfte und setzte sich neben Pascoe.

Ellwood machte einen Schritt zurück, den Blick nach wie vor auf sie gerichtet. Seine Hand schwebte eine Weile über dem Telefon, dann setzte er sich auf einen kleinen Korbstuhl, legte sein linkes Bein über das rechte und erweckte ganz den Eindruck, als hätte er einen Plan.

Carla beobachtete ihn, bevor sie sich umwandte, um die letzten Läden zu schließen und der Welt draußen ein breites, strahlendes Lächeln zu schenken. *Du hast nicht die leiseste Ahnung, was du mit ihnen machen sollst, stimmt's Wallace? Und das Department kannst du auch nicht anrufen, ohne ziemlich dumm dazustehen – und ganz von vorn anfangen zu müssen mit Erklärungen und Enthüllungen über Zaubervorstellungen, bei denen Menschen sterben, und das seltsame Verschwinden von Pater Tom Carey... Und ich kann spüren, wie ein Stück deiner Macht zu mir herübersikkert.*

Sie durchquerte das Zimmer, klopfte Ellwood auf die Schulter und bot ihm ihren vernünftigen Rat an wie eine patente Ehefrau: »Du mußt sie umbringen, Wallace; die Frage ist nur noch, wie und wo. Wichtig ist, daß man sie in keinster Weise mit dir in Verbindung bringen oder zu dir zurückverfolgen kann. Also sorg dafür, daß sie nie gefunden werden. Da draußen gibt es jede Menge Wald, und dahinter das Meer. Wir überlegen uns einfach in Ruhe die beste Lösung.«

In keinster Weise mit *dir* in Verbindung bringen oder zu *dir* zurückverfolgen. Ellwood dachte: Dein Ehrgeiz ist deine Schwäche. Er speicherte den Gedanken sorgfältig ab. Nach einer Weile sagte er: »Wo immer wir sie hinbringen, es ist besser, wenn sie die Reise tot machen.«

Carla ging in die Küche und kam mit zwei kräftigen Mülltüten zurück; sie sah sich um und nahm ein Kissen aus einem Sessel.

Es war das übliche Vorgehen – das Opfer auf einer Seite, ein Kissen unter dem Kopf, um die Spritzer der Austrittswunde aufzufangen, Plastik drüber bis zur Brust, damit nichts aussickerte oder durchblutete. Die meisten fügten sich einfach in ihr Schicksal, geduldig, fast bemüht, ihren Mördern gefällig zu sein. Hin und wieder war einer dazwischen, der einen zwang, eine Sauerei anzurichten. Pascoe stand auf und stellte sich vor Sophie. Auch Ellwood erhob sich.

»Du hast die Wahl. Ich kann dir ein paarmal in den Magen schießen, das blutet kaum, und du wirst so starke Schmerzen haben, daß du keinen großen Ärger mehr machen kannst. Dann erledigen wir sie. Und danach dich. Es kommt alles auf's selbe raus.« Ellwood ging zwei Meter zurück und zielte mit der Waffe auf Pascoes Bauch. Carla trat mit der Mülltüte in der einen und dem Kissen in der anderen Hand auf Sophie zu wie eine Verkäuferin, die die neuste Mode präsentiert. Eine weiße Kugel rollte im Zimmer aus, leise zischend und im Halbdunkel leuchtend.

Schweigen erfaßte den Raum und schien minutenlang anzudauern. Zwei Sekunden, vielleicht. Ellwood drehte sich um, feuerte einen Schuß ab, der in die Holzläden schlug, nach oben abprallte und einen Schweif von Splittern nach sich zog. Er war bei dem Schuß leicht in die Hocke gegangen wie ein Tennisspieler vor dem Aufschlag, und Lukes Messer hatte ihn im Gesicht erwischt, war durch das Fleisch seiner Wange gedrungen und im Zahnfleisch steckengeblieben. Ellwood schrie auf und taumelte zwei Schritte rückwärts, während sein Oberkörper dem Druck des Aufpralls nachgab. Pascoe nahm ihm die Waffe einfach aus der Hand.

Ellwood stolperte mit schlackernden Beinen weiter. Seine Hände tasteten hektisch in seinem Gesicht herum. Pascoe ließ den Lauf der Waffe von einer zur anderen Seite wandern, ohne zu wissen, wen er in Schach halten sollte.

»Erschieß ihn«, sagte Sophie, aber Pascoe wußte nicht, wen sie meinte. Er starrte Luke an, der seinerseits Carla anstarrte. Ellwood ging rückwärts durch die Tür, steif vor Schock, mit blutüberströmtem Gesicht.

Carla sagte: »Er hat seinen Wagen in einem kleinen Privatweg fünfzig Meter vor dem Wendeplatz geparkt. Ein blauer Audi.« Sie sprach mit Luke in der Hoffnung, Ellwood würde ihn ablenken. Doch er rührte sich weder vom Fleck noch wandte er seinen Blick von ihr. Carla drehte sich zu Pascoe um. »Erschieß ihn«, sagte sie.

Ellwood lehnte gegen seine Wagentür. Das Heft des Messers ragte unter dem linken Auge aus seinem Gesicht. Er faßte es mit einer Hand, um es zu entfernen, doch der Schmerz hielt ihn davon ab.

»Du Arschloch«, sagte er, »du dummes *Arschloch*, weißt du, was du getan hast? Weißt du, was du angerichtet hast, du Idiot, willst du sterben, oder was?« Es klang, als hätte er den Mund voller Fleisch, auf dem er beim Sprechen herumkauen würde. »*Idiot*, willst du sterben, du dummes *Arschloch*?«

Er führte Selbstgespräche. Er stieg in den Wagen, ließ den Motor aufheulen und schoß heftig schlingernd in einer Wolke aus blauem Qualm auf die Straße oberhalb der Küste. Beim Fahren kullerten Tränen und Blutstropfen über sein Kinn.

Im Haus hatte sich niemand gerührt. Luke hatte Pascoe keine weitere Beachtung geschenkt. Er fand es unbegreiflich, daß der Mensch noch lebte, aber jedes Erstaunen, jegliche Fähigkeit, überrascht zu sein, hatte ihn verlassen. Nichts war unmöglich, die Vergangenheit konnte sich in der Gegenwart entfalten, Liebe konnte zum mörderischen Wahn werden, Tote konnten gehen.

»Ich werde hier mit ihr warten, bis sie kommen«, sagte er.

»Nein!« Carlas Flehen war an Pascoe vorbei an Sophie gerichtet. »Tun Sie das nicht! Bleiben Sie hier.«

Die Mülltüte und das Kissen lagen vor Carlas Füßen auf dem Boden. Sophie stellte sich ihren Kopf unter dieser düsteren Kapuze vor. »Bist du in Ordnung?« fragte sie.

»Mehr oder weniger«, erwiderte Pascoe.
»Dann laß uns gehen.«
»Was wirst du tun?« fragte Pascoe.
»Mit ihr warten, bis sie kommen«, wiederholte Luke.
»Wer ist sie überhaupt?« fragte Sophie.
»Ich weiß es nicht.« Nichts ergab einen Sinn. Luke hatte Ellwood angegriffen. Jetzt sah er diese Frau an und hatte nur einen Gedanken. Pascoe konnte ihn lesen, ohne den Grund dafür zu verstehen.
»Los.« Sophie wandte sich zum Gehen.
»Er wird sie umbringen«, sagte Pascoe. »Die Geschichte mit Lori wiederholt sich. Wir können nicht gehen, wir können nicht einfach abhauen.«
»Es ist nicht wie mit Lori, es ist ganz anders. Wir haben nichts Böses getan. Wir wissen nicht einmal, wer sie ist. Es geht uns nichts an.«
»Wenn wir weggehen, ist das ihr Tod. Willst du das?«
»Wie kannst du dir so sicher sein?«
Pascoe seufzte. »Sieh ihn dir an. Was denkt er gerade?«
Sie wandten beide den Blick zu Luke. Er hatte nur Augen für Carla.
Sophie sagte: »Es ist ganz einfach; wenn wir hier bleiben, stecken wir mit drin. Da reden wir uns nie raus – das überleben wir nicht. Was willst du tun? Die Polizei anrufen? Um was zu sagen? Alles hier ist tödlich für uns, siehst du das nicht? Die Vergangenheit, wer wir sind, was wir getan haben, warum wir hier sind. Aber ich denke jetzt nicht an die Vergangenheit, Sam. Ich denke an die Zukunft.«
»Und ein Tod soll unsere Zukunft retten?«
Luke wandte den Kopf, als habe jemand aus einer Menschenmenge seinen Namen gerufen. »Genau; einer weniger für euch... Ich werde mit ihr warten, bis sie kommen.«
»Erschießen Sie ihn«, sagte Carla, »und wir sind alle frei.«
»Du wolltest uns alle umbringen«, sagte Sophie. »Die ganze Clique.«

»Ja.« Es gelang Luke mit Mühe, Sophie seine Aufmerksamkeit zuzuwenden.

»Warum?«

»Die Vergangenheit töten, um die Zukunft zu retten. Das hast du gesagt – du hast es selbst gesagt; du weißt schon, warum.«

Sophie sah Carla an und bemerkte, daß die Frau am ganzen Körper zitterte. »Sie war die Zukunft?« fragte Sophie. Luke antwortete nicht, doch Sophie erkannte, daß es die Wahrheit war. »Was ist sie jetzt?«

»Jetzt...« sagte Luke. »Jetzt ist sie das Schlimmste.«

Ohne ein weiteres Wort drehte Sophie sich um und marschierte durch den Flur nach draußen. Luke ging zu Carla herüber und packte ihren Arm. Als sie ihn zurückziehen wollte, hielt er sie fester und drehte sich, Carla mit sich zwingend, zu Pascoe um.

»Das ist das Problem, Sam. Was man verliert, wiegt immer mehr als das, was man sich bewahren kann.«

Er öffnete die Tür und stieg ein. Sophie ließ sofort den Motor an und fuhr los, noch bevor er die Tür richtig zugezogen hatte. Sie leckte die Tränen von ihrer Oberlippe. »Ich hab genug von dem Mist, das war's, mir *reicht's*, verdammt noch mal.« Sie schlug mit dem Handballen auf das Lenkrad ein.

Pascoe wurde hin und her geschleudert, während sie die abschüssigen Kurven nahm. »Ich fühle mich hundeelend«, sagte er.

Daran hatte sie nicht gedacht. »Was passiert mit deiner Verletzung?« fragte sie.

»Alle Schußwunden werden der Polizei gemeldet.«

»Können wir sie nicht selbst verarzten?«

»Ich glaube nicht, nein.«

»Das müssen wir aber.«

»Ich brauche zumindest Antibiotika, außerdem muß die Wunde genäht werden. Wer weiß, vielleicht muß die Kugel herausoperiert werden. Fahr mich zurück nach London, das ist mal das erste.«

»Es ist nicht dasselbe«, sagte Sophie. »Bei Lori waren wir alle Schuld, diese Frau ist Lukes Schuld.«

»Jetzt nicht«, sagte Pascoe. »Ich will nicht darüber nachdenken.« Er lehnte den Kopf gegen die Scheibe und döste vor sich hin. Seine Gedanken waren noch immer bei der Wunde. »Rob Thomas kennt bestimmt einen bestechlichen Arzt.«

»Meinst du?«

»Ich glaube schon«, sagte er. »Fahr schneller, ich fühl mich beschissen.«

Luke wandte sich Carla zu, als wollte er sie küssen, und sie wich zurück, bis sie mit den Schultern gegen die Wand stieß. Er stand sehr dicht vor ihr.

»Was wolltest du?« fragte sie. »Was war dir daran so wichtig? Es ist doch egal.«

Er legte seinen Arm um ihre Schulter, und sie wäre vor Angst am liebsten ohnmächtig geworden. Er legte eine Hand auf ihre Brust, als wolle er eine Saite ihres Herzens zum Klingen bringen.

»Luke...« sagte sie und verdrehte die Augen, bis nur noch das Weiße zu sehen war.

Die Kugel leuchtete noch immer im Halbdunkel. Sie war in eine Ecke des Raumes gerollt, wo sie eine kleine Neonpfütze verschüttet hatte. Carla war an der Wand zu Boden geglitten wie betrunken oder halb bewußtlos. Jetzt lag sie mit ausgestreckten Beinen da, Kopf und Schulter in Lukes Schoß, und starrte auf die Kugel. Sie zitterte noch immer.

»Laß mich gehen«, sagte sie. »Ist es so wichtig? Laß mich gehen.«

»Das werde ich.«

Er hielt ihr mit einer Hand die Nase zu. Als sie den Mund öffnete, zog er aus ihrem Ohr das Ei mit dem Diamantring und drückte es ihr in den Mund.

Einer ihrer Arme war fest an seinen Körper gedrückt, aber der andere schnellte hoch, um die Lippen zu öffnen. Er schlug ihre Hand zur Seite. Ein bunter Seidenschal wehte wie eine flatternde Fahne über ihrem Kopf. Sie versuchte, den Mund fest zuzudrücken, doch sie würgte bereits nach Luft. Der Schal drückte die Kugel tiefer in ihren Rachen, und ihre Wangen blähten sich. Mit einer Hand hielt er ihr weiter die Nase zu, mit der anderen bedeckte er ihre Lippen, als wolle er sie versiegeln.

Ihre Fäuste trommelten gegen ihn, wo immer sie ihn treffen konnte. Es machte keinen Unterschied; sie hätte genausogut auf einen Stein einschlagen können. Er kniete neben ihr und hielt ihren Kopf in seinen Händen wie eine unbezahlbar kostbare Schale.

Das Haus war still, der Wald um das Haus war auch still. Im Raum selbst war nur ein ganz leises Trappeln zu hören wie von winzigen Tieren, die hinter der Täfelung raschelten. Es war das Geräusch von Carlas Hacken, die über den Boden zuckten. Ihr Oberkörper war so heftig gewölbt, daß man meinte, ihr Rückgrat müsse brechen, jeder Muskel angespannt und fest, die Sehnen hart wie Peitschenriemen. Dann schien ihr Körper in sich zusammenzusinken.

Luke hielt seine Hände noch eine Weile in Stellung, als ob noch ein letztes Wort auf ihrer Zunge läge, das es abzuwürgen galt. Er nahm den Schal aus ihrem Mund, und das Wort blieb ungesagt. Dann zog er das Ei hervor. Er nahm den Ring heraus und streifte ihn über ihren Finger.

»Ich werde warten, bis sie kommen«, sagte er.

Ein Blutstropfen klebte in ihrem Mundwinkel; er tupfte ihn mit dem Finger auf und lutschte ihn ab.

Er schloß ihre Augen und strich ihr mit der Hand durchs Haar.

49

Ellwood war dreihundert Meilen gefahren wie ein Betrunkener. Als er den städtischen Zubringer erreichte, kreuzte er noch immer zwischen den Fahrbahnen, überholte auf der Innenspur, hart bremsend und mit schwerem Fuß beschleunigend. Der Wagen war mit Kratzern übersät, wo er in hohem Tempo an der mittleren Leitplanke entlanggeschrammt war.

Sein ganzes Gesicht war taub. Er konnte das Messer nicht herausziehen, ohne weiteren Schaden anzurichten, faßte jetzt jedoch hin und wieder gedankenvoll mit der Hand nach dem Knauf wie ein Mann, der auf der Suche nach Glück einen blutigen Talisman berührt.

Die Autobahn war voller Sonntagsfahrer – auf der Überholspur gondelte wieder einer mit 120 vor sich hin. Ellwood scherte diagonal aus, schnitt drei andere Wagen, wobei er fast deren Stoßstangen rasierte, und überholte dann auf dem Sandstreifen, bevor er wieder diagonal auf die Überholspur kreuzte. Er berührte unwillkürlich das Heft des Messers. Das Fleisch um den oberen Teil der Klinge, die fünf Zentimeter aus der Wunde ragte, war violett aufgequollen.

Fahr zurück und mach sie alle kalt.

In der unteren linken Hälfte von Ellwoods Gesichtsfeld sikkerte perlweißes Licht ein, eine Blindheit, die langsam nach oben kroch. Er erwischte die Ausfahrt mit knapp hundert Sachen, in die tiefstehende Sonne hinabtauchend, zu benommen, um den Verkehr wahrzunehmen. Die Straße war zweispurig, und Ellwood nahm die näherliegende Spur des Gegenverkehrs. Der Opal in seinem linken Auge wurde purpurrot, als das Sonnenlicht auf die Windschutzscheibe prallte. Trotzdem konnte er die Straße noch als ein Meer von Farben erkennen, er mußte nur die Richtung halten.

Der Fahrer des Sattelschleppers kam eben aus einer Kurve, als er Ellwood auf sich zuschießen sah. Er nahm den Fuß vom

Gas, blendete mehrfach auf und sah sich nach einer Lücke in dem dichten Verkehr um. Er pumpte die hydraulische Bremse und riß das Steuer herum, doch Ellwood war schon vor ihm. Das Dach seines Wagens in Höhe der Reifen, rammte er den Kotflügel des Sattelschleppers. Er geriet ins Schleudern und bekam dann einen heftigeren Stoß von den Rädern des Anhängers mit, der auf die zweite Spur geschlingert war, wo Ellwood ihn mit etwa einhundertfünfzig Stundenkilometern streifte. Der Wagen wurde zur Seite gerissen, die Räder verloren den Bodenhalt, und das Auto schraubte sich in die Luft wie ein Turmspringer. Der Auflieger des Schleppers stellte sich schwerfällig schleudernd quer und riß weitere Wagen mit sich, bis die reine Ballung von Metall unter dem Hänger die Zugmaschine umriß. Der Fahrer wurde herausgeschleudert und blieb regungslos auf der Straße liegen. Man hörte Hupen, Sirenen und das leise Knistern eines Feuers.

Ellwoods Wagen überschlug sich, durchbrach das Geländer der Zubringerauffahrt und krachte fünfundzwanzig Meter tief auf eine dicht bevölkerte Geschäftsstraße in Zone zwei – PKWs, LKWs, Ladenfassaden, Restaurantterrassen, Bürgersteige, auf denen es vor Menschen wimmelte. Dort drehte er sich noch zweimal um die eigene Achse, bis er endgültig zum Stehen kam. Um ihn herum Zerstörung, Chaos und Schmerz.

Ellwood saß aufrecht auf dem Fahrersitz. Er war tot, doch sein letzter mörderischer Gedanke hing noch immer in der Luft.

50

Es war eine gute Wunde, sofern sich das von Wunden überhaupt sagen ließ, und Rob Thomas hatte Pascoe in eine Praxis in der Nähe der Harley Street geschickt, wo er von einem Arzt behandelt worden war, der ausschließlich medizinische Fragen gestellt hatte.

»Mein Wagen steht auf einem Parkplatz dort unten«, hatte Pascoe gesagt, »beim Hotel Windrush.«

»Roxborough zahlt«, hatte Thomas vermutet.

»Roxborough zahlt.«

»Ich hol ihn. Hör zu, Sam, ich habe dir keine Adresse genannt, ich weiß auch nichts von einer Schußverletzung, und ich habe dich überhaupt seit Wochen nicht gesehen.«

»Stimmt genau«, hatte Pascoe bekräftigt. »Und wenn du den Wagen abholst, keine halsbrecherischen Manöver – laß dich bloß nicht von der Polizei anhalten.«

»Weil...«

»Weil im Handschuhfach eine Pistole liegt, die auf einen Staatssekretär im Nordirlandministerium zugelassen ist.«

»Thomas hatte geseufzt. »Danke. Die Rechnung hat sich soeben vervierfacht.«

Jetzt war es Zeit zu gehen. Auf der Schwelle sah er sich noch einmal um und ließ seinen Blick über den Ort schweifen, wo er sich elend und sicher gefühlt hatte.

Sophie hatte fast die ganze Nacht wach gelegen und den seismischen Hinweisen aus Pascoes Träumen gelauscht: kleinen Grunzern und Stöhnen, Worte wirr durcheinander wie in einem Code, Gewimmer und unglückliches Lachen. Sie hatten zu Abend gegessen, auf dem Tisch standen noch unbenutzte Teller, ein wenig Besteck, ein Stück abgebrochenes Brot und eine Pfeffermühle. Eine halbvolle Flasche Wein in einem silbernen Kühler.

»Laß uns gehen«, sagte er.

Sie sah, daß er schon in der Tür wartete. Im Hausflur stand ein kleiner Koffer. Alles andere in der Wohnung war unberührt; sein gesamter Besitz noch an Ort und Stelle. Die langsamen Noten einer Cello-Sonate von Beethoven hingen in der Luft.

»Du willst einfach alles so zurücklassen?«

»Ich will einfach alles so zurücklassen.«

Sophie kam an die Tür, sah sich jedoch noch einmal im Zimmer um. »Nimm irgend etwas mit«, sagte sie. »Als Andenken.«

Pascoe schüttelte den Kopf und ging, so daß ihr nichts anderes übrig blieb, als ihm zu folgen. »Es gibt nichts, was ich behalten möchte«, hörte sie ihn sagen.

51

Er führte die Hand zum Mund und begann, die Schnur zwischen seinen Lippen hervorzuziehen.

Sie hatten ihn durchsucht und ihm die Schnürsenkel abgenommen. Eine Krawatte hatte er nicht getragen. Sie hatten ihm einen Finger in den Arsch gesteckt und seine Eier angehoben, um auch dort nachzusehen. Sie hatten ihm mit einer Lampe in den Mund geleuchtet, und auch da gab es nichts zu sehen. Aber jetzt war dort auf einmal ein Seil, das er Stück für Stück hervorzog. Es war Zauberei, einfach Zauberei. Es war ganz leicht.

Sie hatten sein Haar durchwühlt und sich seine Fußsohlen zeigen lassen. Das Seil hatte den Boden erreicht, doch er zog immer noch weiter.

Der Große Zeno.

Die Zelle war dunkel bis auf das Licht, das mit rötlichem

Schein durch die vergitterten Fenster fiel: das ewige taghelle Leuchten der Großstadtnacht.

Er sah alles, was er sehen wollte. Den Blick von dem Pfad am Kliff, auflaufende See, und Carla, die im Windschatten eines Wellenbrechers kauerte. Obwohl sie ganz weit unten war, war jede Einzelheit ihres Gesichts deutlich zu erkennen. Es war Zauberei.

Immer mehr Seil, ein wenig feucht, zog er aus seinem Mund hervor. Dann kletterte er auf seine Pritsche und band es am Gitter fest, bevor er sich die Schlinge um den Hals legte.

Eine Möwe segelte im Wind, dann noch eine, dann waren es vier oder fünf, schnell genug, um das Auge zu täuschen. Carla stand auf. Sie machte ein paar Schritte auf ihn zu, ihre Hüfte schwang mit ihrem hinkenden Gang, auf den Kieseln und bergauf war es noch schlimmer. Er konnte das Ein- und Ausatmen des Meeres laut in seinen Ohren branden hören. Sie hob die Hand, um ihm zuzuwinken oder ihm Mut zu machen.

Er würde jetzt hinabsteigen, zu ihr hinabsteigen, der Fall vom Kliff bis zum Strand, nicht mehr als eine Stufe auf einer Treppe, der weite Raum zwischen ihnen nur eine Illusion, nichts weiter.

Es war jetzt ganz leicht, einen Schritt zu machen und bei ihr zu sein. Leicht, aus dieser Zelle zum Strand hinabzusteigen; es war nichts, nur Zauberei.

Ein Schritt, und alles würde gut werden.

Ein Schritt, und alles wäre vergessen.

Ein Schritt, und alles war möglich.

Steig hinab, jetzt. Ein Schritt, *jetzt*.

Abra–

GOLDMANN

Stuart Woods

Stuart Woods erzählt geradlinig, ohne Schnörkel und mit der Wucht eines Torpedos. Kein Wunder, daß man seine Romane in einem Zug verschlingt.

Still ruht der See 9250

Auf Grund 8839

Die Nachfolger 8379

Anaconda 9897

Goldmann · Der Taschenbuch-Verlag